國家社科基金重大招標項目
國家古籍整理出版專項資助項目
北京師範大學中華文化研究與傳播學科交叉平臺項目

杜桂萍 主編

清代詩人別集叢刊

馬曰琯馬曰璐集

方盛良 輯校

人民文学出版社

種，後者約收九十種），都包含了一定數量的清代詩人别集（至二〇一六年，前者共收九種，後者共收四種）。新推出者新意頗多，如陳永正《屈大均詩詞編年輯校》（上海古籍出版社二〇一七年版），而一些修訂重版者則顯爲精進，如俞國林《呂留良詩箋釋》（中華書局二〇一五年初版，二〇一八年再版），皆以不同面相爲清代别集文獻的整理和研究提供了新的理念和視野。其他出版機構也在留意清人别集的整理和研究，如國家圖書館出版社影印出版《清代家集叢刊》（徐雁平、張劍主編）、鳳凰出版社陸續推出《中國近現代稀見史料叢刊》（張劍、徐雁平、彭國忠主編）等。人民文學出版社也在高度關注這一重要領域，先後出版《明清别集叢刊》、《乾嘉詩文名家叢刊》等，集中力量於明清文人别集的整理和研究，實有後來居上之勢。凡此也表明，學界和出版界皆已體現出高度的學術自覺，意識到清代詩文文獻的重要性。尤其是人民文學出版社，已不僅僅著眼於名家之作，對那些於文學史、文學生態結構中發生重要影響或特殊作用的文人及其文獻遺存也予以關注，這既符合文獻整理的基本原則，又有利於彰顯文學研究的開放性視角，進行多面向的學術路徑的拓展。

正是在這樣的學術語境中，由我擔任首席專家的國家社科基金重大招標項目《清代詩人别集叢刊》於二〇一四年獲批，有計劃的系統性的清代詩人别集整理工作得以展開。相關成果陸續成編，彙爲《清代詩人别集叢刊》，以奉獻給學界。

我們並沒有選擇原書影印的整理方式，而是奉行『深度整理』的基本原則。以影印方式整理，固然可以使研究者得窺作品之原貌，也有利於及時呈現和保護一些珍稀古籍版本，如上海古籍出版社出版的《清代詩文集彙編》、國家圖書館出版社出版的《清代詩文集珍本叢刊》等，都具有重要的學術價值。

不過，點校、注釋、輯佚等整理方式無疑更能體現出古籍整理的學術深度。事實上，隨著文化語境的改變和學術研究的深入，文獻整理的功能也在不斷拓展，不僅應提供基礎性的文獻閱讀，還應具有學術研究的諸多要素，即在學術史的視野中呈現文獻生成的複雜過程和創作主體的生命形態，而這正是《清代詩人別集叢刊》選擇『深度整理』方式的理念和前提。

『深度整理』指向和强調『整理即研究』的古籍整理思想與學術精神。以窮盡文獻爲原則，以服務於學術研究爲目的，於整理過程中注入更明確、豐富且具有問題意識的科研內涵，使古籍整理進一步參與當代學術發展。也就是說，在一般性整理的基礎上，借助於多種方法的綜合運用，爬梳文獻，考證辨析，去僞存真，推敲叩問，完成既收羅完備、編排合理，又在借鑒以往成果基礎上推進已有研究、表達最具前沿性的科研創獲的詩人別集整理本。這既是古籍整理基本要義的延伸和拓展，也符合與時俱進的學術發展訴求，應是整理工作之旨歸所在。

如是，《清代詩人別集叢刊》突出了以下幾個方面的整理工作。

一、前言。『前言』的撰寫，不泛泛介紹作者生平和創作的一般狀況，而注重於文獻、文學、文化等視角，對著者生平進行考述，對著述版本源流加以梳理，對別集的文學價值、影響進行具有文學史意義的判斷。『前言』應是一篇具有較强學理性、權威性和前沿性的導讀佳作。

二、版本。別集刊刻與存世情況往往因人而異，或版本複雜，或傳本稀少。『必先定其底本之是非，而後可斷其立說之是非。』（段玉裁《與諸同志書論校書之難》）本叢刊堅持廣備衆本，謹慎比對，選出最佳的工作底本和主要校本，力爭使新的整理本成爲清詩研究的新善本和定本，爲學界放心使用。

三、輯佚。清代文獻去今未遠，除大量别集、總集外，清人手稿、手札、書畫題跋等近年時有發現，散存於方志、家譜的各類佚文亦在不斷披露中。故以求全爲目的，盡力輯佚，期成完帙，並合理編纂。務使每一種整理本成爲該詩人别集的全本，這也是提升整理本學術含量的重要舉措。

四、附録。附録豐富與否是新整理本學術含量高低的重要標志，實爲另一種形式的研究。如年譜簡編以及從族譜方志、碑傳志銘、評論雜記中勾稽出的相關研究資料等，對全景式展現詩人生命歷程、深入探究詩人乃至其時代的文學創作十分必要。有時文獻繁雜，需精心淘擇和判斷，强化『編纂』意識，避免文獻堆積，充分體現深度整理的學術含量。

古籍文本生成於歷史，負載了豐富的歷史文化信息。對於整理者而言，不僅應使古籍文本能夠被有效閲讀，還應借助閲讀活動等促其進入公共和現實視域，成爲當下文化結構的有機組成部分。也就是説，整理活動本身應始終處於在場的文化狀態，立足於學術史，並直面其所處之研究領域的一些難點、疑點和熱點問題，進而通過整理過程中的辨析、考論解決文學演進中的某一方面或幾個方面的問題，形成專題性研究，這是深度整理應達成的重要目的。所以，整理活動其實是一個思維創新的過程，指向的是知識和觀念整合的結果。考訂史實，發現文本之間的各種意義和多層面内涵，使之成爲當代人可閲讀的文學文本，並參與歷史與現實文化建設，其實也是在回答我們進入歷史的方式。

總之，以窮盡文獻、審慎校勘爲路徑，以堅實、充分的文獻史實研究爲基礎，通過對文獻的慎用和智用，借助歷史的、邏輯的思路甚至心靈的啓迪，系統、全面地收集、篩選史料，勾連、啓動其内在聯繫，從而將古籍整理與史實探析深度結合，强化了整理性學術著作的研究内涵，是一種真正包含了主體自由性的學術實踐活動。這種由專門研究完善古籍整理、由古籍整理深化專門研究的深度整理方式，對整理者的研究意識和整理本的學術含量都提出了更高的要求，不僅標示了整理觀念和方法上的更新，更是當代學術發展的必然訴求。我們願努力嘗試之，並推出一系列具有較高水準和重要學術意義的整理成果。

杜桂萍　二〇一八年十二月十六日

總目錄

前言

徽商，作爲我國歷史上的一個特指概念，極明顯地帶有經濟和文化的雙重特徵。就前者而言，徽商在我國明清時期的社會經濟領域中，扮演過特殊的角色，發揮過重要的作用。它的發展演變與當時社會經濟條件密切相關，對徽商的研究可以使人們從一個側面窺探整個社會經濟運行狀況。因此，它受到海内外學者的廣泛關注，人們從經濟、歷史這兩個角度切入，較爲系統地研究徽商，已經取得了一定的成就。相對來説，從文化的角度去研究徽商要顯得單薄得多。事實上，徽商不僅是經濟和歷史的存在，也是一種文化存在。徽商在創造經濟財富的同時，除了在徽州故里創造了輝煌的文化業績外，還在他鄉寄情文史，並以極大的熱情投入，參與並推動了寄寓地的文化建設，書寫了地方文化史上極其燦爛的篇章。這在清代前期的揚州尤爲突出。梁啓超在《清代學術概論》中，儘管對淮南鹽商頗爲不屑，但也不得不感歎：『然固不能謂其於兹學之發達無助力，與南歐巨室豪賈之於文藝復興，若合符契也。』〔一〕因此，我們認爲，徽商作爲文化存在所凸顯的意義，就目前徽商研究情況而論，理應得到重視和彌補。這不僅是因爲任何人的存在本身就是一種文化存在，更重要的是，只有充分認識徽商與其所在地的文化發生了怎樣的聯繫，並理解這種聯繫的成因和生發的意義，我們才能更全面準確地認識

〔一〕梁啓超：《清代學術概論》，上海古籍出版社一九八六年版，第一〇一至一〇二頁。

徽商，徽商研究也纔能得以進一步地全面和深化。

清代前期，揚州徽商文學藝術活動頻繁，表現突出的有江春、程夢星、汪應庚、馬曰琯、馬曰璐、黄晟兄弟和鄭俠如兄弟等，其中尤以馬曰琯、馬曰璐爲典型。馬氏兄弟祖籍徽州祁門，承祖業業鹺於揚。兄馬曰琯，字秋玉，號嶰谷、沙河逸老，生於康熙二十七年（一六八八），卒於乾隆二十年（一七五五）。由附生援例候選主事，欽授道銜。弟馬曰璐，字佩兮，號半查、半槎、南齋，生於康熙三十四年（一六九五），卒於乾隆三十四年（一七六九）後〔二〕。由貢生援例候選知州。乾隆元年（一七三六），舉博學鴻詞，不赴試。馬氏兄弟互爲師友，研習經史文集，旁逮金石字畫，俱以詩名。又築小玲瓏山館，藏書甚富，禮遇寒士，慷慨于公益事業，多善舉義行。因此，馬氏兄弟頗得時名，爲人敬稱『揚州二馬』〔三〕。他們在揚州文化圈中位居中心，組織並參加詩社等多種文化活動，厲鶚、杭世駿、全祖望、汪士慎、閔華、陳章、金農等皆與其深交。通過對二馬的研究，一方面可定位其文學成就，一方面可以點帶面，對清代前期徽商在東南地區的文學藝術活動有一個準確清晰的透視。

〔二〕 馬曰琯、馬曰璐生卒年詳參附録一《年譜簡編》。

〔三〕 《揚州畫舫録》卷四曰：『馬主政曰琯，字秋玉，號嶰谷……弟曰璐，字佩兮，號半查，工詩，與兄齊名，稱「揚州二馬」。』（見李斗：《揚州畫舫録》，鳳凰出版社二〇一三年版，第九十頁。）

一

二馬先祖可遠溯至先秦戰國時期。本姓趙，趙奢即其先人，因趙奢號馬服君，其子孫因之姓馬。而載籍著録馬氏姓名和事跡者，可追至西漢時的馬援祖先三代。《後漢書》卷二十四《馬援列傳》曰：『馬援字文淵，扶風茂陵人也。其先趙奢爲趙將，號曰馬服君，子孫因爲氏。武帝時，以吏二千石自邯鄲徙焉。曾祖父通，以功封重合侯，坐兄何羅反，被誅，故援再世不顯。援三兄況、余、員，並有才能，王莽時皆爲二千石。』[一]馬援寬厚驍勇，率軍轉戰於隴陝間，危難之時，屢建功勳，曾被封爲新息侯，食邑三千戶。所以，杭世駿曰『（馬曰琯）姓馬氏，系出漢新息侯援』[二]。之後，馬氏香火不滅，其中一支『迨宋末，造丞相廷鸞，隸籍鄱陽』，馬廷鸞『生五子，季爲端益，始遷婺，再傳爲真三，始籍祁門，世遂爲祁門人』[三]。自馬真三定居祁門，祁門後來也就成爲馬曰琯、馬曰璐的里籍。衍至明代，二馬曾祖馬大極爲諸生，其子馬承運『州

[一] 范曄撰，李賢等注：《後漢書》，中華書局一九六五年版，第八二七頁。
[二] 杭世駿：《朝議大夫候補主事加二級馬君墓誌銘》，《道古堂集》文集卷四十三，見《續修四庫全書》編纂委員會編《續修四庫全書》第一四二六冊，上海古籍出版社二〇〇二年版，第六一九頁。
[三] 杭世駿：《朝議大夫候補主事加二級馬君墓誌銘》，《道古堂集》文集卷四十三，見《續修四庫全書》編纂委員會編《續修四庫全書》第一四二六冊，上海古籍出版社二〇〇二年版，第六一九頁。

倅，始還於揚』〔一〕。馬承運多義行，如《重修揚州府志》載：『馬曰琯……祖承運康熙間設廠賑粥。』〔二〕馬承運『生三子，公（整理者按：指馬謙）其仲也』；馬謙『字幼撝，太學生，以例榮贈』〔三〕，亦曾『州司馬』，兩世皆以馬曰琯貴，贈朝議大夫，可謂宗風不墜。馬謙先後娶洪氏、陳氏。『洪恭人，歙人諱嘉賓女。子四人，長曰康，早卒；次曰楚，儒學教諭，出後世父，恭人出；次曰琯，候選主事，次曰璐，候選知州，陳恭人出。女二：一適郡庠生汪塤，一適國子生張以鑰，恭人出』〔四〕。很顯然，馬曰琯、馬曰璐爲陳氏所生。

馬曰琯膝下無子，僅生二女。一爲乾隆辛未年（一七五一）所生，是時馬曰琯正於北行途中，接馬曰璐信，知得女，喜愁兼加。賦詩三首，感嘆『八行開視嘆如何，鬢禿兼無髮可皤。曾讀陶公弱女句，可能慰得病維摩』『孤負殷勤一年望，博他紫石寫移文』〔五〕。陳章有詩《嶰谷得女》〔六〕。另一個爲遺腹女，

〔一〕杭世駿：《嶰谷馬君傳》，馬曰琯等編《林屋唱酬錄》，清乾隆刻本。

〔二〕阿克當阿修，姚文田等纂：《嘉慶重修揚州府志（下冊）》卷五十一《人物·文苑》，廣陵書社二〇〇六年版，第九八四頁。

〔三〕厲鶚著，董兆熊注，陳九思標校：《朝議大夫候選主事馬公暨元配洪恭人墓誌銘》，《樊榭山房集》文集卷七，上海古籍出版社二〇一二年版，第八一六頁。

〔四〕厲鶚著，董兆熊注，陳九思標校：《朝議大夫候選主事馬公暨元配洪恭人墓誌銘》，《樊榭山房集》文集卷七，上海古籍出版社二〇一二年版，第八一六頁。

〔五〕馬曰琯：《半查札至知予生一女於湘有詩因次韻三首》，《沙河逸老小稿》卷四，清乾隆二十三年馬曰璐刻本。

〔六〕陳章：《孟晉齋詩集》卷五，清乾隆刻本。

乾隆丙子年（一七五六）生後卽夭，此見杭世駿《嶰谷馬君傳》：『君無子，房中人有四月矣，未卜男女。』馬曰璐詩《義門何學士手書所摘眉山劍南聯絕冊子爲先兄故篋中物丙子秋杪西疇索觀追感往昔題詩三首因泣然以和》之第二首下注曰：『先兄遺腹生女，旋殤。』馬曰璐以長子振伯過繼于兄曰琯，振伯在馬曰琯卒後披麻盡孝。《南齋集》卷六有《哭先兄十絕句》：『吟詩曾念五齡兒，今日麻衣是阿宜。地下有知差少慰，可能不怨鬢成絲。』阿宜卽振伯小名。

二馬是清代著名的藏書家。清代前期揚州藏書甚夥，主要集中在私家，藏書規模較大的爲徽商。如程晉芳『庋閣之富，至五六萬卷，論一時藏書者，莫不首屈一指』〔二〕；鄭俠如之『叢桂堂』藏書極富，黃宗羲晚年好聚書，搜抄稀有書籍，卽多從此處借抄〔三〕；江春的『隨月讀書樓』、江昉的『紫玲瓏山館』多藏有詩文書畫古籍〔三〕。但他們的藏書無論是規模還是影響均不及二馬。吳翌鳳《遜志堂雜鈔》丙集曰：『乾隆初，揚州殷富……秋玉尤富藏書，有希見者，不惜千金購之。玲瓏山館中四部略備，與天一閣、傳是樓相埒。』〔四〕徐用錫《書小玲瓏山館所藏傳是樓六經宋板後》載：『崑山吾宗司寇構傳是樓，藏古書，欲以嗣音絳雲，今聲噪海內。人爭欲得，無先於宋槧《易》、《書》、《詩》、《論》、《孟》、《孝

〔二〕徐珂：《程魚門周濟親友》，《清稗類鈔》（第六冊），中華書局一九八四年版，第二六九八頁。

〔三〕詳參李斗：《揚州畫舫錄》卷八，鳳凰出版社二〇一三年版；全祖望：《梨洲先生神道碑文》，朱鑄禹彙校集注《全祖望集彙校集注·鮚埼亭集內編》卷十一，上海古籍出版社二〇〇〇年版。

〔三〕詳參李斗：《揚州畫舫錄》卷十二，鳳凰出版社二〇一三年版。

〔四〕吳翌鳳：《遜志堂雜鈔》，中華書局一九九四年版，第三十九頁。

經》六經之精好者，竟爲吾友小玲瓏山館主人馬子嶰谷、涉江所有，可賀也。』〔一〕《皖志列傳稿》述馬氏藏書『皆精裝，聘善手數人寫書腦，終歲不得輟』〔二〕。可見二馬藏書之善幾過於傳是樓，而裝訂亦爲精美。全祖望更言叢書樓藏書之多達『十萬餘卷』，並謂『百年以來，海內聚書之有名者，崑山徐氏、新城王氏、秀水朱氏其尤也。今以馬氏昆弟所有，幾幾過之』〔三〕。

除藏書外，二馬亦刻書。清代揚州刻書業空前繁榮，據王澄《揚州刻書考》統計，揚州古今刻書者近九百家，刻書二千餘種，十萬卷以上，其中清代揚州刻書約佔百分之八十〔四〕。而清代揚州刻書的興盛實自清代前期開始，根據主持者的不同，大致分爲官刻和私刻兩類。徽商以其雄厚的資本，在這兩類中均充當了重要的角色。其時官方刻書主要集中在子部以供御用，偶及史部方志類，以徽商爲主的私家刻書則遍及經、史、子、集。二馬刻書在徽商中更是獨領風騷，其雕刻因精審被譽爲『馬版』〔五〕。徐用錫記此曰：『維揚馬君嶰谷及難弟涉江，英年嗜學好古，與其友汪子祓江搜揚幽遐，重雕宋槧將

〔一〕徐用錫：《圭美堂集》卷十三，《四庫全書存目叢書補編》本。

〔二〕金天翮：《皖志列傳稿》卷三，民國二十五年刊本。

〔三〕全祖望：《叢書樓記》，朱鑄禹彙校集注《全祖望集彙校集注·鮚埼亭集外編》卷十七，上海古籍出版社二〇〇〇年版，第一〇六五頁。

〔四〕王澄：《揚州刻書考》，廣陵書社二〇〇三年版，第五十三頁。

〔五〕李斗：《揚州畫舫錄》卷四，鳳凰出版社二〇一三年版。

湮廢之書，修治别業，儲經、史、子、集及法書名畫。』〔二〕

此外，二馬也利用藏刻本，直接參與輯佚、校勘等工作，並表現出精深的校讎水平。如厲鶚在小玲瓏山館中編纂《宋詩紀事》時，每遇有關作品及版本出處方面的疑難問題，卽多賴於馬氏兄弟的考訂相助。其於《宋詩紀事序》稱『幸馬君嶰谷、半槎兄弟，相與商榷，以爲宋人考本朝尚有未當，如胡元任不知鄭文寶仲賢爲一人，注蘇詩者不知歐陽辟非文忠之族，方萬里不知薛道祖非昂之子』〔三〕。可見，乾隆十二年（一七四七）《宋詩紀事》一百卷刊行時，厲鶚題『馬曰琯同輯』、『馬曰璐同輯』絶非禮俗之事。

二馬善讀書，對目録學有一定造詣。他們曾爲家藏書籍編目，著有《叢書樓書目》，全祖望爲之作序曰：『乾隆戊午，予爲韓江馬氏兄弟作《叢書樓記》，於今蓋六年矣。書目告成，屬予更爲之序。馬氏儲書之富，已具見於予記中。吳越好古君子，過此樓者，皆謂自明中葉以來，韓江葛氏聚書最盛，足以掩葛氏而過之者，其在斯乎？予以爲此猶其淺焉者也。夫藏書必期於讀書，然所謂讀書者，將僅充漁獵之資耶？抑將以穿穴而自得耶？夫誠研精得所依歸，而後不負讀書，請卽以韓江之先正言之。其在唐時……韓江先正之箕裘，遠有端緒，固未可竟以聲利之場目之也。馬氏兄弟服習高、曾之舊德，沉酣深造，屏絶世俗剽賊之陋，而又旁搜遠紹，萃薈儒林、文苑之部居，參之百家九流，如觀王會之圖，以求其斗杓之所向，進進不已，以文則爲雄文，以學則爲正學，是豈特閉閣不觀之藏書者所可比，抑亦

〔二〕　徐用錫：《看山樓記》，《圭美堂集》卷十四，《四庫全書存目叢書補編》本。

〔三〕　厲鶚：《宋詩紀事》，上海古籍出版社一九八三年版，第一頁。

非玩物喪志之讀書者所可倫也。韓江先正寔式憑之，而勵勵與葛氏爭雄長乎哉？今世有所謂書目之學者矣，記其撰人之時代，分帙之簿翻，以資口給。即其有得於此者，亦不過以爲撏撦獺祭之用。《叢書樓書目》之出也，必有以之爲鴻寶者矣。豈知主人已啜其醨而哺其糟乎？聞吾言者，其尚思所轉手也夫。』〔一〕

二馬酷嗜書畫，具有相當高的繪畫鑒賞能力。他們的題跋與詩文集中有大量鑒賞字畫的作品，如馬曰璐曾專門爲小玲瓏山館所藏唐代繪畫珍品《醉番圖》作一圖記：『此卷人物氣韻淵穆，精彩飛動，真可謂神品者矣。舊稱瓌畫筆用狼毫，極清勁，洵不誣也。余家小玲瓏山館所藏名跡甚多，惟王詵設色山水卷及李伯時《九歌圖卷》、江貫道《長江圖卷》、關仝《江山漁艇圖卷》、李成《寒林圖卷》，與此卷皆屬甲觀。汪中允退谷過從索觀稱絕，欲以漢玉谷璧易之，予卻之曰：「敝帚自珍，嗜痂成癖，從吾所好而已，隨珠和璧，非不實貴，吾固不欲以彼易此也。」』〔二〕

二馬極具人文情懷，交游廣闊，以小玲瓏山館爲中心結成了一個良好的文化生態圈。如衆所知，人文情懷是一個非常寬泛的概念，我們這裏所說的人文情懷主要是指：具有一定的文化自覺與修養

〔一〕全祖望：《叢書樓書目序》，朱鑄禹彙校集注《全祖望集彙校集注·鮚埼亭集内編》卷三十二，上海古籍出版社二〇〇〇年，第六一〇頁。

〔二〕陸心源：《穰梨館過眼録》卷一，見《續修四庫全書》編纂委員會編：《續修四庫全書》第一〇八七冊，上海古籍出版社二〇〇二年版，第二十一頁。

者，以仁愛的胷懷，對純粹人性的保持，對獨立人格包括文化品格的追求有著充分的理解和支持，對文化現象予以親切關注，尤其是對文人士子予以同情、理解與善待。就『文化自覺與修養』而言，杭世駿爲二馬之母所撰《封太恭人馬母陳氏墓誌銘》言及此：『贈公未及耆而棄養，顧恭人而言曰：「吾祖碧筠公，前明諸生，治經有聲，吾子皆可教，必令其以文字顯名。」恭人蓋延名師友督誨二子以學。曰琯、曰璐不以俗學繕性，而志不求時名，清思窈渺，超絕塵埃，親賢樂善，惟恐不及。』〔一〕二馬自幼受到良好的家教，終身向學，所謂『雨餘簷外還蕭颯，燈下攤書讀未殘。已分此身成鈍漢，任人他日誚儒冠』〔二〕。正是這樣一種文化習慣與自覺的獨白，使得二馬學有成就。就『仁愛胷懷』而言，杭世駿爲馬曰琯所撰《朝議大夫候補主事加二級馬君墓志銘》亦有言及，其稱馬氏『以濟人利物爲本懷，以設誠致行爲實務。爲粥以食江都之餓人，出粟以賑鎮江之昏墊。開揚城之溝渠，而重膇不病；築漁亭之孔道，而擔負稱便。葺祠宇以收族，建書院以育才。設義渡以通往來，造救生船以拯覆溺。冬綿夏帳，櫝死醫羸。任意所施，各當其阸』。對於文人士子，馬氏亦『善交久敬，意所未達，輒逆探以適其慾。錢唐范鎮，長洲樓錡，年長未婚，擇配以完家室。錢唐厲徵君六十無子，割宅以蓄華妍。勾甬全吉士被染惡疾，懸多金以勵醫師。天門唐太史客死維揚，厚賻以歸其喪。句吳陸某病既亟，買舟疾趨以就君，曰：

〔一〕杭世駿：《道古堂集》文集卷四十六，見《續修四庫全書》編纂委員會編：《續修四庫全書》第一四二六冊，上海古籍出版社二〇〇二年版，第六四九頁。

〔二〕馬曰琯：《秋夜獨坐》，《沙河逸老小稿》卷一，清乾隆二十三年馬曰璐刻本。

「是能殯我。」石交零落，歲時周恤其孥者，指不勝屈也』[一]。正因具備上述兩點，加之二馬財力雄厚，使得小玲瓏山館爲其人文情懷所籠罩，深深吸引著在揚文人士子。《甘泉縣續志》載：『馬曰琯、曰璐並博學工詩，好客，築室街南，爲宴集之地。酷嗜古書，海內奇文祕簡，不惜重價購求，所藏書畫碑版，甲於江南北。延館四方名流，日爲文酒之會。凡縉紳往來之有文望者，咸納交恐後，寒士挾一藝至，亦必不失其意去。昆季既傾心風雅，同里諸才彥又相應和，敦槃遞主，觴詠無虛，數十年邗江勝概，不減顧阿瑛玉山草堂也。』[二]《揚州畫舫錄》亦曰：『揚州詩文之會，以馬氏小玲瓏山館、程氏篠園及鄭氏休園爲最盛。』[三]可以説，小玲瓏山館位居揚州文化中心，爲衆多文人士子在揚活動的一個重要文化場所。他們雅集唱和，切磋詩藝，彼此激發，相互扶持，結成一個文化生態圈並形成良好的運行態勢。而這種文化圈生態的存在又賦予了小玲瓏山館超越園林文化以外的人文意義。

雍乾年間，出入於小玲瓏山館者不可勝數，如厲鶚、丁敬、陳撰、陳章、姚世鈺、陸錫疇、樓錡、閔崋、方世舉、朱稻孫、全祖望、杭世駿、胡期恆、程夢星、符曾、陸鍾輝、張四科、張世進、王藻、方士庶、方士⿸广建、『揚州八怪』、盧見曾等。他們有的爲寒士，有的爲棄官或罷官文人，有的爲業商文化人，有的爲畫

[一] 杭世駿：《朝議大夫候補主事加二級馬君墓誌銘》，《道古堂集》文集卷四十三，見《續修四庫全書》編纂委員會編：《續修四庫全書》第一四二六冊，上海古籍出版社二〇〇二年版，第六一九頁。

[二] 錢祥保等修，桂邦傑纂：《甘泉縣續志》，民國十五年刊本。

[三] 李斗著，許建中注評：《揚州畫舫錄》卷八，鳳凰出版社二〇一三年版，第一八七頁。

家詩人，有的爲官方文化人，有的或集多重身份於一身。衆多士羣集結於小玲瓏山館，足涉金山、焦山、攝山、林屋等處，或聯句、或分韻，創作了大量詩篇。而二馬小玲瓏山館所藏書畫又予諸友人以便利。具體體現在以下三點：

其一是二馬所藏珍貴字畫、文物以資『揚州八怪』觀摩研習與高價收藏當時名家字畫對『揚州八怪』創作熱情的激發。前文述及二馬酷嗜書畫且具有較高的鑒賞能力，而這一點與畫家有共通之處，同時，極爲豐富的書畫文物收藏，爲畫家觀摩研究提供了方便，也爲他們汲取學養、推陳出新提供了難得的機遇。清代前期，更爲緊密的士商結合的特性賦予了徽商對文化藝術的熱愛和參與，並且引導他們的文化消費，而延請名家作畫和鑒賞文物是徽商文化消費不可或缺的一部分，如金農、高翔等人卽多次寓居小玲瓏山館爲馬氏作畫。可以説，徽商巨大的經濟投入大大刺激了『揚州八怪』的創作。

其二是爲官方人物提供了向學的機會和場所。如鹽運使盧見曾不僅憑藉徽商經濟實力雕刻許多精善祕笈，而且還利用徽商藏書以自學。盧氏對二馬尤爲感激，在《國朝山左詩鈔》之《凡例》中特言：『借觀藏書，在京則黄昆圃夫子，在揚州則馬秋玉員外曰琯及其弟半槎曰璐也。』而且專詩贈馬氏：『玲瓏山館辟疆儔，求索搜羅苦未休。數卷論衡藏祕籍，多君慷慨借荊州。』盧氏還推薦寒士利用馬氏藏書以就讀，終究成才〔二〕。

〔二〕內閣侍讀嚴長明初落魄揚州時，得盧見曾薦舉，入小玲瓏山館讀書討論，終成大器。詳參錢大昕《內閣侍讀嚴長明傳》，《潛研堂文集》卷三十七，《四部叢刊》本。

其三是給予諸布衣士子的滋養。如畢生以學術文化爲生命的寒士厲鶚對馬氏藏書的利用更爲全面，其『館於揚州馬曰琯小玲瓏山館數年，肆意探討，所見宋人集最多，而又求之詩話、説部、山經、地志，爲《宋詩紀事》一百卷、《南宋院畫録》八卷、又著《遼史拾遺》、《東城雜記》、《湖船録》諸書，皆博洽詳贍』〔二〕。可以説，厲鶚之所以成爲一代詩詞好手、學術大家，實得益於『朝夕漁獵』馬氏所藏『遺文祕牒』〔三〕。

二馬工于詩詞，著述頗豐。其中馬曰琯撰有《沙河逸老小稿》六卷、《嶰谷詞》一卷，馬曰璐撰有《南齋集》六卷、《南齋詞》二卷；馬曰琯、馬曰璐共同撰有《叢書樓書目》。此外，馬曰琯編有《韓江雅集》十二卷、《林屋唱酬録》一卷、《攝山遊草》一卷和《焦山紀遊集》一卷，爲馬氏兄弟與友人唱和之作。

二

二馬所著或編著的文學作品現今俱存。就創作時間而言，馬曰琯大致始于雍正六年（一七二八），

〔二〕《國史文苑傳》，厲鶚著，董兆熊注，陳九思標校《樊榭山房集》附録一，上海古籍出版社一九九二年版，第一七二七頁。

〔三〕汪沆：《樊榭山房集·文集·序》，厲鶚著，董兆熊注，陳九思標校《樊榭山房集》，上海古籍出版社一九九二年版，第七〇三頁。

終于乾隆二十年（一七五五）〔一〕； 馬曰璐開始創作的時間同于馬曰琯，而封筆差不多于馬曰琯謝世時〔二〕，也即馬氏兄弟創作時間幾乎重疊。就文學作品而言，『馬君嶰谷及弟半查，皆以詩名江左，平居兄弟相思，友人多比之皇甫子浚伯仲焉。當春秋佳日，分吟箋，設佳酌，兩君皆垂垂白髮，硯席相隨，不離跬步，依依然如嬰兒之在同室』〔三〕，且馬曰璐『二十年來之於詩，無不與兄同之』〔四〕，是以二馬作品集中多爲同題之作，詩詞內容風格極爲接近。

二馬的詩詞內容主要涉及三個方面。其一，對山水園林的詠歎。山水園林歷來是文人士子所鍾情的雅集唱和場所，他們常出入山水園林間，創作了大量的詩篇。二馬以山水爲癖，沈德潛稱其『渡江來吳，凡寒山天平，石公林屋，無奇不搜；策蹇燕臺，探龍潭，尋潭柘，一路名勝，俱經眺覽，不謁津要而歸。至金、焦、秦淮、攝山，尤爲近地，時攜笻屐』。自然，以小玲瓏山館爲中心的文人士子，在馬氏兄弟的主持下更是以極大的熱情投身于園林山水中，他們在揚州及周邊地區揮灑詩情，化爲詩章。如二馬所編之《林屋唱酬錄》、《攝山遊草》和《焦山紀遊集》即具體記錄了諸文人士子集體遊覽山水時的情景。《林屋唱酬錄》爲二馬『偕友人陳章竹町、閔崋玉井、樓錡于湘，自揚入吳，遍遊林屋諸名勝，各得詩

〔一〕參見附錄一《年譜簡編》。
〔二〕蔣德：《南齋集序》：『已而秋玉歿，君絕筆不爲詩。』見馬曰璐《南齋集》，清乾隆刻本。
〔三〕陳章：《沙河逸老小稿序》，見馬曰琯《沙河逸老小稿》，清乾隆二十三年馬曰璐刻本。
〔四〕陳章：《沙河逸老小稿序》，見馬曰琯《沙河逸老小稿》，清乾隆二十三年馬曰璐刻本。

若干首，錄而刊焉者也』〔二〕。《焦山紀遊集》爲二馬偕厲鶚、杭世駿、閔崋、陳章等同遊焦山詩集。《攝山遊草》爲二馬偕陳章、閔崋、樓錡等遍遊攝山詩集。

其二，對朋友間深情厚意及生離死别的紀錄。馬氏兄弟『以朋友爲性命，四方人士聞名造廬，適館授餐，經年無倦色。與鄉之詩人，結爲吟社，唱和劘切。有急難者，傾身赴之，人比之鄭莊、楊政』。長期的相互扶持和頻繁的文酒之會，使二馬與友人之間相濡以沫，情同手足，而社會的動蕩和生活的變化又使得他們時常面臨生離死别。這種矛盾牽動著他們本來豐富的情感，於是聚合離别成爲他們詩歌創作的一個重要主題。體現在馬氏兄弟詩中如馬曰琯《送王梅沜之京》：

細雨輕寒正麥秋，江鄉拋卻釣魚舟。依人可得爲長策，錄别還應憶舊遊。廿載浮蹤落淮甸，五年清詠滿山樓。何堪聚散雲萍似，況是星星兩白頭。

寫出了王藻多年出沒於揚州以及與馬曰琯的交情，白頭别離在秋雨中更見蕭瑟、淒涼。

就詞而言，馬曰琯《嶰谷詞》共選錄其一生詞作四十餘首，其中有三首與厲鶚直接相關，即《柳梢青·效許圭塘體與樊榭漁川弟半查同作》、《憶故人·樊榭歸里嘯齋買舟偕往作西湖之遊相隔彌月悵然有懷》和《齊天樂·送樊榭歸湖上》。後一首作於乾隆十五年（一七五〇），其時年邁體衰的厲鶚辭别小玲瓏山館，還歸故里，二馬集友好爲之送行。詞曰：

簾纖細雨侵衣袂，梅天最難調攝。苦筍過牆，青苔上砌，客裏光陰飄忽。懷歸念切。擬暫淪

〔二〕 伍崇曜：《林屋唱酬錄跋》，清咸豐元年《粵雅堂叢書》本。

茶鐺，少留吟篋。只恐紅衣，待君香散半湖月。吹簫何處濯髮。浸空明一片，銷盡炎熱。喚艇邀涼，憑欄覓句，沙際白鷗凝雪。那堪閑闊，定驀憶山齋，幾般縈結。莫負秋窗，滿林蟬亂咽。

馬曰璐也有同題之作：

片帆約共雲陰遠，相看已縈愁緒。淡景邀詩，遙情入畫，綠暗前時來路。汀荷苑樹。有花底魚經，柳邊簫譜。水夢山魂，朗吟飛向鏡奩去。湖頭應憶舊侶。正疏篁露滴，如對幽語。病渴文園，耽佳飯顆，算是襟分幾度。離杯漫舉。待潮落江天，片時延佇。直到涼秋，翦燈同聽雨。

淒冷暗淡的環境渲染了馬氏兄弟對厲鶚難舍難分的依戀愁緒，不舍之情瀰漫在動靜意象之中，即便對於今天的讀者也極具感染力。

其三，對典籍文物的感悟和追思。二馬自幼受到良好的教育，酷愛典籍文物，與書畫家的交往以及藏書刻書更使他們在文化參與過程中，汲取更多的學養，得到更多的文學感悟。這在《沙河逸老小稿》和《南齋集》中得到集中的體現。這類作品又以對古玩字畫的欣賞爲多。如在《漢首山宮銅雁足鐙歌》中，馬氏兄弟都將自己得到文物的滿足感以及由此生發的思緒表達得酣暢淋漓。其他如《沙河逸老小稿》卷二《癸亥九日仝人集行庵出仇十洲畫五柳先生像……》、卷三《銅鼓歌》；《南齋集》卷二《題范石湖復水月洞銘拓本》、卷三《銅鼓歌》等詩作內容都以古玩字畫爲中心。具體析之，《沙河逸老小稿》卷三《展重五集小玲瓏山館分賦鍾馗畫得踏雪圖》曰：

黑雲垂垂天漠漠，滕六翻空氣蕭索。巖壑慘澹森寒光，九首山人鬚戟張。不著巾袍鞾短靮，蠻褐遮身欹席帽。跨驢橋滑不肯前，大鬼捩韁小鬼鞭。山魈野魅那及避，倒縛肩挑佐晚醉。枯林一帶鳴荒皋，從此百怪不敢號。人謂山人負奇氣，生前骯髒死猶厲。又謂山人志騷屑，不踏輭紅踏殘雪。我張此圖五月中，但愛幽澗鳴迴風。畫師有意與無意，道眼看來等遊戲。一庭冰雪淨吾胷，子虛烏有亡是公。

《南齋集》卷三亦有《展重五集小玲瓏山館分賦鍾馗畫得秤鬼圖》。二馬出示所藏真跡並狀容形貌、介紹鍾馗落拓不羈以及自己的感受，極爲生動傳神。沈德潛爲《沙河逸老小稿》作序曰：『斥淫崇雅，格韻並高，由沐浴於古書者久也。憶舊懷人，傷離悲逝，纏綿委摯，唱嘆情深，由敦厚於朋友者至也。至峭刻得山之峻，明淨得水之澄，縋險鑿幽，瀠波疊浪，則又性情與山水俱深矣。』〔二〕其中『沐浴于古書』、『敦厚于朋友』、『性情與山水俱深』正可視爲二馬詩詞主體內容的總結。而沈德潛所言還道出了二馬的詩詞風格，即淡雅、纏綿和清削。選本代表著選家的眼光，沈德潛在其享有盛名的《國朝詩別裁集》中，就選錄了馬曰琯的三首詩。其一，《冬夜宿南莊》：

空江欲雪雲冥冥，天低月暗吟寒廳。獨雁時聞四窗白，雙眼乍合孤燈青。敗蘆叢篠環沙尾，幾樹橫斜映清沘。未春先已發幽香，歲晚籬邊見冰蕊。城南小築掩柴荊，裊裊茶烟客思清。夜犬無聲人語寂，枯棋坐隱已三更。短童首觸屏風臥，簷外一聲驚雀墮。蕭騷水閣紙衾單，有夢不愁花底涴。

該詩亦見於《焦山紀遊集》，是旅途之作，『冥冥』、『暗』、『青』等色彩黯淡；『寒廳』、『獨雁』、『孤

〔二〕 沈德潛：《沙河逸老小稿·序》，見馬曰琯：《沙河逸老小稿》，清乾隆二十三年馬曰璐刻本。

燈』、『敗蘆』等意象蕭索慘澹；『夜犬』四句則從聲音的對比道出了寂靜。顏色、意象、聲音三個方面相互交錯，渾成了冬夜的情景意境。杭世駿言馬曰璐『詩筆清削』〔一〕，實亦適合曰琯。其二，《春江漁父詞張嘯齋弟半查同作》：

五湖三泖烟波宅，燕子來時春水碧。蓴絲采罷荇絲牽，隔岸桃花紅欲滴。蓑笠由來是水仙，鸕鷀鸂鶒伴閑眠。青山倒影低昂見，潮落潮生不計年。篷窗沽酒空蒙裏，一聲漁笛滄浪起。綸竿收得寂無人，明月烟江照千里。

除了漁夫那份自得外，與柳宗元『孤舟蓑笠翁，獨釣寒江雪』之意境正好相反，但也寫得美輪美奂，一派春江花月夜之景致，天人合一，吟來的確『餘韻徐歇，悠然自遠』〔二〕。其三，《過澗上草堂徐昭法先生故居》：

先生居澗上，生死世相忘。剩有三間屋，而無一瓣香。清名造物忌，文集幾人藏。留得潺潺水，終年護草堂。

此詩意味深長，沈德潛以爲該詩『玩六語以夷、齊與之，聖世遺民，清風常在』〔三〕。馬曰璐詩亦然，《西

〔一〕杭世駿《詞科掌錄》曰：『江都馬佩兮藏書甲大江南北，詩筆清削。有兄曰琯秋玉亦賢士，有詩才。』轉引自錢仲聯主編《清詩記事》，江蘇古籍出版社一九八七至一九八九年版，第四八九二頁。

〔二〕沈德潛纂評：《國朝詩別裁集》卷三十，清乾隆二十六年刻本。

〔三〕沈德潛纂評：《國朝詩別裁集》卷三十，清乾隆二十六年刻本。

山擬常徵君建》云：

幽思落巖穴，起尋山澗鍾。松風導我前，石磴稀人蹤。落日辨遠樹，一片烟濛濛。氤氳花氣合，窈窕禽聲通。空翠望不極，雲歸知所終。況茲波上月，瑩魄明前峯。洲渚暝色至，蒲稗浮光重。此時閑眺聽，餘清貯心胷。

通篇物我相融，人隨物轉，物隨人設，聲色稀落朦朧，一派天籟，錢仲聯『輕微淡遠』〔二〕之評可謂中的。二馬詩詞風格之纏綿主要是應用於上述内容的第二部分，除了詩作外，在詞作中也多有體現。《嶰谷詞》中離別屬鴞三首詞前曾分析，又一首《南浦・送王梅沜入都》：

冬冷客辭家，渺江流，隔斷西津瓜步。交是舊情真，淹留地，早又寒風酸楚。蘆花似雪，雁來何故人偏去？回首可憐楓葉落，夜夜夢遊烟渚。軟塵纔洗征衣，嘆伊人不許，江鄉久住。梅子正黄時，闌干畔、記得小樓聽雨。歡娱未幾，對清尊離情重數。堤柳不堪霜後折，斜日半牆誰語？

該詞上闋寫冬日送別，長江割斷舊情，大雁南歸爲避寒，友人卻北上赴嚴寒，這自然牽動主人心緒，夜夢難安。下闋是對舊事的回憶，黄梅季節雖多愁緒，但知交共度仍歡快不已，然而這一切轉瞬卽逝，剩下的只有孤寂地面對別酒。主人的情感就這樣在時空交織、時事跌宕中綿延，縈繞在字裏行間，終生

〔二〕錢仲聯《夢苕庵詩話》曰：『《西山擬常徵君建》，卽清微淡遠。』見錢仲聯主編《清詩紀事》，江蘇古籍出版社一九八七至一九八九年版，第四八九六頁。

成纏綿之詞風。《南齋詞》卷一《采桑子·期玉井不至》：

孤篷隔處横烟素，盼煞吟朋。孤負吟燈。細雨尖風雁一繩。　高城暮色連揚子，江樹寒燈。漁火迷冥。一夕相思落遠汀。

該詞除『細雨』句想像奇特外，前後平鋪直敍，但值得注意的是，那份企盼和落寞的心情，是隨著視線由近而遠的轉换而逐漸張開的，以至一夕相思最後融入窈渺的境界。該詞在平實之中將纏綿的情愫推向高遠。

二馬詩詞風格的形成，除了沈德潛總結的三點外，實與當時名家的影響有關，徐世昌曰：『嶰谷與弟半槎以業鹺居邗上，尚風雅，廣交遊。家有小玲瓏山館，藏書最富，與杭堇甫、厲太鴻、陳授衣、姚玉裁諸君爲友，枕葄既深，錯磨相益。詩蕭閑淡遠，雅與諸君相近。』〔二〕這其中，厲鶚應重點提出來。厲鶚與二馬的交情匪淺，他對二馬詩詞創作有著深刻的影響。錢仲聯評馬氏兄弟詩作，多將之與厲鶚同提，如評馬曰璐《西山擬常徵君建》：『馬曰璐《南齋集》詩，受厲氏影響至深。《西山擬常徵君建》，卽清微淡遠，深得此中三昧者也。』又如評馬曰璐《雁足燈歌》：『雍、乾間人，頗多爲雁足燈詩者，《南齋集》中一首云云。小考訂卻饒詩味，結尾尤佳，厲鶚一派格局如此。』再如評馬曰璐《冷泉亭》：『二律

〔二〕　徐世昌：《晚晴簃詩彙詩話》，轉引自錢仲聯主編《清詩記事》，江蘇古籍出版社一九八七至一九八九年版，第四八九二頁。

可入《樊榭山房集》。』〔一〕

以上對二馬詩詞創作加以概論，從總體上説，馬氏兄弟詩詞皆屬用心之作。誠如陳章所言：『豈世之務聲氣、矜標榜，所可同日語哉！』〔二〕這些作品與附庸風雅少有瓜葛，它們代表了在揚徽商詩詞創作的最高水準，但也沒有達到『吸三危之露，不足以喻其鮮榮；擥九華之雲，不足以方其縹緲；煦西顥沆瀣之氣，不足以比其清神而澡魄』〔三〕的高度，應該説伍崇曜『詩詞俱未算名家，要亦翛然絶俗』〔四〕之評語較爲公允持平。

三

馬曰琯著《沙河逸老小稿》六卷、《嶰谷詞》一卷，今可見最早的版本爲清乾隆二十三年（一七五八）馬曰璐刻本，中國國家圖書館、首都圖書館、南京圖書館、上海圖書館等有藏。該版詩詞集合刊，詩集收入之詩起於雍正十二年（一七三四），止於乾隆二十年（一七五五），共三百餘首；詞集收録四十

〔一〕錢仲聯：《夢苕庵詩話》，《清詩記事》，江蘇古籍出版社一九八七至一九八九年版，第四八九六頁。
〔二〕陳章：《沙河逸老小稿序》，見馬曰琯《沙河逸老小稿》，清乾隆二十三年馬曰璐刻本。
〔三〕杭世駿：《南齋集序》，馬曰璐《南齋集》，清乾隆刻本。
〔四〕伍崇曜：《沙河逸老小稿跋》，馬曰琯《沙河逸老小稿》，《粤雅堂叢書》本。

餘首。集前依次有乾隆二十三年沈德潛序、乾隆二十二年陳章序。咸豐元年（一八五一），伍崇曜刻《粤雅堂叢書》，將此本收録於中，並作跋語。此版中國國家圖書館、廣西壯族自治區圖書館、黑龍江省圖書館、復旦大學圖書館、安徽省圖書館、遼寧大學圖書館等有藏。

馬曰璐著《南齋集》六卷、《南齋詞》二卷，有清乾隆二十六年（一七六一）刻本，中國國家圖書館、首都圖書館、上海圖書館、復旦大學圖書館、西南大學圖書館等有藏。該版詩詞集合刊，詩集以編年排列，起於雍正七年（一七二九），止於乾隆二十六年，共五百餘首，詞集收録七十餘首。集前有乾隆二十五年蔣德序。伍崇曜刻《粤雅堂叢書》，亦將此本收録於中，並作跋語。

馬曰琯輯《焦山紀遊集》一卷、《林屋唱酬録》一卷，均爲友人間酬唱之作。《焦山紀遊集》共四十九首，其中馬曰琯七首，其餘每人各六首。該集有清乾隆十三年（一七四八）刻本，中國國家圖書館有藏。集前有厲鶚序。《林屋唱酬録》共一百五十五首，其中樓錡二十七首、馬曰琯二十九首，其他每人皆三十三首，多爲同題之作。該集初刻於清乾隆年間，具體時間不詳。集前有乾隆十七年（一七五二）沈德潛序，書後有杭世駿《嶰谷馬君傳》。道光三十年（一八五〇），伍崇曜將兩本收入《粤雅堂叢書》合印，並在兩書之末分别附以跋語。該版中國國家圖書館、上海圖書館、金陵圖書館、遼寧大學圖書館等有藏。

馬曰琯等撰《韓江雅集》十二卷，爲二馬與諸友人所結『韓江詩社』酬唱詩集。該集有清乾隆十二年（一七四七）刻本，中國國家圖書館、首都圖書館、上海圖書館、山西省圖書館、揚州大學圖書館、寧波天一閣博物院有藏。集前有同年十一月沈德潛序。根據卷一全祖望《金陵移梅歌並序》可知，是集開雕於乾隆八年，刊刻起因如全氏述：『馬君嶰谷、半查方自白下移古梅一十三本植於七峯草亭之陽，卽予所假館地。方君西疇挈榼就予，同席者皆唱和中人也。予拈移梅爲題，在席各賦七言古詩一章，裒成一卷，同人卽令開雕。』可見，《韓江雅集》是陸續增補而成。該集收錄四十一位文人所詠詩作，收詩時間起於乾隆八年（一七四三），止於乾隆十三年（一七四八），計有詩詞九百六十首，聯句八首。集中四十一位詩人，可考者二十六人，以浙江籍最多，共十一人；江蘇籍六人；安徽籍五人；陝西籍二人；湖北、山西籍各一人。是此集雖以『韓江』爲名，而所錄非止揚州人士，誠如沈德潛序云：『故里諸公暨遠方寓公咸在，略出處，忘年歲，凡稱同志、長風雅者與焉。』集中詩作意趣高，作者或在廟堂，或處江湖，皆一時名流。此外有清乾隆寫刻本，復旦大學圖書館有藏；有清乾隆五十八年（一七九三）刻本，黑龍江省圖書館有藏。

馬曰琯輯《攝山遊草》一卷，目前可見僅有清乾隆二十一年（一七五六）刻本，南京圖書館有藏。

馬曰琯、馬曰璐是我多年關注的對象。二〇〇八年，得周絢隆和胡文駿兩位先生幫助，拙著《清代揚州徽商與東南地區文學藝術研究》在人民文學出版社印行。二〇一六年，杜桂萍教授主持的國家社科基金重大項目『清代詩人別集叢刊』，將《馬曰琯馬曰璐集》列入其中。如今，書稿告竣，與人民文學出版社再續前緣，令人不勝感慨。謹向始終關心本書整理進展的杜桂萍教授，在本書出版之際施以援手的葛雲波先生，以及在審讀編輯過程中認真負責、辛勤付出的李昭女史、杜廣學先生，致以誠摯謝意！

凡例

一、馬曰琯《沙河逸老小稿》六卷、《嶰谷詞》一卷，以清乾隆二十三年（一七五八）馬曰璐刻本爲底本，校以咸豐元年（一八五一）伍崇曜刻《粤雅堂叢書》本（簡稱『粤本』）。馬曰璐《南齋集》六卷、《南齋詞》二卷，以清乾隆二十六年（一七六一）刻本爲底本，校以咸豐元年伍崇曜刻《粤雅堂叢書》本（簡稱『粤本』）。同時校以《焦山紀遊集》、《林屋唱酬録》、《韓江雅集》。

二、《焦山紀遊集》、《林屋唱酬録》、《韓江雅集》中所收馬曰琯、馬曰璐詩作，除與其個人詩集所收詩作重合外，尚有一部分爲其個人詩集所未收，此部分輯出作爲輯佚。

三、附録四種，依次爲《年譜簡編》、《傳記資料》、《酬唱集三種》、《友朋酬贈》。《酬唱集三種》中，《焦山紀遊集》一卷以乾隆十三年（一七四八）刻本爲底本，《林屋唱酬録》一卷以乾隆年間刻本爲底本，《韓江雅集》十二卷以乾隆十二年（一七四七）刻本爲底本。凡與二馬詩詞集、《詩歌輯佚》文字同者，題目保留，文本删之。

四、底本文字有明顯訛誤，如衍、訛、脱、倒，一律出校。有參考價值（如影響句意）的異文，一律出校。底本不誤，校本及參校本訛誤，不出校。凡底本不加區分而形近致誤者，如己、已、巳之類，徑改本字，不出校。避諱字改回，不出校。凡異體、通假、古今字，均不出校。虚字一般不出校。異體字、俗體字，合理統改，不出校。凡底本字跡漫漶不清、空缺而無法校定者，用闕字符□標示。

目録

沙河逸老小稿卷二

沙河逸老小稿卷三

沙河逸老小稿卷四

沙河逸老小稿卷五

沙河逸老小稿卷六

嶰谷詞

南齋集

南齋集卷一

南齋集卷二

南齋集卷三

目録

南齋集卷四

南齋集卷五

南齋集卷六

南齋詞

南齋詞卷一

南齋詞卷二

詩歌輯佚

馬曰琯

林屋唱酬錄

韓江雅集

馬曰璐

韓江雅集

附錄三　酬唱集三種

焦山紀遊集

林屋唱酬録

附錄四　友朋酬贈

孱守齋遺稿四卷姚世鈺

卷二

三集卷四

卷一壬戌

鮚埼亭詩集十卷全祖望

鮚埼亭集三十八卷全祖望

沙河逸老小稿

沙河逸老小稿序

沈德潛

古人莫不有癖，和嶠有錢癖，王濟有馬癖，杜預有《左》癖，嵇康好鍛，阮孚好屐，米芾好石。性之所嗜，結而成習，均癖也。然癖有雅俗，又專嗜而不能兼嗜，而馬兄嶰谷獨以古書、朋友、山水爲癖。嶰谷酷愛典籍，七略百家，二藏九部，無不羅致。有未見書，弗惜重直購之，備藏於小玲瓏山館。以朋友爲性命，四方人士聞名造廬，適館授餐，經年無倦色。與鄉之詩人，結爲吟社，唱和劘切。有急難者，傾身赴之，人比之鄭莊、楊政。渡江來吳，凡寒山天平，石公林屋，無奇不搜；策蹇燕臺，探龍潭，尋潭柘，一路名勝，俱經眺覽，不謁津要而歸。至金、焦、秦淮、攝山，尤爲近地，時攜筇屐。具此胷次，發而爲詩，泝洄《風》、《騷》，下上唐、宋，回翔於金、元、明代，斥淫崇雅，格韻並高，由沐浴於古書者久也。憶舊懷人，傷離悲逝，纏綿委摯，唱嘆情深，由敦厚於朋友者至也。至峭刻得山之峻，明淨得水之澄，縋險鑿幽，瀠波疊浪，則又性情與山水俱深矣。嶰谷之詩，非嶰谷之癖所流露而成者耶？

丁巳歲，予與嶰谷定交包山寺中，以山水作合，往來南北，繫纜江干，握手道故，共訂歲寒。嘗邀予坐行庵，示以所得祕帙新編，並約爲雁宕、廬阜之行，而君遽成古人。前盟未遂，愴恨久之。難弟半查與兄同其癖者，篤鴒原之義，梓其遺詩，問序於予。追思昔遊，嗚咽執筆，以復半查，知不勝交遊兄弟之感也。

乾隆戊寅九月，長洲弟沈德潛題於葑水之清曠樓。

沙河逸老小稿序

陳章

《詩》三百篇，往往於兄弟之際三致意焉。《小雅・鹿鳴》以下，至《魚麗》，《序》以爲皆宴勞之樂歌，而《常棣》一篇，反覆以申兄弟之好。歲時宴享，絃而歌之，所以感世之所謂兄弟者，可謂至矣。其一章既曰『凡今之人，莫如兄弟』，其三章則又以脊鴒起興，而致憾於良朋之永嘆，而莫能相助，其意非謂良朋之不可恃也，善乎呂氏伯恭所謂：『明親疏之分〔一〕，使之反循其本。苟雜施而不遜，雖曰厚於朋友，如無源之水，朝滿夕除，胡可保哉！』是故《常棣》之後，卽次以《伐木》，所謂兄弟之情既敦，則朋友之義亦篤，斯又《序》詩者之微意也歟？

我友馬君嶰谷及弟半查，皆以詩名江左，平居兄弟相思，友人多比之皇甫子浚伯仲焉。當春秋佳日，分吟箋，設佳酌，兩君皆垂垂白髮，硯席相隨，不離跬步，依依然如嬰兒之在同室，見者竊歎以爲難。嶰谷性好交遊，四方名士過邗上者，必造廬相訪。縞紵之投，杯酒之款，殆無虛日。近結邗江吟社，賓朋酬唱，與昔時圭塘、玉山相埒。嗚呼，何其盛也！而余爲石交既久，主君家又二十餘年矣。以道義相劘切，以文章相期許，風雨晦明，始終無間。然後知君真能推兄弟之好以及朋友，而豈世之務聲氣、矜標榜所可同日語哉！

前年嶰谷下世，半查將刻其遺集，問序於余。嶰谷詩纏綿清婉，出入唐、宋之間，當世皆知重之，而余獨知嶰谷之深者。故序其兄弟之好，以表其制行之大端，而世之讀嶰谷詩者，有以知其根本深遠矣。

乾隆丁丑三月望後一日，錢唐同學弟陳章頓首拜書。

【校記】

〔一〕親疏，底本作『親親』，據吕祖謙《吕氏家塾讀詩記》卷第十七改。

沙河逸老小稿卷一

秋日遊吳氏園林同用梨紅大谷晚桂白小山秋平字爲韻

懶病同希逸，初涼何所之。林亭聊作主，烟月暫相期。潮水通茅屋，松聲出枳籬。坐來神思靜，酒渴索霜梨。

霧濃衣袂濕，鳥語半林空。寒竹玲瓏碧，秋花細碎紅。自然舒倦眼，兼可息微躬。得謝塵埃事，當爲鄰舍翁。

願結香燈社，都將俗慮删。千花常作供，一月不開關。歌板何曾污，浮雲鎮日閑。草堂披蕙帳，風景似嵩山。園内有因是庵。

雨來喧衆樹，葉脱滿簾秋。倚檻增新望，連牀起昔愁。前年春，曾與先兄同過。芙蓉欹澗底，鴻雁落沙頭。感觸成惆悵，應難此久留。

過馴象院循上人房同用八庚韻

丈室曾經隔歲行，重來結伴話無生。幽花對客有禪意，山鳥下庭多逸情。數縷殘香參貝葉，一園疏雨摘蕪菁。門前便是修心處，可許頻過聽水聲。

鰣魚

鰣魚初出麥秋涼，賣遍筠籃半水鄉。細麴開封勞遠客，全鱗不削授廚孃。明燈下箸曾知羨，夜雨登柈祇自嘗。風味可人情思減，年來說食已相忘。

答樊悔庭見贈次韻

許身謬欲比南金，造物偏多役素心。春事已抛三月飲，秋懷又廢一年吟。書生舊業烏皮几，明府新詩白雪琴。他日攜尊來問字，中園嘉樹擬相尋。悔庭軒，名得樹。

酬陸東來仍次前韻

墨瀋曾聞惜似金，多君憐我寂寥心。銀鱗未報江干句，春日以《鯽魚》詩見投，愧無以報。團扇重來月夜吟。砌下蛩聲浥清露，階前梧葉奏秋琴。而今晨夕誰相共？祇向東西屋裏尋。

街南書屋十二詠

虛庭宿莽深，開徑手芟翦。會有雲壑人，時來踏蒼蘚。小玲瓏山館

我有山中心，不得山中宿。愛此兩三峯，憑欄肆遙矚。看山樓

綺錢晴日麗，粉纈苔花侵。春去亦等閑，鬢絲吹上簪。紅藥階

摩圍老人語，借似顏吾軒。彈琴復解帶，此意誰爲傳。透風透月兩明軒

洞中若有室，片雲入我懷。長松覆陰竇，烟蘿裹陽崖。石屋

疑遊水樂洞，石激波瀠洄。啓窗無所有，海桐花亂開。清響閣

垂垂紫瓔珞，可玩復可摘。摘以供清齋，玩之比薝蔔。藤花庵

下規百弓地，上蓄千載文。他年親散帙，惆悵豈無人。叢書樓

長廊斂夕曛，味甘思益苦。起予者寒蟲，唧唧牆根語。覓句廊

井上二楊柳，掩映同翠幕。空瓶響石欄，寒泉濺芒屩。澆藥井

七峯七丈人，不巾亦不襪。偃蹇立篔簹，清泠逼毛髮。七峯草亭

瘦竹窗檽青，寒梅屋角白。雛鶴小褵褷，約略見風格。梅寮

題方環山臨董思翁摹趙吳興鵲華秋色圖

翠彩嵐光刺遠天，濟南秋色滿窗前。王孫莫謂空千古，又見方壺繼畫禪。

容臺別寫《鵲華圖》，三趙同參意致殊。余家別有思翁《鵲華》長幅，其自題云：『兼採三趙，筆意爲此。』他日煩君重點筆，磚礫論百肯應無。

三回粉墨窮真宰，二老清詩照等夷。慚愧博山曾換得，風流儒雅總吾師。

程松逸抱疾杜門耽吟又不服藥詩以奉簡

貧是君家慣，今年病又侵。寒衾風雨臥，清興短長吟。道長身從瘦，門閒春已深。丁寧親藥裹，早得慰朋心。

過鐵佛寺木香繁茂可觀撫今追昔因悼雲公

僧房一架花如雪，密葉吹香遍小欄。閑客又隨疏磬至，清談不覺夕陽殘。酒攜廬阜招陶令，事往襄陽憶道安。風蔓褵褷甎墻閉，何人同就月中看。

秋日過文上人房

巳公茅屋謝公墅，詞賦當年應最多。怖鴿籠棲忘色相，牽牛瓶浸足吟哦。鍾來院靜疑山麓，雲過秋空似水波。何必勞師授真諦，片時塵事盡消磨。

小吳軒曉望用清遠道士韻

結屋層崖巔，虛簷接雲漢。娟秀愛茲丘，欲作荊蠻竄。疏松閑叢篁，曉色翠可玩。白雲凝不流，有似水瀰漫。隨風互起伏，漸滿横隤岸。須臾陽烏升，晶光錯眼亂。是時九月暄，窮秋若春半。良朋並吳越，佳日感聚散。時松逸將返新安。因宿贊公房，深夜話達旦。舉首望雲山，飛鳥不盡翰。野情猶未遂，塵跡拘可嘆。徒慚當時景，幽妙莫能贊。

題方南堂歸山圖

未出渾不覺，歸來喜若何。清時閑處有，往事夢中過。添得詩名遠，休嫌鬢髮皤。想君開小閣，烟翠鳥聲和。

題方邨鶴琴鶴送秋圖

一聲鶴唳泬寥天，坐對高空思渺然。試向孤亭彈別調，白雲黄葉滿山前。

松寥閣曉坐用薩天錫韻

焦山昔獨遊，兹來偕舊雨。對牀清夢斷，更漏誰能數。披衣鐙在房，啓戶雲生路。初景頗留人，還上西崖去。

秋夜獨坐

雨餘簷外還蕭颯，鐙下攤書讀未殘。已分此身成鈍漢，任人他日誚儒冠。蛩聲漸近知秋老，酒味全消怯夜闌。太息無兒頭早白，那堪顧影瘦欒欒。

汪南溟臨董文敏鵲華秋色圖爲張希亮題

汪子愛畫誰與倫，天水王孫下筆親。秋山點黛如深春，秋波粼粼生細文。晴窗展玩色斬新，濟南草木多氤氳。思翁染翰妙絕塵，自謂秀韻同天人。詎知來者皆亂真，曲江才子烏角巾。一峯挂壁撐清雯，對之令我怡心神。

乙卯午日

小瓶艾葉翦香叢，牆角榴花委地紅。五日關心逢競渡，廿年積思等飄蓬。東西兄弟渾如醉，時弟半查暫寓西頭。酬唱賓朋孰最工。獨坐閑庭無一事，茶烟輕颺竹梢風。

全謝山見過山館卽送北上

甬東才子昔相於，今日看花過峨廬。酒醉循環莫推卻，書籤叢脞待爬梳。論文石角春燈映，話別廊腰夜月虛。此去槐黄應得意，門前流水望雙魚。

杭堇浦自錢唐來以松吹書堂集見示依韻奉題

得住錢唐便不貧，兩湖烟月屬詞人。著書況乃等身富，掃室何來入眼塵。寒日松梢濃似黛，江城雪下亂如巾。遥知歸理牙籤後，手撫龍鱗翠鬣春。

輓許卯君

十上知稀一哭回，文窮翻令此身摧。空餘秋卷搜行篋，那復春卿解拾才。淪沒已無仙桂分，淒涼贏得酒壚哀。不辭雪涕爲君語，及第由來慰夜臺。

汪澹人以茗弈諸作見示因贈

我昔不讀書，詩賦慚鈍魯。抽豪十指間，有似挽强弩。諷君題扇句，白地工纂組。春風吹叢蘭，麗日照芳杜。忽焉高興發，蹩躠思踵武。時復檢舊藏，論次到往古。竟陵經擬參，平原史欲補。更或張兩奩，要共海僧賭。山館曲而紆，六月涼疑雨。藕花向背開，籬槿紅白吐。獨憐几格寒，設供惟潑乳。好攜仲叔來，餘勇尚堪賈。謂閔改亭。

題畫次程泋江太史韻

秋雲如水澹瀠洄，秋室生苔絶往來。我欲徵符和鶴訂，幾時同上眺蟾臺。

化蝶詩丙辰秋八月寫所見也

化蝶初成尚欠分，二分一分，出《埤雅》。蠕蠕草際恰斜曛。鈿紋猶濕綠新染，便欲低飛撲舞帬。等閑已過牆東去，何處花繁可得知。莫逞猖狂大海眼，迎風曾得幾多時？

丁巳春暮值漢原朱七丈於梅花嶺追述祖德縱覽法書繼以佳什因次韻奉酬

除卻行吟百不關，偶然花落點衣斑。身閑共擬林中鶴，夢冷只依湖上山。舊德當年渾不忘，淳風此日尚教還。臨川内史詩篇在，枌梓清塵一仰扳。先生令祖爲吾邑賢尹。郭外春深愛晚芳，日斜猶自坐虛堂。譚經客至襟期遠，校字人過墨瀋香。已是蒼顔傲松柏，況當家學富緗緗。先生主領《襄陽傳》，來往風流足典章。

奉題頫齋舅氏因樹樓集

登樓曾憶十年前，正是花繁夜雨天。紅白繽紛都是淚，親聞指説曲闌邊。賢良吾舅知名久，孺慕閑居七十春。慚愧牢之難得似，重繙詩卷一傷神。

六月廿五日偕同人福緣禪林逃暑因訪鶴林徹公

古院與同遊，到來涼似秋。紅藤倚禪榻，白羽對湯休。四静蟬都嘿，三明竹更幽。殷勤話京口，如上杜鵑樓。

聞蟬和陳竹町

綠槐高柳晚霞天，咽咽搖風斷復連。大抵秋蟲競哀怨，就中先發是鳴蟬。

遲暮《離騷》感未休，年光如客嘆遷流。如何解脱塵緣後，猶遺詩人一例愁。

南齋種竹

娟娟數竿竹，移來雨初歇。烟梢含碧滋，易地同披拂。芳蘭繞其根，甘蕉補其闕。清響入書帷，風過更疏越。羣欣夏日涼，獨契秋聲發。寓賞各殊致，此意渺難説。

山館蓼花

垣衣青合徑蒿蓬，幾穟幽花漾小紅。便有芙蕖須點綴，縱無烟水亦空濛。綠葵曾共誇山味，紫蜨偏來媚晚叢。若遇江南徐處士，也應寫上紙屏風。

壽高西堂五十

十五論交今五十，與君同調復同庚。琴書偃仰堪晨夕，風雨過從直弟兄。貧裏能忘三逕隘，秋來多感二毛生。頻年蹤跡相追憶，酒綠鐙紅倍有情。

掩卻書關晝懶開，更教插棘護蒼苔。捲簾或有鳥窺席，擡眼惟邀月入杯。未許人來憐遁跡，幾曾天不厚清才。松筠健質嬰兒性，日日斑衣戲老萊。

追涼示四弟半查

追涼到處與兄連，竹榻生衣尚宛然。覆局每當疏雨後，論書多在晚風前。丹鉛手勘留三《傳》，兄有手錄《左傳》、《公》、《穀》閱本。茶荈孤傾已十年。今日夜臺應太息，謝家羣從總華顛。

山館柳樹九月不衰松逸既寫其態復題二十八字見示柳其從此健矣

誰言弱質先秋隕，九月長條尚未黄。鶯別多時蟬又歇，依然臨檻耐清霜。

過洞庭

不向洞庭過，焉知秋水多。魚龍潛窟穴，橘柚滿巖阿。從事皮夫子，浮家張志和。高風猶在望，慚愧昔蹉跎。

宿石公庵

山光斷處水雲連，到處黄橙翠橘天。閣閣鳴榔驚曉夢，漁舟撐到臥牀前。
小臨海曲此中歌，鐵笛横吹水已波。我亦洞庭遊歷者，不知秋思竟如何。

登縹緲峯

縹緲太湖心，七十二峯右。烟翠環四圍，點點若土阜。苕霅枕其南，晉陵尾其後。義興與韭溪，附麗如臂肘。空亭遭祝融，絕頂少窗牖。我來值秋末，青冥行可叩。置身虛無中，天晴風亦吼。三唱甫里詩，再酌洞庭酒。回憶俶裝時，江鄉作重九。試問竹西人，若此登高不？

雨後坐翠微禪院

翠微禪院寄山椒，門對南湖風月橋。樓上聽經樓下飲，插天修竹雨瀟瀟。

贈湘上人

家本閶丘有素風，上人爲顧秀埜先生昆仲。巾瓶久住翠微中。一燈自續南宗後，千首羣推大歷同。蔬蒻晚餐留信宿，山含秋雨愛空濛。更將貝葉《楞嚴》義，欲與支公究始終。

虞山四截句

爛醉楓林石磴幽，由來天與此丹丘。西川先生自顏墓門曰：『天與丹丘』。霜飛青女情何限，染出虞山一段秋。吾谷

一步一迴方領要，三薰三沐始來看。雲分嶂斷防人過，時有黑龍門上蟠。劍門

虞山老子劇清狂，帶月相看屬和忙。『帶月相看並荷鉏』，牧翁招松圓句也。想遇南風怒披拂，定抛紅豆過山莊。拂水巖

當年照影人何在，千載長留古寺詩。一掬寒泉半階葉，空心潭畔立多時。空心潭

風雨憶石公山

把酒十分看瀲灩，支笻百過愛玲瓏。惟餘白浪腥風日，未見顛狂打石公。

柬華亭勗公次洴江太史韻

清齋小院坐移時，因把雲山問我師。能遣天花成供養，底須禪窟益家貲。九峯院畔應留偈，二陸祠前好詠詩。何事抛來寄華藏，聽人魚版不開眉。師寓居華藏庵。

三月晦日集飲萬石園

滿庭林木暗斜陽，石罅天然漏冷光。試上高樓一憑檻，綠楊城郭晚蒼蒼。

樺燭清尊劇論詩，餘花猶向鬢邊吹。不因今日成高會，將去春光那得知？

和吴旭亭侍御枉過山館

茅堂只合野人遊，況復蓬蒿徑未幽。驄馬忽來喧曲巷，清尊聊引憑虚樓。侵牆薜荔崇朝雨，破蘚琅玕四月秋。吟罷歸途蟾影散，諸生應待院東頭。

和孫仙谷過山館之作

疊石茅堂下，藤陰小徑開。敢言供嘯傲，聊自遠塵埃。待客登樓望，多君看竹來。褰簾驚野鳥，著屐破蒼苔。未得三春饌，虚言九醞醅。蟬聯清論發，鱣集衆人推。舊是蘇湖長，今稱典制才。風華追沈宋，唱和擬王裴。謂旭亭侍御。坐久望朝雨，情深戀晚杯。高吟慚莫繼，相對且徘徊。

和全謝山詠汾酒四弟半查同作

釀自文湖水，清芬色若空。封題乘臘雪，開坼待春風。一斗誰相繼，周文帝命有司月給韋敻河東酒一斗。孤斟句獨工。從今添掌故，傳送到河東。

仙谷以琴魚見惠賦謝

溪水帶琴聲，溪魚舊有名。翠鮮春日網，包裹故人情。佐茗味逾淡，擬蔬風益清。何當食無報，長句媿新城。新城有《劉無人琴魚》。

和盧雅雨先生留别淮南故人原韻

樾館烟庭本素期，底須雲路嘆多歧。梅花舊日傳東閣，留待春深賞故枝。

天人研究極專精，功利從知是所輕。先生寓董相祠。一艇烟江暫來去，春波春草自關情。

誰人留得蓋寬饒，二月蕪城别思迢。此去縱無雙履贈，也知頻上伯通橋。

胡復齋先生惠寄泉茗漫賦長句志謝

纔吟山色泉聲句，又寄瓶罌箬籠來。擕石直教清似乳，開緘還愛緑於苔。幾時陽羨居能卜，憶著梁溪首重回。茗椀試嘗詩更讀，恍如秋雨淨炎埃。

萬石園草木分詠得榆

修柯老枏覆庭戶，一片清陰欲無路。白榆歷歷種家園，弟橘兄槐影交互。《淮南子》：『榆槐橘柚，合而爲兄弟。』飛錢能買青春來，落莢不逐楊花去。由來移得天上根，大有仙郎此間住。酒鐺粥鬲晝窗虚，架上時還走蠹魚。兩本枝連榮氏樹，當年曾見史官書。見《宋史》。

上元夜雪二截句次竹町韻

琉璃珠絡鬧兒童，令節剛逢月正中。一夕兜羅綿酷似，拂簷縈竹夜濛濛。
燈似無情雪有情，旋紗烘火一時清。呼童準備雙遊屐，明日看花雪裏行。

題汪蛟門先生少壯三好圖

《三好》蘭陵有晉風，先生用意豈雷同？何時檢得親題句，補入《梧桐》詩集中。
自昔能文說馬遷，還憑子幼表前賢。謂洴江。收藏遺照教人識，儒雅風流盡可傳。

和復齋先生寄示諸什

風微月澹水平漪，柳密堤長助渺瀰。夜半蟬聲最淒斷，感人常是到秋期。鶯脰湖

爲愛清泠繫野船，更聽松子落珊然。童攜茶具僧攜笠，惆悵春深又一年。惠山

絕憐水色與山光，領取花間一枕涼。我昔尋遊逢九日，冷菰寒蔣剩餘香。西湖

探奇直到小吳休，月滿中庭始出遊。料得酸吟瘦居士，也應厭上管弦樓。虎丘以小吳軒爲最勝，余辛亥年寓居旬日，然出遊多在月夜，避喧雜也。

只恐歸來淚更垂，空牀長簟冷秋帷。《楞伽》縱是治情藥，消得微之幾日悲。題悼亡詩後

哭汪澹人

斯人一朝亡，雙淚不可制。老壽與壯艾，浮生總如寄。嗟我分義深，疇昔許同志。憶我交君時，歲紀已逾二。舉世競纖靡，惟君擯浮僞。舉世尚夸毗，惟君務肫摯。出言每恂恂，持身常惴惴。習俗能移人，誰肯修其內。近益愛清吟，秀句壓行輩。君園饒水石，我館雜蕭艾。詩筒遞往來，一月凡三四。今年風雪中，意氣豪十倍。靈辰賦落梅，令節歌粉荔。君《元日立春》詩中語也。戲追玉局翁，五疊京兵字。用東坡韻，和唐、程兩太史，至五疊韻。才名世所嗤，何遽遭天忌。悔不蚤勸君，酩酊終日醉。昨朝嬰疾初，但道

苦肩背。及來視匡牀，神理漸茫昧。君體素豐腴，而竟重泉閉。顧我衰朽質，知復幾時在。訣別忽兼旬，前夜見夢寐。生別尚怏怏，死別徒悲涕。我兄下世久，當年稱密契。相逢續舊盟，寒食梨花墜。無由出夜臺，說以慰兩弟。

和復齋先生移居四首

鄉關歸老更謀居，草草營成厭綺疏。清白西川無長物，蕭條東野有空車。未論朱芾堪沽酒，贏得青山好著書。從此收身齊物我，漆園枕上夢蘧蘧。

蘭芷清詞自昔誇，梁溪泉脈暗穿沙。衣冠已入《襄陽傳》，水石猶存陸羽家。兩地枌榆思舊德，一庭烟雨長新芽。揚州大好詩人宅，東閣前頭幾樹花。

吉祥肾次最爲寬，獨寐忘言卽考槃。綴緝牙牌成雅韻，縱橫玉子總閑觀。春生古柳當窗綠，月上平橋入座寒。漫道地偏人跡少，强教棲息一枝安。

曾經分陝總鈞樞，笑拂巖花返故吾。五白羊還從少女，雙青犢更走長須。宋人寫《稚川移家圖》如此，山谷有題句。也知放達師聱叟，可要風流擬釣徒。朋比熏爐褰黼帳，耆年且繪十三圖。

送陳江皋之天津卽次留别韻

淹雅從教擬嗣通，篝燈常共漏聲終。牀排曲尺譚偏勝，詩到咸平語遜工。蘭臭交情非淺淺，梅花驛路去悤悤。憐君依舊身爲客，悵觸鄉心暮雨中。

題雅雨先生借書圖

會稡書都遍，長須尚往還。高懷輕宦海，絶學寄名山。此地慚題戶，誰家足掩關？圖成宛轉意，終恐一鴟閑。

唐天門太史屢有詩逋未償同用東坡挑叔弼季默詩韻以督之

原是仙才下玉京，論詩矜慎似論兵。丸泥自可封函谷，縱火翻教走樂生。刁斗不同能決勝，指揮若定必交驚。須知挑激師尤勁，三策强吳敵已傾。

題松逸三好圖

靜坐、觀書，遊玩山水。其題册云：『靜坐非必避世遠囂也，聊以養吾神；觀書非必立言傳世也，聊以醫吾俗；遊玩山水，非必搜奇抉勝也，聊以適吾興。』因自繪圖索題，時己未春二月，爲六十初度。

竹樹茅亭絕點塵，小童閑待鶴雛馴。何嘗山水非深好，縱到神仙不傲人。一卷盦書相對老，五莖烟草正生春。高懷誰似程居士，白石青蘿自寫真。

題雅雨先生出塞圖

先生家世隱嵩山，少室三花舊往還。何事清時賦于役，風衣雪帽向榆關。

聞說燕然重紀功，暫驅匹馬過崆峒。三年恩詔南歸後，黑水虹亭一夢中。

小山叢桂動離思，幾載淹留董相祠。莫忘閑情對烟月，殷勤一寄塞垣詩。

今春擬洞庭白下看梅未果存園花事可觀去東城不數里亦未得往松逸竹町各以詩來漫賦一律

冷豔懷江上，清芬夢五湖。如何小籬落，亦復讓臞儒。花事晴飛雪，詩情冰在壺。僧繇能慰我，更乞詠梅圖。謂松逸。

題高南阜折柳圖

煮藥頻量董子泉，虛窗短榻又秋天。三年官罷廚艱米，五月苔深徑有錢。君寓董相祠五閱月矣。剩藉古書招舊侶，劇憐衰鬢賦歸田。不知得與高詹事，翦燭聯吟更幾篇。

哭汪綏遠

今年二月梅未開，若翁與我同尊罍。賦詩飲酒到日暮，更訂後會何歡咍。幾日精魂赴杳漠，使我酸痛還疑猜。其時五男坐巨創，長君心裂如刀裁。哭母未已繼哭父，呼號滴血沾麻縗。自是無意視人世，合眼惟見親顏來。一門叔父雖慰藉，七祭未終形彫頹。勺水飦粥不入口，神理茫昧歸夜臺。古來純孝列紀載，甎摧木折墳枯荄。亦有鳥巢鶴鳴側，廢詩罷社人禽哀。誰其如君以身殉，至性直可感風雷。我與君家爲世戚，非徒文字相追陪。謂天不佑我不信，三世醇厚元氣培。謂天果佑我不信，三喪疊見寧非災。詎知天意自有在，跖壽顔夭真難推。而況人倫關教化，豈在死與不死哉？當今天子重獨行，學士椽筆多史才。已知足可光簡冊，我又何必爲君淚落頻灌灌？

題真州方可村夢遊關塞卷子

江漲通池柳拂橋，高懷常是狎漁樵。如何一夕燕然夢，卻趁邊鴻夜度遼。

黄沙白草塞雲屯，大似防秋出薊門。覺後不知身萬里，依然明月照江村。

沙河逸老小稿卷二

王晴江明府招遊平山時庚申六月二日

自昔蕪城憶舊遊，魚龍爵馬一時休。蕃釐又歷昆明劫，蕃釐觀，火於戊午年。剩有平山集勝流。

不到虛堂已隔年，今朝拚卻雨廉纖。雲間日午憑欄立，多謝青山分外妍。

百里平疇與掌同，浮圖雙影界虛空。瀰濛一片江光白，都在紅霞綠樹中。

六一仙翁萬古清，和詩還得老門生。如何楊柳凋零盡，換卻蕭蕭梧葉聲。

泉新泉舊任相沿，第五鐫題煞有緣。記得良常親運腕，傷心已是十年前。「天下第五泉」，乃虛舟先生辛亥年爲予書也。擬構一廊，嵌字於舊泉左側，久之，爲劉景山索去。

憶著家山興不孤，四窗含墨寫天都。恍然置我軒轅頂，三十六峯看有無。汪滌崖寫黄山諸峯於平樓。

華表嵯峩整不欹，英風清節在碑辭。雷塘陵墓多樵牧，肅拜誰知五烈祠。

烏衣風調本琅邪，老矣猶思會合賒。六月傳杯過三月，此行遙爲接荷花。

雙旌冉冉轉松陰，拍手兒童笑語深。聽訟庭空丘壑美，謝公原不廢登臨。

棲靈寺外晚烟澄，棲靈寺裏長明燈。幾時添個棲靈墖，高李詩刊第九層。

斜陽隱隱在橋邊，陸上籃輿水上船。惟有枯僧無住腳，一條筇杖斷蒼烟。謂詠堂。
水色烟光未足論，若爲鷗鷺暫相親。年來不作江湖客，小立漁梁亦可人。

題汪友于思親圖

暫輟無時哭，欒欒顧影憐。聞《詩》猶昨日，讀《禮》已經年。雲葉常披絮，風林似響泉。爲言題贈者，莫寫《蓼莪》篇。

送復齋先生菊

秋原零露漸成霜，秋士攜筇出郭忙。行到籬邊榮晚節，一枝先采報重陽。

程軼青獨上江樓圖

樓迴愁何極，江空意倍傷。況當花落後，兼值夜初長。塵鏡那堪拭，冰弦未忍張。圓蟾不解恨，依舊吐清光。

程蕁浦以抱琴攜鶴圖索題

古木叢陰薄，秋風澗壑清。素琴囊蜀錦，老鶴候柴荊。對此祛煩慮，因之識道情。詎同據梧者，齊物誚莊生。

除夕次少陵杜位守歲韻

殷勤夜惜玉川家，盧仝守歲詩：『殷勤惜此夜。』也向春燈看結花。猶憶少時期刻鵠，空慚老大學塗鴉。庭梅已見香堪挹，斗柄何妨影漸斜。但得明年少人事，故園泉石足生涯。

正月十六日同符藥林陸南圻弟半查月夜遊平山

平山遊屐探尋遍，誰解相攜玩冷光。一片空明萬株樹，孤亭人影太蒼涼。
曲磴紆迴鍾韻幽，松深無籟亦颼飀。行春臺上層層月，認得烟嵐是五州。
我與梅花作主賓，更招磊落兩長身。襹褷晃漾花間立，可許胷留半點塵。
竹西還是燒燈夜，不向春城試管絃。寒浸一溪烟水碧，更來欄畔品新泉。

題謝梅莊觀察奉母督運圖

王尊嘗叱馭，曾子不離親。家國情難並，晨昏志卻伸。江魚供饌美，沙柳逐船春。吳楚光榮滿，何須羨洛濱。

上巳雨中和竹町二首

佳節年時總不虛，東堂南礀飲徐徐。祇因一雨心情減，忘卻今朝是祓除。

把君詩句憐君意，春水重湖願屢乖。三十六峯歸未得，與君同此滯清淮。

春日同人遊鄭氏休園二首

古木濃陰合，蒼苔一逕深。廿年勞夢想，此日快登臨。繞檻知魚樂，巡廊和鳥吟。茶烟香細細，更喜盍朋簪。

殘陽猶在樹，幽翳變朝昏。水木清華地，烟雲翰墨存。乍來渾似畫，久坐欲疑村。谷口今何在，春風自掩門。

萬石園牡丹花下感懷二首

楊花作陣燕差池，惆悵春光三月時。記得隔年留客醉，七人同詠牡丹詩。

燈前那忍放狂歌，花下頻行唤奈何。一霎吹香殘雨過，淚痕還較雨痕多。

和洴江太史小滈南四首

亭浸空明擬昔賢，樂飢垂釣總堪傳。小秦淮畔吳淞似，水竹從教占一川。

三板橋連六枳籬，沙禽格格蹴漣漪。藕花萬點葉萬柄，冰簟胡牀正此時。

玉署仙人打睡翁，洴江自署也。芙蓉四面月當中。倚欄更製牽絲曲，艇子嘔啞東復東。

鍾聲蓮性落平蹊，亭東即蓮性寺。溪上紅雲不隔隄。況有綠楊深似雨，把詩吟向五塘西。

鳳尾蕉

蕉本產番禺，不與衆蕉比。根連五羊泥，葉帶三瀧水。山齋偶獲之，愛護同蘭芷。入夏始披風，未冬掩窗紙。從來炎方種，不耐霜雪灑。所異金爲膏，更詑火救萎。亦如鼯與貘，物性難究擬。詩云九節蒲，見《楊萬里集》。稱名無乃是。或云卽鐵樹，何日花生蕊。更云辟祝融，斯語聞載紀。緬想嶺南來，路越幾千里。既嗟風土殊，又屈盆盎裏。我欲植地中，遂此生生理。攢攢紫鳳毛，纚纚青鸞尾。策策秋雨中，瓏瓏明月底。濃陰滿石牀，翠色落棐几。啜茗對高人，清音坐中起。

除夕立春同用真韻

軒庭灑掃淨無塵，除夕欣逢歲入春。迎送羣情分冷暖，朝昏一日見新陳。是日子時立春。浮尊卷燭開佳節，鼰草拈花戀此辰。五十四年渾鹿鹿，北堂惟祝比松筠。

菜花

滿地蕪菁滿稜金，隔籬黃蝶漫相尋。上東門外花初放，楊柳陰中春已深。獨抱香心便野客，不隨繁豔媚華簪。雖然學圃慚無力，每到開時也一吟。三、四用韓持國、陳簡齋詩意。

喬介夫先生賦詩見贈依韻奉酬

安平九老繪成圖，風味香山未足殊。百里烟波思把手，一朝談笑看掀鬚。新詩贈我伸箋寫，健步尋山卻杖扶。先生焦山遊興甚勇。海鶴精神鷗性格，神仙不必定方壺。

南莊四截句

茅堂曾得幾弓寬，愛看潮痕日倚欄。一略彴横三畝竹，水村風景夏能寒。
楊柳門間葦接連，陸乘兜子水乘船。蟬聲未斷蛩聲續，作出新涼七月天。
鄰園老桂客爭誇，每到花時悵日斜。何似今朝明月夜，小山秋影屬吾家。
逡巡弱弟未能前，何事三高亦阻牽。謂環山、恬齋、漁川、弟半查。入網鱗肥香稻熟，他時同譬衍波箋。

悼蔣嵲岷

廿載相於託故知，一朝奄棄涕漣洏。不衫不履能醫俗，非色非空學坐馳。卧病怕驚親骨肉，題詩愁對舊容儀。梵覺僧房爲其卒地，其懸板小照，乃十年前繪寫於山館。只今山館無留跡，塵榻依然似舊時。

七月十六日邀同人南莊小集晚過黄氏園亭看桂用顧阿瑛金粟影詩韻

雲日荒涼連斷渚，圓蟾永夜清光吐。霍家橋畔構茅堂，謬擬樊遲學藝圃。連茵接袂聚名流，朗潤人驚羣玉府。殘蟬戛戛樹頭鳴，倦蝶翩翩階下舞。薌林隔院送濃芬，下澈寒潭上秋宇。裂鼻風來斷續吹，遂令十里皆香土。憶昔淮南賦小山，八公自幸生毛羽。我愛吟香不愛仙，誰謂今人定師古。芳尊花月盡今宵，還祝來朝少風雨。

次夜飲桂花下再疊前韻

折葦荒蘆遍烟渚，我有秋心向誰吐。揭來偃蹇青桂叢，漠漠江雲濕玄圃。卅年前有過江人，席地兵廚攜北府。銜杯不放到深更，點起紅燈照歌舞。懸知一向惱姮娥，定閉瓊樓與玉宇。而今主客兩茫茫，嘆息美人半黄土。我來剛值七月中，無限草蟲齊振羽。賦罷劉安彼一時，創合吳剛自千古。但願星星香入雲，莫便紛紛墮如雨。

秋日柬汪近人

交深卅載意綢繆，移住城隅小屋幽。風裏寒蛩憐靜夜，燈前白苧耐新秋。嗜茶定有《茶經》讀，能畫羞來畫直酬。清骨向人殊落落，懶將巖電閃雙眸。

初冬奉邀同人行庵小集次姚薏田韻二首

黄葉落三逕，白雲封一林。經旬稀出郭，作伴喜過尋。未試安心法，先爲自在吟。蒼茫寒日裏，疏磬暮沉沉。

小憩卽吾廬，清冬一歲餘。數椽留謝宅，八法論何書。是日，縱觀義門先生書。菘晚聊充饌，香殘擬柅車。不知茗霅客，亦復契冥虛。

題王孟堅山居讀禮圖

良常耆舊已長眠，有子洮湖守墓田。茅屋三間雲自掩，《禮》經一卷淚將穿。伊吾靜夜親孤燭，幽咽空山答遠泉。我展畫圖寒食後，不論宿草總潸然。

陸茶塢山中對雪見懷並寄後漢書追憶名園遊賞之勝已十二年矣依韻奉和

一紀名園隔，籬根憶泊船。水雲常在目，文酒尚依然。自命應摩詰，偕吟擬月泉。當時同榻處，惟羨棣華聯。

雪後封書篋，渾忘江路遥。東京留軌物，南國憶葦蕭。『葦』，《爾雅》作平聲。蠹卷丹鉛舊，螢窗歲月消。無能報鴟酒，慚媿髮騷騷。

和劉補齋先生見懷原韻

隔歲理歸棹，遺我瑤華音。瑤華日在眼，離析愁人心。公含廊廟姿，敢謂苔同岑。忽乖巖壑賞，清醑阻屢斟。春雲川上合，回雁空中吟。欲報媿弇陋，鬱鬱遂至今。

三月廿一日山館留春

每當春去思綿綿，未必春光不我憐。挽住芳情憑舞蝶，句回綠意悵啼鵑。髮無可白休輕擲，詩不能吟莫漫捐。試緩歸期且留戀，斜暉挂在小樓前。

雨後南莊和西唐韻

餘寒猶料峭，趁取一朝晴。攜手石橋去，同看春水生。我緣耽野趣，君亦賞幽情。籬外風花亂，飛來撲面迎。入門延眾綠，池畔草初齊。仄足防挨筍，排椿爲護隄。風前雙燕語，午後一雞啼。沽得村醪美，銜杯到日西。

題江鶴亭黄芍藥

蘆簾半展映初陽，一種翻階額上粧。二十四橋名品在，熨開雙眼看鵝黄。低頭作侍教誰服，開口封詞頗自誇。合與姚家稱伯仲，側金琖畔占風華。

陸南圻張漁川雨中留余兄弟讓圃山樓小飲即席作

直擬山中住，較山應更幽。雨聲連磬落，樹色帶雲流。翦燭頻看鬢，論心不下樓。忘機如我輩，即此是菟裘。

夏日與茶塢僧房話舊用汪箕臺韻

樹影落深杯，閑愁掃不開。廿年隨手去，一語上心來。淨案空瓶水，寒爐剩印灰。纏綿那忍別，斜日漫相催。

秋日仲東麓留宿山館賦贈

泗水先賢後，蕪城小駐橈。世緣心澹泊，素髮影飄蕭。誰辟紅蓮幕，空吟白雪謠。秋燈常不寐，風雨話東臯。

茶塢留宿山館箕臺有詩寄贈兼以柬余依韻繼和

吳客抽帆至，蓬門小徑開。供眠惟白石，作脯只青苔。賴有芝蘭契，頻攜冰雪來。不然秋雨裏，閑殺陸生才。

茶塢過訪山館留止浹旬賦此送別

到來風雨數，緣榻長秋苔。獨愛荒涼逕，同傾瀲灩杯。病餘詩轉健，霜後菊頻開。後日相思切，蒲帆漫擬回。

嗟我巖棲者，多君肯過從。求羊慚地主，水木仰高蹤。燈燼挑深夜，年華感別悰。絕憐清露底，愁思寫芙蓉。君以《秋江芙蓉寫照》索題。

厲樊榭納麗

竹西自昔多佳麗，名士傾城此一時。聞說蛛絲曾拂面，便看椒實已盈枝。窗外有連蒂椒一株。湖邊緩唱迎郎曲，橋畔先歌卻扇詞。雙燭影中杯瀲灩，寒宵真與意相宜。

畫取雙眉當遠嵐，隔牆詩老漫相探。謂榭山。幽姿的的如瓊玉，皓月盈盈正十三。顧氏瑤池工點筆，蘇家小袖最宜男。國香一覺徵前夢，近事南堂喜劇談。南堂納麗揚州，歸與舊姬連育四子。

陳齊東以母節婦嫂貞女册索題

是姑是婦節從容，豈獨柔儀號女宗。千字誄言誰狀得，一枝修竹映寒松。

煢煢相倚守寒缸，新月娟娟早墮江。劉向班昭彤史在，不曾見說柏舟雙。

癸亥九日仝人集行庵出仇十洲畫五柳先生像作供以人世難逢開口笑菊花須插滿頭歸分韻得須字

朝來絮衣薄，寒色傲茱萸。出郭眄蒼翠，丈室開行廚。堂懸五柳像，貌古神清癯。千載此佳節，今日夫豈殊？如何詠重九，非公莫屬乎。嗟我兩鬢白，坐見歲月徂。前年躡芒屩，遊跡遍東吳。穹窿據茂苑，縹緲淩太湖。屈指登高地，十年如斯須。今者偕吟朋，盡日依團蒲。有琴且試彈，有酒且試酤。而我不爲樂，應慚此畫圖。

題茶塢秋江芙蓉小照

芙蓉江上晚來多，碎翦紅雲錦作窩。莫問鶯花舊遊歷，冷吟猶未覺蹉跎。

鯉魚風起水生紋，花著微霜似酒醺。我欲涉江搴木末，風流那得不輸君。

金陵移梅歌

山館營成近十年，梅花何止三回種。陽坡陰磴總摧殘，蠹蝕蟻緣等枯葑。惱我情懷不願看，松竹扶疏補缺空。今年有客過我言，借才異地方爲用。金陵城外鳳臺門，花事漫山眼堪縱。驚逢醜怪轉多姿，買取欹斜不辭送。急裝小艇過江來，正值新寒時合凍。虬枝猶帶建康泥，瘦影應縈石城夢。轆轤飛雪肯教閑，闌檻移春聊與共。如椒細蕊尚含苞，已有寒香屋角動。贏得高人坐月吟，漸看飢烏迎風哢。轉瞬明年二月中，更攜橘酒開深甕。金陵酒名。

微雪初晴集山館得鹽韻

藤梢初見一痕黏，晴色朝來景物添。便有高懷落巖穴，幾多清夢壓書奩。風回酒纈先生面，日上吟撚處士髯。寒氣昏黃應轉甚，甎爐圍火更加杴。

松聲以王子安日落山水静爲君起松聲分韻得静字

清音連日暮，吹落高松頂。入耳不聞喧，到窗彌覺静。彈琴對寒空，孤詠酬幽境。獨鶴忽飛來，霜風時一警。

同遊建隆寺用沈傳師遊道林岳麓寺韻

梵刹蕭條何足論，十圍樹響洪濤奔。行人過此屢回首，當年豈是髡僧園。維宋東行討巨鎮，雀兒顧命誰並尊。欲將鐵券屈臣節，何怪不服如陽樊。揚子湯湯殺氣震，旌旗閃閃愁雲昏。皇威下壓燕壘碎，羽衛歸來戍撤屯。御榻存留御容降，營地肇開不二門。至今鐵鑊貯瓦礫，天陰鬼哭垂啼痕。吁嗟天不奪柴氏，三關已復國本根。試問後來彰武殿，可有祠官奉玉樽。興亡萬事隨轉燭，紛紜雨覆兼雲翻。祇餘金仙常住世，慈容朗朗神軒軒。太息晉陽一隅耳，寬大獨容劉繼元。

浮山禹廟觀壁間山海經塑像排律三十韻

姒氏留遺廟，蕭晨祇肅來。靈旗風颯颯，社樹葉堆堆。祕殿憑浮石，中臺接斗魁。趨承珪幣儼，侍御鬼神猜。冕服彰彝藻，明禋薦玉罍。華袞紅退色，妙塑土存坏。造物由來異，洪荒實可哀。萬方齊沮洳，九則盡倭傀。浩浩天關閉，湯湯地軸壓。登山行白馬〔一〕，幹蠱痛黃能。川鎖支祁浪，林飛大翳灰。決排平怒溢，疏鑿盪雲洄。啓後應多績，承先罔有災。八埏勤畚鍤，三過戴毋追。要極龍蛇變，方知德教該。睢盱國士手，刻畫惠之才。混沌同呈狀，何羅妄遌胎。蛾緣鼠作匹，螽與蚓爲媒。聶耳輪常託，穿胷竅洞開。諸惟詳紀載，豈是供諧詼。岳瀆經旁證，蟲魚疏別裁。《史通》文太缺，《天問》對堪咍。惟后能諳耳，其功實懋哉〔二〕。卽今峯嶄崒，如聽水喧豗。讖緯兼羣驗，刀圭備百材。理推真誕詭，用適亦宏恢。但使新碑煥，毋令舊壁頹。標題窮窟宅，指點到崔嵬。隱隱鯨鍾發，淵淵夔鼓催。流觀誦底定，臨去更徘徊。

【校記】

〔一〕行，《韓江雅集》作『刑』。

〔二〕懋，《韓江雅集》作『茂』。

消寒初集晚清軒分得青韻

招邀又復到寒廳，拈韻裁詩倚曲屏。陽氣初交猶滯暖，疏梅小破已微馨。今宵試驗簷前月，來日重看望後蓂。贏得年年爲此會，熏爐朋比倒雙瓶。

梅花紙帳歌

相傳古有梅花帳，此帳未見徒空聞。偶然發興以意造，人稱好事同欣欣。搓挲玉繭辨簾路，裁縫冰楮嚴寸分。巢林古幹淡著色，高子補足花繽紛。寫成完幅挂竹榻，垂垂曳曳波浪紋。清絕難成夢，香多不散雲。曙後也應來翠羽，更深還擬伴湘君。帳中何所枕？一囊秋露黄菊醞。帳中何所覆？蘆花半壓白雲雰。戲蝶忽三五，變化麻姑裙。問誰來試之，子意最殷勤。短檠搖影羅浮去，詩境來朝定不羣。

邗溝廟

誰言霸業消沉盡？衰柳寒蕪廟貌留。翁媪何知論戰伐，椒漿空自薦春秋。餘皇一徙終爲越，羅繡三重尚念周。不分猶亭亭下水〔一〕，年年嗚咽到邗溝。

【校記】

〔一〕分，《韓江雅集》作『憤』。

首春行庵小集分詠梅花事得羅浮

人云梅花仙，乃是萼綠華。試觀《龍城錄》，其言信不差。師雄遇美人，雲鬢鸞堆鴉。麗質頗相衒，清言應遞誇。是時那自覺，明日方嗟呀。豈惟飲酒人，何從覓酒家。回思昨夜夢，一樹空橫斜。寄言羅浮客，珍重見梅花。

二月五日集篠園梅花下用香山詩爲起句得蒸韻

二月五日花如雪，疑坐孤山最上層。一片竹聲寒澗水，十分禪味小乘僧。詩心尚記從前會，梅事還教向後徵。不比葷羶長夜飲，但將歌舞簇紅燈。

雨中懷藥林

魚雁何曾斷，空教往復頻。花時牽遠夢，雨裏惜殘春。詩定能追古，官應不救貧。與君同繫念，五十七年人。

行庵食笋限笋字

迎軒眾綠繁，繞砌孤花盡。時維竹之秋，籬角迸新笋。乘此初發萌，裂地斸蛇蚓。不惜鴉觜鉏，欣得瑤玉軫。乍脱紫衣襴，旋墮綠雲鬟。清香未入口，風味已儘儘。敢參佛印蔬〔一〕，禪悦悟貪忍。聊以佐行厨，清齋伴土菌。如何作韻語，使我飢腸窘。坐莽應自嗤，入山休見哂。還擬食貓頭，草鞋行峭緊。

【校記】

〔一〕印，《韓江雅集》作『影』。

送王梅沜之京

細雨輕寒正麥秋，江鄉抛卻釣魚舟。依人可得爲長策，錄别還應憶舊遊。廿載浮蹤落淮甸，五年清詠滿山樓。何堪聚散雲萍似，況是星星兩白頭。

沙河逸老小稿卷三

南莊野眺用東坡書王定國所藏烟江疊嶂圖韻

插天青柳高於山，一縷雲白縈炊烟。人家大半在村落，平疇彌望心曠然。此地港汊通江潮有信，支流直接中泠泉。到處五畝十畝竹，清陰團色疑斜川。遙峯翠影盡呈露，金焦兩點當我前。恨不拏舟向空際，風帆沙鳥浮江天。網師舉網得劍脊〔一〕，貫以柳葉鮮且妍。買魚沽酒食罷坐池上，菱絲裊裊荷田田。君不見分秧苦晴麥苦雨，農夫力田稀逢年。近聞連枷聲拍拍，遠見楝子花娟娟。小橋流水夕陽下，閑童曲肱跨犢眠。橫幅大年無乃是，攜手不羨飛行仙。山光寺鍾殷殷發，塵襟喚醒區中緣。直欲冥心狎鷗鳥〔二〕，一誦《南華》《秋水》篇。

【校記】

〔一〕劍，《韓江雅集》作『箭』。

〔二〕鷗鳥，《韓江雅集》下有『延緣葦間』四字小注。

覓句廊晚步

偶因閑客啓疏籬，斜日看看影漸移。一曲欄杆數株樹，晚風吹動鬢邊絲。

安石榴花豔豔開，琅玕新葉碧於苔。無端詩境從空得，悔卻東廊久不來。

食鰣魚聯句

海鮮來四月（曰琯），節物數江皋。風借東方便（厲鶚），潮乘上信豪。郭公啼雨早（王藻），楝子著花高。截水千絲網（馬曰璐），緣流幾葉舠。蒼黃惜鱗鬣（陳章），咫尺失波濤。圉圉傷同隊（閔華），喁喁憫爾曹。脊橫堆翠鈿（陸鍾輝），尾帖臥銀刀。得雋漁人喜（張四科），居奇市價操。沙頭貫楊柳（曰琯），街口伴櫻桃。俊味河豚媲（鶚），芳腴石首逃。團臍嘲稻蟹（藻），獷殼賤車螯。指動何妨染（曰璐），涎流詎厭饕。淵材談誤恨（章），孫勔韻深褒。去乙砧初斫（華），調辛釜乍轑。煮宜加荻筍（鍾輝），和不用蔄蒿。飽食仍蕭瑟（四科），嘗新漫鬱陶。貢曾同嶺茘（曰琯），薦更重溪毛。因軫百金費（鶚），還停一騎勞。此鄉真獨擅（藻），作客屢曾叨。致遠如藏杬（章），封題每藉糟。爛應愁內潰（曰璐），蔫祇享殘膏。腹負誠爲累（華），身謀任所遭。撫時將競渡（鍾輝），按酒共《離騷》。翦燭西堂夜（四科），爭拈險語鏖（曰琯）。

禹鴻臚尚基五瑞圖聯句

天中節物鴻臚筆，礫砢葳蕤狀非一（閔崋）。石榴的的開紅巾，頳玉軫綴碧葉新（厲鶚）。幾團角黍裹綠箬，半尺菖蒲露青鍔（程夢星）。盧橘壓枝真蠟黃，胡蒜一拳簾押光（陳章）。中央寘以酒盈甕，快讀《離騷》飲須痛（王藻）。禹生久客在京師，寫此娛賓共解頤（曰瑄）。躪柳紛紛塵撲面，不見飛鳧嬉海淀（方士庶）。水鄉風景憶江南，微官落拓畫尚堪（馬曰璐）。宫扇宫衣那易得，差勝殘杯兼冷炙（陸鍾輝）。圖成聊解楚臣飢，九節堯韭仙可期（崋）。塗林子待秋房滿，京口山形符益算（鶚）。洞庭晚翠花款冬，鄉人誰寄輕筠籠（夢星）。錫以嘉名曰五瑞，淋漓醉墨欹斜字（章）。藏弆今歸好事家，高齋同展玉鴉叉（藻）。濃陰如水雨新霽，絡石垂垣搖薜荔（曰瑄）。朋尊飛送鸞箋裁，遠隔東華十丈埃（士庶）。升平行樂逢上日，五毒潛銷百事吉（曰璐）。題詩看畫自年年，他時佳話應流傳（鍾輝）。

分詠西湖古跡送樊榭歸錢唐得過溪亭

辨才老師住龍井，窮年不出風篁嶺。是誰賺得隔溪來，亭下游魚驚過影。只今亭子竹娟娟，五月清陰帶早蟬。行吟拄杖東歸去，想見風流長帽仙。

書唐人詩集後分得杜少陵

少日不得志，獻賦來咸京。中年補拾遺，宇内方用兵。二載北征作，十口彭衙行。豈無獨酌時，對酒難爲傾。有唐多詩人，孰如公忠誠？我今讀公詩，霖雨剛初晴。晚日照窗戶，寂歷秋堂清。悲公時與地，涕淚紛縱横。言言念君父，字字憐蒼生。所以稱詩史，獨擅後世名。

分詠行庵秋花得雁來紅

賓鴻一兩聲，西風巧如織。幾蘽葉作花，染就猩紅色。下有寒蛩鳴，唧唧牆陰側。如何冷淡中，翻此絢爛極。我老難更少，可有還丹力。卻對草中仙，撫時三太息。

重九後二日樊榭至自武林同人適有看菊之集分得佳韻

菊蕊盈枝香霧排，陶家清興繞書齋。秋花愛寄蕭閑地，好友能開寂寞懷。三徑雨風寧少負，一年琴酒不教乖。峭帆纔落吟情續，又比皋亭句子佳。樊榭來時，有過皋亭、臨平諸詠。

秋日題鄭板橋墨竹畫幅

如君落落似晨星，相見時當清露零。贈我修篁何限意，兩竿秋節一窗青。

題方環山所藏明寧獻王畫

畫師擅佳名，大半在巖壑。烟霞恣嘯傲，泉石供芒屩。探收尺幅中，墨色多淡著。有明寧獻王，志在帝王略。當其捷金川，夫豈甘寂寞。一朝藩豫章，豪氣頓非昨。讀書松檜巔，囊雲廬阜腳。此圖寫真境，下筆殊落落。挂君之書齋，氤氳滃簾幕。君家六法精，近代都鑱削。而獨取茲圖，命意貴澹薄。謂非內醞釀，鮮不外熏灼。少年希功名〔一〕，終老侶猿鶴。畫乃餘事耳，於焉見寄託。

【校記】

〔一〕希，《韓江雅集》作『縱』。

分詠揚州古跡得水亭

作亭始獨孤，亭孤境清冷。佳月啓冰奩，微風泛烟艇。延及淮南徐，偵楊欲移鼎。夜引宋齊丘，畫灰旋滅影。同此水一泓，機智各相騁。當其宴眾賓，寒漪光冏冏。如何蓄深謀，心兵凜蛙黽。亭今已無存，凄迷誰復省。

冬日小集行庵分詠得詩壇

六義媲張韓，人多側目看。幾同望塵拜，誰敢對盟寒。談笑伸豪素，風雲起舌端。東南執牛耳，不信是儒冠。

冬日田園雜興

禾稼悤悤輸稅了，布袍絮帽倚茅簷。城中買得新官歷，愛說明年是稔年。

健婦拋鋤糠貯火，丈人棄甕土支牀。迎親忙了家翁事，新婦佳兒烏牸香。

竹掩梅藏自一村，雞聲人語舊籬門。西風雲淨月初上，正照田家老瓦盆。

髡柳沿堤冷日斜，粉書農具比鄰誇。《豳風》滿眼留題遍，搥鼓聲聲噪晚鴉。

漢首山宮銅雁足鐙歌槃下銘云：『竟寧元年，護爲内者造銅雁足鐙，重四斤十二兩。護武嗇夫霸、掾廣漢、主右丞賞、守令麇、護工衣史不禁，首山宮内者弟廿五受内者。』〔一〕

漢帝竟寧之元年，呼韓單于稽首前。鄉禮慕義願保塞，從此天子毋防邊。帝因賜爵傳三輔，寢廟寢園還故土。首山銅鑄首山鐙，猶照鼎書翳復吐。齋宮爟火光燭天，破獍梟鳥隨飛烟。象形鎔範定儒士，蹼足陽烏薦吉蠲。憶昔效靈來五色，西河世廟矯雙翼。冰絃瑤瑟蹕甘泉，玄酒陶匏牲繭栗。慶雲清影未移辰，未央宮瓦潛酸辛。蚖脂幾見華槃膩，蠟淚俄驚甲觀新。電抹星移二千載，硃碧沉埋出精彩。祠官姓字細如絲，鳥跡蠶文留篆楷。老我眵昏視若無，摩挲古物愧空疏。秋窗試聽賓鴻過，一點釭花認嗇夫。

【校記】

〔一〕據汪中《漢雁足鐙槃銘釋文》、何紹基《竟寧銅雁足鐙詩用厲樊榭韻三首寄六舟上人》詩序、莫友芝《漢竟寧雁足鐙考略》等考證，『竟寧元年』後脱『考工工』三字；『四斤』當作『三斤』；『麇』當作『尊』；『衣』當作『卒』；『首』當作『省』；『山』當作『中』。此銘文當點作：『竟寧元年，考工工護爲内者造銅雁足鐙，重三斤十二兩。護武嗇夫霸、掾廣漢、主右丞賞、守令尊、護工卒史不禁省。』『中宮内者，弟廿五。』『受内者。』

初夏行庵同用謝康樂首夏猶清和爲起句並次其韻

首夏猶清和，林木雨方歇。羣賢欣朗潤，賤子苦汩沒。瘦骨支草衣，雙肩承素髪。庭樹閲千年，逢春依舊發。云胡老逼人，飛鳥送日月。吟情既枯澀，逸興難超越。幾時塵物空，憩此静心闕。殘磬聲泠泠，斜陽影忽忽。悵然撫微躬，庶以謝夭伐。

五月十二日集篠園

時候黄梅近，林亭宿雨晴。早荷爭水出，晚筍上階生。雲影過橋斷，茶聲隔院清。可憐城市客，無復此閑情。

看山樓雪月聯句

雪初晴，月復清（厲鶚）。氣贔屓，光晶瑩（陳章）。登層樓，暢幽情（姚世鈺）。炙冰硯，溫酒鐺（曰琯）。澄萬象，增雙明（馬曰璐）。廣寒府，白玉京（鶚）。竹聲瀉，松影横（章）。籟既寂，思已盈（世鈺）。翦殘燭，戀深更（曰琯）。歲云晏，志合並（曰璐）。

集補齋先生寓齋詠庭中老桂

團團青桂樹，偃蹇傍山幽。嫩葉經時换，秋香一院收。風塵寧易識，詩卷定長留。只有星辰並，金波淡影浮。

山館坐雨以雨檻臥花叢風牀展書卷分韻得卷字

中夏積雨滋，青苔閟庭院。生衣著體涼，簷溜當窗濺。嗟予半載餘，不復理殘卷。欣茲良友過，幽懷殊眷眷。

題紙窗竹屋圖

琅琅高詠一燈深，破帽遮頭冷不禁。雪後從來得奇境，幽篁瘦鶴兩知音。

七峯草亭遲雪以張伯雨山留待伴雪春禁隔年花分韻得伴字

一白凝脂前，風花互零亂。戶墐絮減溫，井凍晨不爨。篝燈攜硯具，忍寒據吟案。今朝草亭中，嵇阮重得伴。熏爐映竹橫，茶烟逢石斷。起聽凍雀喧，行復出新玩。

送蔣冠霞入都

南沙詩格好〔一〕，風骨更蕭蕭。縞帶交期晚，梅花驛路遥。雁和人作伴，書借酒頻澆。好向丁沽去，離情問柳條。

【校記】

〔一〕南，《韓江雅集》作『白』。

春日集續學堂食甜漿粥

晨起空齋初罷沐，蕭騷短髮驚新禿。餓腸不耐混羶腥，結隊城南食豆粥。城南方法傳燕京，試炊瓦釜甘而清。溲之磨之澄濾淨，一盂靈液疑通精。我誚淮南非妙術，水中作乳猶存質。何似長腰共作糜，和肝益胃能消疾。此味吾儒昔所諳，直將風味結僑郯。淡交真意差堪匹，貝葉經幢未許參。前行庵僧亦作豆漿粥，而法未精。膏面油油渾似玉，盛以冰甌招近局。底須寒食餳桃花，日日加餐良已足。

環山西疇玉井同過玲瓏山館時玉蘭正開

滿徑晴雲滿架書，故人攜手到階除。忘機得似知交少，見鏡應知鬢髮疏。樓上看山情奕奕，花前分韻意徐徐。吟成兩樹開如玉，不負春風二月初。

殘梅

今年花事苦奇寒，纔見梅開忽又殘。風過不禁三日賞，我來難及十分看。忍教吟客尋幽夢，羞與桃花倚石欄。如此蹉跎便零落〔一〕，白頭相對恨漫漫。

【校記】

〔一〕零，《韓江雅集》作『搖』。

采蘋曲有序

白蘋以吴興得名，好事者往往扁舟遠致，移種盆池間，競相賞詠。頃有采自揚子津者，重跗累萼，狀如白蓮，與吴興所產正同。乃知蘋花不遇柳文暢其人，則至今猶沉淪於荒江寂寞之濱矣。因作《采蘋曲》，以紀其事。

江頭江水清瀰瀰，蘋葉平鋪三十里。翠帶牽絲一丈長，涵烟浥露空披猖。吴興高士蓮莊客，攜得白蘋香繞席。重跗累萼擬芙蓉，作賦題詩故惱公。前槳後槳尋不歇，九衢一望開如雪。纔識揚州有此花，不遇詞人枉自嗟。采來猶恐根不活，曲沼還傳栽種訣。準擬看花日幾巡，朗吟日暮江南春。誰知一見花開後，愁殺蕭齋白髮人。

初夏同人過補齋先生行庵寓齋即次先生遊休園韻

心閑境與清，道尊知益寡。先生棄軒冕，一榻寄林下。林下古竺房，謬欲接風雅。先生獎借之，竟於我乎假。竹樹三數叢，香茅一兩把。高吟擬鮑謝，古人直淩跨。時來就公讀，斑剝類殷斝。鬚鬢何蒼蒼，巾舃殊灑灑。多少授經徒，何異卜子夏。前者休園遊，風雨失豔冶〔一〕。遺構曾留題〔二〕，所賞在疏野。含情到今古，豈漫操觚者。願言奉几杖，翠影杯中瀉。

【校記】

〔一〕失豔治，《韓江雅集》作「春失治」。

〔二〕曾，《韓江雅集》作「並」。

喜謝山至因憶樊榭堇浦萱田諸遊好

炎熇苦逼人，五月如六月。何處滌煩襟，僧房蔽林樾。我友雙韭山，三年坐倏忽。昨朝江上來，不巾復不韈。煮茗日卓午，談諧日已沒。高吟百五詩，一涼清到骨。謝山新著有《百五春光集》。因思兩湖人，綠荷映玄髮。更憶寒鑒樓，菰蒲繞書窟。同心而離居，相望隔吳越。樹頭蟬又鳴，年光易銷歇。

分韻消夏食單得石華粉

璚枝產石根，細齒珊瑚狀。揚帆東海頭，采掇濾盆盎。方寸截凍膠，糖薑佐冰釀。乍食伏三尸，一咽冷九臟。

銅鼓歌

溪峒夷獠風俗訛，從古薄伐憑干戈。武侯忠義貫日月，驅蠻亦似驅幺麿。至今遺跡留桂海，銅鼓其一埋藏多。上如坐墩空其內，細花兩面無偏頗。線圈十道同月暈，文環旁列疑蟲窠。當年鑄此耀威勢，淵淵振動驚山河。後人掘得每鄭重，一鼓市值百鎰過。吾家伏波征交趾，曾聞改鑄此鼓式。馬駝駱越賽神亦屢用，彭鏗叩撞兼夷歌。不知是一還是二，但愛朱碧斑剝纏斗蝌。同人手拍復杖擊，一日何啻三摩挲。吁嗟此鼓去今千百載，舁行萬里供吟哦。旌旗行隊若相望，寒色秋風戰薜蘿。

秋日泛舟過環溪得航字

湖水漲溢風力强，倒牽逆挽浮小航。當門剩見荷葉亂，隔院早聞巖桂香。冷雲半池作秋色，清露一杯澆渴羌。此中直欲十日住，可能容我歌滄浪。

爲寄舟上人題天池石壁圖

中吳山水佳，天池夙所慕。往歲恣行吟，曾踏松陰路。是時九月中，風葉落如雨。上涵明鏡光，倒影射寒兔。石屋千載留，高士幾回住。别來逾一紀，夢魂屢沿泝。寄公湯休徒〔一〕，文字契真悟。攜圖出示我，一見豁沉痼。念往俗慮湔，懷新秋色赴。惜哉筋力衰，足蹇嶄故步。持此當臥遊，白雲莽回互。

【校記】

〔一〕徒，《韓江雅集》作「流」。

于酒

第八洞天水，釀來風味清。過江南酒冠，開甕主人情。酒爲茶塢所餉。五字虞山老，三蕉嶰谷生。烏程知莫敵，斟酌到深更。

南齋分詠得曲柄壺盧

一壺遺老僧，不知何年植。曲頸繫長繩，時時懸臥側。縮地非敢期，大藥寧易得。惟願藏異書，科斗我獨識。

送謝山歸四明

山館歲云暮，空江人獨歸。著書那免困，違俗自無肥。苦信藏名是，深言止酒非。句章風雪裏，亦或憶柴扉。

丁卯正月六日郊遊用陶淵明遊斜川韻

人生衣食足，百事可以休。或者厭枯坐，聊與尋清遊。當兹歲六日，相逢多勝流。豈異同隊魚，還如聚沙鷗。藉草息深澤，望遠登高丘。緬懷義熙人，遙遙非我儔。更進酒一觴，歡然成唱酬。試問塵勞客，嘯歌有此不。歌竟感時節，伸豪寫我憂。青陽聊足賞，紫芝焉可求。

題西疇圖

方罫雜柴荊，難兄小筆成。梅花在竹外，山色與樓平。風氣儼上古，桑麻無俗情。披圖豁心目，我亦欲躬耕。

集讓圃投壺

忽聞天上笑，不道是投壺。奉矢儀遵禮，徵歌術用儒。我無一籌展，人見隔屏輸。聊作文場戲，何妨酒百觚。

展上巳集環溪草堂流觴讌會

撰辰直溯永和上，褉飲重教展一旬。南澗東堂添故事，疏花叢筱媚餘春。波心瀲灩杯浮檻，詩思纏綿月滿身。我亦年來紆鬱甚，清流聊爾照烏巾。

五日席間詠嘉靖雕漆盤聯句

盤形如荷葉，中刻龍舟、芙蕖、水禽之屬，底有金字云：『大明嘉靖年製。』

有明迨中葉（曰瑄），制器率由舊。麗盤出摩挲（汪玉樞），髹漆工刻鏤。式自果園遺（厲鶚），法匪楊匯授。三斛脆松黏（馬曰璐），一盛卷荷皺。堆灰屢磨刮（陳章），設色雜紛糅。中央赤龍船（姚世鈺），鱗甲動陰罶。水殿撥露橈（張四科），疑集昆明鬬。旁繞紅荷湖（曰瑄），毛羽唼羣噣。風蒲舞芸苗（玉樞），宛向太液覯。光潤本欲測（鶚），堅緻卻無厚。憶昔世廟年（曰璐），正屆重五晝。盧橘上林珍（章），香菰御廚侑。排當走黄門（世鈺），羅列承翠袖。掌異銅仙擎（四科），謌傳玉蛾奏。戧金款猶新（曰琯），剔紅器逾壽。賞心良朋合（玉樞），僂指佳節又。清尊助酣嬉（鶚），草具亦飣餖。象牙未云奢（曰璐），蚌殼無乃陋。奇技古所非（章），善價今方售。底須弔湘纍（世鈺），故物感詞囿（四科）。

展重五集小玲瓏山館分賦鍾馗畫得踏雪圖

黑雲垂垂天漠漠，滕六翻空氣蕭索。巖壑慘澹森寒光，九首山人鬚戟張。不著巾袍韡短靿，蠻褐遮身欹席帽。跨驢橋滑不肯前，大鬼捩韁小鬼鞭。山魈野魅那及避，倒縛肩挑佐晚醉。枯林一帶鳴荒皋，從此百怪不敢號。人謂山人負奇氣，生前骯髒死猶厲。又謂山人志騷屑，不踏輭紅踏殘雪。我張此圖五月中，但愛幽澗鳴迴風。畫師有意與無意，道眼看來等遊戲。一庭冰雪淨吾胷，子虚烏有亡是公。

喜雨用建除體

建壇合樂千人看，除地震位疑仙官。滿願立欲挽旱乾，平明灑灑仍漫漫。定風旗幟龍蛇蟠，執事童男星斗攢。破空一尺神明歡，危哉農師今始安。成功夫豈憑黄冠，收書捲幔怯微寒。開懷點滴槐花繁，閉門努力還加餐。

雨後兩明軒坐月得鹽韻

天宇看猶濕，洗空明玉蟾。暑應無處著，清欲與人兼。竹樹幽四壁，琴書淨一簾。只愁深夜坐，照得鬢絲添。

七夕分賦效唐人試帖體得花入曝衣樓

簾幕當空挂，迎涼月一鉤。綺羅風淅淅，環珮夜悠悠。衣桁饒香氣，花枝媚早秋。蓮塘星影曙，蘭畹露花浮。無語頻修鬢，含情不下樓。天人欣共接，河漢在東頭。

平山堂秋望

前賢遺躅地，風韻至今留。剩有寒泉洌，空餘梧葉秋。江澄三面繞，山遠一堂收〔一〕。冉冉斜陽下，鍾魚起客愁。

【校記】

〔一〕堂,《韓江雅集》作『樓』。

九月十五日集行庵招大恆具如兩師茶話

徑轉廊紆鴨腳黃,未能抛得且閑忙。題詩昨日又今日,説偈松房更竹房。靈運淵明原並世,天親無著本同鄉。聲聞不醉空諸有,一任秋林下夕陽。

送茶塢歸里

客裏又秋深,蕭蕭葉滿林。慚予爲地主,致子動歸心。幾日情懷惡,一江風露侵。銷愁惟仗酒,酒到不堪斟。

霍家橋道中和竹町韻

車鳴十五里,南郭且閑尋。冷翠風前亂,古香雲外侵。人因吟秀句,天爲寫寒林。更待來朝雪,平田一尺深。

冬夜宿南莊

空江欲雪雲冥冥，天低月暗吟寒廳。獨雁時聞四窗白，雙眼乍合孤燈青。敗蘆叢篠環沙尾，幾樹横斜映清泚。未春先已發幽香，歲晚籬邊見冰蕊。城南小築掩柴荊，裊裊茶烟客思清。夜犬無聲人語寂，枯棋坐隱已三更。短童前觸屏風臥，簷外一聲驚雀墮。蕭騷水閣紙衾單，有夢不愁花底涴。

焦山觀音巖晚望用宋人趙冰壺韻

水色嵐光萬古存，我來剛是洗霾昏。咸池接日東南坼，雲夢連江八九吞。風裏回翔天外鶻，佛前吟嘯樹頭猿。長空一望襟懷豁，喚取山杯捧竹根。

焦山看月以江流有聲斷岸千尺山高月小水落石出分韻得月字

十年不到浮玉山，夢裏時時幽興發。琴聲憶著冷侵肌，詩思尋來清入骨。天公從古妒佳遊，未必重登還見月。今朝賈勇挂帆過，正值晴冬寒不冽。夜深雲淨三五星，浪湧潮翻逼銀闕。望處澄江徹底明，吟成遠岫排空沒。黃蘆苦竹舞平沙，驚起香林定巢鶻。同行有客氣最豪，把酒披裘坐巖窟。廣寒八萬四千戶，要與江山助奇突。人生此境豈常遭？拾得莫教隨手撇。經窗且復嗅梅花，海風吹我蕭蕭髮。

登雙峯閣以清磬度山翠閑雲來竹房分韻得清字

夤緣躋傑閣，未上心轉驚。不知俯澒洞，直擬淩空明。飛鳥在其下，白雲隨我行。遙天望不極，滿耳風濤聲。沉滯豁焉散，襟抱爲之清。欲下還徙倚，勝境能移情。

寒夜石壁庵聯句

爲愛焦山好，清冬況得朋（曰琯）。來因海月滿，宿憶翠微曾（厲鶚）。梵室鄰峯勢，經樓避石稜（方士庻）。閑攜麈外拂，吟借佛前燈（馬曰璐）。風動飄金磬，天高淡玉繩（杭世駿）。松濤時警鶴，芋火漫隨僧（陳章）。梅氣□芬馥，江聲聽渤澥（閔崋）。靜參禪一味，冷泥酒三升（陸鍾輝）。夢擬靈祠乞，銘從古鼎徵（樓錡）。帶圍思楚玉，像繡展吴綾（曰琯）。寺有楊文襄公玉帶，已爲僧付質庫，宋繡佛尚存。舊事添圖牒，奇懷入寢興（鶚）。鼉更蓮漏續，龍藏竹錐謄（士庻）。篆印銷婆律，牀敷暖氍毹（曰璐）。空談對劉勰，名理叩張憑（世駿）。覆局棋收雹，停豪硯結冰（章）。森森寒氣冽，晶晶夜光澄（崋）。興劇渾無寐，神淒恐不勝（鍾輝）。

明朝放歸棹，遊思尚飛騰（鵸）。

歸宿南莊二絕

乘潮又放南莊棹，恰似春風二月初。籬外疏梅梅外竹，並教寒月浸階除。

全憑沙鳥作詩媒，更藉寒花佐酒杯。何事幽人耽寂寞，未曾十日兩回來。

沙河逸老小稿卷四

題趙子固畫蘭

古春盎盎，叢蘭猗猗。石含清潤，林覽餘滋。王孫之筆，天水之遺。故宮芳草，涼葉空披。晞髮濡墨，露泣風吹。有懷鬱陶，高歌《楚辭》。何來九畹，剩有一枝。淹留歲暮，於焉賦詩。

題邊頤公葦間圖

栽蘆當修竹，詩人寄幽賞。軒檻俯澄流，蕭蕭影交漾。蒼寒祛塵氛，高枕恣偃仰。水雲忽聚散，沙鳥時還往。風清見雪飛，月明聞雨響。大廈非所安，春花易飄蕩。何如葦間屋，別有一天壤。今年秋潦多，柴門水應長。想像隔烟波，何時理孤榜。

過福緣禪林訪願公因登樓看殘雪

支笻訪願公，名理落禪宗。鍾度東西院，雪殘三兩峯。登樓開淨域，面壁悟塵蹤。他日參公案，分明月在松。

聽小姪振伯背誦唐宋人詩句

小姪五齡兒，豐頤秀兩眉。明年應上學，今日解吟詩。欲擬韓家買，相期杜氏宜。喜心堪自慰，阿伯鬢成絲。

挽唐天門太史

劉井柯亭事杳然，西園應教等飛烟。少時荊楚推詞伯，老去江湖號散仙。衣上緇塵翻改素，鏡中白髮苦難玄。交深廿載同吟社，茅屋秋風劇可憐。

三月沉綿苦信醫，行庵半日强支持。淒涼別我不成醉，懊惱懷人未有詩。同人集行庵，予欲作奉懷詩未得。處世從來多汎愛，謀身終竟失時宜。惟留一卷牀頭《易》，力學諸郎慎勿遺。

題賀吳村雙蓮圖

嘉蓮徵瑞牒，一柄見雙頭。接葉通南浦，吹香滿北樓。水仙波上立，龍女夜深遊。因羡越溪客，花間狎白鷗。

正月六日同人集晚清軒用東坡新年五首韻

纔兆正初候，又開春一元。鄉風誇海甸，景物麗江村。愛此良朋集，重將舊韻翻。清吟殊有味，忘卻夕陽昏。

不必出人境，嘗思百過之。雪猶凝北舍，花已發南枝。令節追前哲，霜毛感此時。欲教齊老少，除是買朱兒。『朱兒』，謂丹砂也。

雪後神逾健，氣嚴天轉清。玉杯傳故相，冰硯覓重城。是日所見。好是迎茶客，休教泥麴生。吾儕甘淡泊，只擬進藜羹。

冰池開片段，漁屋水雲東。鳥語春先入，魚行天在空。支離方是叟，潦倒自成翁。小住茅簷下，幽棲兩兩同。

竹下調馴鶴，㰌褷映葉繁。一聲唳晴晝，鎮日舞家園。對我時翹足，頻來可應門。年年爲此約，會見爾生孫。

彈指閣前藤纏古樹歌黄唐堂太史同作

天宇澄澈梧楸黄，古寺傑閣栴檀香。冥心淨土隔塵壒，莓苔滿院圍牆匡。閣前古樹蓋數畝，度千百劫摩穹蒼。老藤左右互連絡，紛糾繚繞相披猖。誰爲解束縛，竟亦無凋傷。連枝愈秀發，比榦益昂藏。吁嗟茲樹得具龍象力，諸天歡喜歲月長。人生那得如許壽，拘牽刺促應摧戕。商飆颯颯四窗起，日暮灑面疑微霜。須臾海月出樹罅，濕銀透膚秋衣涼。不須卻立三太息，一任落葉穿空廊。

春江漁父詞張嘯齋弟半查同作

五湖三泖烟波宅，燕子來時春水碧。蓴絲采罷荇絲牽，隔岸桃花紅欲滴。蓑笠由來是水仙，鸕鷀鸂鶒伴閑眠。青山倒影低昂見，潮落潮生不計年。篷窗沽酒空濛裏，一聲漁笛滄浪起。綸竿收起悄無人，明月烟江照千里。

李旦初招飲和原韻

家世從知授懶殘，公齋一榻有餘寬。酸鹹以外論交少，夷惠之間著語難。石篆苔文堪習隱，松枝麈尾欲忘餐。多君更訂梅花約，拄杖行來雪裏看。

布泉歌

歷代瞥眼如散泉，貫朽鉛蝕誰能穿。千百流傳不一二，龍馬龜貝分銅鉛。我曾摹拓辨正僞，於今屈指二十年。洴江太史出古布，來自西域常賣邊。冷氣逼人不敢視，陸離儇薄臨風前。榆莢飛飛輕且圓，似與此布爭後先。就中籀篆少人識，安陽平陽差半焉。夷考漢地襲秦舊，諸侯王子紛錯然。安陽侯勃安陽桀，平陽曹窋相牽連。或許其地得鎔鑄，權以子母通市廛。中州泰山亦互異，埋藏寧必無播遷。形製雖與新莽類，差布幼布難比肩。太史博古具隻眼，金石文字尋淵源。三品九府蒐祕冊，定能精訂景巖《泉志》之錯誤，而補董逌孝美不傳之遺編。

挽文上人

一自失思公，禪枝偃北風。從茲詩客少，亦復酒人空。樓扃塵棲鴿，階荒葉翳蟲。不知經弟子，可克繼宗風。

打麥詞

彌望黃雲連畛域，四月江南民得食。昨朝雷動今日晴，村南村北打麥聲。逢逢魄魄輕莖落，麥不過口翁媪樂。莊綽《雞肋編》：『古語云：「麥過人〔一〕，不入口。」』言麥高於人，多爲雨損。林間割麥鳥頻啼，往年麥芒猶帶泥。把鉏更鋪平田埂，早種禾苗晚食餅。

【校記】

〔一〕人，底本作『口』，據《雞肋編》卷上改。

養蠶詞

去年除夜然長竿，今年莞蓏銷春寒。矮梯摘葉飼密室，巧婦自矜熏手術。登簇纔聞鼓笛忙，東家西家賀滿箱。誰知煮繭香透屋，美紈織作身未觸。此間風俗異吳趨，占風看雨慚三姑。

南莊雨坐池上

池水碧彎環，清光照客顏。三春隨手過，一雨令心閑。塵事銷何有，年華去不還。得同魚樂否，濠濮意相關。

熊山十一弟保康書來口占寄答

《禹貢》荊州域，衡山接巨區。開緘悉風土，宰邑嘆荒蕪。禮樂甄陶俗，詩書漸染儒。果能臻治理，方不愧吾徒。

晉樹亭坐雨同邵北崖程洴江陳竹町陸荼塢張西園弟半查分得坐字

入秋已浹旬，殘暑氣未挫。暑盛猶可逃，旱盛真無那。今朝北郭苔，欣逢上客破。老樹垂千年，穉竹搖萬個。颯然好雨來，清風先滿坐。一時研席涼，幾處農人賀。擬作甘澤謠，君謌我當和。

月夜南莊看桂同西唐茶塢弟半查

卻值花開候，更逢天晚晴。冷香凝露濕，明月逐潮生。境以移時換，心能永夜清。人生幾回遇，相賞莫相輕。

晚菘

沖澹出園蔬，秋菘更晚鋤。霜花微點後，烟甲正肥初。白屋一窗竹，青燈數卷書。山心與山味，至樂有誰如？

環溪水窗二首

兼旬不斷浪浪雨，沒岸浸堤綠漲生。挂起軒窗渺空闊，裏橋直與外橋平。
三尺低窗四面通，綠楊柳間晚桃紅。鸕鷀鸂鶒迎人浴，不是溪南是瀼東。

程蕁江枉過行庵

宿雲散復合，杪秋涼轉暄。北郭境逾寂，蕭條祇樹園。有客抱幽素，流玩清賞存。文高自爲法，理妙抉其藩。紛綸四庫書，到口供瀾翻。顧余瑣珉質，慚愧近璵璠。兹焉一夕聚，餘韻留閑軒。

秦郵道中

三十六陂秋水闊，泊船陽邏雨淫淫。菰蒲四面雜楊柳，蝦蟹滿湖喧渚禽。雉堞排空雲意淡，田廬接岸客情深。不知何事頻來往，塵土空勞雪滿簪。

過淮陰舟泊黄河裏岸三首

出門非爲遊，離家心轉清。迢迢三百里，刺船沿空明。我聞高堰水，勢欲高於城。居人恆惴栗，性命浮萍輕。會兹秋汎過，可以恣閑行。

閑行出清江，又傍黄河岸。畠森何處來，上接雲與漢。濁口直北去，清口湖截斷。門戶孰爲分？强者爭瀰漫。碧霞修廟祀，肅拜不敢緩。河口祀碧霞元君。

肅拜衆甫畢，風雨生簷端。昨日絮衣暖，今日羊裘寒。扶童滑澾上，烟水增波瀾。得濟亦不濟，何必望洋嘆？且復偕我友，把酒開襟顔。

平河橋和吴懷朗韻

敗蘆衰柳是年年，客到河橋亦偶然。何事沙鷗苦相避，一齊飛上釣魚船。

漫成

細雨北河岸，秋風黄篾篷。堆堆十日裏，役役幾年中。豈是魚吞餌，何如鶴入籠。乞分涓滴水，一洗俗塵空。

春草書堂詠盆梅

古盆發幽香，紙窗日停午。能使冰雪花，不受冰雪侮。收身入几案，取勢敵山隖。異哉尺蠖姿，無媚有清苦。主人讀書暇，一一相爾汝。或領花宜稱，或肖逃禪譜。精神貫注之，造化自我主。不信正嚴冬，春光竟如許。

柬樊榭竹町湖上二絶句

作客又逢三月暮，無聊閑喚竹西船。遊人禁斷春風後，何處來尋陌上鈿。

自攜筆硯自煎茶，無限詩情問水涯。落盡榆錢飛盡絮，滿湖烟月屬君家。

送程風沂給諫赴闕

明時不敢戀親闈，領取東風入帝畿。草色遥連官渡口，詞頭直下夕郎扉。從知獻納簪雙管，行見酬庸賜五衣。只有離杯難去手，一天梅雨緑陰肥。

以南塘芡實餉洴江詩來繼和

雞頭遠自東吴至，分送知堪下酒無。一首新詩寫秋扇，真慚魚目换明珠。

放翁酷愛迎秋買，山谷曾將佐暮談。狼藉都官滿堂上，玉池華液可生甘。

哭姚薏田

廿年交契宿心親，一病如何遽殞身。造物忌名從古是，醫家察脈幾時真。沉憂早結離鄉恨，弱質難回辟穀春。留得清風在苕霅，蓮花莊上哭才人。

子夜春歌

堂上鬱金香，階下蘼蕪綠。小草最關心，柔情多未足。那不見梅開，梅開春已來。弄香兼弄色，風月是良媒。歡來春風生，歡去春風歇。春風無去來，人意兩相別。

哭祓江三首

少小追隨入暮年，搴帷不見涕漣漣。兩家凋喪憑誰問，一輩才華羨爾賢。風矩自來超謝後，門才端不讓王前。可憐四壁蕭寥甚，猶見茶爐裊瘦烟。

此別應知不再逢，尋思往事轉頭空。春遊共挈雲雙屐，秋試同聽雨一篷。到處閑心歸白首，半生豪氣付青銅。悲來自忖翻收淚，我亦衰頽落拓翁。

去年辛苦促羸車，歸及清淮五月初。落落孤標真邁俗，棱棱高義直慚予。而今空爵尊中醁，那忍重尋篋裏書。四海平生一知己，天高難問欲何如。

送藥畊上人楚遊

雲樹蒼茫秋色寬，祇園師去路漫漫。西風漢水浮杯渡，落日君山倚杖看。外學律儀通得未，元關詩思悟非難。隨緣莫問宗南北，鉢帽鍾魚到處安。

暮雀

空庭喧暮雀，倦翮自知還。顧侶情何極，依林意渺然。暝烟深樹接，斜日舊巢連。不失朝昏候，安時愧汝先。

渡江遲恬齋不至

江水春逾闊，風平一葦過。勝遊吾已數，高詠爾應多。且遲兵廚酒，還停《子夜歌》。空孤半輪月，清夜定如何。

仲春至吳門欲往玄墓探梅因事不果悵然成詩

吳門四度遊，曾一至玄墓。其時值中秋，無花空見樹。妄意花開時，定當三日住。此事付夢寐，高興託詞賦。誰知今年春，咫尺限跬步。一水望盈盈，羣山莽迴互。清福悵每慳，疑有鬼神妒。歸來語同人，同人笑相顧。只合倩丹青，寫我停舟處。

舟過丹陽月夜聞歌

柔艣輕搖趁月行，丹陽城郭尚分明。夜深長笛烟江起，此是吳船第一聲。

過錫山聽松庵石泉上人出示御製竹鑪詩盥頌之餘敬賦一章

爲訪山僧到二泉，欣瞻宸翰灑雲箋。竹鑪此後真堪寶，圖畫而今信可傳。風裏茶煎三昧火，卷中詩寓上乘禪。石牀松子遙相望，可得因依近日邊。

以惠泉酒二甀寄竹町

不肯同爲吳越遊，閉門覓句卧層樓。松風自合教君愛，泉石應知與意投。釀就㒟花渾似茗，斟來竹葉勝於秋。夜航寄得雙瓶去，會解人間一味愁。

過平望有懷梅泩

亂拋書卷下匡牀，詩老曾聞住此鄉。一舸畫眉橋下過，水清沙白菜花黄。

重陽前二日邀陳竹門山館小集

千秋先生吾服膺，十年重過聯詩朋。彈琴而治昔言偃，解經不窮今戴憑。桂含餘馥露冉冉，竹吹涼籟風層層。延齡更采東籬菊，後日小樓還共登。

題薏田書冊

寒鑒涵秋冷，風蘋引恨長。才名成底事，翰墨有餘香。展冊對亡友，濡毫酸別腸。更搜零落稿，同置研函旁。

題具如師松泉清聽小照

風泉聲裏脱袈裟，禪味詩情一種賒。我欲長橋扶木過，抽身來喫杍山茶。師，湖州人。

汪敬亭邀同樓于湘蘿園避暑

石城艇子趁潮回，茅屋疏籬一徑開。清唳鶴知閑客至，跳波魚樂主人來。繙經小禮花間墖，試茗頻登竹裏臺。惟我與君同臭味，歸遲不畏夕陽催。

琴高赤鯉效曹唐體分賦

涿郡浮遊二百年，一聲長嘯謝塵緣。龍歸東海搖金脊，鯉入芳祠響玉絃。弟子欲攀雲漠漠，舍人此去水潺潺。宋王不悟涓彭術，白簡青章竟杳然。

辛未冬入都同人各賦一物見送予得板橋即以留别

不同玉蝀跨彎環，過盡行人路渺漫。客子牽車霜草滑，勞人續夢月華寒。長堤古岸經冬柳，氊帽茸裘淺水灘。好語吹簫橋畔侶，也應清詠憶長安。

白田訪縱棹園

一水與城連，爲園已百年。風烟呈暮色，詩酒憶前賢。鶴柴不可見，漁梁空復縣。還餘舊草木，指點説平泉。

夜泊清江留别四弟半查

彎彎月子映清淮，小艇堪題搖碧齋。一夕打頭風乍起，燈縈寒夢酒縈懷。明發黄河隔楚烟，未妨且作小流連。得添一夜連牀語，絶勝臨岐渡口船。

渡河抵王家營寄半查

西風吹土垣，斜日澹茅屋。行李結束成，離思紛相觸。昨宵清江口，冷夢戀一宿。今晨北渡河，遥望不轉矚。將違安可懷，去住情何篤。遠行别弟兄，人世每刺促。况我已華顛，嚴冬駕短轂。愁絶五更霜，寒雞聲喔喔。

雨阻重興集

夜雨不成寐，曉來泥濘深。麥苗欣土潤，布被怯風侵。且自謀朝飲，何須學苦吟。薄雲簷際散，鈴馱報清音。

半查寄志書湯媼至詩以報之

官道垂楊幾萬行，西風驢背路蒼茫。九河跡泯無由考，一卷圖經遠寄將。吳綿越布儘温存，暖老從知在得人。一自揚州湯媼至，纔教抵足便生春。

青齊道中雪後曉行

山逢雪後添奇境，況是淩兢曉路中。風尚未銷寒鑒似，日當初照玉壺同。幾家茅屋疏林外，一帶危橋亂石通。畫稿從今得真意，衹將粉墨蘸虚空。

新店食餅有懷半查

寒雞三號曙星落，微霜霑衣風不作。山程卅里飢腸鳴，小店開門炊不託。欣然下馬坐壚頭，鴿炭支撐初爆爍。溲之揉之舒卷之，軟貼輕翻還小烙。搥綿擣練何足云，貯雪凝霜或相若。盈槃大可一尺强，入口澆纔二分弱。瓦壺盛水炙清泉，巖下沖沖冰旋鑿。以潤沃焦理最宜，見色聞香饞口角。南人食品笑北人，如此風味差不惡。回南準擬載歸裝，預飭行廚再三學。聯吟片坼飽詩朋，校字懷藏啖書閣。平生四海一子由，先擬南齋慰離索。

半查札至知予生一女于湘有詩因次韻三首

八行開視嘆如何，鬢禿兼無髮可皤。曾讀陶公弱女句，可能慰得病維摩。

香水今朝是浴期，也多利市强爲詞。縱然竊取平陽字，傳得青蓮一句詩。

支頤兀坐到黄昏，覓乳移房累卯君。皆札中語。孤負殷勤一年望，博他紫石寫移文。用香山金鑾女事。

晏城旅舍汪箕臺觀察過晤

旅館寒更後，明燈促膝談。鄉心應少慰，官政果無慚。轉粟天儲賴，尋山地志諳。殷勤晏城別，雲樹影鬖鬖。

獻縣

驅車樂陵里，羊牛下日夕。不識獻王陵，先訪毛公宅。有『毛公説詩處』横額。

魚君陂陂在任丘縣，唐令魚思賢開，以洩淀水也

聞說魚君陂，種魚兼種藕。藕花香不聞，釣竿落吾手。

涿州

故里詩人據上遊，消寒應復憶同儔。誰知竇十郎邊過，一樣題詩在涿州。

以食物寄半查附之以詩

霜風門巷井泉甘，旅夢懷歸路未諳。塞雁不聞人寂寂，寒蟾孤照影鬖鬖。聊憑北味充朝食，小伴南烹佐夜談。料得開嘗應少慰，知予此夕在城南。

送對鷗返天津

我去方嫌促，君歸更我先。十年纔聚首，五字卽離筵。邗水尋梅日，津門踏雪天。如何潭柘寺，不

共小流連。

望石景山

褰裳渡桑乾，意外逢石景。孤峯特崔嵬，浮圖插山頂。上有金銀閣，窗戶光冏冏。雲淡天宇空，樹老山色暝。欲上復踟躕，腰腳力少省。

入山曉行

山心不暇懶，起乘朝日升。飲我澗底泉，導我雲中僧。碎石行犖确，觸耳鳴琮琤。回首望宸居，彌覺勢嶒崚。明霞擁城闕，紫氣浮觚稜。共生歡喜心，筋骨烟縷輕。勇越羅睺嶺，徑上軍裝營。微聞星星鍾，還復高幾層。

龍潭

祕魔崖下宅，中有二龍蟠。潭底三冬黑，山根九夏寒。瘦笻支腳健，敗葉拭碑看。欲去翻驚怖，興雲湧石闌。

過姚少師靜室

閑循樵徑叩幽扃，一輩田衣跪誦經。佛子傳燈留像塑，少師開國問碑銘。處人骨肉終嫌忍，出世因緣可有靈。斜倚松杉看畫壁，生前榮遇總彫零。

遊潭柘寺

西山眾所欣，決遊惟我獨。清冬氣候佳，敝裘無瑟縮。同志三數人，各各健於犢。五里指雲居，十里詣風峪。遙瞻太行青，俯瞰桑乾濁。盤空近寺門，亂壇紛相矗。從來布金地，長者非浪築。茲山屏嶂九，殿閣藏其腹。入門纔見寺，鴟吻映朝旭。流泉百道鳴，密篠三畝綠。水竹互爲聲，泠泠碎幽玉。緬想大業年，說法二龍伏。徙宅讓其師，是以侈土木。今者誰繼之，亦具人天福。寢處襲氈裘，飲饌羅水陸。頻年齋廚供，盡享太倉粟。縱然佛力宏，難免神理恧。我生污詩酒，得此代湔沐。探奇願頗賒，領要意已足。夢醒金琅璫，何必戀三宿。

行次張夏喜補齋先生見過清夜劇談因成一律

解鞍乘興過，茅店影欹斜。老樹崮山月，寒爐汶水茶。風流繼前哲，清論謝東華。十日青齊道，追隨勝在家。

沙河逸老小稿卷五

壬申山館上元聯句

山館留賓作上元（曰琯），東風當戶月當軒（張世進）。光摇積雪晴逾豔（方士庶），影亂華燈夜轉溫（馬曰璐）。到手觥船如下埭（陳章），同聲詩句抵吹塤（閔崋）。流連不怕金吾禁（陸鍾輝），高會何妨一笑喧（樓錡）。

雨宿江口

夜雨響初程，漁火空濛處。一宿掩篷窗，夢逐春潮去。

遊慧山三首

峯落芙蓉湖〔一〕，湖光漾晴晝。閑房識老禪，引我入巖竇。笑指石罅梅，此是百年舊。且復領清機，茶香驗火候。

入寺聽松風，出寺飲泉水。飲水尋其源，微風泛花蕊。石磴暫夤緣，跬步九龍尾。遙望殿前松，謖謖下松子。

名園半倚山，但以水木勝。雲樹翳春池，風泉走苔徑。當年愚公谷，可得與此並。石欄映清波，欲去還小憑。

【校記】

〔一〕「峯落」句，《林屋唱酬録》粵本作「石欄臥長空」。

春日重過明瑟園

秋日曾停棹，春風又款扉。苔深新鶴柴，花滿舊漁磯。寒色生晴晝，流光戀夕暉。主人幽興足，詩思入希微。

過橋看野竹，山影媚清漣。鍾磬上方落，烟霞一壑專。昔遊渾似夢，二友東皋、達夫，諸前輩暨同觴詠於此者，半已下世。重到更何年。有酒頻斟酌，東廊月上弦。

虎丘上巳

泊船吳會天氣新，桃花李花明暮春。真孃墓上羅襪集，短簿祠前翠管陳。老來生怕年光促，蘸筆先成鬭草曲。澹香樓外捲春波，驢醉還須夜秉燭。

晚步劍池

紛囂晝不息，晚向池上行。星漢耿夜光，林木沉精英。勝境此時見，悄然怡我情。

支硎山

結念爲看山，落手寧肯緩。支公放鶴處，空亭白雲滿。涅槃扣松關，碧琳上翠巘。房房聞竹聲，步步擿泉眼。寒冰濺以流，飛珠跳而遠。當年偕隱人，玉雪愛小宛。隨意踏蒼崖，泠泠晚風善。貪遊不知疲，莫謂入山淺。

華山

灑窗聞曙雨，出戶明朝暾。減衣復添衣，筍輿穿雲根。鳥道松翠古，蟲篆苔花昏。欣逢玉版師，如與靜者言。棧險滑積蘚，徑窄驚詩魂。我本茹芝人，汩沒塵土顔。躋攀得丹梯，恍已還舊觀。明發試身輕，再上西峯顛。

靈巖山

枕畔來微鍾，烟中露孤墖。蜿蜒上琴臺，筋力尚不乏。楓栝既蔽虧，禽鳥亦互答。天影落短筇，浩浩咸池接。下覓蘄王碑，功業載簡牒。餘興往堯峯，斜陽路幾摺。雲彩成異觀，近與竹翠合。飲我山澗泉，泉香勝艾蒳。

鄧尉山

梅開惜未遇，想見吹香時。李花留待我，依然晴雪枝。上山雲不斷，一湖天四垂。娟峯插湖面，銀濤翻清暉。回憩贊公房，望見孤帆飛。指示四部經，細字如遊絲。祇以地名勝，寫供人天師。遠岫林月上，近坂墟烟迷。歸來養腰腳，將與靈威期。有明人寫四部經，作浮圖狀。

天平山六絕句

水石間

水底菖蒲根，石上莓苔跡。啓戶寂無人，自與春風隔。

白雲泉

澄泓一片雲，山僧掃葉煮。小坐看茶烟，松陰已亭午。

雲磴

鑿開一綫天，梯空人直上。安得雲中君，乞取九節杖。

蓮花洞

蓮花在峯頂，終古開一瓣。我昔住此中，曾飽紅蓮飯。

削劍崖

陰崖藏積鐵，倚空鋒不挫。隙日射冷光，時有飛鳥墮。

石屋

石屋不漏天，仙鼠撲四壁。疑有癡龍居，半面石乳滴。

天池

廢院石橋東，枯僧半已癃。藤蘿牽佛屋，蘋藻閟蛟宫。水黑晴飛雨，山深晚作風。筍輿穿竹過，寒翠夕陽中。

石壁

選勝上石壁，淩虛飛鳥低。湖光浴雲日，山色界東西。目眩憑清茗，神寒仗短藜。嘯歌餘興滿，點筆更留題。

過澗上草堂徐昭法先生故居

先生居澗上，死與世相忘。剩有三間屋，而無一瓣香。清名造物忌，文集幾人藏。只此潺潺水，終年護草堂。

留别明瑟園三首

三石橋邊一葉舟，竹烟蘿雨淡於秋。誰人得似天隨子，留客看山不下樓。
池上梨花照水開，暖雲晴雪一堆堆。水風過處香痕瘦，不是閑人不看來。
繞廊吟徧月昏黄，藤格丰茸影上牆。惆悵人歸春未去，還餘十日好風光。

茶塢以蓴絲見餉卽席賦

年年水驛寄香蓴，方法傳來已足珍。今日烟波親采摘，五湖風味太撩人。

雨中聯句

五更風雨聲潡潺（陳章），勝遊無乃天公慳（閔崋）。隔竹但聞子規鳥（曰琯），開窗不見靈巖山（馬曰璐）。焚香把卷坐亦得（樓錡），繞廊倚閣情何閑（陸錫疇）。老藤作花未爛漫（章），歸舟且復停沙灣（崋）。

渡太湖聯句

一帆春水五湖天（曰琯），飛鳥行雲共渺然（陸錫疇）。不信望中還有地（馬曰璐），始知閑外更無仙（陳章）。逃名蝦菜容高隱（閔崋），寄跡烟波可判年（樓錡）。鐵笛橫吹歌小海（曰琯），月明呼酒石公前（錫疇）。

薄暮至石公山〔一〕

舊遊惟此最，風便一帆過。旛蓋殿前少，枇杷門外多。殘陽下高嶺，明月玩澄波。只恐湖山笑，頻年負薜蘿。

【校記】

〔一〕至，《林屋唱酬録》粵本作『登』。

石公山放舟至林屋洞小憩神景宮歸途微雨

石公山石誰劖鐫，嵌空一線留波痕。片帆直溯灣口去，澄湖如鏡天風暄。沖瀜世界忽籬落，祈蠶焙茗仙家村。捨舟陟磴瑶草秀，褰裳窺洞幽宮尊。冷氣襲衣未易入〔一〕，石牀苔井從人論。嗟予十載此又到，在神未必無意存〔二〕。挹漿敢云脱凡骨，茹芝或可清詩魂。回策夷猶亦自得，輕烟細雨翻氤氲。歸來還傍僧窗坐，一片仙雲落石根。

【校記】

〔一〕衣，《林屋唱酬録》粵本作『人』。

〔二〕『在神』句，《林屋唱酬録》粵本作『金庭舊跡猶堪捫』。

遊包山

松老寺門深，攜僧更一尋。經幢留古跡，門左有唐僧玄奘石幢。林壑散清陰。境是金庭接，雲從玉座侵。誰人來此地，還有出山心。

毛公壇

毛公仙去石壇空，雙井泉寒葉墮風。寂寞松陰人不到，我來笙鶴半山中。

望縹緲峯

縹緲何秀發，迥在眾峯上。崒嵂浩無垠，溟涬接萬象。望望百慮消，微風理孤榜。

明月坡飲酒歌

漱空兮濤痕，瑩平兮雲根。風蓬蓬兮翠浪，月盈盈兮漁唱。酒一尊兮歌一曲，呼石公兮聲振林木。

仙乎仙乎臥瓊島，刺船蘆中兮狎鷗鳥。醉復醒兮不知其處〔一〕，極目蒼茫兮失寒兔〔二〕。

【校記】

〔一〕復，《林屋唱酬錄》粵本作「而」。

〔二〕茫，《林屋唱酬錄》粵本作「溟」。

消夏灣送春

昨宵醉語沙頭鷺，明日先生要送春。豔雨奢雲收拾盡，片帆漁艇下空雯〔一〕。沙上青蘆波上蘋〔二〕，君王水殿久成塵。風懷萬古空陳跡，一樣斜陽不戀人。

【校記】

〔一〕雯，《林屋唱酬錄》粵本作「旻」。

〔二〕「沙上」句，《林屋唱酬錄》粵本作「界破青蘆點破蘋」。

洞庭西山懷同社諸君

雲水帶清暉，幽深世所稀。每逢奇絕處，悵與故人違。仙犬吠不數，山花香亦微。擬從詩句裏，攜得翠峯歸。

僧房牡丹

野老田園桑柘足，仙家樓閣水雲寬。扁舟一過都收卻，還許僧窗看牡丹。

茶塢雨中招遊石湖

纔卸輕帆別水仙，又乘清興向湖天。岸花汀草都相似，添得龜蒙放鴨船。
經幢斜倚退紅牆，烟樹冥濛隱上方。記得衡山小橫幅，題詩最愛石橋長。
一縷龍涎香霧濃，清歌裊裊水雲空。笠簷蓑袂橫塘渡，絕勝月明風露中。
閑遊日日聚詞人，得與菰蒲笱蕨親。今日病夫還强飲，雨中收足五湖春。

送竹町返錢塘

遊事未曾閑，如何便擬還。我憐吳苑柳，君念浙西山。棣萼情原篤，蘭言味不慳。莫教吟社冷，長日戀鄉關。

吴趨雜詠

左司祠傍宫牆側，燕寢凝香憶朗吟〔一〕。劉白同時甘避席，朱絃三嘆有遺音。

春風亭子詠滄浪，槐柳新陰瀹茗香。七百年來餘韻在，一官何惜校書郎。

惟則曾留十二題，直教廛市等巖棲。當年禪窟分明記，何事重來路轉迷。丁卯年曾與茶塢同遊。

中吴翰墨數停雲，儒雅風流總軼羣。留得芳蘭舊池館，欲攜小像妙香熏。予家有衡山先生小像。

【校記】

〔一〕憶，《林屋唱酬録》粤本作『想』。

哭樊榭八截句

涼雨孤篷憶去時，無端老淚落深巵。年年送慣南湖客，腸斷秋衾抱月詩。

卅載交情臭味親，甎爐木榻愧留賓。丹鉛不斷杯盂斷，君素不飲酒，近復毁茶。風雨清唫泣鬼神。

一第那能慱母歡，夕葵負米恨漫漫。泉臺縱隔無多路，忍見慈闈淚眼乾。

無兒栽竹句堪哀，『無兒北宇猶栽竹』，君句也。此事才人莫怨來。天遣多才例磨折，幾曾文字委蒼苔。

藥補清羸鬢已華，一生心跡許烟霞。松聲月影休重問，無限寒蟲助怨嗟。

曲曲長廊冷夕曛，更無人語共論文。宵分有夢頻逢我，海内何人不哭君。

年來吟社半凋零，胡後唐前失典型。寒鑒樓空小師死，招魂又復酹寒廳。復翁、天門、薏田、環山，次第下世。

過南園有感

雪薦哀梨霜薦柑，清冬彷彿會城南。紙蓮花動風吹戶，老木蕭蕭葉打庵。聞訃後爲位，哭於行庵。

綠柳陰中憑水閣，黄梅雨裏上遊船。閑吟薄醉知多少，回首風光四十年。

小車

越布小裁巾，雙輪勝隻輪。幸無中路覆，敢謂入時新。南陌近前轍，東華拂舊塵。還愁歲月去，旋轉百年身。

南莊惠新橘

篷窗病渴思新橘，南果從知北地慳。細雨堆盤勞寄贈，只疑身在洞庭山。

淮陰舟中

一時登岸復登舟，去住如何得自由。兩槳破烟非把釣，三更乘月豈尋秋。欲親歡伯迷春甕，纔入華胥報曉籌。賴有良朋相慰藉，不然白盡老夫頭。

擬淵明飲酒二首沈歸愚先生同作

運會本有期，達人道斯見。嗇者多忌豐，貴者每凌賤。豈惟昧物理，律己亦未善。冉冉百年間，倏如蟻磨旋。所得在杯中，此外一無羨。

居官無寸樂，解組歸蒿蓬。六經如日月，捨此將焉窮。要當抱直樸，勿爲時俗攻。時俗易染人，靡靡失西東。敝廬我舊居，林木亦青葱。濁醪隨意飲，日日生春風。

五君詠

胡復翁

人事宦途歷，道心林下生。偉哉中丞公，六纛懸雙旌。夢寐隔霄漢，著述歸柴荊。開卦悟龍蠖，緬想含深情。

唐天門

矯矯雲中鶴，鎩翮辭長風。往昔唐先生，垢衣蒼蘚中。杯酒神京返，浩歌秋室空。淹留歿淮甸，感物傷予衷。

方環山

世族等儒素，烟雲供吞吐。環山秉靈秀，不獨繪事古。蕭散嵇阮流，放曠麋鹿伍。一再辭上官，幽巖老蘅杜。

厲樊榭

薈稡丘索精，抉搜水石妙。南湖樊榭生，文筆窮幼眇。謀祿養衰親，空赴大科召。不礙賦閑情，時流勿相誚。

姚薏田

醫門每多疾，吾聞諸莊子。清才姚薏田，竟坐藥誤死。卞峯何蒼蒼，苕水何瀰瀰。千載失斯人，抱恨蘋花裏。

日出入和歸愚先生

城頭打鼓朝日出，城頭打鼓暮日入。朝暮隆隆不暫停，三烏六螭並夜行。人生電瞥風飄耳，乘流則行坎則止。春紅細雨娟，秋碧嚴霜死。鱠刀聶聶，糟牀嘈嘈。金頭雞怪，銀尾羊妖。豪華鑿元氣，刺促損性靈。荏苒百年内，問君何所成。蒿里亦有館，薤露亦有亭。何如絕世好，所樂今日情。我曾東遊泰山登日觀，漢柏秦松撑雪榦。又曾西泛太湖窺暘谷，水底倒影七十二峯綠。年復年，鬢已翁。虞泉急湍扶桑弓，惟有文字無終窮。任爾羲和騁玲瓏，一生不敢嗔天公。

王曇子手伎歌

王曇子，爾爲誰？木倭都盧之苗裔，《拾遺》《廣記》之渠魁。相逢正值秋晴時，行庵翠竹風披披。廣場一片乾淨地，刀錢環索施絕技。邢甌與越甌，泠響發空際。玉筯雙蟠拏，傳得道源戲。青磁面面舞花盤，長竿輕舉淩雲烟。欲落不落隨風旋，假如失手難瓦全。帳舞更爲草書勢，波撇牽戈繞身字。李十二娘不足云，天吴瞥見心應醉。危機幻態誰不驚，曇子神閑氣轉清。當年御府承恩日，曾教中官識姓名。王曇子，君試聽，險極過來始見平。請君收技抽身出，飲我黃花酒一瓶。

秋齋

秋齋欣有會，所得是新晴。衆草寒猶豔，高雲薄更清。風華俱已老，世事總如酲。何日成真隱，無人識姓名。

秋日集賀氏青川精舍

屈曲闌干小有天，玲瓏窗戶碧波連。榴皮書在尋經閣，竹葉秋空棹酒船。風候不禁摧早雁，勝遊翻喜帶殘蟬。由來祕監家聲舊，規取溪山一榻眠。

秋日集行庵並有小序

環溪巖桂盛開，主人排日宴遊，而余未得與。篠園主人邀客爲城南之會，各攜硯具，泛舟於菰蒲蘆葦間，分韻賦詩，而余亦未得與。南莊在城東霍家橋之南，荒村斷岸、竹樹蒙密、秋香芬馥，雖不逮環溪篠園，亦具體而微，而余又以羈紲未得去。惟行庵出郭數武，中有千餘年老樹，壽藤纏絡，雲日蔽虧，鍾魚梵唄之音，不絕於耳。隔院有鶴二隻，時一唳空，聲聞於天，偶與同人小憩其間。酒半，各賦五言律一章，用以解嘲云。

天宇一何淨，虛庭無俗聲。風鍾穿樹遠，雲鶴唳秋清。良會已再隔，暮江空復情。惟餘謝公宅，時復醉孤鐺。

真州友人贈予鶴一隻開籠欲放而鎩羽難飛因寄養天寧僧舍邀同人賦詩

樊籠豈忍困仙禽，近市還愁損性靈。借得禪關雙樹古，養成涼夢一秋醒。繙經案畔翹長脛，洗鉢池邊照短翎。我是隔牆吟詠客，清聲遙和竹間亭。

趙子惠雙鉤水仙

能將草篆作雙鉤，寫出淩波一點愁。試向寒山尋譜牒，女郎遺墨可千秋。

張若耶茅亭疏樹

女士含毫絶點塵，茅亭疏樹倚青旻。歌姬贈客尋常事，那得秦淮有此人。

黄皆令江上秋帆

兩兩輕帆隔遠天，扇頭秋水散秋烟。芳衾阿姊傷心句，畫到空江亦可憐。

題拙樵上人小照

梅花香裏一聲鍾，常憶棲靈寺外逢。詩味禪心兩無著，斜陽同看隔江峯。經行宴坐此林丘，香飯瓊糜飽卽休。透得聲聞第一義，底須貪說水雲遊。

送榭山歸里

空江聞唤棹，節候正清寒。風雪歸新詠，刀圭佐旅飧。君行交舊少，我老别離難。莫厭巡環飲，燈花任翦殘。

奉和鹺使奉宸卿吉公原韻

碧油幢下仰清塵，春雨春風恣笑嚬。淮海甘同端木學，詞章謬作濫竽人。八年提挈趨臺府，一日吹噓達帝宸。自愧匪材衰老甚，未知何以報平津。

擬復竹西亭和洴江太史

邗溝東畔竹西亭，歲歲尋遊感廢興。細雨斜廊還有井，蜀井在禪智寺。夕陽秋寺欲無僧。幾時碧玉圍千个，依舊紅欄覆兩層。收取江南烟樹色，蒼茫衹借一枝藤。

題翁霽堂三十三山草堂圖

高人慣卜臨江宅，更借嵐光作翠屏。黄歇浦前吟秀句，延陵碑側抱遺經。窗開片段雲來往，杖倚谽谺石窈冥。三十三山都占取，可能容我扣巖扃。

春篷聽雨圖爲霽堂題

野艇浮春雨，平橋入暮天。雨聲殊有味，客思動經年。燭暗疏還密，雲沉斷復連。誰從篷背底，來訪五湖仙。

題方守齋小照

雒誦遺編到五車，又多清興領烟霞。縱饒四十飛騰過，那許吴霜點鬢華。迎風個個淇園竹，帶雨叢叢洞口花。斂盡聲華愛吟詠，君才端不愧名家。

喜方息翁至自桐城得東韻

舊夢都歸抵掌中，高吟忽對泬寥空。十年我憶龍眠老，四海人傾鶴髮翁。秋澗有聲慚舊語，『不知何事同秋澗，逢著清流便有聲。』先生廿年前贈予句也。冬心無熱抱孤叢。菊花香裏朱顔好，乞取丹砂訣一通。

題曝書亭留客圖

大雅扶輪久，高文有自來。垞南曾下榻，亭北幾銜杯。畫裏風烟古，詩中歲月催。秋燈吟賞處，倩客落松煤。

蕩子吟

鄉關易去室宅留，無家有家抛中州。浮雲柳絮風悠悠，賤妾關門不下樓。懷中呱呱炯兩眸，淚痕點滴三十秋。良人善弈居清流，新婦挽髻能梳頭。敲門有子來邗溝，蓬頭抱父聲咿嚘。乃翁彳亍還移遊，經月不出頗自羞。此兒此婦世罕儔，觀風史筆行當收。

談往

一卷清詩接混茫，鬚眉老去越蒼涼。故家喬木從何見，麈尾松陰下夕陽。

魚鳥從知跡已陳，榮枯總是眼前塵。十年舊事三更話，領取清冬岸幅巾。

賦得以詩爲佛事

梵唄通羣雅，高吟合老禪。五言文字外，一滴化人先。以此觀前妄，因之證後緣。清機生淨土，慧業驗蠻箋。殷浩談經處，陶潛嗜酒年。更須除綺語，深竹一燈寒。

次息翁苦寒辭會韻

君主騷壇興豪劇，拄杖過頭屐盈尺。穿雲撥霧下龍眠，雪色盈顛風兩腋。清冬排日共邀吟，凍雀喳喳解迎客。研匣琉璃啓夕曛，奚囊錦段攜朝陌。如何塞戶復闔窗，自説寒威損焦鬲。豈因頌炭火無功，未怕煎茶竹遭厄。詩來墨瀋帶冰澌，次第傳觀爭避席。文章流別藝絕塵，歲序崢嶸時變易。衝寒還望效劉叉，車柱吟成一笑啞。經史跌宕略形骸，腰帶兩忘更安適。草堂春及入新編，不用興懷感今昔。如君自是神仙人，詎止多聞資友益。嗟予潦倒附高流，天吝清名應小謫。相遲飛雪過玲瓏，重看琅玕翠三百。

野橋補齋先生同作

非市非官道，一橋橫亂榛。不通名利客，偏稱畫圖人。斷後水平岸，擋來寺與鄰。吟詩愛閑曠，未惜往還頻。

沙河逸老小稿卷六

人日集山心室問訊篠園梅花用東坡和秦太虛韻

山斸雲根梧據槁，臘味浮蛆瓶盡倒。欣逢涉七古靈辰，莫把流光故相惱。主人愛客客情歡，研北花南詩意早。草堂曾否動横枝，入手東風誇最好。何況先期雪兩番，苔徑籬門休便掃。此君耐冷石橋寒，雪格孤清梅格老。點燈回憶十年前，蜂蝶南園亂春草。題扇書帬更與公，白首重吟對晴昊。

癸酉上元聯句

頻年詩句酬佳節（曰琯），又設壺觴聚故人（張世進）。風景不殊明月夜（方士庻），山齋依舊早梅春（馬曰璐）。鄰家歌管燈前沸（閔崋），我輩談諧醉後真（陸鍾輝）。如此元宵堪記取（張四科），白頭相見鎮常新（樓錡）。

花朝日過環溪

記得隔年遊，花裏泉聲響。今日遇花朝，復坐溪橋上。
照水寒雲一片，吹香晴雪三分。空亭儘容月色，繞屋還多此君。
窈窈清鍾出寺來，行春底用上層臺。陸郎舊有梅花課，放翁句。邀得香風入酒杯。

過湖和恬齋韻

前年車洛冰凝渡，今日盂城雨泊村。柳岸漁舟牽短夢，梅花燈影憶柴門。忽從冷處逢詞客，欲解愁時仗酒尊。且共篷窗坐烟水，須知岑寂勝於喧。

和息翁留别原韻

交宴追陪數，時操几杖從。翦燈話春雨，得句倚寒松。林壑便幽趣，詩書養道容。他年雲靄靄，能不憶高峯。

憶竹町對鷗

西溪梅信蚤，北郭酒人多。故里容疏放，閑身足嘯歌。一番春雪盡，兩地塞鴻過。衰鬢兼離緒，相思奈我何。

過含雨亭

荒園鋤一畝，草屋架三椽。待得桃繁日，來吟雨後天。寺傍沽酒巷，門外捕魚船。定有穿花燕，低飛夕照邊。

含雨亭補種桃沈勉之太史同作

碧桃蘂綻看如霧，縛個茅亭短牆護。香徑還憐紅影稀，添種東闌三兩樹。高低橫臥倍夭斜，油菜紛披更著花。燕子低飛連暮雨，柳絲輕拂帶朝霞。春風可是銷人恨，多處花枝能壓鬢。榆錢買得淺深栽，一飯胡麻飲清醞。映竹穿沙繞寺門，浣花牋紙染深村。留賓盡日恣遊賞，重疊風前笑語溫。

環溪飲罷復步桃花下

攜壺良夜繼清晨，月色燈光也戀春。更謝東皇憐客意，一絲風不上花身。

西疇看牡丹效長吉體

東風短夢迷香路，藕絲水月楊花妒。唤醒春魂語不聞，蟠花膩葉斜陽暮。陰陰翠幄籠朱竿，咿啞轆轤牽井寒。紫囊紅襆異凡骨，謝家小院圍檀欒。依微曉氣青氤氳，細翦湘幮貼彩雲。凝烟滴露酣朝酒，零落殘芳嗟白首。

暮春卽事作吳體一首

雨雲晴雲境屢遷，斷霞續霞花爛然。短艇偎荇春水岸，隻輪碾草斜陽天。蜀泉旋煮瘦烟裊，剡藤共擘幽情牽。翦燈僧院風乍起，落英一片當歡筵。

南圻以自製洞庭春武陵春見惠率賦

香傳縹緲咸池水，色泛氤氲洞口霞。得隴可容兼望蜀，攜壺來賞殿春花。有名品芍藥數十種，供之曲房，爲他處所無。

湖上以落日放船好爲起句

落日放船好，平堤水一灣。雨涼高柳淨，沙軟睡鷗閑。且自憐清境，何須惜老顏。晚來明月上，仍唱棹歌還。是日各成棹歌四首。

邀王孟亭太守湖上因雨不果集小西别館次見柬原韻

三十六陂烟水闊，小秦淮畔約題詩。溪橋喚棹鷗先覺，古寺汲泉僧未知。琴韻棋聲隨處好，白鬚朱舄坐來宜。莫緣風雨孤清興，也有琅玕傍水涯。

有所思

我所思兮在菰蘆，愛而不見心鬱紆。風吹庭角長蘼蕪，夜夜涼月沉高梧。琴亦不復彈，酒亦不復酤。思佳人兮轉愁予，一簪秋髮頭不梳。江水浩渺山模糊，夢亦不到將焉如。

初秋沈歸愚先生枉過竹庵

滿園飛絮一園苔，慚愧高軒北郭來。脱略誰知踐台斗，輕便還擬躡崔嵬。先生來年有雁宕、廬阜之遊。論詩經案分題目，話舊林陰駐酒杯。雲鶴風姿松品格，知公原是列仙才。

城南看芍藥歸愚先生同作

垂柳陰中曲徑幽，梢頭繭栗數揚州。留春未信春留得，飛過一雙黄栗留。
不矜穠豔不誇繁，依砌蒼苔畫亦難。雲點花心霞染色，肯教金粉泥欄杆。
花事今年開較遲，開遲端爲索題詩。城南裊裊香風細，坐到翻階日午時。

集小漪南觀荷

含雨更添花意態，欹風尤見葉精神。半潭白水鷗盟舊，一樹綠楊蟬噪新。静裏詩歌存節物，閑中景象得天真。泠香又到田田硯，洴江研名。老卻憑欄幾許人。十餘年來，荷亭宴集者，如復齋、天門、薏田、環山、樊榭，皆先後下世。

晚坐兩明軒

疏雨颯然至，小軒清且涼。吟無東野窘，飲少次公狂。荷葉晚逾翠，鍾聲遠更長。泠泠秋竹底，催我著衣裳。

獨往禪智寺

人來鳥散午鳴鍾，步屧行吟繞梵宫。叢竹蕭疏明月上，一亭吹盡墓田風。

秋林覓句

霜樹有妍色，商飈無俗聲。況在山水間，能動詩人情。拄杖石橋滑，踏葉秋衫輕。申此獨往意，得句多寒清。調高時一唱，直與天籟並。乃知千秋業，辛苦非凡營。

霽堂將返澄江

晤言何杳杳，不晤十九年矣。錄別太悤悤。顧我年非壯，多君道益充。銜寒白浪裏，把卷翠微中。心跡憑誰託，高飛有斷鴻。

平岡秋望在天寧寺方丈後

原野帶秋色，出郭多所欣。遊目不在遠，自然少塵氛。蜀岡延素靄，山光沉暮雲。清氣一朝集，曠懷千古分。具公支許流，文字無羶葷。復此遂登眺，翛然麋鹿羣。

秋荷

蓮葉蕭疏蓮子空，水雲多處又西風。餘香冉冉搖秋岸，冷翠亭亭閱化工。一段榮枯鷗夢裏，幾人吟賞雁聲中。障暉補衲休輕折，留聽深宵雨半篷。

客有以虎跑白沙二泉餉香溪太史因邀同人共品各賦七言古詩一章

新冬撰日招同儕，丹楓黄菊羅清齋。主人生性愛茗飲，水味甲乙懸籤牌。有客適自錢唐至，投以名泉各一器。白沙虎跑遞煎烹，風味甘寒孰軒輊。當年七水傳又新，鴻漸《茶經》更討論。嚴灘每試東甌盌，瀑布曾傾小焙春。二泉未見高賢記，天地精英寧久祕。太史雙瓶冠六情，詞人十詠矜三昧。爐烟竹裏翠如絲，紗帽籠頭看煮時。伯芻蘇廙今誰繼，琴語山心自品之。

竹西亭寒眺

瘦竹已娟娟，虛亭有數椽。嵐光出遠樹，帆影落平田。斜日憐新構，高吟入暮天。樊川魂在否，可得起寒烟。

送陸茶塢返吳門

離情值衰老，不似少年時。寒雨一尊緑，青燈兩鬢絲。明明梅有約，默默雪相期。除是鷗盟舊，傍人那得知。

題文待詔石湖畫卷

碧樹蒼烟筆斬新，菰蘆深處有垂綸。衡山可是無心畫，茶磨山頭日幾巡。
開圖猶憶廿年前，月上斜橋泠畫船。諸老凋零劇惆悵，那堪重問石湖仙。辛亥年同遊者，何小山、徐二友、王支山諸先生，俱下世。

哭高西堂

垂髫交契失高賢，傲岸夷猶七十年。白袷慣傾花嶼酒，青山只取研田錢。兩家老屋常相望，一樣華顛劇可憐。同調同庚留我在，臨風那得不潸然。

甲戌上元聯句

高館張燈酒復清（汪玉樞），年光流轉倍多情（曰琯）。玉山雅會人如舊（張世進），金谷遺音句早成（馬曰璐）。無月也珍三五夜（陳章），當杯不計短長更（閔華）。若爲吹得浮雲散（陸鍾輝），擬借春城管笛聲（張四科）。

渡江二首

三年前上瓜州渡，酒榼詩瓢二月中。今日迷濛烟樹裏，依然微雨滴孤篷。
水闊雲多又渡江，晚風淅淅鳥雙雙。莫教紅板船輕放，容易青山得到窗。

雨後湖上看落梅

小謝輕埃濕漸消，一湖新水暗通潮。春懷正爾相料理，又逐東風過野橋。
幾處籬門傍水開，含風瘦篠碧於苔。疏花一片知人意，吹到吟箋便不回。
千株楊柳萬株松，松下分明雪一篷。消得遊人幾回醉，香魂故故惱衰翁。

春日陪雅雨先生登竹西亭

亭子闢蒼苔，輕輿看竹來。鶯花連上巳，雲樹入深杯。試茗寒泉汲，尋碑佛閣開。牓書增勝概，吟罷復徘徊。

雨後過環溪

春陰霽卽佳，况茲積雨後。良朋隔宿招，厚意詎可負。溪光冷似雲，花氣濃於酒。亦有數峯青，迢迢入窗牖。愛玩復驚心，韶華欺老醜。不樂欲如何，一笑杯在手。

題慶遠守查恂叔修復黃文節公祠堂記後

雙井黃公古君子，節義文章彪信史。幾回遷謫赴炎荒，三載宜州終老死。木落江澄見本根，爐香隱几道心存。當年鍾乳詩留卷，此日龍溪水抱門。龍溪之水供齋沐，遺愛桐鄉敦薄俗。烟雲閣遠失前規，蘋藻祠荒誰繼續。賢守清風迥絕倫，拋梁頌罷曲迎神。瓣香直下涪翁拜，南北山頭萬古春。

柬綠淨老人

廣陵耆舊多零落，賴有夫人作典型。風雨一燈猶讀史，蓬蒿三徑更傳經。吟壇自足張高幟，壺教還堪繪曲屏。媿我迂疏溷塵俗，可容問字到軒亭。

和商寶意郡丞舟次見柬原韻

轉粟歸來櫻筍天，吟詩命酒驛橋邊。柳絲牽拂青雲夢，花片句留夜雨船。歲月駸駸官裏過，情懷落落卷中傳。時讀君《衍餘》、《綠波》、《發艫》諸集。卽今鷗影篷窗底，絕類江湖一散仙。

四月七日雅雨先生雨中招集蘇亭

鈴閣風清暮雨稠，曲欄幽砌復追遊。牡丹纔放兩三朵，竹葉時傾四五甌。論世定教徵信史，衡文直欲邁前修。坐間論史閣部往事，暨書院文藝工拙。此來詎爲看花醉，花亦人間第一流。

雨後池上

主人幽意多，一雨塵事屏。新晴俯曲池，五月裌衣冷。雲葉互相鮮，水花自爲影。魚樂我亦知，得與清流永。

五月十日漁川訂遊竹西是日雨憶同人必集行庵因干曲阿舟中寄柬

想見虛庭研席分，出牆烟篆妙香聞。黄梅雨過表初夏，翠竹風來散薄醺。未必重延穿樹月，也應遥望隔江雲。篷窗底事消岑寂，一卷清吟杜司勳。

甲戌夏六月茶塢沉痾甫愈鼓興渡江泊舟之頃復爾委頓不七日而奄化行庵傷其旅魂蕭索舊侣凋殘爲詩二章哭之

衝炎移疾自吴門，生死由來有數存。雙樹風清歸淨土，一樓鍾杳悟根源。病中曾云：『此來當有夙因。』淚枯弱子終天恨，響助哀蟬落日昏。愧我江關爲地主，不令談笑返家園。

往年送别每銷魂，今日逢君便愴神。尚冀聯吟從結夏，詎知稱藥不回春。半生交契成零雨，一路淒涼有故人。彌留之際，猶念西園先生不置。扶櫬烟江重喚渡，可憐江水亦酸辛。

竹岡散步分得因字

微痾苦沉滯，積抱無由伸。平岡一登眺，瘦竹連秋雯。衣輕碧雲入，杖瘦野色分。以此契禪味，亦復忘聲聞。涵虛易爲感，寓寂知所因。晴霞斂天末，高處仍逡巡。

荷亭卽事

籬門窄窄板橋偏，波上鴛鴦樹上蟬。酒罷亭空人散後，滿身明月一池蓮。

題王履若雲峯茅屋圖

秋雲冒空山，秋樹倚籬落。中有秋心人，風味太古若。畫師本東吳，不弱文氏學。卽此成臥遊，可當專一壑。

秋園得白字

積雨兼負疴，荒園疏履跡。今朝緣客來，秋氣落吟席。感此時序遷，彌嘆鬢鬢白。日入晚涼生，高梧風策策。

行藥

久闌詩酒興，行藥到閑廳。雨過水痕白，天空雲葉青。秋花駐顔色，涼吹豁心靈。歸憑烏皮几，重繙内外經。

題徐昭法先生吳中名勝畫屏得上沙

先生妙繪事，自寫幽人宅。流玩仰高蹤，恍似舊遊歷。激激秋澗清，皎皎寒沙白。逸致出肺肝，都無筆墨跡。我昔遊此間，山鳥喚吟屐。草堂拜木主，荒榛埋四壁。歲序寒暑更，人世風烟隔。今復見兹圖，臨風三太息。

水村同張嘯齋作

抱沙兼映柳，寒碧四環周。漁港多支屋，鷗灘半倚舟。晴嵐隔岸渡，遠火帶溪流。時有書聲出，蕭蕭蘆荻秋。

聽雅雨先生談塞外風土同人共賦

冰霜歷盡龍荒外，節槩全憑心眼大。官齋餘暇卽延賓，畫戟清香談出塞。是時秋暑尚炎蒸，滿坐渾疑風雪凝。白草黃沙飛鳥絕，赭山黑水劇心驚。胡雁有家還客痛，岫雲克遂還鄉夢。太平曾譜十三詞，杭雪西邊餘酒甕。先生一飯不忘君，注《易》焚香幾夕曛。而今重看揚州月，凍破梅梢卻是春。先生《出塞集》中句也。

荷亭

荷亭綠水隈，亭上小徘徊。涼引鷗飛下，香邀魚戲來。輕風萬葉淨，斜日一花開。只取襟懷淡，何須更舉杯。

秋寺

秋寺白雲封，寺門秋幾重。疏鍾連暮雨，清梵咽寒蛩。葉墮憐身妄，香銷任客慵。石房聊徙倚，澄澈四山空。

過彈指閣訪朱稼翁

鴛湖詩老至，秋日寄僧廬。風起書籤亂，雲歸佛閣虛。君應理鉛槧，我喜得依於。促膝涼陰徑，槐花一寸餘。

風雨渡江以潮平兩岸闊風正一帆懸平字分韻得潮字

爲有棲霞約，重來趁晚潮。秋空江面闊，風横雨聲驕。病骨淹三月，吟情憶六朝。往遊仍幾輩，零落不堪招。謂樊榭、環山諸君。

龍潭道中

舟停晨夢醒，路已入龍潭。葉脱半巖碧，潮平一鏡涵。賞心應有託，望遠自能諳。遥指蒼然處，烟雲繞石龕。

遊南澗歸宿翠微庵

望山東景升，入山西日落。挈伴續遊蹤，天清試芒屩。雲巒彩翠收，絶澗奔濤作。偶見采樵人，如逢舊猿鶴。老僧具伊蒲，賤子欣茗酌。晚風巖桂香，予亦返佛閣。

由北澗至天開巖

沉痾力苦衰，見山猶稍稍。草木發真香，泉石生靜悄。一步一徘徊，涼露滴清曉。所欣身無事，暫得恣幽討。巖深秋氣多，塵遠俗情少。北至天開巖，長風吹浩浩。

登石梁望大江回憩霞心挹珠而返

飯罷復入山，石路一僧導。攀躋眷嵚崎，滑澾怯奔峭。深松內蔽虧，斜日外照耀。大江舄下流，隱隱見漁釣。清鍾迎竹策，暝烟颺茶竈。重來指後期，嗟哉坐年耄。

坐紫峯閣

磵底流泉鳴，窗前桂花落。把卷坐蕭晨，一峯對高閣。寂歷四無聲，祇有風吹樹。幽鳥忽飛來，驚我塵夢去。

夜雨

夜雨颯然至，更殘點滴稀。松根寒溜急，枕上道心微。清徹離言說，蕭寥驗氣機。人生幾回聽，來日不須歸。

山中雜詠

不見六朝松，猶存六朝寺。古墖劫灰餘，上有開皇字。愛古尋禹碑，落葉欲無路。何日蓋茅亭，來看丹楓樹。涓涓線溜泉，淅淅幽篠語。墜石激奔流，令人想春雨。聞説白雲庵，舊是徵君宅。可憐江令君，無處尋遺跡。房房翦木瓜，處處截天竺。劈破石榴漿，點茶玩金粟。上有風嶺松，下有霜田稻。欲借壞色衣，將於此中老。

斷鍼吟

飲冰嚙蘖，志老彌堅。一經教子，抱恨悁悁。一解。風雨青燈，寒雞喔喔。紉鍼補綴，中夜痛哭。二解。斷機驚身，斷鍼刺心。研穿筆秃，績學資深。三解。維李有母，維李有子。千載而下，載之彤史。四解。

秋草

草生零露後，縱綠亦含悽。廢館門長閉，寒原日易西。蛩殘難掩斂，蝶倦尚萋迷。愁絶衰顔對，蕭蕭髮與齊。

竹西亭登高錢坤一太史沈學子上舍同作得笑字

出郭眄層岡，竹西恣遠眺。氣肅俯晴空，天清延眾妙。隔江山影重，吟席烟帆到。既愜素秋心，兼喜遇同調。所嗟鬢髮衰，臨風怯欹帽。斜陽木葉飛，斷渚賓鴻叫。緬懷杜司勳，酩酊寄兀傲。嘉辰不盡歡，恐被黄花笑。

竹間亭

蒼翠一亭深，清陰滿竹林。密教涼意足，低避白雲侵。豈引山王興，聊存支許心。蕭蕭七峯畔，常此助秋吟。

甲戌初冬同人集蟫書樓重觀行庵九日文讌圖距今星紀一周不勝歲月遷流友朋凋謝之感各繫以詩

十二年來一霎過，空庭曾記寫烟蘿。題詩作畫憐清宴，憶舊懷人感逝波。雲樹依然時寂歷，尊罍不改意蹉跎。燈前叫斷西風雁，零落黄花也不多。

題汪敬亭君子堂圖堂額舊係文待詔，爲沈石田題

竹裏構茅堂，數間幽且敞。昔年曾獨遊，蒼翠落夢想。新秋示我圖，紙上百泉響。清流曲復渟，白雲滃以養。中有擘窠書，縣額見嚮往。兩賢靜者流，出語無慨慷。因知異代人，同調若儔黨。輕烟籠月吟，細雨含風賞。林外對青山，林中呈色象。幾時叩籬門，攀蘿還一上。

乙亥上元聯句

佳節天涯喜盍簪（朱稻孫），山齋四度復聯吟（曰琯）。地分吳越皆知己（張世進），詩壓齊梁是雅音（陳章）。秦月初圓花照夜（馬曰璐），清歌不斷酒盈襟（閔崋）。燈前底用看雙鬢（陸鍾輝），行樂年年共此心（稻孫）。

落燈後一日飲梅花下

過卻燒燈意態閑，輕雲閣雨鳥關關。風懷留得些些在，且對梅花一解顔。寂寞冰魂苔蘚滋，報開剛及五分時。從今開到十分日，一日酬君一首詩。

邀吴又枚孝廉錢壯猷大令行庵雨中看梅

小徑竹連苔，梅花冷淡開。烟光侵幔薄，風信逐香迴。忽作稀疏雨，頻傾瀲灩杯。莫教容易落，留待客重來。

春日陪雅雨先生泛舟平山看梅

昨日雨，今日晴，保障湖頭春水生。波光澹沱蘭橈入，楊柳濛濛漸放青。松根殘雪在，竹杪暗香横。翠羽啁啾聲不斷，冷雲十里花冥冥。倚闌山氣接，握麈茶烟起。乃知樹美政，文字時料理。船舷暝暫繫沙尾，不用清歌傳皓齒。琴心三疊淡無言，淨洗鉛華嚼冰蕊。追廬陵，繼玉局，詞翰升堂真賞足。玉梅一路點風襟，日望看花向巖谷。

花朝前一日讓圃落梅

爲有梅花約，經旬倦眼開。如何修竹裏，不抵避風臺。一半春將去，多情客共來。還憑清夜月，流影照深杯。

出郭看殘梅分得花字

生怕飄零盡，行吟到日斜。又來山鳥路，重過野人家。密竹香仍聚，輕雲影半遮。從開看至落，端不負梅花。

賦得一片花飛減卻春著老書堂同作

惜春祇願花常盛，無奈花開易落何。開日景光猶見少，落時消息不須多。初隨風蝶一片下，能待遊人幾度過。欲倩韶華還小駐，人生那得魯陽戈。

和西疇雨中見東原韻

春寒春雨夜連朝，郭外桃花已拆苞。著屐何人招酒伴，堆牀鎮日坐書巢。急思牋疏補天漏，底用爲文解客嘲。半月昏昏成短夢，蘚紋蝸篆遍堂坳。

同人集抱山堂柬汫江太史

惟公髮短興偏長，詩課朝朝不厭忙。顧我每吟春水曲，邀人同集抱山堂。茶烟裊裊晴窗碧，梅蕊疏疏小院香。何事雲箋空寄與，松風麈尾隔斜陽。

次日集山心室復疊前韻

節過花朝日正長，高懷閑處自成忙。憐蜂抱蕊穿芸閣，看燕營巢上草堂。身健不妨重命酒，詩清何事更焚香。年來得遂追遊樂，春雨春風總豔陽。

雨過西疇看牡丹二首

地勝天多惜，花繁客屢期。肯因風雨阻，直是性情癡。色已侵油幕，香應泛酒卮。三年重一到，草木有心知。

春是昨朝去，時立夏之次日。鳥仍深樹啼。繁華茅屋底，清潤竹林西。塵事自然屏，詩魂轉欲迷。朱闌收一片，秋思草萋萋。

懷謝山

甬東人去後，不復寄雙魚。豈是忘同調，應知臥舊廬。三春憐痼疾，一枕戀殘書。風雨江湖隔，相思雪滿梳。

春暮同竹町玉井半查泛舟湖上及半而返歸憩行庵即事三首

午餘睡起趁斜陽，買得烏篷七尺强。幾日不來風景換，榆錢吹過藕花塘。

殘桃猶剩數枝紅，筍轎香車不避風。偏我遊情容易倦，管絃拋在石橋東。

繞廊嫩綠漸低迷，偷得閑身且賦詩。莫把春愁浪堆積，四人鬢鬢總如絲。

息翁復至邗江仍用上年喜晤韻

又向詞壇角長雄，皖公山勢等巃嵸。支筇貌古心逾少，落筆神完句掃空。燕語丁寧當首夏，楝花開謝尚東風。情知不作三年別，歲歲尊前一笑同。

五月四日西疇詩來乞貓次日口占繼和

筠籠攜去小烏圓，珍重新詩作聘錢。乳汁斷來猶戀母，魚餐足處解窺筵。高齋正值戎葵放，令節應教綵線牽。何尊師有《戎葵太湖石貓圖》，路德延《孩兒詩》：『貓子綵線牽。』牙吻養成能禁卜，護君書帙縱君眠。

雨後江行

雙槳破朝烟，空江紅板船。蘆深涼蛤吠，柳重老漁眠。青靄望無極，白蓮吟有緣。時有事於繖山。沙頭聊小泊，潮水落平田。

嶰谷詞

百字令　自述

半生情味，嘆飛光激箭，流年隨手。踏遍槐花成底事，蠟燭三條孤負。洗墨池荒，畫眉人老，蕭索閑門舊。添丁詩句，玉川何日纔就。　贏得玉柱金庭，銀濤雪屋，湖海籠襟袖。回首東華塵土夢，布襪青鞋還又。桑柘騎牛，滄浪吹笛，沮溺真吾耦。從今以往，樂天惟是歌酒。

木蘭花慢　秋帆

展新蒲數幅，喜無恙、入空濛。和敗葉爭飛，冷雲齊渡，潦水遙通。烟籠。幾層浪裏，傍蘆花欹側過青峯。黃鶴題詩暮雨，垂虹吹篴西風。　孤篷。兩岸掠丹楓。遵渚聽征鴻。試相尋賀老，夜深明月，載酒江東。秋窮。客程倦矣，挂愁心木落正霜濃。卸處日斜荒堠，到時夜半疏鍾。

憶故人　樊榭歸里嘯齋買舟偕往作西湖之遊相隔彌月悵然有懷

竹杖芒鞵，素心乘興西湖去。吳峯越巘最宜秋，剛與潮相遇。　山館憶君幾度？待歸帆、歸來恐暮。西泠攜酒，東郭吟詩，離情三處。樊榭家杭之城東。

雨聲何處喧茶鼎？

河傳

夢醒，人靜。小亭幽境。蝶倦仍翻，蟬殘尚咽。秋意半上闌干，竹檀欒。　斜陽影。射入文窗冷。閑愁漫遣，料理翠墨烏絲，寫新詞。

金菊對芙蓉　莎圃晚秋

曲巷閑行，幽坊乍轉，重來門徑猶諳。記池荷的皪，岸柳參覃。前時不盡登臨興，詠新詩、酒污青衫。而今秋晚，蓉殘露落，菊老霜酣。　過眼往事休談。但心情漸減，衰鬢頻添。上危亭極目，無限晴嵐。那能泛艇空濛去，對烟水、便擬江南。淹留竟日，蝶依莎砌，蛩近湘簾。

探春慢

綠展平波，青浮遠岫，記得年時春早。乍說收燈，又聽賣薺，景物暗催人老。待少停遊屐，便燕語、鶯啼不了。試來曳杖荒村，野梅香破多少。　隨意踏尋芳草。問次第花風，幾番吹報。鄧尉溪橋，孤山水寺，是我向時曾到。舊友重逢處，訝雙鬢、而今都縞。買取香醪，風前同寫懷抱。

如此江山　集平山堂

醉翁去後風流歇，春風僅餘楊柳。碧葉移香，紅芳薦飲，還憶當年歌酒。文章太守。看壁上龍蛇，墨痕飛走。極目雲平，五州烟樹帶晴岫。

清鍾聲出古寺，問棲霞墖影，今日存否？倚檻聽松，分泉瀹茗，且共閑消清晝。幽懷試剖。嘆白髮重來，闌干依舊。一片斜陽，莫教杯去手。

相見歡　時山館牡丹將放適西疇臥疴初起喜見過花下相留竟夕因譜此解

廉纖雨濕荒階。破蒼苔。卻喜故人相過牡丹開。

花欲語，春幾許，且徘徊。一片露香新豔待君來。

揚州慢　雨後登康山

苔徑盤紆，草堂欹側，十年不上康山。剩風風雨雨，挂薜荔頹垣。憶當日、斯人溷跡，琵琶腰鼓，清議成冤。倚危闌、新霽涼風，添咽鳴蟬。

隔江隱隱，帶修蛾、時露青巒。笑一簣非山，女牆縈繞，高出塵寰。唱到荒唐詞曲，談前事、幾輩悽然。看殘陽西下，投林棲鳥飛還。

鵲橋仙　詠鵲尾爐

首山博采，名香暗炷，翠羽何來飛墮。是誰銀葉遞更翻，巧鑄就、雕陵一個。卯金遺範，東宮舊事，幾輩詞人傳播。炎精灰冷跡還留，好伴我、秋檠倡和。予家舊藏，有漢雁足燈檠。

河傳　南園觀秋漲

漫流平岸，白蘋天，重過城南舊園。上塘下塘秋水連。延緣。葦間人刺船。照影空明鷗鷺喜。荷葉底。風颸吟情起。詠《滄浪》，天一方。曲廊。薄衣愁暮涼。

眼兒媚　白秋海棠

盈盈冰淚滴鮫綃。腸斷越嬌嬈。青苔滿地，涼蟾映戶，此意難描。漢宮愁絕胭脂冷，酒暈玉容消。三秋夢短，六銖衣薄，銀漢迢迢。

行香子　憶焦山舊遊

買得低篷。攜得孤笻。憶年時、不負清冬。斜陽看竹，夜月聽鍾。正約吟朋，尋老衲，狎漁翁。

雨後蒼松。霜後丹楓。對烟江、塵夢都空。行隨鶴侶，飲伴猿公。但聽寒潮，聽落葉，聽飛鴻。

長相思　效獨木橋體

花外樓，柳外樓，燕子飛時懶下樓。夕陽紅半樓。

風滿樓，月滿樓，一斛閑愁貯滿樓。郎居何處樓？

南浦　送王梅沂入都

冬冷客辭家，渺江流，隔斷西津瓜步。交是舊情真，淹留地、早又寒風酸楚。蘆花似雪，雁來何故人偏去？回首可憐楓葉落，夜夜夢遊烟渚。

軟塵纔洗征衣，嘆依人不許，江鄉久住。梅子正黃時，闌干畔、記得小樓聽雨。歡娛未幾，對清尊離情重數。堤柳不堪霜後折，斜日半牆誰語？

明月逐人來　癸酉山館元夕用去年韻

林深烟澹。梅橫香淺。山樓外、華鐙幾點。暗窗搖影，漸漸風吹面。靜裏聲喧人遠。　猶記年時，攜手星橋月觀。觥心凸、堂深波捲。到得而今，春不由人管。坐聽更籌頻轉。

一痕沙　環溪梅影

浸得春魂能瘦。映得香心能透。風定碧無痕，寫雙身。　清到遊魚難覓。寒到流雲一色。倚竹更穿松，淺波中。

鷓鴣天　春日山館晚晴偕半查同賦

孤負韶光不等閑。梅花羞澀杏花慳。雨餘簾卷明斜日，風定雲開見遠山。　初蝶舞，暮禽還。撲人料峭是春寒。安排酒榼詩筒了，同上江南鴨嘴船。

一翦梅　立春後一日同人集晚清軒補作送春之會共賦此調

牆角餘花落瘦藤。惹起閑情。觸起離聲。春歸幾日計行程。鶯語分明。燕語丁寧。　欲挽芳蹤苦未能。已過江亭。又過山城。閉門還復拾飛英。茶煮孤鐺。酒煮雙瓶。

謁金門　楝花和玉几

殘紅掃。風信這番吹了。紫霧濛濛香穗小。春餘無限好。　簷外綠陰黃鳥。剩得茶烟輕裊。不暖不寒庭院悄。看花人欲老。

齊天樂　送樊榭歸湖上

廉纖細雨侵衣袂，梅天最難調攝。苦筍過牆，青苔上砌，客裏光陰飄忽。懷歸念切。擬暫瀹茶鐺，少留吟篋。只恐紅衣，待君香散半湖月。　吹簫何處濯髮。浸空明一片，銷盡炎熱。喚艇邀涼，憑欄覓句，沙際白鷗凝雪。那堪閑闊，定驀憶山齋，幾般縈結。莫負秋窗，滿林蟬亂咽。

澡蘭香　午日兒童以蒲作劍佩之相戲因亦辟邪之意耳醉後因檢夢窗澡蘭香譜之聊用遣興

根蟠九節，葉隱三花，獵獵弄風澗底。靈苗勁處，瘦脊抽時，宛似匣中秋水。正天中、競翦青青，含景蒼龍躍起。懸向衡門，笑比《離騷》蘭芷。　老去雄心滅盡，但解牀頭，辟邪而已。銀垂蒜押，豔吐榴房，合與艾枝同繫。漫嘲他、笑舞婆娑，剩引深杯泥醉。試配取、射黍琱弓，午香菰米。

疏影　荷影

陂塘幾曲，愛露盤一向，照來清淺。本自無塵，依約淩波，空裏淡痕香遠。娉婷自顧羞明鏡，渾不似、靚粧朝絢。夜深時、素魄潛窺，又逐水風吹亂。　遙憶江南舊種，悟分身淨界，秋思同幻。鷗鷺沙邊，幾回夢覺，錯恨玉容消減。吳娃漫撥邪溪棹，歌未歇、露凝烟晚。試歸來、描取紅情，寫上小窗東絹。

浪淘沙　席上分詠得風荷

向背一池翻。香散雕闌。紅粧容易變秋顏。水鳥欲棲棲未穩，翠被生寒。　客夢落江天。搖蕩吴船。露零豈爲蓺龍涎。宛似羊家張静婉，撩亂雲鬟。

浣溪紗　夏日湖上

垂柳陰陰繫短篷，緑荷香散水雲空。石橋斜界小亭東。　幾日心情傷舊雨，暫時欄檻愛清風。一聲幽鳥出蘆叢。

明月引　行庵爲同人會吟之地年來故侶零落愴然於懷因賦此曲

蕭蕭禪院冷秋鍾。約過從。怯過從。老樹疏枝，幾輩倚吟笻。風又易流雲又散，徑苔裏，一條條、認舊蹤。　舊蹤。舊蹤。總迷濛。飛斷鴻。叫斷蛩。記也記也，記不起、魂夢相逢。纔一追思，斜日下牆東。鬢鬢看看凋落盡，拌醉也，把衰顔、付酒紅。

木蘭花慢　秋燈

漸生衣薦爽，透窗眼、燄初新。更桐雨淒清，竹風蕭颯，一盞堪親。宵分。書帷乍卷，向孤蛩聲裏伴吟身。瘦對花垂硯北，淡和月映籬根。　懷人。翦處不辭頻。幽思與誰論。況霜白吴橋，楓青湘廟，閃爍猶存。愁痕。枯棋半局，子空敲涼影豆花村。何似烟江釣艇，星星明滅黃昏。

買陂塘 仲秋集東園

又涼飆、掃除殘熱，一園清氣如水。亭皋木葉蕭蕭下，新雁挂雲初霽。風日美。杖短策秋原，直愛遙岑對。漁梁漲矣。正釣艇纔收，潮痕漸上，閑共坐沙觜。　同遊輩，卅載凋零有幾。看花情事堪記。羊燈兔魄渾如昨，誰領冷香寒吹。聊小憩。嘆鬢點吳霜，淒絕難成醉。餘霞散綺。剩今日重來，小山吟罷，滿耳樹聲碎。

渡江雲 觀文休承吳淞草堂圖因憶梅沜京師

波光搖素練，空濛一片，望去與雲平。是誰家矮屋，竹樹參差，隱約寫閑情。漁庵蟹舍，想此中、定有吟聲。還憶起、京華遊侶，何日返柴荊。　堪驚。十年賣賦，三載依人。怕重看青鏡。第一是、抛荒釣手，孤負鷗盟。多時不見長橋影。惹清愁、兩鬢星星。書寄與，君應急喚歸舲。

訴衷情　寒蛩

那堪秋去耳還聞。牀下更相親。忘卻矗疏聲老，猶自怨黄昏。　無氣力，與誰論。雨紛紛。一燈如豆，兩鬢成絲，怎不消魂。

臨江仙　九日環溪看芙蓉

澹蕩池邊倒影，參差檻底愁紅。環溪漁屋水雲空。秋心渺何許，涼思入芳叢。　搴木還憐楚客，拒霜可遇陶公。重陽又是雨濛濛。閑來能載酒，也不負西風。

四字令　秋雨初涼同西唐玉井坐山館紫薇花下

濃雲半封。疏花小紅。良朋幾個過從。怯闌干晚風。　西窗暗蛩。南樓暮鍾。吹來都入簾櫳。看茶烟裊空。

青玉案　畢園訪秋

涼雲閣住闌干外。似做出、秋情態。病骨年來差健在。廢池吹穀，野田方罫。著眼都如畫。小山招隱寒香墜。雁落吳天數聲碎。喚艇支笻惟我輩。碧搖蕉影，響分竹籟。幽思今朝最。

憶少年　詠雁來紅

幾番風露，幾家庭院，幾般顏色。芳華將盡也，反絢朱凝赤。寒雁一聲秋欲滴。對秋花、少舒愁寂。丹楓將近也，又怎生留得。

風入松　舟宿焦山

空江歲晏記聯吟。清磬一燈深。梅花可復重相識，能留客、還是沙禽。憐爾風前逸韻，添予篷底幽心。長松修竹足登臨。一夢冷雲侵。欹眠風靜波聲小，酒醒後、滿耳冰琴。舊友三年如昨，霎時枕上分襟。

百字令　送竹町對鷗歸錢塘

釀寒天氣，正林空歲晚，蕭蕭風雪。自是鄉關縈夢寐，枕上愁心千疊。吟事輕抛，歡情頓減，欲説還嗚咽。津門人至，一舟同臥江月。　還憶春杪重湖，緑陰行遍，波影清人骨。襟上酒痕都化淚，眼底風花銷歇。斷壁猿啼，玄雲雁叫，四野飛黄葉。贏得聯牀，相話夜燈明滅。

壺中天　分詠飲事得酒兵

清尊紅燭，賈詩壇餘勇，策勳三雅。旗鼓定教高北府，萬仞愁城能下。芳草雞缸，葡萄蠡琖，誰是先登者。廚頭人醉，喚醒還應驚詫。　最愛酣鬭功多，鉤爭拇戰，行陣秦吴亞。走入南康聽事避，轉憶安西司馬。壁上從觀，壚邊卻立，雨驟風馳也。休言嗜飲，此鄉也堪稱霸。

花間憶　上元前一日集晚清軒洴江太史以此闋寄東依韻和之

試燈又是年時節。疏梅欲破昏黄月。六曲護風屏。斜連一榻横。　新詞勞寄省。小炷爐香領。春到徑苔新。清尊約故人。

唐多令　野泛

久雨滯遊嬉。新晴手重攜。泛扁舟、還叩柴扉。回憶綠牋題句後，春又過，一旬期。　彌望水平隄。橋頭柳色齊。人影亂、驚起鸕鷀。十二紅闌都倚遍，竟忘卻，日沉西。

壺中天　環溪紫藤

一灣流水，架小橋三折，濛濛花塢。翠幄陰垂香不散，透入春衫如霧。密葉蜂尋，瘦條蝶抱，到此剛亭午。暖風輕颺，年年花下題句。　況是闌角欹紅，苔階偎綠，滿眼飛晴絮。宿酒朝來還未醒，幾個瞢騰春去。雨彼鬘陀，現茲瓔珞，天也留人住。聽殘啼鳥，斜陽遙挂高樹。

柳梢青　效許圭塘體與樊榭漁川弟半查同作

日麗花酣。土風清潤，到處幽探。石塢支笻，水村喚渡，沙岸乘籃。　漁罾蟹簖澄潭。痕一抹、烟梢嫩嵐。稻飯紅蓮，蓴羹碧澗，好個江南。

浪淘沙　秋江晚泊時甲戌八月二十七日也

江闊晚霞高。無意迎潮。蘆花瑟瑟柳蕭蕭。鷗鳥見人偷眼去，飛過溪橋。　沙際小停橈。酒榼詩瓢。更將清興話迢遥。回首昨宵烟翠裏，秋色南朝。

跋〔一〕

伍崇曜

右《沙河逸老小稿》六卷、《嶰谷詞》一卷，國朝馬曰琯撰。案阮儀徵太傅《淮海英靈集》稱嶰谷「生平勤學好客，酷愛典籍。有未見書，必重價購之；世人願見之書，不惜千百金付梓」。所藏書畫碑版，杭大宗《詞科掌錄》亦稱其「甲於大江南北」。《道古堂集》復稱其兄弟「不求時名，親賢樂善，惟恐不及，刊刻王漁洋《感舊集》、朱竹垞《經義考》，尤爲士林所寶貴」云。厲太鴻《樊榭山房集》亦稱其「藏書甚夥，近更廣搜經義，補所未備」。王蘭泉侍郎《蒲褐山房詩話》亦稱其「多藏善本，間以古器名畫，又能奔走寒畯」，「一時文酒，稱爲極盛」。

夫維揚財賦之區，又當南北衝途，往來晉謁，吟花歗竹，主詩壇者數十年，幾疑其太丘道廣，招名士以自重，互相唱酬，其門如市。顧相與攬環結佩，大抵皆淹雅恬退之人、閴寂荒涼之輩，擬之以賀知章、陸龜蒙、陶峴，洵無媿色。全紹衣寓畲經堂中，成《困學紀聞》三箋，復爲撰《叢書樓記》、《叢書樓書目序》。厲太鴻寓小玲瓏山館中凡數載，端居探討，成《宋詩紀事》、《遼史拾遺》，復爲撰《焦山紀游集序》、《九日行庵文讌圖記》。且皆召試同徵良友也，以視疏泉架石，游人闐集，遍索當途題句，筆舌互用，以驚爆時人耳目者，迥不侔矣。

詩詞俱未算名家，要亦翛然絕俗。歿後，其弟半槎彙刻焉。讀陳授衣徵君一序，令人增友于之感、鴒原之痛。余先四兄春嵐都轉、先六弟秋舲員外，遺稿散佚。僅附刻《楚庭耆舊遺詩續集》末。零縑斷楮，皃朽蟫蝕。校是書畢，而不禁清淚汍瀾爾。

咸豐辛亥小寒食日，南海伍崇曜跋。

【校記】

〔一〕此跋，底本無，據《沙河逸老小稿》、《嶰谷詞》粵本補。

南齋集

南齋集序

杭世駿

文字之難，莫難於潔。其非標舉新穎、增削字句之謂，謂夫性情遠而氣骨遒也。柳子厚之論文也，曰：『參之太史以著其潔。』夫文之不潔者，莫太史若矣。左史記言，言爲《尚書》。太史采虞夏之文，全載於策，而《周書》概從刊落，甚至以《文侯之命》爲晉文公，潔者固如是乎？右史記事，事爲《春秋》。太史掇拾左氏，而其不合於《左》至五十二事之多。魯、衛、晉、楚之《世家》，參之《年表》，牴牾舛繆，何慮數十百件！文之潔，莫潔於子厚矣，而低首下心，岸然品目之以潔，而後世莫敢議其非。所謂性情遠而氣骨遒者，惟太史足以當之而不愧也矣。此言文也，而詩尤難。魏武之沉雄，越石之清剛，潔也；潘、陸以藻麗參之而亦潔。靖節之沖淡，康樂之自然，潔也；顏、鮑以縟采參之而亦潔。辟之埃壒坌集，哇咬閑作，遺世獨立之仙人，振衣長嘯，與天風海濤相應和，而羣響皆寂。此豈與夫木客之清吟、幽獨君之夜語、風蟬露緯之鳴躍而以不食烟火爲潔者比乎？

吾友馬君半查，志潔行芳，秕穅一切，太史所謂『皭然泥而不滓者也』。詩不立異，亦不苟同。醞釀羣籍，抒寫性真。吸三危之露，不足以喻其鮮榮；攬九華之雲，不足以方其縹緲；煦西顥沆瀣之氣，不足以比其清神而澡魄。舉一世之工於詩者，吾未暇以悉數也。以吾黨論之，姦窮怪變，震眩耳目，才力之雄，獨於吾半查者有矣。至若幽窗闃坐，孤鶴掠空，夜氣既清，天心來復。半查瀏然寫孤韻而抽清思，釋躁平矜，凡襟盡滌，學之無從，追之不及，微茫之介，形似之辨，非夫超絕塵壒之外，孰與析其旨乎？半查抱桓山折翼之痛，過時而悲，頹然就老。余亟勸其自定一集，以遺後嗣。故特標『潔』之一字，如子厚之所以品題太史者，而以目吾半查，且願與天下之深於詩者共論之。至或議吾爲阿私之好，豈暇屑屑辨哉？

乾隆龍集辛巳長至前一日，湖壖老友杭世駿撰。

南齋集序

蔣　德

馬君佩兮與其兄秋玉，皆以詩名東南。家有別業，極林泉之勝。二十年來，文酒之會無虚日，或賓客不時至，對牀風雨，聯吟不輟，人以是知君兄弟之篤好爲詩也。已而秋玉歿，君絶筆不爲詩。至今終年鍵户，若初不能詩者。人以爲君之爲詩，特以其兄故，而或非其真好也。余獨以爲不然。夫君二十年來之於詩，無不與兄同之，今又奚忍獨爲之歟？況今日之所遊處，皆曩者塤篪唱和之地，而謂君能復晏然吟嘯於其間哉？或曰：『子夏既除喪而見，予之琴。和之而不和，彈之而不成聲，作而曰：「哀未忘也。先王制禮，而弗敢過也。」』是則父母之喪必有節，而況於兄乎？雖然，情之所至，弗可强也。在《易・小過》之象辭曰：『喪過乎哀。』夫喪之過於哀，聖人特不以是强人，而未嘗不深取也。嗚呼！詩緣情而作者也，吾於君今日之不爲詩，而益知君之深於詩也，此詩之本也。至君詩瀏然以清，窈然以深，世之工詩者皆能識之，余故弗論也。

乾隆庚辰八月，秀水同學弟蔣德拜書。

南齋集卷一

冷泉亭

鍾韻一星星，幽尋獨此亭。山從入寺好，泉欲過時聽。冷氣怯春服，清暉隱翠屏。更來巖下坐，刻石紀曾經。

宿新庵

投止山中住，閑房對白雲。有僧皆素侶，無飯不青芹。泉脈通牀下，竹聲清夜分。我無三宿戀，臨去若離羣。

半山看桃花

山光啖啖映明霞，燕子低飛掠酒家。紅影倒溪流不去，始知春水戀桃花。

過李氏園亭有懷

重到林亭亦偶然，故人江上隔風烟。花邀竹引剛三月，燕乳鶯飛又一年。

甬東全謝山將北上見過山館因留小集明日謝山以四截句見投依韻奉答卽以送行

番番花事已成塵，曲徑逢迎過酒人。黄鳥綠陰新雨歇，未能留得渡江春。

握蘭同上木蘭舟，名字含香帝里遊。風物無多待題詠，揚州紅藥綻梢頭。

許我抄書復易書，郵籤卷帙百璠璵。伐山網海甄收遍，合把縑緗補石渠。

纔得相攜遽話離，三年衿契寸心知。春明門外南來雁，肯向西風憶此時。

夏日雨後

三伏此清嘉，窗開鳥語譁。殘陽半高樹，疏雨在荷花。小破石牀夢，欲分鄰圃瓜。幽情正迢遞，坐對月痕斜。

劍歌答洽人王二

寶氣橫空星斗寒，秦君趙相等閑看。平生自喜無恩怨，不佩吳鉤佩楚蘭。

己酉孟春雪霽邀裴琴泉管水初吳柳溪張凝思集南齋

書林諸君才思絕，夜半窺書眼如月。相將無可奉清歡，留得晴窗一堆雪。雪裏梅枝間竹枝，擎杯莫唱春風辭。春風吹過秋風度，共看孤羆據深處。

春日送金壽門之河東

敲門摘摘當日斜，故人持贈青蘭花。深杯滿注醉復醉，無計爲君重柅車。太行此去三千里，夢裏應思浙江水。春衫挽住四分春，珍重劉郎莫先起。

過漢原朱丈寓居蒙投雅音因次韻奉答

竭來乘暇叩書關，屐齒經過印蘚斑。三月飛花春漠漠，一林細雨鳥喧喧。圖經手補幽遐發，時修邑志。丹訣心成大小還。八十鬢顔如四十，偶然談笑絶躋攀。

族著儒宗姓氏芳，披風如在五經堂。上階花竹自和氣，對客衣冠生古香。邑有輿人歌祖德，令祖曾爲祁門令。詩多前輩載青緗。百年耆舊惟公在，投以瑤華愧報章。

梅花卷六絶句

傷心浩劫歷恆沙，不見當年萼緑華。一幅生綃當哀些，招魂何處更羊家。

玉骨珊珊絶點塵，幾生脩到爲何人。無根更灑無情雨，似拭啼痕怨早春。

千山明月萬山空，兩地茫茫恨不同。誰道羅浮香雪海，絶無消息鳥聲中。

飛空幻影雪毿毿，不是瑤臺總不諳。折得横枝歸斷譜，任他春色遍江南。

惆悵幽芬託暮雲，風期林下日微曛。冰窗雪檻一回首，忽慢相思疑是君。

玉釵常挂千年恨，縞袂空縈半夜心。衹有冰絃寫鳴咽，可憐誰復是知音。

山樓望雨和吳柳溪

把君詩句上樓看，遠樹移陰作畫寒。一片江南江北雨，吹來都在曲闌干。

山館聽汪澮亭月下彈琴

此夕因君憶翠微，泠然孤館月臨扉。長松瀉影竹搖壁，中有寒泉一道飛。

孟秋望後一日看山樓答柳溪前夕玩月之作

七字吳郎畫不如，倚闌風袖逼空虛。清圓也被多情惱，自入閑吟漸減初。

松寥閣夜起用薩天錫焦山題壁韻

清絕不成寐，嵐霧滴如雨。披衣山鍾動，靜聽佛名數。木末色未分，江空見行路。寥寥物外心，目送滄波去。

海嶽庵

絕代風流今已無，碧梧蕭瑟水烟孤。西風門巷帆初卸，北固樓臺日正晡。世上爭傳《寶晉帖》，牆隅獨弔《研山圖》。不堪零落衣冠後，剩有臨江宅一區。

辛亥九月十日同厲樊榭陳對鷗汪祓江家兄嶰谷遊真州吴氏園亭用庾子山梨紅大谷晚桂白小山秋平字爲韻

清遊續佳節，幽興在園池。江近澄波碧，鷗閑片席遲。人情猶戀菊，霜意正摧梨。獨有探奇者，飄蕭似不知。

日高林翳散，宛轉細塍通。漫水魚梁北，空亭蓮葉東。及時杯重把，後日約難同。剩取殘雲在，芙蓉護冷紅。

疇平皆可望，樹好更須攀。選勝不無意，分題先解顔。歸禽明落日，衆葉響空山。難得朋樽合，都成如此間。

寸寸碧瀾秋，寒蟾共一樓。茶聲分客聽，竹色夾烟流。興異剡溪盡，褉同蘭渚修。明年春及健，合買五湖舟。

送吳笙山由金陵歸豫章

巾褐南昌叟，關心章水遙。長腰三頓缺，短刺一時銷。梵夾標年月，行縢載寂寥。林棲隨地有，無計托鷦鷯。

芳草正芊眠，中泠水接天。梅花分手地，桃葉過江船。夢遠憑雙鯉，家貧少薄田。閑吟誰慰藉，新月尚嬋娟。笙山數年前納麗，曾賦《月嬋娟》詞。

答友人問近日所詣

幾回牽挽幾遲留，百丈環環上水舟。恍似巫山山下路，三朝三暮見黄牛。

凝思贈墨賦謝效山谷體

藏書不及李公擇，蓄墨已視蘇東坡。多君作詩妙持贈，七十丸中增兩螺。

君房雅製擅往代，冷劑不數於魯方。元元靈氣尚如石，何以喻之雙琳瑯。

西陂老人酷嗜古，春緑一池曾賦詩。嗟哉蟲魚欠箋釋，慚愧松風入硯時。

鐵佛寺木香繁茂可觀往遊其下撫今追昔因悼雲公

夾竹爲籬一徑寬，長年清蔭徧簷端。重過舊院鍾聲斷，空見高僧塔影寒。風景易成來去恨，花香都作水雲看。日斜徙倚渾無語，獨鳥悲春下石闌。

過紅蕉山館有懷項厎民

庭隅綠葉正扶疏，奈爾全家返故廬。三版輕船共妻子，舊房空剩一牀書。

山館聽雨

一夕山房雨，能生入耳涼。不離新竹徑，還灑舊莓牆。對酒吟元亮，停琴憶子桑。方知幽寂地，可以聽浪浪。

積雨

夜夜窺牛斗，生憎玉井星。窗前有梧葉，點滴豈堪聽。秋老關人事，陰多損性靈。祇羸階畔草，不改舊時青。

秋霽集看山樓得山字

秋色矜新霽，憑闌此解顔。雲涼花氣薄，天淨鳥行閑。喜有三間屋，還添一角山。何當諸勝侶，吟望不知還。

重陽前一日偕同人出郭步至紅橋而返

緩步郭門北，蕭然淡我心。青林疏返照，紅舫出幽潯。倦鳥相逢少，殘蕪入感深。闌干閑倚處，已覺暮涼侵。

共有三秋約，難尋九里街。花寒緣斷塹，酒熟入新懷。清眺意殊得，近遊歸亦佳。爲君留逸興，風雨詠蕭齋。

香遠樓晚眺

寒蕪隔水殘，點點飛鴻暮。雲物已蕭涼，斜陽復疏樹。遙天望不窮，沖襟託豪素。

己未祀竈日有感橘堂先兄次西唐韻

酒闌燈灺序頻更，十五年前此日情。依舊黄羊祭司命，重來白社訪袁生。風琴罷弄聞三嘆，西唐先有詩來。斷雁離行隔幾程。讓美分甘兩瘦弟，至今贏得淚河傾。

茅庵

學佛今真個，幽棲昔未尋。以兹最佳處，清我出塵心。七葉半吹雨，有娑羅數株。一燈深映林。忘言堪永日，簷際落雲陰。

種松

樓前新種青松樹，高幹亭亭已出林。蒼翠尚留雲外色，堅貞先有歲寒心。雨窗入夜懷幽澗，風檻流聲和玉琴。可得著書相伴老，白頭長日坐清陰。

盆蘭雨中

微雨潤百物，長養荷天公。幽蘭侶貞石，芳香儼林中。數葉碧於畫，一花高出叢。無心隨衆草，契此空山空。

題方南堂歸山圖

翻飛已是投林鶴，舒卷嘗輸出岫雲。試展畫圖談往事，十年京國獨憐君。

高西唐五十

君當弱冠余齠齔，轉眼看君半百人。鬢鬢共驚成老大，衣冠不解逐時新。閑窗坐雨冬經夏，木榻論文暮及晨。豈獨杯深欣對把，笑談隨處見天真。

常愧詩歌得報遲，稜稜鶴骨總清羸。身殊金石交偏久，年到蒼華喜可知。與西唐常有不能永年之憂。湖海聲名非所慕，烟雲翰墨亦吾師。祝君惟願長相見，會待良規最後期。

題竹屋高丈蕉窗讀易圖

一編窮歲月，白髮未相侵。自守丘園素，能窺天地心。精微該六學，餘事入孤吟。夢覺吞爻後，甘蕉正午陰。

高梧和方邨鶴

萬木欲黄落，高梧奈晚霜。秋聲不可聽，客思滿虚堂。更走翻階葉，時生繞榻涼。卻憐朝日上，一半露林光。

空林踏葉時在黃鶴山中

脫葉積無路，閑來思不禁。試看青竹杖，還憶昔行吟。日落羣峯迥，天寒萬壑陰。蕭蕭雨聲裏，又欲過前林。

辛酉仲春過唐南軒庶常寓齋題陳道山畫葵用東坡題畫葵韻

春簾捲晴晝，名酒開西涼。何因疏梅叢，見此秋日光。江南舊詩客，肝鬲森有芒。寫此傾側杯，能事過老昌。檀金疑閣浮，頭冠學華陽。午夢浥風露，覺來聞暗香。

春陰

未見重雲散，其如雨意何。吟衫添後薄，花蕊落時多。爐氣消長晝，牆陰冷綠蘿。春光能幾日，惟有放狂歌。

柬謝山庶常

茅簷捧檄正躊躇，大上傳來一紙書。祇道無媒邀並蓄，豈知當路有温噓。量才未信青雲近，將毋唯憂白髮疏。孤負明良憐下士，子虚焉敢托相如。

高吟曾説夢良辰，劉井柯亭景色新。瓊陛有梯咸奮翼，衰宗誰託欲沾巾。縱思驅驥追先甲，可忍言離泣老親。留得酬知方寸在，他年猶是掃門人。

送春效青丘體和陸南圻

一見一回老，何堪春又歸。莫上高樓去，風花處處飛。花枝有意留春住，經得天涯幾風雨。花南水北綠陰多，黄鳥聲聲喚奈何。喚奈何，春不顧，一片離情誰與訴。期君更復動愁思，望斷斜陽入深樹。

憶春用前體重寄南圻

紅紫乍成非，春歸那得追。柳枝風淡淡，燕子語依依。離情不斷吟情裏，知逐楊花渡江水。可憐酒醒夢回時，也似懷人千萬里。相見是明年，相憶此樓前。重來更向憑闌處，一望平蕪接遠天。

街南書屋十二詠

小玲瓏山館

愛此一拳石，置之在庭角。如見天地初，遊心到廬霍。

看山樓

隱隱江南山，遙隔幾重樹。山雲知我閑，時來入窗戶。

紅藥階

孤花開春餘，韶光亦暫勒。寧藉青油幕，徒誇好顏色。

覓句廊

詩情渺何許，有句在空際。寂寂無人聲，林陰正搖曳。

石屋

嵌空藏陰崖，不知有三伏。蒼松吟天風，靜聽疑飛瀑。

透風透月兩明軒

好風來無時，明月亦東上。延玩夜將闌，披襟坐閒敞。

藤花庵

何來紫絲障，侵曉烟濛濛。忘言獨立久，人在吹香中。

澆藥井

井華清且甘，靈苗待灑沃。連筒及春葩，亦溉不材木。

梅寮

瘦梅具高格，況與竹掩映。孤興入寒香，人間總清境。

七峯草亭

七峯七丈人，離立在竹外。有時入我夢，一一曳仙佩。

叢書樓

卷帙不厭多，所重先皇墳。惜哉飽白蟫，撫弄長欣欣。

清響閣

林間鳥不鳴，何處發清響。攜琴石上彈，悠然動遐想。

題姚薏田蓮花莊圖

故人五載别，沉思紛以積。相望一水間，有夢隔喧寂。寄我烟舍圖，卽此慰離析。秋窗眼爲明，碧浪濯花魄。雲來蓮影涼，風過蓮葉白。想見千娉婷，中有微詠客。況茲勝地初，昔賢有陳跡。遐慕渺何許，趣不減琴冊。而我塵市人，欲寫筆生棘。寧足稱詩篇，庶用代箋尺。安得插羽翰，乘風振兩腋。浩蕩白鷗羣，花間一吹笛。

篠園種竹簡程洴江太史

風烟重見舊吟窩，問訊橋西不厭過。徑闢尚嫌寒碧少，窗虚已覺夕陰多。王家舊事從敲戶，白老新方但問科。只恐追涼無暇日，分箋留客待如何。

胡復齋先生枉過山館次韻奉答

上巳已臨三月節，春風著意到莓苔。軒窗過雨逢朝霽，茗椀留賓愧不材。解帶每聆花下語，支筇還上竹間臺。先生胷次崢嶸甚，收拾雲山句裏來。

聞蟬

戛戛珊珊似有期，一聲初動碧陰移。曾經古木雲飛處，又到斜陽雨歇時。陳跡漫疑齊女怨，清吟誰和玉谿詩。庭閑院寂饒風露，倚偏青梧一兩枝。

盆荷和袚江

翠葉扶風别樣裁，近依闌角遠亭隈。偶然便作陂塘想，忘卻汙泥手種來。時時辛苦注清泉，幾日酣紅鏡裏鮮。還是昨時疏柳畔，蕭蕭聽雨又今年。

蓼花

荷花疏處蓼花紅，大抵秋容淺淡中。臨遠最宜烟被岸，含姿多是葉吟風。眼明錦水鷗邊見，畫到横湖雨外工。何事山齋能爛漫，夕陽裝點近簾櫳。

送對鷗之天津和留别韻

預説音塵藉夢通，十年燈火竹窗同。春回南國君翻去，交重他山我未終。沽上題襟寧落落，竹西分手太悤悤。詩籤茗椀生離緒，爪跡空留悵雪鴻。

食白沙枇杷因懷沈寶硯

枇杷門徑晚陰陰，又見筠籠摘露岑。五月江南初寄到，一時風物入閑吟。花思淡白寒天色，味帶微酸遠客心。安得詩人同握手，扁舟如畫過西林。葛震甫，白沙詩人，善畫，有畫《枇杷西林在白沙》。

環溪打魚食客

環溪本山居，草樹屏穠冶。疏池通暗泉，空水一碧瀉。主人熟魚經，種魚按魚雅。坐客藕花中，觀魚蓮葉下。堂策恣徜徉，綸竿亦瀟灑。時動靜中機，不礙爲靜者。佐饌玉一尺，雪色照老瓦。柈空放箸前，風味非外假。林際忽風聲，恍入菰蘆也。詩尋漁具和，字向白萍寫。江湖兩相忘，況復近蘭若。開士期旋來，昏鍾已頻打。微吟出竹林，皓月在平野。

坐文上人西窗

窗開雙樹間，樹老寒雲裹。坐處似無人，閑心淡如此。時聞葉下聲，焚香悟微旨。

試燈前一日聽西唐誦懷人諸作

春塵動晴陌，冷趣落烟蘿。離緒誰能遣，清吟可奈何。以君新句好，感我故情多。卻喜燈明夕，同心一處過。

南園春柳詞

城隈春水赤闌橋，一片晴波翠袖招。我自獨來先欲醉，好風頻動最長條。
飛花未許點春衫，也學腰支鏡裏涵。鶴渚魚汀通一望，只疑清夢落江南。
歌板聲沉日易西，新詩多爲月明題。園外卽明月橋。黄鸝可是耽吟者，洗硯池頭並坐啼。

初夏閔玉井邀集休園

歌吹喧中天漠漠，一片清陰占林薄。揚州池館競繁華，掃去朱丹留淡泊。東鄰水竹對門居，淺夏邀遊殊不惡。隔日先教瘦鶴知，中宵預夢遊魚樂。行來夏木挂寒藤，依舊石池横略彴。境寂惟聞翠鳥呼，窗虛只有濃雲幕。不須陳跡感滄桑，未免流光判今昨。碧水難樵石無語，『樵水』、『語石』，皆園中額名。

我有吟情何處著。强將淡景入豪端，開遍亭邊萬丹若。

暑雨初收同符藥林登樓望隔江山色

西南竹枝上，縹緲江南山。山素客亦故，離合常相關。幾日悵如失，一朝欣得還。初浮髮半髻，漸露眉雙彎。淺笑白鳥外，微顰翠烟間。濕雲捲不盡，草木鬱蒼然。忽爾夕彩散，遙林含日殷。闌干落爽色，使我襟懷閑。

湄庵看竹

綠色到鬚鬢，蒼然一徑多。晴雲山隱見，午盍鳥經過。地僻全離俗，門間半映波。獨吟留不去，幽意欲如何。

雪後過行庵

屋上三重茅，窗間一痕白。清霰入寒梅，飛花點幽客。起予者鄰鍾，吟詩度日夕。

壬戌正月十六日同符藥林陸南圻家兄嶰谷月夜遊平山時從陸氏山莊飲散

春來到處結遊蹤，兩度平山聽暮鍾。乘興又隨明月出，好風吹動舊吟笻。
一徑晴雲擁翠微，松風聲裏叩禪扉。道人問客來何處，碧水池塘放鴨歸。
到山剛是月昏黄，不辨花光與月光。滿眼梅花滿身月，縱無花處亦聞香。
縹緲虚林畫不成，茱萸灣口遠烟横。石亭南去空於水，認作澄湖一角明。
吟殘花氣香成陣，坐久橋心月未中。閑憶雷塘弔宫井，微醒已醒碧瀾風。
分頭連手鬧春城，斂盡歌塵夜色新。千古山靈託知己，清光只付兩三人。

續篠園花下看燈歌

五日不來花應愁，華燈晃漾光悠悠。鷗閑鶴散未冷落，復此花下成清遊。一杯在手月相向，留得餘香北枝上。池上歌聲度水來，水映横斜似初放。以燈寫花花傳神，能使幽豔回陽春。但恐明日風還起，一點相思老卻人。

西疇約北郊看梅復以雨阻午餘集行庵分韻得夜字

我聞梅花招，如見彈思炙。奈何晴雪香，輒作冷雲化。撩愁雨排簷，入夢酒滴夜。所喜午放晴，衝泥來樹下。清興發吟餘，疏香出竹罅。厭飫雖未能，眼明一枝亞。

謝山以詩索汾酒後二日過山館又出潞酒飲之復以詩來用次原韻

嫩碧來汾曲，移封到海濱。不堪充上頓，聊用餉嘉賓。釀法河東舊，詩篇開府新。可能成薄醉，別號鑒湖春。

赤翟非雄服，黎侯本附庸。借將春水色，醞作夏雲濃。潞酒以汾酒爲母。一盞羞瓻罄，千鍾愧麯封。汾清豈醨薄，兼可洽歡悰。

五硯樓分詠

漢銅小博山爐

銅盤承博山，斑剝蓮花形。火傳自炎漢，杯覆由滄溟。莫言製器小，烟散九點青。

唐飛白碑額

唐書飛白三，二者非其匹。獨愛顯慶年，字如素鳥鴪。以之揭齋中，想見垔帚筆。

宋紫石端硯

馬肝選上巖，誰歟劈巨斧。未蒙公權評，當入蘇氏譜。鸜之與鴿之，相對吾負汝。

宋磁筆架

螭隨墨雲騰，峯作墜雨濕。珍重越窑祕，曾經海嶽識。若配玉蟾蜍，對之應自泣。

上巳日雨中同人集畢氏園亭效白香山和裴令公雜言體

元巳光風駘蕩，園林細雨廉纖。閑煞橋邊畫舫，遥看竹外青帘。酒人來不速，詩句冷無嫌。水楊柳，憐門掩。餅桃花，愛粧添。南澗東堂脩故事，何如今日醉厭厭。

花畦四截句

探春預約水邊人，搓就鵝兒柳色勻。卻是名園春尚鎖，亞枝紅未放鮮新。

漠漠輕陰故苑牆，司花何處儼明璫。朝朝爲乞曼陀雨，熏取新詩徹底香。

弄袖風微趁酒旗，紅橋烟景漸迷離。誰人靜向空亭坐，解惜花陰一寸移。

清晨分送馬頭籃，風俗吴中我舊諳。養得藥闌烟甲大，又將芳事過江南。花畦主人本吴人。

同人攜茗集蟫書樓試惠山泉用涪翁韻

名泉一甌山雲俱，策勳茗事宜特書。松風聲中發新詠，誰於頷下探驪珠。我已年來厭芳腴，舌本難澆百不如。竟須煎點破午睡，與君共說芙蓉湖。

雨後兩明軒看盆荷再用涪翁韻

猛雨驟來涼風俱，冷香一陣飄殘書。兩明軒子苦蒸鬱，賴此濁水摩尼珠。紅花白花互芬腴，波間微步可得如。引人詩思在蓮葉，轉憶江南十頃湖。

小集晚清軒有懷厲樊榭今日渡江仍疊前韻

城南會者七人俱，鉤玄抉隱徵僻書。武林詞客此中去，得不滄海嗟遺珠。乘流而行瘠非腴，柔櫓一枝烟鷗如。晚來孤詠丹陽路，也復懷人雨半湖。

上元夜雪

誰將南陌千燈影，幻作東齋一夜明。玉餤銀花自天與，漫隨兒輩較濃清。
新年喜見第三雪，去夏嗟慳雨一犁。幾日桃花春漲起，禳田省得費豚蹄。

初夏雨後讓圃登樓野眺

層樓俯郊坰，窗戶翳松櫟。濕雲天際流，翠雨衣上滴。斜陽忽穿漏，遠近皆歷歷。何來牛背童，風前恣橫笛。復見原上村，桑陰逢荷蓧。《廣韻》：『徒歷切，義同。』墟烟曖微微，林鳥聲寂寂。憑高眺聽間，頓爾塵襟滌。便欲買春田，終焉狎沮溺。

喜雨時病初起

懶慢閉書閣，經時復逾年。好雨隨客來，幽懷時一牽。既蘇病骨健，更浥孤花妍。微吟淡以豫，何止爲春田。

花畦看芍藥

怊悵尋芳未有詩，等閑已是祫衣時。不因藹栗餘香在，過卻春風總不知。

晏溫天氣最佳辰，一一花頭膩粉勻。我自昨來看較早，滿身風露尚無人。

癸亥九日同人集行庵出仇十洲畫五柳先生像作供以人世難逢開口笑菊花須插滿頭歸分韻得笑字

閑居愛重九，陶公真語妙。行庵晉樹旁，寂不殊巖嶠。何況宿雨收，微風正吹帽。開我竹間門，把袂先一笑。坐中何所有，有五柳遺照。當時老畫師，水墨恣騰踔。但取意古淡，詎在形逼肖。甲子不可詳，祇覺風骨峭。緬想千載心，處潛德彌耀。再拜誦公詩，超然遺俗好。日落孤烟横，天空斷鴻叫。

歡持酒盈觴，彷彿見高蹈。停雲近所敦，回首語同調。試共折黃花，聊以當蘋芼。

題汪蛟門先生三好圖

寄興惟憑老畫師，披圖如挹舊風儀。尊罍未過揚雄宅，絃管曾吟白傅詩。蠹簡一函猶手澤，高梧百尺已孫枝。江鄉耆舊如公少，起敬同於社祭時。

田孺人節壽

遺孤亦偃蹇，天地嘆終窮。冷守松間雪，辛嘗蓼節蟲。宣揚待劉向，頌禱異成風。食報知何在，芳名百世中。

題高南阜醉禪圖

掃除煩惱安心後，養就陽和閉目中。兀兀騰騰真活計，海天空闊一冥鴻。

懷樊榭西疇南圻玉井遊攝山

羨爾蒴江去，晴巖一繖張。霞心留信宿，詩思滿齊梁。捨宅高風邈，探幽逸興長。松根如可待，也擬續遊航。

聞復有白下之行詩以簡之

昨日山中青鳥至，丹砂遙寄抵封緘。乘潮又放金陵棹，訪古應問白木鑱。一代故宮依落葉，六朝遺事入吟衫。就中莫唱《桃根曲》，恐惹深閨怨布帆。戲謂南圻，時初納寵。

行庵三絕句次復翁韻

冷雲多處卽林廬，一把香茅一卷書。留得遠公舊香火，不妨隨地印真如。
瓦溝黃葉隔牆留，樹老何人戀不休。暫借吟詩暫觀靜，也須當作畫圖收。
飆了壺觴百不論，風篁門徑儼山村。閑中無復心花發，只有梅花自返魂。

金陵移梅歌

春來何處來〔一〕，凍鳥啁啾遍。莫將江北認江南，坐待簷間集微霰。紅船遠載長千里，暈點青銅失妍美。十三株比雁柱行，直截雲帆渡江水。故人金陵遊，示我金陵詩。清辭脱口香在頰，又見槎枒鶴膝枝。我慚未攬江山勝，點綴坡陀托幽興。客土親培帶月鉏，怪石獰峯稱季孟。三徑年來總穢荒，新移綠竹纔過牆。明年竹裹羅浮夢，應共飛花到建康。

【校記】

〔一〕「春來」，《韓江雅集》作「春從」。

醃菹

小雪從成市，論園菜把將。色堪鵝管並，味借虎形良。寸寸窮冬御，家家臘甕香。若爲稱旨蓄，朝暮得先嘗。

遊建隆寺用沈傳師遊道林嶽麓寺韻

天水遺事不可論，長淮水流駒隙奔。頽垣縈繚紺宇出，令人彷彿思都園。太祖時，王溥獻『淮南都園』。苔昏細辨建隆字，當年曾降黃屋尊。券賜黑王此移鎮，鷙鳥豈受樊籠樊。慰撫虛煩六宅使，江城落日烽烟昏。我來尋僧訪御榻，空廊惟有寒雲屯。鍾魚粥鼓亦消歇，何者得爲甘露門。事同畫壁了無跡，庫藏遺弩空留痕。矦王螻蟻一瞥耳，千年老樹蟠枯根。不如揚州醉劉坦，鯨吞日日思開樽。事見《南部新書》。光化塔前敗葉墮，壽寧寺畔風鴉翻。古今丘貉可勝嘆，輊者非輊軒非軒。牽連並及建炎代，御容曾奉瞻羣元。

分賦雪中故事得龍門

文僖西都守，歐謝從事官。都廳閑話外，相遇非一端。至今傳龍門，暮雪凝闌干。高情並嵩少，三十六峯寒。

消寒初集晚清軒分得蒸韻

消寒猶記去冬曾，弱線纔添興劇乘。歲籥一週銀箭水，詩情無盡佛龕燈。早梅晚菊人如舊，炙硯裁箋我亦能。從此聯吟過九九，又留故事隔年徵。

松聲分韻得水字

清音何處來，謖謖如流水。入我冰弦中，置君巖戶裏。能傳歲晚心，一寓忘言旨。斷續灑衣涼，塵襟可以已。

南齋集卷二

浮山禹廟觀壁間山海經塑像

禹廟揚州地，塗泥近海嵎。貢惟三品異，教已八荒敷。陽烏寒林裏，空亭斷碣隅。山浮鼇一足，晷短月交辜。雲氣巴江並，梅梁窆石殊。鉤鈐瞻巀嵲，文治繼唐虞。禋祀由來遠，丹青永不渝。陰森蒼鼠竄，窸窣玉階趨。壁有劉玄塑，形依孔甲樵。依稀紛誕幻，滉瀁劃蓬壺。人鬼都無辨，洪荒信有夫。鑄金亡九鼎，表木徧寰區。緬憶横流際，誰將怪物驅。黄星潛隱伏，陰火互盤盂。龍負驚騰踔，鵬溟得委輸。功成憑玉斗，然照協神珠。遂使賢姦判，還施罪穢誅。風雷維地軸，日月展天樞。四載祅氛淨，千秋德澤濡。按經窮罔象，凝睇久踟躕。東晉留前序，南唐失舊圖。獻禽名果驗，磻石狀非誣。蓬髮傳西母，長人問左徒。因知十洲大，莫謂巨靈無。考索夸宏識，津梯賴碩儒。搜奇馳積羽，抉賾到陽紆。中壘真堪匹，龍門每笑迂。諦言煩虎僕，命中必狼弧。慚愧虛拘者，流連曷已乎。廊腰重俯仰，落日下平蕪。

梅花紙帳歌

苔箋十幅了無用，餘材幻出疏梅花。梅花的皪留夜色，紙帳清過蚊幮紗。七尺繩牀梢横亞，廣莫華胥眼經乍。不知是帳是梅花，窗外銀蟾正相射。道人高臥鶴一警，消受不勝香雪冷。定須輿發剡溪中，不然身到羅浮頂。林處士，楮先生，我來夢破蘧蘧形。繡池更愛雙蝴蝶，那怕寒風傍曉零。

寒江

歲晚意如何？滄江弭棹多。高雲渡陽雁，冷吹挾空波。澄澈潛虬窟，蕭寥節士歌。綸竿垂暮雪，畫我著漁蓑。

竹火籠效齊梁體

雅製劈琅玕，翠絲盤縷縷。畫漆綴文華，清風變溫煦。石炭一星含，春雲半房聚。持以貺湘君，窗前雪幾許。

邗溝廟

丹甍碧瓦古城闉，宋口遙連指去津。流水至今真似夢，石田從古一含辛。江淮歲挽東南遍，簫鼓春深報賽頻。剩有靈旗留霸業，涷雲如墨黯蕭晨。

洞庭葉震初爲同人寫行庵文讌圖歲晏瀕行自作

漁隱小照索題

何充种放世不乏〔一〕，多君寫真具詩法。貌得吟情入豪頰，不巾不襪十數公。我亦插腳雙林中，此間可有桃花紅。皮日休洞庭《桃花塢》詩：『空羡塢中人，終身不巾襪』。綸竿七尺插枯柳，自寫風漪認誰某，明日扁舟隔胥口。

【校記】

〔一〕种，《韓江雅集》作『李』。

詠梅花事得合江園

合江舊有梅，風流擅往代。冰花一萬株，個個排珠琲。華筵燕寢餘，日報事點對。想見半坼時，以至香奔潰。人聲歌吹聲，都在暖雲內。孟蜀業消沉，故宮化烟靄。不因孤標堅，那得芳根在。評騭煩詩翁，名花遠難配。

二月五日集篠園梅花下用香山詩爲起句得支韻

二月五日花如雪，多謝韶光入酒卮。燈火百重連碧落，星河一道影清池。詩徵舊事兼新事，坐近歌師與板師。檢點園林猶昨日，三年風景費吟思。

江南曲

璧月三千里，名花一萬株。家家種瓊玉，處處采蘼蕪。
信是江南好，不道江南樂。嫁與綺羅兒，春衫四時著。

餞春詞

前年餞春春水流，水雲握手風悠悠。『水雲漁屋』，晚清池上名。去年餞春春竟去，山樓目斷東南州。蓬鬢星星年五十，懶到今年似蟲蟄。不知芳樹紅欲然，惟愛空林翠堪吸。天公於我分非慳，世味先從應接刪。只有春歸拋不得，擎杯報答一春閑。

閑中自述

百歲光陰今過半，尙何擾擾尙何營。以閑當貴因無事，遇境能安覺有情。湖月林風隨意取，酒燈花雨少人爭。四三石友論文外，時聽鳴禽一兩聲。

行庵食筍限筍字

綠陰看已成，晚花吹欲盡。爲參一味禪，中林遠相引。入門粉新香，過牆籜半隕。剩有數龍孫，戢戢迸闌楯。勸餐古有言，咒竹吾竟忍。取以當盤蔬，驚雷屏土菌。千畝遜洋州，雙錢異白尹。瑩質脱錦繃，玉色照素鬒。糝以水晶良，燒得火候準。鮮香逆鼻通，滋味辨舌吮。何如貓頭肥，絕愛羊角蠢。淡泊雖無功，甜苦兩不泯。適來西泠客，遺我徑山筍。欲持較優劣，竊恐議未允。且置飽喫之，相與莞而哂。

打麥詞

婦姑之穫不肯遲，拍拍聲中聞竊脂。更晴半月舉家賀，保得今年炊餅大。黄雲截斷枯稈長，空田趁插如針秧。況有鵶銜穭齊熟，一稜田多收一斛。書生無識歌芃芃，官家歸功濟水通。

養蠶詞

江南四月桑陰薄，辛苦吴蠶初上箔。柔條倚遍小姑梯，生怕朝來雨不宜。玉蛾金繭漸成熟，織作羅紈自無服。背人更祭馬頭娘，何不絲繅萬丈長。聞道今年立繭館，眼看蠶桑天下滿。

分詠揚州古跡得阿師橋

虹梁二十四，一一難具求。惟有阿師名，事以盧李留。二生去已邈，仙跡空悠悠。北亭侍飲處，仿佛聞箜篌。不見朱字書，汩汩春波流。荒浦帶遠樹，斷岸縈遙舟。我來一憑訪，漢目雲天愁〔一〕。導引本無術，讀書窮雕鎪。草蹻布衫客，還得相遇否。徘徊頹陽下，新蒲聲颼颼。朗吟謝朓句，驚起雙白鷗。

【校記】

〔一〕漢，《韓江雅集》作『滿』。

西山擬常徵君建

幽思落巖穴，起尋山澗鍾。松風導我前，石磴希人蹤。落日辨遠樹，一片烟濛濛。氤氳花氣合，窈窕禽聲通。空翠望不極，雲歸知所終。況兹波上月，瑩魄明前峯。洲渚暝色至，蒲稗孤光重。此時閑眺聽，餘清貯心胷。

南莊野眺用東坡書王定國所藏烟江疊嶂圖韻

屋頭鳥聲呼扎山，農家午飯生林烟。竹輿十里度流水，柴門拖杖心悠然。千頃萬頃到眼麥隴秀，黃穲幾日充圜泉。只愁雨晴雲復暗，低田汙下連通川。此去江南片帆耳，環汀斷溆疏籬前。雲開五洲山入戶，水分八港波黏天。迎潮有曲試驗取，鷗巢魚箔無媸妍。縱然弗獲身落山水窟，圃吾之圃田吾田。君不見南舍中廬屢遷徙，南鄰黃氏園，近易主。一枝詎必謀他年。書蟲老柳已禿鬜，駢頭稚筍欣嬋娟。竟須作苦牛十角，誰能結束蠶三眠。詩壇勝侶稱好事，邀我食字希升仙。天隨耒耜吾有取，亢倉農圃吾有緣〔二〕。筆牀硯具卷還客，煩君申紙爲吾題作《南莊篇》。

【校記】

〔一〕圃，《韓江雅集》作『道』。

食鰣魚聯句（存目）

（已見《沙河逸老小稿》卷三）

行庵坐雨

簷聲止復作，時候正黄梅。嫩竹一庭翠，疏櫺四面開。客從烟際入，鍾自雨中來。竟日成枯坐，禪香换幾回。

賦得滿天梅雨是蘇州送王梅沜歸里

正是黄梅暮雨時，渡江一倍遠霏霏。采香徑濕鷗迷夢，釣雪亭荒水没磯。三載故衫因醭熨，半帆烟草帶雲飛。應知雁齒紅橋外，滿徑苔花待啓扉。

題五毒圖

天水歲時重端午，節物猶可稽乾淳。三層盒子飾珠翠，中有毒蟲蟠侁侁。《乾淳歲時記》：『插食盤架，設有蜈蚣蜥蝪等毒蟲。』不言厥數悉翦綵，大抵不外蝥與辛。厥後畫者石樓叟，曹楝亭、朱竹垞兩先生所題《五毒篇》，爲張石樓畫。《五毒》之篇傳絕倫。兹圖籤題出御筆，宣和先此禳災辰。五者聿役盡如鬼，得無寓嗤童蔡臣。拖金紆紫比令僕，赤幘大冠稱搢紳。那知真龍畏此屬，肉如肥瓠頭如輪。爪牙帖伏欲蠕動，奮猛一一慚斑寅。已爲蠆尾欲令國，何怪致蠧殘人民。遊氛散盡七百載，令人畏惡能逼真。赤日當空且莫論，蒲絲艾葉傾逡巡。酒名。

禹鴻臚尙基五瑞圖聯句（存目）

（已見《沙河逸老小稿》卷三）

彈指閣落成

炎氛欲至喜樓成，躡盡梯桄樹與平。何日閑遊無此地，占將清勝許誰爭。高僧八十猿猱似，吟客三庚枕簟横。南户東窗儼屏障，不知林外有喧聲。

竹間納涼分得風字

泠吟失炎暑，偶息禪枝空。冰雪各自攜，況坐碧玉叢。竹色雨後緑，幽懷静處通。泠泠暗泉響，淡淡閑雲封。不用珠招涼，卻疑衣藏風。散髮至薄暮，月彩散玲瓏。畢景有如此，清氣歸吾躬。涼湖更相約，吹笛荷花中。

白石郎曲

雲茫茫，雨淙淙。白石郎，愁空江。來何許，翠松下。豔獨絶，無定所。搴江蘺，薦瑶席。送郎歸，烟波夕。

初伏集天寧寺僧房用香山苦熱喜涼韻

炎熇人事疏，檢束百骸倦。獨有倚樹吟，不妨露頂見。朝起天宇空，仰視火雲變。逃暑趨梵宫，迫如使者傳。松涼氣襲襟，竹密風約扇。既忻僧對清，亦許句鬬健。亭午詩已成，所得益閑宴。閑宴生清涼，堪爲褦襶勸。

書王右丞詩集後

摩詰本高人，賦性淡以潔。不在藝事精，聲名動寧薛。惜哉值喪亂，九閽痛喋血。宮槐落葉詩，艱危見臣節。讓弟推五長，識樂辨《三疊》。禪誦篤暮年，山水寄幽絕。至今輞川莊，風流說往哲。唾咳成珠璣，光華永不滅。

分詠西湖古跡送樊榭歸錢唐得龍泓洞

錢唐何處尋逋客，家住噴崖溜千尺。山空夜靜水龍吟，想見彈琴倚秋碧。思歸奏罷惜離羣，君是前身丁隱君。茅堂問訊今無恙，何事相逢只賣文。陸龜蒙《丁隱君歌》：「前度相逢正賣文。」

七夕汧江太史招集篠園

暑氣消殘露氣浮，晚涼高樹繫輕舟。荷承翠雨虛亭靜，月挂微雲水閣秋。天上佳期無別緒，人生清味是同遊。杯深不覺憑欄久，河影星光共一樓。

秋望

落落禪關意，悠悠野客過。清秋宜騁望，極目在雲蘿。不盡高樓思，其如遠道何。風前黄葉下，撩起舊情多。

物象澄諸品，欄迴眼界分。雁鴻原伴侣，山水是知聞。搦管答空響，馳情到夕曛。淡然今古事，都只付閑雲。

九日登雲木相參樓次去年九日行庵韻

良辰無古今，隨得各臻妙。九日與閑宜，無事即壺嶠。去年拜陶公，曾整風中帽。今年上層樓，節物助諧笑。老葉無驚飛，澄暉有朗照。天宇空寥寥，見雲騫鳥踔。舉俗競登高，無分賢與肖。所貴君子心，歷險化厓峭。羣公咀蘭芬，賤子愧菊耀。依辰不盡歡，何以申嘉好。昏鍾蒲牢鳴，遠笛玉龍叫。逸興或可追，往跡未易蹈。不如總置之，卑論作常調。把菊泛萸觴，嗚蕫點蟹螯。

重九後二日樊榭至自武林同人適有看菊之集分韻共賦得侵韻

景幽風淡晝愔愔，簾捲秋齋雨一襟。滿眼繁英尚初馥，入脣香蟻少孤斟。故人適自湖山至，雅調重聯斷續吟。不是此花無此會，花枝人意總同岑。

題明寧王畫

高皇廿六子，臞仙實領袖。風華絕人羣，神姿挺天秀。晚年托羣籍，藝事亦時就。佳哉尺幅中，烟液割廬阜。松明五老奇，屏列九疊皺。英英三素雲，仿佛收巖竇。當時結精廬，已在徙封後。采芝慕沖舉，理照忘華胄。以此繩檢餘，舊封保錯繡。如何歷五葉，覆巢無遺鷇。信惟象賢難，未盡貽謀謬。對畫發遙慨，霜風響寒晝。

冬日田園雜興

買得沙田四十雙，薔薇港口近清江。寒天落木蕭蕭裏，已課沿溝插柳樁。

兩兩車乘轂觫輕，田家最要一冬晴。秋苗曬罷春醪熟〔一〕，翻愛糟牀滴雨聲。

白牯烏犍各認家，夕陽歸路隱三叉。柴門雪後看如畫，牛背飛來數點鴉。

鑿井耕田舊典型，青紅燈下語添丁。他年聘取村夫子，只讀天隨《耒耜經》。

【校記】

〔一〕春，《韓江雅集》作『村』。

看山樓雪月聯句（存目）

（已見《沙河逸老小稿》卷三）

雁足燈歌

炎漢燈檠二十五，想見神壇照風雨。秀華細錯首山銅，未入歐陽一家譜。集古字遺西漢前，丹陽裴守搜荒烟。摹來雁足燈銘古，榮宮造自黃龍年。何如吾家囊所得，自昔曾無弋人弋。瓜皮綠活土花鮮，蠆尾蠶頭月半蝕。銘文：『綠檠之半』，故云。初疑檠仿蓮勺形，漢《蓮勺爐銘》亦彎環如月。既認趾同鳧蹼青。老眼觀書夜行燭，年號依稀辨竟寧。竟寧年間屢郊畤，火續燈傳接芳苡。麟鬚難以拂霜蛾，零落蚖膏與鳳髓。不將歌舞挂樓頭，曲柄須煩黨伯舟。皎然細注輝齋壁，淅爾涼風裊素秋。墮葉紛紛窗戶裏，似有哀鴻拍秋水。炎光銷盡一咨嗟，開闔殘螢竹間起。

劉補齋先生寓齋老桂

桂樹何年種，連蜷白石傍。影疏羣木讓，香晚一輪涼。散帙慕終古，結交成老蒼〔一〕。幾時秋有信，餘馥滿巖廊。

【校記】

〔一〕交，《韓江雅集》作『言』。

初夏行庵用謝康樂首夏猶清和爲起句並次其韻

首夏猶清和，東風吹未歇。林陰看漸圓，苔痕行就沒。百草日以長，流暉照玄髮〔一〕。嗟予如秋蓬，當春獨不發。撫化非昔時，蹤跡斷累月。紆軫與歡悰，相視等秦越。展對依良朋，時抱愁焉闕。物態本春融，予心自飄忽。感彼時鳥吟，毋使天和伐。

【校記】

〔一〕玄，《韓江雅集》作『絲』。

題李營丘寒林鴉集圖

鴉羣寒噤樹身僵，冷色侵淩到竹廊。千古有誰能擅此，令人欲問米襄陽。海嶽嘗欲作《無李論》。

五月十二日集篠園

林扉披宿雨，雨過怯生衣。問訊黄梅近，經年點筆稀。以君耽竹趣，邀我坐漁磯。烟水由來勝，無煩别是非。

夏至後一日邀胡復翁唐南軒查星南陳亦韓程洴江諸先生家兄嶰谷小集行庵時雨適至以滿林烟雨聽啼鴣分韻得雨字

小築傍招提，爲愛鴨脚古。結夏枕簟宜，其他無足取。接跡諸老宿，肯扣林下戶。雄辨騁碧雞，健筆爭繡虎。簷端潑墨雲，坌涌忽奔聚。似疑江海翻，開軒看飛雨。爽氣集眉睫，涼意滿環堵。不惟快宴遊，頗足樂農圃。想見水田秧，青葱鬱然怒。須臾返照明，翠滴烟林所。清鍾斷續聞，幽鳥間關語。舉頭問片雲，何有此豪舉。知是要新詩，翻成洗溽暑。

山館坐雨和薏田

山窗暑雨多，積抱無由展。故人苕上來，重踏舊苔蘚。烟沉花動搖，林暗鳥睍睆。深情託酒杯，惆悵日易晚。

秋郊觀刈穫次儲光羲韻

黄雲被隴坂，雨後稼益滋。郊行知有秋，腰鐮及此時。白牯臥西澗，紅顆遺東菑。上見田父穫，下見田烏飛。田父日云飽，田烏亦不飢。吁嗟食有新，我心獨傷悲。四顧曠野中，煢煢何處歸。不傷四體惰，傷此舊穀移。

秋晚詠懷

秋思不可理，落然天宇空。江城入暮節，蕭瑟廣庭中。廣庭昨日來，秋容未枯槁。吟詩觀物變，坐見西風老。西風短鬢愁，刁調無時休。開窗聞落葉，一片如我投。鴻雁留遺音，蟋蟀有私語。菀枯旦暮間，何至相爾汝。推移孰使令，霜林思故青。斜陽一徙倚，幽磬清泠泠。

天寧寺僧房看掃葉以開門落葉深分韻得落字

晷短序崢嶸，天寒境蕭索。經窗久不來，黄葉紛紛落〔一〕。吟殘茶烟青，帚過雨聲作。掃葉兼掃塵，心源爲疏瀹。

【校記】

〔一〕紛紛落，《韓江雅集》作「任堆卻」。

題紙窗竹屋圖

空庭歲晏人静，叢竹窗虚夜分。隱几時聞飢鶴，篝燈獨夢寒雲。

分詠賀東園所蓄石

海天旭日

何來一卷石，中有扶桑枝。滄波浴白日，幻作几席奇。崦嵫不可返，撫弄生朝曦。

春雨江南

仿佛江南春，石理妙如許。巖口千點花，山頭一片雨。倘示京國人，得毋增離緒。

和補齋先生秋日見寄卽次其韻

攬袪在秋序，屢奉君子音。清霜阻南雁，離居愁暮心。一水詎長路，渺若千萬岑。芳醑亦時開，闕焉非共斟。心馳湖上札，夢結風中吟。申章欲何報，留春待來今。

七峯草亭遲雪

今年寒事早，至前雪已甚。朝來雪意成，又復促清吟。亭虛雲半凝，樹禿鳥全噤。只有數竿竹，蕭蕭力先任。驅寒酒何功，分詩體必禁。夜深風裊燈，開戶首一闖。

簷冰

盈尺琅玕頃刻成，不論斜桷與雕甍。排空鵰管夜深合，墮地玉釵時一聲。明月樓高增睍矚，水晶簾近覺崢嶸。如何茅屋東風底，滴入春泥助早耕。

除夕前三日同人集山館用東坡饋歲别歲守歲三首韻

分曹角詩朋，破硯聊得佐。綴緝幾寒暄，日益充家貨。綺語戒瓶哆，道眼比箕大。吟或據梧吟，臥便蹋壁臥。今日復何日，殘雪照四座。醵錢付奚童，飣盤出馬磨。堂堂歲將歸，凍屐猶一過。君子歌旨酒，鄙人鼓缶和。

野馬疏檽飛，北陸行稍遲。入簷一丈光，斜暉那可追。故人不相見，數武如天涯。賴我中丞公，酒脯酬良時。瘦語奪松翠，清水自生肥。我淩朔風寒，歲晏有餘悲。竹間聊倚徙，詩作窮愁辭。無詩可得祭，始覺今年衰。

庭心立凍雀，藤蔓盤脩蛇。垂簾障晚寒，更著屏風遮。歲去無留景，賢達將如何。酒至莫先起，詩成且無譁。不見闤闠中，儺鼓頻聞撾。幾日殘臘轉，斗柄行東斜。春風蘇窮荄，聊以慰蹉跎。雅集訂歲首，還作鄉風誇。

丙寅孟春六日集晚清軒同用東坡新年五首韻

吟思隨春動，江天歲啓元。提壺先候鳥，引勝卽深村。共有增年感，惟慚短翮翻。嚶鳴非别樹，便得數晨昏。

折柬無煩爾，招要每過之。池窺前日影，梅放隔年枝。到眼成幽趣，開懷及此時。主人不嫌客，新酒泛鵝兒。

向陽安筆格，促膝小軒清。瘦鶴唳孤影，叢書擁百城。身閑心與淡，情洽客辭生。一任投名紙，門前似沸羹。

小隱北山北，玄棲東海東。古人不可見，芳訊莫教空。幸此忘年侶，都成白髮翁。雞豚逐鄉社，歲歲嘯吟同。

殘雪消仍在，崇蘭暖未繁。閑中足佳日，郭外鎖名園。翦韭重申約，支筇更款門。王猷偏愛竹，珍重護龍孫。

初春訪願上人登樓望隔江殘雪

禪侶南宗秀，巾瓶渡水來。緣空殘雪在，客至一樓開。晴色呈諸嶺，寒光到講臺。我忘雙足蹇，登眺信悠哉。

學圃八詠

松槐雙蔭之居

攫拏松自高，布濩槐亦茂。含風有雙清，映石無孤秀。珍簟倘相從，可以坐炎晝。

即林樓

林林繞樓樹，綠意實樓虛。軒窗敞四面，中有仙人居。置身雲氣上，俯視夫何如。

綠淨池

小池展鏡奩，過雨天光入。熨帖縐不成，蘋末風無力。將何以狀之，寸寸割秋色。

帆影亭

孤亭瞰通津，側見往來艇。因占五兩風，忽墮一片影。欲尋款乃聲，已入蒼烟暝。

桐花舫

青桐擢烟柯，白舫泊幽渚。當窗已作花，隔葉未垂乳。微風入低枝，認作菰蒲雨。

碧山棲

中黑深窈窱，外青高嵯峨。雖云邇庭戶，儼若山之阿。誰歟棲息此，冠筍衣薜蘿。

舒嘯臺

絲竹不如肉，擬議惟清歌。清歌能移情，未若嘯旨多。試問臺上人，吾論非偏頗。

柳篠

西篠曲復斜，柳浪青一抹。曉送滿襟風，夜通半枕月。回看演漾時，無限春波活。

次韻程松逸玉露酒

空似秋雯淡似雲，垂虹橋下釀清芬。寄從江上人初別，茶塢歸吳門寄此。開向年頭鼻乍聞。一坐盡遊閑外境，幾時真掃眼前紛。觥船不識春消息，夢入澄波棹練紋。

題范石湖復水月洞銘拓本

氈椎響巖嵌，水月翦澒洞。石湖鵠頭書，矯若白鶴控。映窗疑空明，揭壁具飛動。覩其復嘉名，考古非違衆。灘山不可到，烟墨聊玩弄。題詩綴紙尾，發我萬里夢。

仲春復齋先生邀食甜漿粥

潔如冰液甘如蔗，金谷滹沱出其下。疑是淮南未授方，米豆精英秉元化。會食何煩選食單，淩晨入座春風寒。炊烟一縷上林翠，不愁轑釜聲將殘。余最後至。纔嘗一口得真味，清沁心脾淡歸胃。直可憑虛達帝臺，不數人間酥酪貴。爲言此粥仿京師，幾載緇塵染素衣。歸來傳得養老訣，方法試爲君試之。我惟年來啖菽乳，食蓼而甘食蜜苦。感公召食爲公歌，飽腹便便日卓午。

上巳後一日邀琴泉簡堂梅查行庵看梅得枝字

流觴過上巳，剛得暗香吹。竹外聞啼鳥，林間枉舊知。吟隨疏磬發，春是閏年遲。問訊祇園叟，朝來更幾枝。

殘梅

畢家園裏欲殘梅，可比淩寒犯雪開。百五節臨風報柳，二分春去客銜杯。已無獨鶴穿林迥，猶有餘香渡水回。何事開遲易搖落，滿庭桃李暗相催。

題徐幼文師子林畫冊

誰圖師子林，一時兩絕作。迂翁不可見，今得觀北郭。妙筆開靈蹤，廛市有幽托。小水玉潨潨，别峯烟漠漠。雪月自掩映，花竹亦紛錯。時寫無人處，飛梁跨澗壑。頭上白雲飛，疑是怪石落。展玩清宿心，經營宛如昨。吳閶四百里，水宿宅可泊。道場倘得尋，打包趁行腳。

賦得綠陰送松逸歸新安

翠幕一庭分，愔愔鳥語聞。涼疑灑袂雨，濃接過江雲。樹樹生遙色，山山帶薄曛。淒迷看不定，回首悵離羣。

丙寅四月十日

白髮潛加自不知，年華歷歷總堪悲。回思寸草三春日，盡是劬勞未報時。

行庵花木

老銀杏

牆頭延眾綠，獨讓一庭古。陰垂白日間，知閱幾寒暑。不見種樹人，緬懷到典午。

新竹

人自不厭故，竹自不厭新。一年一抽萌，枝葉相陳陳。南風催解籜，敲門來故人。

新蕉

靈根失護藏，曾受朔雪壓。因依乾淨土，忽見翠幢插。宿心不得死，終無避雨法。

籬中月季

小花開四時，經窗蝶飛懶。奈何枝裊裊，不及籬短短。或者占春多，生意恆不滿。

盆中小松

蒼松非近玩，盤屈在盆盎。微風日暮來，向予發清響。怪爾根蒂淺，安得淩雲上。

喜謝山至因憶樊榭堇浦蕙田諸遊好

挂帆甬東雲，弭棹邗溝水。三年一見君，襟抱猶如此。聞君離舊居，吟嘯過西湖。春光一百五，故人無密疏。林扉啓曩昔，中有舊行跡。心賞不同來，因之訪消息。風吹南以北，風送北以南。相思更苕霅，相念還當諳。歲月流水駛，遊好晨星散。假如君不來，何人續文宴。

鄰僧餉園中枇杷

白田來上客，古院閒清晨。茗飲坐長晝，誰貽炎果珍。解事有禪侶，帶露連枝陳。摘實不去葉，落然風味新。青黄同一器，的的筐篚勻。口嗛禪悦永，齒濺儒酸頻。潤除鬲上熱，涼益華池津。餘甘在舌本，可以話詩人。

分詠消夏食單得梅蘇丸

百味困炎上，大甘變連芩。誰搗清涼丸，玄冰點我心。梅酸泄老火，蘇辛助稚金。故人惠口實，西疇適以百丸見惠。用供臨風吟〔一〕。

【校記】

〔一〕供臨風吟，《韓江雅集》作「以時時噙」。

行庵早秋用東坡望湖樓醉書五首韻

城裹未開封蝪甕，河邊猶見運瓜船。揭來樹老庭空處，別有寥寥一段天。

秋來真逐故人來，風起林扉趁曉開。昨日鳴蟬聽不得，滿襟涼思竹梢回。

不是閑窗秋意早，賦秋老筆愛盤盤。紫茄白莧饒風露，更有冬春當午餐。

小舟閑上蕩輕橈，時有沙鷗狎鷺翹。我已心如清淨退，水窗疏磬更相招。

花無香氣真能淡，雲不成峯始是閑。試上高樓一騁望，誰人臨水與登山。

秋日題寺壁

古寺秋山裏，疏鍾時一撞。峯陰涼殿瓦，潭影淨經幢。黄葉未離樹，白雲常繞窗。祇憑僧共語，能使客心降。

入夏以後同人多行庵宴集秋杪復集玲瓏山館各賦四截句

千個篔簹一畝宫，疏窗曲檻隔玲瓏。自從飄盡春紅後，直到蟲鳴落葉中。
年光回首悵蹉跎，花木禪房韻較多。桑下因緣成信宿，不妨署作兩行窩。
重來石上安吟席，瓶解青絲認主賓。幾日碧梧光景換，夜霜如月月如銀。
清芬誰續小山句，炎景都歸燕子龕。留取寒天一竿日，別編詩集在街南。

秋日泛舟過環溪

環溪屢過吾不廉，菰蒲蕭蕭良友兼。放船那辨五塘界，入門先眺三山尖。黄穲亞連野色闊，碧琉璃淨秋光添。回憶前番隔伏雨，依稀夜月明纖纖。

南齋集卷三

寄熊山弟保康

遺墟房子國，民俗未全淳。地近郥鄉僻，官惟邑宰親。移風寧在猛，爲政莫憂貧。書附隨陽雁，相期物共春。

初冬有感

無奈此蕭辰，苔階葉半湮。難尋曾過跡，因感復來人。日晚林風急，心孤舊友親。流年同寂寞，欲去更逡巡。

銅鼓歌

銅鼓銅鼓來何方，聲價欲較千牛昂。蕭晨有客開涼堂，偶然得睹瞠目眶。疑盤疑鉦疑釜鐺，非秦非漢非夏商。其徑不啻尺半强，細紋十道羅中央。雲雷乳粟分微茫，凹腰疊耳苔花蒼。生砂活翠堆兩旁，摩挲盡日騰晶光。以杖試擊音鏜鏜，蠻烟瘴雨凝棬腔。蛤鳴或自高州鄉，不然進獻由南康。客曰否否白獠藏，羅施鬼國斯惟臧。當年桂陽本要荒，武侯鎮服軍威揚。冶銅鑄鼓施用良，百酋效順安箐篁。惜哉漢運不復昌，中原囊括志未償，出師未遂星墮芒。誰與虎視兼龍驤，械巧僅得留邊疆。嗚呼陵谷幾滄桑，只有此鼓無興亡。南天萬里道路長，不脛而走神扶將。秋窮氣肅天蒼涼，臨風憑弔愁詩腸。

于酒

遺法來良醖，名家未許參。詩傳東澗老，品擅大江南。奕葉論前代，微吟盡此甘。恰宜佳客共，疏酌記精藍。

邵文莊公溫硯爐爲西疇作

彌明擬神仙，景山稱名士。茶鼎與酒鎗，兼得擅風旨。況兹文房奇，雅式補硯史。用與束薪同，形非熨蕉比。竅通坎離中，勛策冰雪裏。吾儕日無事，琢句當耘耔。聊作燒田耕，庶幾火化美。研墨松烟融〔一〕，漬豪健兔起。麗事開寒廳，清味滿生紙。不獨容春堂，曾書日格子。

【校記】

〔一〕松烟，《韓江雅集》作『烟松』。

送謝山歸四明

三年一握手，何遽唱驪駒。竹裹書籤亂，窗間酒盞孤。愁心揚子渡，寒色賀家湖。行李兼風雪，蕭蕭感歲徂。謝山曾賦《寒色詩》。

分詠四明古跡重送謝山得賀公釣臺

幽棲本足樂，何必定爲官。千載留釣石，至今溪鳥寒。遂初羨此老，君歸亦故山。相思時有寄，遺我一漁竿。

丁卯正月六日郊遊用陶淵明遊斜川韻

孟陬開六日，物役聊暫休。風從東方來，吹我及茲遊。宿草抽新穎，輕冰坼寒流。片片襟上雲，點點烟際鷗。竹木坐深蔭，儼然對淵丘。民動自如烟，靜者各爲儔。篇中有興託，酒外無獻酬。未知後來人，得知此時否。古寺閱流水，春田散煩憂。良辰不共適，百年將何求。

題西疇圖

茅屋低於花蕊，疏林露出山椒。何處雪香雲冷，居然牛健鴉嬌〔一〕。助耕有此妙筆，懷新想見良苗。更欲添攜酒榼，雞豚社裏招邀。

【校記】

〔一〕嬌，《韓江雅集》作『驕』。

春日張嘯齋漁川家兄嶰谷同過簡公塔院飲桃花下

桃放竹林邊，攜壺覺灑然。我來同是客，看處不妨禪。眼纈芳菲外，顏紅酩酊先。問誰知此意，燕子正翩翾。

著老堂分詠春蔬得杞苗

井口茁寒茬，小摘未盈掬。其味玄功成，其下靈犬伏。飢可充空腸，飽即雜誦讀。一笑我何貪，取配泉明菊〔一〕。

【校記】

〔一〕泉明，《韓江雅集》作『想萌』。

集讓圃投壺

壺矢破春陰，庭前風滿林。閑投寧合格，偶中卻無心。試賭詩頻詠，難辭酒屢斟。成驍同一笑，驚起竹間禽。

展上巳集環溪草堂流觴宴會

懷抱今朝得好開，陸家池上拍浮來。同修故事重三展，得近名流竟日陪。魚藻情閑溫坐石，楊花風急換行杯。淮南節物駸駸去，鄰寺昏鍾莫漫催。

三月晦日招同人小集

愁人忘日月，忽忽春欲歸。春來自相背，春去寧相依。閑庭淡以寂，眾綠翳林扉。握手桃花前，日暮風吹衣。襟袖承落花，時鳥帶聲飛。黃楊獨厄閏，餘芳戀亦稀。只有排日來，微吟其庶幾。客心日有適，我意終多違。

賦得新蕉送西疇之新安

甘蕉乍展陰，亭角已沉沉。未灑三秋雨，先愁一寸心。夢頻知有托，書遠恐難任。不定風中旆，離思滿故林。

行庵聽鳥

行庵春色委平蕪，不見花間白與朱。襟契每成共命鳥，林幽堪作《會禽圖》。黃荃有《會禽圖》。高枝翠合風弦墮，小院人稀碎語呼。安得五更禪榻上，更聽殘夢更驚無。

松花

冰霜歷已遍，春盡亦花開。正色映緗帙，清芬散石臺。采妨巢鶴覺，詠有上真來。靜看如雲落，紛紛入酒杯。

初夏

斗杓回夏律，簾幕啓南風。花孤時出草，雲晴未作峯。江南春去後，清泠袷衣中。萬景歸沖淡，幽襟午興騰。圍棋鋪粵簟，試茗約吳僧。南園蝴蝶夢，碧樹隱層層。剡剡麥苗秀，陰陰桑野間。蠶蛾幾日老，雉子此時斑。非因望三益，長日不開關。

漁川齋中蘋花

雙眼玉無瑕，盆池見此花。色清含雪雨，根長换江沙。水荇非同屬，風蓮欲一家。因之懷柳惲，乘馬日西斜。謂薏田。

爲寄舟上人題天池石壁圖

峭石摩天雲，止水湛靈府。誰爲寫此圖，中有道場古。上人池上來，度難救諸苦。披圖已起予，恍如聞信鼓。惜哉廿載前，覿面落宿莽。他日倘重遊，迷徑當門取。

五日席間詠嘉靖雕漆盤聯句（存目）

（已見《沙河逸老小稿》卷三）

展重五集小玲瓏山館分賦鍾馗畫得秤鬼圖

肥鬼胮肛中作鲊，瘦鬼伶俜無一把。潛行聿役等飄風，何用星星較量者。世間萬事誰持平，輕者反重重者輕。任渠伎倆各逞弄，分際難以逃權衡。終南進士啜鬼血，肉可啖兮眼可抉。擇肥莫道柄操吾，並恐權衡被渠竊。

喜雨用建除體

建月維未愁驕陽，除庭旱魃眠食妨。滿空雲滃傾天漿，平地忽深一尺强。定力所禱倍往常，執缶不煩歌倉箱。破券買得盆荷香，危闌劇賞殊相羊。成秋先於焦穀芒，收穫已在硯席旁。開卷與誰論短長，閉戶且圖今夕涼。

雨後兩明軒坐月

華月吐花南，朋歡復此耽。暗荷殘雨瀉，叢竹濕光涵。移席依清景，憑虚接夜談。無煩白羽扇，心冷湛秋潭。

七夕分賦得玉庭開粉席效唐人試帖體

玉露下中庭，蘭筵粉澤馨。由來勤供設，不自惜娉婷。暗裏移粧匣，風前展畫屏。砌涼疑積素，河近欲通靈。蠲潔奔軺集，芬菲倦軫停。年年雜瓜果，餘巧乞雙星。

平山堂秋望

迥與常時别，登臨有此朝。堂高隨境古，山遠挾秋驕。到眼空雲物，吟詩入泬寥。無煩唱《楊柳》，梧葉暮蕭蕭。

九月十五日集行庵招大恆具如兩師茶話

重陽節過逢新霽，秋老林扉景色閑。未掃苔階留落葉，偶聞僧語認深山。夕陽舊殿雙金錫，古寺黃花一病顔。今日相攜同把臂，不知身世落塵寰。

送陸茶塢歸里

君來蟬未鳴，君去雁南征。遠色催行李，高帆挂別情。江南霜落潮痕減，古寺鍾昏木葉驚，西風颯颯送君行。送君行，飲君酒，兩地相思期不負。何日偏題重在手〔一〕，吳宮花，隋苑柳。

【校記】

〔一〕題，《韓江雅集》作『提』。

霍家橋道中和竹町韻

家有探幽興〔一〕，村田一徑尋。招邀農事暇，珍重歲寒侵。木落見遙水，梅香指舊林。卻看籬落近，微詠夜燈深。

【校記】

〔一〕家，《韓江雅集》作『客』。

冬夜同樊榭菫浦竹町西疇玉井南圻于湘家兄嶰谷宿南莊

梅花一枝橫碧沼，似爲荒村破枯槁。詩人衫袖有春風，淡月窺人況林表。牀鋪丁字聯清冬，四圍水木霏微中。地白時看雁影過，窗虛更覺江天空。獨我吟聲何太苦，月色花光互吞吐。詩成遙答遠山鍾，夜靜不傳街市鼓。人生會合安可常，趁取酒熟清而香。明朝更放烟江棹，水宿雲眠枯木堂。

焦山觀音巖晚望用宋人趙冰壺韻

雲磴依稀屐齒存〔一〕，茅亭登歷海光昏。音兼吳楚人重到，氣壓曹劉句早吞。萬里奔流浮落日，十年清景問棲猿。江山佳處歸長望，嘯倚天風坐石根。

【校記】

〔一〕存，《韓江雅集》作『村』。

焦山看月以江流有聲斷岸千尺山高月小水落石出分韻得高字

蒼巖與我稱素交，乘冬問訊浮輕舠。探奇未暇坐甫定，仰見皓魄東南高。初圓未減月幾望，不同弦影含弓弢。銀盤初挾晚潮上，玉玦漸度林風颾。此時目力到烟海，微茫一片連洪濤。況當嚴辰斗插子，寒空氛翳無纖豪。人影在山月在水，霜風披拂惟吾曹〔一〕。魚龍鼎沸棲鶻叫，應是水怪山精逃。廣寒之府不虛誕，雲中定有仙人遨。始知天公作調弄，晶瑩欲騁光先韜。出門一笑大江湧，作詩紀事欣吾遭。

【校記】

〔一〕霜風，《焦山紀遊集》粵本作『風霜』。

登雙峯閣以清磬度山翠閑雲來竹房分韻得來字

高窗出林表，攀蘿窮崔嵬。衰齡失遠步，曠歲欣朋來。幽遐靈跡閟，晃朗香臺開。依然昔遊處，宛似清夢回。捐情白雲內，流矚寒濤堆。遙峯各相屬，欲下仍徘徊。

寒夜石壁庵聯句（存目）

（已見《沙河逸老小稿》卷三）

歸宿南莊二絕

梅花閑與月明分，鶴棚鷗巢共一羣。點起吟燈清不寐，江山回首足寒雲。

圓蟾倒浸水晶宫，三宿回船趁便風。歸到柴門翻悵望，不曾吹笛浪花中。

題趙子固畫蘭

有宋王孫，深林獨處。清映一門，韻標千古。托意幽蘭，春風自主。蘭葉疏花，停辛佇苦。天涯芳草，淪於下土。衆人之中，君子是伍。我展斯圖，如睹眉宇。楮墨無痕，芳馨不譜。

冬日集延清閣分詠得衣篝〔一〕

疏密斜文製作良，吟衫常爲出空箱。曾因梅潤旋添火，直到天寒更炷香。淺纈覆將便體弱，退紅倚處記宵長。年來冷置維摩室，千眼同看是法王。

【校記】

〔一〕閣，《韓江雅集》作『齋』。

同南圻坐南齋竹下有懷曲溪吳門西疇新安

離居方索莫，失喜得幽尋。把卷石闌外，懷人脩竹林。吳帆春水闊，鄉夢白雲深。莫漫孤今夕，殷勤酒共斟。

强醉

到手杯巡思努力，捲波風味笑沾脣。年來戶小亦解事，闌入歡場學酒人。

微醉

飲少輒醉亦可喜，毋多酌我豈因狂。由來嗜興平生意，花賞嘗留一半香。

扶醉

行步攲危餘興在，自扶還勝倩人扶。東風氣力過於杖，又引前村覓酒沽。

閑醉

醒是悠悠醉更休，也無魂礧也無愁。牀頭酒甕常教滿，臥對南山不下樓。

官橋道中

年年山路筍輿遙，過盡流溪過斷橋。二十五回寒食節，松風吹雨晚蕭蕭。

新燕

新燕已成故，驚看故燕新。交飛社公雨，相遇落花辰。軟語真愁聽，紅樓又一春。營巢何處好，淒斷捲簾人。

清明日獨過環溪竹町已先至卽次其韻

歲歲年年冷淡身，清明時節感流塵。東風陌上無行跡，落日花間有故人。地似輞川偏愛水，交如貞曜不嫌貧。相攜況復耽吟侶，一詠當前見在春。

霽色柬嘯齋西疇漁川南圻玉井諸同社

最喜濃陰旋放晴，碧烟散盡小窗清。已通竹外希微影，猶聽花間點滴聲。簾額高搴醒睡眼，山光半入引詩情。層樓風雨愁都減，望遠憑誰句早成。

積雨初霽集平山堂看牡丹復過環溪

一春愁病懶逢迎，遠岫褰雲佛閣平。多謝招邀今日好，出城剛雨到山晴。看花餘興過前村，竹隱平橋水映門。更有垂藤吹宿雨，陸家池上未黄昏。雙眼瞢騰霧裏開，吟詩清興欲全灰。春風翻似相欺得，一日闌邊看兩回。

獨來

獨來何事不傷神，聽得桑鳩唤雨頻。花事已空旬日裏，緑陰池上寂無人。

偕西唐過青畬書室

水竹南村好，欣兹素友俱。麥晴衣覺冷，沙斷路疑無。劚筍開園鎖，看潮對酒壺。非君機事泯，誰狎野鷗孤。

敏上人山房牡丹

上人行苦松回肘，肯爲繁華管領來。壞色衣中新法界，行春臺畔舊香胎。汲泉煮茗供閑客，帶雨哦詩照碧苔。五百花頭齊不著，禪心那有一枝開。

雨後小漪南亭上

一曲闌干入畫圖，酒船移影隔菰蒲。荷當驟雨晴纔放，人趁涼雲遠亦俱。清景莫教烟際失，淨香惟覺淡中殊。頻年慣賞蕭閑境，又對湖天狎野鳧。

懷西疇新安得樓字

昨日山有信，君仍山中留。曾寄一行書，山深知達否。相思意無限，相望時登樓。以君枌梓戀，深我埋瘞憂。時托西疇攜青烏家至揚州，爲亡内營葬地。經營事方起，有願何從酬。非君不可理，日日盼回舟。

立秋後一日有感

楚角聲中賦《落梅》予前有《悼亡梅花卷子》。流年電抹苦相催。潘郎老去秋心在，又算人生夢一回。

閏七夕

雲影涵秋冷畫羅，水流星轉憶經過。不知織女停梭後，復有何人曳絳河。

南莊月夜西唐家兄嶰谷同作

暗露滴涓涓，月明人未眠。夜深開水柵，潮滿步秋田。語寂鶴飛過，夢涼鷗占先。宵來好光景，並在桂香前。

題秋林讀書圖

平生愛貯書千卷，卻笑搬薑鼠與同。何似西風紅樹底，一編有味在胷中。

題南圻東風第一圖

團圞酒滿詩滿，氤氳爐紅燭紅。歲籥五移花外，圖爲舉子年作。春風又報圖中。

春日過宜莊

掩映小桃紅，園林畫稿中。花間逢暮雨，池上坐春風。浴浪鳧迎客，聽詩鶴出籠。得陪巖壑侶，歸晚悵悤悤。薏田適至自苕上。

簡宿南莊諸同人

數步垂楊接，肩輿苦促歸。如何千里共，翻使寸心違。雨滴虛窗夢，池開淡月暉。烟波隔良夜，空憶白鷗飛。

題程尊圃抱琴攜鶴圖

心地和平百慮捐，底須指下説流泉。披圖如聽衆山響，此趣常存動操先。
曾讀仙人《相鶴經》，長身磊落聳青冥。一絲雲骨休嫌瘦，稱爾同尋到福庭。
題詩笑我太遲遲，方丈維摩促致詞。何物報君充《七發》，停琴放鶴亦良醫。尊圃出照索題，經月未報。近聞養疴江寺，復以札來促，且云望詩已疾，故有末首。

環溪看桃花

春衫葉葉趁晴天，十畝閑園二頃田。行過小橋南畔路，桃花開到竹林邊。
垂楊垂柳識重來，簇簇紅雲入酒杯。仿佛江南好顔色，水風清潤小窗開。
山根闌角總春風，隱映斜陽面面紅。尤愛池心亭子上，花光人影碧流中。

賦得未到曉鍾猶是春

九十光陰成小住，春心一點托僧寮。試思樓角鍾初動，可得筵前燭屢燒。短夢鶯花判隔歲，稱心琴酒尚今宵。與君況是頭如雪，漫說朝來折柳條。

集小玲瓏山館看芍藥以紅藥當階翻蒼苔依砌上分韻得苔字

青駕不可駐，將離花正開。花開惜餘景，爲約故人來。疏簾晝窈窕，斜日晚徘徊。非君幽賞共，明恐委蒼苔。

雨後集七峯草亭時與家兄嶰谷自北歸

愛我亭外竹，翠色深加染。招我亭中人，微吟雙戶掩。風清眾草披，雨歇繁英斂。何事出經旬，年華坐荏苒。

東還因語諸公泰山之勝

岳色奉朋歡，都忘歷險難。興追丹嶂外，身置白雲端。天闕三千仞，松梯十八盤。惟愁說不盡，一味是高寒。

夏日田園雜興

分龍節後田園好，泱泱溝聲最愛聽。豆葉陰成蟬得氣，稻苗風起鶴梳翎。占年不用呼庚癸，畏雨時還畫丙丁。更有蒲蓮足清趣，看從沙尾上蜻蜓。

賦得松涼夏健人

不知何事蒼松下，六月宜人一味涼。欹枕總成幽澗夢，憩陰堪作養生方。彈來流水間相和，棲共胎禽瘦不妨。況是清風買無價，三層樓上足相羊。

蟬

六七月之間，有蟲曰遮了。其名解自呼，獨知風露早。居高本無心，守潔似有道。故於騰化中，飢腸恆不飽。迨至秋霜飛，喑默詎能保。始嘆九霄仙，終焉抱莖槁。

七月七日具公招同人集天寧寺方丈

謝寺一郡古，上人開北軒。招邀在文字，疏花照禪門。淡淡茗椀綠，𣇉𣇉爐香溫。青青萬竹竿，中有秋氣存。友舊情易愜，辰良意彌敦。雨定各衣裌，流詠眺閑原。

閏七月望日集晚清軒

池上逐閑鷗，停琴此續遊。曾聽陳道士彈琴於此。由來三伏雨，換得一庭秋。葉落知人瘦，花疏出草幽。今宵明月底，莫負露華浮。

秋陰

高天已寥落，況復晝沉沉。疏樹籠涼雨，蕭雲翳遠岑。離心空際墮，霜鬢淡中深。稍待澄清景，還期竹院尋。

過文上人影堂

木犀香裹過西林，不見圓公直至今。經卷藥爐前恨在，茶烟禪榻舊緣深。曾因清話消愁疾，豈料秋風急暮心。總把浮生入彈指，年來白髮已侵尋。

題汪敬亭君子堂圖次韻

胷中有佳處，神宇輒疏敞。何論古與今，契合同一想。矧茲萬斯竿，清風送逸響。堂顏前躅留，爲石田、衡山兩先生遺跡。烟墨積翠養。依然三大字，幽人見來往。蘿徑開瀫江，物態無慨慷。水鳥亦羣飛，巖花作勝黨。所惜喧寂分，百里阻遐賞。展圖秋氣鮮，緬古絕言象。卻羨後來賢，吟詩復遒上。

送洴江太史之楚赴撫軍唐莪村先生約

老矣先生興尙乘，馬頭紅樹隔層層。楚山日落人千里，鄂渚風高雁一繩。預想題襟吟卷續，遙知坐月夜樓登。武昌魚味宜城酒，待取歸談竹下燈。

題胡嘉令海濱圖

徘徊下澤意如何？金鑒羅胷利濟多。莫道辛勤轉沉滯，海天高日照流波。

題吳漢延坐禪圖

九畹香風自遠，三升玉液時斟。何事分身入妙，蒲團坐斷雙林。

閑園用香山閑居春盡韻

閑園春老幾開扉，剩見繁桃葉底稀。同是耽吟情有託，不妨卜夜醉無歸。輕陰漠漠籠晴色，芳靄層層散客衣。貪聽林中快活鳥，都忘天際碧雲飛。

邀樊榭竹町于湘看牡丹酒半移醉繡毬花下作

燈轉闌干月轉空，花殘猶得貯春風。不因被酒還移席，孤負故人今夕同。

東樊榭竹町紅橋之遊

閑遊最好晏溫天，綠樹陰濃靜管弦。想見吟聲出篷背，沙禽飛過北牀前。

紅橋烟水幾多寬，擬作西湖一角看。我欲明朝相約去，夕陽同倚曲闌干。

錢牧齋香楠木几一蟠木椅一在良常王吏部家轉歸余山館因賦

非竹非梧光照壁，滑淨寬平長七尺。丹鉛遺跡尚斑斑，不見花壺與琴冊。絳雲樓上屬虞山，萬卷駢羅一炬殘。劫餘青史功名誤，頭白名山著述難。歲月推遷屢流轉，良常仙去歸山館。木牀三腳伴題詩，喪我他年知不免。

野橋

橋斜與路平，獨木自爲橫。鎮日無人過，孤村野水生。落花低易聚，臥柳窄妨行。祇有田夫識，相將事耦耕。

雨中洴江嘯齋竹町西疇南圻玉井漁川見過有懷家兄淮上

寂寞山居喜屐聲，柴扉乍啓徑苔平。三春祇有殘春在，十日都無半日晴。剩對落花頻夜話，莫將閑事攪浮生。顛風急雨高歌處，還念清淮一舸横。

五月晦日雨後集篠園水亭因懷謝山得向字

水鳥掠荷花，吾亦知所向。虚亭幕柳烟，沙尾進孤榜。憑闌霽色開，隱約聞漁唱。景物頗沖融，襟抱復閑暢。日晚雲陰移，淨香出水上。忽憶去年人，悵然成俯仰。

鸞翎歌

鸞翎鸞翎何陸離，昔聞其説今見之。彩絲千點燦金碧，緑暈十道團琉璃。天數地數分雄雌，光映日月符昌期。中朝翟茀爾羽儀，胡爲零落荒山厓。女牀棲深遠莫知，連翩想見仙人騎。璀煥之中感離披，得毋華美致於斯。焚身斷尾古所悲，人生安用文章爲。嗚呼，人生安用文章爲！

貍奴一頭送洴江太史

貍奴將子又今年，底用魚餐作聘錢。幾度遺行慚舊主，褐花不稱錦茵眠。也知毛色非佳種，滜吻磨牙有母風。送與先生成一笑，護書可得奏微功。

越日洴江酬以鹽筆詩句復綴一絶

筠籠相送愧遲淹，博得雙豪箬裹鹽。更有新詩成故實，他年留待楚金添。

題友人蘭花卷子

一葉一花新，花開不爲春。光風淩衆草，幽馥在無人。意簡有餘韻，巖深少四鄰。誰言紉作佩，只許楚臣親。

展重五紅橋觀競渡詞

紅橋已過端陽節，競渡今年展一旬。消得遊人不歸去，夜深明月照湖漘。
飛楫中流亦壯哉，紅旗畫幟足徘徊。就中只有清吟客，曾爲荷花兩度來。
柳風拂面水平隄，手藉松枝當握犀。謂補翁。話久不知鐃鼓寂，放船依舊五塘西。

水亭觀荷禁體物語

竹裹雙扉時一扣，況復主人與我厚。三年亭上此追涼，總與荷花相邂逅。前年暑雨阻行跡，去歲酣紅照清酎。流光鳥過年矢催，葵扇蕉衫茲復又。小舟撐出柳隄來，短策扶過沙嘴後。曲闌三面納花光，一面無花涼樾覆。青蘆獵獵界西東，白鷺雙雙飛左右。陰晴涼燠屢更番，只有此花尚依舊。聚合人生第幾回，似我華顛面紋皺。波間涼影挾雲移，月底妙香和露透。不持寸鐵鬭清機，藕孔針鋒怪詩瘦。

題內人銷夏圖

星紈荃葛清無汗，弄餌圍棋趁女伴。水晶宮殿正無人，搖蕩圓荷紅爛漫。荷花荷葉滿方塘，不知何處藏鴛鴦。只愁扇上乘鸞女，未到秋風怯曉粧。

暮雀

喧喧寺門雀，日暮識投林。托宿卑枝穩，依人翠竹深。已棲時復起，不定若相尋。吾亦慕儔侶，翛然碧岫心。

題具公松泉清聽圖

澗水松風世慮忘，跏趺宜共玉琴張。憑師乞與消殘暑，夢到天台臥石梁。

魏東瀾七十

先生風範更超然，閱歷承平七十年。世有常尊非爵祿，人能老健卽神仙。杏花門外一林雨，芝草山中五朶烟。若訪大茅君隱處，積金峯在杖藜前。

題趙松雪墨梅

疏花點點墨離離，黯淡南枝認北枝。不見王孫舊春色，漚波亭上雪晴時。

秋日感懷蕙田

數日不相見，悵然嗟索居。不圖秋草折，已是一年餘。檢點緘來字，披尋校過書。思君惟有夢，夢短痛何如。

滑語

脂輪峻走凍石坂，蓴絲嫩捉柔荑腕。筍鞋泥行聞竹雞，京江水清稀琉璃。

澀語

門樞之壞餳復黏，鐵花繡處加吳鹽。礬頭山前莽榛梗，蟾口寒流咽廢井。

酒容

春風著面借杯行，一笑陶然細纈生。藏老難憑通夜力，換朱空有少年情。試看古態熏能出，未覺愁眉掃更輕。待得枕痕和醉減，芙蓉弄色小窗清。

題文待詔自寫煮茶圖

玉磬齋中日暮，停雲館裏春閑。一舸水符調得，芙蓉湖上初還。
不用石爐砂銚，如聞活火松風。安得筆牀頻過，身在圖中句中。

南齋集卷四

題趙善長畫楊鐵崖吹笛圖

鐵笛一聲崖石裂，鐵笛道人冠戴鐵。當年誰寫洞庭秋，水底蒼龍叫寒月。小臨海歌聽未終，大雷小雷縹緲中。道人不作水東逝，令人卻憶緱長弓。緱長弓，鑄鐵笛，寒霜盈襟清淚滴。君不見雲間老客婦，天子不臣，諸侯不友。七十二峯屢招手，酹爾圖中一杯酒。

秋雲

冉冉含秋白，悠悠共客閑。纖微宜照水，蕭淡不離山。一片落吟席，數年常掩關。未知相接處，能壓雁聲還。

九月集平山堂以清氣澄餘滓分韻得滓字

繁英照鬢霜，林陰去何駛。馬馳車騾間，蕭淡尚如此。雲晴塔影出，柳老雁風起。更愛隔江山，同赴窗戶裏。流咏碧天高，澄懷一無滓。何以答良辰，采香弄秋水。

送翁霽堂歸里

先生抱微尚，自有古人風。積卷暮年惜，懷才吾道窮。清言燈影裏，握別雁聲中。寒日無潮信，雲山有夢通。

題袚江得荔圖

龍牙犀角影離離，秀發端如畫省時。他日炎天誰續句，露凝重摘待孫枝。初白老人《酬方伯公餉署庭荔支》有『畫省初凝露』之句，見《炎天冰雪集》。

問西唐疾

念切平生友，敲門問訊頻。窗虛通藥氣，秋冷怯吟身。以我霜加鬢，憐君病損神。何時杯酒共，把臂復相親。

送家兄嶰谷入都

未信別離輕，揚鑣入帝京。乍經今遠隔，翻念昔同行。謂乙巳年爲事牽連北行。嶽雪侵華髮，河春管去程。嘯吟知不廢，終羨雁南征。

同人各賦一物送家兄入都得馬鞭

誰採孤生竹一枝，蠟揩光爛似琉璃。從教匹馬關河遠，未怕長途驅策遲。茅店夕陽遥指處，凍雲衰草半籠時。不同壺酒聽驪唱，祇説難堪贈路歧。

送家兄渡河因留滯關口是夜仍泊清江

岸隔黄河落日懸，清淮照影各華顛。卻因放溜煩關吏，又得蓬窗一夜眠。
帆腳俄聞報北風，征衫料理到裘茸。一燈縱喜還相對，離緒紛紜曉馱中。

家兄北行未得同渡河竚立南岸久之歸臥篷窗悵然有作

繁霜曉岸長，清話昨宵短。未慣經別離，握手大河滿。雲鴻南向飛，北去適孤館。人情怯初程，襆被期共展。
襆被亦暫攜，莽蒼寧復佳。借此一晌共，慰彼千里懷。如何成獨往，悵然始願乖。歸吟篷窗詩，離思其能裁。
離思在何許，掠面寒風發。兄弟非少年，目斷蕭蕭髪。僮僕日以親，行李隔霜雪。夢中如識路，一水尚可越。
可越不可卽，所賴良友生。謂汪敬亭。跋馬齊魯郊，歇馬燕趙城。春風天上來，草木成句萌。惟有向闕心，能緩思鄉情。

送漁川之臨潼

執手忍言别，詩愁生去程。車煩《蒿里曲》，路盡《苦寒行》。隴水不可聽，秦雲空自横。含辛如有句，那似向時情。

辛未仲冬樊榭至自錢湖謝山至自甬上雨中招集山館有懷家兄嶰谷暨于湘北上

一庭寒影暮雲閑，時見飛鴻杳靄間。詞客喜從江外至，音書猶未汶陽還。長途並轡逢朝雨，孤館分燈話故山。何事翻教成悵望，從來會合感離顔。

家兄寄北味並示以詩

宵來有夢憶連牀，兼味剛逢遠寄將。一幅吟箋如對面，六旬離緒轉縈腸。開椷盡上聲許兒曹索，並有果品。折簡旋邀洒伴嘗。鈴馱勞勞何限意，豈須到口始甘芳？

遲樊榭不至

昨日高樓看霽雪，今朝朔吹阻吟肩。尋思山館虚欄暮，孤鶴巢松相伴眠。

懷嘯齋真州江上

雪滿江天獨立時，關河冷落動離思。嘯齋有《懷漁川秦中》長短句。不知若個同攜手，能唱屯田柳七詞。

上元前一日集晚清軒時家兄北歸南圻歸自新安漁川歸自臨潼

交馳南北倦行縢，激箭流光硯釋冰。行客到家春正轉，故人無恙興重乘。分無好句酬佳會，各有名山快獨登。試聽劇談忘漏永，竹窗添炷夜吟燈。

壬申山館上元聯句（存目）

（已見《沙河逸老小稿》卷五）

問梅和嘯齋

得君相問訊，不覺興飛騰。石徑清無著，梅花占幾層。雲寒春動未，雪老鶴過曾。好報山中事，閑吟約定僧。

雨宿江口

細雨自空來，點點鳴篷背。一夜流水聲，已飽江湖味。

丹陽道中

日暮丹陽路，清波照鬢斑。屢遷惟斷岸，相識有青山。帶雨漁罾濕，耽吟客意閑。春沙迎棹轉，仍復幾灣環。

遊慧山三首

秀色晴更幽，未覺巖腹淺。閑房啓松風，石暈記蒼蘚。僧言竹爐好，一物有晦顯。流玩佛香中，落梅心共遠。

何以愜醒趣，憩此山中泉〔一〕。泠泠一泓玉，照影無春烟。冷翠未殊昔，猶蔭瘦竹娟。飲之得本性，野鳥來客前。

清遊已亭午，不暇飯脱粟。石池漾林影，襟袖挹清淑。泉分澗底雲，屋借峯頭綠。名園勝概多，流咏愁未足。

【校記】

〔一〕中，《林屋唱酬録》粵本作『下』。

虎丘上巳

虎丘山外柳拂隄，虎丘山中花亂飛。良辰禊飲有今日，僧房猶及看辛夷。二十年前曾過此，正是春風豔桃李。重來白髮怕臨流，湔裙依舊當時水。

晚步劍池

偶坐盤石上，契此夜境空。鐵花何蒼然，照見春星中。棲禽隔樹杪，幽夢深幾重。

過明瑟園

水木名園好，平生夢見之。風高存往哲，景淡異春時。雙槳破空靄，一燈明碧池。殷勤主人意，延佇訝來遲。

花明照苔綠，橋外點沙鷗。賦好看雲讀，樓高聽雨留。因成三宿戀，欲緩五湖遊。況是青山暮，都將一榻收。

天平山六絕句

水石間

突兀一拳石，其色蒼而青。此間宜置我，流水風泠泠。

白雲泉

寒泉白於乳，和雲出巖竇。中有堯時天，閑房閉青豆。

雲磴

巨斧劈未斷，何處著芒屩。下有接飲猿，上有孤飛鶴。

蓮花洞

雲去無冬春，雲來自朝暮。萬古青蓮花，亦有幽人住。

劍削崖

陰崖類削成，仄面照山魅。誰歟奮一試，留得金虎氣。

石屋

石屋在山頂，蒙蘢隔巖綠。線路無人爭，天風落樵曲。

支硎山

清晨坐竹兜，心向南峯猛。徑改昧支龕，山輝隨鶴影。莓苔妙莊嚴，幽潛發光冏。或憩隱士廬，或造佛髻頂。雪濺雙耳清〔一〕，淙流一笻冷。入林雖未深，幽境各爲領。歸途訪遺梅，烟昏四山暝。

【校記】

〔一〕雪，《林屋唱酬録》粵本作『雲』。

華山

鳥道入深碧，磴曲盤松雲。山前轉山後，酌泉脩竹根。傾梯巽囊昔，可以納趾痕。因之淩絕頂，崢嶸愁石翻。御風念霞舉，超心離人羣。回視上山路，爐烟飄絪緼。

靈巖山

雲陰隨步起，引我入青嶂。側聞住山僧，建塔卓筆狀。上有圓照塔。琴臺昔所登，廿載一俯仰。繡壤錯林梢，巨浸隱花當。茲來勝概增，膩水洗塵妄。鈴語山古今，曦頹峯背向。靈境難久留，欲去生悵望。歸臥山窗中，晴翠落枕上。

鄧尉山

碧瓦隔峯腋，遠聞星星鍾。一飽興不闌，尋詩來花宮。當門蔭清樾，經緯皆長松。松外已無地，渾浸湖光中。古墓訪昔守，香雪標前峯。惜哉梅花殘，清氣猶霏空。虛亭未及上，白銀搖沖融。

天池

山影淡清暉，荒榛隱破扉。石梁當路斷，龕火入林微。深夜虎疑過，多年僧不歸。空餘一泓水，常是照雲飛。

落木庵

當年結隱有遺蹤，剩種桃花幾樹紅。洗句池頭一憑弔，春風不著著秋風。

題晤言圖

風騷流別有鍾譚，冷句當於靜裏參。一室晤言相尚得，更留何處《染香庵》。先生有《染香庵》稿。

往上堯峯及半而返循徑至下堯峯

山銜落日晚霞明，萬頃湖波動杳冥。茶板蒲團無限思，一時分付半峯亭。

路返崇岡折幾重，林扉遮斷下堯峯。不因脩竹留人住，那得嘗茶聽暮鍾。

過澗上草堂

往哲高風在，泠泠澗水清。滄桑存畫稿，婦孺識先生。木主三間屋，青山一代名。我來春欲暮，門外子規聲。

韓忠武墓

荒草斜陽動客愁，蘄王高冢入耕疇。孤忠青史千年在，血戰長江萬古流。克敵弓亡雲黯黯，背嵬軍散鳥啾啾。穹碑南望猶多幸，三字沉冤卒未休。

石壁

嵌空一片別開門，湖水時時浸石根。二十年中風雨跡，重來添得碧苔痕。

重過白雲泉

重過曲房暮，空山含古春。雲生還爲客，泉靜不嗔人。漸覺清陰滿，何妨逸興新。從誇腰脚健，猶一上嶙峋。

食蓴

雉尾絲絲漾碧漪，秋風起後滑流匙。何如湖艇親來往，采及烟莖乍展時。調和頓頓恐傷廉，軟飯香醪筍蕨兼。風味絕清消不得，烟波滿眼下吳鹽。

將渡太湖石公山僧來迓

買舟神已王，聽語興彌增。雲落一雙屐，詩生七尺藤。仙壇人過少，靈洞我探能。好約全湖曲，先分石峽燈。

留別明瑟園三首

滿樓山色滿窗雲，最好風光肯見分。不解欲行緣底事，汀花澗草悵離羣。

石湖蓴菜家園筍，亭角供吟日有加。第一難忘池上月，照人和影上梨花。

靈巖山在有無中，回首名園隔暮鍾。欲把湖波變春酒，可能比得故情濃。

雨中聯句（存目）

（已見《沙河逸老小稿》卷五）

渡太湖聯句（存目）

（已見《沙河逸老小稿》卷五）

薄暮登石公山

帆落尋山寺，蒼然已日曛。紛紛穿石扇，往往踏湖雲。崖斷風爲界，波吞月不分。夜深亭上立，招得鶴爲羣。山有風巷明月坡。

自石公山放舟至林屋洞小憩神景宫

天晴霧捲湖無風，起隨魚鳥行虛空。僧窗幽興落巖洞，清夢早與靈威通。沿緣一棹轉山脚，朝暾照耀如仙蓬。淡烟淺水花濛濛，沙明石淨菖蒲茸。捨舟理策越墟落，往往所遇皆春農。近看一處蓄靈異，峯頭白石羊羣同。左神之天得毋是，凡骨到此幽雲封。崢嶸墜石礙置足，沮洳積潦愁跧躬。未能金庭入窅窕，但聽玉乳鳴丁東。綠腸朱髓彼誰子，逡巡日午將何從。細搜苔翠辨題字，飽餐芝菌休靈宫。洞天不見見福地，高松下覆涼陰重。歸帆回望隔微雨，再來當復乘清冬。

包山寺

嵐翠落衣上，山圍殿角涼。由來禪窟古，不厭石門荒。妙契休松得，靈氛過澗長。經幢忘歲月，閑剔蘚花蒼。

毛公壇

不辨仙壇亂石邊，一山還飲鍊丹泉。我來筋力差誇健，逢著樵人恐卽仙。

石公庵僧樓

天在湖心寫碧，水從山外拖藍。晴光暮變朝變，清鏡雲涵月涵。玉溪生買烟舍，鹿門子咏魚庵。可許藤篷載去，鷗飛兩兩三三。

舟中望縹緲峯

絕巘摩高穹，蒼翠望中起。日夕落遥陰，半浸青蘆底。惆悵蕩扁舟，孤心渺烟水。

消夏灣送春

飛來白鳥水雲空，消夏灣頭柳絮風。此地送春兼弔古，縱無雨色亦濛濛。
水殿依稀半釣家，留連不覺夕陽斜。吳王舊事無人說，贏得春愁付落花。

洞庭西山有懷同社諸君

攬勝矜深入，情移念故人。雲澄上古色，花亂十洲春。有夢憑風遠，無書付鶴頻。何當同濯足，磐石水之濱。

茶塢雨中招遊石湖

纔探縹緲峯頭勝，又結楞伽塔頂緣。三日水仙分席後，招遊來訊石湖仙。
鷺烟鷗雨酒船開，不著沾衣半點埃。商略詩情作幽絕，誰人解愛此中來。
水窗吹過水雲涼，綠笋紅櫻引興長。不似江南賀梅子，一川烟草過橫塘。
底須明月解留人，橋倚行春剩見春。被酒歸來掩窗臥，歌雲一縷裊湖濱。

送竹町返錢塘

最好鷲峯下，聽泉坐竹林。因君成獨往，令我戀同岑。烟渚分吳榜，風燈隔越吟。惟將詩一卷，慰得暫離心。

吳趨雜詠

淡沱風光淡蕩時，清香千古見吟詩。宮牆陰合無人過，手採孤花薦左司。

長身仙去對斜暉，此日春風載酒稀。欲訪棋枰舊蹤跡，亭空兼少鷺鷥飛。

幽竹獅林挹勝流，飛虹隔斷水悠悠。空將北郭詩中景，攜入雲林畫裏遊。

池荒香草有莓苔，剩四嬋娟閣子開。文物中吳誰繼美，我來閑共白雲來。

龍井茶銀絲麪送陸南圻

火前紫筍摘陽坡，校取蓮心定若何。分送故人消午睡，不妨湯老客來過。

不斷千絲與萬絲，故鄉風物祗君知。如今已近梅黃候，留待吳均說餅時。『過黃梅味更佳』，南圻云。

哭高西唐

忘物兼忘我，如君古亦稀。忽隨清氣化，空見野雲飛。有句留苔壁，無人叩竹扉。平生知己淚，一想一沾衣。

狷潔不可浼，高風人共尊。烟雲托性命，枯菀付乾坤。以我平生久，重君交誼存。深情難盡述，痛哭返柴門。

又廿四韻

君生自在天，西唐有自在天小照。胷次化畦畛。膠膠擾擾中，未礙尺幅窘。潔性水澄泓，高懷山巉嶙。已絕時所趨，終信貧可忍。蕭散鶴出羣，俊逸驥脱靷。四海數勝流，平生此標準。可憐伯牛災，罔逢扁鵲診。妻子一煩寃，交遊共幽憤。而況遲鈍姿，文事賴子引。憶昔始訂交，相顧各玄鬒。清機出天骨，不獨擅丹粉。六法辨豪芒，二篆鏤騣蹐。閑房吟露蟬，壞壁掃春蚓。杯空雲峯遙，燈灺寒飆緊。晦明風雨交，古調曾未泯。剷華而崇實，遑恤旁觀哂。見君常緼袍，款君只茗筍。俯仰君無慚，逡巡我不敏。迄今五十年，渾如一日近。方謂蒲柳衰，望秋輒先隕。如何烟霞質，一朝隨化盡。松死竹失陰，絃絕琴摧軫。腹痛深巷苔，涕雪荒庭槿。百感從中來，斜陽半林隱。

環溪新池分得瑟字

環溪新鑿池，對此眼塵失。空光鏡面涵，人影波心出。誰開魚鳥天，別具烟雲筆。中可泛清琴，風來秋瑟瑟。

日出入沈歸愚先生同作

白日杲杲升扶桑，循環無端虞淵藏。彌綸天地周八方，六螭不息四運忙。黄氣赤暈五色光，倒景迴車非魯陽。羲和安行壽而康，嘉祥屢臻化國長。萬億斯年未渠央。

擬陶淵明飲酒歸愚先生同作

大道本無我，萬化同一初。達人貴埋照，渾樸接黄虞。胡爲是與非，乃用分區區。時運有期會，酒中無榮枯。當前不爲樂，坐失良可吁。敬頌德與功，豈不在提壺。

壺觴有何好，中有萬古醇。詩書成聚訟，塵事徒紛紜。偃臥北窗下，陶然養吾真。藹藹林木秀，欣欣雞犬繁。沖懷集虛曠，意愜道斯存。毀譽付醒者，儻來誰能論。

賦得殘月如新月

纖纖缺月淡光籠，還似初生蓂莢中。一樣向人弓勢曲，兩回含影桂華空。成虧相代吟方覺，榮落雖殊看卻同。斜挂玉鉤開鏡曉，也應誤拜出簾櫳。

送風沂給諫還朝

萊衣未許戀南陔，卻被甘泉玉漏催。岱嶽雲生迎騎去，掖垣花暮寄書來。聊憑細雨遮行色，還共春風泛酒杯。他日相思定何許，綠蕉脩竹雁飛回。曾同咏蕉竹諸作。

時雨得十字

朝見濃雲布郊野，暮聽長雷周國邑。一陰交後正三時，喜有膏霖灑雲霤。插禾處處鳥聲歡，逐婦聲聲鳩語急。雖然甘澤未成謠，免插楊枝煩井汲。去年鄰境偶無收，目蒿流亡沿路泣。今春宿麥秀兩岐，更荷天庾減租入。天心仁愛有轉旋，可望肥磽一霑濕。三農和氣在東菑，五月青秧低蒻笠。冬囷預卜倉盈千，何止家家餅坼十。

哭外舅外母

半生展敬過庭闈，仰範瞻慈每不違。花藥開時先命賞，杯盤空後尚無歸。幾回夜月承清訓，猶憶春風逐綵衣。鳩杖兩條閑倚壁，傷心惟見白雲飛。

自是高門多玉樹，匪材依倚愧蒹葭。恩深半子同才子，居近兩家如一家。謝女香埋情倍篤，枚孫年小惠頻加。如何奪我雙頭白，淚盡啼烏到日斜。

荷亭和補齋先生

荷繞小亭虛，花疏出葉餘。水風放艇後，涼意過橋初。林密深含雨，波清淺露魚。不知射湖上，較此定何如。

送洪曲溪吴越之遊

離思先懸滿帆風，看君華髮欲成翁。半生藥債兼詩債，一舸吴中更越中。瘦骨定逢秋氣健，好山能使夙愁空。也知偏倚江南樹，野水閑鷗有夢通。

題仇十洲畫冊得秋蟲圖

蕉陰覆砌雲根瘦，玉簟初涼正閑晝。誰家雪色最柔肌，解弄王孫恣朋鬬。提攜似是小金籠，由來重事歸兒童。偃旗臥鼓有勝負，穰苴兵法存其中。玉溪《驕兒詩》：『穰苴兵馬法。』躡足呼燈曾灌穴，不識人間有騷屑。卽今看畫憶兒時，寒風一陣飄華髮。

哭樊榭

大雅今誰續，哀鴻亦叫羣。情深攜庾信，義重哭劉蕡。望遠無來轍，呼天有斷雲。那堪聞笛後，又作死生分。社友凋喪，及樊榭而五。

冷泉流不盡，遊跡憶前經。一舸載春雨，卅年成聚萍。史收遼散佚，詩紀宋英靈。樊榭有所輯《遼史補遺》及《宋詩紀事》。寂寞叢書畔，高樓剩墜螢。

握手看徂謝，詞場失總持。秋燈弔影瘦，明月照情癡。樊榭《惆悵詩》有『秋衾空抱月明歸』之句，遂成絕筆。《秋燈詞》，別時同作。集在無兒守，魂歸戀母慈。絕絃予白首，仍是歲寒期。

骨相由來異，科名不救貧。授書寧負笈，化鶴定朝真。聞其墮地時卽有異，未就外傳，已能屬文。似此堪千古，如君復幾人。重爲吾道惜，四海一沾巾。

同人復爲位哭於行庵

故人隨逝水，灑淚駐行雲。只此平生意，寒花如見君。香清緣竹盡，葉響帶鍾聞。不道行吟地，傷心日易曛。

春日獨過南莊

蒲帆十幅卸孤村，斷浦潮回岸滅痕。我自不來風物換，荒寒一段在籬門。
疏梅無復照深杯，竹翠籠香散碧苔。冷臥虛窗間有思，昔時明月夢中來。

喜方息翁至自桐城

此生何分得周旋，白髮飄蕭號列仙。良玉久經三日火，清詞横瀉百重泉。名城拔幟知無敵，大馬捶鉤信有傳。謂竹垞翁。今日相逢秋色裏，一尊如對閬風巔。

爲息翁題曝書亭留客圖

學有淵源緒有因，萬書堆裹住經旬。即今讀畫生遙集，何況當年北面人。
手握靈蛇六義宣，風騷流別盛龍眠。翦燈夜話無窮意，猶在蕭蕭水竹邊。

聽息翁談春及堂集中往事

三朝風範逐流波，蓋代文章付刹那。頭白詞人揮麈處，八哀並作一聲歌。
松窗添對一燈青，話到蒼涼衆葉零。賴是予生未相識，不然爭耐夜深聽。

蕩子有賢婦行

峩峩山上石，泱泱溝中水。山石久逾堅，溝水流不已。嗟哉良人勤結束，自此明燈照空局。成行七十二鴛鴦，只有孤鸞偏獨宿。音塵決絕年復年，此生已分隔黃泉。寫就零丁帖一紙，清淚惟對孤兒懸。孤兒孤兒走萬里，意外相逢廣陵市。阿父久已不識兒，那識居然兒抱子。男兒愛後妻，欲歸仍留連。故鄉有廬復有田，睢陽破鏡期重圓。君不見季隗二十五年不來則就木，又不見張介尋爺走巴蜀。

刺血寫經古已難，織錦回文世所獨。何如村野中，大義明中天。兒克盡孝由婦賢，敦行厚俗此有焉。誰爲書之青史傳？

賦得以詩爲佛事

禪事通吟事，吟朋卽道朋。探驪頓悟入，挂角冥搜能。句好非無法，心傳亦有燈。妙香分一瓣，微諦合三乘。逸響魚山梵，清機雁塞僧。投名白蓮社，陶謝至今稱。

同人作消寒詩會息翁畏寒不赴以詩招之卽用其辭會原韻

白社今年吟興劇，重疊詩篇在箋尺。文場遠闢雄萬夫，儒服奇溫勝羣腋。季冬淮海有斯辰，杖履春隨五舒客。浩歌袖出皖公山，魯酒傾同廣陵陌。宏奬由來略歲年，披豁真能露肝鬲。曹鄶欣逢大國楚，氣竭惟憑丹度厄。畏寒俄聞折柬辭，餘暖旋令失孔席。采葑詎是遺《邶風》，發蒙尚望占《姬易》。先生和氣排冬嚴，定自掀髯笑啞啞。急須畫壁約龍標，莫漫還山咏高適。車斜繼和更而今，會合聯吟期在昔。何況東風拂面來，梅見天心望友益。只愁脈望化無緣，字食神仙遭斥謫。蟫書樓下覆吳圖，枯棋可許拈三百。

和息翁扇頭韻

寒廳開到款冬花，詩老吟情詎有涯。直待圍爐過九九，一江春水送還家。

喜茶塢至自吳門同人集行庵共談春日遊洞庭之勝

寺門逢握手，回憶洞庭過。靈境三秋隔，烟波兩鬢皤。劇談疑夢寐，重到恐蹉跎。未卜明年健，梅開興若何？

行庵冬菊

秋霜凋不得，把蕊覺寒增。已少穿籬蝶，惟依罷講僧。香清華髮短，色淡遠山澄。一種江梅畔，蕭然風雪勝。

清冬

古寺愜冬趣，林空雁影沉。白雲晴少態，黄葉下無心。以此邀蔬酌，因之拂素琴。遙情生夕照，巖壑更誰尋。

歲暮雪中同竹町玉並家兄巘谷登彈指閣

侵曉風折綿，入寺雪平屋。登玩佛閣佳，盡此一片玉。凍雀僵於人，踏枝抱寒木。老樹如弓彈，半作困蠹縮。杈枒入肺肝，噤瘁生體粟。本非真實相，卻眩人天目。何況聞妙香，松風茶鼎熟。尋聲杳不見，聲在隔牆竹。

人日集山心室問訊篠園梅花用東坡和秦太虛韻

詩翁筆端如振槁，擺落寒氛成絕倒。春回物象困雕鐫，先有梅花被詩惱。一枝未報水邊斜，萬竹行探籬外早。雪殘想見入南枝，縱是開遲看亦好。江山夢醒人未覺，絃管聲喧跡尚掃。況當人日約吾儕，勝裏金花耐身老。盤蔬尊酒兆初正，遊事今年非草草。關心更此早訊公，莫待花繁方向昊。

癸酉上元聯句（存目）

（已見《沙河逸老小稿》卷六）

晚清軒嘗橘酒聯句

洞庭春色釀初成（程夢星），裂鼻香濃滿甕清（馬曰琯）。三百顆從霜後摘（張世進），十分杯向掌中傾（方士庭）。逡巡遠過松花味（馬曰璐），記注休誇竹葉名（陳章）。不用雙柑學仲若（陸鍾輝），也堪擕聽早鶯聲（閔華）。

新蝶

生長在花房，翩翩傅粉香。夢猶迷楚客，畫已學滕王。幾日春如海，一雙飛過牆。南園芳草綠，初試舞衣裳。

社雨

踏青沙未沾，寒食火待潑。霏微三數點，已覺春態活。換水語近諧，社公名不拔。大抵膏農田，白氣橫野闊。微晴燕子飛，帶烟杏花發。我亦老稱翁，霑潤到硯渴。

春江漁父詞

如鏡晴江理釣綸，綸竿占卻一江春。桃花紅處臥吹笛，時有白鷗飛近人。聞聲不見有船至，此是春江最深處。醉醒蓑笠總隨身，任我夷猶自來去。況當雲碧更山青，日暮鳴榔入杳冥。不信夜來風雨過，一江烟浪夢中聽。

擬曹唐大遊仙得裴航搗藥

信是良緣夙世成，雲翹遇後遇雲英。未從瓊液通靈籍，已向瑤篇識小名。玉杵挈將仙有約，玄霜搗盡月無聲。劉綱夫婦丹臺畔，眷屬由來總上清。

含雨亭補種桃花時吳興沈勉之太史適至

短牆廢院春風出，依舊桃花開往日。鶯邊佛火解氛氲，竹外僧樓破蕭瑟。一亭草草花當中，菜花缺處香茅重。尚嫌客至色閑淡，清晨旋買南家紅。買來補種空林下，密密疏疏低復亞。已兼蛺蝶到階前，不放斜陽入簾罅。萬事無過酒滿巡，薰面何如下若春。更添八韻東陽句，便是仙源懶問津。

懷竹町對鷗

日日長相見，猶然役夢思。可堪風雪過，更復歲華移。竹屋燈前酒，梅花湖外詩。幾時話離緒，驗取鬢間絲。

南齋集卷五

題畫四絕句

石谷花溪漁隱

潑眼溪光刷翠山，桃花流水鷺鷥閑。不知何處堪招隱，曾許扁舟日往還。

南田紅薇

薇花紅似正開時，只欠深宵月一池。記得追涼虚閣畔，碧梧濃覷淡燕支。

道山秋葵

秋來冷淡最宜花，翠葉檀房暈轉賒。一種輕綃愁薄卷，西風殘照是誰家。

梅壑芙蓉

霜老紅粧思不堪，一江秋水影空涵。只今若個工圖寫，樵叟居然認劍南。

行庵初夏

已無塵可屏，更約寺同尋。一徑入雨色，滿庭沉綠陰。鳥飛殘照暝，人語竹林深。會此悠然趣，寥寥物外心。

去冬王孟亭太守以汜光春見餉不敢私嘗今年初夏孟亭適至因開甕與同人共飲用東坡蜜酒歌韻

白田使君如白醴，能使糟醨變清泚。官同劉寵留一錢，才過盧郎稱八米。汜光湖水解流沫，一瓶忽餉春冰活。東風三十六陂雲，珍重牀頭不敢撥。綠陰庭院已鶯聲，竹徑相逢午話清。陰移硯北詩同下，醉入花南月又生。秋雨爲神雪爲骨，白到喬家校不得。槎浮銀浦浪悠悠，今日須煩博望侯。（余家有『朱碧山銀槎』，上有張騫相。）

美人臨鏡

一回開匣一回愁，掩抑粧臺祇自羞。蟾月三春空對影，魚犀半掌怯梳頭。非關絕代無人識，自是良媒不易求。幾日楊花又吹滿，容華長與付悠悠。

薄薄酒

薄薄酒，長滿壺。淡淡交，終不渝。交不用擇，酒不用酤。有竹千竿花一區，逡巡釀熟成須臾。叩門摘摘爲誰歟，不巾不櫛禮法疏。吟風醉月無時無，即此遊於物之初。光陰百歲夢蘧蘧，萬化皆隨隙過駒。秉燭夜遊有以夫，君不見黄公舊酒罏。

初夏行庵文讌孟亭太守攜鰣魚佐飲同用東坡渼陂魚韻

葉幄支天門半掩，有客扶笻脱冠劍。雲連佛塔蘚痕滋，日射經樓鴿背閃。揭來俱是不羈人，文字緣深同一染。汜光湖瀉酒如澠，紅藥橋空花委塹。祇將晚筍佐園蔬，那得江魚買沙店。翠鱗銀尾忽登盤，賓禮有加主慚僭。一顆摩尼領衆珠，想見圜山網猶欠。況當林外囀鶯聲，詩病端由早攻砭。腰下組垂丈二間，卷中筆掃千軍贍。是日讀先生《編年詩》。相對今朝雋味多，羞澀山茶一杯釅。

竹西好風景

竹西好風景，吟詩玩明月。況當首夏佳，更愛遊氛歇。細雨有止作，古寺無興滅。花枝出草妍，雲影浮甌活。非郭亦非村，不寒復不熱。粉籜解新篁，向人聳高節。竹西好風景，攜手休辭暮。望望隔江山，隱隱長淮樹。韶光已不留，鶯花獨此駐。只今到手杯，還識尋芳路。芍藥種家家，櫻桃紅處處。登梓翠鬣鮮，相逐漁榔去。

藥徑

徑幽羅眾藥，何必採深山。院轉滋苔曲，畦連帶鶴閑。靈苗隨處有，上品莫教芟。嗟我當衰疾，扶笻一啓顔。

初夏奉邀沈歸愚先生集行庵

緑滿江城夏淺時，淡雲晴日見風期。茶香古寺花還放，輸駐深林鳥不知。玉磬清標千載繼，横山高韻百年遺。表幽自是先生事，更索貧交一卷詩。時索《樊榭山房詩》備選。

有所思歸愚先生同作

采澗綠，擷巖芳，渺渺綿綿道路長。乘清風，逐回雪，茫茫洋洋無斷絕。青天寥寥那可期，彼姝盈盈明月知。搔首踟躕杳何之，高山流水彈七絲。

城南看芍藥

此花不比衆花開，曾説當年郡圃來。十二紅闌吹未盡，春風依舊繞樓臺。

寺憶龍興枉擅名，而今烟景更關情。梢頭一雨嫣然後，無限詩心觸撥生。

千株濃豔看來殊，一一名姝入畫圖。獨有玉盤盂更好，天然稱得雪肌膚。

懷息翁得蒸韻

詞場曾藉別淄澠，公是秋鷹我凍蠅。千里暮雲三月雨，百年離緒半窗燈。孟郊有句因韓愈，嚴武編詩附杜陵。息翁近刻《江關集》，多同人倡和作。昨日書來知健在，豪情不減昔飛騰。

題孟亭太守影硯

清貧太守昔南州，笠屐歸來物外遊。解得形神兩無累，祇將影伴石鄉侯。
身落秋空一片雲，華嚴法界有前因。問從玉局仙人後，瀟灑憑誰更寫真。

落日放船好

落日放船好，輕風生袷衣。烟深水花暝，月上暮禽飛。後會晴難準，同遊願不違。最憐人散盡，所得是清機。

櫂歌行

郎來打兩槳，儂去怕單檣。烟深莫解纜，恐驚雙鴛鴦。
日暮並船歌，夜半聞遙唱。一路水風多，時時落波上。
陰陰綠楊村，水窗人喚酒。月出不聞聲，問是吳娘否。
紅蘅遮翠幔，香芷亂輕羅。停橈且攏岸，風起奈愁何。

山館雨中得夢字

前日刺扁舟，相約醉吟共。昨日掃階除，牀頭儲酒甕。人非折柬招，思被飛雲控。入夜天瓢翻，生愁竹木重。屋漏釵有痕，苔合篆無縫。所欣冷淡活，陰晦亦所用。泥滑長齒屐，路濕短轅鞚。巷聲僻逾喧，爨烟飢未動。會合準孟韓，枝梧規晉宋。朗吟出金石，可以破積霧。搖筆殊未休，餘勇說兼綜。莫嫌晚淋漉，回首倏如夢。

郊園雨後和漁川

竹雨殘猶滴，林風吹更清。峯晴雲作勢，田滿水無聲。種藥閑居得，研經小閣明。夕陽聊徙倚，應有早蟬鳴。

雨後坐晚清軒池上

雨歇池上閑，偶過心彌適。林陰結圓文，花氣浮涼碧。日出覺烟空，魚遊見人寂。素侶不同攜，吟懷坐來積。

題曲溪半隱軒

無心期避俗，有屋足幽棲。習靜便鷗鳥，藏身類馬蹄。菊黄三徑早，筠翠一枝低。本少華簪夢，丘樊理亦齊。

汪敬亭見招屬賦

漢銅佛

誰採首山銅，鑄此古佛影。或者炎漢初，現身示頑礦。試看春浮旁，醍醐日灌頂。敬亭置銅佛於盆山中，故云。

東坡畫竹屏風

古屏列坐隅，中有秋風生。只此一竿竹，八窗開瓏玲。玉局已千古，頭觸童亦清。

宋靈壁石

泠泠泗濱中，巨掌擘靈髓。仇池想不如，九華得無是。不遇王晉卿，豪奪可以已。

宋漆經箱

愛此徑尺箱，當年貯龍藏。法苑珠滿林，白牛車一兩。至今五經旁，髹光落几上。

新荷初放

清谿荷葉碧於雲，未見風裳蘸水紋。今日湘皋初解佩，一枝驚破鷺鷥羣。
虛亭南北水西東，數柄荷花滿袖風。三十六陂烟雨闊，阿誰相賞冷香中。

同人坐小漪南荷花中分賦得齊韻

竹雞啼罷水禽啼，香繞闌干路不迷。暑雨慣看叢篠外，荷花又放小橋西。十分酒滿涼雲在，一度詩成夕照低。正爾留連向空闊，漁歌隱隱隔前谿。

篠園蓮塘新製小舟

一舟新製似瓜皮，恰稱涼荷蘸水低。打槳不妨穿葉入，安篷直可與花齊。輕攜茶竈邀閑侶，小有江天換舊題。『小有江天』，即新署舟名。大好重來明月夜，載將清夢狎鳧鷖。

子夜夏歌

招涼本無珠，見歡盛暑節。莫道論斗量，照夜失炎熱。
黃瓜與黃葛，根株不相連。瓜期已非遠，葛蔓何相牽。
儂如九節蒲，郎如七寶扇。蒲根期不拔，持扇羞郎面。
玉簟任舒卷，攜手夜氣中。微雲未及接，月色偏朦朧。

新開盆池

隙地無塵處，清陰密蔭旁。別開幽翳所，小學水雲鄉。汲井埋盆淺，栽荷帶雨涼。半涵秋鑒色，微寫午天光。照影來偏好，移牀坐不妨。非關綠萍合，瘦粉掃新篁。

幽居弄

風爲賓，月爲友，烟蔦雲蘿滿窗牖。溪射魚，巘抱犢，當其無兮有幽躅。吟聲不許出雲林，弦外寒泉清道心。欲問此中蕭寂意，長松落落竹陰陰。

早秋僧房得寒韻

林陰淡烟表，秋氣下簷端。問法三年隔，清吟幾輩殘。己巳秋，曾集於此。樊榭、蕙田俱已下世。重來叢竹滿，久坐道心安。薄病消禪味，煎茶傍石闌。

秋荷

荷花原自有秋思，秋到涼荷自不知。報謝已無紅入眼，留香尚剩碧盈池。烟汀鷺立蕭疏境，別浦人離冷淡時。未是全凋且吟賞，水風搖動水雲移。

秋蟬

欲知頭白早，秋至一蟬吟。幸不傷離思，其如有暮心。殘陽涼雨歇，疏樹斷雲侵。流唱年年慣，臨風感自深。

彈指閣憶鶴

瘦軀落落影脩脩，寄養僧房歷幾秋。嗚共磬聲當夜月，料分齋鉢過經樓。青天一片飛何處，涼露三更憶不休。剩有閑行長爪跡，翠苔鋪滿竹東頭。

洴江太史齋中品泉盛青嶁同作

西湖水泉總佳絶，誰者爲優誰者劣？就中虎跑名最久，靈液曾煩坡老擳。亦有清泠號白沙，玉皪涵虚異金屑。乳分石竇有淺深，脈落蒼巖一澄澈。清晨同過太史家，不比試茶閑自啜。爲云有客武林來，雙罌並貯錢塘月。竹鐺燒葉手爲煎，要與名泉見分別。一飲凡骨滌塵昏，再飲詩神頓飛越。得來一味清而甘，況有雲腴泛花纈。問予何事口三緘，味到相忘離言説。靜中舌本試微參，祇覺名山生眼睫。

釣家

籬門短短復斜斜，搖動溪光對浦沙。江月正生留客宿，寒潮不入有雲遮。靜飛鷗鳥添家具，閑插漁竿閱歲華。一樣歸來燈影裏，妻兒結網在蘆花。

晚酌南園池上

柳影淡參差，涼生曲檻時。暗懷通夕照，清氣集秋池。話久汀花斂，杯深水鳥窺。莫教歸去早，明月隔疏籬。

擬復竹西亭洴江太史同作

竹西亭子久沉湮，一片寒烟隱亂榛。跡往不隨東逝水，風流重見後來人。疏泉撥葉經營始，插援誅茅相度頻。未到庀材增氣色，如聞歌吹下秋雯。

京師王曇子手技歌

尸羅不作賈昌死，手技於今嗟已矣。天生幻巧聚一身，世間尚有王曇子。王曇子，老京師，出手輕便無不奇。自言奏能曾進御，得無淫巧遭斥揮。竭來淮海聊一試，正值空林貯秋氣。旋雲轉霧駭禽魚，運實承虛動天地。還憑指端躍復跳，卑視蘭子奴宜僚。斷竹續竹十餘丈，險竿之險非其曹。有時變作擊甌戲，盤舞還兼帗舞技。不徐不疾總成風，頓挫淋漓故失勢。王曇子，志不分，當場儼若旁無人。既離經而合道，亦出鬼而入神。愛汝技，爲汝歌，人生萬事愁蹉跎。早知精進通微妙，悔不研勤奈老何。

送茶塢歸吳門

握手歲云暮，送君歸故園。不知俱白髮，消得幾離尊。身較去年健，情因屢別敦。如何天欲雪，一雁下吳門。

立冬前五日同人攜菊集行庵對酒成詠

秋風秋雨欲寒天，莫道相攜是偶然。留得黄花冷相對，一時同到酒尊前。

酒隨興飲休辭醉，花似人清不取香。如此花枝如此酒，行庵脩竹晚蒼蒼。

五君詠

胡中丞復翁

武陵莅軍門，風雪見軒翥。恩華俄見移，陰德默爲護。公自言撫西安時，於軍中多所全活，因編成《感應録》。投閑雅歌傳，送老皋比據。剝復亦何心，悠悠任冥數。

唐庶常南軒

天門淡蕩人，曾授朱邸書。玉山産嘉禾，鍾鼓驚鶢鶋。短札有誰給，白髮恆不梳。飄然淮海上，嘯詠終焉如。

厲孝廉樊榭

樊榭具慧業，秀骨奪湖霽。耽書自弱齡，幽討非外契。一夢揚州春，終絀詞科第。瘦鶴唳秋風，寥寥在天際。

姚徵士薏田

薏田信高等，神寒乃如此。生長蘋香中，醞浸奩光裏。客死離故鄉，薄葬無妻子。只有冰雪文，清於茗雪水。

方秀才環山

環山起故家，風格頗閑暇。人居晉宋間，筆擅黄王亞。畫卷遺斜川，湖莊泣小謝。不見掀髯時，深燈翳寒夜。

冬白紵詞

凋年急景何堂堂，華筵促席陳樂方。銅盤蠟膩東方光，霞裾雲帔堪斷腸。清歌一曲樂世娘，歌聲宛轉未渠央。長夜與之誰短長。

薄雪

薄雪將霽未霽，高檻寒加酒加。山色隔江了了，瓦溝朝北些些。一片遥明松頂，半分淺入梅花。最是晚天清絕，飛來幾點林鴉。

歲暮行

歲云晏矣霜雪皆，天寒日暮愁吾儕。故人折柬偶相約，紙窗竹屋聊舒懷。温磨火近簾幕下，凍指不復如籤排。城隅正爾噪飢雀，缸面未可輕茅柴。吾生幽事百不乖，逸興祇與巖谷諧。何時臘盡變暖律，行見春意回枯荄。便攜吴鞋策筇杖，梅花一枝湖水涯。

甲戌上元聯句（存目）

（已見《沙河逸老小稿》卷六）

春有情篇效劉賓客體

春情一以動，無處不氤氲。花氣都成雨，林霏半作雲。遊鯈躍暖水，初鶯命故羣。衣香圍柳岸，風起絮紛紛。

立春日集竹西亭得光字

邀侶集虛檻，初亭欣始陽。竹下草芽出，泉外梅蕊香。山雪暖欲落，沙鳥鳴還翔。倏忽變氣候，遠近生晴光。節新地逾古，躅往情彌長。緬懷樊上翁，平岡晚蒼蒼。

春日山家

山深去人遠，樹綠沿谷斜。不知春風生，開遍巖間花。卽事無外營，白雲爲生涯。有時採藥歸，往往逢麏麚。

嘯齋露臺

疏泉貼石爲詩勤，更築臺新對夕曛。塵事旋從高處失，嵐光剛與小樓分。臺與山館相望。月先竹外三間屋，梅接亭心一片雲。十二梯空約同上，兩家應不悵離羣。

春日邀錢孺堂明府吳又枚孝廉行庵雨中看梅分韻得前字

相顧惜華顛，相攜豈偶然。疏香開暮雨，冷詠破春烟。鳥語竹林外，人閑酒盞前。從知心共淡，足可駐流年。

茶塢以蓴見餉賦此卻寄

曾愛滑流匙，歲月浩已積。今朝忽到眼，烟波滿吟席。以之充南烹，奚暇較北客。試嘗塵慮遠，風味見閑逸。尚餘相思心，欲泛五湖宅。何日點吳鹽，水驛更三百。

題王廉州山莊雪霽圖

一雪萬象素，既晴羣山妍。何人會此境，落筆妙自然。村雲變暄暖，草堂開幽閑。熹微初露景，了了松竹間。清機出肺腑，古者誰比肩。寒林儼物外，雪岡生眼前。卽此足娛客，不煩《招隱》篇。

題素心齋石

誰將湖底石，移置向苔階。酒醒春雲墮，琴停素浪排。瑰奇過楚玉，轉徙憶秦淮。卻喜幽蘭對，吟詩稱好懷。

同人集西疇看杏花

風日最妍和，花繁引杖過。山容十畝近，春色一樓多。重以詩人至，因之好鳥歌。相攜欒上欒，況復對紅螺。

子夜春歌

蘼蕪風中綠，桃花水上紅。春風出水上，何處不憐儂。
自從歡出門，迢遞春無信。已怨春晝長，春殘還值閏。
雲濃變作雨，雨多雲復生。那知綢繆意，不及向時晴。
莫唱《落梅花》，休歌《折楊柳》。關山笛裏多，妾意郎知否？

雨後環溪

芳檻散積靄，朝光明一溪。不知青春深，園樹綠已齊。山桃前日發，徑熟行不迷。殘雨在花上，媚影波中低。登閣眺岫色，攜壺聞鳥啼。流詠日云夕，微風吹麥畦。

柬綠淨老人

平生搖筆學爲詩，不道閨幃是我師。老格都從經史出，清風尤與雪霜宜。《九騷》堪擬非同調，三節曾傳勝昔時。好把瑤編列彤管，令人直欲廢《然脂》。三水文氏，作《九騷》以見志；桐城方氏三節，各有集；新城王考功，編有《然脂集》。

畫鶴爲陳玉几作

陳君山澤臞，與鶴一標格。本此塵外心，寫出雲中翮。天機妙以玄，窗戶虛而白。當其下筆時，滄海與寬窄。惟愁老丘樊，飛鳴俱寂寂。磊落青田真，何人知愛惜。

慶遠郡丞查儉堂重脩黄文節公祠堂因賦

先生祠屋龍溪上，又得賢侯締構新。尸祝千年非故土，風烟八桂重斯人。險夷有道文章在，忠節無虧性分真。想見南樓浩歌處，御風騎氣往來頻。

三月三日行庵雨中宴集得集字

禊飲例晴郊，雨中亦佳集。不獲芳園遊，長廊共雲入。爐香沉薄寒，林翠淡微濕。祇以境閑静，彌使神斂戢。吟撚花鬚吟，立對竹根立。一鳥不鳴時，昏烟忽吹及。

分韻元人逸事得倪雲林爇龍涎香

雲林爇龍涎，下士得辱之。處濁那易避，潔已終不疑。至今菰蘆間，芳氣蟠雲螭。言出不免俗，有此一段奇。

朱碧山銀達磨

吾愛朱碧山，巧鐫圓覺相。朱提無半流，白牛見一兩。眇眇西來心，寂寂面壁狀。至今五百年，光明耀龍藏。遂疑精誠形，不獨留石上。酒器有銀槎，戶小識飲量。予家有朱碧山所製銀槎，予僅能盡槎之半，用以爲號。出較刀削痕，同一費意匠。朝來集行庵，吟客具微尚。分箋花枝香，洗盞葉陰漲。選詩如選佛，相與傾家釀。聊作文字禪，傳觀煩博望。

雅雨先生季子十歲善書爲長句贈之

撚豪能實掌能虛，十載臨池已善書。韓氏清聲堪擬似，柳家新様定何如？衣冠早兆趨庭日，神采齊驚就傅初。可但安西較雞鶩，從知文史足三餘。

甲戌孟夏望後一日過彈指閣訪陳大令燭門

行庵直接古招提，難得先生手重攜。才遜久分牀上下，情深不辨屋東西。論文酒盞牆頭過，話舊茶烟竹尾低。莫怪款扉來往數，五年蹤跡隔雲泥。

初夏池上

雜英猶滿砌，池上落紛紛。水影涵空碧，林陰結夏雲。茶香閑始別，魚樂靜能分。日暮微吟處，鳴禽亦戀羣。

雨中看新竹

新竹宜微雨，娟娟看不同。抽梢纔出屋，向客已生風。色淨一圍玉，烟沉半畝宫。轉思清閟遠，晴夢翠巖中。

仲夏蔣西原邵北崖程洴江三太史燭門竹町玉井于湘家兄嶰谷集行庵題壁問王虚舟吏部書石梁瀑布四大字

良常山人已飛仙，書逼歐柳追虞顔。當年侍書識書意，神采常結山水間。烟雲拂拂十指出，舞鳳蟠螭較不得。曾留大字揭僧廊，萬丈懸泉成一筆。平生石梁發夢想，可惜終年困塵網。行庵今日上客來，豪端共挾飛流響。緑陰庭院漸炎氛，雪濺空亭坐夕曛。不須回首嗟零落，時墮天台一片雲。

挽西原先生

曾於竹院攀芳躅，豈料踰旬隔夜臺。名理依稀聽往復，清尊零落斷遊陪。墮林斜日詩成讖，先生行庵賦詩，有『我詩轉眼亦陳跡，墮林斜日恰晚鍾』之句。絳帳緇帷鳥作灾。可獨門生相嚮哭，服膺同例一銜哀。

枝上村新開竹徑

別開新竹徑，迂曲近疏籬。炎暑倏然失，清風適與期。趣從無意得，幽未有人知。秋氣此中早，偏於禪客宜。

題洴江太史松風澗水圖

風謖謖，水泠泠。長松交，絕澗橫。形沖默，境虛明。抱琴立，倚杖聽。不攖醳，無虧成。緬元化，含太清。慮已淡，響未停。契空山，遺世榮。

題七鍾馗圖

終南進士操吟筆，遊戲出之數盈七。畫師何處得此本，離合神光畫外出。是一是七吾不知，貌寢才捷疑溫歧。圖成那許問主客，錦囊或有長爪兒。詩人之膽大如斗，扶輪寧藉抉目手。消除沴戾一陰交，不用蒲絲傾艾酒。詩句直從何處來，野生大火焚枯槐。瓦棺破冢走魑魅，叢祠荒社驅蛇虺。素壁風生號萬竅，似有狐鳴共鬼嘯。當此鼓吹休明時，那有孤魂吟毷氉。卷圖還客心和平，馗乎馗乎不同調。

遊山四詠

竹兜

兜以青竹爲，搖兀利巖崿。輿丁捷似猱，山人瘦於鶴。筋骨本烟輕，況此代腰腳。

藤杖

截得胡孫藤，鏗然扶七尺。分雲入孤松，挑月下峭石。豈比葛陂龍，歸來失蹤跡。

椶笠

編椶覆我首，蒼稜非曲柄。時結午陰涼，未怕前山亙。颯然風雨來，詎便敗遊興。

芒屩

幾兩蠟屐古，一雙行纏輕。何如深山中，不借無人爭。西風時峭緊，可以打包行。

竹岡散步

清境不在遠，愜心乃爲適。偶此脩竹林，平岡淡秋色。寸寸搖空陰，紛紛踏涼碧。不知幽雲通，頗疑寒泉逼。忘言味已微，滅景理更得。日夕下石層，齋廚且飽喫。

題漸江梅花古屋圖

空山悄無人，有屋架巖壑。陰崖背春風，何處著冰蕚。想見落筆時，超然斷禪縛。無屋亦無梅，人間境寥廓。

同具如松亭兩上人秋泛得雨字

野水清客顔，秋氣入禪麈。日午湖上來，薄雲生幾縷。拍拍沙禽飛，脈脈淨香吐。此中微妙意，要與高僧語。相對卻忘言，風蒲學涼雨。

雨後對月

樹杪雨猶滴，忽復見清暉。豈惟塵翳絶，兼亦無烟霏。徘徊深竹林，令人心幽微。

文讌以雨過金塘濕風生石檻涼爲韻得檻字

前朝水漲隄，方塘沒菡萏。我家平橋曲，獨露一兩點。遂謂化工私，刻畫到闌檻。既晴逞風裳，各各不可掩。回視小亭中，翻笑雜蒲歜。天光淨似揩，水色碧於染。涼雲亦戀人，襟抱頗閑淡。且復散髮吟，於茲橫竹簟。

秋寺

殿角覆娑羅，香林結夏過。客來閑院少，秋到上方多。慧業燈三世，清禪竹一窠。夜深僧出定，空影墮明河。

秋草

秋草依然碧，芊緜失故榮。踏殘車馬跡，老盡別離情。荒苑無螢火，寒塘有雁聲。王孫歸未得，愁到古蕪城。

水村

曲港回汀外，村居逐岸斜。茅茨連竹色，雞犬隔蘆花。夜月便鷗侶，秋燈足釣家。終朝在圖畫，一半水雲遮。

山店

目力盡山程，茅簷酒旆生。計塗非堠子，投宿怯猿聲。松火照行李，主人無世情。煖湯然落葉，也自有逢迎。

秋園得秋字

風雨夜來歇，清氣林間留。跡疏景易晏，亭檻忽驚秋。花餘夏日明，竹帶凉雲幽。不遇同攜手，蹉跎失此遊。

靜慧庵雨

今朝共客來，幽意雨中足。涼雲度閑房，秋香散羣木。既忻懷抱沖，復喜郊原綠。回首念春初，哀鴻紛滿目。翦蔬猶慚貪，脱粟亦果腹。一笑悟浮生，磚爐茗花熟。

過彈指閣訪稼翁

爲訪鴛湖客，來披竹徑雲。半庭涼影靜，一卷妙香熏。時校《經義考》。白髮承先業，青尊話舊聞。與君分不淺，閑坐到斜曛。

竹間亭

一亭圍竹色，客到卽佳期。夕影掃苔徑，涼雲入硯池。幽偏秋最好，陰淡詠爲宜。愛有泠泠趣，茶香戀此時。

風雨渡江以潮平兩岸闊風正一帆懸平字分韻得懸字

孤艇入蒼烟，空江暮雨懸。不妨吟客興，仍值暮秋天。擊楫懷高隱，題詩憶昔年。中峯在何許，一抹遠林前。

龍潭道中

十里龍潭路，迎人霽色呈。鳥銜青靄去，詩向翠微生。志逸延山趣，天清見物情。蕭蕭蘆荻外，風送片帆輕。

遊中峯澗歸宿翠微庵

反景照寺門，靈氛閟幽素。不見捨宅人，小爲奔泉住。清響無斷時，所驚齒髮暮。悠悠千載心，松風識遐慕。開興寧以情，會物默有赴。回憩一繩牀，疏鍾度已屢。

由北澗至天開巖

淩晨理輕策，北澗同幽尋。蔭崖草色異，承日松翠深。白雲空際流，離合結淡陰。一登石佛閣，再歇巖桂林。桂花落如霰，灑面寒以森。欲撫神禹碑，天影青沉沉。

登石梁望大江

巖斷絡危石，陡絕成仄坳。圖經記往躅，過者煩脽尻。向誇腳力健，不知登陟勞。茲來瞪雙目，大江流滔滔。卻立在松上，萬葉鳴蕭騷。遠見舟中人，仰指棲禽巢。

夜雨

僧樓夜半雨，寂寂夢初醒。疏點落巖翠，暗聲清塔鈴。誰能無事日，長得在山聽。更喜連牀話，舟行欲暫停。

復上中峯歸坐千佛嶺

餘興生夕霽，振衣復窮攀。貪奇覺骨輕，未怕巖甹刓。遂從石龕上，徑入秋雲端。陰晴有變化，開合分旦昏。因知清遊福，乃關慧業緣。歸就金仙坐，合掌禮華鬘。

獨行至石梁泉

清泉絕壁下，深洼四無鄰。蒙密稀行跡，澄渟若待人。偶來探竹杖，獨立淨詩神。暮影涵空翠，松風吹莫頻。

題別紫峯閣

三日僧樓住，夜清神亦閑。泉流窗戶裏，雲宿枕屏間。有夢多依佛，無聲不在山。餘香留桂樹，回首悵禪關。

山中雜詠

我離此山中，老盡幾山衲。松泉如舊交，相見互吟答。
朝對紫峯吟，暮對紫峯臥。微微木犀香，時隨清磬過。
曉起開山樓，巖光露初景。石徑悄無人，蒼鼠竄松頂。
草木可養性，烟霞亦扶羸。我歸擬釀酒，爲采五加皮。
澗響如琴鳴，松深若堂密。偶隨泉出山，平田曠秋色。
連峯夾清谿，輕舟轉山腳。橋外有人家，炊烟隔林薄。
今朝東北風，山靈似留客。要我登山顛，遠見浪花白。
晚從石梁底，復造天開巖。終擬此結茅，經書百二籤。

南齋集卷六

秋日邀錢坤一太史沈學子上舍集行庵題王西室梅花水仙卷子

水仙梅花影淩亂，清氣霏空出柔翰。問誰畫者王山人，彝齋煮石能逼真。秋雲一縷墮地白，姑射江妃各婏嫿。墨花飛舞何精神，知我席上延嘉賓。詩人之顔總冰雪，留對歲寒稱晚節。

分題徐俟齋所畫吳中名勝得華山

鳥道一山勝，盤空昔曾上。身落屏障中，幽境失俯仰。茲圖誰所爲，向我發清響。寒泉激雲濤，逸翮入松網。惜哉筋骨衰，不得理孤榜。猶喜高士蹤，閑庭對秋爽。卽此坐其下，足當山阿賞。浩浩隔烟江，人間總蒼莽。

九日竹西亭登高得語字

壺觴宜幽人，日月疾過羽。重九無佳遊，巖谷退有語。況欣天宇清，更復偕勝侶。虛亭一臨眺，極望遍今古。悠悠水度雲，拍拍雁飛渚。耳目既閑曠，物象亦容與。點點隔江山，翦翠入靈府。吟罷夕烟橫，樊川渺何許。

晚菘

菘以秋深美，連畦摘未殘。青青擁霜露，頓頓入盤餐。尚儉淡逾足，無求飽亦安。此中有真味，掩卷試嘗看。

題禪智寺乞米疏後

瘦竹圍精廬，不爨亦心遠。啾啾空林雀，就掌飢求飯。莖草誰與施，鉢花易爲滿。他日訪枯禪，長廊聞粥板。

送勉之太史歸吳興分詠古跡得西塞山

玄真來往處，山繞霅溪流。釣艇三春暮，蘆花九月秋。烟波長浩浩，風雨任悠悠。歸去懷高隱，吟詩狎白鷗。

冬日集晚清軒適有以鶴餽主人者因同用劉貢父觀歐公廳前雙鶴韻

海雲生空庭，寒露滴巖骨。軒然苔階前，忽睹寥天物。一聲清唳自爲羣，密柴低籠那可馴。逸翮蕭閑類君子，長身磊落依詩人。何時重來看舞明月下，粉墨無煩更寫真。

題張白雲攝山志略後並示南圻

我昨遊棲霞，白雲空有庵。不見高蹈人，想見書滿函。遺經淪石甕，斷志留佛龕。奇懷復奇骨，聞見兼搜探。豈惟崖竅露，益重幽光潛。誰歟事采輯，舍此奚發凡。書成乞一帙，按圖恣逸談。

磨兜堅歌

黄琮之黄蒼璧蒼，何如玉仿金人良。金人銘辭足炯戒，遠訓終屬非羹牆。度長盈寸闊盈黍，琢法寧和翁仲伍。土花灰暈碧血斑，如見周防歷千古。作佩來隨君子身，守默同爲席上珍。試看安樂能無事，不慮明神更伺人。

寒宵煎茶圖

密灑竹間雪，淡吹松下風。蕭蕭復索索，並在一庭中。吟苦神爲醒，燈深境亦空。何當拾殘葉，自起課奚童。

孟亭太守至自金陵集晚清軒卽次其與程南陂郎中倡和韻

相思明月隔江沙，星紀剛周蕙吐芽。時適有以冬蕙作供者。寒影一簾來遠客，古香滿硯屬詩家。雲分建業清依鶴，水汲中泠淡煮茶。聚散經年同白首，喜君高論絕津涯。

雲陰釀雪復集行庵倒用前韻

光陰無定趣無涯，良醞重開欲毁茶。黄葉飄殘謝傅宅，濃雲布滿梵王家。人如寒雁尋泥爪，詩藉清禪長道芽。來日可能成白戰，空林還聽蟹行沙。

孟亭將返秣陵同人復留一日仍疊前韻

天外雲鴻聚浦沙，心源不竭發靈芽。酒痕未遍題襟處，詩筆爭傳好事家。珍重寒潮休促櫂，殷勤活火更煎茶。也知此別無多日，梅柳江春隔水涯。

重展行庵文宴圖

行庵高會處，清景墮寒烟。檢點圖中舊，伊誰髮尚玄。晨星感今日，鄰笛怨當年。見在身須惜，擎杯一慨然。

送謝山歸里

握手意蒼涼，爲君惜景光。獨吟燈下句，已少酒邊狂。痼疾乘時療，衰年欲别傷。丁寧南去雁，風雪伴歸航。

斷鍼吟爲李道南母夫人題

斷鍼斷鍼，母心摧，兒淚垂。一燈如豆無見期，十指流血鍼知之。嗚呼兒學縱成兮，母亡何爲？

乙亥人日集山館

佳攜值辰靈，雅咏生意愜。正元惜遽馳，日七欣乍涉。晴雲靄廊腰，殘雪沍庭頰。春陽已暉暉，寒吹尚獵獵。新景發故交，萌草茁舊屧。瓶插古梅枝，爐燒敗竹葉。忘形酒三升，留客菜一楪。年驚疊鼓催，頭白綵勝帖。只有心無營，時覺古可接。相與共登樓，高歌岫重疊。

正月十五日集山館用東坡次劉景文上元韻

詩人如散仙，來自羣玉府。華燈映圓月，每憶輒歡舞。今節屆上元，良朋復三五。舊事兹更新，前跡可接武。況值氣候和，春風聚眉宇。如此樂上樂，泠韻古未睹。酒波對客翻，疏花當坐吐。燭跋慎毋歸，無慮促街鼓。市聲同一喧，爐香剩幾縷。相與顧青紅，吟遲慚阿父。

乙亥上元聯句（存目）

（已見《沙河逸老小稿》卷六）

正月十九日飲梅花下

梅花竹裏無多樹，繞樹閑吟滿袖風。莫倚花開人未覺，五分香散冷雲中。
一朵花前酒一杯，疏枝低亞長莓苔。不知花好人能健，消得殘年幾度來。

雨中集依柚齋

高齋舊遊地，曾此娱清暉。廿年重至止，碧樹增新圍。主人手一編，當春開雙扉。寒香烟際疏，濛雨花中微。茶聲不離竹，可以終日依。徘徊復徘徊，雲葉緣階飛。

晚清軒看鶴舞

晚清軒中鶴三隻，飲啄時時向空碧。主人能適鶴性情，放令苔階振雙翮。今朝會舞梅花前，低昂進退高盤旋。逸勢軒軒如赴節，瘦軀落落疑衝天。有時横過清池冷，回顧同羣自惜影。不飛不鳴豈媚人？萬里居然在俄頃。吾聞支公愛鶴不作耳目玩，羊公氃氋何足算？他時養就解淩雲，月夜乘閑更訪君。

竹徑殘雪江賓谷陳竹町朱稼翁同作得山字

殘雪消不盡，留在深竹間。竹深杳無人，有客適叩關。清豔引幽步，素色照瘦顔。春禽既已鳴，春雲亦時還。陰淡白日晚，寂歷疏梅閑。如何此流玩，冷詠疑空山。

二月五日風日清美殘梅在樹偶爾郊行隨遇而適同人各成四十字分韻得船字

一步一留連，風和日麗天。湖光新雨後，山態落梅前。霽雪香吟屐，幽林淡茗烟。閑心正無盡，況不負觥船。

過讓圃看落梅

鳥語度長廊，梅花落不妨。辭枝寧有怨，到地尚餘香。脩竹深三畝，青苔冷一方。誰人知戀此，脈脈對斜陽。

賦得一片花飛減卻春

花謝花開少定期，十分春事暗推移。憐他著樹繽紛日，是我巡簷驗取時。見說欲飛難久戀，若爲已減更焉追。驚心此際分榮落，珍惜何人早得知。

送朱稼翁暫返嘉禾

春風一百五，有客動鄉愁。攜手憑高處，青山接秀州。
丙丁連日愁晝，甲子今朝喜晴。高樹作花寸寸，黄鸝留客聲聲。
丹黄暫輟掩經幃，獨向空江打槳時。想及月波春酒熟，不關烟雨亦相思。

舟次復一絕奉柬

歸途還借一帆風，襆被何愁說屢空。料得遺經收拾盡，不孤心力往來中。

春日集抱山堂簡泲江太史

半春握手從君後，日共哦詩欲避難。常羨身如孤鶴健，幾曾花讓別人看。一軍鵝鸛寧甘斂，六曲屏帷想獨安。賴是�筒來往熟，笑談還不阻清歡。

集山心齋疊前奉柬韻

春光半去追何易，清興常饒續不難。纔接琴書先一笑，爲詢眠食各相看。雲龍自昔慚東野，詩句何人証道安。長水上人適至。杯酒倍還花倍賞，依然同作十分歡。

西疇邀往郊園看牡丹因雨未果移酌山館

三年不唱《縷金衣》，怪底輕雲作雨飛。多少花頭任閑卻，一牛鳴地想依稀。
等閑移興豈關春，羞澀花前愧主人。莫道山窗無氣色，紫囊紅幞入詩新。
西賓東主漫相嘲，酒榼還期隔日招。爲語貍奴好護取，畫圖重倩劍南樵。

立夏後一日雨過西疇

不畏霑衣濕，翻憐著屐輕。綠疇朝雨過，深柳酒人行。五里野塘白，一庭花氣清。何當各乘興，得會此幽情。

窗戶烟霏裏，纖埃那得侵？香曾縈昨夢，雨不厭清吟。春色閑中盡，芳華淺處深。爲言欲歸客，晴意滿前林。

乙亥孟夏重晤方息翁

如虹豪氣尚依然，筆陣詞鋒老益堅。淮海綠天逢一笑，樅陽梁月夢三年。嘯歌仍是當時侶，蛩駏還期此後緣。欲續江關舊吟卷，尊前緩唱《渭城》篇。

懷謝山

雪裏送君返，相思夏又臨。刀圭千里夢，風雨一春心。未得山中信，空彈石上琴。叢書尚相待，愁滿徑苔深。

哭洴江太史

東南槃敦凋零後，端藉先生一手持。會有烟雲歸舊句，曾無風雨間前期。書籤琴薦看仍在，硯具爐熏卒未移。寧料蒲葵虛夙約，哭時準擬是歌時。

何處平生跡最親，青苔門巷往來頻。燈前覆罷吳圖冷，時與二先兄楸枰對局，至夜不輟。卷裏箋殘《錦瑟》新。義山詩注，予與三兄曾採詩話數十條，附刻卷內。近日交遊非白首，故家風義失斯人。從知名秩尋常事，祇爲情深淚滴巾。

優遊故里樂林泉，忘卻清班是上仙。移樹尚憑韋少府，葺亭曾續杜樊川。可憐白鶴歸來日，剛是疏篁結蔭年。忍看閑房詩板在，暮帆馳影落平田。

通親謬託春前木，姻舊重申葭內莩。方喜生成梁上燕，忍聽啼血夜棲烏？他年羊酒憑誰主，此日琴書一愴吾。數日前，曾以四書文授兒輩。手採白蘋花作薦，夜臺幽獨更吟無。

雨餘邀張瓜廬集行庵

客來梅雨歇，藏濕在林梢。照坐苔痕古，當軒竹翠交。雲開呈暮色，心寂戀香茅。不盡幽人興，臨風數雀巢。

仲夏同程風沂給諫王壽民比部家兄嶰谷題東坡先生海外石刻像即用寫真何充秀才韻

時宰消沉如掣電，當日相攻劇刀箭。居非人境心泊然，行歌來往海上山。堂堂古貌歷百世，流風尚滿天壤間。八州之督是何物，只有僧伽識蹤跡。笠屐無煩手重摹，刻劃蒼巖更恬適。黨錮從來世莫容，太息元符紹聖中。淵明詩共范滂傳，急雨清風一拜公。

哭先兄十絕句

天荒地老此時情，何處重逢白髮兄。只有素帷相近去，夜燈涼雨夢平生。

垂老何曾一日離，傷心折翼兩參差。空留手跡如新在，宛似丹鉛對校時。

世路羊腸劇可憐，危機脫後荷安全。而今翻憶羊腸險，回首青徐一愴然。

近遊長共上吳航，攬勝探幽每挈將。腸斷蓬窗聯句處，青山何限水茫茫。

經窗風景近如何，贏得尋思涕泗多。滿地蒼苔滿林葉，更無人過舊行窩。

手移脩竹已成林，石角廊腰足苦吟。獨坐空亭誰共語？風前寒玉起哀音。

風木含悲歷幾年，衰微門祚尚蕭然。那堪泣盡皋魚血，又對秋琴哭絕絃。

吟詩曾念五齡兒，今日麻衣是阿宜。地下有知差少慰，可能不怨鬢成絲。『小姪五齡兒』、『阿伯鬢成絲』皆先兄喜聽振伯誦詩句。

家乘重編清淚垂，流傳合使後人知。世間不少中山筆，逸事何妨有二碑。杭太史堇浦爲先兄立傳。余復捃拾遺事，擬更乞墓銘。

沉疴長與死爲鄰，賴得相依老此身。只恐漂搖風雨至，浮生無幾哭天親。

哭于湘

天意高難問，纏哀並此時。何堪當折翼，更復嘆焚芝。怛化如容易，驚聞半信疑。還將自悲淚，一爲灑靈帷。

先兄遺腹生女詩以傷之

全家凝望半年餘，頌禱相關及里閭。縱得生男非眼見，豈知吉夢又成虛？

依然孤負讀書燈，神理無憑付杳冥。只道玉川宜有後，一身不換一添丁。先兄自述詞，有添丁詩句，『玉川何日纔就』句。

移房覓乳憶當年，書寄長安意惘然。今日披帷惟一哭，八行何路達重泉。辛未冬日，在京師聞生女，曾寄詩，有『覓乳移房累卯君』句。

說道勝無足怨嗟，五男曾是屬陶家。寒原彌望皆冰雪，焦穀何緣再吐芽。

題西疇湖莊春曉圖圖爲環山筆

渲染湖莊一瞬過，昔年情事奈愁何。卽今無限鴒原淚，化作寒雲紙上多。

冬日雅雨先生署中飲羅酒賦此呈謝

平生心豔羅家酒，何辛奇芬入吾口。霜肅官齋似水清，春風滿坐光浮牖。澄波瀲灩輕雲潑，沆瀣霏微淡無色。玉碗盛來表裏空，豈易論功與頌德。當筵惟我最淪肌，白鶴觴深況屢飛。就中物象超然處，花發陽和向暖枝。

丙子初夏同人邀杭堇浦太史泛舟紅橋歸飲行庵分韻賦詩予以病不獲從勉成一首卽以送行得山字

故人惜別滄江灣，九年重見猶昔顔。聯吟石壁亦在眼，清夢時落波濤間。山齋留客感存歿，紅橋放棹乘蕭閑。都籃硯具各攜設，獨我閉戶如空山。涼雲想見逐波墮，殘花怕說銜風還。錦圍繡錯亦自好，無奈勝絕驚身孱。況復行庵十笏地，傷心陳跡埋青菅。新筍補林亂無次，雜卉臥砌紛難刪。相攜一笑那易得？詩情酒興從今慳。歸帆緩挂更相約，何緣策杖同躋攀。亟聆清論暫陶寫，豁若秋霽開陰頑。沙頭竚立君竟去，林鳥爲我鳴關關。

奉題雅雨先生平山高會圖

本不因遊宴，堂高盡日淹。風清官有暇，地勝客無嫌。得句停犀麈，看山捲畫簾。歐蘇曾未遠，遺韻一身兼。

先兄遺稿乞歸愚先生删定因書其後以代柬

一首抄成一淚垂，畢生慘淡忍頻開。已無緣分同宵坐，先兄每成一詩，輒呼同燈下共論不輟。剩可流傳見別裁，先生近選國朝詩，曾蒙寓札見索。天爲清名真似妒，身遺弱女亦罹災。編排得藉詩人手，絕勝叢殘付劫灰。

題感舊集後

山林憔悴悉無遺，師友平生此見之。不獨交遊感存殁，一編淚盡考功詩。

詩派江河萬古流，先生風教邁前脩。手編舊集傷零落，收拾何人似德州。

丙子秋日過篠園舊址有感

籬落未全荒，西風灑面涼。杖扶三徑滑，荷散一池香。試覓新碑石，都非舊草堂。那堪更聞笛，孤立易神傷。

繞徑重徘徊，殘陽下碧苔。昔時攜手處，今日獨行來。竹翠荒烟接，陂流暗水催。年年巖桂好，依舊一枝開。

乾隆癸酉季夏同人集小漪南觀荷先兄嶰谷有老卻憑闌幾許人之句閲二年先兄及園主人先後下世丙子秋獨行至此追憶前事邈不可得爲之泫然因成四絕即用爲起句

老卻憑闌幾許人，當時點筆已含辛。即今詩在人何在，只有涼荷瀉露頻。

老卻憑闌幾許人，虛亭依舊枕湖濱。青山白水年年好，不爲時移景不新。

老卻憑闌幾許人，酒杯茗椀每逡巡。那知園主凋零後，不及園丁自主賓。園丁石姓如故。

老卻憑闌幾許人，哀蟬切切語風筠。回思四十年間事，不許顛毛不似銀。

義門何學士手書所摘眉山劍南聯絶冊子爲先兄故篋中物丙子秋杪西疇索觀追感往昔題詩三首因泫然以和

碎金屑玉襲吳綾，淚引秋蛇遍剡藤。記得行庵同展玩，只今風颭竹窗燈。是冊初見於行庵，同人曾賦新竹詩。

高岑評與杜陵箋，同時更有義門盛唐數家閱本。一種閑情託簡編。腸斷白蟫零落盡，平陽徒說李青蓮。先兄遺腹生女，旋殤。

來生未結隔今生，悔不相從過石城。乙亥夏日，先兄攜冊同西疇觀於秣陵舟中，來詩及之。恍惚故人詩句裏，潺湲流水助悲聲。

丁丑春暮次玉井韻

端居惟臥疾，花覆藥爐深。易過三春日，難追十載心。吟餘增白髮，酒盡失青林。忽枉故人句，呼燈起暝禽。

觀兒輩習書復疊玉井見簡韻

雙鬢白如此，那知春已深。身閑諳靜味，病久得初心。一室清於水，高花香出林。兒曹獲古帖，臥看學來禽。

題張嘯齋看松圖

夫子尚微道，抱素含其芬。清穎有幽躅，太華傳高文。薄宦詎足戀，歸玩蒼松雲。陰涼入午夢，響逸澄世氛。邈然歲晏心，超然野鶴羣。展對適炎序，寒翠落紛紛。

力本新居

隙地林木清，陰淡若流水。夫君樂閑居，沖抱有如此。歸裝無長物，三徑日料理。家具鶴與琴，陳書十篋耳。境寂幽鳥來，塵空白雲起。回首解印前，六月汗如洗。雖存廣廈心，不聞散髮美。何如容膝安，悠然北窗裏。

讓圃八詠

松月軒

深林留禪棲，松月遥相待。不見結茅人，清暉在偃蓋。

簡公塔

喬柯蔭石塔，其下爪髮藏。幽人時往來，落葉寒蒼蒼。

蘿徑

憩此緑蘿陰，徑曲凡幾轉。不知午夢涼，但覺沖襟遠。

雲木相參樓

悠悠無心雲，矗矗干霄木。虚樓羣木間，孤雲簷際宿。

遺泉

誰遺花外泉，苔滋久不食。曉起愛清泠，脩綆時一汲。

黄楊館

黄楊本貞材，低枝託高館。青青一院陰，婆娑老霜霰。

碧梧修竹之間

碧梧高亭亭，修竹寒森森。日落微風起，滿耳山水音。

梅坪

高低數本梅，相過惟瘦鶴。寧藉春風吹，年年自開落。

和力本謝贈蕉兼乞竹之作

幽人庭戸寂，種蕉當夏臨。分減半窗綠，添君三徑陰。亦有瘦竹竿，新烟蓄未深。煩君乞竹句，爲君起清音。他時遺數本，風雨秋來心。況君茁蘭芽，芳香藴深林。和氣驗安樂，匡坐研古今。涼樾前後交，彈文寧相侵。慚予草木性，因之託同岑。倘容襏襫日，逃暑一來尋。

答漁川秋日見柬次原韻

愁疾經年臥，詩來一啓關。高窗聞過雁，疏樹露遥山。日月催予老，琴尊羨子閑。因之念疇昔，翻感鏡中顔。

簡力本

吾宗老詞客，托契如枝連。衡宇舊相望，兩家接炊烟。自出宰巖邑，不見十餘年。歸來慕沖素，蹤跡分寂喧。城東少林木，城西繞雲烟。居卜五畝寬，草除三徑偏。於焉託幽鳥，於焉揮冰絃。酒杯時在手，經卷橫其前。卽此亦云樂，底須支俸錢。人生不滿百，何苦相拘牽。況我與吾子，白髮各蕭然。逸能資壽考，安不羨神仙。雖乏濟勝具，而有文字緣。心懷足音喜，目注風帷褰。願身常健在，來與日周旋。

答西疇病中詩來問疾次韻

偃蹇長思臥，詩來慰寂寥。含情當落葉，把燭到深宵。我有七年病，君殊五石瓠。翻因親藥物，暫得遠塵囂。

次韻答陸大田宮庶見簡

花前促席是何時，回首行庵淚莫持。午夜燈昏空弔影，霜天月落正相思。荷公感舊車重過，顧我懷疴鬢久絲。同是不堪搖落候，斷鴻聲裏阻心期。時抑齋侍御亦徂謝。

次西疇周牧山移榻山館感懷韻

荒齋岑寂長蒿萊，風雨經年壁有苔。殘簡祇憑良友檢，謂竹町。秋燈添照故人來。三更清話疑涼夢，一寸愁心付燼灰。惟有雲烟能已疾，暫時雙眼爲君開。

題余硯南賣琴圖

彈琴本養性，琴去豈容心。萬事飛鴻過，相思幽澗深。無爲傷逸調，即此有遺音。展卷秋雲暮，松風起碧岑。

春日邀竹町對鷗嘯齋玉井山館偶集

杯酒今朝共，吟蹤幾載分。無由起衰疾，偶復對同羣。扶杖林禽唤，看梅烟景曛。依依如昨日，回首悵春雲。

題吴梅查疏泉圖

泱泱山上泉，響答松下風。因其疏滌意，想見靈源中。濡豪洗塵土，齋心摘蒙蘢。淵湛合自然，上善與之通。江海有輸委，流漱真無窮。

次西疇元夜見柬韻

四年光景憶聯吟，三載暌離酒罷斟。老我襟情非舊日，得君詩句見同心。雪堆牆角紅燈暗，梅放春空夜月沉。只有兒曹樂時節，泥人無睡戲庭陰。

元夕答竹町卽次其韻

病坐空齋夢欲成，頓忘時節在春城。侵寒衣袂逢南雁，罷酒林亭滯早鶯。濕雪仍從階下積，紅燈不似向時明。兒曹那識愁人意，偏愛鄰家鼓笛聲。

病中蒙雅雨先生惠以羅酒烝食賦謝

向時曾忝醉官齋，又荷長瓶與札偕。明月乍開寒鑒色，帝漿先解百憂懷。連朝牽拂邀朋舊，到處誇張羨等儕。更有牢丸佐傾瀉，流波無盡若清淮。

西疇見遺素菊系以詩仍疊丙子年韻因次以答

霜寒露潔點初成，又荷籬根手種英。意得正逢今歲稔，用邵子種菊詩意，而來章亦有慶秋成語。眼明如挹故人清。旋開箬籠雲腴泛，長對深杯玉液盛。似此高情當白首，誰言同氣更無兄。蒙詩中憶及先兄。

戊寅秋送南圻之都門謁選

廿年偕嘯詠，三載更因依。握手稱同調，知心悵遠違。單微愁重負，衰疾迫斜暉。獨有青雲上，翛翎看奮飛。

簪組寧關念，風塵恐不閑。酒斟秋樹外，帆挂古河灣。明月照行色，白雲留故山。臨歧相贈語，名遂奉身還。

九日同人集竹西亭復送南圻北上

不道五年久，重來此送行。登高仍往日，極目總遥情。野曠帆移影，天空雁墮聲。離杯惜未盡，分手暮烟横。

秋末偶過南莊竹町對鷗秋涇嘯齋漁川有見簡之作因和

白水迴汀淺，黃雲覆隴空。聽歌牛健外，打稻月明中。共此農心喜，行看歲事終。秪余嗟寂寞，不與昔來同。

答西疇見柬南莊

君遊西疇西，我往南莊南。五里雞犬聞，十里雲木參。遠近夫豈殊，欣茲苔逕三。人跡不到處，會心各自諳。梅花雖寂寞，疏香風中含。脩竹無春妍，綠淨比澄潭。林間鳥丁寧，勸盡酒一甔。遙山旣可望，遠水亦拖藍。胡爲不自適，坐失晨光酣。況我與君子，白髮咸鬖鬖。詩來當七發，起懶如眠蠶。命駕羡嵇呂，託契師僑郯。何時約還往，花下攜都籃。

竹町以詩來乞孟亭使君所寄金陵瓢兒菜次和

隔江遠致瓢兒菜，令我開緘感歲徂。只有詩人能會得，不知風味似前無。

題西疇詩冊詩爲息翁評點，冊尾有畫像

展誦令人憶，相看已白頭。高韋題品在，風雨歲時秋。句好鏗金玉，情深見贈投。等閑無此客，長共一編留。

題西疇集亡友詩冊後

雲箋素簡往還同，酬唱殷勤宛目中。今日吟看兩行淚，蕭蕭愁雨滿寒空。
元瑜事往成陳跡，子敬聲銷有斷絃。多謝高情爲收拾，不令遺恨補亡篇。時輯先兄遺稿。

竹町危疾甫愈卽耽吟不已三疊謝雅雨先生韻見簡因次其韻以規之

兔豪禿盡百龍賓，病起裁詩尚爾頻。衰後光陰難得力，吟多情性足關身。長生不在安神外，太瘦寧非覓句新。珍重休輕閑歲月，四時常少是陽春。

次西疇讀沙河逸老遺稿有感用竹町前韻

忘形誰主復誰賓，同調惟君唱和頻。一自泥鴻成往跡，空存故紙怳前身。心孤夢草傷才盡，笛起山陽入感新。賴是長留終寂寞，可能寒谷更生春。

己卯秋日西疇送其子出贅山左謝學使署

十幅雲帆一舸輕，向平有願足平生。鵲華秋色遙相待，人在鷗波畫裏行。
露正滋時月正圓，鳳簫雙奏泬寥天。崔盧門戶從人羨，底用論量費聘錢。
名泉步步沁心脾，風物明湖合有詩。想見阿翁瀟灑甚，芙蓉橋畔擘箋時。
歸日庭幃禮教脩，外家風範有來由。佳兒況是珪璋器，相顧真堪慰白頭。

哭竹町

一從骨肉彫零後，白首相依似雁鴻。方藉酸文銘宋弁，余前臥疾，曾囑設奄忽以歿，當爲作誄。豈知靈藥誤韓終。功名無意詩篇貴，砥礪何人有道窮。不忍叢書樓下過，斷箋零墨委塵中。

回首聊吟跡總陳，筆牀茶竈亦離羣。攝山秋月歸殘夢，笠澤春帆付斷雲。已是晨星悲或友，那堪鄰笛入愁聞。傷心墜雨知何限，更恐無人詠五君。詩會中逝者十人，曾兩作《五君詠》以傷之。近君與息翁又先後下世，存者僅三數人而已。

庚辰春仲偶坐兩明軒有懷南圻京師

寂寂春將半，花開有所思。惟憑淮甸月，遙寄白雲司。奉職知多暇，銜杯欲共誰。吟餘還憶否？燈翦竹窗時。

暮春西疇約過山館看藤花因雨不果簡以詩次韻以和

花下誰賓主，吹香客擬來。候門童有約，移興徑先開。何意廉纖雨，偏妨瀲灩杯。不知重過日，何計挽春回。

過秋雨庵

一庵當遠岫，幽寂自爲鄰。竹密疑無徑，琴橫識有人。時值漁川先往。涼陰渾似水，濃馥不關春。茶話成閑憩，忘機烏下頻。

和西疇山莊看桂見柬原韻

自攜竹杖自行歌，各有田園奈老何。寒桂不禁三月賞，清吟已隔二年多。戊寅春，曾有村莊倡和作。金人戒切新緘口，藥裹緣深舊病魔。賴得此身還好在，乘閑休負數相過。

答西疇村園夜月見懷因憶焦山洞庭諸昔遊之作

誰能明月下，而不憶吟朋。況是霜初落，還當檻獨憑。橫江飛夜鶴，傑閣話吳僧。一失清光後，秋雲隔幾層。

祇此深林靜，天空夜靜閑。喜非千里駕，得占一房山。人立虛無外，樓明縹緲間。倘容同嘯詠，襆被未須還。

題右伊先叔照

吾叔素奇偉，懷才恥上書。閑居不自得，終老復何如。詩格超流品，家風重里閭。曾蒙憐小阮，展拜一欷歔。

辛巳首春雅雨先生招集平山探梅因病未赴同人以疏影横斜水清淺暗香浮動月黄昏分韻得浮字

佳招當歲始，名宴開遨頭。行將試燈期，未遠斜川遊。芳甸十里遙，風物和以柔。梅花一萬株，盛不數羅浮。高高復下下，遍插平山幽。翠羽已三請，松間語啁啾。公攜靈運屐，客上陶峴舟。倚舷眺錦鏡，弭櫂窮麟洲。晴雪滿空際，白雲香不流。高情與勝槩，都向層樓收。清吟追往躅，良醞傾新篘。斜陽半山紫，我公猶淹留。娟娟花上月，照徹東南州。南皮稱自昔，獨愧漳濱劉。惟應想像間，挹袖夢浮丘。詩成涉擬議，未可當獻酬。壺觴不及紀，聊作鼓缶謳。

次韻答沙白岸

老去摧頹廢卷餘，交遊零落更離居。霜天乍見西風雁，蓬戶欣來長者車。詩辨古音歸典則，名逃空谷重耕漁。瑤華惠我慚相報，江表傾心一眘虛。

哭南圻

往跡依然在，京華竟不歸。已傷數載別，寧料此生違。旅櫬偕妻妾，鄉園剩屋扉。重爲簪紱誤，北望涕頻揮。

壁挂琅琊畫，牀披令史書。臨歧曾輟贈，今日感何如。君北上時，曾以麓臺畫、《前漢書》見遺。音斷關河外，魂招雨雪餘。聞訃時，同人設位哭於故宅。平生故人盡，相負首塗初。

春晴

百鳥羣飛弄好音，春風溫煦更逢晴。身當盛世偏容懶，物在陽和自發生。爲樂欲希秦子勅，按歌況有米嘉榮。肯教野外虛吟賞，梅放枝頭病足輕。

同人集山館寄懷雅雨先生

蜀岡林木鬱蒼蒼，北望雲嵐接濟陽。獨樂遙知同涑水，冶春誰復繼漁洋。寄來良醖新詩健，開罷封緘故意長。今日山齋共回首，履絇留跡在筠廊。

南村看桂

桂放今年早，來當沙水清。香風過南畝，涼影落楸枰。意適有餘興，境閑無別營。偶然逢笑語，未厭是村氓。

重過南村

復此留連處，經旬信杖來。不圖叢桂好，依舊一庭開。時羨空鉤釣，從添濁酒杯。因之狎鷗鳥，微詠未能回。

鄉溝橋展墓

霜風獵獵草蕭蕭，白首重來半載遥。凝望松楸一灑淚，墓門寒食酒痕消。

西山道中

天容如練氣清澄，望裏人家興欲乘。誰爲皴圖落農舍，白雲紅樹一層層。
濺濺澗水繞村流，黍稻收殘徑術幽。閑過牛宫數雞柵，也應不負野田秋。

山莊月夜有感

雲鬟玉臂夢無因，淚滴重泉四十春。今夜墳前好明月，月明惟照獨來人。

冬日遊鐵佛寺

閑閑平岡遥，杳杳霜鍾寂。金仙閲人代，丹葉下林隙。霸業誰可尋，昔遊嘆頭白。無論昨與今，雲寒墮空碧。

南齋詞

南齋詞卷一

百字令　自述

平生堪笑，算浮湛里巷，年華虛擲。卻是天公真解事，未付淩雲雙翮。疏箔遮門，幽蘭紉佩，自鼓湘靈瑟。有書千卷，落然惟此朝夕。　曾幾酒熟茶香，輕教負了，花底分吟席。嶽色河聲曾攬結，總是閑中蹤跡。小婦東方，大兒文舉，豪氣非吾匹。與人無競，頓忘青鏡頭白。

月上海棠

憑闌最好昏黃後。月初圓、花正滿時候。萬疊千圍，影垂垂、睡容銷酒。籠烟外、一片波光壓繡。　雙禽棲處描難就。認梨花、不似梨花瘦。玉局飛仙，漫哦吟、問曾知否。西樓曉，尚留殘雲護守。

春去也　送春

春去也，樓外夕陽斜。亂擲榆錢渾不管，多情猶是算楊花。相倩到天涯。

河傳　秋日登看山樓

高樓三五斜行雁。竹院。涼漸。夾衣催換。石徑留苔。風爐試茗，愛看遠岫如揩。展秋懷。殘陽晚。酒半輕雲卷。秋容易老，還怕後夜重過。葉飛多。

憶故人　懷樊榭嘯齋

江影搖涼，故人同泝澄波去。夜闌清露滴篷窗，想見吟聲苦。遙問兩湖鷗鷺。近中秋、圓蟾極浦。水仙祠冷，伍子山空，看潮何處。

定風波　聽蕙田談往事

往事驚心叫斷鴻，燭殘香灺小窗風。噩夢醒來曾幾日，愁述，山陽笛韻並成空。　遺卷賴收零落後，牢愁不畔盛名中。聽到夜分惟掩泣，蕭寂，一天清露下梧桐。

惜黃花　九日禪智寺

前朝蕭寺。故宮遺址。撥荒荊，飲寒泉、孤亭同倚。葉響下遙林，雁影沉殘水。晝不到，舊時歌吹。　黃花開矣，素秋如此。嘆重過，易飄零、滿襟涼思。擁鼻晚鍾前，側帽西風裏。一轉瞬，碧雲千里。

金菊對芙蓉　曲溪招飲莎園時蕙田西疇俱臥疾

梵刹題糕，離宮弔古，佳辰回首騷騷。悵無多冷豔，何處幽尋。蕭疏柳老東城曲，重陽展、招我登臨。半池淺水，數聲斷雁，一片秋心。　有酒好與頻斟。莫等閑負了，斜日園林。問西風陳跡，北郭清吟。故人漳浦重來否，怕重來、不似而今。殘花欲謝，涼蟾易缺，短髮難簪。

行香子　憶焦山舊遊

冠絕平生，那易忘情。好江天、勝處都經。幽襟淡愜，夜閣寒清。有鶴飛空，梅著夢，月窺櫺。雲影冥冥，鍾韻星星。一追思、詩卷崢嶸。佛燈無盡，山色常青。趁風未起，人猶健，笛堪橫。

漢宮春　定窑蠶蛾香合傳是宮奩中物因賦

素旒銀泥，問蟲天舊製，劃自何時。詩人向曾掘得，一樣如規。冰蛾蠕動，認春山、八字修眉。休揭起、鷠斑盛處，妒他蜂蝶雄雌。幾度沉埋天水，歷春鷠秋蟀，歲籥潛移。遙思織宮繭館，心字香知。雲垂寶枕，篆綢繆、珥後殘絲。還試與、妍粧釵畔，暖金雪裏同攜。暖金，奩名。

探春慢

柳眼回青，蘭芽吐白，天氣留寒做暖。風驗初三，辰迎涉七，殘雪林陰猶滿。已辦吟筇去，擬約住，春心教轉。剛逢遊伴重來，去年何處亭館。入眼梅紅一翦。早水活雲生，酥香泥軟。詩酒旗高，聽鶯院迥，次第芳蹤難緩。待取收燈後，烟汀外，扁舟堪喚。過卻花期，歸來猶認雙燕。

渡江雲　觀吴淞草堂圖因憶梅泝京師

并刀誰翦得，浪花滿眼，活脱是鱸鄉。甚高人占取，渺渺瀰瀰，畫裏著茅堂。亭荒釣雪，舊風流、總付斜陽。還剩得、眠雲臥月，千載有王郎。　蒼茫。三年白社，兩載東華，攬離愁千丈。憶那日、霜題暮葉，雨話閑窗。飛鴻昨遞春來信，説歸來、猶趁梅香。歸未準、吟魂先渡烟江。蘇養直《至罷癃庵草堂》句：『笛臥松江明月，簑披笠澤歸雲。』

掃花遊　春分

春來幾日，被燕翦輕裁，遽驚如許。珠歌翠舞。又悤悤截斷，社公微雨。寂寞鞦韆，寒食歡遊尚阻。莫虚度。把未去韶光，從此重數。　芳信成淒楚。看半在花梢，半歸塵土。華年坐誤。只藏鬮刻蠟，不隨飛羽。挑菜前期，恍似佳人再遇。試凝佇。怕餳簫，杏烟吹暮。

如此江山　春日平山堂

幾回閑覓行春路，催春又聞啼鳥。一徑松聲，千年水品，愁絶吟笻重到。堂高望杳。早江外脩眉，數痕青了。倚遍闌干，海門雲氣自飄渺。　清商同理舊曲，悵蠻箋墨暗，總付鴻爪。雨砌催香，霜池換碧，贏得尊前懷抱。春風易老。只楊柳依然，那堪斜照。壁上龍蛇，斷碑埋細草。

相見歡　三月望後一日喜西疇見過時朝雨初霽牡丹正放

故人藥裏關心。隔秋吟。重到小園聽鳥，已春深。　相看好，成一笑，展幽襟。別有一闌花氣，破重陰。

壺中天　坐環溪紫藤花下

暮春時節，正雨潤芳園，草香苔徑。前度桃花渾不見，一架垂藤相引。樹密牽雲，橋橫隔水，妙處間能領。蜂喧人寂，遊魚空裏吹影。　曾記摘蕊娱賓，依稀還認，是年時風景。只恐黄昏春欲去，漠漠紫烟愁暝。散髮哦詩，深杯喚月，月在前山頂。夜深歸去，袷衣雲氣侵冷。

柳梢青　效許圭塘體

望裏青帘。梅横竹亞，露出晴嵐。燕子紅樓，楊花深巷，蝴蝶春衫。　幾回夢倚雲帆。染不就、波光嫩藍。秧鼓村村，菱歌浦浦，好個江南。

邁陂塘　新荷

愛田田、乍舒還捲，鈿痕初試圓翠。風裳水佩年時約，又是舊情撩起。翻嫩紫。看帶荇縈萍，一半平鋪水。眠鷗漫喜。更幾日薰風，一番梅雨，想見鏡奩裏。　參差處，南北東西十里。輕陰堪覆魚戲。天機雲錦還遲翦，未有畫船來艤。烟檻底。怕香薄西亭，漸到綃衣碎。風輕露墜。趁弱柄搖詩，柔絲續夢，已解瀉鉛淚。

疏影　桐影

交柯疊翠。看晨光著露，初引清致。啜茗林深，絃外音希，時有綠雲潛委。蕭疏滿地簾垂午，誤翠羽、參差窗底。愛夜深、淡映明河，雨過嫩陰如水。　還認龍祠舊事。是當年彩筆，憑夢曾寄。怨煞西風，眉月斜時，不與古人同倚。愁來無覓秋聲處，更那料、秋心如此。待好將、一幅烟綃，寫作畫中高士。

點絳脣　水南花墅同樊榭作

有竹臨窗，秀枝娟色陰陰遍。冷雲一片。吹滿題詩硯。　記得曾來，隔水閑亭館。廊腰轉。酒薰花面。斜日春風晚。

澡蘭香　釵符

輕裁玉篆，巧疊文茸，占卻午釵晝永。瑤梁暗裊，翠股雙懸，慣與藕花相並。早相看、辟魘靈辰，曾壓幽閨鬟影。小小宜人，也似銀旛金勝。　底用縈絲作佩，護得粧臺，恁般閑靚。菰香換節，艾碧消年，夢斷楚江明鏡。憶當時、綵鳳銜將，幾向薰風爲整。祇剩得、咒水書朱，翻教愁凝。

揚州慢　雨後登康山

迂徑梯苔，瘦筇支午，碧天喜放新晴。倚闌干半濕，動幾許遙情。已難覓、當年舊跡，四條絃絕，何處絃聲。聽鳴蟬騷屑，和風吹滿重城。　朗吟望極，有脩眉、江外如迎。悵樂府詞工，歌筵夢冷，無限愁生。遐想百年良會，消沉付、落日荒亭。看涼雲飛去，林陰移過鷗汀。

長相思

愁中心，悶中心。我有相思一點心。將來作你心。　結同心，拆雙心。心字香消蕎上心。陶家別有心。

齊天樂　送樊榭歸湖上

片帆約共雲陰遠，相看已縈愁緒。淡景邀詩，遙情入畫，綠暗前時來路。汀荷苑樹。有花底魚經，柳邊簫譜。水夢山魂，朗吟飛向鏡奩去。　湖頭應憶舊侶。正疏篁露滴，如對幽語。病渴文園，耽佳飯顆，算是襟分幾度。離杯漫舉。待潮落江天，片時延佇。直到涼秋，翦燈同聽雨。

惜紅衣　小漪南池上坐雨

細點分萍，濃烟暗竹，雨來波際。曲檻閑憑，紅衣動涼思。鷗飛鷺立，同照影、盈盈一水。清致。塵事盡忘，領微微花氣。　漁鄉釣里。橫笛披蓑，還尋舊風味。何人載鶴，一舸柳陰艤。不怕粉痕零落，定有采蓮歌起。又暮霞流影，倒映碧羅叢底。

浪淘沙　風篁

鸞尾舞清陰。槭槭森森。未秋先自有秋心。何況秋來風又起，戛玉篩金。　繼續倚窗琴。似和微吟。故人門外恰相尋。別派洋州留畫本，泉冷山深。

鵲橋仙　七夕立秋

魚雲消影，蛛絲牽恨，愁到今年又別。一年一度泛靈槎，恰逗著、金風時節。　針樓粉席，人間天上，涼意離情誰說。銀河萬里瀉無聲，聽一片、墜階梧葉。

又　牽牛花

碧羅天色，碧羅雲氣，籠著淡花如染。越窑秋錦小屏風，錯認了、星躔一點。　娟娟涼露，娟娟殘月，回憶舊時茅店。人間不是少疏籬，還只怕、窗兒雙掩。

霜天曉角　秋河

疏杵敲商。看銀河隔牆。隔得鸞飛鵲杳，終不隔、是王昌。　微茫。秋影涼。濕梧飄怨長。倒瀉小池深處，嗅一陣、藕花香。

雨中花　山館雨中看桂

寂寞兩株松樹底。占不到、月中田地。一簇涼雲，一層涼雨，也把瓊珠試。　詰曲闌干邀共倚。怕幾日、瑣奩香碎。水思明朝，山情昨暮，總入閑吟裏。

臨江仙　九日環溪雨中芙蓉

圓菊籬邊綻未，嬌蓉池上開多。酒籌詞筆意如何。雁飛窺膩玉，風起浴明波。　記得去年今日，竹西亭畔經過。紅萸烏帽惜蹉跎。爲誰雙臉淚，還唱《六幺》歌。

解佩令　秋日同人坐七峯草亭

天空鳥過，亭空雲過。碧泠泠、嫩梢千个。待得秋深，奈鎮日、無人同坐。喜清陰、瘦笻分破。行歌也可，醉眠也可。淡襟懷、茶烟一朶。碎影麩金，看不厭、石如裝裹。勝遥山、夕陽錯磨。

訴衷情　寒蛩

噥噥唧唧幾昏黄。所歷盡愁鄉。已是草根無緑，猶自説凄涼。　吟欲絶，思偏長。近單牀。嗚機燈暗，弔月闌空，一片風霜。

定風波　見薏田手跡有感

定了風波越軗軻，卽看浩劫歷恆河。東野亡來吟興懶。腸斷。偶披遺墨淚痕多。　宿草身名歸寂寞，殘陽神采付烟蘿。不忍頻開好藏弆。休語。才人無命可如何。

南浦　送梅浒入都

三載滯京華，算歸來，未暖鷗邊吟席。梅子雨聲中，孤篷底、曾把朋箋同擘。蓴鄉橘市，烟波不解留行客。一舸垂虹，橋下路，怕見冷楓愁夕。　如君方朔才高，甚長教乞米，紅塵紫陌。匹馬亂山時，霜風緊、應念玉醪香坼。今來異昔，不堪雙鬢侵寒色。盼得君來君又去，江上暮雲飛白。

漁父家風　題水雲漁屋

依稀釣罷月來時。雲影漾茅茨。不須更放扁舟去，人臥碧琉璃。　邀漁伴，狎漁兒。是漁師。一聲霜笛，兩岸蘆花，飛起鸕鷀。

浣溪沙　點九圖

雪豔冰姿著意描。相思一點託紅椒。殢人春思起今宵。　數到東風花共瘦，得來芳信夢還遥。燕支難把斷魂招。余向有《悼亡梅花卷子》。

於中好　補屋

三間老屋橋西住。取聊蔽、經年風雨。短籬一帶從遮護。只忙了、牽蘿女。　空簷雀與空倉鼠。又早是、寒天將暮。風饕雪虐公無苦。只礙了、雲穿處。

鷓鴣天　歲暮于役風雨舟中

兔筆魚箋著處安。吟情約共水雲寒。江天夢隔聲聲雨，圖障緣慳面面山。　忘日暮，逼年殘。鎮對官河水半灣。雁程若得西風力，翻少篷窗一段閑。

采桑子　期玉井不至

孤篷隔處橫烟素，盼煞吟朋。孤負吟燈。細雨尖風雁一繩。　高城暮色連揚子，江樹寒燈。漁火迷冥。一夕相思落遠汀。

風入松　舟宿焦山

寺門舟泊記嚴宵。清味得來饒。層巖難覓前遊跡，勝前遊、篷底蕭蕭。雨歇魚天夢闊，鷗飛江影燈搖。　紅窗不隔海雲飄。夜悄燼頻挑。魂清夜半翻無寐，和吟聲、一線寒濤。報道朝來風便，抽帆怕轉松寥。

卜算子　金山歸泊江口逢敏公

衣上浪花多，掠岸舟難住。更有何人得得來，沙際拳寒鷺。　瓜渚已炊烟，浮玉仍飛雨。回首江天杳靄中，閑與山僧語。

柳梢青　兩明軒新柳

月縮風牽。枝枝葉葉，掩映樓前。今暮纖眉，昨朝青眼，後日晴綿。　等閑只傍吟箋。甚不管、鶯聲嫩圓。種自何時，江潭人老，白髮年年。

綺羅香　春寒

借暖簾低，尋芳戶悄，天氣梅前燈後。雨雨風風，一月峭寒依舊。已多時、火徹金猊，又重看、線停鴛繡。憶年來、花發鶯啼，淒清不似這時候。　蕭然苔徑嫩約，相對吟箋墨淡，休教輕負。翦翦愁痕，藏取林香淵秀。最難禁、雪點華顛，長泥他、翠扶雙袖。瘦稜稜、歸擁重衾，夜窗人病酒。

又　春陰

宿雨籠雲，輕寒殢酒，何日晴光方準。庭院愔愔，過了一分花信。梨玉慳、冪霧誰禁，柳眉鎖、帶烟難認。最消凝、簾捲湘波，欲彈春思緩瑤軫。　層層芳靄不散，遙望嵐容似醉，供愁無盡。夢隔江南，曾結幾番燈暈。費爐熏、閑卻吟衫，剗畫景、做成離恨。乍憑他、夕照吹開，奈何天際暝。

一痕沙　池中梅影

已是梅花清絕。添映一層晴雪。春入翠篷深，小池心。　可有吹香魚聚。魚亦不知香處。玉笛晚蒼蒼，襯雲涼。

鷓鴣天 晚晴

帖子朝朝畫丙丁。晚來纔及一分晴。斜臨燕戶籠雲淡，半界花脣帶雨明。　攜素約，上高層。闌干紅處遠山橫。縱然說是黃昏近，越布吳鞋自此輕。

浣溪沙 竹粉

淡撲輕勻脫錦綳。香含玉雪不勝情。楚詞書處一層層。　可是暖雲潛殺取，卻疑涼露暗調成。北窗留看午風清。

蘇幕遮 涼雲

觸幽巖，生暗峽。一片飛空，冉冉輕陰壓。火傘炎官無避法。趁送吟笻，日午剛遮匝。　港沉魚，船聚鴨。愛結花香，移處涼荷插。便有清風來片霎。莫變紅霞，雨挂空江塔。

思佳客　戊辰冬日南圻以合歡一株移植山館時余有騎省之戚因賦此闋以寄南圻

葉底花開憶淺紅。茸茸烟穗夜情濃。移來繡閣文紗外，栽向斜陽小院東。　離故土，帶薰風。可憐時節是清冬。知君贈我非無意，欲把芳名故惱公。

百字令　分詠釀事得酒牀

秫收三畝，是浮蛆泛蟻，經營之始。六尺松根橫據處，中有氤氳天地。枕麯風高，藉糟人遠，見此心先醉。葛巾微漉，策勳吾事足矣。　堪愛欲咽還流，愁痕滴破，未礙寒宵睡。杜康私語渾疑雨，撩起篷窗滋味。色濺珍珠，香蒸雲夢，臥甕人知此。年年偷撇，小槽花下尤美。

青玉案　分咏茶事得茶人

一生只識蒙山路。慣摘遍、陽崖樹。香染衣裾雲上屨。竹間苔裏，野泉靈渚。佩簍常來去。　報春好鳥啼難住。穀雨年年又春暮。老盡山中風貌古。鹿麋爲伴，烟霞爲侶。也合陶家鑄。

唐多令　野泛上巳前二日

淺水半拖藍。桃紅宿雨含。過籬門、畫裏閑探。鷗鳥不飛魚聚影，船一隻、小橋南。　花港接漁庵。斜陽此尚耽。算南園、清景都諳。何日推篷重命酒，眉月好、約初三。

點絳唇　虚舟先生竹根私印刻王郎二字

兩字秦文，是誰留得良常叟。露鐫霜鏤。翦取淩雲瘦。　紙尾曾鈐，奕奕蛟蛇走。今何有。驗封依舊。天壤名同久。虚舟官驗封司。

謁金門　查梅壑晚樹歸鴉

孤村遠。流水小橋秋晚。木葉無多霜欲染。昏鴉飛數點。　想見野情蕭散。獨立斜陽數遍。待得寒風翻雪片。柴門依舊掩。

南齋詞卷二

江城梅花引　行庵感舊

十年詞筆擅江城。占秋清。鬬僧清。何事而今，林葉半飄零。重到閑庭看竹色，夢魂遠，一竿竿、憶舊朋。舊朋。舊朋。此經行。風裏萍。曙後星。聚也聚也，聚不似、春鳥和鳴。只有簷前，高樹挾濤驚。何況無端輕録別，人去也，隔江南、又幾程。

摸魚兒　秋光

愛秋晴，瘦痕如水，遊氛總化澄澈。英英晶晶無窮意，時向淡中飄忽。清欲絕。算氣斂層空，不妒雲明滅。吟情正怯。看著物生涼，侵衣做爽，潑眼那能說。無多處，白鳥蒼蒹騷屑。五湖吟思飛越。倐蛾翦翠窺天鏡，鮮墨暗收行篋。愁更切。怕臨水登山，依黯陽關疊。深杯漫別。剩沆瀣樓臺，琉璃世界，同醉九宵月。

木蘭花慢　秋帆

挂秋風十幅，澄波淨、轉飄揚。共五兩多情，烟蒲無恙，拂露凝霜。高張。甚時送遠，更涼天不了帶殘陽。半偃楓林思闊，孤懸橘岸情長。　蒼茫。極望渺脩江。去鴈趁斜行。記酒盞詞箋，水雲飛渡，天外鱸鄉。相羊。暮侵岫影，是何時吹笛泝瀟湘。猶及菱歌唱晚，一篷月卸樓窗。南莊有卸帆樓。

又　秋燈

又西風漏永，看一點、竹間幽。正河漢光清，梧桐影淡，回照高樓。悠悠。露飄半蕊，伴微吟常認冷螢流。銷卻涼堂鬢老，年年移近牀頭。　堪羞。只合背窗休。玉局是誰收。悵花空酒遠，也應怕說，西漆南油。凝眸。草蟲暗語，待呼來更帶擣衣愁。思滿漁汀遠火，夢回鴈宇殘篝。

好事近　白秋海棠

腸斷碧秋烟，不是困嬌時節。空有一痕冰淚，滴牆陰殘月。　燕支成粉不多時，便粉也消歇。還把七分春恨，向西風低說。

金籠子　橙

風味木奴堪作佐。色飽秋腴，釀得金罍大。霜外摘殘餘幾個。一年好景重陽過。　試搗香齏新酒和。愛煞柔荑，搓後纖羅裹。況是江南鱸玉破。絲絲付與廚孃可。

水龍吟　秋日環溪

幾番款竹敲門，林陰漸薄荷衣碎。蒼雲一片，青苔鋪徑，西風吹袂。白髮多情，小橋依舊，嫩涼歸水。覺香來何處，詩魂染透，詩都在、濃香裏。　碧落塵空如洗。倚高窗、隔江眉翠。棘籬葦箔，豆塍瓜堰，畫秋無際。露冷紅芙，霜清圓菊，動人遙思。把芳尊付與，明蟾影底，伴重來醉。

菩薩蠻　著老堂秋池

縠紋細細流泉割。橫階一片琉璃活。水面欲生凉。凉生先倚窗。　幽人來照影。丁倒簾花暝。綠淨認澄潭。秋螢飛兩三。

買陂塘　仲秋集東園

貯幽壺、颯然涼思，淡人情致如許。枯荷折葦驅殘暑，一點月香懸樹。鷗試住。認短短平橋，野水當門護。軒窗暗數。看白髮梳風，沖襟浥露，秋醖待分付。　重經處。依舊回汀斷溆。蘭成憔悴吟賦。玉琴彈徹天容淨，消得酒經花譜。雲半縷。聽隱隱漁歌，隔岸斜陽暮。江南舊侶。怕社燕將歸，殘蟬對語，沙尾挂帆去。

醉太平　山館春夜竹町對鷗至自錢塘

山心水心。梅林竹林。春風吹到樓陰。喜今宵共吟。　情長坐深。年移鬢侵。紅燈緑酒頻斟。動窗前玉琴。

綺羅香　簾

春色從窺，庭陰自曳，愛説吳儂曾織。十二波横，窣地風搖晴碧。紅樓啓、燕子飛時，繡牀垂、杏花開日。最憐他、犀押重重，細縈烟篆閉愁寂。　閑窗猶記倦倚，正無人晝永，絮吹狼藉。小雨如塵，一桁嫩寒難隔。控瓊鉤、淺夢湘娥，懸素額、暗思仙客。未須嫌、碎影參差，捲花篩月入。

如夢令

香在翠簾中度。人在濕雲中住。鳩語晚生寒，夢入竹籬深處。春雨。春雨。落了梅花一樹。

虞美人 榆錢

青青小串生愁思。莫共苔爭翠。年年狼藉怨殘紅。試問枝頭能買、幾春風。　一番香雨新晴驟。已是春歸後。沈郎階砌漸無多。更奈楊花飛墮、謝庭何。

攤破浣溪沙 題搖碧齋

野水瀠洄兩版寬。不安窗戶盡幽閑。畫卷書籤從載了，少風湍。　鷗夢破時舷叩月，魚波平處檻横烟。只有綠蓑相識得，下前灘。

蝶戀花　題汪西顥花塢卜居圖

攜得琴書湖上住。猶道湖心，未是深深處。一鶴烟霞思占取。淡香引入梅花去。　花北花南雲幾縷。人在其中，當了閑家具。何日真來敲竹戶。泉聲相答幽禽語。

湘月　鏤竹屏風

誰裁碧玉，把楚雨湘雲，安排花底。坐隔春風逢客至，一段歲寒詩意。上鏤松梅。雲母爲胎，琉璃作骨，那得清如此。纖塵不惹，望來猶是烟翠。　底用六扇橫施，隨人屈曲，賦就誇棋子。縱是雕鏤紛滿眼，稱得文窗人倚。簾映波紋，闌回卍字，別有涼秋致。漫遮月影，透空疑上藤紙。

四字令　秋雨初涼坐山館西廊

蝸牆篆苔。書窗爇煤。秋風小院同來。看薇花正開。　茶斟數杯。詩敲淡懷。蕭蕭一陣涼催。碎梧桐半階。

繡帶兒　緩帶鳥

繡帶過身長。偏惹落花香。認作銜巾青鳥，可惜不成雙。　林密伴鶯藏。閑院落、跳躑何妨。綠陰陰底，雲裁翠翦，一晌飄颺。

醉桃源　暮春

輕寒輕暖最愁人。看看過卻春。海棠褪了到梨雲。楊花飄滿巾。　天淡淡，水沄沄。多情惟酒尊。韶華不戀老來身。虛亭風雨頻。

瀟湘夜雨　晚清軒新竹

鸞尾才分，綳兒初脫，翠梢已是珊珊。昔曾吟處越高間。風不斷、泉聲自遠，窗乍啓、雲影添寒。還堪愛、偏知巧補，轉覺庭寬。　青棠花外，白蘋沼畔，一例平安。向抽空濕粉，選個漁竿。書舊句、青光待斫，聽夜雨、逸調先彈。須留與、磚爐笛簟，三伏叩門看。

賀新涼　午睡

新燕梁間語。最無聊、日長人倦，翠陰庭宇。飛盡楊花心共遠，彩翅翩翩自舞。正竹几、藤牀斜據。雙眼瞢騰書卷在，儘蕭閑、林影横階去。簾隙裏，度香縷。　安神便與羲皇遇。任瓶花、欲開更落，紛紛無數。惟有清風時破卻，一盞雲腴勝乳。問此去、鄉遙何許。滋味黑甜誰會得，怕吟多、遮斷華胥路。渾未覺，客敲戶。

蝶戀花　行庵鶯粟花同南圻漁川作

露片風囊先有意。白白朱朱，襯出林陰翠。自是客愁無萬里。年年點綴閑庭砌。　吟次紛然飄滿地。黄鳥飛時，狼藉留無計。竹裏經聲人散未。忍飢日暮還相對。

最高樓　登遥岑閣

清陰密，熨眼上平梯。幽翠一壺迷。殘春剩有餘芳殿，高窗未礙遠天低。算中間，開別境，與詩宜。　看一霎、雲光遮不住。愛一抹、嵐光濃欲赴。渾不覺、憑移時。蒼濤白鷺三江外，落花飛絮五塘西。倩芳醪，邀寸碧，對斜暉。

好事近　辛未十二月舟泊清江遲家兄南還立春次日也

倚棹古黄河，水國春歸時節。極目鴈飛來處，憶長條曾折。　離情消盡酒杯中，燈花幾重結。猶有今宵客夢，隔霜隄殘月。

齊天樂　蛾

玉蛾似夢初離蛹，纖纖粉痕愁絶。弱羽如冰，單綃入畫，半化南園風蝶。蟲天漫别。問園客多情，當年曾説。更愛釵梁，幾回同鬧上元節。　而今閑情頓減，怕花間又到，銀屏輕帖。曲裏聲長，燈前火暗，無復珠庭瑶闕。看山意切。甚螺黛横空，脩眉遥列。正值初三，一彎還映月。

謁金門　楝花和玉几

陰漠漠。楝子花開簷角。催得韶華都過卻。東風渾未覺。　喜有茶杯相約。低映一枝紅藥。只恐明朝吹又落。閑吟無處著。

浣溪沙　夏口湖上

蘸柳波明與岸平。水雲分影趁人行。野航隨意午風清。　數點雨飄湘簟泠。半塘香散越蕉輕。些些弦月隔林生。

菩薩蠻　水亭

綠楊影裏浮萍破。歌聲斷處搖船過。重到淺汀邊。藕花如去年。　紅亭開四面。依舊閑鷗占。一陣水風涼。和雲和雨香。

南樓令　秋院

秋色小庭間。和秋度石闌。傍秋花、爽入吟箋。剛是竹風吹夢醒，聽一片、玉珊珊。　天外鳥飛還。斜陽過雨殘。看餘霞、明滅林端。定有涼蟾今夜好，須憑著、酒杯寬。

又　歸燕

社鼓一聲催。茅簷秋半時。算江南、江北天涯。回首落花雙翦翠，驀忽地、背人飛。　何日是來期。春風百五遲。下重簾、總是相思。銜得愁來成玉瘦，偏不會、共愁歸。

解佩令　竹窗

風生藤紙，涼生棐几。襯花壺、雪蒼雲翠。冉冉紛紛，搖不盡、瀟湘秋意。小紋疏、晝陰如水。　庭隅點綴，廊腰幽邃。最宜人、茗香眠起。一翦無塵，吟淡句、別成清閉。勝橫看、老迂畫裏。

浪淘沙　秋日雨中題高西唐花卉卷

妙筆勝青藤。露冷風清。一花一葉一愁生。花有數般愁萬頃，無限飄零。　宿草已青青。舊夢無憑。芙蓉何處主仙城。細雨亦知人有恨，灑遍閑廳。

龍山會　九日梅花嶺

素節孤鴻叫。易得愁成，古嶺同登眺。枯梅生晝悄。荒原外、剩見落英黃小。蕭瑟舊亭臺，還極望、碧天空窅。黯銷魂，城隅臥碣，一痕殘照。　依然淮海東流，今古悤悤，不了閑雲笑。西風休戀帽。無人語、月夜鶴歸華表。回首已年年，持螯手、秋腴鬢老。問明年、攜壺甚處，盡醉方好。

明月逐人來　南圻齋前新種松梅數本因賦

高柯貞絕。斜枝清絕。窗欞外、澗雲江月。漫添客土，休共春風說。一種淩霜犯雪。　何況疏筠，只隔小池幽墢。邀閑玩、歲寒時節。冷香翠色，先入琴三疊。不怕冰弦凍折。

南鄉子　懷竹町對鷗兄弟湖上

音問阻江關。兩地相思水一灣。只有雁行從伴得，湖干。目斷南雲歲欲殘。　何日棹船還。想見層巖冰雪寒。若向逋仙山下過，憑闌。應對梅花悵獨看。

金人捧露盤 祀竈

潔明粢，斟明水，薦明禋。一年年、請慣比鄰。黄羊依舊，掃除曲突徙勞薪。全家羅拜，恍深宵、風馬雲輪。　夢誰營，形誰役，人誰競，物誰分。更何煩、上告天閽。殘年飽飯，犬貓無事雀兒馴。《麟經》半卷，據觚聽、便荷神恩。

南樓令 新晴渡江

便覺境非凡。中流逸興酣。四無風、一葉雲帆。欲寫晴光無寫處，渾不覺、到江南。　回首影空涵。天青水蔚藍。喜多情、浮玉輕嵐。不似去年波浪闊，有沙鳥、導吟衫。

眼兒媚 將至吳門先柬陸茶塢

蕭蕭暮雨起吳謳。雙槳劃春流。故人花外，舊遊夢裏，往事橋頭。　吟情酒意尋常有。欲放五湖舟。閶門楊柳，琴臺風月，先訪閭丘。

月下笛　宛轉橋晚步

暮色蒼然，夕陽半落雲明滅。曲闌干，摺散了狂蜂蝶。幾許詩心，休向垂楊說，山重疊。正閑時節，人倚平橋月。

滿江紅　渡太湖

混瀁無垠，三萬頃、春波練鋪。四望裏、水迎山送，烟挾雲扶。一葉舟輕鷗外遠，滿弓帆飽鏡中孤。喜今朝、安穩浪花中，風半湖。羅萬象，淩太虛。横玉笛，駐金烏。向中流容與，談笑歌呼。茶竈筆牀逢甫里，功成身退羡陶朱。算往來、兩度翠壺行，偕釣徒。

百字令　送竹町對鷗歸錢塘

故山何處，悵尊前斷鴈，一聲嘹嚦。極目孤帆懸短夢，不是閑中遊歷。落葉蕭蕭，澄江渺渺，水與雲同色。此中人去，蘆梢低映頭白。曾記笠澤分題，風燈烟渚，握手成南北。何況新阡躬負土，黯黯麻衣如雪。九里松聲，兩峯月影，冰斷愁千尺。寒潮嗚咽，陸家兄弟堪憶。

瑤華　著老堂咏梅蕊

陽爻子月，入眼紅椒，似一痕初點。珠胎玉粒，還又是、的皪香心難展。清池搖影，也逗起、隴頭人怨。是依然、半返冰魂，誤卻高枝柔腕。　　翠壺空裏相將，釀詞筆春風，後日曾見。棲禽小小，早占斷、竹外閑廳幽院。西湖千樹，想猶鎖、寒雲一片。待月明、吹笛烟江，約共何郎吟遠。謂竹町、對鷗兄弟。

絳都春　環溪桃花

霞欹霧嚲。又萬樹弄晴，一溪紅破。印蘚徑紆，臨水窗低和烟鎖。今朝未許春泥涴。算留得、春風酬和。去年芳訊，魂消半面，者番纔果。　　婀娜。鶯捎燕掠，斷橋外、掩映翠筠千个。豔色豔香，飛上吟箋真無那。多情直欲花間臥。便一枕、遊仙吹過。朗吟月轉汀灣，倩誰伴我。

浪淘沙　秋江晚泊

蕭瑟滿船秋。蘆葉汀洲。潮生潮落趁閑鷗。一片暮霞遮我住，客興悠悠。　　酒酌兩三甌。雲水淹留。沙頭風色未須愁。多謝漁燈相掩映，回首僧樓。

南樓令 嘯齋竹町對鷗漁川偶過山館爲此曲見寄撫今追昔黯然於懷因和以志感

竹色冷冥濛。苔痕石徑封。助淒清、槐雨桐風。重覓前蹤何處覓，消歇了、幾枝筇。 蟬噪小樓東。閑吟客偶同。嘆逢迎、酒盞成空。觸撥愁心江水上，且休說、隔江峯。對鷗有『欲豁雙眸何處豁，獨自上、看山樓』句。

女冠子 庚辰孟夏偶憶晚清軒觴咏之盛多在綠陰芳卉中年來此風邈不可得因填此闋寄南圻京師

四月十七。宋人成語。昔曾於此日，同玉几賦楝花小葵，又曾與同人於池上作初夏詞。楝花簷外風急。遊絲飄盡，燕雛方乳，一徑苔青，一池波碧。酴醾開又畢。幾日粉筍綳脫，錦葵苞坼，捲疏簾、看裊爐烟，間卻茗香林隙。 闌干五載虛吟席。剩池魚吹絮，識個中消息。舊情堪憶。怎便忍楚水，吳山拋得。燕雲千重隔。只有夢魂來去，片時南北。料關心添了，酒逋藥券，等閑堆積。南圻時抱疾粗愈。

小重山　題江雲谿小齊雲圖

說著家山色欲飛。雲嵐相接處、有巖扉。松聲鶴語兩相期。銷凝處、天外看雲歸。　悟盡世緣非。溪流堪潹筆、翠沾衣。人生何事願長違。清夢遠、同覓舊苔磯。

跋〔一〕

伍崇曜

右《南齋集》六卷，詞一卷，國朝馬曰璐撰。案全謝山《鮚埼亭集·叢書樓書目序》云：『吳越好古君子過此樓者，必謂自明中葉以來，韓江葛氏聚書最盛，足以掩而過之。余以此猶其淺焉者也。夫藏書必期於讀書。』又云：『馬氏兄弟，服習高、曾之舊德，沉酣深造，屏絶世俗剽賊之陋。而又旁搜遠紹，萃薈儒林、文苑之部居，參之百家九流，如觀王會之圖，以求其斗杓之所向，是豈特非閉閣不觀之藏書者所可比，抑亦非翫物喪志之讀書者所可倫。其所以勗之者至矣。』故杭大宗《詞科掌錄》亦稱其『詩筆清削』。今觀是集，尚匪阿好之言。而厲樊榭所撰《湖船錄》，亦屬爲之序，殆並重其人也。

維揚園林甲天下，小玲瓏山館尤著，所謂『地以人傳』者歟！在街南書屋中，復有透風透月兩明軒、覓句廊、紅藥階、石屋、看山樓、七峯草亭、梅寮、清響閣、澆藥井、藤花庵諸勝。南莊復有青畬書屋、卸帆樓、庚辛檻、春江梅信、君子林、小桐廬、鷗灘諸勝。舊讀厲樊榭諸名流題詠，輒神往不置，迄今百餘年聞已屢易主，曷勝『華屋丘山』之感？余經邗江，欲訪其遺址，竟不可得；復欲購兩遺集，而名字翳如。即販書之肆，藏書之家，概無以應，殊可詫也！特屬張堯仙太史覓之累年，始獲抄本郵寄，恐其湮沒不傳也，並重梓之。

咸豐辛亥清明後三日，南海伍崇曜跋。

【校記】

〔一〕此跋，底本無，據《南齋集》、《南齋詞》粵本補。

詩歌輯佚

馬曰琯

林屋唱酬録

落木庵

爲徐元嘆先生別業，僧從危樓中，出小照索題。

花剩殘紅水剩藍，先生遺像寄僧龕。蠹魚窠裏還尋得，不負當年落木菴。

韓江雅集

韓江雅集卷一

冬日集畬經堂分咏

馬曰琯得煨芋

清味供書齋，岷山產最佳。陰何灰裏撥，風雪夜深埋。杜老貧能辨，狙公性特乖。懶殘空有願，應不到吾儕。

長至前三日同人集嶂書樓下時風日晴美雪意未作因分賦雪中故事各成五言四韻以爲宿麥之先兆云

馬曰琯得洪州西山

嚴冬苦沍寒，六花深沒脛。星子去洪州，三百路橫亙。一夕取書來，坐客眼爲瞪。每當雪甚時，令人想李勝。

韓江雅集卷三

十一月三十日集小玲瓏山館分詠

馬曰琯得寒山

巉巖冷逼人，刻削露全身。草木已齊脱，風霜況浹旬。嵐光渾似睡，峯勢過於春。絕愛樵歌發，清音迥出塵。

咏竹火籠效齊梁體

金刀理翠筠，袖中矜巧匠。瘦藤束縛之，微火縱橫向。秋心轉暘谷，含漪變挾纊。置之研席旁，詩神應張王。

洞庭葉震初爲同人寫行庵文讌圖歲晏瀕行自作漁隱小照索題

洞庭山人葉震初，胷懷朗朗神舒舒。靈威丈人在西隅，定披玉札讀蕊書。寫真乃其遊藝餘，今年秋月來僧廬。適當重九花芬敷，紫萸黄菊酒一壺。清吟十六人與俱，山人合作《文讌圖》。須眉躍躍如可呼，就中老醜莫予如。亦復點筆成臞儒，香山玉局世豈無？何充李放誰言殊？偶然對鏡自爲娱。徜徉黄篾隱於漁，殘年風雪賦歸歟。水雲出沒涵太虚，千頃頗黎興不孤。此中憶曾一月居，莫釐峯頭望具區。七年轉眼風月徂，何妨添我依菰蒲，我亦烟波舊釣徒。

韓江雅集卷四

分擬唐人五言古體

馬曰琯得玩月擬歐陽四門詹

秋月異平昔，八月中更佳。氣澄天景霽，林肅浮翳揩。流光入庭戶，素影臨籤牌。玉露泫桂葉，金風響松釵。惟我三四人，坐嘯如同懷。對之不忍去，攜手同行階。昔人跡已遠，愛月無等差。相與襲玩事，永夜留清齋。

韓江雅集卷五

五月二日集小玲瓏山館題五毒圖

盛夏毒蟲難鎮遏，噬人肌骨嚼人血。一毒中人不可醫，以毒治毒互相殺。形模寫出付新裝，五月蕭齋玉粽香。守宮徽尾矜緣壁，百足夔憐死不僵。媚螟反使天無目，主簿之蟲竹筒育。山君七尺自誇强，多少齊人負隅逐。草木農師用意深，三年艾葉費幽尋。禳災盡化諸蟲毒，剛卯兵符一樣心。五色五聲應較甚，南頭北尾猶非酖。只在靈丹半點存，任爾辛螫吾能禁。

韓江雅集卷七

夏至後一日小集行庵時雨適至以高青丘滿林烟雨聽啼鴣分韻

馬曰琯得林字

溽暑一陰始，梅天氣鬱沉。閑攜研具出，言尋雙樹林。清影喜密布，高軒欣賁臨。絺衣披乍解，竹冠欹不簪。談經兼説史，琅琅惟球琳。我苦經塵務，芸消生白蟫。得公如時雨，平疇蘇秧鍼。殷殷雷車發，灑空金玉音。既沾蘭茝質，又潤蓬茅心。片刻雖云暫，得不歌甘霖。茶烟風壚裊，濁酒瓦瓶斟。熇蒸已全卻，雅興思難任。效彼林中鳥，聊爲説偈吟。

一字至七字詩

馬曰琯賦吟

吟。古調，清音。思鬱鬱，意沉沉。支頤苔徑，擁鼻花陰。鮑謝欣聯句，陰何苦用心。竅蚓時聞石鼎，鳴蟬不斷秋林。冥搜聲細詩情得，只恐星星兩鬢侵。

韓江雅集卷八

一字至七字詩

馬曰琯賦蘋

蘋。帶荇，依蓴。楚江畔，南澗濱。芳曾作薦，潔可娱賓。清淺九衢綠，參差十字新。風約半池入夜，魚吹兩岸初晨。柳惲當年騎馬處，汀洲三月玉湖春。

解秋次元微之韻

馬曰琯得第六首韻

綠姿愁霜蕉，清韻憐風竹。無何秋又來，一晌羊胛熟。斷酒已經年，忍見車上麯。空餘數卷書，占得最閑局。

天寧寺僧房看掃葉以開門落葉深分韻

馬曰琯得葉字

寒雲滃不流，入門遥迂摺。愛煎石鼎茶，迅掃瓦溝葉。寸寸露魚鱗，層層飛蛺蝶。於此悟無生，歸根經幾劫。

七峯草亭遲雪以張伯雨山留待伴雪春禁隔年花分韻

馬曰琯得伴字

一白凝臘前，風花互零亂。戶墐絮減溫，井凍晨不爨。篝燈攜硯具，忍寒據吟案。今朝草亭中，嵇阮重得伴。爐熏映竹橫，茶烟逢石斷。起聽凍雀喧，行復出新玩。

韓江雅集卷九

分詠消夏食單

馬曰琯得石華粉

瓊枝產石根，細齒珊瑚狀。揚帆東海頭，采掇濾盆盎。方寸截凍膠，糖薑佐冰釀。乍食伏三尸，一咽冷九臟。

韓江雅集卷十

邵文莊公溫硯爐爲方西疇作

西疇酷嗜古，每至不空手。珍重是文房，得一如良友。攜來溫硯爐，出玩當頭九。不愁青靄凝，但愛寒雲走。衆賓紙滲墨，小子心語口。當年戰文場，藉此亦良厚。而今傷老大，宴坐柳生肘。曷若留冰澌，苦心聊與守。載薪甘讓前，冶銅寧落後。再讀古銘文，遐哉二泉叟。

東園雜詠

馬曰琯得春雨堂

紅橋橋畔足烟蘿，一代繁華付逝波。如此春光如此雨，竹西今日已無多。

分詠四明古跡重送謝山

馬曰琯得雪竇

積雪蕭蕭古，六月寒如冬。當年開講席，此日留禪宗。清露翻宿鳥，陰雲蟠畫龍。先生讀書暇，時倚一枝筇。

分詠揚州歲暮節物

馬曰琯得鬧穰穰

巧思花絨剪，簪來春意多。青紅風裏立，搖動膝前過。最是兒童喜，因之歲序和。蘇家諸子姪，拍手笑婆娑。

分詠揚州歲暮節事

馬曰琯得跳竈王

烏帽貼金花，頻將好語夸。米鹽充夾袋，風雪遍東家。狀態儺翁並，跳踉竪子譁。猶多媚竈者，贏得醉麻茶。

著老堂分詠春蔬

馬曰琯得蔞蒿

厥高二月生，細白美盈寸。登盤點吳酸，攜筐采下噀。河豚愁臘毒，得此可不論。珍重下箸時，佐我桃花飯。

韓江雅集卷十一

分詠端午節物

馬曰琯得釵符

窗曉蘭膏膩，釵符綵線成。榴花綻紅玉，竹葉翦香莖。百鍊照魑罷，五兵逢不驚。武林傳舊事，雲鬢愛縱横。

雨後兩明軒坐月

馬曰琯得鹽韻

天宇看猶濕，洗空明玉蟾。暑應無處著，清欲與人兼。竹樹幽四壁，琴書淨一簾。只愁深夜坐，照得鬢絲添。

韓江雅集卷十二

冬日集延清齋分詠

馬曰琯得蘆管筆

鏤玉鐫冰麗且堅，未如蘆管與冬便。拈來暖可書飛白，試罷輕宜賦草《玄》。作畫圓沙鴻雁落，鈔詩淺水釣師眠。苕溪奪得宣城様，編就劉家筆記傳。劉昌詩有《蘆浦筆記》。

馬曰璐

韓江雅集

韓江雅集卷一

微雪初晴集小玲瓏山館

馬曰璐得覃韻

梅花歷亂似著簪，卻喜雲晴雪未酣。急取冷光歸硯北，是誰幽興到江南。圖規九老吟聯數，酒挈雙瓶逕啓三。竹裏風回消未盡，好和清影寫冰蠶。

分詠行庵秋花

馬曰璐得牽牛

庭前老梅樹，玉骨付枯槁。綴以牽牛花，引蔓及秋曉。涼梢竹尾垂，淡挂籬落好。晨鍾未撞時，眾草避幽悄。洗露碧娟娟，吹衣風浩浩。留賞誠自佳，毋爲被花惱。康節先生云：『花庵牽牛清晨始開，日出已瘁，花雖甚美，不能留賞，予反其意，爲梅花地也。』

冬日小集行庵分詠

馬曰璐得詩國

月地花天合，河聲嶽影重。探驪欣受采，得雋限提封。似楚稱彊服，如齊笑附庸。用東坡意。好來參佛界，莫更判禪宗。

韓江雅集卷七

一字至七字詩

馬曰璐賦憩

憩。聊休，偶詣。碧水旁，青林際。幽興如延，沖襟非滯。時因腰腳疲，暫結雲霞契。偕遊春寺花留，獨往秋山酒泥。松根寂寞學胡僧，雙屩圓蒲真得計。

韓江雅集卷八

一字至七字詩

馬曰璐賦荷

荷。貼水，淩波。邀越女，妒湘娥。花紅似錦，葉碧如羅。風裳秋思遠，離緒斷絲多。太華峯頭堪憶，臨平山下曾過。雨中留得鴛鴦宿，樂府重翻相府歌。

解秋次元微之韻

馬曰璐得第二首韻

霜風肅萬象，健翮來蒼鷹。少年務百中，遲鈍在所懲。相憐劇夔蚿，變化成鯤鵬。吾心無一物，誰與吾爭能？

送團冠霞入都

襆被三千里，琴書兩束輕。津門還錄別，邗水是初程。把酒折烟柳，停舟聽早鶯。春風詩句好，高傍使星明。

采蘋曲

采蘋采蘋揚子津，蝴蝶飛飛愁煞人。莫怪深根難離水，江南日落已非春。

自汲清泉自起栽，花開嘗恐野鷗猜。從今欲問汀洲客，肯爲蘋花更一來？

韓江雅集卷九

初夏過劉補齋先生行庵寓齋同次先生遊休園韻

行庵公暫留，履絇慚侍寡。竹粉膩吟籤，鳥語墮階下。日對祇樹林，翠陰入媕雅。昨枉瓊瑤詞，真味非外假。今朝撰杖來，餘芬尚可把。追隨列仙儒，如鸞碧霄跨。茶斟青磁甌，酒屏白玉斝。時於和風中，蘭言聽飄灑。所愧弇陋姿，不得列游夏。陶鑄默有成，能不荷鑪冶。公欣長日長，我忘野人野。音不中琴瑟，愁遇識曲者。獨有抱區區，還來一傾瀉。

韓江雅集卷十

南齋分詠

馬曰璐得癭瓢

誰雕臃腫餘，製作具妙理。樸較長生同，大非五石比。謂此不材者，翻居醉鄉裏。人生亦贅疣，頹然吾與爾。

東園雜詠

馬曰璐得春水步

花香淨洗綠差差，風蹙圓痕乍暖時。安得秦川舊公子，碧桃開後寫新詞。

送全謝山歸四明

三年一握手，何遽唱驪駒。竹裏書籤亂，窗間酒盞孤。愁心揚子渡，寒色賀家湖。行李兼風雪，蕭蕭歲暮俱。謝山曾賦《寒色》詩。

分詠揚州歲暮節物

馬曰璐得天燈

何以答天休，懸燈屋角頭。相風同裊裊，照夜亦悠悠。彩奪繁星亂，光凝瑞靄浮。揚州十萬戶，指點出高樓。

分詠揚州歲暮節事

馬曰璐得飣盤

花瓷八九事，紅燭兩三枝。一似分曹門，多爲饋歲遺。園蔬真淡泊，山果亦瑰奇。何以成風俗，添吾細碎詩。

韓江雅集卷十一

分詠端午節物

馬曰璐得九子粽

江南兒女節，包黍亦成行。雁雁門閭憂，纍纍几案香。青菰傳奕葉，綵線佩諸郎。樂府歌詞舊，還勞玉手將。

附录

附錄一　年譜簡編

公元一六八八年　康熙二十七年　戊辰　馬曰琯一歲

馬曰琯生。馬曰琯，字秋玉，號嶰谷。

馬曰琯生年未見載籍，杭世駿《道古堂集》卷四十三《朝議大夫候補主事加二級馬君墓誌銘》曰：『及旬竟以不起，春秋六十有八。時乾隆乙亥六月一日也。』其生年依此可推。

馬曰琯先祖，自端益由鄱陽遷婺源；再傳爲真三，始籍於祁門；自祖始家於揚。

《朝議大夫候補主事加二級馬君墓誌銘》曰：『君諱曰琯，字秋玉，姓馬氏。系出漢新息侯援，迨宋末，造丞相廷鸞，隸籍鄱陽，生五子，季爲端益，始遷婺，再傳爲真三，始籍祁門，世遂爲祁門人。曾祖大極，前明諸生。祖承運，州倅，始家於揚，考謙，州司馬，兩世皆以君貴，贈朝議大夫。妣洪氏、妣陳氏皆封恭人。洪恭人生二子，長子曰康，早殤；次曰楚，以後世父。陳恭人生君及昆弟曰璐。』

《重修揚州府志》卷五十一《人物・文苑》曰：『馬曰琯，字秋玉，江都人，祁門籍，祖承運，康熙間設廠賑粥。』

《同治祁門縣誌》卷三十《人物志・義行》曰：『馬曰琯，字秋玉，居城南。由附生援例候選主事。欽授道銜，僑居維揚……弟曰璐，字佩兮，由貢生援例，候選知州……』《清史列傳》卷七十一曰：『馬曰琯，字秋玉，安徽祁門人，原江蘇江都籍。諸生，候選知州。』

高翔（一六八八—一七五三）生。其字鳳岡，號西唐等，江蘇甘泉人。

高翔生年未見載籍，馬曰琯《沙河逸老小稿》卷一《壽高西堂五十》曰：『十五論交今五十，與君同調復同庚。』卷六《哭高西堂》曰：『同調同庚留我在，臨風那得不潸然。』據此可推高翔生年。

符曾（一六八八—一七六〇）生。其字幼魯，號藥林，浙江錢塘人。在揚州多同好。著有《春鳧小稿》等。

符曾生年未見載籍，沈廷芳《隱拙齋集》卷十四《題幼魯團扇寫詩四首》注曰：『幼魯定此圖年二十五，今已六十矣。』卷十四編入丁卯年，據此可推符曾生於是年。

陳撰（一六七八—一七五八），十一歲。其字楞山，號玉幾山人等，浙江鄞縣人。一生長期客居揚州。

程夢星（一六七九—一七五五），十歲。其字午橋，號洴江等，安徽歙縣人，遷居江都。著有《今有堂詩集》等。

《淮海英靈集·甲集》卷四曰：『程夢星，字午橋，號洴江，江都人。康熙壬辰進士，改庶起士，授翰林編修。』

華喦（一六八二—一七五六），七歲。其字秋嶽，號新羅山人等，福建上杭人，一生多臨揚州。

邊壽民（一六八四—一七五二），五歲。其字頤公，號葦間居士等，江蘇淮安人，一生多臨揚州。

高鳳翰（一六八三—一七四八），六歲，山東膠州人，一生多臨揚州。

馬曰楚（一六八五—一七二六），四歲。

《樊榭山房文集》卷七《候選儒學教諭馬君墓誌銘》曰：『君諱曰楚，字開熊，姓馬氏……君卒於雍正四年八月二十一日，得年四十有二……弟曰琯、曰璐於十一年十一月十九日葬君於本生考暨妣洪太恭人天長縣鄉溝橋之新阡。』

汪士慎（一六八六—一七五九），三歲。其字近人，號巢林等，安徽歙縣人，長期流寓揚州。著有《巢林集》。

金農（一六八七—一七六三），二歲。其字壽門，號冬心等，浙江錢塘人。一生多臨揚州，晚年寓於揚。著有《冬心先生集》等。

方世舉（一六七五—一七五九），十四歲。其字扶南，號息翁，安徽桐城人，多游於揚州，長於詩。

袁枚《隨園詩話》卷十三《靈氣難得》曰：『桐城二詩人，方扶南與方南塘齊名。魚門愛扶南，余獨愛南塘，何也？以其詩骨清故也。』

張世進，十五歲。

《揚州畫舫錄》卷十五曰：『張世進，字軼青，號嘯齋，顧書宣之甥。詩與二馬齊名，居王家園，與街南書屋相距甚近，嘯齋有贈馬氏詩云：「簷扉只隔三條巷，筆硯相依十載情。」』

公元一六九〇年　康熙二十九年　庚午　馬曰琯三歲

盧見曾(一六九〇—一七六八)生。其字抱孫，號雅雨，山東德州人，辛卯舉人，官至兩淮轉運使。著有《雅雨堂詩文集》。(《揚州畫舫録》卷十)

公元一六九一年　康熙三十年　辛未　馬曰琯四歲

陸錫疇(一六九一—一七五四)生。其字我田，號茶塢，江蘇長洲人。

陸錫疇生年不見載籍。全祖望《鮚埼亭集》卷第二十《陸茶塢墓誌銘》曰：『茶塢卒，其子尚少。吾懼明瑟之徑有塵，而竹林之壚且圮也。茶塢年六十有四。』《沙河逸老小稿》卷三《甲戌夏六月茶塢沉疴甫愈鼓興渡江泊舟之頃復爾委頓不七日而奄化行庵傷其旅魂蕭索舊侶凋殘爲詩二章哭之》。合上二詩可知陸生於是年。

公元一六九二年　康熙三十一年　壬申　馬曰琯五歲

五月，厲鶚(一六九二—一七五二)生。其字太鴻，號樊榭，浙江錢塘人，長期寓住小玲瓏山館。(《樊榭山房集》附録五《厲樊榭先生年譜》)

方士庶(一六九二—一七五一)生。其字循遠，號環山。

金農《大墨》印跋云：『環山方君，籍系新安，僑居邗上，爲馬氏玲瓏山館上客。工詩畫。』

公元一六九三年　康熙三十二年　癸酉　馬曰琯六歲

鄭燮(一六九三—一七六五)生。其字克柔，號板橋等，江蘇興化人。一生長期在揚州鬻畫，著有《板橋詩鈔》等。

公元一六九五年　康熙三十四年　乙亥　馬曰琯八歲　馬曰璐一歲

馬曰璐生。其字佩兮，號半查、半槎、南齋。

馬曰璐生年未見載籍，今據華嵒《離垢集》卷三《馬半查五十初度擬其逸致優容寫之扇頭並製詩爲祝》被編入乙亥年，可推知馬曰璐當生於是年。

杭世駿《道古堂集》卷二十三《桃杯歌爲馬曰璐方士庶作》曰：『韓江耆舊方與馬，七十齊年當孟夏。庚甲無差月日同，兩家羊酒充門廈……明年我亦老而傳……只恐仙桃難再剖……』以此知馬曰璐長杭世駿一歲。

杭世駿《道古堂集》卷六十四《封太恭人馬母陳氏墓誌銘》曰：『曰璐候銓知州，召試詞科，不肯就。與余同歲，有名。』據此可推馬曰璐生於一六九六年，從上知，此爲杭世駿記憶有誤。

丁敬（一六九五—一七六五）生。其字敬身，號鈍丁等，浙江錢塘人。長於詩、畫、雕刻，有《武林金石録》、《硯林詩集》、《硯林印款》傳世。與二馬交善，互有詩和。

《清史列傳》卷七十一曰：『丁敬，字敬身，亦錢塘人。』

方士庶（一六九五—一七五一）生。其字右將，號西疇，江蘇江都人，士庶弟，一生多臨揚州。

公元一六九六年　康熙三十五年　丙子　馬曰琯九歲　馬曰璐二歲

杭世駿（一六九六—一七七三）生。其字大宗，號堇浦，一作堇甫，浙江仁和人。雍正舉人，乾隆元年舉博學鴻詞，授編修，以言忤旨罷歸。著有《道古堂集》等。晚年曾主講揚州書院。與二馬友善。

公元一六九八年　康熙三十七年　戊寅　馬曰琯十一歲　馬曰璐四歲

姚世鈺（一六九八—一七四九）生。其字玉裁，號薏田，浙江歸安人，與揚州文人多交遊。

公元一七〇二年　康熙四十一年　壬午　馬曰琯十五歲　馬曰璐八歲

馬曰琯與高翔初交。

馬曰琯《沙河逸老小稿》卷一《壽高西堂五十》中，曰：『十五論交今五十，與君同調復同庚。』

公元一七〇五年　康熙四十四年　乙酉　馬曰琯十八歲　馬曰璐十一歲

全祖望（一七〇五—一七五五）生。其字紹衣，號謝山，浙江鄞縣人。乾隆元年進士，官庶常。因受朝廷要官張廷玉排斥，辭官歸里。曾主館馬氏小玲瓏山館，與二馬及出入該館的士子多有交遊。著有《鮚埼亭集》、《經史問答》等。（《鮚埼亭集内編》卷首《全謝山年譜》）

曹寅奉旨，在揚州設局，據明胡震亨《唐音統籤》和清初季振宜《唐詩》爲底本增修《全唐詩》。（《全唐詩進書表》）

公元一七〇六年　康熙四十五年　丙戌　馬曰琯十九歲　馬曰璐十二歲

《全唐詩》九百卷在揚州刻成。

公元一七〇七年　康熙四十六年　丁亥　馬曰琯二十歲　馬曰璐十三歲

石濤（一六四二—一七〇七）卒於揚州。其書畫極富創新精神，對『揚州八怪』影響深刻。清光緒十七年吴興陸氏家塾刻本《穰梨館過眼錄》卷三十六，記有小玲瓏山館收藏其《石濤贈石溪山水冊》。

公元一七〇九年　康熙四十八年　己丑　馬曰琯二十二歲　馬曰璐十五歲

朱彝尊（一六二九—一七〇九）（竹垞）卒，年八十一。其歿後，《經義考》由馬氏刊佈。

《同治祁門縣誌》卷三《人物志·義行》曰：『（馬曰琯）嘗以千金爲朱彝尊刻《經義考》。』

《揚州畫舫錄》卷四曰：『（馬曰琯）嘗爲朱竹垞刻《經義考》。』

公元一七一〇年　康熙四十九年　庚寅　馬曰琯二十三歲　馬曰璐十六歲

馬曰琯歸試祖籍祁門。

杭世駿《道古堂集》卷四十三《朝議大夫候補主事加二級馬君墓誌銘》曰：『（馬曰琯）年二十三，歸試祁門，充學宮弟子。』

公元一七一一年　康熙五十年　辛卯　馬曰琯二十四歲　馬曰璐十七歲

王士禎（一六三四—一七一一）卒，年七十八。

十月，江南科場案起。

公元一七一二年　康熙五十一年　壬辰　馬曰琯二十五歲　馬曰璐十八歲

十月，戴名世《南山集》案起。

曹寅（一六五八—一七一二）卒。

程夢星中進士。

公元一七一六年　康熙五十五年　丙申　馬曰琯二十九歲　馬曰璐二十二歲

程夢星告歸揚州築篠園。

《揚州畫舫錄》卷十五曰：『篠園本小園，在廿四橋旁，康熙間土人種芍藥處……康熙丙申，翰林程夢星告歸，購爲家園……是園向有竹畦，久而枯死，馬曰琯以竹贈之，方士庶爲《贈竹圖》，因以「篠」名園。』

《淮海英靈集·甲集》卷四《小漪南詩》下，程夢星自注：『丙申秋，余築篠園。』二馬此後多遊該園並雅集。

袁枚（一七一六—一七九七）生。其字子才，號簡齋，晚號隨園老人，浙江仁和人。

公元一七一七年　康熙五十六年　丁酉　馬曰琯三十歲　馬曰璐二十三歲

二馬之父謙卒。

《樊榭山房集·文集》卷七《朝議大夫候選主事馬公暨元配洪恭人墓誌銘》：『誥贈朝議大夫、候選主事馬公享年五十有八，以康熙丁酉年卒。』

樓錡（一七一七—一七五四）生。其字于湘，浙江錢塘人，居揚州，著有《于湘遺稿》五卷。

公元一七一八年　康熙五十七年　戊戌　馬曰琯三十一歲　馬曰璐二十四歲

程晉芳（一七一八—一七八四）生。其字魚門，號蕺園。安徽歙縣人，寓江蘇江都。

翁方綱《蕺園程君墓誌銘》曰：『君諱晉芳，初名廷鐄，字魚門……生於康熙五十七年十月二十四日。』

公元一七二一年　康熙六十年　辛丑　馬曰琯三十四歲　馬曰璐二十七歲

厲鶚撰《南宋院畫録》八卷。（《樊榭山房集》附録五《厲樊榭先生年譜》）

盧見曾登進士。

江春（一七二一—一七八九）生。其字穎長，號鶴亭，籍歙縣，祖居揚。治鹽爲業，曾爲總商。於揚州城東築『康山草堂』，與二馬、杭世駿、厲鶚、金農、鄭燮等均有交往，一時風雅之盛，幾與小玲瓏山館相埒。著有《隨月讀書樓詩集》二卷。

王昶《湖海詩傳》卷十六曰：『江春，字穎長，號鶴亭，歙縣人。揚州籍諸生，後以總理鹽務，賜內務府奉宸苑卿，加至布政使銜。有《讀書樓詩集》。』

公元一七二三年　雍正元年　癸卯　馬曰琯三十六歲　馬曰璐二十九歲

厲鶚著《南宋雜事詩》七卷。

公元一七二四年　雍正二年　甲辰　馬曰琯三十七歲　馬曰璐三十歲

厲鶚寓馬氏小玲瓏山館，馬曰璐新賦悼亡詞。

陸謙祉《厲樊榭年譜》曰：『（一七二四年，厲鶚）到廣陵，仍留馬氏，時嶰谷新賦悼亡，故先生爲題梅花卷子詞。』今查《樊榭山房集》卷十《菩薩蠻·馬佩兮梅花卷子寓騎省之戚征予賦此》：『微波冷托湘筠色。高枝早信尋難得。玉骨不爲泥。輕於雲一絲。　鏡花留半影。最薄東風命。楚角莫飛聲。人間無此情。』

公元一七二五年　雍正三年　乙巳　馬曰琯三十八歲　馬曰璐三十一歲

春，馬曰璐同厲鶚、汪士慎爲金農澤州之行相送，並記以詩。

汪士慎《巢林集》卷二《金壽門》曰：『詩人性情慣離家，小別衡門落照斜。明日馬蹄踏芳草，梨花風雨又天涯。』馬曰璐《南齋集》卷一有《春日送金壽門之河東》。

是年，厲鶚爲馬曰璐藏畫題詩。

《樊榭山房集》卷四有《題馬佩兮所藏馬麟摹黄筌春波瀏鵝圖》。

汪景祺因《西征隨筆》案被處極刑。

公元一七二六年　雍正四年　丙午　馬曰琯三十九歲　馬曰璐三十二歲

是年，清廷以『維民所止』案殺查嗣庭。

八月，馬曰楚卒。

厲鶚《樊榭山房文集》卷七《候選儒學教諭馬君墓誌銘》曰：『君諱曰楚，子開熊，姓馬氏……君卒於雍正四年八月二十一日，得年四十有二。』

公元一七二七年　雍正五年　丁未　馬曰琯四十歲　馬曰璐三十三歲

暮春，馬曰琯至杭州與厲鶚游諸景。

《樊榭山房集》卷五有《暮春馬佩兮來遊湖上用去年泊垂虹橋謁三高祠韻》。

夏，金農自澤州投詩揚州小玲瓏山館諸友人。

《冬心先生集》卷二《憶康山舊游寄懷余元甲高翔馬曰楚曰琯曰璐汪士慎》曰：『曩哲風流地，朋遊數往還。飲盟無筭爵，花社一家山。談藝揮犀柄，填詞按翠鬟。相思渺天末，腸斷茱萸灣。』

厲鶚跋元袁易《靜春堂集》，此書後爲小玲瓏山館所收。

《四庫全書總目》卷一百六十七記爲『兩淮馬裕家藏書』。查厲氏年譜等，未見厲氏該年寓揚，《靜春堂集》或在厲鶚跋後歸小玲瓏山館。

《靜春堂詩集》原跋曰：『靜春詩似黄、陳，學杜，往往以蒼硬盤鬱出之，當是去宋未遥，不染元人纖靡之習耳。《八月一日雨後》七古一篇，意氣擺脱，才情奔放，具體大蘇矣。抄本多訛字，改定覺眼界爽朗，誰云「誤書思之，更是一適」邪？丁未七月二十七日，半村學人厲鶚記。』

公元一七二八年　雍正六年　戊申　馬曰琯四十一歲　馬曰璐三十四歲

馬曰琯詩集《沙河逸老小稿》繫年大致始於該年，這也是今知馬曰琯詩詞創作的最早時限。

《沙河逸老小稿》卷一第一首詩《秋日游吴氏園林同用梨紅大谷晚桂白小山秋平字爲韻》詩中自注曰：『前年春，曾與先兄同過。』而馬曰楚卒於雍正四年。

厲鶚著《東城雜記》二卷。

公元一七二九年　雍正七年　己酉　馬曰琯四十二歲　馬曰璐三十五歲

馬曰璐爲厲鶚《湖船錄》一卷作序。

《樊榭山房集》附録五朱文藻《厲樊榭先生年譜》曰：『撰《湖船錄》一卷，全謝山祖望、馬曰璐、姚士鈺序。』

三月，厲鶚借抄小玲瓏山館珍藏本史彌寧的《友林集》。

《樊榭山房文集》卷八《友林乙稿跋》曰：『史彌寧，字安卿，鄞人，太師魏王浩之猶子。嘉定中，以國子舍生蒞春坊事，帶閤門宣贊舍人，知邵陽軍。趙希弁《讀書附志》云，《友林集》二卷，有黃景說曾手序。此仿宋槧本，祇一卷，百七十首，當是別刊行者。序文脱去一葉，姓氏莫詳，序中所謂「域」者，觀集有鄭中卿《惠蛣蜉》詩。《文獻通考》：「鄭域，字中卿，慶元中，隨張貴謨使金，著《燕谷剽聞》二卷。」當卽其人也。安卿詩宗尚蕭千巖，清疏有出塵之致。雍正己酉春三月中旬，借鈔於邗江馬君佩兮齋，因爲跋尾。』

春，馬曰璐邀時賢集南齋。

《南齋集》卷一有《己酉孟春雪霽邀裴琴泉管水初吳柳溪張凝思集南齋》。

五月，曾靜、呂留良文字獄興。

七月，廣西謝濟世注釋《大學》之獄興，廣西陸生楠論史之獄興。

八月，《韓柳年譜》仿宋本於小玲瓏山館開雕。

光緒元年七月摹本譜終鈐印曰：『雍正己酉年八月小玲瓏山館仿宋本刻刊。』雍正庚戌年陳景雲跋曰：『柳集久逸，《年譜》獨存其序，廣陵馬君嶰谷涉江購韓譜後未久，復收宋槧版柳集殘帙，其中《年譜》完好，乃諸本所無，因與韓譜同梓。』

《四庫全書總目》所收爲『編修汪如藻家藏本』，但言：『《韓文類譜》七卷，宋魏仲舉撰。仲舉，建安人，慶元中書賈也。嘗刻《韓集五百家注》，輯呂大防、程俱、洪興祖三家所撰《譜記》，編爲此書，冠於集首。《柳子厚年譜》一卷，宋紹興中知柳州事文安禮撰，亦附刊集中。近時祁門馬曰璐得宋槧柳集殘帙，其中《年譜》完好。乃與韓譜合刻爲一編，總題此名云。』此亦可見馬曰琯之功。

二馬向厲鶚等出示所藏元人顧安墨竹畫。

《樊榭山房集》卷六有《馬秋玉佩兮招飲出觀顧定之墨竹》。

是年，厲鶚等爲二馬題街南書屋。

厲鶚《樊榭山房集》卷六、陳章《孟晉齋詩集》卷二皆有《題秋玉佩兮街南書屋十二首》：《小玲瓏山館》、《叢書樓》、《透風透月兩明軒》、《覓句廊》、《紅藥階》、《石屋》、《看山樓》、《七峯草亭》、《梅寮》、《清響閣》、《澆藥井》、《藤花庵》。

《揚州府志》曰：『街南書屋在東關大街，馬曰琯、馬曰璐昆季築，中有藏書樓，藏書百橱。乾隆三十八年，開四庫館，曰璐子振伯恭進藏書可備採擇者七百七十六種。書成後，御題所進《鶡冠子》，並賜《古今圖書集成》一部、《平定伊犁金川》詩、《得勝圖》，一時榮之。』《廣陵詩事》曰：『秋玉徵君始得太湖石甚佳，故建山館，名曰小玲瓏。石甚高，鄰家不便其立，弟半查止之，不欲以娱己而疏鄰也。』《甘泉縣續志》曰：『馬曰琯、曰璐並博學工詩，好客，築室街南，爲宴集之地。酷嗜古書，海内奇文祕簡，不惜重價購求，所藏書畫碑版，甲於江南北。延館四方名流，日爲文酒之會。凡縉紳往來之有文望者，咸納交恐後，寒士挾一藝至，亦必不失其意去。昆仲既傾心風雅，同里諸才彦又相應和，敦盤遞主，觴詠無虚，數十年邗江勝概，不減顧阿瑛玉山草堂也。其後叢書樓遺書，進呈備采者，多至七百餘種。』徐用錫《圭美堂集》卷二十三《書小玲瓏山館所藏傳是樓六經宋板後》曰：『……崑山吾宗司寇構傳是樓，藏古書，欲以嗣音絳雲，今聲噪海内。人爭欲得，無先於宋槧《易》、《書》、《詩》、《論》、《孟》、《孝經》六經之精好者，竟爲吾友小玲瓏山館主人馬子嶰谷、涉江所有，可賀也……』徐用錫《圭美堂集》卷十四《看山樓記》曰：『維揚馬君嶰谷及難弟涉江，英年嗜學好古，與其友汪子祓江搜揚幽遐，重雕宋槧將湮廢之書，修治別業，儲經、史、子、集及法書名畫。藝林所稱爲小玲瓏山館也。今年夏，祓江舟行五百里訪余，談次，述馬君於山館左右，掘井泉，蒔花竹，翼以軒楹，前起小樓，扁之曰「看山」，蓋取唐姚祕監《題田將軍宅》「近砌別穿澆藥井，臨街新起看山樓」句，欲得一言以爲記。余迂陋無似，獨愛看山與居閒趣寂爲宜。馬君處烟花迷離之場，可娛目者何限，而喜看山乎？詢其所看之山，祓江笑曰：「過江山色，亦雲烟杳靄間，取其意而已。」余曰：「有是哉！看山一也，得其形不若得其意。得其形以山爲主，而看者遇焉，則有局乎山者。得其意以看爲主，而山會焉，則有進乎山者。『不識廬山真面目，只緣身在此山中』，得其形者似之；『采菊東籬下，悠然見南山』，得其意者似之。」憶余平生途次所看之山，自齊、魯至燕，出居庸，北抵晉，由趙、魏，歷襄、荊、鄖，西界蜀，過嶺南，逼粤西、黔中矣。若往遊可指數者，如京師之西山、房山，保陽之葛公山，黄州之赤壁、樊山，襄之峴、萬，鹿門龍山、習家池山，永州磨厓刊中興頌之浯溪山，柳州作記之鈷鉧潭西山；秀奥若新安之黄山，壯偉磅礴若武當。五嶽陟巔者二，曰泰、曰衡，徐、泗、吴、越，近地不與焉。歸八年矣，終歲兀然一編，盤旋一畝之宫，宅旁隙地，兒子種竹木，十五年鬱然成林……馬君不獨笑余昔之局於形也，而且有會乎意之表，怡神定性以與道俱，則其所看者遠矣。《詩》曰「高山仰止」，心嚮往之矣！』杭世駿《道古堂文集》卷十九《七峯草亭記》：『街南別墅中，修竹盈畝，有石若筍者七，高秀竦擢，掀土而刺天。馬君嶰谷構草亭以延之，名以「七峯」，囑予爲記。考之《爾雅》，釋山之名四十有二，而峯顧不與焉。跡其所謂小而高岑，鋭而高嶠，大抵不離乎峯者是。然高則或至數十百里，而卑亦不下數千尺。若兹數石者，非有園陰之虧蔽，雲嵐之變幻，而目之以峯也何居？大凡山之植體也……嶰谷兄弟尊己而尚志，敬業而樂羣，昕夕玩對，庸以比德，豈復有高下多寡之數存乎胷中哉？若夫海内奇勝之區，以峯名者，日屨更僕而不可以悉數。推是意以往，德日進而不已，渠無有其最高者可以躋陟乎？記云：「祭泰山者，必先有事於配林。」七峯者，兹其爲配林也歟？惜乎吾立言之未峻，不足以發其奥也。』

公元一七三〇年　雍正八年　庚戌　馬曰琯四十三歲　馬曰璐三十六歲

春，厲鶚校元《草堂詩餘》於小玲瓏山館。

厲鶚跋《草堂詩餘》曰：『此本借鈔於吴君尺鳧繡谷亭所藏，頗多顛倒殘缺，略爲校訂，而脱字則仍之。今年冬日，舟檥虎丘，從山塘書肆中借得朱竹垞先生家藏本，復補改數字。下卷起滕王閣《齊天樂》一首，添入龍紫蓬姓氏，殊快人意。但朱本上卷姓氏多遺落，不可解也。雍正庚戌陽月七日，樊榭山民再題於邗江小玲瓏山館。』

四月十五日，馬曰琯爲厲鶚《湖船録》作序。光緒辛巳錢塘丁氏所刻《湖船録》自序云：『厲徵君《湖船録》初刊小子本於邗上，凡七十九則，姚、馬、自序而外，列題詞十六家。』

十月，屈大均詩文案興。以『清風不識字，何故亂翻書』殺翰林院庶吉士徐駿。

冬日，二馬與厲鶚等遊焦山。

《樊榭山房詩詞集》卷六有《同秋玉佩兮西顥江皋自京口放船至焦山》，該詩編入庚戌年。春末，二馬於廣陵初識全祖望。陸謙祉《厲樊榭年譜》曰：『（厲鶚）到廣陵，時全謝山北山抵揚，始識馬氏兄弟……』

公元一七三一年　雍正九年　辛亥　馬曰琯四十四歲　馬曰璐三十七歲

九月，二馬同厲鶚、陳章、汪祓江遊真州吳氏園。

《南齋集》卷一有《辛亥九月十日同厲樊榭陳對鷗汪祓江家兄嶰谷遊真州吳氏園亭用庚子山梨紅大谷晚桂白小山秋平字爲韻》。

是年，余元甲邀二馬、閔崋共十二人，集其萬石園賞梅和詩。

《揚州畫舫錄》卷十五曰：『余元甲……築石園……是園文酒之盛，以雍正辛亥胡復齋、唐天門、馬秋玉、汪恬齋、方洵遠、王梅沜、方西疇、馬半查、陳竹畦、閔蓮峯、陸南圻、張喆士園中看梅，以「二月五日花如雪」爲起句爲最盛。』

是年，马曰琯遊杭州虎丘。

《沙河逸老小稿》卷一《和復齋先生寄示諸什》自注云：『虎丘以小吳軒爲最勝，余辛亥年寓居旬日。』

是年，王虛舟爲馬曰琯書『天下第五泉』。王虛舟，卽金壇王樹，官吏部員外，長書法，好收藏。

《揚州畫舫錄》卷二曰：『金壇王樹，字虛舟，官吏部員外，揚州縉紳匾聯，多出其手。』卷六曰：『先是雍正辛亥間，王虛舟爲馬秋玉書「天下第五泉」五字，欲嵌入小玲瓏山館廊下舊泉之側……』

姚鼐（一七三一—一八一五）生。其字姬傳，室名惜抱軒，安徽桐城人，乾隆二十八年進士，三十八年選入四庫全書館，翌年秋乞病告歸。後曾於揚州掌教梅花書院。

公元一七三二年　雍正十年　壬子　馬曰琯四十五歲　馬曰璐三十八歲

冬，厲鶚與馬曰璐等集於南齋，應之填詞一闋。次日，書之並裝成小軸，高翔復篆書『甜香新唱』於其首。

《樊榭山房集》卷十《國香慢》，序曰：『壬子冬至後三日，過馬半槎南齋，炙甜香以供客，風味幽絶，前明宣宗時禁中製也，坐上索予譜斯闋成。半槎謂予曰：「昔熊訥齋請詹天遊，賦《軟香慶清朝慢》，云願掃陳言。君與此題，當與天遊競爽矣。」明日以綠箋請予書之，裝成小軸。高西唐篆其首，曰「甜香新唱」』。

厲鶚爲馬氏家藏古董賦詩。

《樊榭山房集》卷七《朱碧山銀槎歌爲秋玉賦》，該詩編入壬子年。

厲鶚賦詩別馬氏兄弟。

《樊榭山房集》卷七有《丁未暮春佩兮來游湖上曾作五字詩奉贈壬子秋僕至邗留寓小玲瓏山館歲晚將歸復次前韻志別兼呈令兄秋玉》。

公元一七三三年　雍正十一年　癸丑　馬曰琯四十六歲　馬曰璐三十九歲

冬，二馬新購元本《草堂詩餘》三卷，厲鶚據此校補。

厲鶚《草堂詩餘跋》曰：『雍正癸丑中冬廿二日，在廣陵小玲瓏山館得新購元刻《草堂詩餘》三冊，增入趙功可三首，李太古三首，復校定數十字，始稱善本，爲之快絶。樊榭又記。』

羅聘（一七三三—一七九九）生。其號兩峯等，祖籍安徽歙縣，生長於揚州。

十一月，二馬葬先兄馬曰楚於安徽天長縣鄉溝橋。厲鶚爲撰墓誌銘。

《樊榭山房集·文集》卷七《朝議大夫候選主事馬公暨元配洪恭人墓誌銘》：『誥贈朝議大夫、候選主事馬公享年五十有八，以康熙丁酉年卒。元配洪恭人享年六十有七，以雍正乙巳年卒。先後祔葬於天長縣鄉溝橋先人之域。十一年十一月十九日，嗣子曰琯、曰璐用形家言，以正中壟阪逶迤，氣脈凝結，是爲吉壤，惟公並櫬偏向，勢稍卑窪，非所以安永息，乃營度高燥，得地於鄉溝橋之北，筮言既從，將改窆焉……』

《樊榭山房文集》卷七《候選儒學教諭馬君墓誌銘》曰：『君諱曰楚，字開熊，姓馬氏……君卒於雍正四年八月二十一日，得年四十有二……弟曰琯、曰璐於十一年十一月十九日祔葬君於本生考暨妣洪太恭人天長縣鄉溝橋之新阡。』

公元一七三四年　雍正十二年　甲寅　馬曰琯四十七歲　馬曰璐四十歲

馬曰琯獨立興建梅花書院。

嘉慶十五年刻本《重修揚州府志》卷十九『學校』曰：『梅花書院在廣儲門外，明湛若水書院故址也，初名甘泉書院。國朝雍正十二年，府同知劉重選即其地課士，郡人馬曰琯獨立興建，更名「梅花書院」。』厲鶚爲之賦詩二十韻，《樊榭山房集》附錄五朱文藻《厲樊榭先生年譜》曰：『揚州新構「梅花書院」，爲馬秋玉賦紀事詩二十韻。』

《樊榭山房集》卷七有《揚州新構梅花書院紀事二十韻爲秋玉賦》。

自姚鼐始，多名流博學掌梅花書院。梅花書院同安定書院一起成爲當時揚州學術文化傳承發揚的基地。

《揚州畫舫錄》卷三曰：『安定、梅花兩書院，四方來肄業者甚多，故能文通藝之士萃於兩院者極盛。』

厲鶚與方士庶曾同在小玲瓏山館。

《樊榭山房集》卷七有《小玲瓏山館月夜答方右將見懷》附方士庶《過小玲瓏山館有懷樊榭用張司業寄韓昌黎韻》。

冬，二馬集王岐、余元甲、汪埴、厲鶚、閔崋、汪沆、陳章、金農於小玲瓏山館唱酬。

《樊榭山房集》卷七有《冬日馬秋玉佩兮招同葭白祓江壽門廉風西顥江臯集小玲瓏山館限韻時予與西顥江臯將還武林》。

《冬心先生集》卷四有《馬曰琯曰璐兄弟招同王岐余元甲汪埴厲鶚閔崋汪沆陳章集小玲瓏山館》。

公元一七三五年　雍正十三年　乙卯　馬曰琯四十八歲　馬曰璐四十一歲

冬，杭世駿訪小玲瓏山館，以《松吹書堂集》見示。

《沙河逸老小稿》卷一《杭世駿自錢塘來以松吹書堂集見示依韻奉題》置於同卷詩《乙卯午

日》和《化蝶詩丙辰秋八月寫所見也》中間。再由詩句『寒日松梢濃似黛，江城雪下亂如巾』，可知杭訪山館時間爲該年冬天。

公元一七三六年　乾隆元年　丙辰　馬曰琯四十九歲　馬曰璐四十二歲

盧見曾任兩淮鹽運使，旋遭控告，被革職。盧熱衷文化事業，與二馬性投，多交情，常出沒於小玲瓏山館叢書樓中。

《揚州畫舫錄》卷十曰：『（盧見曾）贈秋玉詩云「玲瓏山館辟疆儔，求索搜羅苦未休。數卷論衡藏祕笈，多君慷慨借荊州」。』

春，全祖望北上，經小玲瓏山館。

《沙河逸老小稿》卷一《全謝山見過山館卽送北上》曰：『甬東才子昔相於，今日看花過敝廬。酒醉循環莫推卻，書籤叢脞待爬梳。論文石角春燈映，話別廊腰夜月虚。此去槐黄應得意，門前流水望雙魚。』該詩置於同卷詩《乙卯午日》和《化蝶詩丙辰秋八月寫所見也》中間，再結合詩的内容看，全氏來山館當爲該年春天。

是年，馬曰璐舉詞科，不試。

《廣陵詩事》卷一曰：『乾隆丙辰，揚州舉詞科者，江都……馬佩兮曰璐……』

《清史列傳》卷七十一曰：『乾隆元年，（馬曰璐）舉博學鴻詞，不赴應試。』

《同治祁門縣誌》卷三十《人物志·義行》曰：『乾隆元年，舉博學鴻詞，（馬曰璐）以親老不赴。』

高鳳翰旅揚州，雙鉤馬曰琯家所藏宋本《華山碑》，自作記。（《江蘇明清文人年表》之《高鳳翰年譜》）

陳撰、方世舉等舉博學鴻詞不就。（《江蘇明清文人年表》）

公元一七三七年　乾隆二年　丁巳　馬曰琯五十歲　馬曰璐四十三歲

四月，二馬同厲鶚遊京口。

《樊榭山房集》卷八有《四月十一日客廣陵秋玉佩兮招予同爲京口之遊晚雨泊舟入高旻寺》。

夏日，二馬與厲鶚等游焦山。與沈德潛訂交。

沈德潛序《沙河逸老小稿》曰：『丁巳歲，予與嶰谷訂交包山寺中。』

是年，馬曰琯與盧見曾商議雕刻《漁洋山人感舊集》一事。此時，盧見曾在揚州兩淮鹽運史任，被控植黨營私已落職。

《雅雨堂詩文集》卷二《刻漁洋山人感舊集序》曰：『乾隆丁巳，罷官揚州，嘗與馬君秋玉論及此事。』『此事』即指刊佈《感舊集》。

秋，馬曰琯遊洞庭並歸，以詩卷等出示厲鶚等友人。

《沙河逸老小稿》卷一有《過洞庭》。《樊榭山房集》卷八有《秋玉遊洞庭回以橘茶見餉》、《題秋玉洞庭詩卷後》。這二首詩編入丁巳年。陳章《孟晉齋詩集》卷五有《嶰谷歸自洞庭爲話諸山之勝並惠茶橘作此奉報》。

秋，二馬皆以詩和高翔五十壽辰。

《沙河逸老小稿》卷一有《壽高西堂五十》。《南齋集》卷一有《高西唐五十》。

公元一七三八年　乾隆三年　戊午　馬曰琯五十一歲　馬曰璐四十四歲

全祖望爲二馬作《叢書樓記》。

《鮚埼亭集》卷第三十二《叢書樓書目序》曰：『乾隆戊午，予爲韓江馬氏兄弟作《叢書樓記》，於今蓋六年矣。書目告成，屬予更爲之序。馬氏儲書之富，已具見於予記中。吳越好古君子，過此樓者，皆謂自明中葉以來，韓江葛氏聚書最盛，足以掩葛氏而過之者，其在斯乎……』

馬曰璐爲小玲瓏山館藏唐代繪畫珍品《醉番圖》作一小記。

光緒十七年吳興陸氏家塾刻本《穰梨館過眼錄》卷一介紹，《醉番圖》爲唐胡瓌所繪，『絹本，高一尺零六分，長二尺五寸九分』。原爲『溧陽沈氏藏』，現歸馬氏叢書樓。馬曰璐記曰：『唐胡瓌與子俱善畫。瓌，范陽人，所畫皆番地之景。此卷人物氣韻淵穆、精彩、飛動，真可謂神品者矣。舊稱瓌畫筆用狼毫，極清勁，洵不誣也。余家小玲瓏山館所藏名跡甚多，惟王詵設色山水卷及李伯時《九歌圖卷》、江貫道《長江圖卷》、關全江《山漁艇圖卷》、李成《寒林圖卷》，與此卷皆屬甲觀。汪中允退谷過，從索觀稱絕，欲以漢玉轂璧易之，與卻之曰：「敝帚自珍，嗜痂成癖，從吾所好而已，隨珠和璧，非不實貴，吾固不欲以彼易此也。」相與大笑而罷，晴窗展玩之下，漫筆識之。乾隆戊午花朝半查馬曰璐。馬氏叢書樓珍藏圖記。』

春，馬氏刻《困學紀聞》二十卷。

《鮚埼亭集外編》卷第二十五《困學紀聞三箋序》曰：『近年祁門馬氏以閣本開雕，而間采何說以附之。』

《困學紀聞》二十卷，宋王應麟撰，清閻若璩箋，北京圖書館藏乾隆三年（一七三八）揚州馬氏叢書樓刻本。封面鐫有『閻百詩校勘』、『叢書樓藏版』，卷末有『閻百詩先生勘本，乾隆戊午春月馬氏叢書樓本』印。

公元一七三九年　乾隆四年　己未　馬曰琯五十二歲　馬曰璐四十五歲

冬，馬曰璐詩和高翔並懷先兄馬曰楚。

《南齋集》卷一有《己未祀灶日有感橘堂先兄次西唐》。

是年，馬曰琯爲程松逸書畫作品《三好圖》題詩。

《沙河逸老小稿》卷一有《題松逸三好圖》。

公元一七四〇年　乾隆五年　庚申　馬曰琯五十三歲　馬曰璐四十六歲

九月，盧見曾被貶赴塞外軍臺效力。十月，高鳳翰等作《盧見曾出塞圖》，馬曰琯等朋好題詩。

《沙河逸老小稿》卷一有《題雅雨先生出塞圖》。

九月，清廷毀謝濟世所注經書一百五十四種。

是年，馬曰琯詩題高鳳翰畫。

《沙河逸老小稿》卷一有《題高南阜折柳圖》，該詩無紀年，但在集中前後詩皆爲庚申年。

是年，高鳳翰在揚州，賦《雨中邀馬秋玉看畫》。年底北還之際賦《三君詠》，三君卽金農、鄭燮和馬曰璐。（此條引自《揚州八怪年譜》，第三三五頁）

公元一七四一年　乾隆六年　辛酉　馬曰琯五十四歲　馬曰璐四十七歲

是年，全祖望至揚州，宿馬氏畬經堂，成《困學紀聞三箋》。

《鮚埼亭集内編》卷首《全謝山年譜》之《六年辛酉先生三十七歲秋至白下歲暮而歸》曰：『歸經揚州，止宿馬氏畬經堂，成《困學紀聞三箋》。』

《鮚埼亭集外編》卷第二十五《困學紀聞三箋序》：『歲在辛酉，予客江都寓寮，無事取二本合訂之，宂者删簡，而未盡者則申其説，其未及考索者補之，而駁正其紕繆者，又得三百餘條。』

公元一七四二年　乾隆七年　壬戌　馬曰琯五十五歲　馬曰璐四十八歲

新年試燈前一日，汪士慎與諸友好於馬氏小玲瓏山館集會，聽高翔誦《雨中集字懷人詩》一百二十首。

《南齋集》卷三有《試燈前一日聽西唐誦懷人諸作》。

《巢林集》卷四《試燈前一日集小玲瓏山館聽西唐誦雨中集字懷人詩》，曰：『細聽子吟誦，浪浪山館清。所懷多舊識，入耳是新聲。春雨得奇句，東風寄遠情。今宵作良會，花徑已燈明。』

春日，馬曰琯與高翔以詩相酬和。

《沙河逸老小稿》卷二有《雨後南莊和西唐韻》。

正月二十三日，二馬集汪士慎等諸友好游梅花書院，因雨留飲小玲瓏山館，並分韻賦詩。

汪士慎《巢林集》卷四有《正月二十三日嶰谷昆季招游梅花書院因雨留飲山館分得纔字》。

正月，二馬與符曾、陸鍾輝游平山，並聚於陸氏山莊。

《南齋集》卷一有《壬戌正月十六日同符藥林陸南圻家兄嶰谷月夜遊平山時從陸氏山莊飲散》。

秋，馬曰琯詩贈汪士慎。

《沙河逸老小稿》卷二有《秋日柬汪近人》。

是年，二馬爲厲鶚在揚納姬人劉氏。

《沙河逸老小稿》卷二《厲樊榭納妾》曰：『竹西自昔多佳麗，名士傾城此一時。』

馬曰璐五十壽辰，華嵒寫畫賦詩爲祝。

華嵒《離垢集》卷三有《馬半查五十初度擬其逸致優容寫之扇頭並製詩爲祝》。

公元一七四三年 乾隆八年 癸亥 馬曰琯五十六歲 馬曰璐四十九歲

春，二馬文宴於小玲瓏山館。金農爲之紀詩。

《冬心先生集》卷四有《乾隆癸亥春之初馬氏昆季宴友於小玲瓏山館秋玉主人出前朝馬四娘畫眉螺黛太子坊紙宋元古硯將貽友人余得秋玉案頭巨硯質雖稍粗然臨池用之大可快意老年得此又得一良友矣》。

重陽日，二馬集韓江詩社友好厲鶚、張四科、閔崋、陸鍾輝等十四人，集行庵賞菊賦詩。逾月，葉震初爲之繪《九日行庵文讌圖》。

《樊榭山房文集》卷六《九日行庵文讌圖記》曰：『行庵在揚州北郭天寧寺西隅，馬君嶰谷、半槎兄弟，購僧房隙地所築，以爲遊息之處也。寺爲晉謝太傅別墅，西隅饒古木，霾鬱陰森，入林最僻，不知其近郛郭。庵居其中，無斲礱髹采之飾，惟軒庭多得清蔭，來憩者每流連而不能去。乾隆癸亥九日，積雨既收，風日清美，遂約同人，咸集於斯。中縣仇英白描陶靖節像，采黃花，酌白醪爲供，乃以「人世難逢開口笑，菊花須插滿頭歸」分韻賦詩，陶陶衎衎，觴詠竟日。既逾月，吳中寫真葉君震初適來，羣貌小像，合爲一卷，方君環山補景，命曰《九日行庵文讌圖》。裝池成，將各書所作於後，而屬鶚爲之記。記按圖中共坐短榻者二人：右箕踞者，爲武陵胡復齋先生期恒；左抱膝者，爲天門唐南軒先生建中也。坐交牀者二人：中手箋者，歙方環山士庶；左仰首如欲語者，江都閔玉井崋也。一人坐藤墪撚髭者，鄞全謝山祖望也。一人倚石坐若凝思者，臨潼張漁川四科也。樹下二人：離立把菊者，錢唐厲樊榭鶚；袖手者，錢唐陳竹町章也。一人憑石牀坐撫琴者，江都程香溪先生夢星也。聽者三人：一人垂袖立者，祁門馬半槎曰璐；二人坐瓷墪，左倚樹、右跂腳者，歙方西疇士庚、汪恬齋玉樞也。二人對坐展卷者，左祁門馬嶰谷曰琯，右吳江王梅沜藻也。一人觀者，負手立於右，江都陸南圻鍾輝也。從後相倚觀者，一人歙洪曲溪振珂也。童子種菊者三人：樹間侍立者一人，撰杖執卷者各一人。其植有蕉，有竹，又有雜樹作丹黃青碧之色，紀時也。夫重九佳名，舉俗所重，而高常侍嘆獨坐以搔首，陸天隨感登高以杜門，無其時地與人耳。今吾儕幸生太平，遇勝地，又皆素心有文之侶，固爲人世不可多得之會。而此十六人者，或土斷，或客遊，聚散不常。異日者，歲月遷流，撫節物以有懷，一披此圖，怳如晤對。將來覽者，或亦不異此意乎？』

《鮚埼亭集外編》卷二十五《九日行庵文讌圖序》曰：『揚州爲江北大都會，居民連甍接榼，笙歌輿從，竟日喧聚，其於清歌雅集，蓋罕矣。城北天寧寺，爲晉謝公駐節時所遊息，其中有行庵，吾友馬君嶰谷、半查兄弟之小築也。地不踰五畝，而老樹古藤森蔚相望，皆千百年物，間以修竹，春鳥秋蟲，更唱迭和，曲廊高樹，位置閑適。出門未數百步，即黃塵濁流，極目令人作惡，一至此間，蕭然有山林之思。乾隆八年九日，嶰谷兄弟招集同社一十四人祀陶公，出所藏仇實父白描像，懸於閣上，各賦一詩。予方留滯西泠，未得預也。又踰旬而予至，諸君方擬繪圖記之。嶰谷曰：「此中不可無君。」乃以展日更舉，令予得陪卷軸之末。而洪君曲溪兩度皆以病失約，然故吟社中人也，亦補入焉。予太息，謂嶰谷曰：「謝公之風流，千古如在。然公游息於斯也，則與東山賓從之樂，稍不同矣。公之爲是行也，蓋以苻氏之亂，思北定中原也。而其時公已困於讒口，不自安於朝，雖在河朔極有可乘之會，而神明內索，徘徊不能自前，老師左次，卒無尺寸之功，坐失事幾。吾每過召伯之埭，弔法雲之荒祠，未嘗不喟然三嘆，以爲明德之衰也。至若九日嘉名，陶公高格，固在羲皇、懷、葛之間，然而讀其《止酒》之詩，蒼梧漢水之感，則黃花白酒，蓋亦不得已而寄情焉者也。今吾輩生逢太平之世，書淫墨癖，是處留連，胷次中了無一事，爲江湖之幸民。論人雖甚愧，論其時與地，則不可不私相慶也。」諸君曰：「善。」圖之詳，已見於厲君樊榭記中。一十四人者：胡都御史復齋、唐翰林南軒，皆楚產；厲徵君樊榭、陳隱君竹町與予，皆浙產；王徵君梅沜則吳產；餘皆居於揚者。予之許序斯圖也，三年於茲，今夏重披圖捉筆，而南軒已化爲異物矣，爲之惘惘。』

《沙河逸老小稿》卷二有《癸亥九日同人集行庵出仇十洲畫五柳先生像作供以人世難逢開口

笑菊花須插滿頭歸分韻得須字》。

十月，馬曰琯從金陵移古梅，植於山館。二馬、胡期恆、唐建中、程夢星、汪玉樞、厲鶚、方士庭、王藻、陳章、閔崋、陸鍾輝、全祖望、張四科共十五人皆有詩和。

《韓江雅集》卷一《金陵移梅歌》序曰：『乾隆癸亥十月望後一日。』

《鮚埼亭集内編》卷首有《七峯草堂唱和集》。

《樊榭山房集續集》卷四有《金陵移梅歌爲嶰谷半查賦》。

《廣陵詩事》卷七曰：『半查自金陵移古梅十三本，植於七峯草亭之陽。』

《孟晉齋詩集》卷七有《金陵移梅歌爲玲瓏主人作》。

《樊榭山房集續集》卷四有《金陵移梅歌爲嶰谷半查賦》。

冬，汪士慎與高翔合作，爲馬曰琯繪十幅梅花帳巨制，稱勝於時。

《沙河逸老小稿》卷二《梅花紙帳歌》曰：『巢林古幹淡著色，高子補足花繽紛。』

冬，二馬與同人胡期恆、唐建中、程夢星、汪玉樞、厲鶚、王藻、方士庭、陳章、閔崋、陸鍾輝、全祖望、楊述曾共十四人，往浮山觀壁間《山海經》塑像。

《韓江雅集》卷二《浮山禹廟觀壁間山海經塑像排律三十韻》序曰：『江都城南廂有浮山……癸亥仲冬同人共往觀之……』十四人有同體詩唱和。《沙河逸老小稿》卷二有《浮山禹廟觀壁間山海經塑像排律三十韻》。

厲鶚等爲馬曰璐賦《漢銅雁足鐙歌》。

《樊榭山房集續集》卷三有《漢銅雁足鐙歌爲半槎賦》。

是年，全祖望爲二馬作《叢書樓書目序》。

《鮚埼亭集》卷三十二有《叢書樓書目序》。《全祖望集匯校集注》第六一〇頁《叢書樓書目序》下注：『癸亥，年三十九。』

五月，厲鶚等集小玲瓏山館觀李遵道《古木幽篁圖》。

《樊榭山房集續集》卷三《五月二日集小玲瓏山館觀李遵道古木幽篁圖》自注：『款云：「至治癸亥十一月廿有五日，蘇丘李士行遵道制。」』

公元一七四四年　乾隆九年　甲子　馬曰琯五十七歲　馬曰璐五十歲

是年，汪士慎《巢林集》七卷雕成，版藏小玲瓏山館。

金世祿《巢林集跋》曰：『《巢林詩集》七卷……其槧板舊爲玲瓏山館馬氏藏本。』

公元一七四五年　乾隆十年　乙丑　馬曰琯五十八歲　馬曰璐五十一歲

九月，二馬同厲鶚等在揚州賞菊賦詩。

《沙河逸老小稿》卷三有《重九後二日樊榭至自武林同人適有看菊之集分得佳韻》。

秋，馬曰琯題鄭板橋墨竹畫。

《沙河逸老小稿》卷三《秋日題鄭板橋墨竹畫幅》曰：『如君落落似晨星，相見時當清露零。贈我修篁何限意，兩竿秋節一窗青。』

冬，二馬同厲鶚、杭世駿、樓錡等游南莊等揚州名勝。

《樊榭山房續集》卷五《題嶰谷半槎南莊七首》，該詩編入乙丑年。

冬，二馬與厲鶚、王藻、陳章、陸鍾輝、張四科等集小玲瓏山館聯句。

《樊榭山房續集》卷五《小玲瓏山館對雪聯句》、《看山樓雪月聯句》，兩詩皆編入乙丑年。

是年，二馬同韓江諸同人集方環山齋賞其所藏明寧王畫。二馬與厲鶚、唐建中、程夢星、方士庭、王藻皆有題畫詩。

《沙河逸老小稿》卷三有《題方環山所藏明寧獻王畫》。

《樊榭山房集續集》卷四有《集方環山齋題明寧獻王畫》。其他詳見《韓江雅集》卷六。

公元一七四六年　乾隆十一年　丙寅　馬曰琯五十九歲　馬曰璐五十二歲

五月，全祖望北行至揚州，晤馬曰琯。

《沙河逸老小稿》卷三有《喜謝山至因憶樊榭堇浦蕙田諸游好》。

七月，爲邊壽民畫《葦間書屋圖》題詩。

《沙河逸老小稿》卷四有《題邊頤公葦間圖》。

八月，全祖望再館馬氏畬經堂，編纂學案，有《韓江唱和第二集》，見《鮚埼亭集》卷首《全謝山年譜》；又有詩答二馬，見《鮚埼亭詩集》卷五《韓江詩社》。

是年，厲鶚輯《宋詩紀事》一百卷成，厲鶚自序。馬曰琯、馬曰璐分別參與卷一至卷十、卷十一至卷二十的裒輯，並對所收的一些作品進行了版本等考證，加有『按語』。

《宋詩紀事序》曰：『予自乙巳後，薄遊邗溝，嘗與汪君祓江，欲效計有功搜括而甄録之。會袚江以事罷去，遂中輟。幸馬君嶰谷、半槎兄弟，相與商榷……念與二君用力之勤，不忍棄去。』

公元一七四七年　乾隆十二年　丁卯　馬曰琯六十歲　馬曰璐五十三歲

正月，招集同人郊遊，分韻陶淵明《遊斜川》。

《沙河逸老小稿》卷三有《丁卯正月六日郊遊用陶淵明遊斜川韻》。

五月五日，二馬集厲鶚、張四科、陳章、姚世鈺、汪玉樞於小玲瓏山館席間聯句。

《沙河逸老小稿》卷三有《五日席間詠嘉靖雕漆盤聯句》。

五月十五日，馬曰璐引同人各就鍾馗畫賦七言古詩一首。

《樊榭山房續集集外文》之《分賦鍾馗畫引》曰：『歲丁卯五月十五日，馬君半槎招同人展重五之會於小玲瓏山館。維時梅候未除，緑陰滿廷，偏懸舊人鍾馗畫於壁……遂人占一畫，各就畫中物色，賦七言古詩一篇，錢塘厲鶚爲之引。』

《沙河逸老小稿》卷三有《展重五集小玲瓏山館分賦鍾馗畫得踏雪圖》。

秋，二馬送陸錫疇歸里。

《沙河逸老小稿》卷三有《送茶塢歸里》。

是年，趙昱卒，年五十九。

秋，二馬與厲鶚等數十人雅集於是園。

《揚州畫舫録》卷十三曰：『丙寅韓江雅集方盛，秋禊是園。胡復齋先至，各賦七律一首，時程午橋獨成二首。作詩者爲胡復齋、唐天門、程午橋、厲樊榭、馬秋玉、馬半查、陳竹町、方西疇、閔玉井、張漁川十人。劉艾堂以病未往，爲跋寄之。又東園分詠：胡復齋詠品外泉，程午橋詠醉烟亭，汪恬齋詠凝翠軒，陳竹町詠小鑒湖，閔玉井詠駕鶴樓，馬秋玉詠春雨堂，馬半槎詠春水步，方環山詠蘋風檻，方西疇詠目矊臺，陸南圻詠嘉蓮亭，張漁川詠踏葉廊，黄北垞詠雲山閣。胡復齋題醉烟亭額，唐天門題「冶春銷夏，延秋款冬」八字，程午橋題醉烟亭云「堤畔鶯花橋畔月，竹邊歌吹柳邊舟」。』

冬，沈德潛爲《韓江雅集》作序，曰：『《韓江雅集》，韓江諸詩人合題唱和作也。故里諸公暨遠方寓公咸在，略出處，忘年歲，凡稱同志，長風雅者與焉……乾隆丁卯年冬月，長洲沈德潛序。』《韓江雅集》所收詩作下限當爲此年，從乾隆癸亥年至該年，共集九卷，合五十九次唱和。中國國家圖書館藏本爲乾隆十二年揚州馬氏叢書樓刻本。

公元一七四八年　乾隆十三年　戊辰　馬曰琯六十一歲　馬曰璐五十四歲

馬曰璐偕高翔過青畬書室。

《南齋集》卷三有《偕西唐過青畬書室》。

秋，二馬同高翔、陸錫疇月夜賞桂。

《沙河逸老小稿》卷四有《月夜南莊看桂同西唐茶塢弟半查》。

冬日，二馬與厲鶚、杭世駿、陳章、閔崋、陸鍾輝、方士庶、樓錡游焦山，並以詩唱和。馬曰琯集刊《焦山紀遊集》，厲鶚爲《焦山紀遊集》作序。

《焦山紀遊集序》曰：『京口金、焦二山，爲天下絶景。金山去瓜洲咫尺，南北帆檣所經。焦山相去稍遠……予平生三遊，皆馬君嶰谷、半查爲之主，一在庚戌冬，一在丁巳夏，今年戊辰冬仲之望。復因江月發興，同遊者凡九人。』

高鳳翰卒，年六十六。

公元一七四九年　乾隆十四年　己巳　馬曰琯六十二歲　馬曰璐五十五歲

姚世鈺卒，二馬、張四科爲之料理後事。

《鮚埼亭集》卷二十《姚薏田壙志銘》曰：『吾友馬曰琯、曰璐、張四科爲之料理其身，周恤其家，又爲之收拾其遺文，將開雕焉，可謂行古之道者也。』

秋，馬曰璐同厲鶚等送樓錡歸吳門。

《南齋詞》有《朝天子·送樓于湘歸吳門》。

《樊榭山房集續集》卷九有《朝天子·送樓于湘歸吳門》。這兩首詞均無繫年，但厲鶚詞置於《滿庭芳·辛未重午嶰谷半查招集行庵分韻》前，《醉中天·浮山廟和嶰谷》後，後詞記戊辰冬游焦山。從馬曰璐詞看，送樓錡當爲秋季，所以送行年份或爲該年或爲庚午年。

二馬因事牽連，同北上。

《南齋集》卷四《送家兄嶰谷入都》于『乍經今遠隔，翻念昔同行』句下注曰：『謂乙巳年爲事牽連北行。』

陳章《孟晉齋詩集》卷十二連續三首詩記錄過程，即：《送嶰谷半查北行》、《目太鴻西疇泛舟紅橋有懷嶰谷昆季卽次西疇韻》、《喜聞嶰谷昆季南歸之信》。

對馬曰琯自注繫年，嚴迪昌《往事驚心叫斷鴻》曰『此事據《南齋集》排比，乙巳或爲己巳（一七四九）之誤』，此言甚是。可補證，陳章以上三詩置於同卷《哭玉裁》前，玉裁卽姚世鈺，乾隆己巳（一七四九）年卒；置於同卷《寒夜石壁庵聯句》後，該詩系乾隆戊辰冬陳章同馬氏兄弟等游焦山時所作。所以馬氏兄弟北上不可能在乾隆乙巳年，實爲己巳年無疑。

公元一七五〇年　乾隆十五年　庚午　馬曰琯六十三歲　馬曰璐五十六歲

夏，二馬與同人送厲鶚歸。

《樊榭山房集續集》卷九《齊天樂·庚午夏五將歸湖上留別韓江吟社諸公》曰：『平生慣向蕪城客，吴絲暗斑雙鬢。雪嶺才高，青樓句好，那比前人疏俊。吟朋勝引。愛款竹尋題，占花分韻。忽覺歸心，一燈搖夢野鷗近。　湖山此時舊隱。玉壺涼萬斛，紅膩蓮暈。江雨鳴篷，林風解纜，離緒滿於潮信。流連未盡。謝送我多情，熟梅芳醞。彈指秋清，重逢期定準。』

《嶰谷詞》有《齊天樂·送樊榭歸西湖》。《南齋詞》卷二有《齊天樂·送樊榭歸西湖》。

浙江秀水蔣德自該年屢遊揚州。

《著老書堂集序》：『余自乾隆庚午後屢遊邗上……』

公元一七五一年　乾隆十六年　辛未　馬曰琯六十四歲　馬曰璐五十七歲

夏，二馬與陳章、閔崋等集於小玲瓏山館，作《書案歌》。

《孟晉齋詩集》卷十三《虞山錢尚書書案歌》小序曰：『案爲紅豆莊物，後歸良常王吏部虛舟。虛舟與嶰谷稱密友，其子復以輟贈。辛未夏，五同人集玲瓏山館爲作長歌。』

《澄秋閣集》卷二《東磵老人書案歌》記曰：『案爲虞山宗伯故物，初歸王虛舟吏部所，今移贈玲瓏館主，因賦。』

秋，馬曰璐探望病友高翔。

《南齋集》卷四有《問高西唐疾》。該詩未記時間，但置於同卷《送家兄嶰谷》前。

重陽日，二馬招集厲鶚等於行庵分韻。

《樊榭山房集續集》卷十有《滿庭芳・辛未重午嶰谷半查招集行庵分韻》

冬，馬曰琯北行入都，諸友集以詩送行。

《沙河逸老小稿》卷四有《辛未冬入都同人各賦一物見送予得板橋卽以留別》；《孟晉齋詩集》卷十四有《送嶰谷入都》、《雪中閑居兼懷嶰谷》；《澄秋閣集》卷二有《分詠苑店送嶰谷入都》；《著老書堂集》卷三有《送嶰谷入都》。

冬，馬曰琯北行途中，知家中得女。

《沙河逸老小稿》卷四有《半查札至知予生一女于湘有詩因次韻三首》。

冬，盧見曾在京拜見黃昆圃，得黃氏抄本《感舊集》，並與馬曰琯不期而遇，共商刊佈之事。

盧見曾《雅雨堂詩文集》卷二《刻漁洋山人感舊集序》曰：『辛未冬，以公役至京師，謁昆圃黃夫子於家，出其所鈔漁洋先生《感舊集》見示……馬君秋玉不期而遇於京邸，不忘久要，慨然任剞劂之事。』黃叔琳（一六七二—一七五六）字宏獻，號昆圃，學者稱北平先生，直隸宛平人。康熙二十九年舉人，明年以一甲第三人成進士，授翰林編修。雍正元年，以刑部侍郎典試江南。一生篤學，通經義，長於詩。著有《硯北易鈔》十二卷、《詩統說》三十二卷、《周禮節訓》六卷等。

仲冬，馬曰璐與厲鶚、全祖望等集於小玲瓏山館，並懷馬曰琯。

《南齋集》卷四有《辛未仲冬樊榭至自錢湖謝山至自甬上雨中招集山館有懷家兄嶰谷暨于湘北上》。

歲末，馬曰琯自北歸。二馬與陸鍾輝、張四科集於晚清軒。

《嶰谷詞》卷四有《上元前一日集晚清軒時家兄北歸南圻歸自新安漁川歸自臨潼》。

方士庶卒，年六十。

八月，王肇基獻詩案興。

是年，乾隆帝首次南巡，揚州重修平山堂。

《揚州畫舫錄》卷一曰：「乾隆辛未、丁丑、壬午、乙酉、庚子、甲辰，上六巡江浙。」

厲鶚於小玲瓏山館製曲。

《樊榭山房集》附錄五朱文藻撰《厲樊榭先生年譜》曰：「春三月，皇上南巡，偕吳成撰《迎鑾新曲》。成曲曰《羣仙祝壽》，先生曲曰《百靈效順》，合刻爲一編。」

厲鶚居小玲瓏山館，以散曲相酬答。

《樊榭山房集外曲》之《迎鑾新曲》前有馬曰璐等題詞。又見《曲旨》卷二（《明清江蘇文人年表》，第一九〇八頁）。

公元一七五二年　乾隆十七年　壬申　馬曰琯六十五歲　馬曰璐五十八歲

正月十五日，二馬與張世進、方士庭、陳章、閔崋、陸鍾輝、樓錡集於小玲瓏山館聯句。

《沙河逸老小稿》卷五有《壬申山館上元聯句》；《嶰谷詞》卷四同有《壬申山館上元聯句》。

正月，邊壽民卒。

春，二馬同陳章、閔崋、樓錡游林屋諸景，相互唱和聯句，成《林屋唱酬錄》。五月，沈德潛爲《林屋唱酬錄》作序。

夏，盧見曾爲馬曰琯資助刊刻的王漁洋《感舊集》作序。

盧見曾《雅雨堂詩文集》卷二有《刻漁洋山人感舊集序》。

秋，厲鶚卒，年六十一。二馬集張世進、方士庭、陳章、閔崋、陸鍾輝、樓錡、程夢星、汪玉珂等共十一人，於行庵設位哭之。

《沙河逸老小稿》卷五有《哭樊榭八截句》。馬曰璐《南齋集》卷四有《哭樊榭》、《同人復爲位哭於行庵》。

冬日，二馬同陳章等登訪彈指閣。

《南齋集》卷四有《歲暮雪中同竹町玉井家兄嶰谷登彈指閣》。

公元一七五三年　乾隆十八年　癸酉　馬曰琯六十六歲　馬曰璐五十九歲

正月十五日，二馬同張世進、閔崋、陸鍾輝、張四科、樓錡聯句。

《南齋集》卷四有《癸酉上元聯句》。

初夏，沈德潛訪於行庵。

《沙河逸老小稿》卷五有《日出入和歸愚先生》；《南齋集》卷五有《初夏奉邀沈歸愚先生集行庵》；張世進《著老書堂集》卷四有《初夏陪沈歸愚先生行庵宴集》。

秋，仍與沈德潛在揚遊。

《沙河逸老小稿》卷五有《初秋沈歸愚先生枉過行庵》、《城南看芍藥歸愚先生同作》。

六月，丁文彬「逆詞案」興。

夏末，二馬與同人集小漪南觀荷。

《南齋集》卷六有《乾隆癸酉季夏同人集小漪南觀荷先兄嶰谷有老卻憑闌幾許人之句閱二年先兄及園主人先後下世丙子秋獨行至此追憶前事邈不可得爲之泫然因成四絶即用爲起句》。

十月，劉震宇《治平新策》案興。

高翔卒於是年，二馬均有詩哭之。

《沙河逸老小稿》卷六有《哭高西唐》；《南齋集》卷四有《哭高西唐》、《哭高西唐又廿四韻》。閔華《澄秋閣集》卷四有《挽高西唐》。

是年，馬曰琯傷別故友陸錫疇歸吳門。

《沙河逸老小稿》卷六有《送陸茶塢返吳門》。

是年，二馬等送別桐城方扶南。

《沙河逸老小稿》卷六有《和息翁留別原韻》；《著老書堂集》卷四有《答方息翁留別次原

韻》、《送方息翁歸桐城》。

是年，二馬緬懷故友胡期恆、唐建中、厲鶚、姚薏田、方士庶。

《沙河逸老小稿》卷五、《南齋集》卷五皆有《五君詠》。

是年，盧見曾再任兩淮鹽運使，至二十七年。

《兩淮鹽法志》卷三十四《職官·都轉運鹽使》曰：『乾隆十八年，盧見曾。』

公元一七五四年　乾隆十九年　甲戌　馬曰琯六十七歲　馬曰璐六十歲

正月，二馬與汪玉樞、張世進、陳章、閔崋、陸鍾輝、張四科集於小玲瓏山館聯句。

《沙河逸老小稿》卷六有《甲戌上元聯句》；《南齋集》卷五同有《甲戌上元聯句》；《著老書堂集》卷四有《上元夜山館聯句》。

春，同盧見曾遊。

《沙河逸老小稿》卷六有《春日陪雅雨先生登竹西亭》、《四月七日雅雨先生雨中招集蘇亭》。

六月，陸錫疇卒，馬曰琯爲其理後事。

《沙河逸老小稿》卷六有《甲戌夏六月茶塢沉疴甫愈鼓興渡江泊舟之頃復爾委頓不七日而奄化行庵傷其旅魂蕭索舊侶凋殘爲詩二章哭之》。全祖望《陸茶塢墓誌銘》曰：『予之交茶塢也，以祁門馬嶰谷……其卒也於揚州，嶰谷爲之任其後事。』

《光緒祁門縣誌補》卷三十一《人物志·義行》曰：『句吳陸錫疇病既亟，買舟疾趨以就之，曰：「是能殯我。」』

夏初，二馬投書邀全祖望赴揚州，並延醫療其目疾。

《鮚埼亭集內編》卷首《全謝山年譜》之『十九年甲戌先生五十歲居揚州』曰：『春盡，維揚故人以書招往養疴，且云有善醫者，乃赴之，仍居畬經堂，病亦未有增減也。仍治《水經》，兼補《學案》。』

八月，二馬招同閔崋、樓錡、陳章遊攝山，唱和之作見《攝山遊草》。

《嶰谷詞》之《浪濤沙·秋江晚泊》收於《攝山遊草》，其序曰：『時甲戌八月二十七日也。』

全祖望未遊攝山，但於馬氏畬經堂中，後序《攝山遊草》。序曰：『濡墨以待諸君之歸而序其詩。』並詳細介紹二馬招游同人幾度遊攝山並多詩唱和之事。

初冬，陳章等於行庵重觀『九日文宴圖』並懷故友。

《孟晉齋詩集》卷十八有《甲戌初冬重觀行庵九日文宴圖距畫時已星紀一周不禁有歲月遷流友朋凋謝之感》。《沙河逸老小稿》卷六有《甲戌初冬同人集蟫書樓重觀行庵九日文宴圖距今星紀一周不勝歲月遷流友朋凋謝之感各繫以詩》。《南齋集》卷六有《重展行庵文宴圖》。

二馬等送全祖望歸里。

《鮚埼亭集內編》卷首《全謝山年譜》之『十九年甲戌先生五十歲居揚州』曰：『十一月乃歸。』馬曰璐《南齋集》卷六《送謝山歸里》曰：『握手意蒼涼，爲君惜景光。獨吟燈下句，已少酒邊狂。痼疾乘時療，衰年欲別揚。叮嚀南去雁，風雪伴歸航。』

是年，陳撰畫鶴，馬曰璐賦詩。

《南齋集》卷五有《畫鶴爲陳玉幾作》。

是年，樓錡卒。

《南齋集》卷六有《哭于湘》。

馬曰璐六十歲生日，張世進以詩賀之。

《著老書堂集》卷四《馬半查六十》曰：『閑身鎮日擁書城，雙鬢曾無白髮生。永以弟兄爲性命，不將詞賦博科名。簷扉只隔三條巷，筆硯相依十載情。我未全衰君正健，年年花月待酬賡。』

江寧嚴長明以夢麟薦，館揚州，得讀馬曰琯家藏書。

錢大昕《潛研堂文集》卷三十七《內閣侍讀嚴道甫傳》曰：『嚴長明，字冬友，號道甫，江寧人。幼讀書十行並下，年十一，臨川李閣學紱典試江南，聞其早慧，欲見之，因介熊編修本往謁，李隨舉「子夏」二字令對，卽應聲曰：「亥唐。」李大奇之，謂方侍郎苞、楊編修繩武曰：「此將來國器也，公等善視之。」遂執經二人之門，及補縣學生，學使夢侍郎以國士目之，侍郎知其貧，問所需，長明曰：「貧乃士之常。聞廣陵馬氏多藏書，願得一席爲讀書計耳。」因薦之盧運使見曾，立延致之。是時，東南名士多假館馬氏齋，長明虛心質難，相與上下其議論，遂博極羣書。乾隆二十七年。』

公元一七五五年　乾隆二十年　乙亥　馬曰琯六十八歲　馬曰璐六十一歲

正月十五日，二馬與朱稻升、張世進、陳章、閔崋、陸鍾輝集於小玲瓏山館。

《沙河逸老小稿》卷六有《乙亥上元聯句》。張世進《著老書堂集》卷四有《元月山館聯句》。

三月，江西胡中藻詩鈔之獄興。

春，二馬集張世進等送朱稻升歸里。

《著老書堂集》卷四有《嶰谷招賞玉蘭席上各賦五六七言送朱稼翁暫歸秀水》。《南齋集》卷六有《送朱稼翁暫返嘉禾》。

春，馬曰琯同盧見曾泛舟平山。

《沙河逸老小稿》卷六有《春日陪雅雨先生泛舟平山看梅》。

馬曰琯有詩懷全祖望。

《沙河逸老小稿》卷六有《懷謝山》。

程夢星卒，年七十七。

《南齋集》卷六有《哭洴江太史》。

方世舉以八十一高齡再旅揚州，馬曰琯贈詩。

《沙河逸老小稿》卷六有《息翁復至邗江仍用上年喜晤韻》。

五月，劉裕後《大江滂》書案興。

該年，馬曰琯與同仁爲李景山母詩頌。

《沙河逸老小稿》卷六有《斷鹹吟》。張世進《著老書堂集》卷五（乙亥年）有《斷鹹吟爲李景山母大作》。

六月，馬曰琯卒。

杭世駿《道古堂集》卷四十三《朝議大夫候補主事加二級馬君墓誌銘》曰：『（馬曰琯）往來金陵、攝山中，暍歸及旬，竟以不起，春秋六十有八。時乾隆乙亥六月二十一日也。』《清史列傳》卷七十一曰：『（馬曰琯）乾隆二十年卒，年六十八。』

馬曰璐及陳章、張世進、盧見曾、江春等以詩哭馬曰琯。

《南齋集》卷六有《哭先兄十絕句》。《孟晉齋詩集》卷十八有《哭嶰谷四首》。《著老書堂集》卷五有《哭嶰谷三首》。《雅雨堂詩文集·揚州雜詩》有《哭馬嶰谷主事》。《淮海英靈集·戊集》卷四有江春《挽馬半查》。

六月，全祖望卒，臨終前囑弟子董秉純將所抄文集交馬氏藏書樓。

《鮚埼亭集内編》卷首《全謝山年譜》之『二十年乙亥先生五十一歲卒』曰：『又十日，呼純之榻前，命盡檢所著述，總爲一大簍，顧純曰：「好藏之。」而所抄文集五十卷，命移交維揚馬氏藏書樓。』

馬曰璐率同社理全祖望後事。

《鮚埼亭集内編》卷首《全謝山年譜》之『二十年乙亥先生五十一歲卒』曰：『又十日，乃遺元隨賴高齎赴及遺書，告之維揚，而馬嶰谷先生亦適於前十日逝世，幸哲弟半查敦古誼，告之同社，共得百金爲賻……』

公元一七五六年　乾隆二十一年　丙子　馬曰璐六十二歲

上元夜，張世進詩贈馬曰璐，緬懷馬曰琯。

《著老書堂集》卷六有《上元夜雨中柬半查》。

夏，馬曰璐等邀杭世駿遊虹橋。

《南齋集》卷六有《丙子夏同人邀杭堇浦太史泛舟虹橋歸飲行庵分韻賦詩予以病不獲從勉成一首卽以送行得山字》。

九月，張四科作《讓園記》。

《廣陵詩事》卷六《讓園記》曰：『前年夏，嶰谷亦歸道山，近南圻復移家金陵，惟余與半查二三知舊，銷聲匿跡於荒林老屋之中，友朋文酒之樂，非復向舊矣。』

冬，馬曰璐編輯《攝山遊草》，並囑陳章序於畬經堂。

《攝山遊草序》曰：『丙子冬，半查釐而成帙，欲梓行之，囑余論次。』

華嵒卒，年七十五。

《攝山遊草》開雕。

公元一七五七年　乾隆二十二年　丁丑　馬曰璐六十三歲

三月，陳章應馬曰璐之請，爲《沙河逸老小稿》作序。

三月，兩淮鹽運使盧見曾在揚州虹橋舉行盛會，四方名士雲集唱和，詩逾千首。

《揚州畫舫錄》卷十曰：『丁丑修禊虹橋，作七言律詩四首……其時，和修禊韻者七千餘人，編次得三百餘卷。』

馬曰璐與閔崋、張世進有詩往來。

《南齋集》卷六有《丁丑春暮次玉井韻》、《題張嘯齋看松圖》。

公元一七五八年　乾隆二十三年　戊寅　馬曰璐六十四歲

八月，陳章於馬氏畬經堂爲張世進詞集作序。（見《著老書堂集·附詞》）

九月，《沙河逸老小稿》六卷、《嶰谷詞》一卷刊刻。沈德潛應馬曰璐之請，爲《沙河逸老小稿》作序，對馬曰琯爲人爲學評價甚高。

《沙河逸老小稿序》：『馬兄嶰谷獨以古書、山水、朋友爲癖。嶰谷酷愛典籍，七略百家、二藏九部，無不羅致，有未見書，弗惜重值購之，備藏於小玲瓏山館。以朋友爲性命，四方人士，聞名造廬，適館授餐，經年無倦色。與鄉之詩人結爲吟社，唱和劘切……』

秋，陸鍾輝入京謁選，馬曰璐集朋好送別。

《南齋集》卷六有《戊寅秋送南圻之都門謁選》、《九日同人集竹西亭復送南圻北上》。

秋，馬曰璐同陳章、張世進等老友於南莊唱和。

《南齋集》卷六有《秋末偶過南莊竹町對鷗秋涇嘯齋漁川有見簡之作因和》。

是年，馬曰璐病。盧見曾、陸錫疇投酒問疾。

《南齋集》卷六有《病中蒙雅雨先生惠以羅酒蒸食賦謝》、《答西疇病中詩來問疾次韻》。

是年，盧見曾《國朝山左詩鈔》編成。

《國朝山左詩鈔序》曰：『借觀藏書，在京則黃昆圃夫子，在揚州則馬員外曰琯及其弟半槎曰璐也。』『是編起於癸酉仲春，成於戊寅仲秋。』

是年，陳撰卒，年八十一。

陳撰卒年不見載籍，《淮海英靈集》乙集卷四《黄裕詩》載《己卯夏館於江鶴亭街南别業昔爲余門人程志泰舊居老友陳玉幾亦嘗寓此今老友歿已一載而余門人卒且十四年矣時方編舊雨集及玉幾詩因感而賦》。據此推陳撰卒年。

公元一七五九年　乾隆二十四年　己卯　馬曰璐六十五歲

正月，汪士慎卒，年七十四。

四月，金農寓小玲瓏山館，作墨梅花圖。（參見《揚州八怪年譜》之《金農年譜》第二五一頁）

是年，陳章卒。

陳章卒年未見載籍，《南齋集》卷六有《哭竹町》，前一首爲《己卯秋日西疇送其子出贅山左謝學使署》，後一首爲《庚辰春仲偶坐兩明軒有懷南圻京師》。據此，陳章或卒於是年。

是年，方世舉卒。

公元一七六〇年　乾隆二十五年　庚辰　馬曰璐六十六歲

春，馬曰璐於小玲瓏山館賦詩懷陸鍾輝。

《南齋集》卷六有《庚辰春仲偶坐兩明軒有懷南圻京師》。

八月，蔣德爲《南齋集》作序。

陸鍾輝卒於京都，馬曰璐以詩哭之。

《南齋集》卷六有《哭南圻》曰：『往跡依然在，京華竟不歸。』

公元一七六一年　乾隆二十六年　辛巳　馬曰璐六十七歲

《南齋集》六卷附《南齋詞》一卷是年開雕。杭世駿爲《南齋集》作序，評價甚高。

沈德潛進呈《國朝詩別裁集》，因首列錢謙益詩，獲譴。

公元一七六二年　乾隆二十七年　壬午　馬曰璐六十八歲

正月至五月，乾隆帝第三次南巡，經揚州。《揚州畫舫錄》卷一曰：「增天寧寺行宫。」

公元一七六三年　乾隆二十八年　癸未　馬曰璐六十九歲

金農卒於揚州僧舍。

公元一七六四年　乾隆二十九年　甲申　馬曰璐七十歲

是年，馬曰璐葬其母陳太恭人，並請杭世駿爲其母撰墓志銘。

《道古堂集》卷四十六《封太恭人馬母陳氏墓志銘》曰：「乾隆二十有九年，祁門馬曰璐將葬其母陳太恭人於廣陵某鄉之原。」

公元一七六五年　乾隆三十年　乙酉　馬曰璐七十一歲

乾隆第四次南巡，經揚州。揚州接駕，建上方寺。《揚州畫舫錄》卷一曰：「上方寺建坐落。」

是年，馬曰璐同董秉純等協助萬三福謀刻全祖望文集，初得《經史問目》十卷。

《鮚埼亭集内編》卷首《全謝山年譜》之「二十年乙亥先生五十一歲卒」：「乾隆乙酉，純在杭，萬三福謀刻先生文集，請吴丈鷗亭、馬丈半查協力，純率同鄉後進助之，先得《經史問目》十卷。」

是年，盧見曾於揚州北郊建虹橋攬勝、冶春詩社等二十景。

《揚州畫舫録》卷十曰：『（盧見曾）歷官兩淮轉運使……日與詩人相酬詠，一時文宴盛於江南。乾隆乙酉，揚州北郊建拳石洞天、西園曲水、虹橋攬勝、冶春詩社、長堤春柳、荷浦薰風、碧玉交流、四橋烟雨、春臺明月、白塔晴雲、三過留蹤、蜀岡晚照、萬松疊翠、花嶼雙泉、雙峯雲棧、山亭野眺、臨水紅霞、緑稻香來、竹樓小市、平岡豔雪二十景。』

鄭爕卒。（《興化縣誌》）

丁敬卒。（《道古堂集》）

公元一七六六年　乾隆三十一年　丙戌　馬曰璐七十二歲

杭世駿主講揚州安定書院，至庚寅，共五年。（《道古堂集》）

公元一七六七年　乾隆三十二年　丁亥　馬曰璐七十三歲

上元日，杭世駿祝馬曰璐子振仲弱冠，賦詩並贈玉輪。

《道古堂詩集》卷二十四有《馬生振仲約身以禮能以詩紹其家學乾隆歲在丁亥上元吉日當冠阼之年以玉輪一枚奉獻王取其孚尹旁達席珍以待聘也輪取運行不息夙夜强學以待問也先以小詩以代三加之祝云》。

夏，閔華序《著老書堂集》。

《著老書堂集序》曰：『人非境换，雲散風流矣。今惟嘯齋、半查、漁川與予留在。』

十一月，浙江齊周華獻書案興。

公元一七六八年　乾隆三十三年　戊寅　馬曰璐七十四歲

是年，陳章於馬氏畬經堂中，爲張世進《著老書堂集·附詞》作序。

《著老書堂集序》曰：『戊寅八月朔書於畬經堂，錢塘同學弟陳章。』

公元一七六九年　乾隆三十四年　己丑　馬曰璐七十五歲

馬曰璐或卒於是年。

馬曰璐卒年不見載籍，但上年陳章、張世進等仍出沒於小玲瓏山館，而其詩文中不見馬曰璐謝世之消息。自此年起，杭世駿、陳章、張世進等詩文創作漸漸消歇，也鮮見馬曰璐的消息。

沈德潛卒，年九十七。

清廷以錢謙益詩文集有『詆謗本朝』處，下令銷毀。

附錄二　傳記資料

林屋唱酬録卷首

嶰谷馬君傳

杭世駿

君諱曰琯，字秋玉，别字嶰谷，姓馬氏。系出宋廷鸞公後，世爲祁門人。曾祖考諱大紱，前明諸生。祖考諱承運，州倅，始遷於揚。考諱謙，州司馬。兩世皆以君貴，贈朝議大夫。妣洪太君，生妣陳太君，皆以君貴，贈太恭人。年二十三，歸試祁門，充學官弟子。伯兄早世，仲兄繼伯考後。世所稱《燕堂奉母圖》，汪貞女者是也。君至性醇篤，侍庭闈有嬰兒之色，終其身弗少衰，且敬以事兄，愛以撫弟，不知形之分而體之别也。見之者退而踧踖，多自以爲不能及。自朝議公捐館後，而仲又中道殂謝。君承先人之業，推排世故，揞拄艱鉅，淵照不遺，才鋒肆應，而秉性慈惠，疾言遽色，不加於童媪。利濟之事，知無不爲，爲無不盡。江都荐饑，捐金爲粥，邑無菜色；鎮江被水，君出粟數千石，以濟昏墊。流亡漸集，揚城低窪之地，溝渠汙塞，流惡無所，民多重腿之疾，君獨力開濬，利賴至今。黟邑漁亭，路通七省，孔道綿亙六十餘里，君首唱修築，大道砥平，擔負稱便。韓江人文爲盛，而士無專師。君於梅花嶺創建學舍，郡邑大夫禮聘諸先輩爲師。青衿組帶，環席請業，科甲蔚起，敬宗敦本，葺完祠宇，人尤稱之。他若育嬰鞠稚，冬綿夏帳，病有藥，死有櫝。設義渡以通往來，造救生船以救覆溺。所謂生死肉骨、銜恩佩德於君者，皆君逸事，而未悉其概也。君仁聲義色，名滿江淮之間，凡氣類之士，煬和扇德，增長聲價，皆倚君爲堅城，而傾接文儒，摳衣恐後。錢唐厲徵君樊榭、陳處士竹町，有震世之才，淩轢一切，授餐適館，久無怠容。吳興姚秀才薏田、甬東全吉士謝山、仁和張孝廉南漪，有宿讀之學，穿穴萬有，發槁寫鞍，欣然款洽，結行庵於天寧寺側，與陸司馬渟川、張國子喆士，讓圃相鄰。春秋佳日，郡中名輩咸集，擘箋鬬韻，開設壇坫。君與難弟半查閉閣沉思，追躡古作，長篇短簡，悉中程度。居當南北水陸之衝，舟車刺促，冠蓋絡繹。江湖之吟侶、金閨之碩彥、巾拂之高僧，咸申巾帢，提筆入社。詩筒茗椀，窮日累夕。魏氏《敦交》、玉山《雅集》，未足喻其芳蹤，方其勝軌矣。

翠華南幸，君迎駕江壖，疊蒙恩賚，賜石刻御書、貂緞、荷包、鼻烟壺等物。行宫賜飯，寵遇優渥，榮逾晝錦。是冬入祝聖母萬壽，又賜貂皮宮緞。君方以部主事，需次選人，恩加階級，均爲異數。君感激奮勉，願效涓埃之報，凡遇公家之事，不避艱險。今年六月，往來金陵攝山之間，中暍歸，熱而不寒，竟以不起。年六十有八。知與不知，皆爲流涕。君無子，房中人有身四月矣，未卜男女。半查以子振伯，來奉唅歛，禮也。君天骨英異，弱不勝衣，而遇事飆發，動中機會，雖毅夫介士不能及。退居一室，如枯僧靜衲，夷猶澹遠。以奇文祕冊爲師資，以法書古鼎爲食飲，以長松怪石爲游處，擺脱愛染，陶冶性靈，非多生有淨業者不能到也。北固三山、中吳洞庭林屋之勝，足跡幾徧。詩筆淋漓，與樵歌梵唱相應答，望之若神仙中人。一篇甫出，大江南北，朝傳夕徧。近日德州盧雅雨先生，諈諉刊刻漁洋《感舊集》、竹垞《經義考》，尤爲士林所寶貴。

舊史氏曰：余交君兄弟踰三十年，别去又六七載。自越嶠歸，舟泊黄家漾，夢君遺石刻三十紙，了了上口，皆雲霞仙篆之辭。覺猶記和東坡《雪浪石》一篇，緘詩寄君，許以屬和，未兩月而凶問奄及。半查千里走使，求余傳其生平。前塵昨夢，飄如葉積，青燈夜雨，握筆淒其，不知涕之無從也！嗚呼！君交滿天下，余以棲遲淪落，獨肩後死之責，既以傷往，行自悲云。

道古堂文集卷四十三

朝議大夫候補主事加二級馬君墓誌銘

杭世駿

君諱曰琯，字秋玉，别字嶰谷，姓馬氏。系出漢新息侯援。迨宋末造，丞相廷鸞隸籍鄱陽，生五子，季爲端益，始遷婺。再傳爲真三，始籍祁門，世遂爲祁門人。曾祖大級，前明諸生。祖承運，州倅，始家于揚。考謙，州司馬。兩世皆以君貴，贈朝議大夫。妣洪氏，生妣陳氏，皆封恭人。洪恭人生二子：長曰康，早殤；次曰楚，以後世父。陳恭人生君及季弟曰璐。

君至性過人，事贈公暨兩恭人以純孝稱。及長，德器端凝，不苟訾笑。授經後，據案堅坐，矻然如老儒説經，嶽嶽不可撼。雖兄穉弟，考校文藝，評騭史傳，旁逮金石文字，自相師友。後雖授室，風雪淒其，未嘗不抵足聯牀，恆曰：『吾三人如一體，不能暫分也。』年二十三，歸試祁門，充學官弟子。贈公棄養，仲兄又以哭母哀毁而卒。君搘拄艱鉅，而前業克光。以濟人利物爲本懷，以設誠致行爲實務。爲粥以食江都之餓人，出粟以振鎮江之昏墊。開揚城之溝渠而重膇不病，築漁亭之孔道而擔負稱便。

葺祠宇以收族，建書院以育才。設義渡以通往來，造救生船以拯覆溺。冬綿夏帳，櫝死醫羸。仁義所施，各當其阸。若夫傾接文儒，善交久敬，意所未達，輒逆探以適其欲。錢唐范鎮、長洲樓錡，年長未婚，擇配以完家室。錢唐厲徵君六十無子，割宅以蓄華姸。句甬全吉士被染恶疾，懸多金以勵醫師。天門唐太史客死維揚，厚賻以歸其喪。句吴陸某病既亟，買舟疾趨以就君，曰：『是能殯我。』石交零謝，歲時周卹其孥者，指不勝屈也。

詩骨清峻，閉户湛思，輒壓儕偶。合四方名碩，結社韓江，人比之漢上題襟、玉山雅集。性躭山水，京口三山，中吴洞庭、林屋之勝，足跡幾徧。著詩十卷，今世所行《沙河逸老集》是也。翠華南幸，迎駕江壖，天子親問姓名，兩賜御書、克食，寵遇優渥。是冬，入祝聖母萬壽於慈寧宫，荷豐貂官紵之賜。君感激奮勉，凡遇公家之事，不避艱險。往來金陵攝山，中暍歸，及旬，竟以不起。春秋六十有八，時乾隆乙亥六月二十一日也。誥封朝議大夫、候補主事，加二級，欽授道銜，恩加頂帶一級。配歙邑汪氏，誥封恭人，後六年卒。無子，以弟曰璐子振伯爲後。乾隆某年月日，曰璐卜地於廣陵某山之陽，合葬於陳恭人兆次，來乞銘。銘曰：

山巑巑兮水沄沄，有弟蓬蔂葬厥昆。松謖謖兮日杲杲，有子扱衽收厥考。涕唾貨賄不足言，義問出地如雷奔。篋無遺金，哀此殫人。廩有仁粟，復我邦族。生能廉頑，没可祭社。舌敝筆刓，最其大者。嗚呼天心，至理難假。以君豐博，宜享康茂。胡算不盈，而止中壽。霄路既登，鳳羽其翽。胡甘斂退，名位不大。豐其清聲，嗇以厚實。玄堂琢銘，我無慚色。譔德考行，視此樂石。

馬曰琯弟曰璐

馬曰琯，字秋玉，安徽祁門人，原江蘇江都籍。諸生。候選知州。性孝友，篤於學，與弟曰璐互相師友，俱以詩名，時稱「揚州二馬」，比之皇甫子浚伯仲。家有藏書樓，見祕本，必重價購之，或世人所願見者，不惜千百金付梓，藏書甲大江南北。四庫館開，進書七百七十六種，優詔褒嘉，賜《古今圖書集成》一部，並《平定伊犁金川詩得勝圖》。好結客，有園亭曰小玲瓏山館，四方名士過者，輒款留觴詠無虚日。全祖望、符曾、陳撰、厲鶚、金農、陳章、姚世鈺，皆館其家，結邗江吟社，時擬之『漢上題襟』、『玉山雅集』。高宗南巡，幸其園，賜御書及詩，海内榮之。性耽山水，京口三山、中吳洞庭林屋之勝，足跡幾徧。詩纏綿清婉，沈德潛以爲峭刻得山之峻，明淨得水之澄。乾隆二十年，卒，年六十八。著有《沙河逸老集》十卷、《嶰谷詞》。

曰璐，字佩兮。國子生。候選知州。乾隆元年，舉博學鴻詞，不赴試。曰璐與兄並擅清才，博覽旁稽，沉酣深造，曾編有《叢書樓書目》，一時名流交相傾倒。生平親賢樂善，惟恐不及。方聞之士，過邗溝者，以不踏其戶限爲闕事。詩筆清刻，著有《南齋集》。

祁門縣志卷三十

馬曰琯，字秋玉。居城南，由附生援例候選主事，欽授道銜，僑居維揚。嘗築漁亭孔道，造江上救生船，歲饑出粟，以食餓人。好禮文士，意所未達，輒逆探以適其欲。天門唐太史客死於揚，厚賻以歸其喪。句吳陸錫疇病既亟，買舟疾趨以就之，曰：『是能殯我。』家多藏書，嘗以千金爲朱彝尊刻《經義考》，又校刊許氏《說文》、《玉篇》、《廣韻》、《字鑒》等書。乾隆三十八年，詔採遺書，琯子裕恭進七百七十六種，詔賜《古今圖書集成》一部以爲好古之勸，又賜《平定伊犁金川詩圖》，御題《鶡冠子》詩並書賜還。曰琯工詩詞，著《沙河逸老小稿》。弟曰璐，字佩兮。由貢生援例候選知州。工詩，與兄齊名，尤善楷。乾隆元年，舉博學鴻詞，以親老不赴。著有《南齋集》。

重修揚州府志卷五十一

馬曰琯，字秋玉，江都人，祁門籍。祖承運康熙間設廠賑粥。曰琯好讀書，與兄曰楚、弟曰璐互相師友。闢小玲瓏山館，偕諸名士結詩社。著有《沙河逸老集》詩十卷。曰楚早卒，曰璐乾隆初舉博學鴻詞，不就。家多藏書，積十餘萬卷，築叢書樓貯之。三十七年徵藏書家祕本，乃編次七百七十六部恭進。蒙御賜《古今圖書集成》一部，藝林以爲榮。子振伯著有《經畬堂小稿》。

君諱曰瑄，字秋玉，別字嶰谷，姓馬氏，系出漢新息侯援。迨宋末，造丞相廷鸞，隸籍鄱陽，生五子，季爲端益，始遷婺，再傳爲真三，始籍祁門，世遂爲祁門人。曾祖大級，前明諸生。祖承運，州倅，始家於揚。考謙，州司馬。兩世皆以君貴，贈朝議大夫。妣洪氏，生妣陳氏，皆封恭人。洪恭人生二子，長曰康，早殤；次曰楚，以後世父。陳恭人生君及季弟曰璐。君至性過人，事贈公曁兩恭人以純孝稱。及長，德器端凝，不苟訾笑，授經後據案堅坐，矻然如老儒說經，嶽嶽不可撼；難兄穉弟考校文藝，評騭史傳，旁逮金石文字，自相師友。後雖授室，風雪淒其，其未嘗不抵足聯牀，恆曰：『吾三人如一體，不能暫分也。』年二十三歸試祁門，充學官弟子。贈公棄養，仲兄又以哭母哀毀而卒。君搘拄艱鉅，而前業克光，以濟人利物爲本懷，以設誠致行爲實務。爲粥以食江都之餓人，出粟以振鎮江之昏墊。開揚城之溝渠，而重膇不病；築漁亭之孔道，而擔負稱便。葺祠宇以收族，建書院以育才，設義渡以通往來，造救生船以拯覆溺。冬綿夏帳，櫝死醫羸，仁義所施，各當其阨。若夫傾接文儒，善交久敬，意所未達，輒逆探以適其欲。錢塘范鎮、長洲樓錡年長未婚，擇配以完家室。錢塘厲徵君六十無子，割宅以蓄華妍。句甬全吉士被染惡疾，懸多金以勵醫師。天門唐太史客死維揚，厚賻以歸其喪。句吳陸某病既亟，買舟疾趨以就君，曰：『是能殯我。』石交零謝，歲時周卹其孥者，指不勝屈也。詩骨清峻，閉戶湛思，輒壓儕偶。合四方名碩，結社韓江，人比之『漢上題襟』、『玉山雅集』。性耽山水，京口三山、中吳洞庭林屋之勝，足跡幾徧。著詩十卷，今世所行《沙河逸老集》是也。翠華南幸，迎駕江壖，天子親問姓名，兩賜御書、克食，寵遇優渥。是冬，入祝聖母萬壽於慈寧宮，荷豐貂宮紵之賜。君感激奮勉，凡遇公家之事，不避艱險，往來金陵攝山中，暍歸及旬，竟以不起，春秋六十有八，時乾隆乙亥六月二十一日也。誥封朝議大夫，候補主事加二級，欽授道銜，恩加頂帶一級。配歙邑汪氏，誥封恭人，後六年卒。無子，以弟曰璐子振伯爲後。乾隆某年月日，曰璐卜地於廣陵某山之陽，合葬於陳恭人兆次，來乞銘。銘曰：

山巋巋兮水沄沄，有弟蓬纍葬厥昆。松謖謖兮日杲杲，有子扱衽收厥考。涕唾貨賄不足言，義問出地如雷奔。篋無遺金，哀此殫人；廩有仁粟，復我邦族。生能廉頑，沒可祭社。舌敝筆刓，最其大者。嗚呼天心，至理難假。以君豐博，宜享康茂。胡算不盈，而止中壽。霄路既登，鳳羽其翩。胡甘斂退，名位不大。豐其清聲，嗇以厚實。哀堂琢銘，我無慚色。譔德考行，視此樂石。

右《墓志銘》，杭世駿撰。

馬曰琯弟曰璐

馬嶰谷徵君勤學好問，尤好客，夙儒名士交滿宇內，家多藏書。高宗南巡，製詩褒美，亦可謂榮遇矣。其園亭曰小玲瓏山館，曰街南書屋，迄今猶完好，已易數姓，屢過其地，爲之欷歔。業鹽揚州時，貲產不及他氏而名聞天下，交遊嘖嘖稱道不衰，豈不以風雅之能醫俗而好士之殷之獲報哉？其詩如『雨涼高柳淨，沙軟睡鷗閑』、『風鍾穿樹遠，雲鶴唳秋清』，均有澹遠蕭閑之致。

右《寄心盦詩話》，符葆森撰。

陳章云：『我友馬君嶰谷及弟半查皆以詩名江左，平居兄弟相師友，人多比之皇甫子浚伯仲焉。當春秋佳日，分吟箋，設佳酌，兩君皆垂垂白髮，硯席相隨，不離跬步，依依然如嬰兒之在同室，見者竊歎以爲難。嶰谷性好交遊，四方名士過邗上者，必造廬相訪。縞紵之投，杯酒之款，殆無虛日。近結邗江吟社，賓朋酬唱，與昔時圭塘、玉山相埒。嗚呼，何其盛也！而余爲石交既久，主君家又二十餘年矣。以道義相劘切，以文章相期許，風雨晦明，始終無間。然後知君真能推兄弟之好以及朋友，而豈世之務聲氣、矜標榜所可同日語哉？』

右《正雅集》，符葆森錄。

馬秋玉徵君、半查昆弟並嗜古能詩，家藏書籍極富，貯叢書樓，裝訂精好，書腦皆用名手宋字數人寫之，終年不能輟筆。乾隆中開四庫館，其家恭進可備采用者七百七十六種，優詔褒嘉，賞《古今圖書集成》一部。又性好交遊，四方名士，凡過邗上者，款留觴詠無虛日。結邗江吟社，與昔之圭塘、玉山相埒。錢塘厲太鴻鶚、陳授衣章，歸安姚玉裁秀才世鈺皆館其家。

右《廣陵詩事》，阮元撰。

生平勤學好客，酷愛典籍，有未見書，必重價購之。世人願見之書，如《經義考》之類，不惜千百金付梓。以故叢書樓所藏書畫碑版甲於江北。

右《淮海英靈集》，張維屏錄。

馬氏玲瓏山館，一時名士如厲太鴻、陳授衣、汪玉樞、閔蓮峯諸人爭爲詩會，分詠一題，裒然成集。至今未三十年，詩人零落殆盡。

右《隨園詩話》，袁枚撰。

江都馬佩兮藏書甲於大江南北。詩筆清削。有兄曰琯秋玉，亦賢士，有詩才。

右《詞科掌錄》，杭世駿撰。

半槎兄弟不求時名，親賢樂善，惟恐不及。

右《道古堂集》，張維屏錄。

虞山錢氏曰：『有聚書者之聚書，有讀書者之聚書。』其説既善矣，蒙竊以爲未盡也。夫聚書而弗讀書，弗聚也；讀而不能行，亦猶弗讀而已矣。今夫書者三才，萬象之郛郭也。古之聖人窮理盡性，坐言起行，篤其實而書之，如周公之爲政，登龜取黿、攻梟去蛙之説，無不備；孔子之論禮，至於千萬而一有者皆預爲之説，所以待天下後世之無窮，使讀者求無不獲也。大賢以下，諸子百家，其書有偏全純駁之不同，而要皆著其所自得，猶使讀之者博觀約取，而引爲己助。故《學記》教人『一年視離經辨志』，離經者，離絕經書之句讀，是卽讀書也。而必辨其所趨響，是故多識所以畜德也。多聞見所以爲言行也，推之格物致知，必要諸修身、齊家、治國、平天下。學、問、思、辨必繼以篤行，博文必約禮，博學詳說必將反說約，而所謂化民成俗者，固不待期之九年大成之後，而鼓篋孫業，亦非徒呻其占畢之云爾已矣。後世書日益多，士大夫好之而有力者往往爭相藏弆，然而牙籤未觸，束閣不觀，南面百城，貽譏書肆。其聚而弗讀者，既如彼。其或手披口吟，旁搜遐覽，而摭華棄實，毁讟庸行甚且飾六藝以文姦，假《詩》《禮》以發蒙，於是高明之士借而反之糟粕。古人謂六經皆我注腳，荒經滅古，道術遂爲天下裂，庸非讀書而不能行者階之厲乎？夫因病其不能行而轉謂書可以不讀，因其不能讀而並欲舉書而廢之，此非聖賢以書教天下後世之旨也。

廣陵二馬君秋玉、佩兮築別墅街南，有叢書樓焉。樓若干楹，書若干萬卷。其著錄之富，丹鉛點勘之勤，視唐宋藏書家如鄴侯李氏、宣獻宋氏、廬山李氏、石林葉氏，未知孰爲後先。若近代所稱天一閣、曠園、絳雲樓、千頃齋以曁倦圃傳是樓、曝書亭，正恐無所不及也。而二君奉母閑居，兄弟自相師友，定省餘暇間出而與四方博雅君子稽經諏律，篤文字之契好，意懇言下缺然，若惟恐類於誇多鬬靡者之所爲而以不克體。夫書之所以云之意爲己病余訪舊廣陵坐臥樓下者，逾月乃去。既自恨力不能聚書，然且居春明之宅，叨別院之饌，目擊白石庵之所藏，又不能拾其餘棄以自補，是欲僅爲讀書之人而不可得，而竊有感於人之稱馬氏者徒以爲藏書之富甲於江南，則二君之志荒矣。輒復覼縷陳言以引伸錢氏之說且爲海內之聚書讀書者勸。

爰爲銘曰：重屋聯欂，叢書於問。經史子集，搜羅駢闐。學古有獲，非托空言。維孝友於，奉以周旋。三才一貫，百行同源。讀書種子，此爲最先。仰瞻高樓，遥睇陳編。我揭斯義，如日中天。慶雲所獲，過者式焉。

右《叢書樓銘》，姚世鈺撰。

國朝先正事略卷四十一

馬秋玉先生事略

馬先生曰琯，字秋玉，一字嶰谷，祁門人，江都籍。候選知州。嗜學，好結客。與弟半槎同以詩名。家有叢書樓，藏書甲大江南北。四庫館開，先生進書七百七十六種，優詔褒嘉，賞《古今圖書集成》一部。其園亭曰小玲瓏山館，曰街南老屋。四方名士過邗上者，觴詠無虚日。時盧雅雨都轉提唱風雅，全謝山、符幼魯、陳楞山、厲樊榭、金壽門、陶篁村、陳授衣諸君來遊，皆主馬氏，結邗江吟社，與昔之主塘、玉山埒。高宗南巡，幸其園，賜御製詩，海内榮之。所著曰《沙河逸老集》。

半槎名曰璐，字佩兮。國子生，詩筆清削。著有《南齋集》。馬氏兄弟同薦博學鴻詞科，皆不就，名重一時。

國朝詩人徵略卷二十七

馬曰琯，字秋玉，號嶰谷。江南江都人。有《沙河逸老集》。生平勤學好客，酷愛典籍，有未見書，重價購之。世人願見之書，如《經義考》之類，不惜千百金付梓。以故叢書樓所藏書畫碑版甲於江北。（《淮海英靈集》）

摘句：早荷爭水出，晚筍上階生。
燕子來時春水碧。

馬曰璐，字佩兮，號半槎。江南江都人。有《南齋集》。藏書甲於大江南北，詩筆清削。（《詞科掌錄》）

半槎兄弟不求時名，親賢樂善，惟恐不及。（《道古堂集》）

摘句：雲涼花氣薄，天淨鳥行閑。
紅影倒溪流不去，始知春水戀桃花。

附録三　酬唱集三種

焦山紀遊集

焦山紀遊集序

厲　鶚

京口金、焦二山，爲天下絶景。金山去瓜洲咫尺，南北帆檣所經；焦山相去稍遠，岧亭幽敻，孤峙盤渦巨浪間，遊人跡罕至。東坡云：『同遊盡返決獨往，賦命窮薄輕江潭。』自非耽奇好事者，未易津逮也。予平生三遊，皆馬君嶰谷、半查爲之主，一在庚戌冬，一在丁巳夏，今年戊辰冬仲之望，復因江月發興。同游者凡九人，往返兩宿南莊，留山中凡三日夕，人各賦詩七首，聯句一首，次第爲一集，屬予序之，以見茲遊之不易而江山倡酬之爲可樂云。

樊榭老民厲鶚。

錢唐厲鶚樊榭

霍家橋道中

問訊城東路，還同輞口尋。江天遠不極，雲日淡相侵。牛懶仍眠壟，鴉寒後出林。重來水竹地，情愜話幽深。

冬夜宿南莊

平生苦愛竹與梅，西溪有約鉏蒼苔。我行北地少二友，衣塵湔罷空歸來。歸來仍向韓江寓，出郭雲陰風色暮。招要帬屐南莊遊，舊是梅多竹深處。疎林四面開草堂，卜夜更卜子夜長。竹搖萬个酒燈綠，梅放數枝詩硯香。彷彿西溪十八里，月痕浮動追春始。江雨無端竹裏鳴，不教梅影横窗紙。

焦山觀音巖晚望用宋人趙冰壺韻

手剔磨厓舊跡存，江風爲掃凍雲昏。山當落日如爭渡，帆向遙天欲倒吞。絕頂僧棲同㳅鴿，空廬人去有鷩猨。廿年三到緣非淺，好掬清波洗眼根。時予方病目。

焦山看月以江流有聲斷岸千尺山高月小水落石出爲韻得聲字

焦山寺裏鍾始鳴，焦山寺前江月生。此時月上潮復上，風水相薄爲奇聲。餘音瑟瑟獵枯荻，磔然飛起棲禽驚。長波萬里入杳靄，中流一道馳空明。數星莫辨北固火，幾點不送南徐更。羣峯隔岸悄如睡，何事賈舶貪宵行。吳頭楚尾兼越角，我輩聚如九子萍。同遊者九人。珉石興來弔鶴瘞，瓊田望去呼龍耕。坐久起踏松影碎，滿地窸窣霜花橫。琉璃宮殿水精域，佛界盡在寒而清。良朋偉觀那易得，天教今夕二者並。高吟坡公赤壁句，一尊酹月還同傾。

登雙峯閣得翠字

香閣如危巢，細路盤折至。頗覺筋力衰，不辨舊題字。爐烟浮江光，帆影移竹翠。此間坐永日，自爾絕人事。將爲禽尚游，未免周何累。歸歟復徘徊，短策耐寒吹。

歸宿南莊二絶

江山奇絕足盤桓，歸向梅花説夜寒。一片水精庵外月，隨人小倚曲闌干。

多少長安車馬塵，故園空鎖一園春。板橋修竹風燈裏，始覺林亭有主人。

仁和杭世駿堇浦

霍家橋道中

安穩籃輿上，城東路易尋。斷厓低樹亞，荒徑伏流侵。曙色分茅屋，寒烟散竹林。南莊招隱處，知是閉門深。

冬夜宿南莊

澄江日落潮初生，茅堂會宿夜氣清。羣峯遠向天際沒，一鳥不來竹裏鳴。江梅有意娱遠客，幾朶疎花寫幽格。雲頑不放月娥窺，特遣燒燈照瑤席。席間難辨花微茫，紙屏影臥横枝長。冰肌恐受一塵污，飛雨來灑風前香。香細風清吹不斷，醉脱貂裘招酒伴。巡檐嗅蕊漫商量，邀勒冰霜與春换。

焦山觀音巖晚望用宋人趙冰壺韻

山腰寂歷一庵存，傳是坡仙跡未昏。返照炯如留客看，崩崖峭不受潮吞。盤空鶻認斜行雁，穿徑僧疑倒飲猨。坐久天風更飄忽，欲同瘦策臥雲根。

焦山看月得落字

平生眼界超塵縛，欲向江天寫寥廓。纖阿期我招提游，放出寒光踐宿約。已驚晃朗辨諸峯，漸喜蒼茫認烟郭。濕銀灩灩和江流，清境搖溶兩難攫。九霄燈彩助清悽，萬里分濤恣展拓。須臾噫氣號陰壑，棲鶻驚飛觸檐鐸。大聲忽起接潮頭，猛力時來打山脚。蘆人縮頸不敢窺，帆葉誰能更輕掠。振衣起躡山徑高，光動空林葉零落。悄然静聽魚龍吟，呼酒時同石闌酌。

登雙峯閣得山字

淩虚結遐覽，一庵翠微間。石磴穿鳥道，瘦策同躋攀。了了修眉蜷，遂見江南山。喧濤舄下過，白雲窗中還。清景迫短晷，後遊恐緣慳。霜鍾發深省，鐫銘留孱顔。

歸宿南莊二絕

江風一路洗車塵，凍鳥窺枝解唤人。同到竹籬呼月出，月輪新較寺門新。
風燈依舊颭迴廊，竹外微微弄暗香。我共梅花清不寐，冷吟閑嗅到昏黄。

錢唐陳章竹町

霍家橋道中

平野霜花白，南莊復此尋。山光車上見，寒色帽簷侵。潮落薔薇港，風生松竹林。入門雞叫午，膈膊短籬深。

冬夜宿南莊

草堂幽絕江之濱，夜氣不寒如淺春。相期會宿乃勝舉，尊前八九皆詩人。平生有味是清苦，坐對吟燈近窗戶。未圓朧月抹輕雲，初放疎梅濕微雨。東頭竹篠無塵埃，抱被曾爲桃花開。重到只消羊胛熟，欹眠易感雁聲哀。飄然夢落焦山頂，擊柝深村復驚醒。不妨吹作雪溟濛，待曉乘潮放孤艇。

焦山觀音巖晚望用宋人趙冰壺韻

老樹寒無片葉存，空亭坐斷未黃昏。金篩日腳凍雲裂，雪走濤頭暮靄吞。清迴心魂悲嘯鶻，衰遲筋力羨騰猨。漁舟三五已棲泊，風笛一聲崖石根。

焦山看月得石字

龍宮幽黯松陰夕，月吐寒雲松轉碧。出門滿眼大江橫，人影林林沙淑白。被酒狂呼興頗豪，凌風我欲生雙翮。滉漾山根若動搖，只疑踏著金鼇脊。清吟有句仙可到，奇境得人天不惜。殘蘆映壁響蕭蕭，驚鳥帶波鳴格格。宵深猶見走帆檣，應羨吾儕更閑適。舊遊蹤跡尚可尋，歲序回頭浪崩迫。己未四月曾遊，今十年矣。明朝蘸筆欲題名，爲喚僧雛掃巖石。

登雙峯閣得竹字

飛閣冠山椒，僧語墮空谷。登臨翼瘦筇，蔽翳入寒竹。霜晴午氣暄，遥峯肆流矚。雲日弄江光，搖溶隔疎木。棲林意多愜，理棹情未足。風濤百里間，三過尚可卜。

歸宿南莊二絶

竹搖風葉欹斜影，梅放霜枝一兩花。窗裏疎燈窗外月，絶無人語響煎茶。

迴船又向草堂眠，面面疎籬護冷烟。幽夢更誰拘束得，江聲月色寺門前。

長洲樓錡于湘

霍家橋道中

東皋開别墅，今喜得幽尋。沙漲寒流縮，山横曉色侵。人家遙翳竹，野寺半依林。十里江村路，清遊興轉深。

冬夜宿南莊

蒼茫遠送暝色來，主人留客沽村醅。更長燭短興不淺，檐外玉梅花半開。向夜氣暄雲忽黯，昏黄淡月吐復掩。雁落沙汀一兩聲，雨吹烟樹四三點。此時心跡已雙清，題詩更喜追羣英。卻笑當年王給事，輞川倡和惟裴生。酒闌對榻蟬聯語，幽歡直欲忘冬序。高枕翻憐近渚清，與鷗同夢爲鷗侶。

焦山觀音巖晚望用宋人趙冰壺韻

隱士蝸廬跡尚存，揭來山徑未全昏。風濤洶湧聲相軋，吳楚蒼茫勢欲吞。舄下片帆輕似鳥，手中短策健於猨。高懷誰復同坡老，擬結茅庵淨六根。

焦山看月得水字

平生夢想焦山寺，客棹經過不曾弭。今日扶筇絕頂來，一丸海月騰空起。瑤宮玉宇豁層雲，倒瑩江流數千里。人生快意安可期，好景當前豈徒爾。有酒須傾一百杯，狂歌大笑蒼崖裏。夜久空林風怒號，拍岸驚濤駭吾耳。淵鎗直欲走魚龍，杳眇翻疑泣山鬼。北固南徐盡渺漫，尚有孤帆去如駛。縱步閑尋枯木堂，滿地清光瀉鉛水。

登雙峯閣得磬字

絕頂構飛甍，遠攬大江勝。振策同攀躋，放眼發高興。海上羣峯趨，中流寒日瑩。俯覺四天空，時見一帆正。冷翠濕衣裾，叢竹翳苔徑。紆回捫烟蘿，杳杳落山磬。

歸宿南莊二絕

日落遊人江上歸，園丁掃徑犬銜衣。梅梢冷挂江天月，一夜清輝浸竹扉。

暫向園亭寄此心，夜闌燈火隔林深。卻憐主客同幽興，樓下敲棋樓上吟。

祁門馬曰琯嶰谷（存目）

霍家橋道中

冬夜宿南莊

焦山觀音巖晚望用宋人趙冰壺韻

焦山看月得月字

登雙峯閣得清字

寒夜石壁庵聯句

歸宿南莊二絶

（以上已見《沙河逸老小稿》卷三）

歙方士庱西疇

霍家橋道中

江天宜遠望，出郭遂幽尋。路滑霜初霽，蔬香雪未侵。危橋横斷浦，矮屋露疎林。記取頻游處，門前流水深。

冬夜宿南莊

茅堂小築清江曲，四面疏林間修竹。深冬氣暖如春溫，襆被相期此間宿。打魚沽酒招吟朋，昏黃待月張華燈。小梅檻外香初動，柔艣溪頭水未冰。寒夜沉沉過夜半，人影花枝互淩亂。歡情且喜共蕭閑，世綱從教絕羈絆。老夫子月度荒村，搴枝嗅蕊清心魂。明朝更鼓遊山興，拾級攀蘿望海門。

焦山觀音巖晚望用宋人趙冰壺韻

佳處留題片石存，深冬一豁倦眸昏。孤帆極浦時明滅，落日洪波互並吞。下見疎林拳凍雀，恍聞斷壑叫哀猨。茅庵小結知何日，擬向空山懺鈍根。

焦山看月得流字

浮玉山中三日留，霜辰氣候如清秋。時冬已仲月始望，盈盈素魄俄當頭。支笻拾級石上坐，笑招吟侶延緇流。奔濤入耳勢澎湃，寒風拂面聲颼飀。南徐北固咫尺近，金山鐵甕烟雲浮。憶昔兵戈此重鎮，中分上下如咽喉。寄奴人豪竟何在，蘄王功業將何求？空餘明月人遙望，往事欲問惟江鷗。今夕且酌曲阿酒，莫因感慨妨清遊。

登雙峯閣得房字

尋幽陟峯頂，上有青豆房。虛窗納遙景，正在江中央。高空偃古柏，仄徑羅修篁。四顧波汩沒，一瞬雲飛揚。置身半天際，怳欲淩風翔。何當了塵事，稅駕山水鄉。

歸宿南莊二絕

雙峯縹緲翠微間，三日閑遊一棹還。喜有寒梅疎月在，不教清景讓焦山。

柴門乍啓人重到，短句聯吟興轉增。永夜霜風渾不覺，小橋斜界半池冰。

祁門馬曰璐半查（存目）

霍家橋道中

冬夜宿南莊

焦山觀音巖晚望用宋人趙冰壺韻

焦山看月得高字

登雙峯閣得來字

歸宿南莊二絶

（以上已見《南齋集》卷三）

儀徵閔䓪玉井

霍家橋道中

十里肩輿路，南莊喜重尋。霜空寒日上，沙岸早潮侵。舊識村三戶，遥看竹一林。寂寥人外境，已似入山深。

冬夜宿南莊

玉妃閉雪停寒空，林間梅蕊偷春工。疎花悭悰過微雨，冷挂半破新磨銅。人來月下傾醽醁，索笑巡檐看不足。會宿無分上下牀，吟詩只在東西屋。憶同遊日近清明，倏忽還同變雨晴。衹將樹底雙鳩喚，換得風前一雁聲。吾徒歲月毋虚擲，風流豈頓殊今昔。憑誰畫作輞川莊，我亦圖中一裴迪。

焦山觀音巖晚望用宋人趙冰壺韻

捫讀冰壺句尚存，虚亭人坐水雲昏。沙頭一雁叢蘆沒，江上千峯落日呑。掃葉深林逢白足，扶藤危磴引青猨。茫茫目送東流去，終古潺湲漱石根。

焦山看月得小字

山風送月升林表，雲淨江寒絶飛鳥。乍起乍滅漁燈明，或往或來帆葉小。海門一派白漫漫，京口諸峯青杳杳。夜分天地轉空明，如此江山入吟眺。十年夢寐落巖阿，塵事苦多遊跡少。今來正值冬久晴，重向磯頭酌清醥。天公還我白玉盤，照徹長江波浩渺。須臾陡作風怒號，高浪排垠欲傾倒。攪動魚龍不肯眠，我歸一覺僧房曉。

登雙峯閣得雲字

雙峯杳何許，遥望生絪縕。揞笻造絶頂，庵在山中分。一崦野梅發，數椎清磬聞。導我憩菌閣，江水方斜曛。高寒有鳥跡，幽夐無人羣。天風忽吹來，爐烟化爲雲。

歸宿南莊二絶

板橋初上晚潮痕，帶月人歸竹裏門。更爲梅花留一宿，好將清夢落江村。
小池凍合白琉璃，寫影寒林宿鳥枝。清境一時消受得，分燈水閣夜吟詩。

江都陸鍾輝南圻

霍家橋道中

江村梅有信，趁暖喜追尋。沙軟小車疾，草枯黄犢侵。斷橋横野水，微日淡荒林。我是曾來客，廊腰記淺深。

冬夜宿南莊

枯林飽霜葉盡落，凍日籠雲雲影薄。天教冰蕊早吹香，已放南枝慰蕭索。我來尋香興欲飛，開尊花下情依依。客酬主勸樂莫樂，月升日沒歸不歸。坐隱敲枰爭負勝，選韻拈毫分競病。竹裏青燈水外鍾，人語不聞雞犬靜。生平花月性所耽，豈肯懶坐如眠蠶。參横夢醒又清曉，他年想像成佳談。

焦山觀音巖晚望用宋人趙冰壺韻

小白花疑此地存，寒風吹斷水烟昏。驚鴻影冷隨帆遠，落照光搖共酒吞。仄徑幽深堪結屋，高巖空翠欲藏猨。殘碑有句埋苔蘚，幾徧摩挲坐樹根。

焦山看月得千字

天公助我遊山緣，深冬風日何晴妍。招要朋舊發清興，渡江穩坐紅板船。昔登雙峯豁倦目，恍如夢斷空茫然。今來初地借禪榻，昏黄待月山門前。蛟龍正蟄藏水底，鷹鶻未宿盤松顛。少焉一片玉輪出，漸見萬丈金精懸。江光月色兩不定，鎔銀蕩漾波痕圓。山僧笑我戀清景，畏寒高聳雙吟肩。同來主客皆好事，展紙和墨歌長篇。不羡白兔搗靈藥，詎求紫府昇飛仙。但願此月復此客，良辰合并常周旋。人生行樂亦偶耳，買酒何惜斗十千。

登雙峯閣得度字

精廬石徑幽，翠竹疎籬護。小閣啓雙扉，長江莽橫素。星星金山鍾，隱隱海門樹。天際來孤帆，飛蕩若野鶩。忽見片雲飛，寒影波間度。自笑桑下留，又得三宿住。

歸宿南莊二絕

小別梅花三日期，重過添放向南枝。最憐水竹紆迴處，漠漠烟消月舉時。

幽窗短榻淨無埃，菊枕支頭紙帳開。清夢冷吟冰雪句，昨宵浮玉月中來。

跋〔一〕

伍崇曜

右《焦山紀游集》一卷，亦國朝馬曰琯等編。蓋秋玉昆仲，偕其友厲鶚樊榭、杭世駿堇浦、陳章竹町、樓錡于湘、方士庱西疇、閔崋玉井、陸鍾輝南圻，同游焦山之詩，屬樊榭老人序而刊之者也。越林屋之游七年矣。昔顧阿瑛有《玉山紀游》一卷，其友袁華所編。游非一地，而必有詩。所與游者，自華而外，爲會稽楊維楨、遂昌鄭元祐、吳興郯韶、沈明遠、南康于立、天台陳基、淮南張渥、嘉興瞿智、吳中周砥、釋良琦、崑山陸友仁等，皆一時風雅勝流。而山水清音，琴尊佳興，風流文采，千載下尚如將見之。今馬氏昆仲此游，遍閱卷中姓名，殆足與後先輝映，恨不獲廁身於筆牀茶竈間也，特重刻之。

道光庚戌端陽後二日，南海伍崇曜跋。

【校記】

〔一〕此跋，底本無，據《焦山紀遊集》粤本補。

林屋唱酬録

林屋唱酬録序

沈德潛

浙西之山明麗，吳中之山静深。明麗比諸美人，静深比諸逸士，故遊覽者，浙西多於吳中。又西湖出杭城，跬步可到。而吳中名山，在郡城西，多瀕太湖。至石公、林屋諸勝，必渡湖涉風濤，約百餘里，可攜笻屐，故游者殊少，遊而發爲詠吟者尤少。唐皮襲美、陸魯望，明高青丘、徐昌穀諸公外，寥寥無聞焉。

馬君嶰谷，雅嗜山水。今春偕昆弟友生，自揚入吳，過惠山，歷武丘，憩明瑟園，乃攀天平，歷支硎，俯寒泉，躡華山鳥道，上靈巖，陟鄧尉，由天池石壁，渡太湖，探石公、包山、林屋、縹緲峯、消夏灣諸勝，飲明月坡而返。流連唱和，並得詩五十餘首，體格各殊，性情自契。林壑雲日，烟霞魚鳥，盡歸諸寸楮間，可云不負斯遊也已。

考襲美當日，以祀事至洞庭，而其餘不能遍及。魯望和詩，半託之想象。昌穀亦僅遊縹緲、石公。青丘游歷最廣，然其洞庭詩云『久欲尋春未能去』，則諸什亦屬詠古者多，不皆親歷其地。今諸君子境無虚過，過必有詩，是古人所不能兼者，而諸君子兼之也。且諸君子遠居維揚，維揚稱華膴地，乃能涉江航塹，叩寂逃虚，舍明麗之區，入静深之境，以其筆墨發山水之靈，豈陶貞白所云『見朱門廣廈，無欲往之心。望高巖，瞰大澤，恒欲就之』者與？

予於丁巳歲，遊石公、包山，得交嶰谷，相訂重遊。十五年來，塵事紛擾，爽約山靈，讀諸君子詩，神往於幽虛左神間矣。

壬申秋日，長洲同學弟沈德潛撰。

馬曰琯（存目）

雨宿江口

遊慧山三首

虎丘上巳

晚步劍池

重過明瑟園

天平山六絶句

支硎山

華山

靈巖山

鄧尉山

天池

石壁

（以上已見《沙河逸老小稿》卷五）

落木庵

（已見本書《詩歌輯佚》）

雨中聯句

過澗上草堂

留别明瑟園三首

陸茶塢以蓴絲見餉即席賦

渡太湖聯句

薄暮登石公山

石公山放舟林屋洞小憩神景宫歸途微雨

包山寺

毛公壇

舟中望縹緲峯

明月坡飲酒歌

消夏灣送春

洞庭西山懷同社諸君

僧房牡丹

茶塢雨中招遊石湖

送竹町返錢塘

吴趨雜詠

（以上已見《沙河逸老小稿》卷五）

馬曰璐（存目）

雨宿江口

丹陽道中

遊慧山三首

虎丘上巳

晚步劍池

過明瑟園

天平山六絕句

支硎山

華山

靈巖山

鄧尉山

天池

落木庵

題晤言圖

往上堯峯及半而返循徑至下堯峯

過澗上草堂

韓忠武墓

石壁

重過白雲泉

食蓴

將渡太湖石公山僧來迓

留別明瑟園三首

薄暮登石公山

自石公山放舟至林屋洞小憩神景宫

包山寺

毛公壇

石公庵僧樓

舟中望縹緲峯

消夏灣送春

洞庭西山有懷同社諸君

茶塢雨中招遊石湖

送竹町返錢塘

吳趨雜詠

（以上已見《南齋集》卷四）

陳　章

雨宿江口

杳杳廣陵鍾，霅霅瓜洲雨。江天不可辨，一燈明遠浦。

丹陽道中

不踏江南路，於今又八年。恍如尋舊夢，快比挾飛仙。買酒黄泥阪，吟詩春水船。還愁石公姥，偷眼笑華顛。

遊慧山三首

連春散春烟，花林入搖構。人家夾岸居，晴翠滿窗戶。歡願今始遂，迴眺遠塵土。一笑對山僧，梅花落如許。

乳泉噴幽竇，洑流赴春池。欲徵陸子經，木瓢斟酌之。神爽待輕舉，清曠山風吹。怡情非一事，弄雲披松枝。

思登九龍脊，筋力不我與。且叩秦氏園，眾芳正敷煦。風泉度空翠，清寒失亭午。刻意欲吟詩，悠然轉無語。

虎丘上巳

海湧峯頭雲氣收，鐵華巖下渟清流。我來落帆寺門外，欲祓塵土兼祓愁。塵土已消愁不去，杏花滿地鶯啼樹。芳辰不醉殊可惜，君不見蘭亭高會今何處。

晚步劍池

晝遊夜復至，境靜了不同。疎星明澗底，人語春山空。僧扉待我掩，露滴松間風。

過明瑟園

潭上幽棲地，依然水石間。春風歸老樹，前輩託青山。園爲徐介白先生舊蹟。此外應無勝，茲來只暫閑。園花開復落，日夕且怡顏。新月昨宵醉，今朝醉更深。階除涵水氣，几席落山陰。聽鳥感時序，呼雲問古今。天機雖較淺，能識靜居心。

天平山六絶句

水石間

岦嶪一拳多，當衝勢不怯。泉源何處尋，流出石楠葉。

白雲泉

晴天作雨聲，絶壁飛隱隱。因爲穿雲來，一掬白如粉。

雲磴

一級復一級，不知高幾重。終年人跡絶，只與猿猱逢。

蓮花洞

石插青蓮瓣，枵然含一房。萬古滴玉乳，中有秋風香。

劍削崖

干將誰所削，入雲高嶙峋。借問盤礴史，何如斧劈皴。

石屋

渠渠若團焦，上覆烟蘿緑。明月以爲燈，常照仙人宿。

支硎山

淩晨詣支硎，迢迢路難竟。人影度平田，旭日清可映。是時春已深，山暖草木盛。雲光開佛宇，塵夢泉吹醒。緬懷典午僧，妙湛此禪定。馬去窺餘蹤，鶴飛想幽聽。雪谷有名流，畊汲寄吟咏。怪篆變斯冰，逸致繼梁孟。翠螺盤幾層，短策欲窮勝。坦途寧多紆，冒險恥捷徑。

華山

夾道松入雲，下列石萬狀。金銀化人居，高低倚青嶂。廢興有定數，隳敗忽宏敞。餘輝被巖壑，若詡迓仙仗。鮮霞逗奇懷，幽泉供靈貺。日長山鳥鳴，地潔風花颺。發我清明心，卻無真實相。中有枯寂子，妙悟閱華藏。我豈踣塵躅，微志自能諒。頓令諸妄消，合十願回向。

由靈巖山至堯峯

朝遊靈巖山，松上雨初霽。雲來混太湖，澹澹浮一髻。日暮登堯峯，斜陽豁昏翳。波搖萬頃金，遠與天無際。陰晴物象變，浩然感身世。朝暮尚不同，誰能預爲計。吳王本荒淫，興亡事亦細。吾亦呼堯民，與結畊鑿契。

鄧尉山

西山遊殆遍，其後往玄墓。已失看花期，且覓採茶隝。沙田植水仙，縱横翠泉注。孤亭在雲半，僧導一笻赴。不知所歷高，驚駭屢回顧。憑闌俯具區，三州天地素。只覺鷗鳧閑，不逢蛟鼉怒。改途指石壁，湖光隨我步。淹滯緣賞心，歸軫迫曛暮。層嶺險逾窄，風吼月暗度。徒矜探奇癖，終抱臨深懼。礐礐嚙芒鞋，僕夫趾難措。嘆彼獨非人，反身咎不恕。

石壁

路轉峯回丈室孤，得拋倦策憩團蒲。偶然一覺白雲夢，又被松風吹過湖。

天池

味自帝臺分，溶溶漾濕銀。雲深窺渴鶴，雨急躍潛鱗。山送一僧老，松忘三月春。日斜風滿壑，獨立恐傷神。

竹塢 文文肅讀書處

尚有讀書處，當年想閉關。清風能繼代，衆論惜歸山。紅樹映溪淨，白雲停竹閑。時禽不解事，空好語綿蠻。

落木庵住僧以鍾伯敬、譚友夏、徐元歎三先生《晤言圖》出觀

三老皆清削，圖中忽見之。空山木葉下，一室晤言時。歷劫猶存地，忘名任論詩。我來思往躅，歸意與雲遲。

食蓴

春散蓴絲雉尾形，呼船乘雨採湖棱。不知風味能如此，只識人間張季鷹。水精鹽點作羹材，頓頓流匙笑口開。寄語周顒應悵望，晚菘早韭總輿臺。

韓忠武墓

穹碑天半勢崔嵬，白戰功勳惜將才。枉獄曾聞三字嘆，孤忠空抱兩宮哀。無窮事業蹇驢去，終古精靈大鳥來。玉帶錦衣餘想像，墓門風雨野棠開。

澗上草堂

聞道徐夫子，茆堂此曲肱。踰垣避開府，餽米受高僧。世事看雲變，詩情愛澗澄。叩門瞻栗主，蒼鼠竄枯藤。

夜雨池上

莫言多病便無情，可惜春風醉不成。幾樹落花孤燭暗，卧聞山雨到池聲。

重過白雲泉

已識松根路，來敲竹下門。山昏添雨氣，泉澀減池痕。坐石渾疑夢，尋詩默不言。風爐兼茗盌，最憶是西軒。

將渡太湖石公山僧來迓

片雲通客信，衲子過湖來。野筍同香飯，山花落碧苔。亂峯勞指點，白浪勸遲迴。是日大風。明日相偕去，蒲帆雨亦開。

留别明瑟園三首

鶻突塵埃負卻春，清溪引我泛輕輪。一旬只在花前醉，始信天涯有故人。
名園步步動吟情，看落梨花看笋生。應合留連池上酌，一枝紅燭雨三更。
出時踏澗便扶藤，歸即看山小閣登。拌住經年猶不足，催人偏有洞庭僧。

薄暮登石公山

勝情何暇懶，到即陟山椒。歷險思連臂，窺深欲繫腰。天風生浩渺，春氣束蕭條。更倚巖前樹，波心月可招。

自石公山放舟至林屋洞小憩神景宫

具區諸勝林屋佳，讀皮陸句空縈懷。扶風昆弟好事者，探奇索險招我偕。木魚喚起山月墮，雙行纏束峭緊鞋。呼船長嘯亂流去，一帆直抵青山厓。傳聞乃是天后真君之便闕，不敢褻視心先齋。洞雖深窅閟幽怪，絕無蛇雉狼虎豺。素書呵護祕神禹，金庭結構餘女媧。傍通地肺號隔沓，羅浮左股還參差。石鍾玉磬捐簨簴，靈芝瑤草紛根荄。乳泉沮洳不容足，欲入卻愁泥跳鼃。徘徊傴僂但闖首，那辨中有堂與階。丙洞暘谷亦一到，玲瓏若見門扇闔。九琳之窗毋乃是，定有仙伯藏形骸。臭帑未能視敝屣，白首終悔心期乖。題名南宋讀殆遍，斑斕蒼蘚剝復揩。神景宫中瞻古像，冕旒慘淡昏塵霾。道士邀我樹下坐，果蓏餅餌供我齋。爲言山空月明往往集笙鶴，望見霓裳絳節無數巖根排。

包山寺

幢有唐朝字，山因包氏名。無僧空殿冷，待客古松清。縱使人烟遠，終能佛日明。沙頭覓歸艇，雨意滿湖生。

毛公壇

綠毛人去剩空壇，禹步當年玉珮珊。書罷三千丹篆字，清池洗筆月中寒。

石公庵僧樓

萬頃烟波浩浩，連朝風雨冥冥。朱樱盧橘遮戶，田鵨沙鷗滿汀。酒醒但愁春去，詩成且對山青。五更最是清絕，禪板漁歌雜聽。

明月坡飲酒歌

東海生明月，先照湖之坡。坡平儼若席，方廣百丈多。想當清秋時，碧浪涵金波。可以酌醽醁，可以舒嘯歌。我來既惜非其時，月色亦肯青銅磨。如何不卽恣酣飲，隔宵月暗空婆娑。平生萬事每如此，嗚呼吾意其蹉跎。

消夏灣送春

夫差水殿占閑鷗，有限韶華又早休。羨殺荷花生較晚，不隨風絮人替愁。扁舟黯黯苦吟身，墮粉殘芳轉見親。只恐明年春易見，五湖烟水遠於春。

舟中望縹緲峯

但作孤峯峭，不似羣山亙。翠影落前灣，夕陽峯背暝。應是少行人，松花滿風磴。

洞庭西山懷同社諸君

相思何處切，身在洞天居。風起鼉鳴窟，雲生人荷鋤。暖波蓴菜後，香雨橘花初。欲共無由共，漁舟與寄書。

茶塢雨中招遊石湖

連天緑樹水微茫，漸見船頭一塔長。撑過石橋回首望，斜飛白鳥去横塘。
獵獵青蘆漾淺沙，畫橈泊近釣人家。波神羞澀春光去，娱客風翻白浪花。
淹留卻爲酒人招，駕得吴王送女潮。盡日不歸杯在手，清歌一曲雨瀟瀟。
三舟陶峴舊風流，簫鼓行廚載兩頭。烟雨緑波無限好，未輸明月石湖秋。

塹歸錢塘留别嶰谷半查玉井于湘

匝月連牀處，虎丘山上樓。明朝分手去，鶯脰雨中舟。黄色雖云喜，清尊轉覺愁。相期何敢遠，當共醉葵榴。

閔　華

雨宿江口

篷背雨瀟瀟，並入江流響。夜久覺船移，知有春潮上。

丹陽道中

舊郡屬朱方，迢迢水驛長。林花表村落，岸草點牛羊。廢瀆人烟少，新豐酒味香。徘徊泊船處，山色暮蒼蒼。

遊慧山三首

蜿蜒九龍山，春烟澹墟落。弭棹入香林，殘梅著芒屩。淨掃石上苔，閑披竹爐作。禮塔成後游，吾將踐僧諾。

漉漉石泉流，落落雲松陰。一杯辨水味，再酌清人心。幽音發孤聽，如鼓風中琴。緬懷桑苧翁，倚樹成微吟。泉源自不竭，散入林亭間。既從人外游，復此池上閑。吟看樹移景，目送雲歸山。未得一宿留，禊飲浮杯還。

虎丘上巳

東風扇蕩歌雲熱，車馬紛紛寺門咽。客來正欲袯塵襟，恰逢虎阜重三節。落花如薦草如茵，樓閣家家面綠津。水邊人影橋邊柳，都與山塘作好春。

晚步劍池

鳥宿人未宿，夜語空山清。星自池底見，僧從林杪行。悠然磐石上，坐待寺鍾聲。

過明瑟園

門掩春波闊，庭餘古木尊。幾人浮野艇，一逕入花源。耆舊當時隱，風流異代存。詩筒兼酒盞，吟醉月黃昏。

一夕竹房臥，曉來春鳥鳴。披衣時獨立，拄杖或閑行。靈岫當窗見，梨花隔水明。名園無好句，殊負此幽清。

天平山六絕句

水石間

小窗宛橫幅，一石與一水。細路曲通樵，入山自茲始。

白雲泉

英英靈竇出，滮滮幽澗鳴。未能作霖雨，應戀在山清。

雲磴

雲自峽中流，人從磴道上。毋使進步迷，一失落千丈。

蓮花洞

玲瓏石竅入，絕似菡萏房。中有不染心，自然生妙香。

劍削崖

誰將三尺水，削此一片石。風雨繡苔花，兀立太古色。

石屋

鑿厂置佛屋，高與浮雲齊。清鍾傳上下，迷路失東西。

支硎山

筍輿軋軋鳴，出谷復入谷。步步踏雲泉，村村過花竹。佳處時一休，臨風想遺躅。支公調鶴地，孤峯秀羣木。香花古道場，至今留佛屋。寒山舊隱人，墓草春風綠。空餘臺榭間，幽咽噴巖瀑。浮雲今古同，白日人世速。幸我腰腳健，清遊已能續。一笑俯平闌，鬚眉照池淥。

華山

五丁運蕭斧，鑿壁成梯桄。直上數千仞，乞我爲津梁。躡足蓮花峯，恍若乘空翔。去天只一握，下視何蒼茫。衆瀆似縈帶，亂石如散羊。飛鳥已在下，天風飄衣裳。疑有鸞鶴迎，縹緲吹笙簧。歸途屢迴繞，夾徑青松長。

靈巖山

遙望靈巖山，孤塔矗林表。坡陀草樹青，窗中見了了。今朝山出雲，一朵宿園篠。繚繞失羣巒，緼絪散池沼。振策入空濛，濕衣春雨小。少焉達寺門，風過倏如掃。曠然天宇開，目送空際鳥。始知山水間，晴晦看總好。輸與住山僧，清景閲昏曉。何處舊琴臺，千年問芳草。

鄧尉山

舊聞香雪海，中有空王宅。兹遊不及梅，沿村李能白。新緑浩無涯，落英紛以積。行遠山已高，花多徑逾仄。宛轉造香界，婆娑古桂柏。隨意循短牆，一覽具區色。片段過湖雲，掩卻半峯碧。茫茫巨浸中，點點見帆席。明日泛扁舟，定宿西巖夕。

天池

亂石圍荒寺，雙扉久不關。鹿麋終日往，老病一僧閑。松桂歸廚爨，莓苔上佛斑。清清滿池水，流不到人間。

石壁庵

蘿葉藤花滿壁懸，漁洋山在石牀前。他時燕子龕中住，臥看秋帆販橘船。

過落木庵

翛然林屋翠微間，想見清風日掩關。身世亂離傷白髮，文章聲價重青山。禪宗能忍都虚幻，詩法鍾譚亦等閑。獨愛至今池水淨，與僧分飲一瓢還。

下堯峯

上堯峯接下堯峯，石路無塵滿谷松。行盡清溪人不見，萬修篁裏一聲鍾。

韓忠武墓

崔嵬巨石壓龜趺，爲問蘄王墓有無。一代戰功先北府，十年身退老西湖。憶曾冠服埋丹嶂，剩見牛羊臥綠蕪。泉下忠魂應不憾，青城依舊係亡俘。本傳載，賜朝服貂蟬冠入殮。

食蓴

行廚竹裏日留賓，一棹春風更采蓴。點豉作羹無限好，卻教反戀未歸人。
釵股縈流翠縷如，流匙香滑世應無。他時繫得相思切，不待秋風泛太湖。

過澗上草堂

吴中有高士，遺宅澗之濱。遁跡憐王霸，逃名憶法真。石垣三徑草，木主一龕塵。寂寞空山裏，誰來薦綠蘋。

重過白雲泉

經旬上沙住，遊屐此重過。接筧清泉細，連山綠樹多。指尋雲磴路，行識竹房坡。縱使鶯聲老，猶勝一曲歌。是日僧寺有笙歌喧雜。

將過太湖石公山僧來迓

風雨小遲迴，扁舟待水隈。心期青嶂遠，僧帶白雲來。湖上人初去，山中花剩開。爲言夕光洞，先已掃莓苔。

留别明瑟園三首

茶塢山前潭上村，成雙老樹恰當門。平橋月色方塘雨，無限清機入夢魂。
蒪絲清脆竹胎香，幾度勾留入醉鄉。明日扁舟徑歸去，酒邊燈下更思量。
風廊曲榭煮茶聲，翦燭分題笑語清。十月小樓臨水住，再來草石有親情。

薄暮登石公山

湖水四無垠，巑岏亂石皴。懸崖虚受佛，絶壁下通人。幽怖生殘照，高寒失暮春。洞天知不遠，儻一遇仙真。

自石公山放舟至林屋洞

昨日湖中快烟水，一瞬風帆一百里。今朝湖上數雲巒，柔櫓嘔鴉明鏡裏。取次漁灣荻港收，此身已入洞天遊。金庭玉柱似不遠，紫泉白芝如可求。洞天本是神仙窟，中貯金經藏日月。天后何嘗閟闕門，世人爭奈多凡骨。茲來正值春日晴，洞口已覺陰風生。稍深石髓沾衣濕，漸入雲英著屩輕。窅然疑有蛟龍伏，肌體森森軫寒粟。未經險處索幽虛，卻從歸路看平陸。人家屋舍傍青山，麥隴桑畦春晝閑。此中自有畊鑿地，舟楫何須接世間。

包山寺

雙塔青林外，三門翠嶂邊。鳥知山寺路，松識石幢年。流水看無厭，疎鍾聽渺然。我於清絕境，直欲老棲禪。

毛公壇

煉得形骸一羽輕，石壇人去石泉清。山中樵客曾相見，明月松間嶺上行。

洞庭西山懷同社諸君

帶雨探林屋，乘風渡太湖。如何靈境裏，不與故人俱。詩酒堅新壘，烟霞了宿逋。歸將詫吟侶，身在小蓬壺。

石公山僧樓

到來山寺三宿，時倚僧樓一吟。倏有倏無峯影，半晴半雨湖陰。蓴菜鱸魚入饌，盧橘楊梅滿林。乘興出門展眺，不知身在波心。

銷夏灣送春

幾重青翠亂山明，一片菰蘆野水清。若問吳王舊宮殿，綠陰深樹子規聲。
扁舟一葉轉湖湄，回首烟波惜別頻。我與春光共歸去，不知銷夏是何人。

舟中望縹緲峯

遥望縹緲峯，秀色鬱雲霧。我正戀烟波，挹彼最高處。登陟豈憚勞，回舟日已暮。

明月坡飲酒歌

青青萬古石，根浸天吳宫。七十二灣月未到，獨私先照光玲瓏。於時春風激湖水，浪花吞吐聲撞春。我來坐對嫦娥浮大白，愛此一片淨瑩中。嵌空用手摩挲比積鐵，以杖扣擊如精銅。吟詠既經鹿門子，鑒賞定值奇章公。傳聞兹山昔受艮嶽劫，磨刀亂割青芙蓉。仙家洞府祕奇跡，水窟靈怪潛幽蹤。其材反等不材壽，想因五丁開鑿難爲功。石兮石兮酬汝一杯酒，知汝可與明月相長終。安得盛夏避暑造巖下，赤脚踏之生清風。更欲天寒水落石盡露，宛轉穴竅行能通，直探水底尋蛟龍。

茶塢雨中招遊石湖

筆牀茶竈畫船輕，銜尾横塘一字行。驚起沙鷗莫相笑，尋詩添得管弦聲。

嵐陰黯黯水冥冥，如此湖山始一經。幾度行春橋上望，退紅僧寺石窗櫺。

一簇松杉翠色寒，稜稜瘦塔擁林端。分明似展行看子，染黛峯頭半未乾。
野色蒼茫翠欲微，榜人都挂綠蓑衣。櫓聲乍起歌聲歇，載得瀟瀟暮雨歸。

送竹町返錢塘

斟酌橋邊別，風帆各自飛。客中仍送客，歸路不同歸。行色分流水，離情共落暉。西湖君到日，我亦釋征衣。

吳趨雜詠

政事詩名冠一時，至今泮水有遺祠。如何小宋新書在，佳傳曾無及左司。
水石能娛放逐情，文章意氣兩縱橫。劇憐身世逢謠諑，留得滄浪萬古清。
遙看翠竹滿牆頭，咫尺師林惜未遊。高士畫圖空想像，卻愁脂粉涴林丘。
停雲舊館久荒涼，猶剩樓前半畝塘。待詔得蒙新賜句，即今泉石有輝光。

樓　錡

雨泊江口

船尾東風急，船頭細雨來。篝燈江上宿，夢逐夜潮回。

丹陽道中

自憐浮浪跡，慣向此中行。赤柳曾標郡，青山不記名。地閑艘挽盡，風定棹謳清。瀟灑同吟伴，殊勝獨客情。

遊慧山三首

石牀臥松陰，松吹入幽耳。隔歲還一來，山僧見亦喜。竹罏有古製，幽窗酌泉水。落梅滿苔徑，日夕香不已。

偶從泉上行，湛然若冰雪。窺臨寂心魂，含漱潤肌骨。山鳥去復來，澗芳殊未歇。不見桑苧翁，清風滿巖穴。名園倚山麓，蒼翠一潭會。烟霞地所豐，林壑此爲最。春晝變暄凄，孤蹤樂閑外。去鄉無百里，如何曠披對。

虎丘上巳

辛夷花開不肯飛，猶抱殘香待我歸。剛及靈辰修禊飲，況逢法界散晴暉。山前山後畫船檥，蛺蝶尋香逐羅綺。那知寂寞少年心，縱到家山如客裏。

晚步劍池

秉燭池上來，喧寂判昏晝。人遠山氣清，星淡松影秀。悠悠憩盤石，微詠落月後。

過明瑟園

扁舟漾山渌，落日到茅茨。水木有古色，禽魚如舊知。竹垞曾作賦，祭酒剩題詞。吳梅村有《意難忘》一闋。名輩風流遠，琴尊又一時。

百年高隱地，止宿見情深。新月林間上，濁醪池上斟。悠然動吟思，偶爾愜山心。縱是浮萍跡，還期復此尋。

天平山六絶句

水石間

當軒何清幽，巖石繡苔髮。一片山下泉，皎若照秋月。

白雲泉

絶壁散泉脈，瀠洄方丈間。但與雲同色，不隨雲出山。

雲磴

危磴高入雲，對峙若雙闕。自非烟骨輕，仰視不敢越。

蓮花洞

烟霞互吞吐，自發菡萏香。終古苔蘚濕，疑有蛟龍藏。

劍削崖

丹崖如削玉，特立青林端。雨洗千萬古，猶帶鐵花斑。

石屋

隱隱青松頂，白石結爲宇。老僧住百年，不知有風雨。

支硎山

天平折而西，數里得支硎。支公有遺跡，於此繙金經。雲鶴不可呼，空復名其亭。幽澗吼瀑泉，白日陰泠泠。如鼓朱絲桐，一聽心一清。復上此山頂，盤盤青螺形。竹徑凡幾轉，交翠延幽情。吴中盛遊覽，車馬喧春晴。伊予今始來，能無笑山靈。

華山

入天松色冷，夾道泉聲喧。足未及初地，心已如清源。香林出梵唄，烟嵐散朝暾。舉手招猨鶴，絕壁同攀援。巨石勢欲落，六鼇力負艱。揭來蓮花頂，遂失他山尊。颯然御長風，列子難與論。未得此棲隱，惆悵歸塵寰。回望所歷境，乃在青雲端。

靈巖山

昨逢綠髮翁，知我抱山癖。遺我九節杖，登覽快扶掖。于焉上琴臺，一訪殘霸跡。零落黄金楣，乃作化人宅。至道惟空虚，浮雲有生滅。欲問鴟夷子，渺渺烟波隔。目極千里外，天水混一碧。寄言湖上山，吾將挂帆席。

由石壁至玄墓

潭東及潭西，梅林實深窅。花發興自佳，花落意亦好。山行四十里，草木香未了。卓午到石壁，松陰覆苔藻。五湖浮我前，俯檻一以眺。爛若白銀盤，點點青螺小。盡日相周旋，山雲與谿鳥。同調四五人，更欲事幽討。回車叩精藍，夕陽在林杪。

竹塢

一代清風不可攀，草堂零落翠微間。偶吟新漲桃花句，可是無心更出山。文文肅自題竹塢詩：『昨宵山雨添新漲，流出桃花事又多。』

過落木庵

茅屋空山剩劫灰，竟陵談藝互相推。小池怪底清如許，曾爲先生洗句來。庵有洗句池。

過澗上草堂

滄海横流日，空山結屋牢。艱難餘皂帽，憔悴一青袍。澗水明秋雪，松風起暮濤。不知寒食後，誰與薦溪毛。

將渡太湖石公山僧來迓

欲問靈威洞，烟波隔幾重。偶遲孤棹去，先與老僧逢。雨後朱櫻熟，山中綠樹濃。明朝寺樓宿，同聽一聲鍾。

留別明瑟園二首

軒窗面面漾澄鮮，不是平泉即輞川。記取客來修禊後，波心看到兔華圓。
無日無詩與酒杯，花開花落坐莓苔。最憐暖翠浮嵐閣，欲別還思一上來。

薄暮登石公山

已訝非人境，梯空入鳥羣。湖心窺倒景，洞口識歸雲。終古銀濤漱，何年玉峽分。一筇行勃窣，松頂已斜曛。

自石公山放舟至林屋洞

石公山頭留信宿，石公山下乘孤篷。須臾浪靜風不作，十里到岸扶烟筇。一徑犖确入青靄，草木便覺靈秀鍾。巃嵸巃嵸跨絕境，安得不有羣仙蹤。卻立緬想元化始，一竅融結風雲通。金庭既闢天后宅，玉簡亦助神禹功。昔聞好事恣幽討，束緼而入驚蛟龍。伊予魄動但窺瞰，殘春氣候猶嚴冬。陽烏飛光兔孕腹，萬古不燭如鴻濛。自笑形骸本濁俗，紫泉白芝那可逢。恍然久立已隔世，詎知山外日未中。

包山寺

偶隨樵路入，古刹似荒村。碧蘚上禪榻，青山抱寺門。松高接天影，泉冷湛心魂。皮陸曾題句，徘徊何可言。

毛公壇

手把丹書去不回，仙壇積雨徧蒼苔。石泉僻遠無人汲，時見松陰鳥下來。

石公庵僧樓

山樓臥聽風雨，湖上清游暫妨。幾點漁舠出沒，三州烟樹蒼茫。
窗中寂無人語，簾外微聞佛香。待得水天開霽，好尋甪里相羊。

舟中望縹緲峯

崔嵬入雲中，本是諸峯長。清暉隔蘆灣，秀色落烟榜。知有仙靈棲，安得扶笻上。

消夏灣送春

五湖長在夢魂間，纔放扁舟春又還。只恐明朝尋不得，一重烟水一重山。

零落吳王避暑宮，風光都半屬漁翁。怪他不管興亡事，波上年年醉落紅。

洞庭西山懷同社諸君

廣陵相别後，游事不曾閑。病酒桃花塢，尋僧明月灣。詩歸雙屩底，春盡亂峯間。吟社應相笑，扁舟忘卻還。

茶塢雨中招遊石湖

楞伽山下雨霏微，春盡餘寒戀袷衣。珍重故人留客醉，歌聲低壓水雲飛。曾聞湖上采香尊，空羨沙頭釣紫鱗。彷彿文家圖畫裏，綠蓑青笠過橋人。載將茗椀與吟牋，消領江南櫻筍天。烟雨綠波移棹去，安知不是石湖仙。一春縱酒百千場，況是閑身在故鄉。只恐他年忘不得，畫船絲竹過横塘。

送竹町返錢塘

吳鄉足烟水，何事苦思歸。攜得新詩本，還尋舊釣磯。茶收龍井後，花放馬塍稀。縱戀鄉園好，吟壇莫久違。

跋〔一〕

伍崇曜

右《林屋唱酬録》一卷，國朝馬曰琯等編。案曰：　琯字秋玉，一字嶰谷，其弟曰璐，字佩兮，一字半槎。乾隆元年，同薦舉博學鴻詞。是書則其昆仲偕友人陳章竹町、閔崋玉井、樓錡于湘，自揚入吳，遍游林屋諸名勝，各得詩若干首，録而刊焉者也。沈文慤固召試同徵之友，特序焉。王蘭泉《蒲褐山房詩話》謂秋玉祁門人，居揚州。是時盧雅雨見曾，前後任兩淮運使各數年，又值竹西殷富，接納江浙文人，惟恐不及。秋玉、佩兮，咸與扶輪承蓋，於是四方輻輳，而小玲瓏山館尤爲席帽所歸。斯游也，乃獨與二三韋布之士，泛舟昇陟，取暢幽情，借訪荔蘿，談討芝桂，亦可謂放懷事外者矣。偶得傳本重刻之，以識景慕之私，後有朱書，欲補《雨中聯句》、《渡太湖聯句》二首於佩兮詩内，謂袁簡齋大令筆也，似可不必。杭大宗檢討曾爲秋玉作傳，見《道古堂集》中，亦召試同徵友也，附録之以傳其梗概。

道光庚戌端陽令節，南海伍崇曜跋。

【校記】

〔一〕此跋，底本無，據《林屋唱酬録》粤本補。

韓江雅集

韓江雅集卷一

金陵移梅歌並序

廣陵近有唱和之集，胡都御史復翁與其里之詩人相與過從之作，而寓公如厲徵君樊榭輩皆豫焉，已選定數卷行於世。今年秋杪，予至廣陵，諸君半遊攝山未返，已而畢至，馬君嶰谷、半查方自白下移古梅一十三本，植於七峯草亭之陽，卽予所假館地。方君西疇挈榼就予，同席者皆唱和中人也。予拈『移梅』爲題，在席各賦七言古詩一章，裒成一卷，同人卽令開雕。惟花之名貴者皆自愛，故不得賢地主以爲依歸。或蕉萃而不榮，而不得學士大夫之賞玩，亦無以振發其神魄。今兼而有之，吾將爲梅慶所遭也。乾隆癸亥十月望後一日，雙韭山民全祖望。

胡期恒

冷雲釀雪雪未落，西風半夜侵簾幕。雲開霧捲放青天，滿窗紅日胭脂薄。金陵梅花甲江左，標格孤高誰剪削。山館居士古林逋，遊戲妻梅還子鶴。江船載得十三本，好趁陽和植根腳。汲井疏畦灌溉忙，土潤根深互聯絡。轉眼東風泛縠紋，春回便吐纖纖萼。冰肌玉骨自翛然，坐待清香浮畫閣。他時曳杖我重來，花陰定許安杯酌。

唐建中

梅花譜牒祖揚州，東閣一株傳千秋。浩然君復雖好事，輸與何遜先風流。流風逸韻今猶在，游客不用一錢買。城外圓亭郭外村，春來一望花如海。馬家兄弟偏好奇，渡江屢泊燕子磯。十里江梅看不足，老樹更訪六朝遺。金陵有六朝梅，屢萎屢蘇。六朝老樹夢未醒，求其兒孫鳳臺頂。藐姑射仙今有無，書院不誇梅花嶺。梅花書院，君家所建。嶺上十月梅未開，帶花誰送暗香來。艇搖桃葉渡頭槳，根連雨花臺上苔。苔厚根繁健步百，簾捲春風過香陌。不入廣陵濤外莊，徑投參佐橋邊宅。宅遠近接玲瓏館，中羅羅浮白石筍。天然勁直七丈人，掩映水霜十三本。有客沽酒招我曹，鼓兩馬君詩興豪。從此賦詠補《離騷》，且爲梅花賀其遭。傲骨鐵幹逢石交，蜀岡平邑攝山高。亦有金粉同南朝，不須悵望隔江潮。但恐當時何郎花，嘲君貴遠輕東家。美哉客花惠然肯，幸莫過江化爲杏。

程夢星

揚州老梅誇存園，尋春常過城東村。六十餘年漸凋謝，往往欹倒留霜根。我家南坡種百本，亦苦蛀嚙多不繁。花時聊復事吟賞，可憐寒瘦安足論。爾來郡人尚小樹，但栽一尺青瓷盆。紙窗曲几太局促，何從世外窺冰痕。山館主人有梅癖，兼之冷韻連弟昆。爲求嘉植渡江去，長幹十里移瑤琨。亭亭玉樹十三本，一一勾致姑射魂。石城艇子一帆到，高格不受烟塵昏。十月小春遲花信，幾點已放南枝溫。才向風前漏涼月，還宜雪後晞朝暾。從此林亭占幽勝，不數荒野疏籬門。莫言羅浮是幻境，慰人清夢應弗諼。我亦巡簷動詩興，願同花下傾芳樽。

馬曰琯

（已見《沙河逸老小稿》卷二）

汪玉樞

玲瓏山館竹邊路，添得寒梅十三樹。借問移根何處來，昨日船回桃葉渡。兩株倔强如虬蟠，兩株黝黑如鐵鑄。其間一株大合圍，古幹撑空半苔護。餘者八株約略同，高格縱橫影交午。節近小陽已蓓蕾，彈指香風栖翠羽。看山樓下雪霽時，來共逋仙覓奇句。

厲鶚

小玲瓏山館隙地，高高下下多種梅。主人性癖愛奇古，更今遠訪江之隈。蔣陵氣暖首靈谷，花匠家多住鳳臺。根蟠數世仍護墢，蕚點十月先含胚。殷勤揀取六七本，乘濤東下將春回。江神豈是妒花者，魚龍鼓鬣揚其頦。封姨拗怒得無恙，園丁上番工移栽。南枝記取解束縛，百卉見之皆輿儓。清泉百道足生意，微陽潛伏扶新荄。西疇居士稱好事，行廚招客銜深杯。酒闌客起寒月上，疏影一一堪疑猜。挨石鬅鬙鎖水怪，循牆屈曲藏凍虺。預想它時雪滿眼，仿佛此際香橫苔。不須健步煩杜老，芳心更用狂吟催。

方士庶

七峯草堂滿園竹，簌簌蕭蕭戛寒玉。古梅繞檻忽成林，細幹扶疏老粗禿。問何所自來金陵，束茅帶土連雲斸。劉家山下百萬株，應是山齋親眷屬。憶來江上朔風高，一片銀濤帆半幅。低枝照水水平舷，濯濯冰肌似新浴。健夫十輩輦牆東，生怕驚魂尚飄逐。胚胎幸值小陽天，冷意微寒香在腹。坐我其間老醜身，檢點詩愁不盈掬。横斜卽此是春風，擁袖孤吟催蠟燭。一杯酹月對高空，但願花繁爲花祝。只在消寒五九時，屋北枝南皆馥郁。

王藻

水仙未放菊已殘，江南花信遲頭番。何來苔龍十三輩，夭矯爭向牆東蟠。主人兄弟有梅癖，花時百遍憑闌干。寤寐寒香心魄醉，營求古本精神殫。比者客從秣陵至，哆談不覺生清歡。勿惜多貲爲買取，紅板船載來江干。陳根盤結帶宿土，老樹束縛踰風湍。金鵶嘴斸蒼蘚破，玲瓏石傍低枝安。繁條盡作鶴膝曲，直幹有似鹿角攢。一株輪囷剩枯枿，宛裂香片呈栴檀。相看已覺春盎盎，倉皇真歎千金難。客來對玩詫奇絶，燈紅酒緑同盤桓。卻笑白田王内翰，夢裏栽花畫裏看。樓村先生嘗夢植梅十三本，因作《十三本梅花書屋圖》。

方士庹

大庾嶺頭花早開，玲瓏館中春未回。一陽欲共斗杓轉，扁舟遠載寒梅來。金陵有地名鳳臺，郭南五里山崔嵬。土膏泉脈餘地力，馬塍唐花真可咍。主人愛花尤愛梅，健步移向園中栽。畚鍤親攜位置當，護惜不啻同嬰孩。蕭閑此地無塵埃，高松秀竹相追陪。十有三本分向背，恰如閏數依山隈。花光未動花已胎，一彈指頃東風催。亂插晴昊紛瓊瑰，雨餘斑駁生莓苔。良辰美景樂事該，主賓花底交傳杯。江鄉迢遞休疑猜，托根得所誠佳哉。松風亭下願不乖，綠衣倒挂爲詩媒。

馬曰璐

（已見《南齋集》卷一）

陳章

主人愛梅如朋儕，遠求不論江與淮。鳳臺門西種花戶，古本半植山之崖。高格離奇擬畫稿，逸狀疏瘦侔松釵。就中選得十三樹，苔漬銅綠斑難揩。曲幹盤盤揭斗柄，直條孑孑抽箭鞋。長鍬掘斸出黃壤，縛以絢索載以簰。預遣長鬚迓水次，十夫輂一穿都街。枝南枝北辨方向，壅培客土還深埋。或疏或密或高下，亦有兩兩肩差排。昨宵寒月若相賀，推出玉鏡無風霾。今朝招客共延賞，過頭榔栗裙屐偕。歷落傳杯鯨鯢吸，鏗鍧覓句笙鏞諧。吾爲此花欣所遇，伴竹常在詩翁階。闌遮石護太珍惜，奚止免束樵人柴。蕊如粟粒一兩點，對之已足攄幽懷。春風轉眼破冰雪，的的萬斛珠生霾。我愛此花入骨髓，夢縈紙帳鄉心乖。從茲一日百還往，衝寒不用勞棲鞋。

閔崋

老梅將得春消息，一舸江南到江北。輕椒尚帶秣陵霜，孤根已傍宣州石。十三株樹總離奇，各各橫斜無醜枝。玲瓏山館今宵月，只恐花陰鶴踏疑。

陸鍾輝

我生愛梅頗成癖，殘秋曾作金陵客。鳳臺門外訪花翁，振策穿林動雙屐。惜哉未到深山村，卑枝弱幹焉足論。雪中高士不可見，歸來耿耿縈心魂。山館主人興復佳，初冬遣汎空江槎。不載桃根載梅樹，預將春色來君家。驚濤捲雪垂流下，虬枝映水蛟龍咤。健步移將十三本，斸破苔痕明月夜。月中清影多離奇，韜白藏香雀豹知。南枝借取小春暖，正須我輩催花詩。

全祖望

大江以北少梅花，相傳降作杏六命。我疑陶山語未然，難憑橘戶爲佐證。棱棱百花頭上姿，詎逐黄塵易素性。遷之無道種無術，坐教嘉植困殘殰。君家瀟洒好兄弟，格與寒梅共清淨。有莊明瑟如藍田，有客看花滿蔣逕。暗香入夢意無厭，閑覓古歡遍山磴。秦淮大有槎枒種，十里江行足吟興。園官小試移春手，飛渡七峯疑不脛。寂寥小雪霜葉凋，崢嶸幾點珠胎勁。新寒未消九九期，微風早動番番勝。鄉心猶爲石頭懸，羈貫已隨瓜步更。花王之富數花對，正與今年閏餘稱。昨聞連舟渡東關，榷吏驚訝紛相詗。好事敢辭花稅哆，佳話應爲官閣咏。招邀更喜值移尊，叩鉢齊催詩思競。我家句餘東復東，寶巖千樹蒼雲映。當歸棖觸鷓鴣枝，叉手樽前醉眼瞪。

張四科

人生各有癖，阿誰擅孤清？扶風癖梅近稱最，一種高寒由性生。屋邊舊種數十本，接自桃李皆摧傾。昨者忽煩渡江客，遠搜老樹來石城。石城在何許？正隔江盈盈。華林園圮柏松倒，含章殿廢蒿萊縈。惟有鳳皇臺下路，花匠櫛比圍柴荊。元功烟雨助培護，能使枯枿皆滋榮。礌砢有此十三輩，苔侵雨剝一一枝交撑。揮金急買艇子載，風帆乍舉濤瀾驚。得非梅龍欲騰踔，中流巨浪相訇訇。須臾達岸不得逞，幸哉鱗爪早見綳。停舟水次爲輦致，十夫邪許雙肩赬。開園荷鉏自位置，踈密高下無譏評。壅以香泥灌淨水，到眼離奇難强名。或如凍蛟掀脊舞，或如飢鶴翹膝迎。或杈枒如女字樣，或屈曲如斗柄横。或梢拖鼠尾如偃，或枝亞鹿角如爭。衡山仁老狀不出，竹齋居士描難成。世人但知著花好，那識苔幹尤移情？兩君昔曾遊洞庭，遍歷銅井兼銅坑。吳中富花號花海，白下可得相與京。君不見，中山東花園舊植，盡付樵斧聲丁丁？何如茲花得所托，主人愛惜逾瑤瓊。今夕何夕月正晴，珊瑚冷挂冰蜍明。樹下主賓如樹數，摩挲鐵骨時飛觥。分箋覓句繞階行，細數蓓蕾春已萌。明年轉眼驚蟄近，會見萬條玉雪摩霄崢。

冬日集畬經堂分咏

程夢星得糖蠏

剩有持螯興，何妨藉酒藏。不知腸已斷，偏愛醉爲鄉。巨跪仍凝雪，寒膏更帶霜。臘前新點芼，風味試初嘗。

馬曰琯得煨芋

（已見本書《詩歌輯佚》）

厲鶚得剪橘

已是經霜後，丹黄綴滿嵒。香從平蒂斷，鮮帶折枝緘。磊落官瓷滑，挼莎女手摻。病夫朝渴甚，失笑霧黏衫。韓彦直《橘譜》：「須平蒂剪之。」

王藻得掃葉

落葉已成堆，園官掃不開。略供茶竈火，添爇地爐灰。護蘚俔迂僻，讐書劉向才。從兹山徑出，爲待故人來。

馬曰璐得醃葅

（已見《南齋集》卷一）

陳章得護蘭

種向炎方得，常愁雪霰侵。自攜磁斗小，先置曲房深。閑客三冬課，騷人一片心。陽光滿窗紙，相對坐捶琴。

閔華得糊窗

紙閣安排後，餘功換格紗。障風微啓隙，烘日漸看斜。事憶防秋疏，村嗤賣餅家。愛兹虚白室，閑聽凍蠅譁。

全祖望得烘梅

山中方傲雪，日下已催香。我愛冰心凍，誰誇陽燧良。春應隨臘轉，人更校天忙。從此唐花墅，迎暄次第芳。

張四科得曝背

南榮欣小坐，晴日正當簷。兀兀成白醉，蘧蘧到黑甜。負餘君可獻，偃處老無嫌。良久欠伸起，斜陽上荻簾。

史肇鵬得開爐

爐節朝來過，寒窗位置新。三冬方墐戶，一室頓生春。任爾風霜勁，相將燈火親。煮茶兼爆栗，從此縱閑身。

微雪初晴集小玲瓏山館

胡期恆得咸韻

城東小築隔塵凡，得共幽人謝轡銜。屑玉僅能浮白閣，飛花纔許點青衫。陽回地脈灰吹律，是日爲大雪節氣，去冬至不遠。和感天心卦應咸。正是太平歡會日，世間無處有巉巖。

唐建中得青韻

六花昨夜兆三白，客子入門松竹青。鷗汎舍南冰未合，梅移江北雪初經。前會同賦《金陵移梅歌》。虎頭蘸筆留鴻爪，雀啄臨池墜鶴翎。藏老憑君師此景，華顛只著一星星。葉君震初爲會中諸君寫照。

程夢星得歌韻

消寒猶趁小春和，百度山齋不厭過。薄霰曉知侵竹瘦，斜暉晚覺入窗多。檻邊鶴舞琴三疊，池角風迴玉一窩。更與圍爐坐煨芋，未輸天上有酥陀。

馬曰琯得鹽韻

（已見《沙河逸老小稿》卷二）

汪玉樞得蒸韻

凝雲才散碧空澄，快雪時晴興倍增。石縫餘寒猶韞玉，竹梢初日欲消冰。三三徑裏探梅步，九九圖中覓句朋。閑向藤花庵小坐，不妨半醉共瞢騰。

厲鶚得齊韻

天公知是有招攜，故遣新寒雪點泥。烘日軒窗添取白，避風簾幕放教低。苦蕉護橘同幽事，茶熟香溫即好題。依舊晚來山色在，不須粉本倩黄倪。

方士庶得冬韻

宵來微雪較霜濃，點破苔痕印客蹤。眼底風光餘冷淡，座間笑語自春容。烘窗日煖梅魂返，撥火爐深酒力重。共祝江鄉見三白，何妨識字老爲農。

馬曰璐得覃韻

（已見本書《詩歌輯佚》）

陳章得肴韻

幽清林館雪初消，寒雀遺音似破匏。牆腳幾棱皴石嘴，樓陰一朵亞松梢。行尋冷句吟還獨，談就溫爐坐每交。好寫時晴數行帖，輕冰不著硯微凹。

王藻得江韻

又向高齋共玉缸，朝來雪意正初降。餘寒尚戀翛翛竹，虛白微生窈窕窗。內史風流傳妙帖，龍門嘯咏在輕艭。看山樓上憑闌處，薄粉林巒辨隔江。

閔峯得佳韻

初冬景物靜閑齋，小雪剛宜霽亦佳。風影乍過吹玉屑，日光才上濕松釵。略祛寒意三升酒，共踏林陰幾緉鞋。更向看山樓上望，隔江青翠似新揩。

陸鍾輝得侵韻

風勁宵來雪未深，曉晴雙屐到園林。瓦溝已釋三分白，石角猶留一片陰。小酌偶酬朋舊話，溫爐堪共歲寒心。巡廊更數琅玕影，依約斜陽噪凍禽。

全祖望得删韻

蕭晨有客喚看山，新雪新晴莫掩關。老栝披綿還愛曝，古藤染素不成斑。冬心小借春光暖，酒興休隨詩思孱。天爲吾儕連雅集，熏爐曲室且消閑。

張四科得寒韻

快晴喜不阻清歡，微雪猶凝竹柏端。占歲已欣初見白，負暄還話夜來寒。掃供石鼎應嫌薄，吟付奚囊更覺難。爲問夕陽消盡未，臨風噤痒酒腸寬。

松聲以王子安日落山水靜爲君起松聲分韻

馬曰琯得靜字

（已見《沙河逸老小稿》卷二）

厲鶚得君字

盡日天風起，松間響忽分。初從纖末動，俄頃四山聞。鸞嘯下空碧，龍吟生凍雲。華陽知不遠，晞髮禮陶君。

方士庶得聲字

閑廳羣籟寂，謖謖得松聲。到耳總成韻，無心相與清。指寒琴響細，石激澗泉并。薄暮無人境，空令老鶴驚。

王藻得松字

小坐三層閣，同聽五鬣松。微風一披拂，清籟起春容。樹杪寒威覺，枝間雲意濃。相於發長嘯，流響答笙鍾。

方士庚得落字

翛然林館中，清聲灑高閣。風定山禽鳴，人閑松子落。謖謖滿戶庭，泠泠靜幨幕。彷彿夢遊仙，吹笙控白鶴。

馬曰璐得水字

（已見《南齋集》卷一）

陳章得山字

向夕天風起，蕭蕭松樹間。急疑奔石瀨，幽想滿寒山。老鶴栖難穩，枯僧坐對閑。河間歌曲在，凍軫泛應艱。

閔崋得起字

山館闃無人，松聲何處起。滿林朔吹生，萬斛流泉似。謖謖響千釵，颯颯盈兩耳。合有隱居陶，笙簧叶宮徵。

陸鍾輝得爲字

亭亭山上松，瑟瑟如有爲。彷彿響幽泉，差參落空翠。笙簧水際聞，鸞鶴雲中至。虛閣夜寥寥，泠然遞寒吹。

全祖望得日字

驚濤何處來？萬籟正蕭瑟。孤嘯薄穹天，空行穿緹室。詩魂古澗清，客思寒山冽。開戶更噌吰，崦嵫送落日。

同遊建隆寺用沈傳師游道林岳麓寺韻

程夢星

世間桑海那復論？過眼疾若浮雲奔。玉津宴幸已陳迹，何況區區給孤園。壽寧有寺乃宋建，曾安御榻奉至尊。豈知當日章武殿，只今冷落同丘樊。荒烟野草黯白晝，零鍾斷鼓悲黄昏。寒鴉結陣飢鼠竄，依稀還似千軍屯。此地傳聞後改作，創始原自西華門。緬思重進昔拒命，滅竈不得空殘痕。篋中未卽貯鐵券，城下早見停金根。功成帝念戰士魂，天顔靡樂罷膳罇。詔令行在爲梵刹，超拔或藉禪經翻。舊留供帳等灰滅，風吹幡影如臨軒。墾田歲遠杳莫考，建隆賜額猶紀元。

馬曰琯

（已見《沙河逸老小稿》卷二）

厲鶚

淮南訪古難盡論，出郭坦迤馬可奔。忽聞寺擅大宋號，一林黄葉開祇園。當時李氏此重鎮，雕青天子宅相尊。病龍上升帝命改，戰功猶憶超何樊。何徽、樊愛能。比肩事主趙點檢，肯爲泥首延朝昏？親征致煩黄屋駕，禪枝更閲七萃屯。殘碑臥地字暗摸，頹垣掘斷無三門。山僧去後佛火滅，餘憤夜照青燐痕。歐史不書韓瞠眼，議論誰復能歸根。圭齋别立三臣傳，大快人意酹滿樽。房陵半仗瞥眼見，陳橋一詔隨風翻。圓通寮中袒背字，重圍何術能騰軒。贊寧《續傳》載云：『開、寶末，江州圓通寺旦過寮中，有客僧將寂滅，祖背以示其徒，有雕青『李重進』三字。』莫言幻境等空寂，綱常足以扶黎元。

馬曰璐

（已見《南齋集》卷一）

陳章

破寺突兀尚可論，當時梵唄僧駿奔。殘碑已失龍矩勢，野人竟欲鋤爲園。不知藝祖東征日，於此曾駐萬乘尊。淮南節度號自出，謝皋羽《上臨墉樂府》云『其魁則頑，曰予號自出』，謂李重進爲周太祖甥也。股肱倚重如周樊。甘心窮蹙投燎火，肯從風靡蹈濁昏。跛腳相公得機會，指期埽蕩軍纔屯。儲胥毀撤建佛宇，想像鵄尾開松門。圓蒲尚在御榻壞，畫圖日角無遺痕。來遊正值白露泫，寒蛩弔古悽牆根。蛙聲紫色歷五季，朝廷忽見斟衢樽。吾家處士早有識，驢背一笑幾欲翻。我重三臣凜大義，英氣千載同霞軒。豹死留皮聞諺語，嗟哉勇士寧喪元。

閔華

荒寺往跡不可論，破垣但見狐兔奔。當時曾是駐蹕地，此日畊爲種菜園。憶昔點檢作天子，藩鎮上奉黃袍尊。驢背既聞撫掌陳，舟中亦有量江樊。有周李氏據茲郡，負固只欲稽晨昏。萬乘龍旂似電發，六師虎帳如雲屯。譬諸功成勒銘字，建隆特勅光禪門。而今已歷八百載，飛鴻雪爪空留痕。村村林木隕槁葉，歲歲野草抽陳根。我來夕陽一憑弔，景物剩付澆清樽。劇憐兵戈亂五代，置君易於鏊餅翻。厚顏多效長樂老，三臣遺事真騫軒。詞人莫奏淮海濁，轉眼山河更屬元。姜夔《聖宋鐃歌鼓吹曲》有『淮海濁』，謂平李重進也。

全祖望

韓先李後且弗論，駢首共障狂瀾奔。沙場猶道天子寨，刹影長鄰太傅園。莫夸新朝鐃吹盛，未若平陵哀唱尊。追憶迎鑾幾百戰，始收天塹作江樊。黑王肯爲黄袍屈，臨風一慟白日昏。銕券莫移情衛志，崇墉遠致罷虎屯。大府都廳俄傾盡，峩峩行幄光空門。草詔定須陶學士，袖中宿構無墨痕。豈知孤臣耿耿魄，化爲鄧林枯杖根。幕下殉身誰義烈，枉殺酒吏開朋樽。朋樽散盡沙蟲化，江濤浩浩劫火翻。賜額至今符舊史，禪枝老矣垂前軒。庚申相公本仙李，再握靴刀抗至元。謂李公庭芝。

張四科

郊遊舊跡僂指論，行過古院落日奔。地當西南對廢郭，謂宋三城。年歷八百餘孤園。宋祖昔討李重進，於此蹕駐煩至尊。遣還二子致好語，敵勢早已歸籠樊。當時鸛鵝積甲夥，此日龍象蒙塵昏。落葉填階罕人埽，寒鴉繞樹疑軍屯。三臣跡自近小腆，聖主心若開重門。淮南三叛略彷彿，千秋鴻爪空留痕。櫜弓曾貯州庫裏，斷碣尚臥莓牆根。客來弔古爲魄動，抵掌談往消清尊。試尋舊史問書法，香芸一卷燈前翻。兹事詎可成敗定，但較王范誠輊軒。劇憐荒寺佳名在，猶署炎精初建元。

長至前三日同人集蟫書樓下時風日晴美雪意未作因分賦雪中故事各成五言四韻以爲宿麥之先兆云

馬曰琯得洪州西山

（已見本書《詩歌輯佚》）

厲鶚得瓜牛廬

先生三尺廬，乃爲野火焚。枯林蹲愁鳶，大雪夜正雰。天地不能寒，至和内自熏。一笑振衣起，如臥梨花雲。

方士庶得香山精舍

高人興不孤，寄托在嵩洛。雪下憶菰蘆，一唱江南樂。誰歟共僧泛，茶烟上寥廓。風流兩尚書，邈矣不可作。

王藻得蘆洲

葛三神仙種，天酒逡巡爲。何處覓蹤跡，乃在蘆之碕。飛霙亂河渚，俄而失所之。空餘妙繪存，驚彼凡畫師。

方士庚得兔園

梁王忘分交，鄒枚備詞客。想見微霰零，竹林起寒色。鶴洲與鳧渚，騰觚羅研席。授簡騁妍辭，樂哉永斯夕。

馬曰璐得龍門

（已見《南齋集》卷一）

陳章得孤山

湖波吹未湪，早梅花已試。塵襟既剪然，臥看雲峯翠。鶴翻隔竹籠，僮擁埽雪篲。敲門李侍郎，清談心獨醉。

閔崋得聚星堂

雪本至清物，第許詩人擅。眉山老門生，冷吟師白戰。肯以衆色淆，尚覺兩目眩。潁上舊風流，太息不可見。

陸鍾輝得懸瓠城

涼公夜潛師，積素失組甲。三鼓薄城壕，白梃亂鵝鴨。爲洗淮蔡腥，奇功在一霎。壯哉石烈士，不令裴相壓。

全祖望得少林

育王舍利子，白光遍嵩少。漫天幕黑雲，午夜通神曜。淋漓斷臂血，塔火互騰趠。微笑拈六花，禪枝滿山嶠。

張四科得剡溪

看竹不問主，邀笛不交言。懷人風雪中，夜色皓無痕。興盡忽引還，真意永弗諼。當時如覿面，佳話焉能存？

韓江雅集卷二

浮山禹廟觀壁間山海經塑像排律三十韻並序

江都城南廂有浮山，蓋亦石紐之流也。旁爲大禹廟，其門首塑《山海經》諸相。乾隆癸亥仲冬，同人共往觀之，因相訂賦排句以補志乘之缺，屬而和者如干首。

夫以是經，果足信乎？則出自伯益之手，寧不足以附《禹貢》而豫於百篇之目？然以所紀禹事，考之崇伯之父，明有代系而以爲白馬，則與《世本》不合；崇伯化於羽淵而又化於墠渚，則與《左傳》不合；共工既放，而尚除惡未盡，有臣相繇爲害，則與《孟子》不合；帝啓之獻三嬪於天而竊《九辨》、《九歌》、《九招》之樂以下，雖並見於《天問》，然與《尚書》之《九歌》不合。所紀禹事如此，而其餘可概見。又況上甲微、王亥之下引殷事也，謂是經竟無徵乎？則畢方貳負諸證，歷見漢人之所述者，郭氏已著之題詞中。而有明之季，精衛遺種見於海上，林太常時對志之鶡鳥見於南昌佛寺，朱中尉謀㙔志之鵸鳥見於杭城東，陳高士廷會志之刑天之舞，則西方徼外多見之者，固不可以爲盡誣也。

嗟夫！鴻濛之世，地天蓋多混雜，而禹之明德最神，故其傳尤奇，不特是經也。以疇範爲不足，爰有宛委龍威之籍、祝融營丘之圖、遁甲之紀；以后稷、柏翳之徒爲不足，爰有庚辰諸子之分職；以元龜爲不足，爰有黄牛青犬之効靈；以《禹貢》爲不足，爰有《禹本紀》，有《禹大傳》；以有苗之征爲不足，爰有防風之埋；以八年三過爲不足，爰有石闕；以《連山》爲不足，爰有《開筮》。至於拆背而生偊步，而趨《候人》之詩、中宫之弄，其説皆出自三代之衰，而實不過是經之互文。其流遂爲穆滿之宴王母，祖龍之見神人，幾於不可究詰，太史公以爲薦紳先生所難言者也。若夫八荒之外，物類亦何所不有，是經尚未能盡之耳。而今同人乃欲一舉而收拾之於詩，取材則避其雷同，要旨則歸之雅正，牢籠鼓鑄，不已汰乎？乃序其大略如右。

孤山社小泉翁全祖望。

胡期恒

四海敷文命，三靈建夏正。巍巍明德遠，蕩蕩太階平。《洪範》來天錫，玄圭告帝成。普天歆享祀，率土廟崢嶸。九域區淮海，千秋美奂楹。浮山著靈異，埏土列精英。入廟心思敬，旁觀目盡驚。大荒分内外，細意想經營。鱗介饒支體，虺蛇忽股莖。獸形人彳亍，魚狀豕彭亨。跧伏雙肩亞，高飛一足擎。輝煌晴閃灼，黯黮色紅赬。對景何能識，繙書不記名。洪荒誰紀載，異域盡傖儜。伯益傳聞撰，劉歆浪漫評。僧繇圖逸趣，郭璞注閑情。但欲誇荒怪，曾何繫重輕。緬維九鼎鑄，已罷七旬征。則壤成邦賦，刊山盡耦耕。小民惟力穡，大地久消兵。幸我逢堯舜，同人荷聖明。林泉任蕭散，冠蓋絶逢迎。訪友時時出，尋春處處行。相將觀古跡，散朗快新晴。憶入蘭亭寺，曾探禹穴塋。舊遊多廢忘，好景尚纏縈。郭北花千頃，橋西水一泓。香山修故事，洛社聚詩盟。重碧初嘗酒，嬌簧欲囀鶯。憑誰將我句，丹刻續虞賡。

唐建中

維王承帝運，高密獨稱神。自昔傳靈異，於今見雅馴。張皇明德遠，歌咏乃功新。淮海崇原廟，堂階俯地垠。似巖凹不凸，如砥屈難伸。片石異底柱，一卷同泗濱。我方看洞穴，人說是嶙峋。敢議浮山妄，將無息壤真。四門森肅穆，兩廡鬱瑸璘。目擊乾坤大，心知亭毒均。爲山復爲海，非獸亦非人。瓦礫誰猶聚，塗泥孰所墐。巧寧輸繡繪，工不假陶甄。堆垛分疏密，猙獰雜笑顰。丹青雖剝落，氣象尚輪囷。駭若讀《天問》，夢疑遊帝宸。嫈嫇環指點，衿屨苦諮詢。義匪《齊諧》匹，談真炙轂倫。見聞窮六合，照察遍三辰。象設何爲爾，圖呈蓋有因。神言命伊益，夏奏服虞賓。嘆惜五行汨，咨嗟九鼎淪。十三篇具在，二萬里粗陳。存此誅魑魅，何妨示搢紳。頃憂失淮瀆，厥疾混河津。浩浩人其溺，茫茫跡已湮。請栽禾號木，更植草名荀。烟暖下都玉，氣蒸平圃銀。鷃飛林氏國，鳳舞沃之民。永削蠻蠻籍，長瞻姒后仁。

程夢星

謁廟如探穴，趨階合致齋。雲根浮出地，霜幹蔭垂街。粵自玄圭錫，遙思禹績皆。大荒煩相度，巨浸賴驅排。敷土常乘檋，尋源更覓崖。八年惟汲汲，三過任哇哇。西上連巴蜀，南臨及泗淮。時聞山鬼嘯，還共水妃偕。幽壑遭蛇鼠，陰叢值虎豺。獸禽區異種，草木別靈荄。蟲詎平逢螫，魚寧泑澤鮭。牖民知不若，鑄鼎象離佤。篆刻摹應得，圖經辨可揩。雕鎪逾傀儡，繪壞甚優俳。詭狀高盈棟，殊形側倚閫。奇偏駢首足，變復絕支骸。重疊紛難數，參差密似挨。濤疑聲洶涌，峯訝勢崴裹。見怪纔除怪，分垂漫嘆垂。陶公觀有詠，阮氏錄尤佳。子政言堪證，東方語亦諧。神功原莫朽，勝跡肯容埋。昨歲愁霪雨，沿江苦霧霾。衝波漂竹屋，避浪駕蒲簰。居慨移巢螘，行憐負殼蝸。堤邊船入市，城外竈生蛙。此豈關天意，因之廑帝懷。都俞咨岳牧，補救續羲媧。直與唐堯並，真同夏后儕。萬方歌底定，沛澤浩無涯。

馬曰琯

（已見《沙河逸老小稿》卷二）

汪玉樞

地胏盈方丈，蒼然頂可摩。色黟疑積銕，形小宛黏螺。碧殿當頭起，朱闌四面多。亭低覆犖确，廟古壓陂陀。夙昔烝嘗遠，推遷歲月俄。神功垂宇宙，導水自岷峨。排決當年事，憂勤此地過。夷山遮海眼，鞭石鎮江沱。里巷傳應久，虞初記不訛。宮懸設浮磬，庭樹聳喬柯。玉座渾侵蘚，雲廊淺映莎。瑰奇紛筀塑，瑣碎睹駢羅。穆滿神蹄駛，西池笑齒瑳。馬銜光爍爍，土伯角峨峨。朱鳥如停檻，黃龍恍負舸。桁楊繫疏屬，鐺鎖塞淮渦。霧雨蠙珠吐，樓臺蜃氣呵。駏蛩原並命，雀鼠更同窠。長嘯聞仙樹，生光耕父波。裸民迷冷燠，僬國肆幺麽。長舞防風袖，狂揮指日戈。海填愁帝女，峯走笑夸娥。剝落看如此，名稱昧若何。緐於鼎間象，蝕半篆餘蝸。郭璞詳紛賾，僧繇畫縷覼。升堂瞻肅穆，捫碣共婆娑。明德猶堪溯，遺蹤不可磨。華鍾懸紐螽，大鼓樹鳴鼉。伏臘村翁走，神弦覡女歌。低回返城闕，新月挂纖阿。

厲鶚

淮海皆平壤，隆然片石支。中央居混沌，明德鎮阽危。不共羅山合，還同息壤遺。媪神唐日觀，江水漢家祠。永永尊文命，湯湯罷怨咨。黴形猶帶瘦，高棟反如卑。柏翳承虚寢，狂章侍玉墀。風雲生恍惚，土木化恢奇。憶昔鴻荒遠，寧安婦子熙。神姦渾不辨，人獸互相欺。枯步窮乾奥，方祇駭地維。蛇操何蚴蟉，鼇抃更蹮跜。林出刑天舞，巖藏貳負尸。應龍飛有翼，精衛溺堪悲。博物推中壘，傳芭望少姨。兒坪終古詫，母石至今垂。經可百蟲證，功堪四載追。解裳嘲適裸，鑄鼎訝逢魑。定括河圖象，徒聞太史疑。規摹非近事，指點立多時。六月當初降，千村走禱祈。笙鏞應間作，巫覡尚謳思。瓜蔓前年決，魚頭萬室爲。空紆謁者策，屢罄大農資。呵壁吾將問，搴茭且補痍。牙鬚雄此輩，祕怪孰攸司。落照明低塔，寒飆響女埤。惠之前善塑，靖節後無詩。沃野居難卜，丹丘到未遲。如聽赤緣使，歷歷話幽姿。

王藻

魯郡堯祠廢，湘陰舜廟荒。此邦禋大禹，終古奠維揚。濬決淮其乂，宣疏江可方。塗泥成衍沃，貢篚肇殷穰。觀啓侔桐柏，宫卑近堞隍。小庭山覆簣，帖地頂如堂。名亦儕羅岳，根疑際蜀岡。雙龍蟠繡柱，五出繪梅梁。玉殿絲圭秉，苔階寳鼎蒼。珣玗琪綴座，箘簬楛依牆。對侍夔兼禼，森羅亥並章。遺經摹伯翳，畫壁失吴張。詭異紛千狀，駢闐夾兩廂。恍窺犀炬底，宛即蜃樓旁。峯矗仙人掌，源遥天子鄣。山河巨鼇脊，昏旦燭陰眶。威鳳翔丹穴，神鸞嘯女牀。婉姈嫌嶺雪，軒后帝臺漿。孰數封狐首，疇施天馬韁。填溟傳憤慨，躡景肖奔忙。六駮虎供餌，巴蛇象峙粻。干戈鬭共頊，風雨從英皇。械負徵劉向，因祁值李陽。酈桑師慱奥，屈宋踵荒唐。下士生南服，神功緬故鄉。澤波猶底定，洞笈尚弢藏。微止爲魚免，於今乃粒長。竭來瞻肅穆，俯仰一徬徨。周覽神爲悚，流觀口莫詳。所懷明德遠，三嘆跡芒芒。

方士庚

禹廟江淮舊，琳宮晝亦扃。平成人共仰，俎豆德惟馨。跡表洪荒遠，山餘一簣形。雲根埋厚土，苔面障危亭。漫説經三癸，何煩役五丁。論功同砥柱，錫號比飄萍。巡狩時難考，乘舟此或經。六臣仍鵠立，羣后儼鵷停。冠劍羅丹陛，圭璋肅絳庭。入門紛詭異，環堵聚精靈。豸繞堯時帳，羆窺晋國屏。燭陰行矆睒，神魅峙竛竮。奢比蛇爲珥，營丘血尚腥。殘軀留渾敦，鼓腹作雷霆。帝用供驅策，天教備使令。神奇滿巖谷，變化接滄溟。敢效三苗叛，終膺貳負刑。舟遷龍赴壑，田闢鳥耘汀。始免懷襄患，欣瞻婦子寧。差能辨魑魅，即此是箴銘。勳業誠無間，訏謨自昔聆。隨刊十三載，奠定百千齡。神會塗山夕，天垂斗野星。詎辭面黧黑，只是步伶行。衆象歸淪鼎，餘功付殺青。謨猷光紀載，搜緝極幽冥。古繪應難覩，先謠尚可聽。何如陳妙塑，但訝隔疏櫺。指點徵前事，荒涼失故型。吟詩思聖迹，一笑比鍾莛。

馬曰璐

（已見《南齋集》卷二）

陳章

憶昔探神穴，堧垣鎖寂寥。松楸連古窆，橘柚落秋潮。宛委書難覓，濛鴻跡已遥。竭來淮甸謁，初見海山漂。左股埋應久，方輿莫不搖。乾坤南戌拱，風雨萬靈朝。鏟決功何遠，胥蘼祀莫祧。黼帷惟肅穆，丹廡忽鎪雕。對涌稽天浪，中涵反物妖。峯巒時隱見，草木肖蕊喬。豈直吞雲夢，猶疑近沃焦。奇肱車可至，兩面客堪招。誰悟塗泥塑，渾如罔象跳。迫人愁窫窳，怕鵠走僬僥。琛貝深潛窟，黿鼉幻作橋。牡棒禳詎得，毒矢射靡消。竹裏瑤姬降，花間王母邀。方知夏后娶，亦字女娥嬌。狗國嗤卿著，鮫宮愛織綃。支祁常縶鎖，隤敳免燔燒。括地遐荒遍，遺經醜類昭。豎儒譏誕妄，腐史失蕭條。精氣紛何極，人情變更饒。貢金難鑄象，敷土漫乘橇。睹此欣咸若，尤聞格有苗。叢祠同瘞玉，里社事吹簫。善繼能傳啓，惟中允紹堯。瞻依非語怪，忠信尚停澆。石紐鄉中志，白雲天上謠。劉鑾齊好手，休使網蠨蛸。

閔峯

星垣占斗野，城郭傍邗溝。有廟仍祠禹，無山亦字浮。卑宮黧像在，片石小亭留。榛翳東西廡，塵棲十二旒。庚辰猶並祀，甲子已千秋。幽藪藏毚兔，寒林叫禿鶖。飾楹丹粉暗，塑壁鬼神愁。峯崿葱聾肖，波濤麗麐侔。招搖生桂樹，縈績長松勾。薷草纖纖秀，文莖鬱鬱抽。軨軨空自嘯，灌灌若爲儔。能跛緣三足，蛇遲是兩頭。細於蚊睫麼，工比棘端猴。鳥鼠居同穴，人魚聚一漚。狂奔擬夸父，長齒似蚩尤。昔見支祁鎖，今知窫窳囚。依稀聞甲馬，恍惚負龍舟。詭景紛多態，奇觀幻滿眸。詩方吟靖節，繪忽想僧繇。維帝修三事，其功莫九州。鑄金成象鼎，鑿石導洪流。大野繞豬澤，齊民始降丘。四乘巡既遍，萬國采應周。玉帛塗山會，苞符《越絕》收。著經曾命益，上表更因劉。詎必夷堅志，遐勝干寶搜。按圖徵故實，即境慨前遊。醜類能掀壑，哀湍欲起樓。頻年歌聖德，比日荅靈庥。願得伽兒手，搏泥爲補鏤。

楊述曾

真宰三靈萃，鴻鈞萬彙陶。神姦原並育，山海競潛韜。緬昔平成烈，時先洚洞遭。八荒勤偶步，四載奠林皋。蒼玉開函授，玄圭錫命叨。鑄金窮變怪，象物晰秋毫。魑魅窺形屏，龍蛇匿影逃。洛符同寶貴，泗鼎忽淪滔。斷簡存劉《略》，遺文間《楚騷》。尸藏相顧械，鳥飼畢方號。精驗如符契，疑言尚剖刀。何年圖鬼祕，入廟肅清高。靈石當階峙，奇功一簣勞。岷峨聯脈絡，淮海帖波濤。浮似來孤鶩，移寧藉六鼇。中央森殿陛，百物備牲牢。恍惚陰雲合，睢盱怒氣豪。麟身兼虎齒，魚負亦蛇操。飛有驩頭翼，鬖生役采毛。燭陰曾不息，相柳尚餘臊。夸父奔林渴，刑天舞戚遨。森羅爭顯相，環列儼分曹。過目名雖記，臨風首重搔。江河當四會，樓櫓集千艘。簫鼓喧祠禱，魚鹽雜市囂。古松崇廟貌，美黻換神袍。摶土勞丹臒，驅巫迓赤縧。人天同詭誕，士女混譏褒。平野鱗分次，殘陽弓半弢。茫茫橫百感，歸路響寒颾。

陸鍾輝

后列垂環極，王謨配昊穹。距川踰畎澮，敷土到南東。江本岷峨導，淮由桐柏通。徐方長此奠，祀典至今崇。片石巉如砥，靈根不可窮。近疑連宛委，遐想達崆峒。殿壓單椒上，門扃落葉中。偶來朝黻冕，旅拜仰旌弓。柏寢威儀古，莓牆像設雄。丹青範山海，偉怪溯鴻蒙。鳥獸名都異，蟲魚狀靡同。奇峯交聳峙，珍木自蘢葱。四序空桑雪，千年桎梏楓。玉膏源沸沸，丹火氣爞爞。鹿蜀宜多子，文莖可已聾。三花如秀嶠，九乳宛鳴豐。畢勒能言國，陀移不死翁。鳳苞來有候，龍炬照無終。朱鼈浮波雨，絲銅躍浪風。女媧搏略似，道子畫難工。昔我遊秦豫，驅車過華嵩。隨刊憶雙闕，疏鑿望三㝼。少室猶存廟，泉林尚有宮。安瀾趨碣石，激箭下崤潼。異說妃窺豕，流傳考化熊。班班留厥跡，歷歷表神功。鑄鼎流千祀，成書自百蟲。故鄉肸蠁在，回首舊遊空。授正循遺制，欽承緬聖衷。玄夷如可問，歷歷啓羣蒙。

全祖望

四瀆岷峨遠，三條淮浦尊。海邦從此奠，地肺到今存。南戒星光駐，中泠雲氣屯。千秋虔肸蠁，雙壁足摸捫。舊鼎嗟安在，遺經孰與論。絙泥搜變態，受采溯精魂。草昧紛多怪，支離半不根。州師遍巢窟，蹄跡滿乾坤。姒后良無匹，靈蹤亦倍繁。功涵真宰運，事爲譎觚援。息石先垂統，吳刀幾債轅。巫峯資犢武，嵩闕悵熊蹯。犬導巖關路，黿浮洛水源。嶽圖神所閟，啓筮史誰繙。似此荒唐跡，應非馴雅言。祇緣六合大，莫罄百蟲蕃。溫火偏宜涷，湯泉獨自溫。烟煴通物化，固陋笑吾昏。章亥俱寮屬，重黎本弟昆。魚龍登玉版，人鬼列河門。地蓄餘糧飼，山連偶跡奔。方知劉累術，僅覬費侯藩。各各陳廊廡，森森露堮垠。如聞《九歌》曲，爲頌八年恩。商魯溝空鑿，平成愛弗諼。有岡來井絡，世祀在江村。祇德留高厚，荒陵付子孫。故鄉鄰窆穴，比戶薦芳蓀。夜雨梅梁動，春耕木野喧。何當徵掌故，腐史溯崑崙。

張四科

夏德垂穹壤，平成事永傳。祀應官社並，名共媪祠懸。胼胝中區遍，神功此地偏。瑤琨環廣陛，雲火照修椽。寸碧牆陰妥，單椒井口填。頂纔穿厚地，根想插重泉。通海應爲壑，卑宮卽踞巔。音空疑泗罄，色古脱秦鞭。混沌誰剜鑿，峯巒自砥平。步巡廊詰曲，目眩屋櫋聯。惝恍遐荒外，鴻濛太古前。爲熊宜抱痛，化石定何緣。交錯鱗兼羽，相憐夔與蚿。畢方工飲啄，盜械宛拘攣。長臂衣誰寄，高車骨可專。崦嵫困夸父，干戚舞刑天。丹雘藂喬木，青綸涌大淵。圖思孔甲績，文賴景純箋。俯仰懷乘橇，低徊憶泊船。萬方朝玉帛，九賦奠山川。岣嶁遺碑在，靈威祕簡鐫。不逢壬癸日，如紀甲寅年。别字稱高密，遺黎賴懋遷。江斐吹笛舞，楚俗捧觴虔。落日思黄屋，寒風掠短枅。牙須仍虎視，光怪正蟬連。王景經曾賜，劉元技比肩。雖嗟朱粉暗，尚有署書鮮。飢鼠留殘跡，行蝸篆廢涎。陰森駭心魄，悵觸唱神絃。

韓江雅集卷三

消寒初集晚清軒分韻

胡期恒得蕭韻

朔風才動未鳴條，病體陽回欲卸貂。盆裏疏梅工點染，庭前弱柳漸飄摇。年年佳話詩成帙，九九初筵興頗饒。眼底清光正圓滿，微寒不禁酒頻消。

唐建中得尤韻

長至彌旬氣似秋，消寒故事亦重修。背陽眠愛陸魯望，棹雪興虛王子猷。東閣梅因冬暖綻，西園客爲晚晴留。渡淮人憶去年集，知倚趙家吹笛樓。洴江太史客淮未返。

馬曰琯得青韻

（已見《沙河逸老小稿》卷二）

汪玉樞得侵韻

陸家池館似山林，落木蕭疏竹徑深。陽氣已回剛八日，殘年應更惜分陰。老來泥酒難輕放，閑裏敲詩耐冷吟。此地梅花足消息，不妨九九盍朋簪。

厲鶚得豪韻

爐暖窗明聚緼袍，朔風誰道利於刀。《復》過七日天心見，《乾》揲初爻隱德高。梅蕊巡簷開玉雪，雨聲旁舍壓春槽。吟箋擘處難藏手，一鬭歐蘇白戰豪。

方士庶得先韻

消寒曾是舊因緣，白戰分題憶隔年。人數恰當如月滿，詩情誰更敵冰堅。清淮悵隔思傾蓋，仙袂相逢喜拍肩。曲溪久未入會，今日始至。知有陽和回地脈，巡簷香探一枝先。

王藻得庚韻

相看歲序已崢嶸，茶熟香溫逸興生。屏上梅纔一枝染，窗間月又十分盈。主人剛就餘冬錄，詩客尤欣晚歲盟。從此消寒頻有集，分箋理詠達新正。

方士庻得咸韻

蜀紙窗深迴隔凡，吟朋如在積書巖。人情頗逐陽和轉，塵慮都隨落葉芟。佳會隔年頻載酒，倦遊有客未抽帆。一番至後仍逢九，煨芋烹魚慰老饞。

馬曰璐得蒸韻

（已見《南齋集》卷一）

陳章得肴韻

徐吟蠟屐到池坳，又是消寒鬭綺肴。曷旦鳥啼清似訴，款冬花謝雪餘梢。坐來美欲東南盡，數去時才二九交。詩課蟬連知不少，枵然獨畏腹如匏。

閔崋得歌韻

陸家老屋似林阿，菊後梅前客重過。高會每先春氣轉，吾徒偏得歲寒多。凍禽有語應知暖，古硯無冰不用呵。如此冬晴好風日，肯教容易放金螺。

陸鍾輝得麻韻

去年九九吟朋會，又過荒園小徑斜。北陸日躔纔一轉，南枝梅信已三花。試拈競病呵湘管，更對高寒想雪車。如此蕭閑足風味，重屏圖就也應誇。

全祖望得鹽韻

至後春光滿畫簾，浹旬猶未撤空鹽。披襟欲化冰心冷，曝背還過酒力甜。圓月正中初應女，京房卦候，冬至第二候，入須女度，時樊榭新納姬人，因以戲之。神龍在下暫歸潛。底須刻燭催題句，弱線新傳九縷添。

張四科得覃韻

春秋佳日一年諳，樂事隆冬次第探。已見飛灰占地氣，相逢攏手應街談。微紅正喜梅梢亞，三白還期雪意酣。九九從今休冷落，清吟閑醉不妨貪。

梅花紙帳歌

唐建中

高人例有梅花癖，夜深常伴梅花立。立久不辭風露寒，安得和梅一處眠。忽然花謝梅子熟，耐可小窗黏横幅。幅幅淋漓花滿枝，東風拂紙開四時。紙紋如羅縫作帳，寒梢冷蕊墨其上。睡去猶聞暗香侵，醒來只與疏影傍。誰道和靖先生貧，金釵十二瑤臺人。誰道師雄清夢短，黑甜長占羅浮春。溪藤皎皎明於月，霜繭皓皓白於雪。雪月正助梅精神，伸腳那怕衾如鐵。我欲製歸補《離騷》，只恐洛陽價已高。暫喜午困憩君清友榻，翩如隔窗看鬧南枝蝶。

程夢星

張霄作帷屋作褌，蒼烟白月凝黄昏。孤鶴叫空夜不返，美人冉冉來幽魂。剡藤十幅明於水，誰貌冰姿厭紈綺。鼻觀香生夢覺時，不知冷卧羅浮裏。

馬曰琯

（已見《沙河逸老小稿》卷二）

厲鶚

幽人筬得隨六爻，宴息短榻風颼颼。思將斗帳衛安寢，不用蠻氊蜀錦綃裁鮫。楮先生者吾故友，清文密理魂可交。琴溪產冰下，清江出革抄。先以白石硾，次用槐椎敲。十幅揉成飛絮軟，千針聯就輕雲包。猶嫌太素境清冷，春氣攙入三花兩蕊千萬梢。問誰種此睡鄉裏，無乃叔雅粉本覺範皂子膠。吳綾矮額數蛺蝶，壓繡云自閨中媌。滕王設色未曾到，謝逸著句空相嘲。夜寒穿花那得見，風流楚客情難拋。用東坡詩意。蘧然一枕忽成夢，夢入朱明洞口水簾坳。湘妃峨峨立凍蛟，麻姑裙影如飛旓。幽人驚起香入骨，彷彿翠羽鳴咬咬。作歌刻意洗凡語，遠勝瘦島之瘦聱叟聱。

方士庶

相思一夜梅花發，夢裏春風醒時沒。無端玉屑落溪藤，十幅冰紋半牀月。橫斜斗帳影蕭條，雪豔芳魂墨瀋招。白晝孤標依榻冷，黃昏清照待燈燒。寒池蕉雪窗雲亂，肯負江南春一片。蒙頭好共蝶蘧蘧，探遍空花倚枯幹。美人高士竟何如，香襲周遭倦枕書。由來太瘦清於鶴，獨守天寒臥歲除。

王藻

宣城冰繭硾羅紋，輕於鮫綃薄若雲。裁成斗帳十幅分，周遭偏畫梅花紛。猩屏折枝豔態薰，曷如此製潔且芬。綾簷誰刺蛺蝶羣，針神絨唾儔靈芸。麻姑碎裂五色裙，宵眠鼻觀幽馨聞。夢跨素蹇遵溪濆，巾箱啓摺穿醃醖。衆香國裏首策勛，貞居《十賚》闕此文。繡被祇可擁鄂君，白練但說羊家欣。紅羅翡幬安足云，醒來翠羽啼朝曛。

方士庶

玲瓏館中花事早，寢興恍對人衣縞。怪君冰雪淨聰明，別有春風入懷抱。素帷十幅製初成，招得梅花與結盟。夢境如逢林處士，閑情聊寄楮先生。題詩不用羊欣練，橫斜倒影燈前見。月香水影欲黄昏，剡溪庾嶺行吟遍。冷淡風光物外緣，山中雪滿任高眠。家聲絳帳由來舊，故物青氊此並傳。茗碗爐香同位置，虬枝屈曲如龍睡。坐處渾疑楊叟圖，宵來應展姜家被。羡此真成安樂窩，何煩著屐問巖阿。君從蝴蝶閑遊戲，我學嚶鳴試和歌。

馬曰璐

（已見《南齋集》卷二）

陳章

小槽夜搗蠻溪藤，墨池誰喚春風醒。隔雲盤屈蛟龍騰，之而鱗甲黏殘冰，高撐四角虚白凝。冷逼毛骨棲巖扃，山月在戶懸孤燈。人如瘦鶴方曲肱，鮮潔那許緇塵停。松烟變幻淒寒馨，頻將清味問老僧。流蘇空自圍娉婷，梨雲柳絮夢冥冥。行盡江南一千里，休教短笛屏間起。

閔崋

阿誰裁作吳香窟，似花非花月非月。由來十幅寫雲藍，刻畫江梅到毫髮。巢林畫筆能傳神，幻出羅浮夢裏春。不須更覆蘆花被，已是溫鄉雪滿身。遊仙一枕知何處，定在前村深雪路。悠然畫角一聲吹，水涌雲寒鶴飛去。夢裏春無涯，相逢萼綠華。迴風拂衣袂，斗柄枝橫斜。覺來清境宛在目，剩有暗香疏影生。頰牙笑他紅薇之帳鳳花錦，繡闥深沉春不醒。何如剡溪藤？詩人供寢興。朝朝銅井銅坑外，躡遍蒼巖翠幾層。

陸鍾輝

蕭齋臥具清不華，溪藤十幅匡牀遮。簾痕皎若鵝溪絹，羅紋薄似輕容紗。高人愛梅兼愛影，補之畫格周遭斜。醉眼繽紛亂冰玉，高眠屈曲驚龍蛇。合有詩篇入清夢，孤山雪後湖水涯。嫩寒春曉看不足，惆悵月落啼棲鴉。醒時簷前見飛蝶，疑自羅浮仙子家。尋香鳳子太狡獪，知有五出春前花。諦觀始悟針神手，精妙絕世空咨嗟。蝶耶花耶成二絕，華胥國裏真堪誇。

全祖望

三間白屋圍疏櫺，中有白雪歌泠泠。薛娥翻翻巧環衛，江妃面面爭逢迎。阿誰筆力透重繭，疏枝斜入倒影擎。乍疑七峯亭外鹿角樹，飛度長箋旁午生。又疑叢書樓頭鵲紋卷，吹墮香坡颯有聲。冰心玉腕共此潔，緹幕緇帷遜其清。當日南湖老上將，二十六條此最精。黄花菊枕雅相配，荷葉壚香爇紫藤。畏寒蒲茵且暫卷，耐寒蘆被還同升。主人覓句循廊倦已甚，黍谷春回夢未醒。天上參從醉後横，三素雲看空際呈。蘧蘧栩栩杳入化，直見蒼茫太古情。

張四科

剡藤十幅光笏滑，花似裁冰幹屈銕。清宵有夢到江南，高臥蒙頭壓香雪。合江亭畔古梅林，費盡烟毫費苦吟。不如斗室横斜影，栽向白雲深復深。

十一月三十日集小玲瓏山館分詠

胡期恆得寒燈

短檠迴紫焰，薄紙護青光。只好臨書卷，難移上畫堂。背窗風裊裊，映壁雨浪浪。社酒桑榆暖，圍爐樂未央。坡公詩云：『何時卻逐桑榆暖，社酒寒燈樂未央。』

唐建中得寒溪

岸容何寂寞，山意亦蕭疏。香泛梅將放，烟浮柳未舒。向陽時有雁，負日尚無魚。雪夜誰乘興，沿洄到我廬。

程夢星得寒月

廣寒元有窟，清極出冰壺。凍訝金波合，涼勝玉宇無。晚侵霜木潔，曉墮雪山孤。攜手誰同玩，吟憐影亦癯。

高翔得寒松

歲寒羣木脫，擎翠一株高。鱗鬣孤峯映，盤拏古殿牢。雪殘疑立鶴，山暝忽飛濤。剪取鵝溪絹，韋侯筆興豪。

馬曰琯得寒山

（已見本書《詩歌輯佚》）

汪玉樞得寒雲

白草千村闊，黄雲四野同。陰凝欲飛雪，凍合不隨風。黯黮遥天壓，蒼茫落日空。那堪延望久，水際没孤鴻。

厲鶚得寒林

一片嚴枯景，槎枒出凍痕。高空無脱葉，生意此歸根。影羃棲鴉寺，梢分落照村。謍丘餘粉本，濃淡幾株存。

方士庶得寒更

月苦窗逾白，遥遥夜漏沉。因風偏到枕，何事不關心。數去譙樓迥，聽殘古巷深。此時愁欲絶，那更急寒砧。

王藻得寒旅

客子凌晨發，茸裘犯朔風。關山鞭影外，冰雪帽簷中。午頓村蔬白，宵依土銼紅。冷朝陽可畫，若個筆能工。唐人有冷朝陽《風雪入京圖》。

方士庭得寒烟

遥空輕素引，著水曉疑屯。悵望仍無跡，淒迷略有痕。山腰凝晚翠，雪際抹孤村。風曳知何處，尋蹤見燒原。

馬曰璐得寒江

（已見《南齋集》卷二）

陳章得寒原

莽莽平如掌，霜花午未晞。射雕雲際落，縱馬草頭飛。白日當空淡，遥山出地微。江南烟水客，摹寫定應非。

閔崋得寒砧

何處搗衣聲，冬閨一片情。悠悠隨杵落，隱隱隔林生。風急女媭石，霜嚴白帝城。遥憐今夜月，觱篥滿邊營。

陸鍾輝得寒鍾

百八清音起，疏林出幾層。催行寒更響，警夢遠如應。霜逼空樓杵，風搖古殿燈。西厓聲斷處，幽磵欲成冰。

全祖望得寒竹

消夏亦神清，淩冬更有情。凍雲添碧色，白雪寫疏聲。落落青瑶屑，臞臞太瘦生。黄公壚下客，晼晚莫寒盟。

張四科得寒泉

空山人跡絕，泉氣挾寒并。不見巖花落，真如冰鏡清。雪消分細脈，夜久咽餘聲。定起高僧照，都無熱惱生。

詠竹火籠效齊梁體

馬曰琯

（已見本書《詩歌輯佚》）

厲鶚

熏燎陋鴨爐，巧析纖筠織。屈揉合陶輪，玲瓏資火力。袖倚黍谷温，香染湘江色。本是秋篁餘，因時重雕飾。

方士庶

匀圓翠織成，詎用呵荑手。星星爇妙香，冉冉入雙袖。透火似筠篝，熨眉比金斗。温馨多此君，不落歲寒後。

王藻

緯翠成圓製，仍宜薄袖摩。暖逾吹嶰律，密似熨湘波。不嫌文錯伍，終愛性温和。殘灰比郎意，桃笙怨若何。

方士庸

爇寧憂炙手，有節已摸棱。湘妃猶帶怨，青女忽生憎。匪同白簡汗，自有香雲蒸。羔袖攜來便，寒灰入夜增。

馬曰璐

（已見《南齋集》卷二）

陳章

細劈霜巖叢，斜織水紋漩。停炎一氣通，排寒雙袖薦。未作死灰心，但具清風面。功成身不居，思與方麯襌。

閔崋

細織檀欒竹，戀人懷袖中。火自生圓腹，香如散方空。小制礙灰畫，分功宜研烘。休嫌炙手熱，面目有清風。

陸鍾輝

誰將烟雨姿，千絲環一色。策勛梟藻同，具體龍孫織。右挈或左提，温風變涼德。冰紋細細融，出袖置硯北。

張四科

剖竹織何巧，尚含烟雨痕。不知翠袖薄，中有朱火温。薑芽纖指直，鷓斑餘燼存。回首語青奴，適用分寒暄。

邗溝廟

程夢星

舊説城邗此駐輿，偶經遺廟重躊躇。淮流久斷山陽濁，漕運還思合瀆渠。春社一方猶祭賽，霸圖千載已丘墟。鑰匙河上西風冷，誰問忠魂弔子胥。

馬曰琯

（已見《沙河逸老小稿》卷二）

厲鶚

邗溟一道到江迴，遺構何年亦壯哉。越國已將藏甲賀，晉人曾見好冠來。祭餘稻蟹猶風俗，夢斷梧桐有劫灰。枕墣早知從直諫，中原牛耳得追陪。

王藻

簫鼓叢祠映碧杉，君王精爽托巫咸。曾勞越客張絲網，卻誤隋皇學錦帆。此地蘋花馨里社，故宮梧葉冷靈巖。長溝一道通淮甸，雄略當年想不凡。

方士庶

長溝迢遞蜀岡隈，回首青齊禍已胎。江水始從桐柏會，越兵旋自會稽來。遺民不絶荊蠻祀，配食難容佞嚭才。太息黄池歸已晚，寒潮嗚咽有餘哀。

馬曰璐

（已見《南齋集》卷二）

陳章

活活江流此達淮，餘皇直欲抵天涯。已聞晝夢徵嗥犬，不悟陰圖軾怒蛙。萬疊銀濤冤魄恨，三間瓦屋國人懷。卑猶遺冢知何處，輸與春風酒酹階。

閔崋

句吳往事已成空，廟枕寒流一道通。草色遙連子胥浦，濤聲不到館娃宮。祗知薦食逾淮上，詎肯餘生付甬東。正是江城春社過，殿門深鎖夕陽中。

全祖望

江干桐樹鬱平岡，左顧長洲帶水杭。漫以決排訛禹甸，競傳英爽遍隋塘。百牢猶附王餘薦，一飯休教籠稻荒。不愛句東愛揚子，雄心北向尚蒼茫。

張四科

爭長黃池故國墟，此間遺廟劫灰餘。告勞空遺王孫駱，配食曾無伍子胥。《水經注》：『江都有江水祠，俗名伍相廟，子胥但配食耳。』商魯溝存城郭改，火荼軍往几筵虛。我來歲晚雙扉闔，不及春風社鼓初。

洞庭葉震初爲同人寫行庵文宴圖歲晏瀕行自作漁隱小照索題

胡期恆

幼輿巖壑戲藏身，誰遣丹青爲寫真？敢比淩烟書姓字，聊同雅集脱冠巾。薄遊且暫還鄉井，此去何能便隱淪。半幅鵝溪自圖寫，一舟收盡五湖春。

唐建中

洞庭漁隱者，名以虎頭聞。寫照能師古，何人敢畫君？西園傳雅集，北渚惜離羣。歸下雪中釣，石公山畔雲。

程夢星

葉君寫照能寫真，傳神阿堵疑有神。文宴圖中十六子，一一狀貌如其人。就中寫我石牀上，獨拂冰絲弄清響。竹風梧影劇蕭疏，目送飛鴻作遐想。歲晚倦遊過江南，自圖鬚髮何鬖鬖。洞庭深處愛漁隱，一葉扁舟懸峭帆。我聞洞庭足烟水，風光應較揚州美。歸卧山堂展卷看，遙憶行庵定何似。

馬曰琯

（已見本書《詩歌輯佚》）

汪玉樞

葉君顧陸儔，風度頗瀟灑。筆貌文宴圖，寒陋不我捨。取形兼取神，把鏡更自寫。蕭瑟洞庭秋，居然一漁者。今日送君歸，殘雪滿林野。明年橘柚黄，遲我包山下。

厲鶚

洞庭之東，笠澤之南。三萬頃碧，八九峯藍。有礐者石，有囦者潭。有蒲有薍，有螯有蚶。石林之苗，漁隱是貪。馳丹青譽，惟顧陸眈。朅來邗水，偶寫行庵。庵中之人，契托僑郯。庵外之樹，色雜楓楠。時維吹帽，朋以盍簪。童子攜榼，門生輿籃。懸泉明像，同彌勒龕。大雅將作，非聖不談。藉君摹繪，殊費研覃。犁眉森秀，鶴髮藍鬖。或行舒舒，或視眈眈。或紘是捶，或書是勘。繩坐離立，伍五參三。齒長及少，交淡匪甘。哂噉名客，異除饉男。傳神阿堵，冰玉詎慚。顧我形骸，土木何堪？彌月事竣，一帆風酣。自作小影，聊伴歸擔。繇光福塔，望漁洋嵐。言念君子，其樂且湛。孛婁爆玉，王餘出泔。盤椒已頌，崦梅可探。開彼甕蟻，檢此芸蟫。我爲作詩，字如眠蠶。

方士庶

行庵霜菊安吟客，歸棹蘆花認老漁。一片寒林一湖水，個中風景總蕭疏。

洞庭深處好烟霞，歲晏風酸客憶家。此去月圓春有信，山梅應放故園花。

王藻

菊宴當重九，新圖點筆成。簪裾聯北郭，鬢翠陋西園。復寫滄洲趣，如聞漁父言。居然孤艇外，萬頃水雲昏。

能詩葛震父，善畫陸包山。之子五湖長，風流二老間。鄉心懷橘社，征棹發莢灣。歲晏同爲客，輸君冒雪還。

方士庶

胥母山人筆有神，紛紛丘壑貌來真。三豪頗上從君寫，莫寫方干補缺唇。

自署漁翁自寫真，太湖烟月縱閑身。長圻十里梅開日，定憶吟詩一輩人。

十年夢繞石公山，塵土生涯只厚顔。此去山靈如見訊，爲言新畫鬢毛斑。

馬曰璐

（已見《南齋集》卷二）

陳章

人生面孔無他奇，眉目口鼻顴頷頤。雷同之中分豪釐，只在形色神氣爲。形神匹如水底月，見則明白摹則遺。葉君爲寫文宴照，十六人各活脱之。或貌白皙蒼而黧，或年齒雜少壯耆。江湖廊廟分瘠肥，團坐聽彈七條絲。聚立看畫伸横披，踞榻談論神不疲。想入微眇手捋髭，不省相對者爲誰。背人把卷如有疑，胡牀仰面低若箕。行行黄菊採東籬，予亦興到肩相隨。童子六七秀眼眉，芭蕉憔悴霜樹緋。朱闌以外竹離離，圖中之人無雜事。盡日只以文爲嬉，爾無我詐無爾欺。堯民擊壤其庶幾，非若朋甲爭險巇。流傳他日考年代，想見樂事時雍熙。未操不律磨隃麋，經營慘淡勞心脾。葉君别我昨贈詩，今復重作將何施？但説洞庭我未到，三萬餘頃堆琉璃。明年東歸或相訪，枇杷橘樹之底柱杖尋柴扉。

閔峑

愛君髭鬚好，愧我題詩筆枯槁。顧我骨相屯，多君繪圖能逼真。與君同是江南客，一住江南一江北。相逢能事見丹青，蹤迹真如水上萍。歲晏北風急，送君歸洞庭。洞庭三萬六千頃，蘆荻蕭蕭著漁艇。篷背雁聲來，天水相與永。醉眠一覺夢揚州，可是西風種菊行庵秋。

陸鍾輝

昔游明月灣，爲訪石公石。不識幽人居，未叩探微宅。九日行庵集，多君繪作圖。清游宛在目，無用索詩逋。湖風吹人衣，湖水漾孤艇。何如趙松雪，自寫鷗波影。言乘虹月舫，風雪渡江回。相逢卽相別，看畫轉徘徊。

張四科

蘆荻暮蒼蒼，伊人水一方。誰知丘壑裏，卽是顧長康。二十四橋客去，七十二峯山青。明年春水生日，遲我扁舟洞庭。秋風種菊憶前時，又把梅花餞客卮。不似鄭生還里日，耆英人少贈行詩。耆英會畫像於資勝院壁間，爲閩人鄭奂筆。

韓江雅集卷四

首春行庵小集分詠梅花事

胡期恆得含章殿

禁苑春晝長，貴主倦梳洗。深宮寂無人，枕畔香雲委。殿角落花風，飛入珠簾裏。一點著眉頭，豔豔添光彩。五出暈檀心，豈要紛紅紫。清香配國色，人與花兼美。疑是天女散，綠深花不起。傳說壽陽粧，何人撰野史。

唐建中得隴頭

古人相獻酬，多以物達意。采蘭與贈芍，遠近同一義。祇貴臭味同，託物必連類。所以江雨客，折梅付驛使。江南望長安，此花遠可致。既喻歲寒心，亦表和羹志。今我在揚州，故人久遐棄。豈無一枝春，惆悵將誰寄。

程夢星得湫芳亭

閑閑擅高致，江梅遠移種。不憚五千里，聊作一亭供。穹廬暖似春，爲護雪霜凍。要令縞衣仙，試掃塵坌壅。如何西湖士，誤入燕臺夢。但隨宗師游，未與溪月共。此過那易贖，微吟足清諷。曷若句曲山，鶴駕返遙控。

馬曰琯得羅浮

（已見《沙河逸老小稿》卷二）

汪玉樞得頓有亭

南渡黨禁弛，世寶坡谷跡。王郎好事家，乃竟獲雙璧。如彼二謝才，一時見標格。所以名其亭，典核不可易。亭前唯樹梅，冰雪照几席。花前日展觀，摩挲兩手澤。苔枝拂銀鉤，古幹映鐵畫。載詠後山詩，感此憔悴客。

方士庶得玉照堂

南湖有詞人，所居唯水竹。其間更饒梅，香光擁華屋。非但樂燕游，兼以便止宿。週遭三百株，宜稱二十六。時序有冬春，探賞恣反復。詩名《上將吟》，清事山家足。緬懷玉照堂，尊開浮蟻綠。書卷映清寒，細嚼梅花讀。

王藻得范村

古來嗜梅者，我愛石湖老。玉雪滿坡栽，村路入夜縞。地三一興梅，萬樹照晴昊。佳品各譜之，花下恣幽討。歐公譜洛花，曷若譜梅好。至今參政墅，遺基猶可考。香海接銅坑，公靈應未杳。花裏拜公祠，酌水薦乾藻。

方士庲得鍾山

荊公林下居，頗具愛梅癖。梅開不有詩，何以娱日夕。掃徑延客賞，立異標新格。未與筆硯親，且向林亭弈。得失一時分，負者據吟席。子落聲丁丁，詩成笑啞啞。想見對花時，賓主情俱懌。獨怪熱中人，尋香憶南陌。公詩：鳳池南陌他年憶。

馬曰璐得合江園

（已見《南齋集》卷二）

陳章得梅花屋

愛梅須其人，非人梅則辱。只有煮石農，可住梅花屋。寒香羃四簷，冷月耿孤燭。壁挂綠蓑衣，一潔無由俗。偶隨雲出山，竟跨牛還谷。清苦若懷冰，借墨灑横幅。至今銕線圈，個個琢白玉。何處覓高蹤，春風開面目。

閔崋得紅羅亭

寒梅幽淡姿，亦宜稱羅綺。所以南唐宮，紅亭圍密蕊。想見曾遊人，豔色正相似。周后步階前，窅娘蹴雲裏。鮮鮮花片飛，靡靡歌聲起。當彼宴樂時，穠麗有如此。豈知黄屋心，未許鼾睡美。他日憶江南，其音變商徵。

陸鍾輝得巢居閣

貞白愛聽松，三層起孤閣。偉哉天聖間，逋仙亦遐託。性癖嗜梅妻，手蒔滿林壑。傑構出花巔，俯視萬不蕚。有類巢父巢，蹤跡倚寥廓。兩湖花茸茸，六橋香漠漠。獨有孤山枝，清風尚依約。想見高寄年，日放一雙鶴。

張四科得大梅山

大梅如大庾，地因賢者尊。矯矯梅子真，曾隱茲山樊。行同寒花潔，時惜炎運屯。虛抱棟隆器，遁跡吳市門。其人雖不仙，名與山俱存。年年春風至，吹返冰雪魂。安能策蹇去，探取梅龍根。一弔南昌尉，搴芳酹清樽。

二月五日集篠園梅花下用香山詩爲起句

胡期恆得庚韻

二月五日花如雪，七十四人眼尚明。勝景每年修故事，花時點燈會客，已三年於茲矣。春風於我更關情。紗籠燭焰迎門晃，水調歌聲入耳清。美酒留連莫辭醉，任他斗轉與參横。

唐建中得侵韻

二月五日花如雪，幸未離披白滿林。傍水傍山高士意，一觴一詠美人心。遲遲歌恐笛吹落，點點燈疑月肯臨。老去春來忘作客，放狂好續樂天吟。

程夢星得虞韻

二月五日花如雪，一十三人舊酒徒。入眼春光須共惜，隔年風景未應殊。紅燈照水香疑墮，纖月穿林影不孤。莫待愁人飄萬點，續遊明日好看無。

馬曰琯得蒸韻

（已見《沙河逸老小稿》卷二）

汪玉樞得蕭韻

二月五日花如雪，料理詩瓢與酒瓢。曉起共乘黄篾舫，吟成閑倚赤闌橋。禽聲宛轉歌聲和，燈影參差水影搖。祇恐東風易吹盡，詰朝重至不須招。

方士庶得青韻

二月五日花如雪，掩映遥山一角青。燈影最宜林下月，詩情多在竹間亭。參差弱柳環春水，斷續清歌度遠汀。醉態儘教蜂蝶笑，三年閑客又重經。

王藻得覃韻

二月五日花如雪，花下聽歌客十三。官楊柳已綻亭北，私蝦蟆早鳴池南。衣香人影亂翠瀲，酒鱗燈彩交紅酣。園林春色自無限，大概祇許閑者貪。

方士庚得東韻

二月五日花如雪，春滿園林景物融。曲榭縈紆雙寺外，清歌嘹喨衆香中。竹搖暝色參差碧，燈映波心下上紅。好景三年纔一瞥，尊前檢點略相同。

馬曰璐得支韻

（已見《南齋集》卷二）

陳章得先韻

二月五日花如雪，綠竹娟娟阿那邊。常把風光思往歲，依然笠屐會羣賢。半規璧月修簫譜，萬朵紅燈棹酒船。卻笑西湖林處士，但將孤寂傲神仙。

閔峯得寒韻

二月五日花如雪，佳處三年一再看。晝靜笙歌喧竹外，夜深燈火絢林端。珠簾畫舫迷無路，水色香光聚作團。今夕園亭好風景，肯辭瀲灩酒杯寬。

陸鍾輝得文韻

二月五日花如雪，澹沱春光澹沱雲。風過園林吹片片，人隨蜂蝶共紛紛。橋邊燈影池心亂，月下歌聲竹外聞。回憶昔年文酒會，揮毫依舊張吾軍。

張四科得歌韻

二月五日花如雪，竹裏名園客共過。鳥雜歌聲林際出，風團香氣水邊多。不同酒綠燈紅夜，奈此鶯飛草長何。明日扁舟還有約，更來池上倒金螺。

行庵食筍限筍字

胡期恆

我老甘淡薄，肉食謝不敏。江南富春蔬，葵薤雜松菌。微雨一洗發，鬱鬱滿畦畛。充我藜藿腸，放箸輒先盡。行庵古精廬，種竹作闌楯。骿頭似嬰兒，班班茁玉筍。主人賦《淇澳》，詩朋各牽引。冰盤薦至味，愈澹味愈允。恨我齒搖落，輒爲硬所窘。亦復强咱囁，畏嘲聊自哂。勸君護龍雛，笙簫和虞軫。留實待鵷鸞，勿輕飼鷹隼。

唐建中

中丞召詩友，卯酒同滿引。選勝集行庵，到以寅爲準。維余最末至，揶揄眾一哂。曾否食指動，得無口腹窘。地主能割愛，初燒庭前笋。重是此土毛，榮賜如社賑。余亦聊解嘲，不覺笑容冁。問此是何時，絺綌行當袗。不見吳客來，啖盡越駱箘。時樊榭初至。慚他遼東豕，誇我海外蜃。何況初種日，親見分疆畛。本爲耳目玩，清疏羅檻楯。何不赦籜龍，而使寃蠶蟫。步屧老夫遲，放箸諸公忍。有客舉罍前，君言亦未允。物以用爲貴，初不問靈蠢。請看橘柚篇，金盤非所憫。聞君好我甘，修飾雜紛純。此竹胡不然，物情豈矛盾。茲物老更成，希有殊苞稹。若使早且多，筐滿載亦稇。乃知君子德，不以姑息盡。轉爲此君賀，晚節各勉黽。拜手罰三爵，吾將歛吾吻。

程夢星

北郊屢吟集，令候迨鶯筍。林香破苔蘚，園鎖駭鹿麕。大者矗犀斑，小者縮菌蠢。孤行走龍蛇，雙生識雌牝。《本草》：竹有雌雄，根上第一枝雙生者，雌也，乃有笋。將以蔚檀欒，亦欲蔽軒楯。盤餐聊作供，剪斸毋乃忍。誰當玉版參，那免渭川哂。嫁芥時不同，入薑味良允。莫言堂食勝，且備村廚窘。自笑庾郎貧，不覺坐前盡。

馬曰琯

(已見《沙河逸老小稿》卷二)

厲鶚

我生吳越鄉，連山富簵箘。前身天目僧，托命惟在笋。宋釋贊寧《笱譜》載天目僧詩云：『我本山中人，惟以笋爲命。』每從破凍初，一洗几案窘。胷中淩雲氣，欲吐謝不敏。孤帆卸淮甸，清樾表春盡。故人團社約，斜徑竹香引。軒窗愛疏豁，新境拓畦畛。供客用意勤，籜龍屠最忍。頗疑匡廬遊，甜苦未可哂。物以少爲貴，食經侈堪憫。捫腹又詩成，茶聲鼎鳴蚓。

方士庶

行莽繞垣竹，舊葉春前隕。苔坼古錦紋，戢戢茁籜箘。豈無千畝情，轉惜地力窘。相度斸其繁，盈筐玉色準。自慚食肉夫，大嚼遭時哂。今來清淨場，一匕啜新笋。加以青精飯，佐以苦茗引。更點水晶鹽，佳哉美合吻。厭棄凡肥甘，輕欺野蔬菌。飽臥北窗風，領受白日盡。食品庶少諳，兼以已疾疢。

方士庚

謝墅結芳鄰，時移跡未泯。土膏林茂密，風味饒蔬笋。戢戢頭角榮，蜿蜿根株引。如彼同心人，無分域與畛。呼童試挑取，行廚配釘菌。有類當路除，遑惜高人哂。且試切玉刀，一慰詩腸窘。遠謝肉食流，吟成發龍簨。

馬曰璐

（已見《南齋集》卷二）

陳章

土銼出林烟，茅簷煮野笋。飯熟招鄰僧，雙箸一笑引。香如青泥芹，脆比黃耳菌。顧余藜莧腸，泛濫已無畛。腊毒畏自戕，淡薄非所窘。雖貪豈葷血，不用砧几憫。然猶愛琅玕，清閟想軒楯。何如且忍飢，坐聽風籜隕。

閔崋

行庵首夏時，綠陰滿楹楯。幽人此息足，閑情或品筍。林初露頭角，節未茁觕蠢。拾礫遂長養，約緬限畦畛。仄步折折防，繞徑數數準。頤朶心尚惜，涎流欲屨忍。今辰特召客，上番倐成箘。且分飢鳳餐，肯顧蟄龍窘。始鉏只幾輩，漸未至一稛。那計齊小大，曷遑辨牡牝。尖剝肖削指，根劚類刖臏。飣付廚孃爲，法效定叟允。張定叟有《煮筍經》。但喜味可口，何妨髮凋鬒。《本草》：多食筍則傷髮。叉牙衆箸舉，須臾一柈盡。因思煮簣誚，更憶噴飯哂。玉版亟須參，莫待風籜隕。

洪振珂

世味逐塵中，心脾俗所窘。灑然清淨地，憩息且嘗筍。軋雨錦苞茁，隟土貓頭蠢。侵徑礙行吟，鞭長鑿垣引。成竹或慮繁，劚餐庶非忍。江鄉四月間，時物饒蔬菌。飽此甘脆癖，雖瘦亦何哂。縱有腥膩腸，胡弗蠲除盡。南風莫輕吹，爲我佇饞吻。

陸鍾輝

憶昔來行庵，開園數新筍。見之生朶頤，竹少食未忍。碧鮮漸如篷，隔牆鞭暗引。前夜聞殷雷，䚢䚢驚動蠢。滿徑忽墳裂，不爲石腳窘。香泥脫錦棚，供廚嗜美疢。聊參玉版禪，何用分域畛。登盤佐櫻珠，入箸共松菌。真味流牙頰，食盡香未盡。餘待南風來，新篁過闌楯。

張四科

綠陰謝豹啼，䚢䚢驚晚筍。添竹知己遲，饞口詎能忍。小試傍林鮮，指動豈無眣。繞牙冰片鳴，堆桉錦籜隕。食肉本無相，加餐還自哂。要知澹故佳，寧忘美爲疢。多生餘此債，聊免刀砧憫。累君異猪肝，損人非雁臀。蕨配恨不同，鹽腊香易泯。何如清泉瀹，甘苦味皆允。放箸對此君，高興殊未盡。清風滿詩腸，陶泓爲徐引。

打麥詞

胡期恆

去冬臘雪才盈寸，畦壠稀疏麥苗嫩。今春雨足麥齊腰，鬱鬱葱葱翠浪搖。開花結實收成早，正是清和時節好。一夜連枷響到明，只盼天公半月晴。新麥登場罷和糴，準擬今年飯飽喫。

唐建中

四月不愛黃鸝鳴，四郊但愛打麥聲。健婦腰鐮幼婦餉，村村便覺輕雷響。連枷響處麥飛芒，行人如聞餅餌香。揚州今年少三白，被隴卻多青青麥。立夏一雨如傾河，不晴將如二麥何。

程夢星

去秋種秧苦秧旱，今春種麥幸麥滿。西疇東陌堆雲黃，大車小車都登場。簸之揚之連昏朝，要趁芒種栽新苗。香生餅餌但飽喫，村童無事橫牛笛。阿翁多收租不愁，且喜阿翁不賣牛。

方士庶

去年遇閏早播種，喜見黃雲遍丘壠。朝來刈穫才登場，枯稭帶穗多青芒。連枷反覆徐仍疾，飽飫塵沙冒風日。入室寧貪熬麥香，早輸半賦充官糧。門前幸免催租吏，留得耕牛與田器。

馬曰璐

（已見《南齋集》卷二）

陳章

去冬三見茅簷白，今春麥苗密如櫛。結實復憂風雨壞，自禳豚蹄打瓦卦。黃雲遍隴無東西，腰鐮先縛桁竿齊。魄魄彭彭趁晴好，滹沱飯熟家家飽。西村寡婦破衣裳，拾殘收棄不滿筐。

閔崋

中男腰鐮大男荷，十畝黃雲隴邊臥。昨日下雨今日晴，村村遞響連枷聲。大麥初青作連展，小麥初乾上車輾。明朝交與田主家，牀頭破甕留些些。那得自田還自種，但抽什一官倉送。

洪振珂

大麥登場小麥黃，刈穗累累看峙粻。不憂風伯聲刮耳，但祝雨師及今止。十日晴收十分穩，半年餺飥可供飯。老農計此惜更深，遺滯粒粒皆關心。朝來更拜福習神，長爲霑體塗足身。《春秋佐助期》：「麥神曰福習。」

陸鍾輝

鳥喜新晴啼快活，腰鐮早向田間割。負歸老幼競紛紛，前村後村堆黃雲。穗垂兩岐今年好，廣陽瑞雨連昏曉。漢武帝時廣陽縣雨麥。風前輕簸還高揚，可憐辛苦一春忙。輸將夏稅到城府，歸家又望梅時雨。

張四科

野田一片黄雲捲，徑尺芟鉤快於剪。攟載齊登碌碡場，彭彭魄魄聲抑揚。和穗和芒更篩簸，預識街頭炊餅大。今年春熟十分多，莫教狼藉飛作蛾。不見燕南千里赤，閑殺連枷挂空壁。

養蠶詞

胡期恆

儂家不似湖州客，養蠶繰絲供作帛。春深兒女簇成羣，繭細緜勻刺繡紋。桑葉朝朝用錢買，婀娜柔條枝幹矮。閉門也復斷人行，日午紗窗潑眼明。光華細膩如雲薄，香粉粘綿粉不落。

唐建中

吴女繰絲吴兒絡，上貨多替揚州作。揚州女兒學養蠶，半習辛勤半是憨。春寒繭薄輕如羽，不礙嬌兒簇艾虎。愁説二月杭嘉湖，雹打桑葉桑焦枯。蠶飢不爲吴孃嘆，揚州那有好錦段。

程夢星

吴孃二月孕蠶子，探懷纔出細於蟻。高柯采葉趁天晴，幾日微聞食葉聲。阿男打鼓女守箔，許汝繭好有緜著。抽絲未了吏催錢，保汝不賣且賣緜。今年宫中重蠶事，纔三盆手下廷議。

汪玉樞

輕羅麗錦知誰著，卻喜吴蠶纔上箔。小姑畏人房闥潛，採桑那惜春蔥纖。半夜沙沙食葉急，聽作雨聲憂葉濕。雪白繭子堆簇山，不怨繰絲又不閑。願得餘絲自上機，添補明年作嫁衣。

方士庶

吳娘守箔雙眉低，春深少覺羣鶯啼。柔條屋角葉新吐，閉門猶自愁風雨。三眠已罷蠶簇高，大婦攜筐小姑繅。休言鄰舍不相親，由來未拭衣上塵。千頭萬緒心如結，明日輸官向誰説。

方士庚

縠雨才過門晝閉，家家養蠶作蠶祭。姑挽籠鉤婦挈筐，矮梯採遍田頭桑。簌簌如聞風雨至，三起三眠朝暮飼。千簇萬簇齊上山，繭成黄白儂鬢斑。繅車咿啞帛不御，輸得官租願衣絮。

馬曰璐

（已見《南齋集》卷二）

陳章

里胥一月不下鄉，家家閉門村日長。蠶娘養蠶如養兒，性知畏寒飢有時。籬根賣炭聞盪槳，屋後鄰園桑剪響。關心兩事愁常闕，典卻頭釵嫁時物。官租不負儂不苦，猶喜端陽簝繭虎。

閔崋

頭蠶上箔罷機杼，東鄰西鄰聞吉語。前村斜倚林間梯，大婦小婦筐提攜。今年三月風雨好，桑葉不稀亦不老。歸來窗戶静無譁，聽蠶食葉聲沙沙。繭成家公上城去，將得新絲換苧布。

洪振珂

春盡雨肥桑葉緑，家家養蠶遮薄苗。扃戶飼葉葉聲乾，葉盡絲成未忍看。繅繭應奪天工巧，人已辛勤後蠶飽。官家不責東人輸，餘帛成衣歌于于。安得奇溫常如此，婦姑澆酒馬頭祀。

陸鍾輝

祭得房星來作主，簾幕垂垂宜好語。昨夜雨霽桑葉乾，溫爐圍箔不知寒。安得繭成大於甕，上陳長吏作鄉貢。千簇萬簇供杼機，幾見吳娘自製衣。歌席錦纏紛伎樂，那足新粧刀剪落。

張四科

吳鄉四月門巷碧，家家養蠶斷生客。陌頭私去祭三姑，被人猜作秦羅敷。三眠已過蠶如指，食葉聲疑風雨起。朝催上箔夜簇山，篝火添梯不暫閑。今年新啓條桑館，佇望恩波減租算。

分擬唐人五言古體

胡期恆得獨酌擬李翰林白

幽人藉春草，永夕獨長吟。游於物之初，不爲愁所侵。閑攜一尊酒，對月聊孤斟。一酌和我顏，再酌開我襟。三酌我竟醉，默契天地心。從茲爵無算，方將溉釜鬵。泠然御風去，豈但忘華簪。二豪久退避，荒哉誰敢箴。

唐建中得觀海擬獨孤常州及

夢登五狼頂，遙見三山巔。瓊臺何飄緲，銀濤紛回旋。鯨脊隱白日，鵬背負青天。疊嶂潮頭湧，重樓蜃氣連。陽精升若木，尾閭罷烹煎。出沒雜魚龍，遊戲多神仙。似聞成連子，撫動伯牙絃。風恬浪亦静，一碧玻璃田。金雞忽長叫，驚我枕書眠。

程夢星得種藥擬韋左司應物

種藥滿郡圃，别蹊標其名。初看抽翠葉，旋喜敷芳英。栽培苟以道，殊方亦多生。荷鍤聊晨鉏，挈瓶還夕傾。根株既紛茂，檢視仍分明。將爲去疾用，豈惜巡闌行。扶衰或有藉，功力覩厥成。

馬曰琯得玩月擬歐陽四門詹

（已見《詩歌輯佚》）

汪玉樞得詠慵擬白太傅居易

我性不可强，我慵不可醫。有梳不櫛髮，短鬢如棼絲。有水不盥面，垢膩非瑕疵。朝亦不出户，暮亦常支頤。酒至始思飲，飯來方覺飢。笑啁任妻孥，吾心殊委蛇。閑人居洛下，閑官居分司。誰人似我慵，此慵天所貽。翻作不慵事，泚筆咏慵詩。

厲鶚得納凉擬王右丞維

茅堂對谷口，雲蘿成四鄰。淙流下石潭，激轉如車輪。迴風正墜雨，凄然灑衣巾。夤緣過幽礀，蒲偃波粼粼。蟬聲忽移樹，雲影如有人。不知出山去，爲誰濯炎塵。

方士庶得閑居擬儲太祝光羲

閑居絶塵慮，門静苔花深。耳目易爲適，得少物不禁。關關林鳥和，漠漠庭樹陰。天際孤飛雲，志士無競心。悠然澹相對，人事空浮沉。

王藻得齋心擬王龍標昌齡

謫居罕塵事，靈府恆獨清。水邊與林下，晏坐還經行。觀聽既無邪，嗒焉道心生。早葵帶露折，黄獨和烟烹。靜覺形神適，閑知筋骨輕。悠然撫萬化，何慮復何營。

方士庶得塞上擬高常侍適

迢迢居庸塞，峨峨燕然山。斥堠列如掌，一望風塵殷。良家子十萬，日縻鑲千鍰。未見邊庭空，何時凱歌還。憶昔班定遠，書生軫時艱。功成身已老，生入玉門關。日落風蕭蕭，天遠車斑斑。黄沙白草外，惆悵凋朱顏。

馬曰璐得西山擬常徵君建

（已見《南齋集》卷二）

陳章得曉鶴擬孟貞曜郊

老鶴常不眠，何處意軒軒。泉碎峭壁上，月淡孤松根。虚腹那受滓，清吭未爲喧。悠悠應山谷，泠泠醒夢魂。幽人起石牀，手引欲與言。戛然不我顧，隨仙忽飛翻。

閔崋得新竹擬韓吏部愈

篧篧瀟碧姿，得時遂張王。根纔裂地出，勢欲干霄上。叢生或三五，離立如輩行。昨夕雷雨過，幾莖枝葉放。中虚尚嫵媚，節見已倔彊。梢解漸分竿，陰疏不成障。曾無簌簌聲，便有蕭蕭狀。占兹林水間，競長詎相讓。

洪振珂得聞雨擬張燕公説

破寂雨聲至，正當休沐時。淅瀝一池碎，浮漷四面垂。閑階滴清響，灌木濯修枝。造物膏焦卷，窮簷慰渴飢。顧余慚鼎鉉，退食何委蛇。焚香晝漏永，閉閤澄心宜。鬱勃觀生趣，靈虚畏四知。詎敢貪天力，徒懷潤物私。

陸鍾輝得喜晴擬杜拾遺甫

月令春夏交，雨多晴日少。泥滑遍術阡，愁雲失昏曉。況加拔木風，麥穗連畦倒。誰能誅雲師，迴斡仰大造。朝光入隙中，重陰跡如掃。黄雲既已割，農人將秧稻。吾聞董仲舒，止雨有祈禱。予慚繁露學，抽簪恨不早。一飽樂無餘，臨風展懷抱。

張四科得讀書擬柳儀曹宗元

窮達有時命，委心親簡編。據案試討源，萬古如目前。鉤深或怳若，得雋殊欣然。至理雖茫昧，往籍昭昭懸。習氣如可融，寧廢鑽與研。展卷數晨夕，幾忘墮蠻天。寸心所會多，一笑百事捐。未致唐虞聖，遠謝夔龍賢。吟諷且自適，寧爲簪紱緣。此味少人識，此樂惟我偏。所嗟聞道晚，於此將終焉。

南莊野眺用東坡書王定國所藏烟江疊嶂圖韻

馬曰琯

（已見《沙河逸老小稿》卷三）

王藻

淮南求點共一山，南莊卜築臨江烟。林深地僻雞犬静，有若武陵仇池然。漁村牧舍遠近相映帶，肥爲土壤甘爲泉。繡錯來牟黄被畝，綿竿高柳緑抱川。櫻笋採從庭廡下，魚蝦買自闌檻前。不暖不寒浴藹候，乍晴乍雨蒸梅天。兹晨延眺頓忘返，風光滿眼皆生妍。試問古今勝地孰可擬，上洞之波下漢田。又試問古來盛時誰得似，永和之歲泰和年。以觴以詠最瀟灑，有竹有石皆嬋娟。興酣放艇溯洲渚，江岫一一如蠶眠。宵來襆被此同宿，幽夢恍亦隨水仙。風裳月珮欲飄舉，葦間迯我相延緣。覺時清境恐難記，速命濡毫拈韻寫作急就篇。

馬曰璐

（已見《南齋集》卷二）

閔華

村深境靜疑空山，夕陽淡淡浮炊烟。平橋野水堤柳下，臨風獨立心灑然。此時郊原放眼一空闊，但聞淲淲鳴流泉。東皋黃雲被麥隴，中有一道清泠川。遙遙墟落似圖畫，歸人在後牛居前。斜通薔薇港口路，直接木樨林外天。西疇人家最幽處，連町翠篠修而妍。雖異江陵千頭木奴橘，卻勝笠澤通江田。更北望七十二洲洲外影，縈藍繚白仍年年。樹杪匹練江淼淼，屋角寸戟山娟娟。或來或往漁艇過，三點兩點沙鷗眠。夜闌清景入夢寐，仿佛一枕身遊仙。求田問舍且姑置，賦詩飲酒須作緣。詰朝盥罷不暇懶，共詠南莊水竹之居《池上篇》。

陸鍾輝

南村地僻如深山，垂楊繞屋籠輕烟。犬迎宿客雞唱午，坐來令我神翛然。靜聞平階一道響琴筑，潮痕健走同奔泉。近村數武達江澨，貯爲十畝清泠川。魚隊堂堂戲蘋末，蛙聲閣閣喧堤前。縹緲雲峯碧迎睫，迷蒙薺樹青浮天。鶯聲啼老楝花落，清和景物猶爭妍。門外笑歌聲裏打麥響，黃雲一片翻平田。君不見前歲積霪江大漲，丁男中婦悲荒年。此地曾爲魚蟹窟，今喜竹木重幽娟。綠針透水秧欲插，日出而作夜則眠。瓦盆濁酒卽醉倒，含哺鼓腹真神仙。我欲誅茅作鄰比，挐舟葦際相夤緣。量晴較雨共田叟，與君偕讀《氾勝之書》凡幾篇。

張四科

冒雨不憚來看山，籃輿十里衝朝烟。村途漸僻漸褰霽，浮雲飛盡山蒼然。望中平橋高柳宛圖畫，軒窗窈窕開林泉。樹頭變滅見嵐翠，屋角潮汐通清川。菰汀蘆渚忽斷處，大江一抹橫其前。方罫縱橫布近隴，聚落遠近分遙天。熙熙婦子自笑語，閑閑花竹皆幽妍。平生浮湛作達總，無謂盍若負耒來力田。君不見割麥插禾鳥聲好，黃雲溢野欣有年。此間氣候極古淡，宵來月色應嬋娟。未攜襆被共假宿，曉枕又負聽鶯眠。信知閑居卽物外，虛無何必求神仙。徘徊送目那忍去，數椽擬結清淨緣。況有南村素心侶，定應爲我援筆一賦招隱篇。

分詠揚州古跡

胡期恆得雲山閣

皇天不祚宋，厄運逢陽九。姦臣秉國鈞，南渡安能守。維揚實要區，控制江淮口。督師非丈人，焉得吉无咎。想其建節時，閑情寄詩酒。傑閣起城隅，軍營繞花柳。一朝强敵至，殺戮到雞狗。掩敗以爲功，倉皇渡江走。東南半壁天，竟爲何人有。得失一小兒，易於反覆手。偉哉鄭虎臣，殺賊膽如斗。至今木綿庵，惡名餘不朽。北郭小金山，閣毁但重阜。流傳凡幾姓，不復知誰某。回思五百年，真同駒過牖。萬古一長嗟，騷人枉搔首

唐建中得淳于棼宅

浮生皆若夢，逐膻盡如蟻。誰真夢乘車，親入鼠穴裹。得意向南柯，古有淳于子。醒來說與人，尋思心應喜。同時李公佐，遊戲續稗史。蓋以唤庸庸，君輩亦如此。那知片晌榮，千年傳邑里。至今廣陵郭，過者長徙倚。沿村覓古槐，爲問何株是。乃知癡人心，但解誇金紫。妖夢猶津津，大夢可知矣。

何怪夢中人，漏盡猶不止。

程夢星得康山

城南一坏土，高不滿百尺。徙以康武功，得名傳往跡。裙伎擅風流，琵琶自彈摘。榮辱非所計，賓從慰岑寂。急難友朋情，異代生感激。至今董華亭，大書作堂額。勝地曾幾時，棟宇半傾側。竊喜不數武，下有幽人宅。暇日常共登，每怪門徑窄。江山亦笑人，懷古空太息。安得挈同心，榛荊爲重闢。

馬曰琯得水亭

（已見《沙河逸老小稿》卷三）

厲鶚得秋聲館

鐵牛入宋初，頭銜秖翰苑。奉使下南天，蘆碧汀洲晚。水村何人居，風葉梢梢偃。聲翻六月秋，江吞萬里遠。署書知雅士，惜與漁兄混。奈何論强藩，不盡王臣蹇。情昵社娘歌，《任社娘傳》，見沈遼《雲巢編》。語隱公廚飯。金鑾否人在，陶穀，自號金鑾否人。空畫葫蘆本。不如此棲遲，賓鴻識肥遯。

王藻得木蘭院

轑釜示無羹，晨炊乃蓐食。英雄失路時，一飽不易得。八郎唐宰相，飢困傍禪域。杜亞且肉眼，闍黎豈能識。悲來爲賦詩，感憤僧牆墨。訖乎領節使，利漕浚溝洫。雖曰非純臣，功亦不可匿。坡公恣譏嘲，戲語未爲實。我今覓遺蹤，古寺浮山側。木蘭已無樹，石塔銘亦泐。紗籠安在哉，壞壁染苔色。惟有齋鍾聲，千載猶未息。

方士庚得玉勾井

后土夫人祠，表跡始炎漢。尚有古井存，仙凡此中判。止水無波濤，空亭有圬墁。見說賣藥仙，曾被世人覷。靈異標玉勾，佳名傳里閈。倏若桃花源，尋蹤已浸漶。由來神仙侶，隨意恣游玩。蓬萊方丈山，何曾隔凡案。金丹不可成，濁骨無由換。井渫固依然，令人發深嘆。

馬曰璐得阿師橋

（已見《南齋集》卷二）

陳章得迎仙樓

唐政已不綱，阨要仗節度。江淮此巨鎮，何乃付庸孺。不思勤景鍾，妄誕以爲務。張呂固小人，木腐始生蠹。銀筒謂易求，丹丘通有路。縹緲結飛樓，滄波跨百步。風雲入窗櫺，日月炫丹素。撞鍾吼華鯨，焚香鬱烟霧。羨門高誓流，拱手冀一遇。青鳥斷消息，木鶴懶軒翥。迎得畢將軍，哀哉終不悟。片椽早飛灰，遺基莫知處。獨立俯蒼茫，一誦江東句。

閔崋得居竹軒

跡以人故傳，人以詩故存。不見竹西路，昔有居竹軒。居竹人不俗，時作風雅言。想當嘯詠處，翠色空掩門。秋晚摘鳳實，春深護龍孫。流落平生懷，消彼竹下尊。只今四百載，事往無留痕。但餘好句在，剩付詩人論。何必淇澳盛，何必渭川繁。緬彼成居士，芳名齊謝墩。

陸鍾輝得棲靈塔

隋仁壽元年，始一統六合。下詔建浮圖，舍利數盈卅。金碧炫周遭，風雲護蕭颯。江山俯七層，緇素繞三匝。曾聞高李輩，賦詠若相答。劫火慓唐季，土木盡摧拉。有客海上游，空中見飛塔。仿佛倚欄僧，猶露紫磨衲。此事餘千年，屈指幾夏臘。土花剷古基，甓甃何雜沓。禪門有興廢，風簷語棲鴿。

張四科得偕樂園

柳州曾種柳，蘇州乃種藥。吳公守揚州，植梅滿北郭。因之啓臺榭，寄意非獨樂。想見露冕來，蕭然伴琴鶴。空裏玉梢明，風中暗香落。賓至喜如歸，民生欣有托。於今二百年，宴遊久寂寞。探春上高嶺，惆悵花如昨。

覓句廊晚步

胡期恆

薄暮疏林罥晚烟，西廊緩步意翛然。此間有句憑君覓，不待西堂夢阿連。

徙倚閑吟自在身，青青綠竹絕纖塵。眼前到處供詩本，信手拈來覺有神。

唐建中

牆東曲折度迴廊，石丈森森映竹郎。粉壁如雲影偏好，縱無新月有斜陽。

覓句虛稱百步廊，賢昆叉手已成章。原來只爲邯鄲侶，撚斷吟髭對夕陽。

程夢星

精廬坐雨晨先集，山館逢晴晚更過。難得君家好兄弟，尋詩到處有行窩。

六枳編籬竹作扉，小廊風細試單衣。年來未覺詩情減，吟盡斜陽不肯歸。

馬曰琯

（已見《沙河逸老小稿》卷三）

厲鶚

比日幽尋屢出郊，揭來山館燕新巢。斜陽一抹風廊影，葵寫圓花竹寫梢。

返照深深入竹根，青鞋踏遍舊苔痕。好詩只在微茫裏，付與棲禽自在喧。

王藻

不到修廊已數旬，蜀葵花發豔於春。鵓鴣聲裏尋詩處，又是風光一番新。

衣上清陰似染苔，竹邊負手幾徘徊。夕陽收盡天如洗，待得蒼茫暝色來。

陳章

槐陰樀樀叩門來，坐斷斜陽覆酒杯。一種幽妍圖不就，萱房欲斂蝶飛回。

清風吹鬢引吟魂，幾曲長廊踏蘚痕。竹尾捎簷荷背白，作成涼意是黃昏。

閔崋

嘉樹陰中步屧遲，我來何處覓新詩。曲闌干外斜陽影，閑倚戎葵一兩枝。

一逕竹孫春後大，滿林梅子雨中肥。晚涼叉手行吟處，驚起長廊野雀飛。

張四科

初篁歷歷步欄橫，一片斜陽瑣碎明。蝴蝶不知花事了，綠陰深處導人行。

好句初圓暝色催，涼生雙袖晚風來。此間久欠行吟跡，一曲闌干倚一回。

五月二日集小玲瓏山館題五毒圖

胡期恆

一陰初生月在五，歲時毒節傳端午。百蟲掀蟄以類聚，各騁伎倆生寰宇。南山白額最雄傑，居然四海毛蟲祖。卽且甘帶勢盤屈，蝦蟆啖月光吞吐。壁蝎辛螫在尾蠆，守宮便捷任腰膂。一時五毒聚艾葉，良工圖繪經營苦。當年大禹備神姦，鑄鼎象物民爭睹。畫師畫此亦有意，秉畀炎火傳自古。天心仁愛本生生，氣有善惡惟其取。汝爲陰類秉惡氣，爲猛爲毒爲虺蠱。汝能斂跡勿肆虐，深藏巖穴誰殺汝。投箋我欲告天公，愼勿假汝豐毛羽。

唐建中

誰畫青青艾一葉，中蹲猛虎張須鬣。旁四毒蟲瞰四隅，五月五日家家貼。云此日月毒莫當，一陰初生逢者殃。以毒禦毒役五物，能黜百怪致百祥。莫貴於人虎作糧，蟾蜍蝕月充飢腸。蝘蜓噴雹日無光，蝎如琵琶誰云良。百足之蟲死不僵，此五物者燮陰陽。我笑五物皆陰類，同稟兩間乖戾氣。夜行晝伏長畏人，豈有靈爽迴天地。得無同惡喜相濟，羣陰終爲陽德累。聖人懲之無鉅細，圖寫嚮明窮其技。如禹鑄鼎神姦備，俾民宜行知所避。不然此日號天中，鳴琴解慍來薰風。菖蒲浸酒沾脣綠，石榴作花照眼紅。百丈競渡飛神龍，一日嬉遊四海同。而令萬戶懸五毒，豈有虞廷旌四兇。或云此是女兒節，五毒何如虺蛇烈。女誡製此同梟羹，畫向嬌女屏上揭。

程夢星

春溫冬寒皆中人，胡爲五毒歸五月。飲食燕安皆損身，胡爲以毒聚五物。江南小兒逢天中，縷懸長命命不絕。又以紙剪五毒形，艾虎蝘蜓長尾蝎。萬歲蟾蜍百足蟲，粘以角黍繫門闑。丹砂白酒共一盂，投之小符若有術。年年鄉俗只兒嬉，豈知此物勝妖孽。山君猛烈世所知，避地差免遭搏嚙。古倉如錢螫人死，寒窟蝕月致天瞎。綏川有氣能吸呼，南海潛潫更飛掣。維茲五者害莫窮，何事繪圖張斗室。嗟哉卻行白汗流，太陽尤酷爲口舌。賦斂刳民甚於蛇，不見柳州《捕蛇說》。此生安得清涼境，欲除煩惱苦無訣。譬彼天雄雖辛溫，以毒攻毒毒斯滅。

馬曰琯

（已見本書《詩歌輯佚》）

厲鶚

壁上鉤搖長尾蠆，服虔《通俗文》：『蠆長尾曰蝎。』守宮善緣供一啜。之二蟲者豈睚眥，以氣相制理莫解。爬沙腳手鈍不快，皤腹睅目觀成敗。莫上青冥作妖怪，空使臣仝下階拜。其旁甘帶有卽且，蚿雖似汝嚙不如。鞾人須皮待汝屠（《嶺表錄異》：『蜈蚣大者，皮可鞔鼓。』），戾蟲耽耽中央居。風林夜嘯百獸祛，乃與羣小爲相於。得非以人充耳歟，是名五毒圖畫俱。命儔連類陰生餘，疏簾高館無沮洳。象形隨俗當袚除，演雅聊爾同軒渠。

方士庶

錦紋尺幅絕奇古，怪石虬松走虓虎。睅目蝦蟆卷尾蝎，更與卽且蝘蜓伍。朱明時節懸中堂，意在辟邪蓋有取。吁嗟乎，世有蜜在口，厥毒陰險深入腑。亦有劍在腹，厥毒鋒刃利於斧。人間最毒豈止汝，畫工何據都以五。

王藻

麟鳳龜龍世罕之，紛紛蟲豸鍾繁滋。螫人之族厥有五，羽毛鱗角天弗施。其一曰蝎亦名蠆，無目惟仗尾似錐。南來入籠嫉主簿，北還照壁欣昌黎。其一蟾蜍背負癩，彭亨脹腹形模奇。張元逆流友所笑，楊戩據榻盜偶窺。一曰百足或似蚿，相憐曾有一足夔。其一種繁毒稱最，曰蝮曰虺總曰蛇。一爲守宮四其足，尤工射隙非雨師。歲逢端陽日亭午，俗傳此輩潛藏時。好事往往圖作畫，懸之謂當祓與祠。高館朝來見此幅，絹素浮動多生姿。中有艾葉大如掌，得非產自名州蘄。葉上蠕蠕衆蟲聚，去蛇著虎知奚爲。錦片斕斒目如電，低首掉尾毛毸毸。蟲無大小毒則一，以呑以嚙無等差。我來讀畫悟物理，陽盛可使陰類衰。日月光華旦復旦，自然四海無瘡痍。

馬曰璐

（已見《南齋集》卷二）

陳章

五毒之圖阿誰筆，展向明窗人股栗。四蟲各自矜爪尾，中立斑斕虎挾乙。目光墮地兩炬然，樹偃腥風乘晝出。婪酣大肚不自諒，怒氣横前欲唐突。蝍蛆巧解避蝸涎，蜥蜴善緣風雨疾。蝎形琵琶最可憎，其後垂芒挾斧鑕。向者分明欲相濟，背者陰懷頗堪怵。丹青活脫妙入神，醜狀獰情俱不失。未知粉本始何時，端午人家懸一律。將毋禹鼎象神姦，要使遭逢防狡獝。我生嫉惡見之怒，幺麽諸蟲只一瞥。咆哮當路豈汝容，東海赤刀乞神術。

閔崋

虫類有毒人能知，或憑倀鬼牙爪施，或矜脈脈緣壁奇，或歷萬歲成肉芝，或恃百足行不遲，或暗伺螫人膚肌。是圖作者始阿誰，舉俗獨懸重午時。人生身體五毒隨，此則可避彼則遺。五色蔽目何陸離，五音悅耳神紛馳。五味適口傷肝脾，宴安之毒良在茲。若蠢蠢輩奚能爲，展畫一笑題新詩，小筵蒲酒方滿卮。

陸鍾輝

佳節天中五月午，禳毒家家艾懸戶。好奇誰寫五毒圖，以意作之事亦古。蝘蜓與蠆毒在尾，蜈蚣飛天疾如雨。蟾蜍有疥類齊侯，背上丹書肪莫取。中間於菟獨負嵎，似與幺麽作儔伍。東海黃公猶夜行，誰彀南山大黃弩。世間毒物最紛紜，寫其尤者乃有五。灑灰貫齒紀周官，聚族猶傳皿蟲蠱。泛蒲覓句且掀髯，世上螺蛉何足數。

張四科

世間諸毒紛無算，憑生毋乃造物變。誰寫五蟲上東絹，怪醜猙獰俱所憚。善噬善螫用則判，蟾蜍爬沙爲月難。鼓怒也應憑軾看，膨亨大腹兩目睅。蠆尾剝膚在昏晏，北人卻喜照壁見。商距搖鬚百足亂，辟宮點臂無漫漶。一蟲雖微等可患，南山更足彪與虓。凡此異類易滋蔓，畫師胷中有深怨。放筆無殊炫人幻，錦贉鈿軸聊充玩。吁嗟乎，蟲達封侯安足羨？汝輩惟工伺人間，百蟲將軍眼能辨。

詠詩南軒觀荇花聯句

空齋埋盆池，水花取近甸。根移碧鬟垂（厲鶚），葉並翠帶罥。汲井鳴轆轤（陳章），杴泥漉埿澱。排窠密更疏（王藻），浮莖隱復見。差兩與參三（張四科），左旋亦右轉。氣含湘雨涼（鶚），綠憶霅波衍。時維一陰交（章），開及高荷先。股股汜人釵（藻），朵朵江妃鈿。金星燦倒涵（四科），鵶額濕微濺。唼影魚口喁（鶚），戀香蜻眼眩。想像浦漵迴（章），錯雜菰蒲戰。幾點偎槳牙（藻），千條縈釣線。誰共紅蘅搴（四科），堪同白蘋薦。鄭《箋》接余存（鶚），楚些屏風辨。南烹識鳧葵（章），北俗誤人莧。物微抱至潔（藻），性芳絕自衒。清流采采宜（四科），幽子依依繾。疏簾映明漪（鶚），小坐送斜眄。不足供淨瓶（章），只可伴吟硯。閑徵《爾雅》篇（藻），諷詠共忘倦（四科）。

食鰣魚聯句（存目）

（已見《沙河逸老小稿》卷三）

禹鴻臚尚基五瑞圖聯句（存目）

（已見《沙河逸老小稿》卷三）

韓江雅集卷六

分詠西湖古跡送樊榭歸錢唐

胡期恆得放鶴亭

孤山孤絶湖西偏，山前山後花連天。高人仙去七百歲，爲問華表歸何年。君今兩月揚州往，花事闌珊騎鶴去。桂子飄香君復來，莫戀湖山最深處。

唐建中得僕夫泉

圓師智圓也得泉因藝竹，藝竹之僕真不俗。誰飲而甘錫此名，應從詩友林君復。錢唐歸客今林逋，侍史還如穎士奴。劚泉好解相如渴，我起回樽勸僕夫。

程夢星得夢謝亭

謝家舊宅今行庵，有客聯吟常再三。康樂風流繼前代，又移清夢歸江南。記得江干雪初霽，一葉扁舟載佳麗。願君生子似客兒，況是阿翁原智慧。

馬曰琯得過溪亭

（已見《沙河逸老小稿》卷三）

厲鶚得九里松

高下花龕遍巖洞，此間不著三公夢。我來六月賣松風，十里山行九里送。諸公他日命吳鞋，同覓沿流細股釵。暫時分手相思處，還在淮南九里街。

王藻得竹閣

裏湖北畔孤山路，高閣憑襟傳太傅。海山兜率已茫然，空剩篔簹翠無數。竹西亭畔送君行，欲畫扁舟一葉輕。懸知暇日登臨處，楊柳櫻桃最繫情。

方士庶得豐樂樓

官庫樓高四山碧，湧金門外餘陳跡。脆竹嬌絲半有無，衣香鬢影成今昔。先生歸趁一帆風，水蒲颭綠渚蓮紅。湖光如舊樓非舊，好把詩筒問酒筒。

馬曰璐得龍泓洞

（已見《南齋集》卷二）

陳章得水仙王廟

當年碧瓦枕寒流，想見神歸雨氣收。曾有詞人薦秋菊，空將遺跡問沙鷗。蕭蕭瑟瑟知何處，水佩風裳隔烟霧。青山倒影襯扁舟，送君又採蘋花去。『日晚水仙祠下去，青山影裏採蘋花。』樊榭舊句也。

閔崋得馬塍

西城之西北山北，爛熳曾爲衆香國。荒蹊不復見唐花，碧草空餘天水色。送君歸去雨淒淒，寸寸新秧插滿畦。青鞋布襪尋詩處，應逐錢王舊馬蹄。

陸鍾輝得黄篾樓

浴鵠灣前碧漾空，柳絲影裏荷花風。先生一棹歸湖上，只有白鷗盟與同。句曲道士已仙去，篾樓舊枕青山住。閑來曳杖訪遺蹤，水冷雲寒不知處。

張四科得葛洪井

葛翁移居架崖广，手鑿寒泉碧於染。竹杖當年化一龍，石匣何時得雙芡。君今記述邁西京，歸卧湖山別我行。何須遠訪丹砂去，好聽風篁雪竇聲。

胡期恆分得白香山

詩人例窮蹇，造物良有意。要令昌其詩，每使遭困躓。坎壈以終身，輒爲飢寒累。緬維白侍郎，似

書唐人詩集後

是天所庇。擢第貞元中，洊復致高位。雖暫蹶霜蹄，旋展摶風翅。入典制誥榮，出總藩封寄。老拜留司官，獲養林泉志。亦與楊李交，不犯朋黨忌。青山獨長往，白首遺世事。放懷詩酒間，寄情禪悅味。長短三千首，意勝詞不費。諷諭激而質，閑適淡以肆。感傷有深情，雜律衆所愛。四語皆所其自敘中意。至今千載下，遂以詩名世。我昔遊龍門，步入香山寺。辛丑歲，余過洛陽，曾瞻遺像。俯視八節灘，願結三生契。回首二十年，出處徒自愧。

唐建中分得杜樊川

詩爲言志物，性情具可窺。不須論其世，體格了無疑。古今同耳食，評騭混澠淄。萬口誇香豔，義山與牧之。忘彼忠憤言，呼作輕蕩兒。義山多《無題》，託諷寄微詞。美人雜香草，受謗固其宜。小杜詩倔强，磊落逞瑰奇。詩賦與文章，兩兩若熊羆。胡獨於詩品，目以香奩爲？或其少年時，恃才好遊嬉。揚州及湖州，出語偶不羈。不獨義山說，一首杜秋詩。我讀岐公傳，牽連書孫枝。言自負經緯，才略可設施。上書論兵事，頗爲文饒知。兩棄清要官，皆以弟疾辭。固知忠孝腸，不作兒女癡。

程夢星分得李玉溪

嘗讀義山傳，往往爲稱冤。其才固不羈，胡至無行論。令狐薄世好，徒以依茂元。應辟從夙契，焉得云辜恩。遂令終幕府，萬里疲屢奔。樊南贍文集，甲乙今猶存。後人復耳食，列論同西崑。坎軻誠有命，掩卷哀王孫。

馬曰琯分得杜少陵

（已見《沙河逸老小稿》卷三）

王藻分得柳柳州

柳州柳刺史，崛筆元和擅。高名匹退之，餘子未能先。有陶之清真，得謝之峭蒨。惜爲伾文浼，乃竟獲遐譴。南荒山水奇，一一抉生面。厄身昌其詩，造化意殊善。憂時《捕蛇說》，痛世《河間傳》。更具純孝心，孑立悲捧奠。慷慨易播州，友誼亦可羨。一蹶不復振，傷哉此英彥。

方士庶分得韓昌黎

漢後去聖遠，世道日陵夷。百氏方爭鳴，雜揉紛醇疵。有唐毓靈秀，韓公生此時。卓然自樹立，聖籍靡不窺。論說闡性道，文章起衰羸。古今虎威懾，身犯龍鱗批。精誠著嶺表，鱷魚風雨移。功業暨文字，皇皇千載垂。謚法良不愧，斯文其在茲。

馬曰璐分得王右丞

（已見《南齋集》卷二）

陳章分得李昌谷

余讀李賀傳，復誦李賀詩。風雨嘯寒竹，如人簾外悲。當時何逼仄，衆醜嫉妍姿。嫌名斥一第，大鵬兩翅垂。後世豈乏此，感慨頻涕洟。奇才多屈首，薄技翻揚眉。只合居空青，天神迎赤螭。召修玉樓記，奎壁隨指麾。差較世間樂，一笑當脫頤。披髮下大荒，手招韓退之。

閔崋分得元微之

元和元才子，極諫頗著望。九歲解賦詩，三月曾作相。豈無少日名，惜爲晚節喪。人生重出處，一失百不償。彼哉交宦寺，臣道屬無狀。第愛新樂府，傳播宮中唱。何況《會真記》，其詞涉流宕。言乃心之聲，此言定非妄。懿彼白侍郎，高風千載尚。

陸鍾輝分得孟襄陽

有唐多詩人，大抵罕韋布。我愛孟夫子，清詩見貞素。寄跡鹿門山，龐公棲隱處。本與世情疏，閑得酒中趣。長安訪故人，猝與明主遇。不誦岳陽篇，乃呈北闕句。傲兀本天然，夫豈一時誤。失意放還山，舊廬早歸去。但與竹素俱，翩然狎鷗鷺。五言匹輞川，簡淡生妙悟。後世起孟亭，千載有遐慕。

張四科分得李青蓮

大雅久不作，列仙謫塵寰。其人如景星，光焰驚愚頑。名高竹溪逸，官綴蛾眉班。調羹出御手，豔煽逢妖環。飄然去江海，仍著獸錦還。永璘彼何人，乃欲羈孔鸝。無端被磷涅，竟莫洗垢瘢。萬里遂長流，一身亦多艱。豪情何所托，劍客觴妓間。生愛謝家句，死葬謝家山。女孫適村氓，遺孤沒草菅。青史空流芬，展卷清淚潸。

分詠行庵秋花

程夢星得玉簪

江南第一花，生此薝蔔林。知誰季女粧，偶然墜瑤簪。綠房閟香澤，冰蕤餘苦心。含情那易吐，甘老秋堂陰。美人將遺余，短髮梳不禁。而況投簪久，搔首焉能任。

馬曰琯得雁來紅

（已見《沙河逸老小稿》卷三）

陸錫疇得鳳仙花

綠砌冒芳蕤，晰莖别紅白。秦女吹簫去，咳吐留遺迹。微風動曉涼，一掬不盈摘。輕匀和露擣，纖纖裹葉碧。好並一撚紅，同霑粉脂澤。宵來秋氣深，猶足逞顔色。

方士庶得朱槿

疏花媚秋林，禪關未蕭索。宛彼同車女，綽約好顔色。顔色豈不好，難以永朝夕。詎因一日榮，肯易千歲柏。柏生兩石間，風花幾狼藉。翻笑汝陽王，臨風態婠嫿。

馬曰璐得牽牛

（已見本書《詩歌輯佚》）

閔崋得決明

閑階秋雨過，野卉紛無數。縹葉與緗花，娟娟媚朝露。細碎叢蝶翅，雜披梳鳳羽。釋名爲決明，品見宣公注。我目漸生花，看花如帶霧。卻笑瀼西翁，吟詩怨遲暮。

張四科得秋葵

庭階爛如錦，羣卉紛闌干。一種黄蜀葵，秀色殊可餐。葉如雞距大，花擬金盞翻。暮斂夕陽淡，曉開清露溥。昨夜眾真降，疏叢遺女冠。涼風林薄外，獨立悄無言。

重九後二日樊榭至自武林同入適有看菊之集分韻共賦

程夢星得覃韻

是處尋秋手自探，采歸宅裏似羅含。竹間未闢花三徑，籬外還來酒一甔。西疇餽桂醑一尊。佳詠書屏纔隔歲，西風吹帽又停驂。須知冷淡人同瘦，好共盈頭白雪簪。

馬曰琯得佳韻

（已見《沙河逸老小稿》卷三）

厲鶚得微韻

年年袢暑悵相違，客到剛逢北雁飛。節過樽前猶昔酒，地偏江外未寒衣。論交此意如花淡，問歲今番喜稻肥。抑鮓持螯多勝事，舊詩記憶是耶非。去年重九前二日亦有此會。

王藻得蒸韻

插架參差錦數層，秋堂菊宴興飛騰。重陽已展復招客，三雅乍開還得朋。纔罷星餐兼水宿，來同棋雨共吟燈。酒邊握手笑相問，何似東西兩馬塍。

方士庶得歌韻

菊有黄花酒捲波，花光人影兩婆娑。片帆千里客初至，一瞬重陽秋又過。籬畔漸驚霜氣重，尊前莫惜醉顔酡。相逢笑口仍開處，把臂簪香更和歌。

馬曰璐得侵韻

（已見《南齋集》卷二）

黄裕得删韻

籬花高下勢縈環，疊作屏風戶牖間。十尺遥看霞蓊鬱，千層密砌錦斕斑。吟詩客擬柴桑里，冒雨人來石甑山。況有白衣重送酒，已過佳節復開顔。

陳章得元韻

節後黄花瘦一痕，爲懷秋老數開尊。堂中覓句人如舊，江上乘潮客到門。小雨對燈仍昨歲，殘香吹帽憶寒村。羣公可識鄉愁切，吴語蟬聯莫厭論。

閔崋得鹽韻

乍移籬菊淡香黏，初御江帆霽景暹。秋雨秋風連日好，名花名士一時兼。新詩别後閑相問，小酒燈前笑共拈。我輩交情同臭味，稍遲節物莫教嫌。

張四科得寒韻

虚堂文宴足清歡，采采籬花露尚溥。萬朶好教圍研北，一帆剛值卸江干。蝶愁前日知無數，雁信重來喜未寒。想得詩成過吕戌，短篷秋夢伴漁竿。樊榭九日過吕城，有懷廣陵同社之作。

題方環山所藏明寧王畫

胡期恒

帝子精翰墨，腕底出山川。尺幅自結構，片紙生雲烟。峯巒聳峭壁，棟宇開平田。中有宴坐人，高吟手一編。緬懷下筆時，揮灑殊翩翩。廬山最高處，雲出山之巔。每逢雲起時，囊雲自往還。氤氳散室內，如在洞壑間。以此爲笑樂，意氣如飛仙。此樂差不惡，絕勝綺與羶。雲中時出入，憂患誰能干。

唐建中

鏡湖今海岳，手眼兩擅場。屋如畫畫舫，今古慎收藏。寶繪三篋富，粉墨四壁張。我爲讀畫至，拚作一日忙。入門嵐翠撲，氤氳當中堂。松檜森盤拏，雲氣何茫茫。是日天微翳，忽若雨雪滂。問是何人筆，乃能變炎涼。拭眼辨小璽，前代寧獻王。我聞高帝子，餐雲如稻粱。日遣匡廬使，收雲滿革囊。放之雲齋內，縹緲看翱翔。有時磅礴起，解衣師飛搶。罨山山欲動，貼水水生光。當其圖此日，無乃在南昌。請看尺幅際，靉靆蓊薈薈。何怪挂君屋，不受帷幕障。他樂不敢請，移牀臥其旁。恐是廬山影，五老相頡頏。更聽瀑布響，非獨雲可望。君言君休矣，且起引一觴。明朝請臨此，送君光文房。

程夢星

環山擅畫理，墨妙罔弗搜。中有寧王筆，松桂森高秋。偶爾挂東室，但覺烟光浮。王昔遷南昌，韜晦崇清修。攝雲廬阜上，鼓琴緱嶺頭。坐臥在巖壑，仿佛神仙儔。譬若王子晉，揮袖雲雪收。以茲自寫照，尺幅窮深幽。主人不羈士，堪與臞仙侔。面壁日晤對，何異匡山遊。

馬曰琯

（已見《沙河逸老小稿》卷三）

厲鶚

寒齋延明曦，壁訝數峯接。其下松檜陰，鬭水穿石折。巖扉中有人，停琴展幽牒。侍立雙玉童，空翠衫袖裛。我疑盧鴻一，期仙磴可躡。諦視出寧藩，珍重墨林笈。高皇十七子，龍種何蹀躞。晚年期沖舉，自抑金川捷。倖非七國敗，思與八公揖。此圖寄意耳，深蘿神隱愜。渾如匡廬雲，尚裊草堂頰。太息南昌城，空宮填落葉。

方士庶

朝暮望雲氣，畫山山絪縕。寧王遷南昌，日與廬山親。囊雲恣幻想，遂著雲頭皴。吮豪對五老，逸氣凌湖濱。功成厭華屋，老邁憐芳辰。琴書松桂間，韜晦兼養真。細泉鳴咽流，高峯突兀伸。百年無限意，曲筆傳心神。茫茫西江水，繪事留千春。

王藻

高齋巨幅懸，宛睹囊雲縷。審視皴瓢工，名貴氣罕伍。巖巒列如屏，松檜鬱若廡。林中著草堂，有客琴獨撫。此圖寧王爲，藏自墨林父。上有朱印鈐，珍重出御府。遼左昔剖珪，靖難成肺腑。未乃從豫章，學仙慕沖舉。雲齋境幽清，西山對南浦。游藝托丹山，翰墨妙如許。應與畫蝶人，風流映今古。太息四葉孫，覬覦失茅土。想見國除時，鈿軸散如雨。

馬曰璐

（已見《南齋集》卷二）

陳章

臞仙愛囊雲，胷次神雲活。有時勃然興，豪翰寄塗抹。此幅追宋元，刻畫到毛髮。戍削疊峯巒，蔽虧隱松栝。茅堂中有人，端居意軒豁。豈其功自矜，屈抑氣莫遏。翻爲霞上想，撫琴應疏越。靖難乃何名，蕭牆佐劫奪。何必學長生，作事已乖剌。只餘墨妙存，寒齋共評跋。

閔崋

劉安昔好道，世遺《鴻烈》篇。權也慕兹術，亦有繪事傳。其筆頗疏秀，松檜方森然。三溢彭蠡水，九疊匡廬烟。乃知落墨時，不在移藩前。林間著精廬，有客真臞仙。骨相常人殊，巾袂何蹁躚。懿此秋景澹，仿佛囊雲天。惟王晚嗜學，欲比間平賢。將毋心中怨，寄意琴上弦。主人今畫師，直追迂與顛。以此懸素壁，六法當差肩。

張四科

鞍馬江都畫，蛺蝶滕王圖。總以天潢貴，筆墨留寰區。偉哉明寧藩，自稱列仙儒。繪事亦精詣，尺幅烟雲腴。高峯散枝蔓，古松含笙竽。三間草堂小，百疊流泉紆。中有危坐人，横琴寄清娱。自放囊中雲，罷著肘後書。寫此託遐想，宛遊緱嶺隅。我聞移封初，怨望無時無。忽作日蝕詩，黄屋生覬覦。晚節乃懼禍，沖舉思仙都。謚竊河間美，驕寧淮南殊。致令黄石磯，故國終丘墟。於今三百年，匹紙秀不渝。寒齋一展玩，往事堪嗟吁。

冬日小集行庵分詠

胡期恆得詩狂

落紙自翩翩，雲烟滿目前。勢翻千尺浪，思入九重天。豪氣吞餘子，高情邁謫仙。驪珠最先得，萬古已爭傳。

唐建中得詩律

劉叉妄語兒，膽大莫論詩。節奏如調樂，森嚴比出師。別才終少理，野戰豈云奇。老去偏能細，唯應子美知。

程夢星得詩囊

空囊何所有，一字抵兼金。欲藉丘遲錦，收將李賀心。行時尋斷句，歸處足清吟。骨董聊同滿，放翁詩：『詩成讀罷仍無用，聊滿山家骨董囊。』無勞事槖簪。

馬曰璐得詩壇

（已見《沙河逸老小稿》卷三）

汪玉樞得詩城

何處誇詩境，吟成迥不同。金墉生句裏，銕甕峙篇中。高築緣思勁，先登仗筆雄。隨州傳五字，屹屹孰能攻。

厲鶚得詩債

平生何所負，多在苦吟間。興爲千篇懶，貧非一字慳。逢花無處避，見雪隔年還。寄謝敲門者，霜髭撚未閑。

方士庶得詩壁

苦吟誰㳟壁，隱約走龍蛇。雨積因侵蘚，塵封不護紗。愁心能寄託，醉筆自欹斜。繞柱閑吟處，情深是憶家。

王藻得詩材

欲擬淩雲構，何煩獺祭勞。元音徵二《雅》，香草拾《離騷》。類任紛綸聚，辭須採擇高。集裘兼釀蜜，不易是宣毫。

方士庶得詩筒

盈尺詩筒便，清吟爲置郵。封將千首麗，寄與一時愁。楚竹從裁截，蠻箋任卷收。漫勞魚共雁，兩地得賡酬。

馬曰璐得詩國

（已見本書《詩歌輯佚》）

陳章得詩將

策勛憑兔穎，吟席擅風流。正印曾傳杜，偏師欲犯劉。江山供夕戍，烟月入春蒐。別有麒麟閣，真輕萬戶侯。

閔崋得詩仙

筆染三危露，思成九轉丹。偶教詩句出，剩被世人看。題處無年月，吟時似鳳鸞。空山值儔侶，奇服切雲冠。

陸鍾輝得詩瓢

八月翠壺剖，殷勤檢舊吟。腸枯託枵質，丸撚納虛心。入水流將去，隨風送不沉。山人姓誰識，見此有知音。

張四科得詩禪

不離文字外，別有辯才天。常向三乘入，杜荀鶴詩：『常將二雅入三乘。』如持半偈堅。悟能超色相，妙豈落言筌。若與論成佛，應居瘦島前。

冬日田園雜興

程夢星

霜入千林落木空，只餘松栝尚青蔥。是誰種下絲棉子，留得溪南幾葉紅。

乘屋誅茅早禦寒，矮牆繚徑盡教寬。朝南獨闢窗三尺，要放青山雪後看。

朝曦漸入草堂深，卯酒三杯且自斟。捲卻蘆簾搔背坐，老人猶有負暄心。

占年風俗久逾諳，粉米成團酒滿甑。笑逐鄉人求利市，火盆燒罷照田蠶。

馬曰琯

（已見《沙河逸老小稿》卷三）

厲鶚

稻堆高築似茅庵，門外霜風淨遠嵐。連歲冬春多不賤，殷勤回首語丁男。

黄獨初香撥甕清，百錢布被暖平明。渠儂笑向蓬頭婦，不識冬心過一生。

村夫子已渡家江，下學兒童樂未降。急就□□新影字，障寒恰恰與糊窗。

里正醵錢共賽神，嚴宵無警俗還淳。年終點檢街彈室，不到倉中納穀人。

王藻

去歲收成過十分，今年又喜稼如雲。太平風景從何見，打稻歌聲月下聞。

霜橘枝頭映日鮮，摘來賣與賈人船。尚餘數顆教休採，留取新年供佛前。

熙熙婦子候柴扉，樹杪彎橋正落暉。送了租糧與田主，大船載得小船歸。

臘鼓聲聲度歲華，尚餘忙事在村家。纔分白酒封缸面，又把黄茅蓋韭芽。

方士庶

終歲勤劬此暫閑，坐看清景滿田間。霜寒翠斂平疇麥，雪霽青來繞屋山。

輸罷官租稻貯倉，丁男漸長女初長。東鄰西舍紛簫鼓，贏得村村嫁娶忙。

風雪俄驚四九期，望中疏柳暗前堤。析薪不爲樵蘇計，更向沿河插幾枝。

到眼風光取次催，籬邊漏洩見寒梅。草堂已有春消息，不用騎驢折得來。

馬曰璐

（已見《南齋集》卷二）

陳章

屏當連枷穀滿囷，莫將豐樂忘艱辛。團圞曝背談興廢，只有鋤頭不誤人。用文信國書中語。

此日人牛相對閑，寒林疏瘦映柴關。黃雞白酒隨時足，臥看西南懵懂山。

兒童下學惱比鄰，抛堉池塘日幾巡。折得松梢當旗纛，又來呵殿學官人。

黃葉溪橋村路長，挫鍼負局客郎當。草花插鬢偎籬望，知是誰家新嫁娘。

閔崋

清晨鄰叟款柴荊，布襖胖肛笑出迎。大好茅堂供客具，餅如盤大見秋成。

共喜今年歲有儲，南村兒子北村姑。春風未返河冰合，處處朱陳嫁娶圖。

驢背田翁傍晚回，繞身兒女笑轟雷。城中完納官租了，帶得泥嬰面具來。

家家釀酒不須酤，自爇柴頭熱滿壺。共慶冬來見三白，頓教蝗子一時無。

陸鍾輝

比戶歡呼是有年，茅柴醉了便安眠。布衾投曉繩牀暖，稻稈新鋪軟勝綿。

田中飢雀啄殘雪，門外寒牛臥夕陽。小臼新舂雲子白，自燒松火飯炊香。

茅屋雖低絕市囂，斫來枯木疊成橋。護堤預備春流漲，更向溪邊插柳條。

曉日烘晴山放青，天河昨夜沒犁星。田家無事慵朝起，凍損梅花供佛瓶。

韓江雅集卷七

漢首山宮銅雁足鐙歌爲嶰谷半查賦

盤下銘云：『竟寧元年，護爲內者造銅雁足鐙，重四斤十二兩。護武嗇夫霸、掾廣漢、主右丞賞、守令麋、護工衣史不禁，首山宮內者弟廿五受內者。』〔一〕

【校記】

〔一〕此銘文漏字、錯字及標點情況，詳見《沙河逸老小稿》卷三《漢首山宮銅雁足鐙歌》『校記』。

鄭江

漢承秦弊崇淫祀，赤帝肇興增北畤。諸布諸嚴列羣望，小鬼紛紛何足紀。滿壇列火燦如星，燭天共仰神光美。名山有三首山一，庋懸之禮同太室。相傳黃帝嘗巡遊，武宣以來所咸秩。竹宮望拜萬炬明，何假藜光然太乙。扶陽作相秉儒術，祀典頗正前皇失。匈奴上游來厭人，壯髮鉅公因遘疾。鯫生歸咎羣祀廢，改元竟寧祈叶吉。祠官墜典盡復興，範銅重鑄雁足鐙。將以然脂照肸蠁，從此福祿如川增。中官勒名謹監護，明禋肅肅咸祇承。鐙成未必躬享獻，俄頃龍輴入渭陵。首山本是鑄鼎所，鼎成龍馭亦上升。此物流傳到今世，土花剝蝕寒光凝。淫祀無福有左券，竟寧往事宜爲徵。

程夢星

竟寧元年西漢時，銅鐙雁足鐫銘詞。厥數四斤十二兩，下距方模上重規。監鑄護武嗇夫霸，主右丞賞守令糜。掾廣漢與史不禁，更有護工其名衣。護爲内者受内者，列次二十第五枝。維昔武帝尚祀祭，上林首建神君祠。宣帝時復修故事，亦建四祠於膚施。元帝即位遵舊儀，首山采鑄容有之。竊怪園寢廢廟享，夢中譴責生憂思。祖宗鉅典屢罷復，紛紛崇祀夫何爲？碧雞金馬杳難致，空續短脛同鳧鷖。一鐙小物那足重，是誰寶護完無虧。馬君兄弟雅好古，百金購買藏書帷。五十一字猶可辨，二字剝蝕姑闕疑。不惟其器惟其制，古人創造殊精奇。當時然膏肅午夜，齋宮想見通靈祇。小窗篝火檢漢志，彷彿如與神仙期。

馬曰琯

（已見《沙河逸老小稿》卷三）

厲鶚

蒲阪首山青逶迤，黄帝鼎成龍胡垂。戰且學仙事絶奇，茂陵劉郎始祝釐。流傳奕葉敦書詩，猶崇祀典敞雲楣。妍娥無姘夕侍祠，金釭如虹摻手攜。望靈之來月出時，神光下屬風披帷。翩然而逝不可期，勞心悄兮煎蚖脂。陰精沙麓祚始衰，效祥安得齋房芝。後代蛤彩瑩瓊肌，不照綠綈方底兒。此鐙行第人見之，細數瑤瑟彈冰絲。銘字儼如沙畫錐，内者嗇夫掾丞令。年是竟寧嗟已竟，制器尚象古示儆。隨陽有序亦天性，銅花涵碧秋水淨。雅勝羊頭與鳳柄，夜涼可親宜放鄭。千年瓠史寄閑評，君家自發短檠詠。

張世進

曩讀山谷與友書，製鐙欲仿雁足模。遺規云出漢宣季，舊式曾見考古圖。馬君好奇得其一，寶惜無異璠與璵。閑招朋好競傳玩，置身宛在西漢初。造成實自孝元代，銘字鑿鑿無模糊。漢家禋神例用此，兩朝鑄作應弗殊。高靈館中昔陳設，曾照祝宰奔羣巫。竟寧改元祇半載，器成帝已升鼎湖。齋宮備物祈壽考，寧知禱祀終成虛。於今不作祠祭用，入夜常伴文史娛。秋窗嗷嗷淒響過，寒焰耿耿清宵孤。苕亭恍睹拳足鷺，蹙縮儼對短脛鳧。當年並列若鴻序，此際獨立成雁奴。世間萬物有聚散，烟雲過眼言非誣。雪泥指爪偶留得，肯隨短檠拋牆隅。

趙昱

古器盤薄存形模，虎彝擬周雌敦虞。何來雁鐙遺制異，土花綠蝕延單跗。竟寧紀年自漢代，銘刻字畫雜繆殳。首山之銅良可采，昆田珍物來神區。當時用之致齋祓，幽宮熒熒昭貙膢。今也摩挲列几席，一鐙還與無盡俱。似我眵昏等魚目，獨憐背檠明雪顱。憑空結寫爲覓句，難描秋菌工春蒲。遙羨紛紛鬬雅什，考古作繪旋成圖。

丁敬

石漬土膠綠青赤，銅魄銅魂已消釋。短檠矗矗未一尺，蹼足鑄翻沙上跡。循檠細銘好摩挲，歪匾聯綿勢遒迫。野夫怒看竟寧字，傾城恰爲呼韓置。受鐙內者是何人，親見尤應涕滂泗。火德尋爲禍水消，倦燼寧勞劫風碎。首山靈瑣莽蒿萊，髑髏噓焰碧於苔。大風不掃愁雲開，雲中赤帝空徘徊。《三輔黃圖·首山宮》：『武帝夢高祖所作，以爲高靈館。』形模莫使嗤偏隻，一足曾揚子卿節。斗酒高燒讀《漢書》，定有餘光出東壁。

方士庚

首山遺器苔花青，短距兀立光亭亭。取象於物肖厥形，隨揚爪印寒沙汀。輪廓圓整周以銘，建昭之末更竟寧。四斤有羨兩有零，數符夜月彈湘靈。維帝用饗青熒熒，布如棋局羅有星。吉蠲爲饎陳苾馨，神其陟降雲中軿。罡風陣斷行竛竮，鶴辭華表鵬飛溟。守器不失嗟挈瓶，一夔蹻峙牆隅腥。神物之來誰使令，幽紅熠耀雲母屏。光騰絳帳傳遺經，用代映雪兼囊螢。彷彿夜色燎在庭，著書與爾垂千齡。

馬曰璐

（已見《南齋集》卷二）

杭世駿

名山八所青崿嵁，五在中國蠻夷三。首山銅出光蔚藍，太乙裝炭龍下探。嬴顛項蹶六合龕，卯金裁宇崖谷塹。倒茄狎獵夕景含，竟寧親祠泰時南。萬靈集會接珮簪，颯然風動聞妙谽。銅盤焰焰燭正燂，青楂斸髓蚖吐甜。千枝紅匝影互參，就中行次立可攙。陽烏斂翼意小憨，翹足企厲不得趻。兩不滿百力任擔，鐫寫古銘如細蠶。幸不蝸蝕飽蠹蟫，五十一字名號覃。護工衣史官埶諳，證漢禮器口閉蚶。邃父淹洽面發酣，藉此補史如問郯。至寶閱世方壽聃，樸古不厭貪夫貪。馬兄易以金一甔，三冬漁獵隨行庵。細然蠟鳳照玉函，土花青映柏子潭。恰與異士鏖苦甘，漢家郊祀志嬰媕。風臺鬼道張怪談，奉時獨有元皇堪。齋宮棧齾換夕嵐，是鐙親迓玉輅驂。勸君慎勿供宴湛，議禮毋對匡貢慚。

陳章

銅仙辭漢無留跡，折斷金莖土花碧。雁起圓沙雙復隻，曾備祠宮照瑤席。抉剔細篆竟寧年，呂氏薛氏未睹焉。當時黄帝采山處，訾黄不下心煩悁。瓊臺玉宇何戡戡，蘭膏爭耀燒雲嵐。豈知甲觀釀禍水，火德欲滅誰能參。衆嫭成行綽奇麗，綷縩香袿風細細。景吐丹霞四射時，不愁月没光能替。陵谷遷移何處得，一足獨翹秋雨色。羨君好古癖搜羅，亦似冥冥弋人弋。

閔崋

漢代製物備禮儀，要佐爟燎通神衹。無足曰鐙有足錠，厥器命名毋乃違。神爵年見五色雁，得非鑄象爲之祠。嗣主守文亦繼造，上紀職某其名誰。次第若破素女瑟，字畫尚法秦相碑。想因罷廟被靈譴，亟令内者更鑄爲。當時列炬祀午夜，韋匡貢薛紛相隨。千官行序儼鵠立，光熊熊閃飄鸞旂。氤氳香屑撒滿地，至誠上格龍髯垂。豈知此鐙二千載，土花碧蝕光陸離。幾番顯晦閲人世，真似爪跡飛鴻遺。首山之宮已無有，首山之銅今在兹。炎精銷歇剩短檠，清光冷射詩人帷。讀書藉汝眼如月，更考古篆兼銘辭。笑他山谷未經見，擬仿上林鐙一枝。

全祖望

壽寧堂中雁足鐙，依稀題字漢竟寧。誰其造者紛列名，稽百官志官可徵。漸磐遵陸雖不勝，猶帶首山雲空青。當年茂陵慕軒后，脱屣妻子思飛行。八神五帝各致祭，直自蒲隰連蓬瀛。歷昭及宣莫敢替，晉巫領之薦明馨。橋山龍髯渺何處，溯以雁足杳冥冥。跂望烏號下太清，赤符之火天不夜。鶉鳥有咮噦中星，鳳膏燭與魚膏并。夜深軒后來陟降，鉅鹿神人遵神旌。徂賚天子且長生，豈知紀年讖已成。嗣皇燕尾啄傾城，新都巨君奏蛙聲。可憐雁足跰莫撐，誰爲高廟噓炎精。何況首山之荒庭，劫灰已盡邀呵護，飛落淮南雙翮零。山館書籤侔七略，太乙藜照來五更，古銅潛發光熒熒。哦詩弗類齋宮銘，笑指雪泥爪印橫。

趙信

首山銅鋌漢氏遺，短檠涵綠光離離。盤腹銘篆追秦斯，示我百讀口囁呪。雁足蹼連無危踦，竟寧元紀內者治。當年陳列齋清祠，古器等量輕重夷。斷然不爽銖與錙，五鳳鑪式應類茲。信哉漢物夫奚疑，吾友半槎寶鼎彝。獲此尤愛形模奇，廣陵雅事酬歌詩。招邀亦采葑菲辭，我欲乞許俟後期。秋堂相對明書帷，金錯斑璘勝九枝。駝頭鳳腦殊妍媸，曾聞山谷意仿爲。鎔錫製巧尺寸宜，惜不於今一見之。淳樸定愜高人思，容與摩挲感盛衰。鐙乎鐙乎千古垂，渭陵不照徒嗟咨。

張四科

君不見穆王鳳腦冰荷覆，八駿西馳渺難覯。又不見秦庭青玉雕五枝，咸陽一炬靡孑遺。百二金枝照宮掖，駝頭螭口無遺跡。幸得冥冥隻影留，數比湘靈瑟初擘。當時鑄近黃帝祠，守受內者爲專司。一拳巧像陽烏足，彷彿蘆汀立雨時。考古之圖曾瀏覽，規矩形模猶可鑒。那知繼造亦有人，首山宮非上林監。想當神爵鑄成初，玉殿清宵故劍俱。弓繳纔羅窮海羽，自剪釭花展帛書。竟寧元以匈奴易，遂令君王輕國色。長門深夜爇蚖脂，嘹唳聲中自悲惜。此鐙雖小閱蒼涼，遠使遠嫁俱可傷。自墮劫灰無覓處，卻入詩人絳帳旁。詩人詩史千鐙續，更占柳家兄弟目。銘辭拓成蟬翼輕，土花洗出鸜哥綠。懿此癡頑蒲阪銅，寶之好擬烏號弓。何妨千載光華再，繼晷焚膏夜相對。茫茫往事似飛鴻，沙上偶然指爪在。

趙一清

有客有客廣陵至，春去秋來雁臣似。千里書傳風雅編，我一見之發欣喜。偶然買得首山銅，古鐙製法稱精工。雲回細縷黝比漆，護內者造竟寧中。竟寧天下永安寧，吹簫度曲聞宮庭。禍水未幾滅炎火，漢家事業從凋零。太息武皇作法涼，神仙太乙祠齋房。黄金可成河可塞，文成五利俱荒唐。此器胡獨傳最久，豈是天工令鬼守。當年紀實視銘文，按刻更不煩少君。短檠分與讀書勤，永夜奚羨蘭膏焚。

戴文燈

赤符運去銅盤徙，仙人清淚流如鉛。金凫銀雁出荒冢，珠簾甲帳隨飛烟。閑從西京尋雜記，良工巧製紛羅騈。博山之爐尚方鑑，樽匜盉盎刀布錢。宣和古圖更縷縷，得者不惜償千緡。玲瓏館主耽嗜古，索我雁足鐙檠篇。摩挲歲月略可識，元帝竟寧之元年。內者嗇夫掾某某，銘分小篆形則圜。當其範金鑄爲器，祠祀軒后光熒然。金釭銜壁四流耀，雲罍雕俎同告虔。孝元洞簫最幼眇，度曲分刌妙極元。制器尚象發新意，想見秋陣嘹長天。割來一足炳乙夜，神全不必須形全。是時明妃已遠嫁，燈昏無乃傷嬋娟。愔愔千載發遐想，惜哉班侍中不傳。前漢寺人不與政，裁供給使無定員。厥名內者各有職，豈若常侍顓威權。土花暈碧斑血殷，清閟高閣篇章連。招邀更約李少君，齊桓柏寢談因緣。

初夏行庵同用謝康樂首夏猶清和爲起句並次其韻

胡期恆

首夏猶清和，興來不暇歇。晨起步前庭，露晞星未沒。盥櫛岸綸巾，蕭蕭滿華髮。念我同志人，相思迨明發。十日不相見，何啻三秋月。忽聞有嘉招，門限踉蹌越。僕夫整籃輿，駕言出城闕。惠風清雨餘，佳景詎可忽。綠葉棲殘紅，毋令輕剪伐。

唐建中

首夏猶清和，遊人殊未歇。古寺新綠中，鶯燕空出沒。高柯罥晴絲，十丈縈一髮。行庵何猗猗，一雨竹萌發。疏可延清風，密不礙明月。微籟戛玉琴，希聲正清越。故躅久荒蕪，願君補其闕。努力崇明德，修名非倏忽。請看謝家樹，千載詠勿伐。

程夢星

首夏猶清和，祇林宿雨歇。開軒風與俱，轉徑蕪未沒。澹景濯塵襟，幽意入吟髮。井梧青乍引，園籜綠競發。柑酒及鶯時，桑麻瞻蠶月。村歌既清婉，梵唱亦疏越。聊以隔市囂，頗足靜心闕。但知遊賞佳，不覺年歲忽。泉石浹膏肓，錮疾詎容伐。

（已見《沙河逸老小稿》卷三）

馬曰琯

厲鶚

首夏猶清和，林風吹不歇。高會憶隔年，原阜雪中沒。及茲重連襼，流光感齒髮。社已灌佛過，興爲尋詩發。虚館映餘花，崇臺佇涼月。同心泯幽遐，秦吳問楚越。懷人期未至，選勝約寧闕。時恬齋不赴。宅愛謝公存，苑弔隋皇忽。澹景歸沖襟，頤神庶無伐。

方士庶

首夏猶清和，欣此新雨歇。密樹互陰森，流鶯頻出沒。轉憶送春時，相距才一髮。經眼花易零，過牆筍競發。不是貪盤遊，常恐虚歲月。結契協宗雷，肝膽匪胡越。披襟風滿林，對酒月初闕。舊賞渺何處，尋幽意恍忽。高談窮藝林，庶幾毋克伐。

王藻

首夏猶清和，游賞詎易歇。憑臨暢遠情，目送飛鳥沒。朱櫻正含唇，綠楊亦如髮。恢召芳序交，軼蕩幽興發。不因偕素心，曷以陶嘉月。況當甘澍過，霑足遍吳越。幽泉溢井痕，遠岫褰林闕。餘英掃地空，新筍過牆忽。共矢大雅音，聊亦嚴步伐。

方士庚

首夏猶清和，風光未消歇。麥秀岡壠平，雨霽塵埃沒。閑閑桑柘園，光潤類鬒髮。高蔭林鳥喧，淨淥池荷發。閑撫石上松，坐待天邊月。何地無亭館，對此欲飛越。翻笑簪組人，心依烏集闕。輪蹄日奔馳，好景半輕忽。勞逸自有殊，毋嗤太矜伐。

馬曰璐

（已見《南齋集》卷二）

陳章

首夏猶清和，散策遠鍾歇。霄澄纖雲馳，徑微積草没。餘花豔灼眸，初篁涼浸髮。索居情易頹，偕遊興還發。棲幽卽深巖，摘芳緬昔月。流景感蕭衰，遙鄉嘆吳越。泛川夢自繁，陟巘蹤仍闕。獲境且少安，求聲奚敢忽。朋歡期歲寒，嘉樹保勿伐。

閔崋

首夏猶清和，佳遊不暫歇。言從江上還，未及白日没。嘉林開芳宴，餘花照華髮。況多素心侶，能令高興發。且持故人酒，更待今宵月。禪棲鍾磬聲，隔院度清越。吟懷一以適，樂事庶毋闕。黄綺安能期，嵇阮詎可忽。相與憺忘歸，城頭鼓初伐。是日遊江村始返。

洪振珂

首夏猶清和，麥寒午未歇。窈窕翳陰深，穿林時出没。芳意裛輕裾，冥情搔短髮。雞腔自成叢，鴨腳相映發。遐企東山蹤，知閲幾年月。裙屐共遷延，觴咏興飛越。掃地結香茅，芟蕪露石闕。幽禽想流囀，晴飆坐飄忽。詩成步芳躅，曷敢存誕伐。

陸鍾輝

首夏猶清和，流鶯聲欲歇。花疏蜂尚遊，苗短鶴未没。微風韻松釵，涼陰潤石髮。茶膏蟾背生，火活魚眼發。散步開昏鍾，高吟待華月。新詩續大謝，舊雨來於越。夜擬宿珠宫，焚香望天闕。芳事去堂堂，幽懷坐忽忽。塵務幸無羈，輕舉祛攻伐。

張四科

首夏猶清和，高館眾芳歇。緒風林表披，深草井眉沒。開門挹佛香，掃塔禮僧髮。道心寂歷生，天光泰定發。歡言念儔侶，舊事感歲月。同心盟不渝，初筵禮無越。寧比涼蟾輝，盈盈易負闕。將歸孤磐催，欲下斜陽忽。詎肯無所營，稱詩卽功伐。

五月十二日集篠園

胡期恒

積雨初晴後，鶯花已過時。低荷浮密葉，嫩籜解孫枝。休夏招嘉客，聯吟綴小詩。城西富池館，惟此愜幽期。

唐建中

平安問竹圃，蕭散向荷池。尚是無花日，還當有筍時。鳥喧陰晻藹，魚樂水瀾漪。吟賞由來數，偏輸此會遲。

程夢星

泛艇乘初霽，荒園夏景深。林藏昨夜雨，雲度半湖陰。與客分磯釣，有時穿竹吟。更期新月上，小閣坐横琴。

馬曰琯

（已見《沙河逸老小稿》卷三）

汪玉樞

陂塘朝雨歇，亂翠潑林丘。放艇乘新漲，支筇覓舊遊。荷圓初識夏，竹暗早如秋。此地無塵事，斜陽爲小留。

厲鶚

虛亭俯烟渚，客到眼初明。沙柳侵天影，風蒲學水聲。醉宜搖櫂去，詩向倚闌成。地主饒幽興，留連待月生。

王藻

將近黄梅節，園林未鬱蒸。新荷初貼沼，老麥已空塍。幽意水邊得，閑心物外澄。塵埃役役者，爭似我儕能。

方士庶

郊園饒野趣，乘興此幽尋。老樹深藏逕，新篁嫩結陰。酒從林下飲，詩向水邊吟。爲愛蕭閑地，朋儕暫盍簪。

馬曰璐

（已見《南齋集》卷二）

陳章

閑門涼樹合，小艇碧流通。長夏名園好，清言故友同。竹深穿落照，池淺疊微風。荷葉紛披處，還思下釣筒。

閔崋

幽意滿湖村，扁舟直到門。柳涼通水檻，竹翠映風軒。默與魚鳥會，閑尋樵牧言。所欣人境外，歌管靜無喧。

陸鍾輝

郊原新雨後，眾綠一園齊。弄舌鶯聲老，生仁梅子低。晴雲吹粉絮，野水湛玻璃。結夏重來此，長廊覓舊題。

夏至後一日小集行庵時雨適至以高青丘滿林烟雨聽啼鴣分韻

陳祖範得鴣字

隋京表淮甸，由來富文儒。騷壇與吟社，望走歸名區。風流今誰主，扶風二難俱。藏書傾四庫，作賦規《三都》。推襟復送抱，延賓色歡愉。茲當盛農月，招宴集林閭。急雨應候至，几席紛沾濡。催詩乃天意，霹靂馳神珠。高會狎齊盟，僕孱如莒邾。歌詩倘不類，斂賦胡足輸。移晷雨腳收，深林聞鷓鴣。吾輩句亦成，把盞相歌呼。

查祥得啼字

入夏雨澤少，仰天望雲霓。畏熱各裹足，斗室同雞栖。一朝遇折柬，行廚傍招提。坐中盡金玉，詞壇盛鼓鼙。相與蔭大樹，以次傾玻璃。烈日纔照屋，流汗已至臍。忽來霹靂聲，乃在牆角西。涼風吹籬根，決流走菜畦。樹頭亦掀舞，與風相高低。快哉各停杯，團扇棄不攜。此席例有詩，筆硯咸自齎。各抒今日懷，聊備他時稽。金谷亦偶然，西園倘攀躋。祇愁未沾足，不得慰耕黎。詩成日杲杲，還聽午雞啼。

胡期恆得滿字

《姤》卦陰始生，長日一線短。折柬召詩朋，欣然適子館。炎蒸氣方熾，帽脫衣更袒。嘉肴錯雜陳，食飽起漱盥。清風颯然至，雷雨忽盈滿。須臾日照廊，天青色如卵。小麥已登場，人方憂暵旱。茲雨頗及時，農功不可緩。雖無民社責，飢溺猶懇款。誰將七子詩，是日賦詩者七人。高吟被弦管。

唐建中得聽字

廣陵佳絕地，謝墅最爲勝。大樹傳晉代，十畝濃陰剩。我友如蔣生，樹下開三徑。時時招求羊，擊鉢共觴詠。亦有吳越賓，同聲自相應。頃聞蓮池好，雅動入社興。其奈述孔業，談經馬鄭並。胡然移講肆，去鬧依閑靜。由來辭夏屋，暫避使者乘。數武接行庵，偷閑期夙訂。兩公欣步屧，解衣縱眺聽。黃鸝忽無聲，暑氣炊若甑。一陰昨始生，蘊鬱寧遽孕。狂言嘲熱客，造榜天何勁。坐久倏灑然，枝頭少女迎。遠色起油雲，滿林昏若暝。急陣如翻盆，酷吏一時屏。乃知時雨化，惠我不待請。酒行誦新篇，穆如清風贈。觴罷雨亦止，青天懸皎鏡。

程夢星得烟字

梅嶺久寂寞，何來兩寓賢。行庵若相望，駕言籃輿便。招邀及小子，同賦聽雨篇。未卜五畝宅，寧求二頃田。種植非我事，所欣今有年。而況草堂上，涼吹炎熇蠲。雲重黯溝水，林密沉炊烟。旋聞羣鳥集，還見山榴然。永日足觴詠，胡爲紛管弦。坐待山窗下，皎月生嬋娟。塵囂耳目外，於吾何有焉？

馬曰琯得林字

（已見本書《詩歌輯佚》）

馬曰璐得雨字

（已見《南齋集》卷二）

一字至七字詩

胡期恆賦談

談。池北，溪南。喧丘里，訪僑郯。雕龍有技，捫虱無慚。天花飛點點，麈尾拂毵毵。稷下雄辭廣播，雲臺高議相參。卿相輸人可立致，誰能一味解分甘。

唐建中賦憶

憶。易忘，難釋。念故人，談在昔。杳杳冥冥，尋尋覓覓。酒半意低迷，夢回身反側。乍如杜老看雲，偶學達摩面壁。何事掀髯忽大笑，老年自省少年迹。

程夢星賦別

別。魂消，腸結。酒不辭，語先咽。淒風早吹，驪唱重發。芳草最無情，疏楊猶可折。愁看南浦春波，夢隔玉關殘雪。巴山聽雨記他年，剪燭西窗共誰說。

馬曰琯賦吟

（已見本書《詩歌輯佚》）

汪玉樞賦遊

遊。選勝，探幽。蕭寺畔，斷橋頭。尋梅小蹇，問水扁舟。五嶽懷奇覽，三山縱遠眸。逍遥不知遠近，汗漫無論春秋。秉燭人生行樂耳，每逢佳處一勾留。

厲鶚賦禪

禪。無住，忘筌。隨静坐，得安眠。不離文字，已滿中邊。話墮沾泥絮，心空透水蓮。世出世間超絕，想非想處悠然。何須更乞雲山衲，釧動花飛結淨緣。

方士庶賦望

望。天遥，野曠。花冥冥，波漾漾。百尺樓頭，數峯江上。海日自東生，雲山多北向。雨中春樹含情，烟外歸鴻增悵。憑高無處不消魂，雙眼斜陽須一放。

王藻賦醉

醉。忘憂，無事。羃花天，席月地。廣大爲鄉，沉冥有寄。江上阻風時，堂中滅燭次。縛來爲盜鄰篘，眠處誰疑婦肆。百年三萬六千場，日飲毋何得仙意。

方士庶賦歌

歌。宛轉，阿那。清興發，醉顔酡。花間拍緊，月下情多。音是王郎擅，狂同楚客哦。激越如聞小海，悠揚似唱迴波。低回幾曲闌干外，只有桓伊喚奈何。

馬曰琯賦聰

（已見本書《詩歌輯佚》）

陳章賦夢

夢。悠揚，飛動。驛燈昏，篷雨重。恍惚無痕，吉祥不恐。真仙海上俱，孤鶴松陰共。朝雲巫峽氛氳，春草池塘伯仲。白頭客帳正封侯，驚破一聲幽鳥哢。

閔崋賦笑

笑。非狂，豈傲。冠纓絕，接䍦倒。照水疾生，拈花機妙。莞爾獨成歡，粲然有同好。送客溪橋已過，下筆春山亦肖。一月人生得幾回，千金欲買須年少。

洪振珂賦病

病。郎當，伶俜。故交疏，人事屏。因得閑身，漸諳藥性。常愁夜雨深，早識秋風勁。何當渴似文園，竊比瘦於家令。支頤一枕費沉吟，欲學維摩理清淨。

陸鍾輝賦懶

懶。優遊，蕭散。非嵇康，學倪瓚。報書每遲，答客亦罕。高臥不知晨，停餐或至晚。階前積蘚忘除，榻上凝塵任滿。世人見我誤稱高，自信非迂亦非緩。

張四科賦閑

閑。隱几，掩關。膠擾外，睡醒間。從天所許，與物無患。林花隨意數，徑草底須刪。何處能消白日，相看不厭青山。清時有味知誰識，流水孤雲共往還。

小玲瓏山館對雪聯句

子月尚暄和（陳章），丙夜忽淒斂。初爲雨腳凍（厲鶚），突作風色憯。寒柝聲漸沉（姚世鈺），荒燈焰頻颭。撒沙響虛牖（張增），積素耀危檻。被池生廉隅（章），枕角冷圭琰。曙早起猶怯（鶚），氣嚴出未敢。庭空亂回旋（世鈺），石怪競粧點。緣隙罥若塵（增），堆簷覆成广。禽飢嘴難啄（章），兒戲手頻攬。眯目疑復隍（鶚），失足防入坎。毀茶多懶掃（世鈺），惜竹重宜撼。飄瞥竟聯聯（增），紛糅方冉冉。有客船阻歸（章），相與袪再摻。遙思大江白（鶚），但見同雲黯。交飛射鶩鴿（世鈺），急陣灑葭菼。玉峯迥可畫（增），銀浪疊誰犯。匿影閉空齋（章），促膝探祕檢。宛然鶴延望（鶚），儼爾魚聚槮。得酒歡喜生（世鈺），開爐噤痒減。地主獨能賢（增），羈人自多感。短景憐崢嶸（章），長年抱頷顑。斫冰待過淞（鶚），鼓枻擬入剡。何當問郵籤（世鈺），陽烏放朝昆（增）。

看山樓雪月聯句（存目）

（已見《沙河逸老小稿》卷三）

韓江雅集卷八

集補齋先生寓齋詠庭中老桂

胡期恆

小山無雜樹，叢桂自成羣。碧葉全承露，蒼枝半拂雲。子從天際落，根自月中分。待到清秋日，幽香滿院聞。

唐建中

桂樹老於椿，八千纔一春。來從廣寒月，留待小山人。利涉不爲棹，大烹寧作薪。乃知君子德，永與雪霜親。

劉師恕

醜石爲同伴，枯杉是一家。霜餘留病葉，秋老只疏花。偃蹇對吟客，婆娑窺碧紗。自經題詠後，景色一時加。

王文充

藥闌矜絕豔，誰復愛幽閑。老桂忽分詠，秋風許共攀。影曾森皓霸，老更傍孱顔。忝繼羣公後，閑情戀小山。

程夢星

避地三年客，還分一徑幽。誰將天上種，散作小山秋。開處領禪味，攀時感昔遊，淮南此招隱，吾道合淹留。

馬曰琯

（已見《沙河逸老小稿》卷三）

厲鶚

愛此連蜷幹，相依石丈尊。清虛傳舊種，雨露託孤根。閲世吹香遍，經春放葉繁。詩人頌嘉樹，長見照芳尊。

王藻

高館如山靜，連蜷桂葉濃。無心答桃李，有概伍筠松。古本聯珠舊，仙枝擢玉重。前身金粟似，隨意閲春冬。

馬曰璐

（已見《南齋集》卷二）

陳章

老樹三春後，新陰一院涼。露垂光嶷嶷，月上影蒼蒼。閲世瞻喬木，留人話晚香。秋風重把盞，金粟映簾黄。

閔崋

天上曾分種，淮南近作鄰。是香多麗月，有蕊不驕春。愈老如敦復，用《宋史》。初芳似郄詵。連蜷深樹底，可以宴嘉賓。

山館坐雨以雨檻臥花叢風牀展書卷分韻

程士械得書字

夏雨淨叢緑，涼潤襲衣裾。苔影上疏檻，桐花落幽廬。恣談有名嶽，縱目饒奇書。澹然謝塵事，冥心契古初。

高翔得檻字

山館閉深巷，足踐苔痕減。暑風灑涼雨，石骨青巉巉。花欹淡冪烟，竹密濕倚檻。接膝得同岑，塵情不我犯。

馬曰琯得卷字

（已見《沙河逸老小稿》卷三）

馬曰璐得展字

（已見《南齋集》卷二）

陳章得花字

暑雨欲三日，衹疑秋滿家。廊鳴青箬葉，徑糝紅薇花。帙散書千卷，人來天一涯。薏田來自吳興。尊前語儔侶，應不賦蒹葭。

姚世鈺得叢字

連陰甚暑雨，良會欣相同。依然文字窗，疑在菰蒲叢。客愁聽易起，炎景坐來空。弗因一尊酒，何以慰飄蓬。

閔崋得臥字

曉聞林鳩聲，喚我山館過。青青荷葉幡，磊磊梅子墮。當風滌煩襟，對雨耐清坐。轉笑戎葵花，狼藉苔階臥。

陸鍾輝得雨字

塵耳久聽瑩，愛此幽墅雨。初如擊筑鳴，漸作流泉聚。倏爾變涼燠，悠然忘客主。彷彿泛烟波，惟欠一枝櫓。

一字至七字詩

胡期恆賦蓼

蓼。清池，曲沼。花輕紅，葉淺縹。映月黯澹，隨風繚繞。梗斷珊瑚碎，顆墜珍珠小。祇容岸畔游魚，不著湖邊棲鳥。洞庭秋水闊連天，漁唱一聲歌嫋嫋。

唐建中賦桐

桐。嘉木，芳叢。封唐叔，樹衛宮。露引枝上，月照懷中。微雲滴疏雨，濃緑寫薰風。矯矯松心竹節，羅羅外直中通。嶧陽且莫誇琴瑟，留與鳳凰棲宿同。

劉師恕賦蘚

蘚。緑堆，青衍。緣清溪，上孤巘。錦繡横鋪，雲霞碎剪。細雨秋染深，落花春襯淺。閑門鳥跡常多，静室車塵自遠。竹裏微茫一逕通，詩客琴僧暫來踐。

程夢星賦篠

篠。無花，非草。愛烟籠，宜月皎。直節常標，虚中自抱。不問客還來，有時風爲掃。生梢未必干雲，密葉尚堪棲鳥。但令免俗瘦何妨，一日此君那可少。

馬曰琯賦蘋

（已見本書《詩歌輯佚》）

厲鶚賦蕉

蕉。大葉，靈苗。遮石角，出牆腰。綠窗影借，碧簟痕描。入夢涼如覆，臨書墨未消。風旆三更自語，秋心一卷無聊。畫師若遇王摩詰，雪裏依然學後凋。

馬曰璐賦荷

（已見本書《詩歌輯佚》）

陳章賦蓴

蓴。葉嫩，絲勻。牽泖上，點湖濱。青浮雉尾，紫映魚鱗。采采搖烟榜，依依礙釣緡。鄉夢三秋自遠，羹材千里稱珍。莫話垂虹亭下路，涼風愁殺未歸人。

閔崋賦蒲

蒲。宿鷺，眠鳧。生九節，傍重湖。青青可拔，獵獵難扶。因依唯澤稗，相識是秋菰。展帶偏宜翠嫩，織帆要待風枯。偎船一夜閑聽雨，跳碎疏叢萬斛珠。

解秋次元微之韻

姚世鈺得第一首韻

夏衣渡江來，忽覺單裌輕。薄寒中病體，鄉思緣秋生。杜悉書數紙，韓白鬢兩莖。古今猶有恨，客感休潛萌。

馬曰璐得第二首韻

（已見本書《詩歌輯佚》）

唐建中得第三首韻

朝夕弄藥裹，心不思醉鄉。出入倚藜杖，足難履周行。因病得閑適，如渴飲玄霜。次第數秋色，又對菊花黄。

胡期恆得第四首韻

金伏四十日，今年中伏二十日。愆陽驕且多。對食不能餐，奈此炎官何。西風忽吹帽，雲容淡秋羅。仰觀天宇淨，聊得慰蹉跎。

王文充得第五首韻

秋空叫雁過，輕飈掃微雲。碧翁絢爛極，爲此平淡文。亦復有濃豔，霜林赭如焚。停車坐相對，何處嬰塵氛。

馬曰琯得第六首韻

（已見本書《詩歌輯佚》）

劉師恕得第七首韻

羸軀授衣早，簷下秋風落。幽意入寒蟲，孤情結霜萼。古來達者心，此時常作惡。洞裏顔難駐，籬邊酒可索。

程夢星得第八首韻

嬉春難挽春，悲秋寧辭秋。灑酒香盈巾，插菊黄滿頭。笑彼苦形役，觸處多懷憂。不如山谷法，安樂號四休。

閔崋得第九首韻

秋苔及我榻，視之爲重茵。秋雲覆我窗，等之如浮塵。采擷園中葵，侍奉堂上親。隨分貧亦樂，大笑悲秋人。

陳章得第十首韻

不坐黄蘗禪，不燒丹竈烟。秋風入兩鬢，那得免蒼然。且與泛菊酒，可以延頽年。宋玉非豪士，一賦落言詮。

天寧寺僧房看掃葉以開門落葉深分韻

程士械得開字

掃葉復掃葉，風來聚復開。從教積黄雪，慎勿損青苔。煮茗留成片，炊粳貯作堆。老僧勤愛惜，持帚日徘徊。

馬曰琯得葉字

（已見本書《詩歌輯佚》）

厲鶚得深字

閑房黄葉滿，行迹重來尋。雙帚開還合，千林積已深。遥思天竺路，竟擁石泉心。踏雪期煨芋，因成冷淡吟。

馬曰璐得落字

（已見《南齋集》卷二）

陳章得門字

霜葉落行盡，僧雛方掃門。纔看除砌上，漸見擁籬根。聽雨閑窗寂，添薪石鼎喧。昏鍾人獨立，物理悟歸元。

題紙窗竹屋圖

程夢星

落日窗轉明，印竹影亦緑。把卷知有人，吟聲出寒屋。

程士椷

寒禽已定棲，凍鶴初斂翅。紙窗中有人，青燈照忘寐。孤吟雜雪聲，微風響竹翠。開圖值此時，迥絶塵間事。我欲偕幽人，静説歲寒味。

馬曰琯

（已見《沙河逸老小稿》卷三）

厲鶚

地爐茶熟硯生冰，風味渾如過臘僧。我是江湖舊行客，十年孤負一窗燈。

方士庶

老屋蕭蕭夜，誰爲不寐人。耐寒孤鶴伴，無語一燈親。對影憐形瘦，翻書任手皸。遙知窗外竹，風雪轉嶙峋。

王藻

展卷意無限，悠然感歲華。寒燈明竹隝，一鶴守梅花。玄晏先生宅，孤山處士家。今宵風景似，境趣兩幽遐。

方士庚

蕭蕭竹樹暗疏櫺，暖戀寒氊戶半扃。急雪灑空羣籟寂，嚴威侵夜一燈青。書延倦眼臨髹几，火爇微香出瓦瓶。要識此時閑意趣，只如老衲坐翻經。

馬曰璐

（已見《南齋集》卷二）

陳章

山空歲云晏，風雪閉柴扃。老樹半身白，寒燈一豆青。無人能載酒，有味是溫經。凍鶴時移步，依依人短屏。

姚世鈺

凍雲壓屋冷吟身，寒夜迢迢客夢頻。想見故園窗下語，一燈風雪待歸人。

閔崋

風雨歲行盡，此中方晏如。竹聲雙戶掩，燈影一窗虚。已得無聊味，仍翻未見書。寂寥吾輩在，珍重惜三餘。

洪振珂

蕭瑟近深更，虚堂雪意成。燈搖閑處影，竹偃静中聲。冷韻輸孤鶴，清吟遣薄酲。可知佳趣永，莫負歲寒盟。

陸鍾輝

急雪灑窗紙，折竹時聞聲。寒吟坐孤館，鶴與人俱清。寂寥書有味，冷淡心寡營。瘦影一燈共，歲序方崢嶸。

張四科

披圖得佳趣，竹屋夜寒凝。門外數峯雪，燈前一研冰。有人清似鶴，此味澹於僧。好是殘年況，翛然我亦曾。

七峯草亭遲雪以張伯雨山留待伴雪春禁隔年花分韻

胡期恆得春字

虛亭終日閑，幽境無與鄰。惟有百竿竹，森森高出塵。今年節候正，雨去聲雪宜及辰。重陰已凝沍，七峯更嶙峋。林深未飄粉，徑淨堪融銀。龍公待試手，散作無邊春。

程夢星得隔字

小亭隱竹中，看雪記往昔。欲訪袁安居，復試阮孚屐。風亂衆禽喧，雲同斜照隔。點梢微有聲，著葉未留跡。今年早作寒，至後須再白。矯首望年豐，兆瑞若可獲。

馬曰琯得伴字

（已見本書《詩歌輯佚》）

王藻得雪字

凍雲如墨凝，至後氣淒結。愛此竹外亭，苔石轉清絕。朝來數屐停，共待一林雪。瑤臺萬玉妃，幢節佇飄瞥。豫想灑枝間，碎響亂環玦。酒至吾弗辭，宵深敵衾鐵。

方士庶得待字

繞屋風颼颼，壓簷雲靉靉。頗愛亭前竹，歲寒色不改。想見雪落時，萬翠綴珠琲。巡階一引領，白戰尚有待。坐久忽小霽，欲去恐後悔。陰晴不可期，憑誰問真宰。

馬曰璐得禁字

（已見《南齋集》卷二）

陳章得留字

凍雲白顥顥，風竹青修修。山鵲踏低枝，對立語清幽。孤亭中有人，看雪曾此留。奇景想重攬，妙句愁冥搜。把酒問龍公，玉花再試不？凝眸看浩蕩，醉擁鹿皮裘。

閔崋得山字

短景正淒厲，雪意蒼茫間。對此草亭靜，況值人事閑。掃煎若有待，吟望難爲還。譬之結素侶，未至心先扳。坐深衣似水，瘦聳肩成山。玉妃來何遲，風竹聲珊珊。

陸鍾輝得花字

山石凍未釋，雀豹集簷牙。天公佇玉戲，四面同雲遮。北風聲拉颯，剪水將成花。小亭生晝靜，險韻分尖叉。但聞竹蕭蕭，不聞人語譁。何當見三白，豐稔兆歲華。

張四科得年字

朝雨不成雪，雪意凝遥天。駕言造竹所，蕭瑟棲寒烟。微溫戀石鼎，峭寒侵坐氈。恍若有所期，崢嶸感殘年。惟聞風動竹，四顧聲翛然。開門忽失笑，淡月照屋山。

分詠銷寒故事以題中字爲韻

胡期恆得宋子京修唐書

內翰擅風流，宫中呼小宋。英資適逢世，館閣遭柄用。性既慕豪華，材不勝梁棟。錦繡列幕帟，姬姜儼侍從。可惜《舊唐書》，改竄未爲中。史中應兩列，庶不失輕重。

唐建中得高太素商山白醉

商山禦冬銘，隨時得妙策。酒無通夜力，欲曙寒偏劇。醒眼看山窗，日已荒荒白。攬衣推閣出，負簷背可炙。何須飲卯酒，溫暖如醇醳。我欲獻天子，以表臣心赤。

程夢星得王龍標旗亭畫壁

唐人重詩歌，往往播樂籍。貰酒旗亭中，各以詩畫壁。拊唱首龍標，次及達夫適。冰心玉顔句，本自擅高格。黄河遠上篇，涣之亦偶獲。雙鬟妙發聲，應爲知己惜。

汪玉樞得王摩詰華子岡

右丞居藍田，近臘氣暢和。夜陟華子岡，清景紛駢羅。寒月遠映郭，玄灞静不波。龕燈聞犬吠，蕭然似維摩。鼎鉉讓難弟，感慨秋槐多。裁書邀素侶，寄與黄檗馱。

厲鶚得吕徽之米桶有人

處士家空山，何來竹戶叩。米桶忽聞聲，乃是無襦婦。向時寒齒擊，突出粲花手。語洗草木慚，義卻升斗受。既用食爲衣，不妨魚換酒。疏梅晴雪間，偕隱此良友。

王藻得李太白宮娥呵牙管

謫仙在御前，草制值晷短。天寒敕嬪嬙，屏立呵象管。絳唇籠冰毫，墨帶香脂暖。御手親調羹，遜此榮遇罕。想見衣不船，至尊任蕭散。何止沉香亭，硯外名花滿。

陳章得蘇東坡冬夜遊承天寺

蘇仙神骨清，夜寒不能寐。打門得友生，攜手入古寺。月影繪竹柏，參差浮滿地。枝枝營丘心，葉葉蕭郎意。俯仰身世忘，積水聊相儗。二老此風流，寂寞更誰繼。

姚世鈺得石虎燋龍湯池

消寒拾遺事，渦水記鄴宮。鑿池擬溫泉，執熱投銅龍。靚粧千騎女，出浴如春融。餘香染溝渠，流脂霑村農。盍學佛圖澄，洗胃開心胷。都忘橋柱下，倏致滅頂凶。

洪振珂得僧惟政荻花毬

山深寒到骨，韻事歸枯僧。江岸掃荻花，一團雲影凝。用以衛雙足，不慕纊與繒。茸茸雪色淨，煦煦春氣蒸。奇溫肯自祕，每共方外朋。豈知門外路，樵子行蹋冰。

陸鍾輝得范石湖頌炭

風流石湖仙，請老居石湖。清閑壽櫟堂，狨座依龕蒲。衰老怯山寒，說虎開深爐。奇溫不灰木，頌德良非誣。平生使燕山，攬轡冰在鬚。功成身亦退，乃足三冬娛。

張四科得周憲王送雪

同雲冪丹墀，一夜玉塵涷。風光朱邸新，嬪御競摶弄。盛以暖金合，戚里紛遺送。流傳到人間，慶賞開臘甕。賢王好事家，新詩更吟諷。比類憶囊雲，此段堪伯仲。

簷冰

張世進

春後飄殘五出花，流凘新結滿簷牙。隔窗玉箸千行落，當戶晶簾半額遮。向日稍聞聲淅瀝，隨風輕裊尾欹斜。阿環韻事今偷學，自擊瓊枝供煮茶。

馬曰璐

（已見《南齋集》卷二）

陳章

雪屋初融日復陰，排簷丁倒白森森。東南仙洞懸鍾乳，十八風姨挂玉簪。豈屬盈盤淩室掌，不驚綴樹達官心。擁爐闃寂垂簾坐，愛聽鏗然落地音。

閔崋

昨夜紛飛雨雪并，輕凘承霤結初成。乍驚玉箸垂空影，忽聽瓊籤墮地聲。豈有清衔同學士，敢將奇句鬬狂生。忍寒一霎推窗坐，錯擬風簾挂水晶。

張四科

昨夜凝寒雨雪皆，瓦溝冰柱一行排。海風吹斷棼絲瀑，水玉雕成折股釵。側睨泠光垂半户，静聞鏗響墮空階。祇愁暖日消融後，狼藉春泥污筍鞋。

送團冠霞入都

胡期恒

春寒纔欲減，花蕊漸生香。送客情無限，懷人路阻長。風雲增意氣，鞍馬有輝光。側席求賢久，行看入廟廊。

程夢星

踽踽鑾江子，才高遇賞難。豈甘終幕府，未許薄儒官。别思春蕪動，遥情候夜寒。不須愁日暮，且放酒杯寬。

馬曰琯

（已見《沙河逸老小稿》卷三）

汪玉樞

握手初逢處，文章誼自真。聊將春社酒，相送遠行人。淮泗河聲壯，青徐嶽色新。燕山在天際，入望軟紅塵。

方士庶

晤別卽今朝，園林雪正消。一尊離思滿，千里客程遙。黃篾江南舫，紅闌趙北橋。知君到京國，未及柳綿飄。

張世進

大別山前路，遊蹤憶昔同。江湖一尊後，聚散十年中。重喜拈春碧，旋看踏軟紅。歡愁并此夕，執手意無窮。

方士𢈪

京國傳芳譽，儒林仰異才。人從江上去，帆向日邊開。白社聊同醉，黃金舊有臺。河橋新柳色，相送幾徘徊。

馬曰璐

（已見本書《詩歌輯佚》）

陳章

逢君纔幾日，別我欲經年。後會知何處，相思定惘然。寒梅分酒白，春月上船圓。到及丁沽市，河豚荻筍鮮。

團昇

舊識行庵地，深依晉樹庭。風前初接席，雪後復揚舲。水過淮徐急，山連齊魯青。離筵今夕酒，嘿嘿感蓬萍。

閔崋

隔年纔握手，此地又分襟。白髮幾回別，清尊十載心。淮流春浩浩，江樹暮沉沉。送子燕山去，風前思不任。客秋冠霞返自楚中，宴會於此。

洪振珂

話舊十年過，征途別又新。野雲遮去路，江樹隔通津。暫飲淮南酒，旋衝冀北塵。故人如見問，莫道久沉淪。

陸鍾輝

纔返西湖棹，征鞍又北遊。去年逢舊雨，此日起新愁。酒旆春橋遠，奚囊好句收。漫言今夕別，燈月足勾留。

張四科

聞君聲籍甚，百里隔烟波。忽喜聯吟社，奚堪發棹歌。看雲上青嶽，計日渡黄河。遥憶停帆處，津門柳色多。

二月廿三日集續學堂食甜漿粥

胡期恒

君不見洛陽寒食伊川曲，士女丰昌車壓軸。湔裙祓禊晚歸來，纖纖捧玉桃花粥。又不見吴市簫聲二月天，珠簾畫舫繫門前。粥香餳白調金椀，隔岸飛花到綺筵。中州風景當年客，江南遊興今陳跡。朅來邗上汲江濤，細揀長腰炊釜鬲。南山種豆真珠圓，肌皮細膩白而鮮。一更浸水五更磨，涓涓漿出如流泉。兩美必合天然好，折柬邀賓須及卯。入口甘芳真味長，舉家食粥寧辭飽。

程夢星

君不見金鑾坡下車停軸，口香曾賜防風粥。何似宮中啖餅時，沾衣拭汗何平叔。又不見寒食江南三月春，桃花冷粥饋鄉人。但願乞鄰比虞集，底須善釀誇汪倫。先生閑情自高寄，如飲醇醪已心醉。偶然試效煮粥方，彷彿燕京舊滋味。於今江湖十載藏菰蘆，招邀往往興不孤。前年作羹調玉糝，薯甘芋滑凝瓊酥。朅來重到題詩處，蹋月欲歸留更住。晨炊宴起情所便，不夢天街騎馬去。

馬曰琯

（已見《沙河逸老小稿》卷三）

張世進

五侯之鯖大官膳，適意人生誰不願。世間真味知者誰，自昔珍羞讓藜莧。先生拂袖非江鄉，鼎食鍾鳴境久忘。獨有糜饘憶京國，特捋方法授廚娘。市兒屑豆初成乳，挈來旋攪長腰煮。芳香儼似合根源，玉色何從分爾汝。今晨會食高堂中，春寒頓覺回融融。豈如古寺斷齏梗，那羨左掖餐防風。養老何須定粱肉，徒勞鯁咽從旁祝。但須食粥致神仙，劍南有句吾曾讀。

方士庶

饌玉炊金窮水陸，一飽須臾厭粱肉。真味人間菽粟長，飢者腹充寒者燠。主人爲客飭中廚，作糜屑豆供朝餔。香粳適口豆漿滑，欣然飽飫清而腴。憶廿年前在京洛，呼童入市分瓢勺。劇憐風味尚依稀，重尋舊跡迴頭錯。糖霜未必勝齏鹽，致仙亦有張文潛。何似先生薄滋味，但覺舌本如蜜甜。幾日江城寒食節，餳簫吹偏花凝雪。綺筵春暖聽流鶯，杏酪分香更同啜。

馬曰璐

（已見《南齋集》卷二）

陳章

胡公歸老薄滋味，禁臠侯鯖徒爾貴。不教甘脆漫腐腸，只愛淖糜能養胃。屑豆爲漿米如玉，煮出沙瓶聞隔屋。泛膏方法自燕京，但恐吳娘蔥指縮。侵晨折簡喚客嘗，百花釀蜜清露光。已知山芋應輸滑，未識防風作底香。笑我萍蹤爲糊口，說餅鬭茶時亦有。屠沽酒肉世豈稀，淡成寧就山林友。渠碗連舉春寒支，風馳雨驟不須匙。濡毫免寫《平原帖》，捫腹聊追坡老詩。

閔崋

晝粥之味老益耽，濾得菽乳清而甘。方法定知傳冀北，調和略變似淮南。今晨餉客雙弓米，一碗盛來色香美。飽飫但覺拄空腹，痛啜底須愁折齒。廚娘續續費烹煎，更飣春蔬佐小筵。由來暈碧裁紅手，不負粥香餳白天。劇憐我老江鄉住，要知此味無嘗處。也如作客憶蓴鱸，騎驢何日京師去。

過玲瓏山館看玉蘭花

馬曰琯

（已見《沙河逸老小稿》卷三）

方士庶

無定遊蹤未老身，與君且喜是閑人。相逢春色濃於酒，更對高花白似銀。樓外好山遥點黛，座中芳草細鋪茵。殷勤照我如霜鬢，猶有天東月一輪。

方士庻

兼旬不到故人家，一笑相逢感物華。林下錦苞初迸筍，風前玉礙最高花。春光老至應須惜，幽逕閑來亦自嘉。況共題詩拈茗椀，石邊吟坐日西斜。

閔崋

春半園林畫不成，樓臺掩映最分明。石邊垂柳含朝雨，屋角高花破午晴。山館幾人同藉草，江城二月已聞鶯。不知拄杖探幽客，西澗中峯何處行。竹町、南圻遊攝山未返。

采蘋曲有序

白蘋以吳興得名，好事者往往扁舟遠致，移種盆池間，競相賞詠。頃有采自揚子津者，重跗纍萼，狀如白蓮，與吳興所産正同，乃知蘋花不遇柳文暢其人，則至今猶沉淪於荒江寂寞之濱矣。因作《采蘋曲》，以紀其事。

程夢星

越江女兒如花新，邗江蘋花采無人。扁舟蕩槳向何處，落日秋風揚子津。

朶朶含香葉葉青，數莖分種漪南亭。五塘烟雨菰蘆外，將有人疑柳惲汀。

馬曰琯

（已見《涉河已老小稿》卷三）

方士庶

采白蘋，花冥冥。菰蘆岸，烟水汀。吳興吟客風流在，只少波光卞山黛。

采蘋處，江悠悠。三尺篠，七尺舟。揚子津頭清似玉，日暮承筐將一束。

采蘋歸，香馡馡。翠盤舞，雪花飛。畫盆注水清且淺，采蘋之歌歌宛轉。

方士庚

江上魚苗風乍起，吹綻白蘋滿烟水。未知何處著扁舟，淺涉汀洲向揚子。采花采葉兼采根，種向蕭齋老瓦盆。也如清遠溪山裏，柳惲風流今尚存。

馬曰璐

（已見本書《詩歌輯佚》）

陳章

吳女采蘋花，江南復江北。不恨無人采，但惜無人識。泛泛渡萸灣，搖搖出瓜洲。簪將雲鬢去，應認玉搔頭。蔓似儂情柔，花似儂心素。倚舷思故溪，悠然遠山暮。

姚世鈺

舊種江南春，千里同臭味。江北新花鮮，將無棄蕉萃。采蘋兼采蓮，輕橈遍洲渚。好似蓮花貌，不比蓮心苦。寂寂荒江上，芳名一日增。莫嫌生較晚，猶識柳吳興。

閔崋

白蘋開處烟光凝，白蘋斂處波光澄。豈少名花在洲渚，祗無人賞似吳興。可憐日暮江南春，采蘋采蘋揚子津。只恐他時遍池館，扁舟尋訪更無人。

陸鍾輝

載得江頭一棹輕，蘋花蘋葉帶青莖。若教洲上無人識，合讓吳興獨擅名。久甘寂寞老江濱，不分漁郎一問津。待得家家種池沼，花開花落轉愁人。

張四科

儂家水調歌，新翻采蘋曲。落日揚子津，無人花似玉。清江蘋花肥，濁水蘋花稀。鼓枻向清江，濁水性所違。衹采白蘋花，莫采青蘋葉。南風吹船回，不得到苕霅。江頭春日永，水暖似汀洲。不逢采香客，開落又經秋。

韓江雅集卷九

殘梅

程夢星

倚闌愁月立黄昏，自閟孤芳静掩門。玉笛易驚無可恨，翠禽難唤欲消魂。姑留冷豔春雖老，肯换衰顔酒尚温。一笑半緣知己在，何郎猶有未酬恩。

馬曰琯

（已見《沙河逸老小稿》卷三）

馬曰璐

（已見《南齋集》卷二）

陳章

園梅風急灑春衣，惆悵攀條一半稀。蝶戀寒香空寂寂，鶴驚晴雪暮霏霏。溪橋有酒還維艇，竹閣無人欲掩扉。只恐孤山歸夢遠，化爲江上白雲飛。

姚世鈺

梅信今年已後期，朝來重恨看花遲。數聲何處風前笛，幾朵猶横竹外枝。雪點綴疑全盛日，月朧明似半開時。憑添清苦蜂房蜜，剩取寒香壓酒卮。

閔崋

江城昨夜雨霏微，驚墮梅花片片飛。環珮已空思漢女，珍珠雖好怨江妃。水邊竹外三分在，月落參横一樹稀。我愛風亭閑坐久，不知香雪滿春衣。

張四科

零落江梅事已非，風中冉冉樹頭稀。幾枝點雪空妨帽，一徑吹香尚襲衣。清曉鶴猶和露啄，黄昏蜂半抱鬚歸。能消幾日瞢騰過，青子如珠著雨肥。

題徐幼文師子林畫冊

胡期恒

蘇州城東隅，吾友謂張匠門太史舊所居。名爲師子林，其地僻而紆。我雖常來往，未考名之初。今來見圖畫，知名蓋非誣。緬惟至正時，維則僧名結精廬。性好聚奇石，形狀狻猊如。勇猛踞地立，百獸皆奔趨。因之名其庵，徐公名賁，字幼文，官河南左布政，攻詩能畫，吴門四傑之一也爲寫圖。詩分十二景，榮公少師姚廣孝也跋親書。乃知名所起，固與實相符。姑蘇富山水，赫赫吳王都。高臺百丈餘，佳麗甲中區。館娃今寂寞，茂苑成荒蕪。豈無弔古客，遺跡歸虛無。不如一拳石，因畫名與俱。吾友今物化，重泉骨應枯。匠門歿二十六年矣。每經舊遊處，不忍駐柴車。披圖三嘆息，掩卷爲長吁。

程夢星

師林古道場，始自元維則。因公曰如海，繼起主法席。嘗見倪高士，爲之寫短幅。自云擬荊關，大癡夢未識。今觀徐幼文，亦復擅高格。爲圖十有二，一一標其額。禪窩聚佳勝，豈獨狻猊石。以視高士畫，繁簡總妙墨。惜余過吳門，未及尋奧跡。月巖何由窺，玉鑑詎能測。願假此冊歸，張之於素壁。與倪共摩本，寶藏爲合璧。更錄兩君詩，吟諷憶往昔。臥遊如入林，參契或有得。

方士庶

蜀山有詞客，才與青丘埒。孰謂詩能工，六法亦清絕。畫作師子林，幽秀而曲折。老樹何參差，怪石類拱列。想見下筆時，心神總超越。名輩多留題，過眼如一瞥。迄今四百載，墨瀋尚可啜。維時梅雨過，窗前試展閱。雪堂不知寒，竹谷欲忘熱。恍置身其中，耳目俱澄澈。藏弆付知音，風流仰前哲。

馬曰璐

（已見《南齋集》卷二）

陳章

中吳有勝跡，絕盛元明間。名流富吟詠，眾妙不可刪。創始維則師，疊石羅禪關。狻猊踞當戶，似馴浡泥蠻。草長毛鬖髿，苔漬文斕斒。開堂延紫翠，俯檻納淙潺。地隔烟塵擾，月上松竹閑。鍾魚幾人代，今古一溪山。心久識靈秀，清曠無險艱。胡爲往來熟，高興未躋攀。豈惟天機淺，無乃造物慳。欣茲閱圖畫，清暉娱客顔。北郭乃詩傑，又復繪事嫻。引人役宵夢，我豈真愚頑。行當蠟雙屐，挂席賦東還。

張四科

疊石傍禪棲，奇詭夏雲幻。一峯若狻猊，獨作衆峯冠。經始記維則，繪事傳懶瓚。孰知北郭徐，亦爲留妙翰。參差十二幅，勝景遞隱見。水木淡池臺，花竹翳籬棧。經窗映翠微，烟景變昏旦。於今五百年，興廢一長嘆。獨資象教力，不共塵劫換。平生幾兩屐，豈祗臥遊善。擬向鶴市間，按圖索奇觀。

初夏過劉補齋先生行庵寓齋同次先生遊休園韻

胡期恒

假館幽人居，門巷輪鞅寡。喬木敷清陰，披衣坐其下。眼中無俗物，所遇皆風雅。懷抱有性靈，言笑無虛假。嬌花秀可餐，新篁淨堪把。東西峙傑閣，磴級平易跨。招邀同志人，櫻筍列杯斝。緬想童冠遊，不異茲瀟灑。到此可忘年，奚止結九夏。先生晰妙理，造物爲鎔冶。平生所歷境，崎嶔化平野。青山在目前，誰爲獨往者。大塊亦寓形，天機勿輕瀉。

劉師恕

託跡寂勝喧，爲樂衆愈寡。高軒過城北，翠茵鋪樹下。促膝忘形骸，抵掌出騷雅。鄙吝賴滌除，疏放荷寬假。數竹粉沾袖，摘櫻風滿把。曲徑幾迴環，高閣勞登跨。擘鉢課詩篇，含豪略杯斝。禽言妙金奏，松聲驚雨灑。草色憐新晴，時光愛初夏。佳勝正招尋，出郭紛遊冶。歌板每依船，綺羅半在野。何處著閑人，終朝侶靜者。清風與客來，奇懷得酒瀉。

程夢星

良友異鄉縣，嘗苦歡聚寡。何幸易星歲，復集衡茅下。高情挈後輩，提唱入二雅。避囂地自幽，許閑天所假。錫穀先生堂名有新吟，過日時一把。顔謝既陵轢，杜韓亦超跨。鏗然發鍾簴，粲然列彝斝。試讀休園詩，逸興更清灑。學步笑邯鄲，措詞愧游夏。底物豁性靈，洪爐荷陶冶。維時四月初，清和散林野。亭館足淹留，主賓總閑者。願藉平原飲，十日共傾瀉。

王文充

我與世浮沉，泊然思慮寡。日長如小年，愛憩松陰下。有時吟興發，相將就南雅。閑境著閑身，是否真成假。先生早退休，詩籌握盈把。樂此休園名，喬林幽澗跨。夙遊喜再經，高詠辭觥斝。歸來拂箋書，襟懷何瀟灑。晨興坐行窩，不復思奏夏。鼓吹鬧鳴蛙，小花爭豔冶。機趣得自然，有獲在謀野。斫輪識國工，余亦技癢者。雖無江河沛，聊引流泉瀉。

馬曰琯

（已見《沙河逸老小稿》卷三）

馬曰璐

（已見本書《詩歌輯佚》）

陳章

先生謝華簪，恬淡塵慮寡。落帆廣陵郭，偶寄雙林下。逢僧話清幽，接士愛儒雅。伊予傷淪躓，頻蒙片言假。契闊心自親，瞻依手重把。孤花態娟娟，初篁勢陵跨。窗静度疏鍾，人閑戀芳斝。高林緑愔愔，頹陽紅灑灑。鑾箋屬吟詠，《皇荂》雜《韶》、《夏》。朽木可雕鐫，頑鑛就融冶。微風吹纖月，還陪眺原野。龍蠖用雖殊，同是忘機者。願言樂景光，外物湍流瀉。

閔崋

高眠避世喧，門外轍跡寡。修修嘉樹陰，婆娑日其下。花竹自清淑，几研亦閑雅。况添兩部蛙，時作鼓吹假。吾徒問字來，得句每共把。我才方步趨，公氣實淩跨。今朝復良覿，櫻筍佐飛斝。悠悠寺鍾送，淡淡林風灑。塵耳久聽瑩，怳若悦《韶》、《夏》。更對紅藥階，有麗無妖冶。高情略冠蓋，幽事樂林野。試問束帶人，僕僕何爲者？一笑付濁醪，滿引杯中瀉。

陸鍾輝

喜公來白田，落落交頗寡。爲厭塵世喧，寄跡雲林下。昔年宦京輦，騷壇主羣雅。崇望後輩傾，勝語非可假。忽起蓴鱸思，欲采菊盈把。歸來日著書，陵轢兼含跨。尋幽曳杖履，看山泛杯斝。會晤愜懷抱，笑談自瀟灑。只慚互賡唱，瓦缶間大夏。吾徒作閑事，歲月賴銷冶。此地傍精廬，風物稱秀野。諸公富暇豫，愧彼勞勞者。共得暢吟情，欣兹百憂瀉。

喜謝山至因憶樊榭堇浦萱田諸遊好

胡期恒

長夏脱冠巾，北窗正坐睡。幽夢忽驚回，故人千里至。相見亦何言，一笑瀉肝肺。三年斷音耗，東望輒凝睇。思君展畫圖，嶰谷有《竹庵文讌圖》，各寫形貌於其上。鬚眉見清惠。今夕復何夕，翩翩更高會。三子各懷鄉，去住每相背。何當借好風，吹汝來庭際。

程夢星

邗江事雅集，更迭作賓主。時亦來寓公，把臂接荊楚。有客浙西東，入社復三五。謝山獨後至，飄然卻圭組。金陵移梅歌，援筆爲詩敘。蓴鱸遂歸思，閉戶甘寂處。胡爲忽乘興，片帆落烟渚。翻憶明聖湖，離情渺何許。側聞展上巳，修禊稱盛舉。文宴五十人，更越蘭亭數。視兹謝公宅，落落仍舊雨。譬彼葵丘會，陋矣笑鄒魯。朋好如摶沙，一散詎易聚。安得同心儔，盡與傾尊醑。

馬曰琯

（已見《涉河逸老小稿》卷三）

馬曰璐

（已見《南齋集》卷二）

陳章

風吹竹梢雲，似我平生舊。聚散固其常，索居時負疚。全君鄮山來，陸離詩滿袖。一讀洗袢暑，再讀消永晝。雄談似炙輠，豪飲如決溜。因思素心人，杭厲比蘭臭。不笑牧豬兒，飛雹紋楸驟。堇浦雅嗜弈。疲精編纂間，欲與梨棗壽。樊榭方開雕《宋詩紀事》。姚君泛蒲蓮，高歌楫頻叩。安得天遣來，差肩坐我右。鯨鏗鬬春麗，朝華競夕秀。或執蝥弧登，或握繁弱彀。吾將憑軾觀，笑頰靴紋皺。欣戚付無何，追涼窺碧甃。

閔崋

浙河富名彥，論文多上才。參差似燕雁，冷落茲亭臺。邈矣南皮念，復爾河朔杯。雖無四美具，恰喜一人來。風雨思已滅，山水遊仍垂。今年與嘯齋、漁川擬遊浙西，不果。西湖與玉湖，想見荷花開。

全祖望

昔我來是間，草堂甫經始。倥傯渡江歸，魂夢幾勞止。迢遙雙鯉魚，莫罄論詩旨。轉瞬三夏過，相逢互歡喜。重來訝新逕，舊雨迷故址。東西萬篔簹，落落長孫子。閣中古先生，微笑一彈指。倒屣增歡悰，披襟消塵滓。今年溽暑早，火雲迅於矢。愛茲別有天，薰風環圖史。諸公冰雪腸，吐句清神髓。而我已才盡，坐笑彭亨豕。遙溯浙河西，水雲正清泚。故人夫何如，梁月共徙倚。

陸鍾輝

朋蹤如飄萍，時聚復時散。曾記送君行，孤舟風雪亂。嗟哉歲月流，寒暑已三換。溯江錦鯉魚，不教音問斷。喜君四明來，相逢欣一旦。君本不羈人，那爲微祿絆。有酒且共飲，更憶舊吟伴。六橋烟柳濃，雙溪風荷爛。何當放扁舟，頓令炎暑逭。

張四科

我友天下士，半居山水鄉。偶聚若萍梗，一別愁津梁。四明有狂客，早歲辭巖廊。幾年阻音塵，隔絕如參商。今夕復攜手，中林共壺觴。廣除澹炎景，南風清樾香。既欣文字飲，更歌風雨章。遙憐二三子，浙西悉相羊。安能聯袂來，使我輖飢忘。

分咏消夏食單

胡期恆得冰酒

盛夏暑方劇，麴櫱非所宜。寒热互調劑，乃以冰投之。一吸清耳目，再吸沁心脾。遂令熱中子，滿腹生涼颸。

程夢星得銀苗菜

光旁出泥中，霜刃截其角。陸璣詩：『疏幽州謂之光旁，爲先如牛角。』鹽醋入冰盤，脆若銀絲斵。解暑功獨神，醒酒理亦確。乃知清淨品，往往溷污濁。

馬曰琯得石華粉

（已見本書《詩歌輯佚》）

張世進得冷淘

縷麵擇重羅，取冷便三伏。愛此水引佳，不藉槐葉緑。鄉味入饞杈，食飽自捫腹。安能效謝公，著衫餐白粥。

方士庶得來禽湯

分種似蘋婆，微紅嬌女靨。幾顆瀹清泉，酸香沁牙頰。少飲便有餘，庶可袪内熱。閑窗午夢醒，更展來禽帖。

馬曰璐得梅蘇丸

（已見《南齋集》卷二）

陳章得水精鮓

尺半健銀鱗，罩來荷葉下。吴越間謂：『夏秋魚爲荷葉下，魚味最鮮美。』見《陸放翁集》。剁雪糝鹽椒，朝製不待夜。解包香一筵，落盤光四射。欲咽肺腑涼，故無取燔炙。

閔崋得茉莉茶

日長修茗事，小摘素鬘花。香沁一泓水，月映冰甌斜。借彼隔宵味，配以先春芽。濃芳在舌本，得句應清嘉。

陸鍾輝得薄荷糕

糕出《周禮疏》，不聞菝蔄雜。其味雖辛涼，久服動消渴。炎暑食亦佳，色香兩清絕。作戲醉貍奴，也如凍醅滑。

全祖望得絲瓜羹

慘綠感西風，天羅薦薄絮。賦産豈桑林，和膏自機女。柔芳釀清心，虛瘦染香雨。閑調蜀雞湯，染指忘徂暑。

張四科得竹葉茶

竹葉作茗柯，个个碧踰寸。不入此君傳，可廢毀茶論。味帶曉露鮮，色奪春旗嫩。閑對碧蟬花，一甌袪午困。

銅鼓歌

胡期恒

武侯五月渡瀘水，瘴毒薰天人畜死。七擒七縱服蠻心，從此南人不反矣。公方經營事北征，欲遣蠻獠供驅使。登山渡水捷猿猱，頭目獰猙面如鬼。公於南荒鑄矛戟，開爐熾炭山爲紫。武侯於川滇接壤處置爐鑄兵器，即今之打箭爐也。採銅作鼓數百面，鑿穿山骨埋山底。行人登山鏗有聲，以此作鎮今千祀。永寧牧伯謂易融昭好事人，索之土目攜歸里。我來撫摩不忍去，滿天星斗雲烟起。土暈銅花不能蝕，鼓腹堪容五斗米。武侯功業已灰塵，但存此鼓猶未毀。吁嗟牧伯亦云亡，感嘆之餘淚如洗。

程夢星

銅鼓之製始駱越，伏波毀鑄爲名驄。武侯渡瀘鎮遐服，常埋此鼓威南中。降自前明至神廟，大盤一戰誇奇功。得鼓九十復有三，蜀漢遺留何無窮。傳聞冶金初鑄日，羅酋來賀烏蠻從。男女擁髻高鬅鬆，車載酥酪牽潼獞。竹筒腰長葫蘆短，銀釵擊和聲錚鏦。從茲征戰暨報賽，山崖懸撞召集通。又聞獲此過三二，便可南面稱豪雄。無何供獻入中國，以此竟卜蠻連終。吁嗟武侯握勝算，祁山六出無成功。木牛流馬式尚在，千年埋沒荒烟叢。詎有區區鼓數十，乃關運會論吉凶。即今耳目作近玩，當時融冶殊精工。雷文剝蝕土花碧，雲泉蕩漾金膏紅。置之几案覆以錦，商彝周鼎將無同。我來摩挲長太息，以杖叩之猶逢逢。

馬曰琯

（已見《沙河逸老小稿》卷三）

張世進

伊耆土鼓不可識，後世昭聲專以革。範銅之製始何人，舊說伏波征虜得。當時曾建華柱標，閻伯輿《河橋賦》：『華柱上征殊，馬援之標柱。』歸日更成名馬式。已使遐方兵氣銷，肯容遺物南荒匿。夏家屈丐雖仿爲，北鄙無由到邛僰。人言此是武侯遺，俗耳相沿如目覿。木牛流馬出創造，連弩元戎經損益。鎔金作鼓無明文，以理求之恐荒惑。渡瀘方在五月時，蠱瘁自言并日食。不毛深入宜輕師，負重安能馳絕域。分明苗鑄托侯傳，應爲大名垂赫赫。我聞貍獠數家珍，一具可當牛數百。戰攻伐此聚羣酋，宴會鳴之召賓客。多藏乃以音老稱，初成每用銀釵擊。深林密箐久棲遲，瘴雨蠻烟飽經歷。昔留谿峒競豪奢，今置文房勤拂拭。滿腔屈曲雲雷紋，竟體斑斕朱翠色。捶時何必桐魚材，捫處尚餘花蛤迹。脫離壚鞲想千年，遷轉山川知幾驛。比來小醜稍跳梁，武功試後綏文德。南人不敢萌異心，蠻琛屢見來中國。願因此鼓咏休明，莫但摩挲忘帝力。

馬曰璐

（已見《南齋集》卷三）

陳章

郭氏塢中月如晝，將星墮地馬騰廄。炎祚銷沉漸不支，沙磧陣圖餘錯繡。材大曾聞嘆杜陵，略疏不分訾陳壽。武侯志在靖中原，猾夏蠻夷安足究。禍患應從肘腋平，機宜不是迷先後。五月渡瀘輕瘴癘，千里行師裹糧糗。百戰百勝古已無，七擒七縱真神授。從此羣蠻熨帖平，猛虎在山伏百獸。爭肩銅鼓獻和門，酋師投戈兼免胄。爲用名歸大司馬，合偕鐃鐲勤奔走。惜未曹瞞頸血釁，功業有端嗟不就。至今遺愛在南荒，丞相祠堂瞻巨構。歲時伏臘走巫覡，花鬘女子銀釵扣。嗢咿款猥不足聽，筒拍蘆笙同節奏。又聞摐伐置水中，恍似馮夷出波驟。此鼓當年不知數，埋土沉沙如列宿。深林密箐發光芒，震谷鍧鏗驚雉雊。桓桓明季劉將軍，坐鎮黔中嚴堡堠。牡豬塞破戮俘囚，所獲纍纍猶輻輳。劫餘散落在人間，百硨礫值人爭購。制同梟氏屬韗人，木革雙音盡金吼。面縱一尺身倍之，紋如日暈腰微瘦。丹砂翡翠漬斕斒，饕餮雲雷精刻鏤。手持揃桴偶擊撞，清越猶欣未穿漏。周鼎商彝雖不如，卻與大名垂宇宙。

閔崋

禹鼎淪泗不可見，石鼓文殘已難辨。何如銅鼓尚完好，翡翠硃砂間青縹。我來一晌重摩挲，篆隸分明環鼓面。傳聞是器始駱越，伏波鑄之式名驠。胡爲繫以諸葛名，想見南征麾羽扇。羣蠻服化不復反，製此將毋從俗便。其俗峒戶各君長，跳躑孱顏區深箐。以之功用頗不一，攻伐炊烹兼祭薦。有時合樂聚羣獠，曲席何妨雜酋眷。蓬松鬟髮垂兩頤，女手摻摻擊釵釧。至今得此便稱豪，千載猶然生愛戀。可知一物感人多，奚必區區事征戰。

全祖望

金沙江上貝子銅，脱胎鑄就聲鼕鼕。流傳云是武鄉物，然耶否耶漫折衷。誰尋斜谷故壘雄，誰圖夔峽遺陣工。二千年來溯明德，不獨舊物重南中。滇兒巴女拜祠下，孟家爨家幾豪宗。迎神送神爭考擊，彷彿猶聞鐃吹風。誰爲奏曲沔陽墓，誰爲合樂永安宫。沉埋桑海幾歷劫，忽然黍谷出黄鍾。南岳劉郎真老態，百蠻震疊凜英鋒。九十三鼓讋羣蒙，謂是山頭故神鎮，六丁六甲所護從。一朝迸見豈偶耳，厥角稽首敢不恭。當年露布登廟社，而今遷轉隨沙蟲。赤符白水雙寂寞，聊復一鼓作氣催詩筒。

張四科

精銅巧鑄尺半高，腹刳面夷腰微凹。雲雷百匝花紋交，非鐸非鐲非征鐃。是曰銅鼓出谿峒，伐之鏜鎝如鳴鼛。形完毋煩韗人鞔，聲巨詎必銅魚敲。漢家丞相平不毛，天人擒縱一手操。當時作此厭醜虜，或云入貢從狪猺。丞相宿諳五勝法，要使金伏炎精熇。應留此物鎮南土，與銅柱並銘勛勞。可惜形製失載記，遂爾千載傳聞淆。吾聞伏波將軍作馬式，駱越舊器皆鎔銷。又聞赫連所鑄圍一丈，以配大夏龍雀刀。存亡無據塵劫消，較此奚止爭釐毫。況復黔山蒼蒼瀨滔滔，往往名以銅鼓標。定爲忠武所遺信，不僥五谿蠻夷最重此，得之能易千蹄牢。納鼓釵長獠女卬，醉舞胡旋歌哇咬。蘆笙合奏峒神樂，用祈豐歲齊肥磽。百年以來蠻運絶，流轉遠上越客舠。買歸高齋佐清玩，懸以畫簴貫以倅。手持雙杖不敢下，安得拊擊同陶瓠，免使古物竟受雷門嘲。

秋日泛舟過環溪

馬曰琯得航字

（已見《沙河逸老小稿》卷三）

馬曰璐得添字

（已見《南齋集》卷二）

陳章得三字

客懷老去日無賴，陸子招我窮幽探。蒼葭忽驚露已白，迴汀宛落江之南。池光搖檻照人瘦，秋色隔籬如酒酣。何事舉杯成大笑，今宵不負月初三。

閔崋得人字

環溪隔城可五里，乘興訪秋來幾人。涼風兩岸舟倒載，荒草滿原車獨輪。入門飛蝶影栩栩，隔竹吠犬聲狺狺。日斜戀此不能去，坐對清池聞躍鱗。

全祖望得纔字

連朝白帝灌秋水，且上烏榜試流杯。滿眼稻田事正亟，驚心瓠子勢未衰。竹中矮屋風怒早，雲外小山香放纔。天高氣肅感旅思，我欲便賦歸去來。

陸鍾輝得秋字

吾儕蕭散日無事，相與放艇尋清秋。白荷數點露的皪，青蘆一片風颼飀。已知流光如過鳥，莫將塵念輸閑鷗。香茅笑指棲泊處，雞黍悤悤且少留。

爲寄舟上人題天地石壁圖

程夢星

昔聞小華山，巖壑劇深杳。石壁矗其背，孤峻影若倒。天池貫其腹，澄泓去仍抱。嘗見黄鶴樵，勁筆恣幽討。今觀默岑畫，興至亦非剿。波静魚不生，石瘠樹轉小。遊客頗疏疏，棲禪更稍稍。披圖已神往，攬勝儼躬造。竊欲繪靈境，粉本出意表。翻恐著色相，又被山靈惱。

馬曰琯

（已見《沙河逸老小稿》卷三）

方士庶

奥區闢東南，秀衍支硎麓。有池山之巔，汪汪浸寒玉。澄波静不流，風漪細於縠。竹樹多華滋，巖岫互起伏。幽人杖錫來，謂此可卜築。丈室面蓮花，講臺依石屋。梵唄猿鳥馴，嵐翠鬟眉緑。墨岑繪作圖，高下具尺幅。披覽當臥遊，佳境宛在目。羡兹山中人，一生備清福。我擬謁上方，自愧形骸俗。請師爲湔除，天池水十斛。

馬曰璐

（已見《南齋集》卷三）

陳章

相逢雪溪僧，袖出天地圖。幾瓣青蓮華，白雲繚其隅。指點説石壁，斜倚佛子廬。山腰水一窪，甘寒味醍醐。天下或無雨，此池曾不枯。支公古道場，中吴擅靈區。春窺神駿跡，秋聽皋禽呼。松風掃塵軌，童子皆清癯。聞昔大痴畫，楮與年歲徂。曾見徐高士，俟齋先生有《天池石壁圖》，見於玲瓏山館。小筆滌冰壺。此圖略彷彿，後輩所步趨。此圖吴門張墨存筆。展玩悦我性，巖翠沾眉鬚。何啻十往還，未一尋荒塗。山靈解笑人，自訟誠粗疏。明年辦草屩，當與椰栗俱。師歸語烟霞，此言殊不虚。

閔華

中吴富名山，亦有蓮花峯。未遊山中寺，曾撫山下松。林端互隱見，一朶青芙蓉。衷回已曛黑，下界傳昏鍾。俗駕不成往，靈境空自逢。師從兹山來，紫衣嵐氣濃。示我天池圖，如聞泉琤琮。何時造石屋，遠繼高沉蹤。仰見林月小，俯視天雲重。

全祖望

我昨遊吴苑，道出天池峯。興闌剡溪雪，夢醒支硎鍾。披圖接雲氣，乃自紙上逢。絶巘釀清流，寒玉瀉琤琮。十丈碧琉璃，映出青芙蓉。時平鼓妖噤，但見林嵐濃。緬思百年内，振鐸有蘗公。斯人不可作，晞髮留遺蹤。歲晏我東歸，來尋五粒松。

于酒

馬曰琯

（已見《沙河逸老小稿》卷三）

陸錫疇

載酒過揚子，椒花雨或如。井泉從昔冽，于氏宅側井泉能釀。鵝炙法全疏。炙子鵝方今不傳。此日推南董，尊前憶北徐。酒間及二友先生舊話。鴟夷莫相笑，續寄願非虚。

馬曰璐

（已見《南齋集》卷三）

陳章

秫自湖漘種，金壇長蕩湖多膏腴之田。泉從地胏通。釀成名酒味，憶得故家風。閲世瞢騰裏，開顔寂寞中。真堪壓江左，誰更羡郫筒。

全祖望

京口雄名舊，金沙晚最澄。古香傳吏部，清德重中丞。謂玉立、九瀛二先生。尚帶漫塘色，寧隨苦露稱。江南無此種，滄酒庶同登。

玲瓏館主分餉于酒與漁川對酌率賦報謝

姚世鈺

少誦虞山詩，頌贊于家酒。美人與君子，比並未曾有。沉吟欲垂涎，安得嘗旨否。昨聞渡江航，好事餉吾友。分甘憐渴羌，滿甕忽入手。侑以嘉肴饌，并惠美炙。芬香盈窗牖。色清味更正，釀法宜傳久。想像百年前，風流逾篤厚。馨逸勝越中，澄泓冠京口。迴思故鄉味，醇粹較堪取。英氣此未除，稍落烏程後。其餘杯中物，甜濁具卻走。地主南董流，頗爲肯其首。病夫稱小戶，亦酌以大斗。三蕉誇嶰谷，五字愧蒙叟。嶰谷飲于酒，詩云：『五字虞山老，三蕉嶰谷生。』醉筆掃寒愁，一笑當鼓缶。

張四科

我乏身後名，惟願一杯酒。豪情何日無，良醖不時有。頗聞于酒佳，未審果然否。分送賴飲徒，淺酌對詩友。共聳苦吟肩，小試傳杯手。心賞頓鑿坏，耳食已決牖。緬維故家風，遺法百年久。輕清匪醨薄，勁正若醴厚。倘未知其趣，不幾負此口。五酘烏足誇，千日又安取。因思勝國季，恰值鈎黨後。閹尹朝端嘩，豺虎天下走。解憂惟杜康，無事效犀首。而今文字飲，臣亦可一斗。傾壺感釀人，運舫類漫叟。醉把虞山詩，我歌君拊缶。

韓江雅集卷十

邵文莊公温硯爐爲方西疇作

温硯銘：暑有發冰，寒有韞火。既濟且和，燮理在我。彼鼎我硯，制殊義同。汝革汝從，惟金在鎔。功成斯文，而不自有。左右置諸，歲寒良友。二泉邵寶著，錫山安國製。

胡期恒

水火不相息，金石互爲用。五行相揉雜，陰陽迭賓送。創物有妙理，製器以人重。二泉真名臣，理學宗前宋。製爲温硯爐，作銘等歌頌。左硯右爲爐，中含一氣動。水澤冱腹堅，惟兹暖不凍。流傳二百年，巍然清淨供。先生精《易》理，靈通三畫夢。石門竟不開，風雷護巖洞。錫山第三峯下有石門，相傳二泉先生讀《易》處，有諺云：『若要石門開，除非邵寶來。』方君護此寶，詩筆時一弄。更邀同社吟，清風吉甫誦。

方世舉

會昌李衛公，蓄硯情繾綣。錫名曰結鄰，利用蓋可見。不知天寒時，暖玉孰後先。吾家廣歙端，往往困冰霰。石匪奉敕頑，墨少病風轉。宋庫有端材，高宗大書『頑』字其上，稱『奉敕頑硯』。東坡論：『磨墨當如病風手。』㪍誤倚馬工，性激投卵卞。誰歟執紫豪，宮女呵便殿。櫻桃熨棗心，宋時筆名。那能及疏賤。事困道有亨，技窮法生變。無端晏𥋆天，能革嚴冷面。消寒寫新詩，西疇手輕旋。問之何能爾，呼童出温硯。

攻石須攻金，非甑復非甗。一氣轉春融，得使揮灑善。天道真無私，慧業寧有戀。文物前賢昭，詞場後生禪。前明無錫邵二泉先生故物銅鑄有銘，今歸西疇，若相傳授。貪嗔我未除，攫奪君必譴。大言思封侯，安用筆硯羡。方冬射獵豪，讓爾文事擅。蒙恬伐中山，亦入《毛穎傳》。

程夢星

文莊邵公理學儒，不効平江媚權要。再疏乞休歸錫山，力疾事親遂純孝。諫草既焚惟著書，樂志林泉恣遊眺。寒窗點《易》手不龜，自製溫硯特精妙。錫山有文莊點《易》臺，至今猶在。中空外方銅質堅，那須七寶誇麗巧。去聲。唐内庫七寶硯爐，冬寒硯凍，置爐上，其冰自消。常苦呵硯旋復冰，又嫌炙硯毋乃燥。魏武滴酒易滯凝，顔守致薪足嗤笑。曷若此爐法《既濟》，用兼水火通玄奥。舊物流傳二百年，吾儕把玩非意料。銀槎注醲餘甘芬，雁足懸燈藉清照。得兹古鑄充席珍，鼎足三分發光耀。消寒雅集今更始，位置山齋佐吟嘯。

厲鶚

梁溪江左勝，山水清且幽。扶輿磅礴氣，多産賢達儔。邵公早解組，道困多幽憂。北寺壽朝宁，南陔樂林丘。後來高顧輩，公先導其流。東林事孔棘，不及公優遊。觀公溫硯制，創物匪雕鎪。讀公自造銘，寓意深可求。漫學水火爭，當效燮理謀。彼鼎或時覆，我硯常有收。範以金從革，湯沐合賜休。貯以石虚中，即墨行封侯。功成在東緼，文出如蒸餾。耐寒此故交，附熱豈足侔。安氏邑大姓，膠山理菟裘。重祠李忠定，公作迎神謳。安國重建膠山李忠定公祠，公爲作記。侍公超然堂，堂在二泉書院。良冶爲公鳩。牽連宜得書，捧硯槩全牛。方君雅好事，什襲比琳球。拓詞費氈椎，徵詩遍遐陬。宜共竹爐卷，永永傳千秋。錫山聽松庵有王孟端《竹爐圖卷》，題詠最夥。

馬曰琯

（已見本書《詩歌輯佚》）

張世進

迎寒墨汁膠，落紙筆頭滯。通儒發巧思，溫硯出新製。範銅使虛中，嵌石如合契。中以清泉涵，下用微火繼。相煎戒《大壯》，取和法《旣濟》。銘詞如古謠，字體作散隸。想見容春堂，冰雪伴孤詣。流傳幾歲年，完好未刓敝。我友購之歸，拂拭手不離。似近南榮炙，那懼北風厲。永免三灾嗤，用足一冬計。願君如二泉，真詩垂百世。鍾伯敬嘗言：『真詩惟邵二泉耳。』

汪玉樞

體方而長，洞然中空。貯火不炎，貯水不凍。暖生鳳咮，冬如春仲。《旣濟》陰陽，文房清供。

方士庶

《離》、《坎》互爲用，鎔冶有妙理。誰鑄首山銅，暖徹烏皮几。緬惟文莊公，柱石中流砥。力學貫天人，冥搜遍經史。溫硯今尚存，精製乃無比。寒窗試拂拭，斑剝土花紫。火暖墨有香，泉清筆可泚。繞席春風生，近夜嚴威徙。想公歸田後，著成日格子。呵凍時作書，拈豪或藉此。名高點《易》臺，文瀾二泉水。詎知數百年，浮沉五都市。顯晦合有時，流傳應未已。水耕復火耨，三冬代耘耔。翻笑坡公詩，死灰吹不起。

馬曰璐

（已見《南齋集》卷三）

陳章

銅爐形製如車箱，虚中宿火牖一旁。高處著壺低著硯，淺函承硯涵温湯。錫山安國妙鑄造，四言銘語傳文莊。文莊學術有根柢，立朝正色神飛揚。姦閹莫能脅諫疏，逆藩安可求詞章。南禮部似置閑散，乞身奉母開華堂。九龍雪脊照窗戶，曉吟凍筆愁錐鋩。通紅栗薪夾兩筯，注茲勺水分陂塘。蒸雲一縷裊几格，墨池宛爾接混茫。活國之手既已袖，且與泓穎調陰陽。省察或書日格子，白華詩句謄數行。二百餘年幾流轉，今歸好事西疇方。消寒會中提挈到，軍持石鼎難頡頏。我窮往往類蟲蟄，彎跧一搨搜枯腸。卻喜分箋坐硯北，揮豪紙上成軒昂。宛如春雷走蛇蚓，十指不作薑牙僵。

閔華

古物因人傳，巧思見匠作去聲。二泉有溫硯，銅範一尺大。外秀虛其中，右下亙其左。全體叶《離》、《兑》，四足異偏頗。空刓水眼藏，傍鑿風洞破。利用乃冬窩，策勛匪夏課。奚費顏薪烘，未比桑銕磋。冰錐那易結，朱唇底須呵。想公著述多，脱稿非一過。點《易》或曾溫，索詩詎肯涴。用本傳寧藩索詩事。尋常只文具，流傳等奇貨。彼哉崔烈銅，但值一笑唾。

陸鍾輝

古鑄渾如百鍊金，《坎》、《離》、《既濟》意何深。石門閉後山泉冷，誰識當時注《易》心。

張四科

五金皆山英，萬物勞匠智。要以濟時需，尠克佐文事。於明邵文莊，獲睹硯爐製。流傳三百年，請爲説其器。外周而中空，方整若巾笥。其上紫石嵌，其下朱火熾。複裏貯清泉，傍竅納虚吹。探文合坎離，取象配天地。春向筆端回，暖入墨花膩。冰雪頓無權，揮灑每如意。二泉本大儒，詞翰亦精緻。撰銘鐫其旁，蠆尾五十字。方其歸養時，遂畢著書志。砥行益精純，力學辨真僞。峨峨點《易》臺，高名共嵬巋。里人安桂坡，多幸見接待。竊欲暖公寒，役作類凫燧。慨此自公遺，敢作玩物視。我有嗜古朋，愛之左右置。呵凍索題詩，鍁火請一試。

南齋分詠

程夢星得銅畫叉

展障憑玉叉，銅鑄亦古格。承之以竹竿，其鋭不盈尺。山水供臥遊，藉爾張素壁。更取月朔錢，留餘待賓客。

馬曰琯得曲柄壺盧

（已見《沙河逸老小稿》卷三）

方士庶得竹如意

竹譜不一形，紓竹世所棄。何爲取此君，而爲指麾地。須知報平安，自可號如意。不見籜皮冠，曾同高士賜。

方士庶得雙魚銅洗

小洗何時鑄，中有雙鯉魚。荇藻鱗鬣具，浮沉若相於。銘文宜子孫，詎肯污飲徒。呼童貯清泉，盥手讀道書。

馬曰璐得瘿瓢

（已見本書《詩歌輯佚》）

陳章得玉冠子

水玉琢仙冠，秋空割半月。曉鏡色瑩眸，夜壇寒浸髪。團圞愛孚尹平聲，攲危愁滑笏。好配白霓衣，頻問虛皇謁。

姚世鈺得黄楊詩筒

當時竹詩筒，遺製傳元和。巧工代以木，刳中供吟哦。既免閏年厄，還貯新篇多。倘逢元白流，酬唱無關河。

閔華得銅蟹

有物曰郭索，釋名見揚子。胡爲登几席，遽爾離泥滓。緣鑄首山金，用鎮蔡侯紙。策勛在文房，不信乃介士。

全祖望得曲木几

老我直如弦，豈有安身處。何來輪囷木，示以委蛇趣。差喜自天然，不須假雕鑄。獨憐醉欲眠，憑肱適相遇。

張四科得蟾蜍水滴

誰鑄此蟾蜍，彭亨隱痱癗。爬沙不入月，貯此涓滴水。研磨墨瀋香，摩挲土花紫。長置硯山旁，相對憶顛米。

東園雜詠

胡期恆得品外泉

一泓清碧映寒星，入口泠泠貯玉瓶。鴻漸品泉應未到，偶然遺漏譜《茶經》。

程夢星得醉烟亭

年年來倚醉烟亭，繡野晴川疊畫屏。試問離離原上草，春風何日爲吹醒。

馬曰琯得春雨堂

（已見本書《詩歌輯佚》）

汪玉樞得凝翠軒

十分松樹一分山，都在烟光杳靄間。好是竹西新雨後，小窗六扇幾曾關。

方士庶得蘋風檻

迴廊屈曲滿風漪，露下橫塘月上遲。輸與四明狂客在，白蘋香裏倚闌時。

方士庭得目矊臺

扁舟重溯水雲隈，窗戶玲瓏面面開。一片玉鉤春草色，幾回吟上目矊臺。

馬曰璐得春水步

（已見本書《詩歌輯佚》）

陳章得小鑑湖

道士莊前憶昔遊，菰蒲秋色滿汀洲。酒船欲棹歸難得，卻倚平軒俯碧流。

閔崋得駕鶴樓

駕鶴樓高逼太清，林風時作步虛聲。仙人吹笛向何處，二十四橋秋月明。

陸鍾輝得嘉蓮亭

莎亭一曲水瀠迴，紅白芙蕖鏡裏開。飛起鴛鴦七十二，曉風殘月莫相猜。

張四科得踏葉廊

長廊疏樹欲寒天，悴葉成堆夕照邊。爲覓江南腸斷句，畫闌干畔踏秋烟。

送全謝山歸四明

程夢星

結契青霄上，投閑白社過。江湖堪寂寞，身事儘蹉跎。醉裏分襟易，愁邊得句多。甬東山水窟，歸興復如何。

馬曰琯

（已見《沙河逸老小稿》卷三）

馬曰璐

（已見本書《詩歌輯佚》）

陳章

甘窮恥作令，淮海又歸程。文字浩千頃，草堂寒四明。寂寥知酒德，老大重離情。潮信西陵近，相思好寄聲。

姚世鈺

武林懷舊事，淮海共飄蓬。相索形骸內，長逢羈旅中。一官君落魄，多病我成翁。珍重南雷學，離心溯浙東。

閔崋

館閣文章伯，江湖落拓身。銷磨閑意氣，憔悴老風塵。久作蕪城客，同爲白社人。朋尊且小住，緩醉十洲春。

陸鍾輝

廿年頻聚散，又悵送歸橈。名重時難合，愁多酒易消。離筵雲黯黯，去路葉蕭蕭。定憶同遊處，春風十五橋。

張四科

契集寧嫌數，旋歸漫鬱於。拋將擊肘印，載得等身書。水驛風初勁，家園歲又除。莫忘千里駕，長狎日湖漁。

分詠四明古跡重送謝山

胡期恆得黄公林

黄公居商山，其産自東越。暨夫采芝時，遊戲偶一出。至今餘長林，清風自蕭屑。先生歸歟處，門外無俗轍。

程夢星得梅墟

孫郎屠梅龍，其一飛定海。横江亙爲墟，巨核誰所采。仙巖梅子真，丹竈至今在。與子訂春遊，花時尚我待。

馬曰琯得雪竇

（已見本書《詩歌輯佚》）

方士庻得石窗

山石高突兀，面面敞疏櫺。日月光洞達，長年户不扃。先生此棲遁，看山雙眼青。我欲從之遊，摟身淩滄溟。

馬曰璐得賀公釣臺

（已見《南齋集》卷三）

陳章得達蓬山

秦皇昔東遊，高峯駐黃屋。胷中有蓬萊，滄海視平陸。惜未銘李斯，竟爾輸徐福。不知望見無，君歸試遐矚。

姚世鈺得補陀山

補陀落迦山，南溟浮嵬巢。曾棲梅子真，亦現觀自在。我非佛弟子，大藥故思採。目送朔風帆，遐心寄瀛海。

閔崋得竹林

真儒棲息地，草木常如新。清風滿林下，立節高嶙峋。迄今五百年，此中乃有人。扁舟竟歸去，著作同等身。

洪振珂得小西湖

澄湖落天光，空明似秋月。人烟接渺瀰，鷗鷺閑出沒。十洲花影交，半夜漁歌發。君歸泛雪篷，吟情自超越。

陸鍾輝得六詔山

剡溪第一曲，右軍昔居此。累卻鸞羽車，逃名如敝屣。尚有滌硯池，風吹墨濤起。先生且暫歸，但恐不免爾。

全祖望得安期島

早入重瞳幕，晚采翁洲藥。赤松與黃石，成否各有託。山南桃花巖，醉墨猶可拓。今我歸去來，從之遊鯷壑。

張四科得玲瓏巖

禪宗第三山，高巖對蘭若。雲從峁嶆生，水向空嵌瀉。引我遠遊心，因君歸白社。飢腸貯古勤，應感天童下。

分詠揚州歲暮節物

胡期恆得吉祥丹

爐焰折丹房，奇薰出禁方。彈丸纔入火，虛室自生香。泛溢屠蘇暖，氤氳樺燭光。東風好消息，眉際見微黃。

程夢星得祭竈果

五祀原非媚，新團出磨香。差能勝白水，終是遜黃羊。司命聊相送，比鄰許共嘗。年年此風味，纖手倩廚娘。

馬曰琯得鬧穰穰

（已見本書《詩歌輯佚》）

汪玉樞得歡樂

五色鸞箋異，千門佳氣同。豔宜迎曉日，疏不礙春風。隔歲黏痕在，今年鏤樣工。彩幡思舊製，應遜此玲瓏。

張世進得壓歲錢

年時娛稚子，亦藉孔方兄。用鎮將除夜，聊酬再拜情。迴環朱縷結，珍重繡囊盛。記得垂髫日，摩娑笑靨生。

方士庶得長命菜

年華見菜莖，一種色菁菁。不用鳴刀机，翻如遂長成。休徵宜稚子，真味識儒生。何似黄齏淡，方稱百歲羹。見《清異録》。

馬曰璐得天燈

（已見本書《詩歌輯佚》）

陳章得節節糕

如霜隨磨落，似鋌逐模成。層累盤盂出，青紅點染明。希高訛吉語，酬節想東京。《東京夢華録·節物》多載糕事。百尺竿頭意，兒曹記此名。

閔崋得蒸飯

風俗隔年陳，中堂位置新。但教炊似玉，不使甑生塵。蒼翠標松正，青紅飣果勻。家家忻鼓腹，留此待開春。

陸鍾輝得春健人

連宵春玉粒，蒸粉製爲人。不作龍鍾樣，難模戍削身。獻親祈老壽，隨俗饋新春。比似媧摶土，相看一笑頻。

洪振珂得斗香

何物格神祇，沉檀細屑爲。彩毫塗一斗，細楮裹千枝。繚紹分層疊，氤氳薦歲時。正元初曙後，高架爇階墀。

張四科得報旺鞭

晃晃長竿上，青紅一串懸。響多疑谷應，迸落象珠連。子夜將闌後，辛盤未設前。繁聲似傳語，家慶正綿綿。

分詠揚州歲暮節事

胡期恆得書聯

淑氣來書幌，輕冰泮硯池。選豪新製筆，吉語舊人詩。滿寫紅箋字，無勞黃絹辭。年年煩阿買，春色在門楣。

程夢星得分歲

今夕是除夕，清閑獨掩門。百年過六七，一夜判寒暄。愧少先春句，聊開後飲尊。老人貪穩睡，不寐笑兒孫。

馬曰琯得跳竈王

（已見本書《詩歌輯佚》）

汪玉樞得聽讖

懷鏡傳遺俗，吾衰亦爾爲。長宵人靜後，深巷獨來時。側耳聽閑話，無心得好辭。明年消息定，坦步不須疑。

張世進得祀牀婆

歲祀牀婆子，深宵酒果芬。自成鄉里俗，不用翰林文。琴瑟音常叶，熊羆夢早聞。我求高臥穩，聊亦致殷勤。

方士庶得松盆

生火非商陸，然松古俗存。比鄰相暖熱，一室盡溫黁。乍似浮香篆，仍教泛酒尊。新年來賀客，遮莫誚寒門。

馬曰璐得飣盤

（已見本書《詩歌輯佚》）

陳章得掃塵

青布蒙頭婢，颼颼拂竹梢。光華到牆壁，蓬勃出衡茅。盡與除蛛網，休教損燕巢。廓清天下志，老懶任相嘲。

閔崋得祀廁

介幘朱衣者，圖來插竹根。曾愚唐李赤，應識晉王敦。處穢名翻淨，居污位轉尊。苾芬修薦汝，行欲糞田園。

洪振珂得作羹

粒粒惜篩餘，調羹芼凍蔬。碧芹香可擬，玉糝滑何如。洗手煩廚下，沾唇樂歲除。故園風味在，瑣事亦堪書。

陸鍾輝得炨麻秸

餞歲沿鄉俗，麻秸炨火紅。直教宜百穀，兼可掃昆蟲。田燭分春色，鄰燈借晚風。一叢茅屋下，比戶插相同。

張四科得封井

歲事轆轤轉，息機殊可懷。常時宜勿幕，此夜若新柴。冰鏡沉寒甃，銀瓶臥晚階。明年試初汲，昏眼要先揩。

丁卯正月六日郊遊用陶淵明遊斜川韻

胡期恒

歲首風日暖，於茲卜天休。嘉我二三子，郭外逍遙遊。沿堤蓄塘水，已作涓涓流。春陽稍呈露，翻飛戲羣鷗。登樓縱遠目，何異升高丘。樂哉無一事，此境誰與儔。清詩真漫與，朗吟更唱酬。不知朝參客，能有此樂否？麥根已滋長，料無凶歲憂。一飽萬想滅，鼓腹吾何求？

程夢星

春郊開霽景，欣兹風雨休。六日始一出，遲彼斜川遊。躡屐升崇阜，擁棹俯清流。遙情託縱鶴，逸侶偕盟鷗。雖非遠林壑，猶記某水丘。蕭閑二三子，鄉里多朋儔。相約事耕釣，夙願良易酬。未知柴桑翁，亦許此意否？既無詩逋慮，惟有尊空憂。小隱既云足，胡爲物外求？

馬曰琯

（已見《沙河逸老小稿》卷三）

張世進

甫見歲籥改，且喜塵勞休。偕我素心友，適波青郊遊。步屧忘遠近，談諧恣風流。身同出籠鶴，心若隨波鷗。淺水生近渚，長松蔽崇丘。正爾樂放曠，何必多侶儔。稍倦憩林館，清言互賡酬。春服問成未，臘醅嘗旨否？人生秖百年，安用懷千憂。及時縱燕賞，此外無餘求。

汪玉樞

膠膠厭城市，促促那可休。喜得自在身，策杖來郊遊。條風扇朝旭，餘雪融平流。淡然襟抱適，蹤跡同海鷗。當兹景物佳，壺榼排林丘。追隨盡文彥，所愧吾非儔。雲龍許相逐，此倡彼亦酬。梅柳逞華滋，尚待幾日否？人生貴行樂，何必生煩憂。拙性愜山澤，此外將何求？

方士庶

歲新人意適，動静皆見休。静學邊韶臥，動爲東皙遊。草木欣始萌，澗泉澌澌流。願隨丈人後，參差如泛鷗。沿緣渡傍渡，升降丘上丘。春至景氣和，遇物皆我儔。平生樂無事，卽此志已酬。遐思義皇世，信能如此否？嗟彼悒悒者，身外叢百憂。違性爲遠圖，不知何所求？

方士庚

人生行樂耳，心逸乃日休。獻歲始六日，蜂聲已暖遊。草芽碧漸舒，麥畦青欲流。形骸鮮拘束，來去同閑鷗。涉境自成趣，況復尋烟丘。駕言出北郭，少長兼朋儔。五字互賡和，一尊相勸酬。未審義熙世，得如今日否？歲有豐稔兆，身無疢疾憂。願言永今朝，營營何所求？

馬曰璐

（已見《南齋集》卷三）

陳章

欲出意復懶，啼鳥唤不休。晨策遵坰野，遂爾成嘉遊。樹翼微風去，水帶初陽流。羈懷一以豁，思狎波中鷗。何必去人遠，亦有小埒丘。獨往興易盡，偕行多良儔。得句互賡唱，臨觴迭相酬。俯仰人世間，有此暇豫否？身賤豈遑恤，道在曾靡憂。梅花暗相約，斗酒尚可求。

閔華

忽忽節序换，歲首人事休。且偕社中侶，聊作塵外遊。披林造佛刹，涉梁俯壕流。風和無凍雀，水暖多輕鷗。駕言躡層坂，何異玄圃丘。韓公子姪從，陶令鄰里儔。今日共臨眺，萬景無停酬。試問後遊人，有如此樂否？藉彼一尊酒，消我千載憂。人生幾緉屐，不飲將安求？

洪振珂

人生洵勞止，亦欲得少休。青郊適連袂，佳日相追遊。老態看漸增，年華去如流。胡不解天弢，侶彼浩蕩鷗。方事蠟吟屐，更欲築糟丘。連紙快得句，朋尊喜有儔。草薰初欲遍，鳥語同交酬。不知斜川人，尚復解此否？往者不足憶，來者吾何憂。卽時樂上樂，汲汲將焉求？

題西疇圖

程夢星

摘星樓下蜀岡東，丘壑生成自不同。最好綠疇平似掌，一犁春雨暮烟中。原上鳴春賦鵓鴿，繪圖何用倩丹青。隔江更有山如畫，收向樓前作翠屏。幾度經過舊有詩，來遊偏早去偏遲。煩招添我閑叉手，記取山窗聽雨時。曾將淡墨寫迂倪，兩兩蓮塘碧葉齊。今日登樓遙指點，溪亭只在石橋西。

馬曰琯

（已見《沙河逸老小稿》卷三）

汪玉樞

數尺生綃淡墨妍，殘梅籬落繞春田。他時壁上閑看處，應記園林二月天。

張世進

別業崑岡下，扶疏竹樹幽。春秋多佳日，西北有高樓。載酒招犀首，爲圖倩虎頭。吾將營十畝，傍舍築菟裘。

馬曰璐

（已見《南齋集》卷三）

陳章

十畝西郊地，荊扉烟靄中。稻香吹鶴柴，花影上牛宫。載酒沉冥客，言田傴僂翁。予懷沮溺志，慚愧但飄蓬。

洪振珂

負郭此田園，編籬匝短垣。野蔬春供饌，遠岫早當門。過雨看農事，逢花挈酒尊。倩君圖畫裏，添我駕烏犍。

陸鍾輝

日日清遊出，扶笻不待呼。探梅來舊侶，潑墨寫新圖。附郭田高下，隔江山有無。行吟苔徑裏，點染著吾徒。

著老堂分詠春蔬

程夢星得薺

荼薺不同畝，所别苦與甘。豐歲先春生，有若飴可含。未須作觔買，挑擷已盈襜。莫待花如雪，從誇三月三。

馬曰琯得蔞蒿

（已見本書《詩歌輯佚》）

張世進得芹

春水生楚葵，彌望碧無際。泥融燕嘴香，根茁鵝管脆。允與煑飯宜，常足調羹計。轉笑羊鼻公，和醯太拘泥。

馬曰璐得杞苗

（已見《南齋集》卷三）

陳章得蘆芽

昨日沙上叟，盈筐送虇萌。我本扁舟客，喚婢作吴羹。細嚼春江味，中有秋雨聲。更配河豚煑，毋愁性命輕。

閔崋得韭

茸茸早韭畦，初齊半莖碧。春風剪園官，夜雨餉詞客。分非居鼎烹，相豈宜肉食。飽饜庾郎貧，待汝長一尺。

陸鍾輝得菜薹

菜甲乍生薹，肥嫩勝筍蕨。抽心摘春雨，論把撥殘雪。飽食桃花時，滋味亦清絕。毋勞羊蹴蔬，只此已饕餮。

集讓圃投壺

胡期恆

《禮》著投壺義，娛賓古法垂。三辭猶揖讓，再拜敢傾攲。宴爵行無算，升歌節不遲。當年羊叔子，裘帶好風儀。

程夢星

古者投壺以樂賓，設中東面奉枉矢。歌詩陳樂儀節繁，執爵命弦著典禮。後人視此苦其迂，六博彈棋擅奇技。其製久廢器尚存，偶然遊戲差可喜。讓圃主人招客來，欲師古意客曰唯。爾乃揖賓偕就筵，貍首未奏鼓聲起。一馬二馬三馬終，五扶七扶九扶止。多者立慶少者從，劣者行觴勝者跪。自愧生疏幾敗壺，但求免罰姑中耳。敢傚賭龍玉女笑，竊窺隔障石姬恥。邯鄲作賦詞難追，司馬更格圖空擬。激箭作驍匪所能，袖手旁觀聊復爾。獨欣醉飽相周旋，有酒如淮肉如坻。

馬曰琯

（已見《沙河逸老小稿》卷三）

張世進

小集亦觀禮，花間枉矢擊。分曹惟賭酒，醉客免投瓊。耳惜副車中，壺聽破的聲。陶然忘永日，勝負不須爭。

馬曰璐

（已見《南齋集》卷三）

陳章

儒雅祭征虜，詼諧郭舍人。此風久不作，今日復娛賓。壺響丁東矢，觴行揖讓身。嗤他博塞者，豪放擲錢緡。

閔崋

投壺本小技，燕饗禮所重。中虛叶卦象，外直取材用。四體心手嫺，八音金竹共。進退觀揖讓，勝負生靜動。惟此樂主賓，因之煩僕從。分朋似兩軍，十發或五中。叩底微有聲，塞口欲無空。驍者入環躍，罰者具爵奉。佐飲作雅歌，逾言屏嘲弄。有時如漏滴，奚事勞梏貢。古賢戒沉湎，茲意警閑縱。肯效郭舍人，巧僞博笑鬨。

陸鍾輝

素心來讓圃，講藝法投壺。慶馬多新格，歌詩按舊圖。主賓皆欲醉，勝負總清娱。進退花前立，相將日已晡。

張四科

別圃娱賓處，銅壺竹矢將。禮如鄉射肅，樂豈雅歌妨。罰□誰先飲，驍心我已忘。卒投同一笑，花外又斜陽。

韓江雅集卷十一

展上巳集環溪草堂流觴讌會

胡期恒

暮春天氣好風烟，山水清音勝管弦。雅集已過修禊日，佳辰絕似永和年。林亭屈曲添三徑，花竹高低映一川。俯檻臨流任歌嘯，百觚分送酒如泉。

程夢星

蜀岡西畔絕囂塵，獨闢幽居少四鄰。自有清溪真得地，不妨重禊又經旬。亭堪避日休安障，杯解隨流故近人。漫道永和追往事，詠歌留作十分春。

馬曰琯

（已見《沙河逸老小稿》卷三）

汪玉樞

暮春三月十三日，元巳風流忽挽回。流水繞溪杯再泛，落英滿徑客重來。已遲內史經旬禊，卻乏參軍一句才。觴詠不須今昔感，茂林修竹共徘徊。

張世進

繁花能笑鳥能歌，臨水風流效永和。禊事已驚旬日過，春光還剩一分多。客憑矮石如憑几，杯信微風不信波。絕勝無聊柳州飲，佳晨莫惜醉顏酡。

方士庹

祓禊行過十日期，追歡仍在水之湄。花酣濃露欹雕檻，酒泛微風繞曲池。老去燕遊甘落後，靜中歡賞未嫌遲。十三況較初三好，素魄將盈此一時。

馬曰璐

（已見《南齋集》卷三）

陳章

十畝芳園一水周，湔裙重與狎沙鷗。永和卻爲開成改，童子還隨冠者遊。風帽參差依柳坐，羽觴宛轉逐花流。莫嗟萬事蹉跎過，禊飲猶能兩度修。

閔崋

高會園林值此辰，環溪新漲綠鱗鱗。重修禊事仍三月，老去春光只一旬。飲帶落花浮玉斝，坐臨流水列華茵。若依觴詠蘭亭例，卻少羊何罰酒人。

洪振珂

重修上巳集環溪，蝶舞鶯忙十日遲。芳草香中鋪坐席，綠楊風裏送流卮。未甘閑過花飛日，猶及歡追祓禊時。絕勝蘭亭烟景好，晚來明月稱吟思。

陸鍾輝

新蓋香茅占水南，流杯也作展重三。綠蘋池上安吟榻，紅藥闌邊駐容驂。好借良辰修故事，何須典午學清談。誰人肯向環溪宿，燈影沉沉月影涵。

張四科

爲憐佳節暗相催，禊事重修到水隈。蘭上偏逢唐日會，竹間初報洛花開。蘋香和酒風吹過，荇帶牽觴手引來。我似羊劉詩思澀，又拚沉醉棹船回。

鮑辛甫還自京師小集漁川齋中

王藻

謁帝承明後，雙旌溯浙中。去當寒食火，歸及楝花風。今兩題襟始，香鯿下箸同。公南吾欲北，時余將入都。鴻跡兩悤悤。

鮑鈐

久客盼歸路，停舟訪素心。坐中皆舊雨，簷外滿新陰。未便褰裳去，同爲擊鉢吟。白頭江海吏，也許附題襟。

陳章

日望朝天客，重逢卽別筵。愛遺鐺腳郡，先生宦歷浙西三郡。情繫渡頭船。烟月邀新句，風塵濯大川。未能隨竹馬，漂泊定相憐。

張四科

數面欣投契，彌欽淹雅才。蓬蒿邀命駕，烟月照傳杯。新集朝天績，孤帆向夕開。浙西遺愛在，爭喜使君回。

四月十一日集漁川齋中時久旱小雨

厲鶚

宿麥行將槁，經春望未寧。灑塵初有意，潤物莫教停。奔走煩三事，蒼茫乞百靈。西窗今夜燭，萬一得同聽。

王藻
首夏坐清晝，鉤簾對雨飛。聲初來濶樹，涼已入生衣。未必魚苗長，差添梅子肥。宵分思破塊，不憚踏泥歸。

陳章
望兩占朝暮，雲陰江上城。坐聞高樹響，吟對小堂清。行道聊蠲暍，扶犁未慰情。何當吹海立，快意四簷傾。

閔崋
二月至四月，東南兩澤慳。天心雖未測，農事卻相關。疏點下空際，好聲來樹間。此時驚喜甚，滿耳待潺湲。

分詠端午節物

程夢星得蟾墨
誰捕妖蟆窟，難容避水瀆。不教吞月魄，卻許飫烟雲。書咒堪驅瘧，塗形可聚蚊。莫辭辛苦意，皤腹滿清芬。

馬曰琯得釵符
（已見本書《詩歌輯佚》）

厲鶚得艾人

五日冰臺采，爲人楚俗遺。分形資藥圃，辟惡上門楣。映髮嗟非壯，垂腰笑已遲。不須尋本草，眠食祝相宜。

方士庶得繭虎

雪色小於菟，釵梁勢負嵎。穿針疑飲羽，添線欲編鬚。未得辭纏縛，何曾利走趨。婦功初獻處，威攝百邪無。

方士虔得五時花

點綴天中節，軍持插案頭。高花似旌節，小草亦忘憂。長養時方盛，參差態轉幽。更添好顏色，昨夜折紅榴。

馬曰璐得九子粽

（已見本書《詩歌輯佚》）

陳章得長命縷

五采色相宜，千絲寓祝延。紛縈金釧重，交映雪羅鮮。風土傳周處，情懷記小憐。將迎日長至，永以致纏綿。

姚世鈺得蒲劍

宛是匣中劍，依然石上蒲。親身無玉具，彼澤有洪爐。兩刃何曾試，千金豈所須。終南前進士，佩此百靈趨。

閔崋得小龍船

小樣學龍舠，提攜擊綵絲。縱令具鱗鬣，終是失波濤。競渡時方盛，攤錢價轉高。老夫欣節物，一笑付兒曹。

陸鍾輝得畫鍾馗

誰將鍾進士，尺幅寫朱兒。飯鬼疑唐事，傳芭學楚詞。薰風入袍笏，古色見鬚眉。修祀隨遺俗，爐香供午時。

張四科得雄黃酒

辟惡尊開處，晶熒一七加。芳辛和昌歜，瀲灔吸流霞。色藉千鍾豔，功參五石誇。殘膏乞兒女，分與頰邊搽。

五日席間詠嘉靖雕漆盤聯句（存目）

（已見《沙河逸老小稿》卷三）

集榮木軒觀趙承旨畫番馬圖聯句

溽暑如蒸炊（張世進），月令當房馬。尺幅展虛堂（陳章），萬里見朔野。顧此渥洼姿（姚世鈺），審是魏公寫。傳神形權奇（閔崋），落筆勢豁悶。飄蕭風鬃披（張四科），慘淡汗血灑。連錢散滿身（世進），踼雪沒半踝。低頭受羈絡（章），逸足反踦跨。天廄羣早空（世鈺），龍種世本寡。一匹意已足（崋），千金價誰捨。奚官磔髯鬚（四科），胡服飾帶銙。淩兢面色黧（世進），蒙茸裘綠赭。豐貂護耳垂（章），短策裹袖把。冰堅長城窟（世鈺），草白陰山下。銜寒欲何之（崋），適遠任牽者。遭逢哀王孫（四科），劫運屋宗社。豪素託深情（世進），鈐印記大雅。畫殺事或真（章），形化語豈假。伯時其庶乎（世鈺），聖予非敵也。拂拭搘玉叉（崋），賞玩行翠斝。移曝向西廊（四科），涷雨忽鳴瓦（世進）。

展重五集小玲瓏山館分賦鍾馗畫並序

歲丁卯，五月十五日，馬君半查招同人爲展重午之會於小玲瓏山館。維時梅候未除，綠陰滿庭，遍懸舊人鍾馗畫於壁。鍾馗之説不一，如宗慤母妹之名，于勁之字，皆在南北朝，而今人則傳終南進士事。又古者歲除畫鍾馗辟邪，故張説有《謝賜曆日鍾馗表》，而今人則用於五月五日。是日適爲夏至，陰陽交爭，防諸沴戾，禳而卻之，亦荊楚歲時所不廢也，遂人占一畫，各就畫中物色賦七言古詩一篇。錢唐厲鶚爲之序。

胡期恆得聽琴圖

松風蕭蕭月澹黃，幽人不寐絲弦張。深山賞音不可得，皋禽林鵲爭回翔。五鬼相將來月下，衣裳五色紛縹緗。袖扶手挽側耳聽，心領意會神飛揚。一鬼墮井行欲出，一鬼提挈殊倉黃。其餘三鬼不相顧，撫松傍砌鬚眉蒼。吁嗟雅音久廢棄，箏琶盈耳聲洋洋。俗人未必重古調，反令異類偷宮商。或云五人非鬼魅，終南進士傳初唐。明皇晝寢夢中見，鬼弄玉笛欺寧王。藍袍角帶靴短靿，抉鬼二目啖其腸。明皇驚問汝何職？鍾馗姓字形昂藏。武德屢舉不得第，觸階而死情可傷。明皇夢中錫冠帶，許爾劍佩趨明光。醒敕道子圖形像，頒賜三府名逾彰。至今北門管鎖鑰，民間多繪像貼後門。神荼鬱壘官同堂。今觀此畫良有意，化一爲五皆冠裳。毋乃鍾期世不遇，欲求世外搜渺茫。多多益善五音備，一夔未足儀鸞凰。詩人百怪入肺腑，攜挂素壁傾蒲觴。

程夢星得嫁妹圖

終南進士身昂藏，青袍烏帽紅錦襠。腰懸犀劍秋水光，手持象笏如奉璋。獨跨寒驢行控韁，控麾妖妹爭趨蹌。高燒列炬生冥芒，若有鬼物百兩將。小妹于歸甲乙良，星眸閃閃修眉長。烟鬟雲髻明月璫，薜荔爲衣芙蓉裳。結束仿佛猶唐粧，自擁帷車御七香。侍婢提攜脂粉箱，絳綃纏背騎鹿麞。頭插丹榴兼艾菖，九子魔母攙其旁。暴辛之塤女媧簧，間以河鼓聲鏜鏜。宛似鵲駕來銀潢，左擎尊罍右牽羊。蹇修者誰籧篨娘，赤鯉蒼雁羅兩行。親迎者誰白石郎，老馗顧盼神飛揚。肩聳目突髭髯張，風馳電掣淩虛翔。天上朱陳應有鄉，女家男室何悤忙。吁嗟人间昏嫁空搶攘，向平之願馬能償。

馬曰琯得踏雪圖

（已見《沙河逸老小稿》卷三）

汪玉樞得策蹇圖

春風幾日來天涯，老馗策蹇沿江沙，帽簷斜壓湘梅花。一領緋袍橫屬鹿，手控絲韁瞠兩目，角帶犀垂大腰腹。畫師畫此何蕭閑，踏雪只在終南山，馬蹄得意任人間。

厲鷚得出獵圖

老馗駿騎風蕭蕭，一陰生後爲夏苗。嘯梁之類聚若齒，屬目用命無敢囂。後勁𩯭鬖各有執，繩牀背負攜瞿瓢。峨冠挾簿似從事，數獲且待盛諸簝。前驅何所見？醜怪兼跳踃。或對持赤棓，肅若官趨朝。或牽黃臂蒼，或鳴鉦吹簌。或建中軍鼓，淵淵振雲霄。或樹大將旗，獵獵吹招搖。玄豹或鎖掣，豪豬或叉撩。此皆偶中耳，老馗沉機密算慘不驕。半塗忽出邅迹虎，相顧動色馳羣驍。蹶張在地弩交彀，投石向空距獨超。揞喉戈銛間大斧，欲除世害驅倀妖。天實年間李楊輩，翼而冠者如虦貓。老馗胡不殪其黨，忍使三郎遠幸萬里橋？今來畫裏展重五，徒然策勛酌而桂與椒。

張世進得觀傀儡圖

老馗毷氉不得志，時將傀儡觀人事。閑中役鬼效爲之，壯心聊寄逢場戲。郭郎鮑老各言工，都入揶揄冷眼中。粧就衣冠無不似，竊來顰笑總相同。綠袍烏帽旁觀久，手拂虬髯開笑口。暫藏秋水三尺鋒，且醉春風一杯酒。歌板喧闐響易沉，區區科第莫關心。開元天子郎當日，也有牽絲刻木吟。

方士庶得元夕出游圖

星橋晝啓懸蟾輪，初祠太乙五夜春。落第老馗志莫伸，毷氉秉燭游紅塵。天衢白日羞逡巡，偷游不許吹青磷。金蓮寶炬燦若銀，曲江宴罷非我倫。交光下照袍笏巾，幾多辛苦將誰陳。深宮睡美夢敢頻，貌寢徒觸天子嗔。回燈歸去行侁侁，夜何其兮還飲醇，馗乎馗乎天欲晨。

方士庚得戲嬰圖

中山進士懶驅祟，懷抱嬰兒事游戲。鞟足眇目貌猙獰，得毋使兒生怖悸。英雄亦復戀閨闈，旁列錦墩彼姝侍。裁量長短綠綈袍，魑魅跽擎針線笥。圖書屏几何密清，一鬼聳身據平地。老尷箕踞作胡牀，不敢酸嘶撐兩臂。妍媸好醜太不倫，近婦信陵堪自比。進士聞出天寶年，當日朝綱多倒置。楊氏諸姨車鬬風，洗兒錢自天家賜。衮職有闕誰補之，聊以縫裳寄吾意。畫師那得知許事，繪圖聊紀天中瑞。

馬曰璐得秤鬼圖

（已見《南齋集》卷三）

陳章得夜游圖

中山老髯知有無，往往畫史傳其圖。此幅出游更慘淡，深林月黑天模糊。徒御導從十九鬼，跳踉睒睗爭分趨。一鬼鳴金開道路，四鬼執斧戈鋋殳。一鬼拔山若毛羽，一鬼轉石如轆轤。中有兩鬼徒手搏，努目奮臂筋纏粗。肩牀持蓋相耳語，嘍嘍不了欹頭顱。騎牛小妹色韶麗，鬅鬆蟬鬢飄袿襦。牽者鞭者各有態，獨一負戴偏勤劬。老髯跨驢驢耳卓，醉倒亦有左右扶。最後三鬼奔欲及，捶鼓吹笛拍板俱。此種情狀何處得？毋乃筆墨游戲乎。似憐此髯抱忠憤，琅玕欲剖徒區區。十上空悲盤古榜，强死未登龍尾衢。藍袍白簡身後賜，故作吐氣虹霓如。簪花且當聞喜宴，夜行衣錦聊歡娛。書生豈勝百夫長，指揮羣鬼橫湛盧。卷圖不覺一大噱，中山老髯知有無。

閔崋得執笏圖

虬髯蝟磔緣兩輔，雙目曉瞘背傴僂。綠袍烏帽尚唐裝，執笏居然如拜舞。老馗老馗真鬼雄，昔曾見夢開元中。不能治人能治鬼，帝曰手版錫汝躬。區區魚須象齒固足貴，非徒恣爾食鬼貪饕凶。我聞在人不在笏，物自因人成得失。君不見宰相極諫魏元成，又不見太尉擊賊段秀實。或者挽船惜民力，庶令此笏生顔色。幽冥雖殊用則一，馗也慎毋忝厥職。老蓮作此非荒唐，六法直逼驃騎張。紛紛轝毅那足仿，只畫終南進士垂紳裳。

陸鍾輝得品茶圖

老馗胷中多磊磈，縱酒澆愁渴吞海。松風活火石鼎生，魚眼蟹眼貫珠琲。空山老樹聲飂飀，葵榴交映午景幽。七椀蕩滌宿酲醒，虬髯蕭颯精神遒。此時林魈當斂迹，切勿跳踉聲啾啾。

張四科得觀緣竿圖

嵧嶆石壁流水漸，終南進士頎而髯。廣場坐看險竿戲，伎倆狡獪誰憎嫌。一鬼偃臥翹一足，長竿植立如膠黏。骨騰肉飛一鬼健，夤緣詎比上竹鮎。全身橫陳兩手擎，飆輪旋轉衣毿毿。青冥攀附窺烏蟾，欲墮弗懼厥體殲。其下二鬼悉仰面，短笛不鳴鼓不歉。一鬼旁觀怖欲死，雙目睒睗舌䑛䑧。意匠經營極慘淡，陰風吹日摧西崦。嗟汝老馗實鬼伯，變幻萬態眼底兼。耽玩此技有深意，要看醜類臨危阽。嗚呼百尺竿頭那易轉，進步一寸分仙凡。

喜雨用建除體

胡期恆

建瓴高屋雨如注，除煩滌暑消沉痼。滿天昏黑生雲霧，平地波濤俄布濩。定知年歲獲豐裕，執鐮磨鎩修農具。破屋泥塗苫草樹，危危高廩堆村路。成功似是神之助，收藏百穀飢無慮。開懷歡樂朝復暮，閉門擊壤歌《韶》、《護》。

程夢星

建未之月壬申日，除卻焱熇雨師疾。滿盈雷震聲突忽，平注田塍流活活。定知天意驅妖魃，執犁扶耙樂生活。破旱甘霖勢莫遏，危極復安氣轉勃。成功者退杲杲出，收穫倉箱堪預必。開尊且喜釀新醱，閉門醉臥西堂月。

馬曰琯

（已見《沙河逸老小稿》卷三）

厲鶚

建幡青衣柳枝擘，除祛妖妭四眼赤。滿空風雲瓶水滴，平地雨深可盈尺。定飛南箕東井檄，執符者誰玉京客。破壞五塘少遺迹，危哉立苗困龜坼。成功不尸向虛碧，收雷淵默百嬌寂。開顔江淮農笑啞，閉門角韻飲歡伯。

張世進

建瓴之水屋上無，除壇掃地修夏雩。滿田龜兆禾欲枯，平湖漸涸成沮洳。定然天意憐農夫，執熱待濯難徐徐。破山疾雷與雨俱，危者忽持顛者扶。成泥不惜行人濡，收穫可望大有書。開尊飲罷眠紗𧏡，閉目殘滴聞疏疏。

方士庹

建業水自邗溝回，除卻五塘無一杯。滿天赤日燒煤炱，平疇焦卷愁根荄。定方壬癸巍其臺，執券而取風雲雷。破空白雨潤九垓，危接四望銀竹排。成熟有期不告灾，收納溝澮聲湝湝。开襟招涼詩客偕，閉關頌酒樂事該。

馬曰璐

（已見《南齋集》卷三）

陳章

建標燒空十丈霞，除地結壇歌吁嗟。滿田車響蜕骨蛇，平明雨腳劇亂麻。定卻衆心如鎮瓜，執熱忽爾沉冰窪。破顏一笑農人家，危機轉斡生意佳。成功嘆酒歸欒巴，近延天台道士祈雨，亦聞噀酒作咒。收穫庶幾均污邪。開落不問紅藕花，閉門高枕潺湲譁。

姚世鈺

建未之月火傘張，除熱惱無栴檀香。滿空雲氣俄飛揚，平階忽聽聲淋浪。定知天念斯民康，執幡道士醮綠章。破山雷起蛟龍翔，危免焚巫兼暴尪。成憂成喜人欲狂，收未可卜千倉箱。開尊且醉今宵涼，閉戶底用覓睡方。

閔華

建風竿立城西隅，除草布地層氈鋪。滿注盎水蒼龍濡，平明鍾鼓道士俱。定有法力咒且符，執幡童子繚繞呼。破塊要使羣苗蘇，危於望撲原燎枯。成功頃刻如江湖，收穫自令盈廨儲。開懷一飲酒百壺，閑羅不憂漁利徒。

陸鍾輝

建官閔農惟其常，除灾攘凶當有方。滿塍龜坼愁亢陽，平岡設壇騰緑章。定心誠感傾天漿，執囊椎鼓風雷將。破窗亂射鳴浪浪，危簷雪溜生新涼。成然而寐夢蝶牀，收望西疇兆金穰。開倉納秸千斯箱，閉目預想喜欲狂。

張四科

建旗畫隼馳荒郊，除壇請雨白雨澆。滿空風雷掃炎熇，平飛銀箭如鳴髇。定知霑潤無肥磽，執耒四野歡聲呶。破曉直注連清宵，危坐傾耳金石敲。成連海上神蕭寥，收回赤令慘不驕。開霽我願遲三朝，閉門且歌甘澤謠。

雨後兩明軒坐月

程夢星得陽韻

一雨洗空碧，開軒納月光。微風清酒味，濕露挹荷香。皎皎升高樹，依依下曲廊。深談忘久坐，如對早秋涼。

馬曰琯得鹽韻

（已見本書《詩歌輯佚》）

厲鶚得齊韻

駛雨晚來歇，月明秋夜齊。涼銜雲葉散，濕度水花低。坐愛參差影，詩憑蕭爽題。主人留客意，看轉粉廊西。

方士庶得庚韻

小軒宜對月，況值雨初晴。頓覺烟雲淨，還欣風露清。盆荷香有韻，庭樹寂無聲。領略閑滋味，涼蟬時一鳴。

馬曰璐得覃韻

（已見《南齋集》卷三）

陳章得歌韻

月明風雨後，高館趣如何。暑氣到荷盡，清光向酒多。鵲驚頻出樹，螢濕自沉莎。夢擬江湖去，夜涼聞棹歌。

姚世鈺得蒸韻

高館霽華澄，羈愁散鬱蒸。潤霑花下席，光掩竹間燈。暗瀉瓊荷露，涼分玉井冰。故園茲夕隔，留滯爲良朋。

張四科得寒韻

層軒憑夕霽，涼氣集林端。見月添詩思，留人向夜闌。高荷風影仄，疏酌酒光寒。不惜扶歸晚，來宵悵獨看。

七夕分賦效唐人試帖體

胡期恆得河邊月桂秋

天上雙星渡，人間七夕秋。暗香生露葉，澹月拂河流。銀漢開雲幕，珠簾捲玉鉤。鸞車今夕照，蟾窟幾時留。想像勞芳夢，殷勤話別愁。碧虛三萬里，博望可同游。

程夢星得宵警曙早

星闕誰相禁，牛閨近若招。直應嫌漏促，豈復慮河遙。離思常千古，歡情並一宵。兔飛將入地，鵲噪欲停橋。不惜雲機冷，何心綵線邀。曉珠明可定，莫遣亦丸跳。

馬曰琯得花入曝衣樓

（已見《沙河逸老小稿》卷三）

汪玉樞得巧遺世間人

問巧從何得，雲間暗授人。蛛絲盛盒小，鵲駕渡河新。天上幽思迥，閨中屬望頻。七襄成最密，五色繡來勻。霑丐偏多慧，祈求定有神。針樓明日裏，笑語動比鄰。

厲鶚得徐轉斗爲車

靈媛車將駕，還乘斗宿爲。璇匡秋自運，珠柄夜潛移。閣道橫西足，河梁指北維。星璫鳴軋軋，雲袂動遲遲。沆瀣應濡軌，迴環莫後期。李義山詩：『夜聞北斗聲迴環。』渚邊相迓處，更與借參旗。

張世進得雲閣掩羅帷

祕閣香雲結，輕帷薄霧施。空來年已判，掩處夜何其。欲訴別離恨，翻疑兒女私。情堅憑月鑒，會短畏風披。往夕遙相望，今宵儼在斯。纔能合雙笑，乞巧可曾知。

方士庻得夕衣清露濕

暑退衣初爽，涼生露乍清。鸞軨乘晚出，鵲駕促宵征。楚楚霞裳潤，熒熒月帳明。忽疑千縷濕，漫說五銖輕。會合寧多畏，霑濡最有情。翻愁分手處，襟上涕縱橫。

馬曰璐得玉庭開粉席

（已見《南齋集》卷三）

陳章得針欹疑月暗

兩頭簷際月，九孔指尖針。纖末拈難定，澄明訝易陰。非關寒奪目，端爲巧經心。顯晦翻成錯，欹斜遂不任。靈芸神枉擅，羿后照徒臨。還待穿雙縷，香閨笑語深。

姚世鈺得龍梭靜夜機

天女原名織，何曾離錦機。七襄心慣苦，一夕手停揮。玉漏聲方徹，金梭響乍希。蘇家寧共下，陶壁忽同飛。歡會亦云暫，辛勤終不違。冥冥經緯思，乞得更依稀。

張四科得河曠鵲停飛

斜漢空遥望，驚烏去未寧。飛飛辭北渚，耿耿挂東溟。有影隨分散，無梁更渺冥。鳴秋歸萬樹，帶曉隔雙星。髡羽明朝見，流雲此夜停。重來渡靈匹，逝水一年經。

平山堂秋望

程夢星

秋至山堂靜，憑高遠俗氛。午餘閑覓句，意外得諸君。荷芰空寒水，松杉半夕曛。欲知無隱義，滿院木犀聞。

馬曰琯

（已見《沙河逸老小稿》卷三）

厲鶚

何限憑闌意，披襟已颯然。天清隋苑樹，秋蕩海門烟。旅望無千里，留題有卅年。離心逐涼葉，并墮遠峯前。

張世進

郭外西風健，相將策瘦笻。一堂收野色，雙眼破塵封。霜宇碧欲盡，秋山青幾重。憑闌正吟眺，野日漸高舂。

馬曰璐

（已見《南齋集》卷三）

陳章

堂開集秋氣，鳥下見平原。雲薄横崑軸，山青澹海門。鍾鳴人自寂，木落鳥隨翻。欲慰蕭條目，偏令憶故園。

閔崋

秋色澹無際，空堂坐落暉。望中江岫遠，吟次野蓮稀。烟暝沉孤磬，松涼上袷衣。暮鴉飛繞寺，不見舊僧歸。

陸鍾輝

共有登臨興，虚堂静倚闌。山秋青覺近，雲晚淡將殘。塔影浮林小，松風出谷寒。西泠有歸客，又復悵清歡。樊謝將歸武林。

張四科

不到斯堂久，高秋望眼降。氣澄青染岫，烟遠白浮江。清晝人三五，西風屐一雙。斜陽戀臨眺，鄰寺夕鍾撞。

九月十五日集行庵招大恆具如兩師茶話

程夢星

常從方外覓佳朋，同學偏欣遇秀能。大抵浮生皆過客，由來吟社有詩僧。三年夢杳非虛幻，半日談空亦上乘。安得龍泓分數滴，夜瓶泉味冷於冰。兩師皆自武林來。

馬曰琯

（已見《沙河逸老小稿》卷三）

汪玉樞

秋容老處華門開，攜得風爐與茗杯。雨後菊殘羣彥集，庭前木落兩僧來。袈裟尚帶孤山翠，拄杖閑揩下院苔。禪味詩情今得共，一番清話喜追隨。

張世進

閑館秋深落葉鋪，籬邊殘菊未全無。挈來酒伴兼詩侶，添得琴聰與蜜殊。轉笑攢眉投白社，好聽交口說西湖。一丸涼月新晴後，更擬清宵煮竹爐。

馬曰璐

（已見《南齋集》卷三）

陳章

一片歸雲一住雲，西風吹落在人羣。伊蒲飯共庵中喫，艾納香依樹下焚。未脱塵埃參水月，尚從文字覓知聞。瘦權癩可多奇句，且爲諸公張一軍。

閔華

西風黄葉影蕭蕭，古寺頻過不憚遥。詩社有僧殊有韻，禪門無侶亦無聊。數聲鴻雁吟邊過，一篆栴檀飯後消。記取殘秋逢此會，茶烟半榻坐疏寮。

洪振珂

淨洗秋容澹碧天，茶風晴裊竹闌烟。香茆有約黄花後，開士同過老樹前。閑罷翻經吟入妙，静思擊鉢話通禪。新來塵事渾抛卻，惟愛月明孤磬邊。

釋明中

香茅一把屋三椽，彈指聲中憶舊緣。隔院疏林猶著雨，到門修竹欲遮天。風光恰稱重來衲，詩案仍參未了禪。如此佳辰莫辜負，不妨遲上渡江船。

送陸茶塢歸里

程夢星

久客忽言别，脈脈感離憂。一枝聊止宿，三月成淹留。鬢絲禪榻畔，墜葉風飀飀。憶君水木園，明瑟當清秋。故人昔攜手，繫艇楓橋頭。廿載不可作，黄壚渺山丘。謂徐俟齋同年。人生易聚散，摶沙安能收。今日送君去，野水盈邗溝。征鴻向天際，落日隨孤舟。極目江上帆，懷人生暮愁。

邵泰

風静秋江白露晞，行庵良會别依依。我驚征雁猶羈客，君訂輕鷗早息機。澗上草荒無桂隱，徐俟齋先生澗上草堂，地近明瑟園。帷林明瑟齋名菊老遲人歸。雪泥肯獨多留滯，計日城南訪故扉。

馬曰琯

（已見《沙河逸老小稿》卷三）

陸錫疇

藥爐圭匕旅中緣，露冷蛩吟劇可憐。自我淹留叢桂放，多君慰藉苦霖天。移來茶灶分松火，借得琴書破午眠。不道此身猶作客，昨宵聞雁轉淒然。

偶話蓴鱸憶故山，病餘心怯度江關。身如紫燕忘秋社，眼見黄花插鬢斑。皂莢林邊吟袂過，茱萸灣口暮潮還。多情賸有衰楊柳，爲我牽絲不忍攀。

馬曰璐

（已見《南齋集》卷三）

陳章

平生落拓天隨子，別去兩年無一字。相思常繞伯通橋，相逢又在司空寺。日日垂頭作酒龍，高蟬啼歇换哀蛩。諷經閣下眠秋雨，煮藥爐邊聽晚鍾。客中好客真豪邁，所爲卻受傍人怪。惟我能知豁達胷，閑愁每被君陶汰。西風送上渡江槎，三百里山青到家。應知帆落籬門外，笑見園丁掃桂花。

閔崋

蕭蕭葉落古寺，唧唧蛩吟暮秋。蓮花涇邊詞客，茱萸灣口歸舟。僧窗正憐病起，酒盞同生別愁。惆悵片帆人去，牽雲曳雪難留。

韓江雅集卷十二〔一〕

【校記】

〔一〕此下有小序，卽厲鶚《焦山紀遊集序》，今略。

霍家橋道中（存目）

馬曰琯
（已見《沙河逸老小稿》卷三）
厲鶚
（已見《焦山紀遊集》）
杭世駿
（已見《焦山紀遊集》）
方士庶
（已見《焦山紀遊集》）
馬曰璐
（已見《南齋集》卷三）
陳章
（已見《焦山紀遊集》）
閔華
（已見《焦山紀遊集》）

陸鍾輝

（已見《焦山紀遊集》）

樓錡

（已見《焦山紀遊集》）

冬夜宿南莊（存目）

馬曰琯

（已見《沙河逸老小稿》卷三）

厲鶚

（已見《焦山紀遊集》）

杭世駿

（已見《焦山紀遊集》）

方士庶

（已見《焦山紀遊集》）

馬曰璐

（已見《南齋集》卷三）

陳章
（已見《焦山紀遊集》）
閔崋
（已見《焦山紀遊集》）
陸鍾輝
（已見《焦山紀遊集》）
樓錡
（已見《焦山紀遊集》）

焦山觀音巖晚望用宋人趙冰壺韻（存目）

馬曰琯
（已見《沙河逸老小稿》卷三）
厲鶚
（已見《焦山紀遊集》）
杭世駿
（已見《焦山紀遊集》）

方士庶

（已見《焦山紀遊集》）

馬曰璐

（已見《南齋集》卷三）

陳章

（已見《焦山紀遊集》）

閔華

（已見《焦山紀遊集》）

陸鍾輝

（已見《焦山紀遊集》）

樓錡

（已見《焦山紀遊集》）

焦山看月以江流有聲斷岸千尺山高月小水落石出分韻（存目）

馬曰琯得月字

（已見《沙河逸老小稿》卷三）

厲鶚得聲字

（已見《焦山紀遊集》）

杭世駿得落字

（已見《焦山紀遊集》）

方士庶得尤字

（已見《焦山紀遊集》）

馬曰璐得高字

（已見《南齋集》卷三）

陳章得石字

（已見《焦山紀遊集》）

閔崋得小字

（已見《焦山紀遊集》）

陸鍾輝得千字

（已見《焦山紀遊集》）

樓錡得水字

（已見《焦山紀遊集》）

登雙峯閣以清磬度山翠閑雲來竹房分韻（存目）

馬曰琯得清字

（已見《沙河逸老小稿》卷三）

厲鶚得翠字

（已見《焦山紀遊集》）

杭世駿得山字

（已見《焦山紀遊集》）

方士庶得房字

（已見《焦山紀遊集》）

馬曰璐得來字

（已見《南齋集》卷三）

陳章得竹字

（已見《焦山紀遊集》）

閔華得雲字

（已見《焦山紀遊集》）

陸鍾輝得度字

（已見《焦山紀遊集》）

樓錡得磬字

（已見《焦山紀遊集》）

寒夜石壁庵聯句（存目）

（已見《沙河逸老小稿》卷三）

歸宿南莊二絕（存目）

馬曰琯

（已見《沙河逸老小稿》卷三）

厲鶚

（已見《焦山紀遊集》）

杭世駿

（已見《焦山紀遊集》）

方士庶
（已見《焦山紀遊集》）
馬曰璐
（已見《南齋集》卷三）
陳章
（已見《焦山紀遊集》）
閔崋
（已見《焦山紀遊集》）
陸鍾輝
（已見《焦山紀遊集》）
樓錡
（已見《焦山紀遊集》）

題趙子固畫蘭

馬曰琯
（已見《沙河逸老小稿》卷四）

汪玉樞

香生剡紙，如谷絕深。依以綺石，彝齋幽心。冬晴窗外，時來寒禽。入室相對，宜調素琴。筆古墨淡，歲月侵尋。冰霜代謝，天水銷沉。守貞抱獨，聊寄清襟。即茲尺幅，當爲世琛。

厲鶚

卞山之下，幽人之居。窈然空林，有香猗如。芳草無言，春風太初。懿彼彝齋，妙墨相於。其葉則勁，其花則疏。芝連秀質，石抱中虚。同心伊誰，曰所南歟。鄭國服兮，楚臣佩諸。

杭世駿

空谷苔青，秋巖雲霽。故國王孫，廣陳流滯。楚畹情遥，湘靈望翳。言寫猗蘭，宣豪當涕。秀葉晨披，幽馨遠曳。林静無人，韻流空際。芝菌同榮，貞萋永閉。畫譜遺民，所南一例。

方士庶

有王者香，叢生巖窟。香生婀娜，幽馨馝馞。天水王孫，筆意超忽。繪此猗蘭，刻畫豪髮。葉用雙鈎，花同沒骨。其畫斯存，其人已歿。緬昔滄桑，高節突兀。寄興孤芳，以送歲月。

馬曰璐

（已見《南齋集》卷三）

陳章

彝齋清節，惟蘭之似。楚《騷》滿胷，春風在指。淡墨有痕，三花兩蕊。苔石玲瓏，露葉旖旎。靈芝輪囷，無根相倚。不著棘叢，知心所鄙。展玩寒窗，如覿音旨。歷年半千，餘芳溢紙。

姚世鈺

猗猗幽蘭，生彼空谷。伊誰寫真，遺此尺幅。有宋王孫，國香芬馥。當門可鋤，媚人羞服。楚畹在胷，《離騷》滿目。分身入畫，清露如沐。靈芝曄煌，奇石蹙縮。千載高風，卞山之麓。

閔崋

吳興王孫，幽蘭之馨。寄情繪素，寫茲數莛。琅芽淡淡，玉戟青青。宛紉楚佩，似鼓湘靈。有芝輪囷，有石瓏玲。天寒日暮，見此娉婷。冥冥空谷，森森荒汀。願寶是幅，不啻蘭亭。

陸鍾輝

深林空谷，遠避塵囂。眷馬芳馨，甘彼寂寥。彝齋高士，家隱清苕。縈情故國，寄興《離騷》。寫此數莖，猗猗靈苗。花疏葉簡，畫在人遙。水仙同逸，江梅共超。張之素壁，以永今朝。

張四科

渺兮空山，叢蘭獨茂。氣淡以幽，花疏且瘦。拳石標奇，華芝競秀。相與結鄰，匪云邂逅。猗歟王孫，藝祖之後。奕葉凋零，永懷維舊。佩以斯紉，言如其臭。久矣國香，傳之文囿。

冬日集延清齋分詠

馬曰琯得蘆管筆

（已見本書《詩歌輯佚》）

汪玉樞得雪帽

青氈裁帽大如箕，也許吟肩野客披。頂上偶黏江雪片，簷邊好插嶺梅枝。蹇驢北郭尋詩日，瘦策東林問酒時。一樣風流入圖畫，唐人重戴舊相宜。

張世進得綿鞋

冬後青鞋冷欲冰，吳綿著意疊層層。不須煴火爐頭踞，頓覺奇溫足下增。雪裏真堪傲東郭，織時何必倩於陵。寒來大有傷心者，遍上春臺恐未能。

厲鶚得炙硯爐

一夜陶泓有凍泉，故教移置暖爐邊。清霜古怨辭宮瓦，茅屋春風夢石田。勛策華林非躍冶，句回枯木不離禪。先生笑寫寒齋譜，休比矮桑磨欲穿。

杭世駿得火箱

一箱煴火櫝而修，巧匠規形四角周。持較地爐便徙置，評量炕寢欠溫柔。高眠不待黄綢設，穩坐疑驂赤駟游。向晚牀帷嫌道冷，阿侯嬌放在横頭。

方士庶得氈簾

吾家故物一青氈，獵獵嚴飆藉作簾。但使濃香留永日，寧愁密雪上重簷。寒憐蘇子吞何苦，貧爲江郎割已廉。我戀梅花頻索笑，風廊一日幾回掀。

方士庬得花窖

霜寒木落正嚴晨，紅紫寧辭愛護辛。氣轉陽和歸大地，暖回盆盎報先春。唐花只近溫泉種，南卉編教士室親。不比天山三丈雪，圍香遮玉待詩人。

馬曰璐得衣篝

（已見《南齋集》卷三）

陳章得瓶膽

良工煎錫形如瓠，琳札中池有舊稱。清苦只宜梅數點，團圞恰受水三升。座安小几常依硯，簾護空房不怯冰。肯與瓶罍分楚越，相看真是歲寒朋。

姚世鈺得暖椀

古鼎徒誇五熟名，何如巧匠鑄金成。廚中不藉煎烹力，座上休嫌水火爭。鵓鴿炭燒頻置腹，薩波齏凍助調羹。少陵旅食酸辛日，免使殘杯冷炙并。

閔華得香箸

廬州中正得兼材，隻手曾資夾輔來。纔揭金猊添活火，又翻銀葉撥寒灰。畫時疑有香生字，借處能令燭剪煤。一炷龍涎初爇候，小瓶雙插莫分開。

洪振珂得手爐

玲瓏小蓋篆回波，貯火中間暖氣多。攜得一奩消冷淡，捧來雙袖變春和。圍棋落處休頻縮，拈筆書時那用呵。不向豪門爭炙手，歲寒相與共摩挲。

陸鍾輝得紙屏

玲瓏格子剡藤裁，特爲寒天屈曲開。遮戶看書當日坐，障風移榻待賓來。但妨倦僕更闌觸，不畫痴蠅墨點猜。最好昏黄清意味，自攜燈影照疏梅。

張四科得蘆花褥

西風吹老荻花乾，裝作重茵小榻安。漫比倦來憐草軟，免教客至笑氊寒。坐疑溢浦雲生席，采及梁山雪滿灘。輕暖卻宜吟閣用，一方棋子製成難。

附録四　友朋酬贈

孱守齋遺稿四卷姚世鈺

（清乾隆十八年張四科刻本）

卷二

馬秋玉佩兮昆季寄齊刀及吴淒張氏雕本羣經音辨字鑑二書賦此答謝並索其新購常熟毛氏所開説文解

扶風兄弟今原父，遺我錢刀寸徑五。函封再展得新編，墨彩銅花互吞吐。文存半體辨齊公，字鑑羣經分帝虎。恭承嘉惠心語口，覆取翻看指畫肚。勸我爲文宜識字，《爾雅》由來先釋詁。諷我古貨今難賣，懷寶無妨不售賈。自慚報贈乏英瑤，轉悔畬經徒莽魯。我不羨君家牙籤氣壓鄴侯架，亦不羨金錯刀贏廣川譜。只羨公是公非兩莫逆，風雨對牀同汲古。小學人方昧六書，圜法誰曾窮九府。大小二篆俗益訛，眼學惟存永元許。始終一亥最初作，次以四聲非舊部。隱湖鐫本早流傳，棗木欣聞入藏弆。

何時濡紙脱其文，鶴背重煩附囊褚。

馬秋玉佩兮兄弟街南書屋雜題

小玲瓏山館

吾州小玲瓏，飛來此庭院。它日倍相思，窗中見青弁。

叢書樓

積卷叢高樓，縹帙籤碧牙。悤悤不能讀，空到鄴侯家。

透風透月兩明軒

虛宇滿清風，層軒度明月。風月浩無邊，沖襟坐超忽。

覓句廊

深竹長廊靜，行吟引步遲。偶成春草句，不限荳萁詩。

紅藥階

階看紅藥翻，地異彤庭敞。應使謝玄暉，羨此中園賞。

石屋

構架因空嵌，中宜息心客。我欲掃巖扉，長茲面青壁。

看山樓

憑高一曠望，嵐彩紛無數。指點江南山，憶著江南路。

七峯草堂

窗戶盡空翠，數峯方悄然。還從竹林外，望望嵯峨巔。

梅寮

幽人著書處，繞屋梅花林。與花獨晤言，時見天地心。

清響閣

清響出靜佇，山虛水泠泠。祇應松頂鶴，踏閣來同聽。

澆藥井

穿井藥畦成，春苗鬱翹秀。藥潤井泉甘，飲之宜老壽。

藤花庵

藤走翠虯龍，花垂寶瓔珞。宴坐古先生，忘言對開落。

揚州馬氏小玲瓏山館詠荷竹有懷故園二首

客睡起常早，曉園風露香。翠翻欹曲檻，紅潤豔涼堂。目玩盆池種，心隨鷗鷺翔。蒲蓮正如海，歸夢水雲鄉。

吾州下若溪，夾溪饒碧蘚。翠羽滿林飛，清流一道貫。沉吟故園思，徙倚幽亭畔。便欲揀魚竿，不是江南岸。

題馬佩兮桐陰小像

矻矻窮年萬卷餘，偶來蕭灑送居諸。樹根片石能分我，姿展君家未見書。

初夏薄遊揚州馬秋玉佩兮兄弟爲余置榻叢書樓下膏馥所霑丐藥物所扶持不知身之在客也秋杪言歸又以紅船相送渡江所恨者京口勝遊尚負山靈諸責耳途次有作聊抒別懷

自嫌觸熱走殊鄉，只爲春明別有坊。作客渾如在家好，款門不厭借書忙。沉綿痼疾三年艾，安穩歸人一葦杭。回首離情滿江上，寒山千疊正蒼蒼。

去年九月初三日秋玉昆季以紅船送余歸舟渡江今重往淮南阻風京口亦正是九月初三日卽事感愴賦此遥贈

去年今日送將歸，今年今日重尋去。盈盈一水望瓜洲，西北風來横斷渡。客愁滿眼大江流，誰障狂瀾不東注。但得君家紅板船，不怕金山塔鈴語。

秋玉買天寧寺後廢院數楹葺作别齋署曰行庵初冬招同人契集卽席有作二首

到寺滿霜葉，入門先竹林。羈懷散晴晝，勝引愜幽尋。行竈傳吴味，登樓動越吟。庵左有某氏小樓，可登眺。縱非吾土美，徙倚夕陽沉。

天地本蘧廬，行窩樂有餘。未妨三宿戀，還讀十年書。鄰樹枝頭鳥，朋簪花外車。打鐘兼掃地，常住竟何如。玉溪生常欲打鐘掃地爲清涼山行者，曩余病，因亦懷斯志，今乃自悔其牽於俗而決之不早也。適感秋玉之言，□爾申意。

昔歲庚戌余客揚州曾主方兄右將許經月辭去一紀於茲頃辱見和拙作贈秋玉佩兮詩嘆鬚鬢之老蒼惜聚會之難得感念陳跡疊韻奉酬

遊屐頻經獨此鄉，十年陳跡記西坊。春鶯出谷恩恩囀，秋燕辭巢故故忙。憂患偪垂知命歲，飄零愁問渡江航。何當鄭重邀佳句，衰鬢翻添一倍蒼。

余將去揚州既與佩兮別後聞其生子作此寄賀並視令兄秋玉

天道寧難問，如君合有兒。祥熊夢來久，仙果子非遲。同類聞之喜，全家樂可知。架書三萬軸，好付鄴侯窺。王厚齋《困學紀聞》：「李泌父承休聚書二萬餘卷，鄴侯家多書，有自來矣。」

六月既望雨中秋玉佩兮昆季招同文石鳳岡授衣集小玲瓏山館以雨檻臥花叢風牀展書卷分韻得叢字

連陰盛暑雨，嘉會欣相同。依然文字窗，宛是菰蒲叢。客愁聽易起，炎景坐來空。不有盈尊酒，何以慰飄蓬。

秋夕寓叢書樓同人各以事散去獨坐有作

鄴侯插架最多書，假我閑房作蠹魚。解詁愛傳何氏學，時借佩兮宋鄂州官書《公羊解詁》與義門手校毛氏刻本注疏對勘。寂寥堪比子雲居。誰家今雨仍來客，别館行人似趁墟。賴有一編相伴住，緩尋歸夢夜窗虚。

紙窗竹屋圖時余將歸里，秋玉屬題

凍雲壓屋冷吟身，寒夜迢迢客夢頻。想見故園風雪裏，一窗燈火話歸人。

五十初度寓馬氏書齋秋玉佩兮昆季爲余招集詩社諸君觴詠竟日賦此志感

行年忽五十，棲棲爲旅人。暑雨渡江來，雪華霽通津。君家兄弟閑，地主宿心親。招邀四三賢，文宴展殷勤。中廚飭甘饌，明燈燦重茵。憫然竊向隅，念我生不辰。少壯叢憂患，垂暮百酸辛。回頭望故園，萬感集兹晨。諸弟屈指期，病婦愁眉顰。朋歡固堪戀，鄉夢亦已頻。曰歸又遲遲，此意將誰申。

哀歌激涷弦，聊爲知音陳。

叢書樓下井

叢書樓下多時住，長照澄明一鏡涵。冬滌硯辭龜手藥，夏浮瓜愛沁脾甘。灌花老圃無晨暮，抱甕鄰人或兩三。到處交情還似水，就中性淡是街南。

秋玉佩兮昆季招遊黄家園率題四首

冥濛池館傍江沙，伊軋肩輿十里賒。不是故人情爛漫，誰能冒雨去尋花。

入門處處碧波涵，一一窗扉面鏡潭。柳緑桃紅水光上，滿園烟景似江南。

貪看江上數峯青，平地爲山更置亭。一鼏烟雲遮望眼，别饒詩思落空冥。

故里春光未有涯，鄉愁浩蕩白鷗知。可能補貼看花眼，一飯悤悤掃跡時。因雨即行，過秋玉南莊止宿。

秋玉以旡妄牽率北去令弟佩兮趣裝待行闕爲面别悵然賦寄

昨日邀花伴，高館吟將離。頃昆季招集小玲瓏山館賦《芍藥詩》。心聲豈魄兆，倉黄走京師。君家老兄弟，行坐長相隨。不忍千里別，夷險唯所之。帆風溯淮駛，交手臨河遲。羈心有南夢，爲爾直北馳。時節猶清和，關山自逶迤。姜被共店燈，吳霜增頷髭。雖占旡妄爻，還嘆急難詩。雙雙歸飛雁，先秋以爲期。

卷四

書馬氏古印譜後

小學廢而六書失傳，獨摹印尚存八體之一。昔吾鄉趙魏公曾模古印文三百四十枚，集爲《印史》，自序謂漢、魏典刑，髣髴見之。近代篆刻自文、何而降，體製漸乖。流俗既以新奇相矜，其高者又多襲古滋謬。譬如書八分而缺折其鋒芒，斷爛其波畫，自詭漢隸，不知漢碑歲久剝蝕，非遺法固然也。以此摹印，是且不知有文、何，何論漢、魏？

友人廣陵馬嶰谷、半槎昆季出《古印譜》示余，以枚數之，視《印史》三倍不啻，皆趙公所謂『以印印紙，可信不誣』者。其文字工整完好若新鏤，然間有剝蝕，亦可從金銷石泐之餘，想像典刑樸質之意。許叔重有言：『文字者，經藝之本。』韓子記科斗書亦云：『凡爲文辭，宜略識字。』使由是修爲考證之文，以上溯八體之法，則豈獨成皋諸印同異可釐，保氏六書形聲可講，將見文章盛事且與三代同風，孰謂斯譜非始基而蟲篆爲小技乎？請與海内嗜古搜奇之士一商榷焉。乾隆己未十月書。

書奉母圖後

淮之南有二馬君焉，曰秋玉、佩兮，余得與之交，昆季間怡怡如也。既聞其有異母兄開熊孝於親、友於弟，年四十早世。閑以訊二君，則戚然有感。一日出《奉母圖》一卷見示，曰：『昔吾先兄開熊自幼爲伯父後，伯父故，未婚而夭。而伯母汪孺人實女而不婦，而能守貞，逾三十年撫其所後之子以有成就，既旌於朝矣。不幸孺人棄養，而開熊亦齎志不祿。吾二人者，常恨想吾兄不克相守以老，獨記憶孺人母子一色笑、一話言，依依然未有忘去，願有述焉，以慰吾二人之思。此圖所以志也。』余惟君臣、父子、夫婦、昆弟、朋友之道缺，幾疑古聖人之教，以人倫多有不宜於今者，不知倫之根於性者未嘗變，則盡其道焉。今固無異於古所云也。以孺人之苦節而能慈於所爲後之子，則必無不慈於我生者可知矣。此可以勸天下之爲人母者矣。以開熊善事所後之母，則必無不善於生我者可知矣。此可以勸天下之爲人子者矣。秋玉、佩兮不忍死其兄而追念於兄之所後之母，則其厚於仁而篤於親，又可知矣。此可以勸天下之爲人弟者矣。古有畫列女於屏風而圖《孝經》爲横看者，以視茲圖，其歸於輔教警世，寧有異哉？馬氏籍祁門，與孺人父母家故同里，今僑揚州，其詳具旌表《貞女録》暨開熊小傳。乾隆辛酉六月。

樓于湘遺稿五卷 樓錡

（清乾隆二十年陳章刻本）

卷一

題叢書樓呈馬嶰谷半查昆季兩先生

閱肆愧非才，插架困貧乏。感茲故人意，借抄兼借榻。

送嶰谷半查昆季北上

愛酒耽詩具雅懷，偶嬰塵網出山齋。鴒原相逐情何限，風雨瀟瀟夜渡淮。
水驛山程總未便，若爲持侍兩癯仙。馬頭直北三千里，可奈黃塵溽暑天。

聽嶰谷半查談遊泰山之勝

平生恨未遊泰岳，君歸爲語真奇觀。突兀拔地七千仞，蜿蜒絕頂五十盤。晝陰不見海日出，夏月但覺天風寒。雲亭恍惚在吾眼，飛空直欲生羽翰。

陸茶塢自吴門來嶰谷主人招飲山館

喜君江上櫂，重訪故人來。掃榻迷前徑，逢花發舊醅。客懷清似水，秋色冷於苔。異地歡難偶，斑騅且莫回。

嶰谷半查邀往金焦途中阻風

水窗閑話故人同，酒盞深深蠟炬紅。此去金焦無百里，船頭偏起石尤風。
昨夜圓蟾如晝明，今宵昏黑若爲情。停橈野岸天難曉，我亦無眠聽雨聲。

夜泊清江口留別半查徵君

欲問黄流近若何，六年前向此中過。依然擊楫高歌去，未怕船頭起孟婆。

惆悵明朝便解攜，水光燈影兩依依。情知不及清淮月，得照詩人一舸歸。

渡河抵王家營卻寄半查

行人先鳥起，相與鳴征鑣。空林日色淡，曠野風力驕。長河横我前，極目莽蕭條。豈無萬斛舟，水落沙際膠。臨流不得渡，短楫同枯匏。立者意惆悵，去者心鬱陶。咄哉矍鑠翁，謂嶰谷主人。垂老氣益豪。恍若兩生翮，談笑輕波濤。趨險得夷途，歷危成安爻。平生類如此，快意隨所遭。薄暮息徒旅，明燈傾濁醪。卻憶雲間鶴，寂寞歸舊巢。

途次聞嶰谷生女詩以賀之

偶徵蘭夢意如何，一笑翻憐白髮多。盛德在人終有後，先教月上伴維摩。
停鞭旅館欲黄昏，酒盞燈前持勸君。老去眼前良可慰，阿宜十歲已能文。
春前江上賦歸期，擬聽桃花礸面詞。含哺爲言須用脯，他年好遣作門楣。

嶰谷主人以京師食物寄半查令弟兼屬梅沜對漚同作

殷勤風物寄江干，昆弟情深似此難。易酒泥封愁路遠，張梨緜裹怯天寒。要令千里還同味，想得三冬好佐餐。愧我有兄貧且老，迢遥翻累憶長安。

雪後陸賓之侍御照同嶰谷梅沜對漚諸君集飲抑齋分得春字

烏府先生藝絶倫，高齋今始挹清塵。座中快語兼吳處，酒畔忘形孰主賓。殘雪隔簾明似畫，溫爐曲室暖於春。殷勤此夜留髡醉，一笑長安有幾人。

冬日同嶰谷梅沜對漚諸君登陶然亭用抑齋侍御韻

偶尋陶穴入幽深，遙聽霜鯨空外音。滿地水痕冰鑑合，四天風色帽簷侵。縱非九日還同眺，不見西山也快吟。是日西山爲浮雲所掩。幾輩登臨觴詠地，獨留倦客抱冬心。

歲晚寓齋有懷廣陵諸先生

半查

深巷園扉晝不開，蕭然坐擁亂書堆。世間清福恐消領，肯羨繁華入帝臺。

卷三

奉和嶰谷泊舟青山望棲霞寺

山影如張蓋，迢迢不可攀。眼明烏榜外，松暗白雲間。卻憶高僧約，空憐飛鳥還。不緣波浪惡，相與叩禪關。

同嶰谷遊莫愁湖

故人老去儘風流，又向湖邊問莫愁。我亦勾留苦回望，菰蒲楊柳似新秋。

卷四

坐竹間亭嶰谷半查竹町玉井同作

坐向幽篁裏，翻疑秋意深。涼飆催短髮，斜日戀清陰。所對俱名輩，何妨作冷吟。孤蛩咽危砌，爲我動商音。

春日嶰谷半查招集行庵看梅

臥疴剛累月，今始赴招尋。入寺春陰淡，當杯花氣深。高枝弄微雨，修竹換鳴禽。薄晚歸來後，餘芬猶在襟。

哭馬嶰谷

塵事紛如織，偷閑結古歡。本期同竹柏，終嘆類膏蘭。虐鬼方思譴，醫師欲治難。九原安可作，淮海泣孤寒。

廿載遊從舊，當筵擘短箋。謬推居客右，當許在廬前。含殮嗟何速，尫羸孰見憐。漫思隨令弟，早晚哭靈筵。

澄秋閣集四卷二集四卷三集四卷 閔崋

（清乾隆十七年刻本）

卷四

夏日過馬嶰谷齋中觀壁間金焦石刻因憶兩山舊遊同用坡公自金山放舟焦山韻

屹波雙嶼陰耽耽，界在江北仍江南。記曾秋夜淩絕頂，客與水月俱成三。而今闤闠苦炎熱，自笑束縛同纏蠶。四體雖得六月息，中心未免名山慚。有人避暑作夏課，匿影直似蛟潛潭。羣公攜我造其室，盆荷照座紅香酣。或徑解衣作箕踞，或亦麈扇矜雄譚。墨搨大字障四壁，昏森黝墨如幽龕。寺門摩挲想前昔，清遊有味應回甘。譬之得隴復望蜀，卻於此際生心貪。兩山風順片刻耳，期僧結夏猶能堪。先尋坡老留帶處，更訪隱士蝸牛庵。

七月十六日嶰谷招集南村晚過黃氏園看桂花用顧仲瑛玉山亭分得金粟影韻

彎環曲沼連洲渚，夕汐朝潮互吞吐。陰陰老樹擁樓居，寸寸秋花媚園圃。西風吹我落江村，一桁青山看北府。避人投林白鳥飛，導客入門黃蝶舞。鄰園叢桂正芬芳，路轉清溪見衡宇。拄杖過橋得得看，莫待殘花落泥土。憶昔東家全盛時，排日清歌叶商羽。祇今明月照寂寞，空剩連蜷樹奇古。夜深清露濕衣裳，一陣天香如墜雨。

嶰谷半槎昆季已購得晉樹堂併入行庵漁川將更置行庵東偏別業喜而賦之同用合字韻

詩人十笏居，茶竈及禪榻。日結文酒緣，地闢花竹雜。去住有輕車，來往或老衲。西偏挺晉樹，扶疏不知臘。依幹纏修藤，懸巢棲怖鴿。側影時過來，濃綠窗戶納。雖無間物我，未免限分合。一旦忽俱有，繞徑得周匝。東偏更隙地，叢木如畫罨。七八分閑地，三五架小閣。張郎將並宅，買鄰作酬答。自此兩家春，籬門任開闔。濁醪那待呼，落葉定共踏。其間雖儉飾，儘可容挈榼。因之感今昔，歲月等駁騽。謝公此舍宅，風流付蕭颯。惟餘我輩人，於茲試屐蠟。維時首秋月，草際猶吠蛤。用以代鼓吹，也應勝嘷沓。豈樂兼並爲，所幸朋簪盍。

二集卷二

分詠茅店送嶰谷入都

編荻誅茅架屋成，依村傍路有經營。晨炊自作三家市，午飯聊停半日程。處處當門安土銼，房房挂壁照油檠。行人車馬初投止，傭保欣然挽轡迎。

得嶰谷南歸消息

無端迢遞入燕京，忽而中途罷遠征。想返轡時仍去騎，計遊岱日是歸程。人情已厭炎蒸苦，天語應教涕淚傾。我擬溯淮重買棹，曾相送處復相迎。

聽嶰谷半槎談遊泰岳因賦一律

津津齒頰欲生風，只此名山不負公。雲氣倏來天下白，日光初起海東紅。宸遊玉檢金泥後，人在松聲岳色中。見説百般巖磴險，六龍巡處馬行空。

銀槎歌爲嶰谷昆季作

綠瓊之舟黃金螺，紛紛酒器那足多。何如扶風重古貨，朱提巧鏨爲枯槎。脱諸囊中樸而雅，置之席上平不頗。渾融初疑結鉛汞，低昂乍似浮海波。尋源使者坐其上，意態仿佛津明河。剡畫真能盡豪髮，雕鎪豈獨空枝柯。只愁風雨欲飛去，就中恐有織女梭。背鐫甲子紀至正，朱碧山造應無訛。當時虞接大手筆，飲獻外定供吟哦。後來好事繼賡和，體製但作謠與歌。塡青書刊遍匣笥，澤不留手光蠟磨。是器壽世五百載，再歷劫似紅羊過。要知神物有歸宿，主人筆妙今東坡。撐腸拄腹飫文史，兄酬弟唱棲林薖。每從詩戰競雄長，卻於觴政捐煩柯。樺燭千枝照春夜，梅花一甕開行窩。玉卮無當既未設，水精不落仍兼羅。惟此神工悦座客，令我愛玩頻摩挲。一升滿注貫竅穴，引吸不覺衰顏酡。更闌酒半更斟勸，戶小其奈銀槎何。

去冬孟亭以汜光春酒遺玲瓏館主今年孟亭來出此共飲同用坡公蜜酒歌韻

汜光湖水甘如醴，霜落秋深淨清泚。有客嗜酒諳《酒經》，滿注冬缸釀湖米。榨成無灰兼少沫，甕中盎盎春雲活。扁舟犯雪寄揚州，珍重封泥未忍撥。餘春小墅聽鶯聲，玉碗斟來一倍清。喬家白酒那足數，對此能令詩思生。先生詩句花裁骨，大笑楚弓仍楚得。飲酣身世付悠悠，阿誰曾識爲郡侯。

小車三絶爲嶰谷作

不羨軟塵紅，雙輪駕玉驄。優遊在鄉里，猶是舊家風。

無人與馬爲二，有人與馬成三。試問閑遊何處，落花芳草江南。

車聲轆轆馬鬆鬆，揮手長安返舊林。肯把工夫學輪扁，出門合轍也無心。

茶塢以蓴菜寄半查因作羹同食

味以清淡佳，物以稀見珍。分嘗一勺羹，因之懷遠人。憶昔具區遊，采之向芳津。雲水一爲別，相思秋復春。忽爾命扁舟，貽此釵股蓴。所惜不俱來，共飲杯中醇。

贈半查

嘉林多逸羽，恬流無噪鱗。所以賢達士，出處咸自珍。明廷騰薦牘，豈乏平生親。徵之不肯起，失此有名人。

君家擅文譽，兄唱弟亦酬。交遊接名彥，花月娛春秋。一朝有急難，大被同扁舟。感我空一身，淚落清淮流。

南樓插萬軸，中有未見書。菁英采四庫，學業成三餘。況君有仙骨，憑風能御虛。六詩與三筆，頗愧吾不如。

三集卷一

輓嶰谷二首

一笑淩雲去，空餘隻雁飛。鄉閭減顔色，人士失依歸。用世才難盡，居仁道豈非。小同行繼業，天意未應違。

知交三十載，倏爾死生分。舉世誰憐我，何人不惜君。湖山追往事，冰雪想遺文。逝水年光去，芳蘭只自熏。

後五君詠

詩書爲素業，山水乃忙事。榮利本無心，誰使脱穎出。春荒謝公墅，夜冷姜家被。吟社有斯人，風流應不墜。馬嶰谷副史。

三集卷二

過玲瓏山館與半查

杯酒三年隔，園林半日留。鳥聲修竹徑，花影夕陽樓。往事烟雲過，浮生歲月流。所欣君健起，扶杖一同遊。

三集卷三

雨中集街南書屋

新寒晚結北風陰，雲氣溟濛日影沉。人事悲歡一尊酒，雨聲蕭瑟十年心。侵尋歲序殊今昔，感慨交情各淺深。至竟不如閑草木，舊時栽種已成林。

三集卷四

桃杯歌爲西疇半查生日作

巧匠朱提鑿雙斝，流霞瀲灩中間瀉。厥形偷得綏山桃，葉葉枝枝交上下。此酬彼贈作生辰，七十齊年强健身。花底一尊供燕喜，江鄉四月尚餘春。吟詩把盞思吾黨，昔士無雙今有兩。甲辰那復論雌雄，月日相同無少長。佳時置酒共稱觴，我亦霑嘗琥珀光。犀槎銀槎各爲侶，好語兒孫什襲藏。西疇舊藏有犀槎，半槎舊藏有銀查。

杭世駿集杭世駿

（浙江古籍出版社二〇一四年版）

封太恭人馬母陳氏墓志銘

乾隆二十有九年某月日，祁門馬曰璐將葬其母陳太恭人於廣陵某鄉之原，手南昌萬學士承蒼所爲傳，述母行事甚悉，先期請爲誌，且乞銘。按傳：

恭人江都世族，年二十來嬪於馬，贈朝議大夫幼撝府君以禮接之，實爲篷室。時洪太恭人生二子矣，長曰康，早殤；次曰楚。府君伯兄聘汪氏，髧兩髦而遽卒，汪氏之死靡他，貞《柏舟》之節，曰：『楚之當後伯兄，禮也。』贈公求嗣之心甚迫，恭人連舉二子：曰瑄，候銓主事，加二級，贈祖父如其階，洪太恭人與恭人均得受封；曰璐，候銓知州，召試詞科，不肯就，與余同歲，有名。贈公未及耆而棄養，顧恭人而言曰：『吾祖碧筠公，前明諸生，治經有聲。吾子皆可教，必令其以文學顯名。』贈公既歿，恭人益延名師友，督誨二子以學。曰瑄、曰璐不以俗學繕性，而志不求時名。清思窈渺，超絶塵埃，親賢樂善，惟恐不及，方聞有道之士過邗溝者，以不踏其户限爲闕事。恭人益庀酒食，給傔從，流連竟日夕，以申《緇衣》之好。句甬全吉氏祖望、吳興姚文學世鈺、錢塘厲徵君鶚、陳布衣章、仁和張孝廉熷，皆天下士也，恆主其家，登堂拜親，申論古義，言泉濬發。恭人從屏後聽之，喜曰：『吾子如此，可以慰先人之志矣！』

恭人性仁愛。洪恭人有女卒，哭之過時而哀曰：『楚遺孤女幼，親鞠育之。迄嬪高門，鍾念不置。』恭人之卒也，歲在甲子，月在乙亥，日在戊辰。曰瑄艱于子，曰璐有二子：振伯、振仲，以振伯後兄。銘曰：

猗與母儀，洞識本元。提攜二雛，笙典珠墳。行仁蹈義，蔚爲清門。劬躬有造，下報厥考。奥隅永藏，坤德彌藻。刻辭貞石，求世可道。

題畫贈馬員外曰琯

華林無煩柯，潭底見清影。交語葉上聞，幽鳥時一騁。緬懷巖阿人，內照抱孤迥。味道去莠言，稱詩有天警。域中釋常戀，物外謝造請。嗒焉尋希夷，獨坐到烟暝。

新秋雨後馬員外曰琯招同武陵胡中丞期恆竟陵唐吉士建中休寧程編修夢星吳江王徵士藻歙方明經士庶錢塘陳處士章江都陸司馬鍾輝閔上舍崋潼關張上舍四科小集南齋分用昌黎秋懷詩十一首韻送余還山余得第四首韻

虛堂過新雨，颯颯爽氣淩。階卉有潤葉，畫幀無秋蠅。我來破苔徑，分免䙡襶憎。須臾風幔開，斜日露半稜。輕鯈避人影，捷若初脫罾。披襟相與閒，微詠尚可能。

長至前一日夜泊黄家漾夢維揚馬三曰瑄以石刻新詩見示了了上口覺記和東坡雪浪石一題作詩記之並寄韓江吟社諸游好

馬生冰雪仙人姿，乾坤清氣連心脾。邗溝别去苦相憶，長途好夢能相隨。青猿擘紙長一丈，云和雪浪東坡詩。句奇字古頗難讀，但見拏攫盤蛟螭。其餘更有三十幅，幅幅皆是珣玗琪。手中紺珠偶失弄，十且八九亡其辭。沈思文字有結習，晝有所爲夜夢之。荊揚相隔二千里，秋窗弄筆何從知？衆春園荒坡骨蜕，媚此頑石吾誰欺？非覺非正非寤喜，縱有掌夢難端倪。覆蕉鹿隍亦恆事，乘車鼠穴休相疑。夢迴泠月射篷罅，江月演漾青琉璃。呼鐙作詩省記憶，此事突兀當語誰？

立冬前一日雨中集街南書屋追悼馬員外曰璯

山齋簡人事，幽意藉以攄。霜條將辭秋，葉墮風舒舒。小雨間復作，蟄室聊相於。濔然悽心神，我友今安如？平生一髣髴，牀有手寫書。高韻邈林表，逸響沈空虚。江山悵阻脩，日月忽已除。每虞哀樂傷，壽命同草苴。撫今兼感舊，運往情有餘。

題馬氏昆季雲壑清吟圖

天風謖謖穿長松，兩耳已決酣笙鏞。寒泉漻漻瀉幽壑，偶觸犖确成琤琮。何來二妙叶清響，收斂萬象歸沖瀜。空山無人眾竅闃，獨留噫氣號青峯。激謞叱吸譹且叫，似與詩客爭于喁。嗟余此事有獨契，屢闖吟坫羈遊蹤。境清未許塵跡溷，欲傀離坐無由逢。黄家漾口夜夢見，雪浪盆古其辭豐。作詩寄訊詫異事，至今耿耿蟠於胷。見余《嶺南集》。桓山四鳥翼忽折，叔兮奄忽隨沙蟲。幺弦孤韻愍予季，嗚咽頗類經霜蛩。邗溝重來影堂閉，汍瀾老淚交清容。披圖悲悽發深喟，褎翫竊恐難爲恭。卷還鄭重付阿買，謂令嗣元一。亟縛闌檻攓雲封。

桃盃歌爲馬曰璐方士廡作

我聞世有綏山桃，雖不得食亦足豪。桃經三千歲始熟，自從張家小兒偷後無人遭。天台路迥武陵窈，花事雖繁蕡實少。胡麻流出漁子歸，紅雨斑斕仍未埽。韓江耆碩方與馬，七十齊年當孟夏。庚甲無差歲月同，兩家羊酒充門廈。道是同生姓各殊，欲詫奇聞事難假。朋酒交傳獻壽盃，斟酌天漿常少暇。是何巧匠朱碧山，範桃破費金十鍰。駢枝儷葉巧纓帶，合之成偶離則鰥。馬也半槎夙自號，方亦糟丘名未噪。弟勸兄酬各飲滿，不藉分投待李報。開筵招我非今雨，冊載雞壇共遊處。瓜刀未割宛天成，諄請當杯賦長句。酌君酒，爲君歌。此桃迴異螺卮犀角金叵羅，不勞纖荑長袖擎青娥。酸漿蜜味旨且多，令君歲歲顔長酡。爲君歌，酌君酒。世外浮榮竟何有？只有詩篇垂不朽。即如此桃初入蓬髮虎齒婉羅手。瑶池宴罷賦四言，朱鳥窺餘留一首。武皇内傳盛流傳，員闕層臺不脛走。二子澹雅才，詩名在人口。騎鯨跨蝶戲三山，穴蠹穿蟫窮二酉。謝家好句整從心，葛氏神方常在肘。天瓢屈注酒膽豩，九竅香生詩力厚。一飲上池水溢緑骨輕，再飲緑筋貫睛齒堅久。裹以齊東繚戾之文綾，配以于闐光精之玉斗。絡以赤城霞頂跃蔓萬歲藤，佐以太華峯頭如船之雪藕。非鶼非鰈每並行，歷霰綿霜恆共守。桃乎桃乎慶爾遭，人與從盃均不苟。明年我亦老而傳，願聳吟肩隨兩叟。社中香火亮見容，只恐仙桃難再剖。

奉酬南齋諸公中秋前一日山館對月有懷

題襟先有約，滿望到秋中。山館生明月，江帆少順風。吟邊攜驥子，酒坐憶車公。莫笑生涯拙，飄搖類轉蓬。

過小玲瓏山館復酬諸公

才子趨庭過，詩朋隔巷招。相思仍昨日，相見喜今朝。寒色歸吟筆，清言佐酒瓢。冬街少冰雪，不畏去途遥。

再過山館

幽關幾日斷知聞，興到衝寒又翠羣。山戀夕陰將釀雪，樹棲殘靄欲爲雲。相人且喜成三耦，遲陳皋不至，同賦者六人。阿買真堪張一軍。詩境詩才兩清絶，那能步屧不來勤。

馬生振仲約身以禮能以詩紹其家學乾隆歲在丁亥上元吉日當冠祚之年以玉輪一枚奉獻玉取其孚尹旁達席珍以待聘也輪取其運行不息夙夜强學以待問也先以小詩以代三加之祝云

慈雲偏蔭幾由旬，采玉闐河巧斲輪。蟾窟放光初滿魄，曦車騁轡恰躔寅。璣衡旋轉羅星度，黄字分明見壽人。一十二時供把玩，性源長湛筆長春。

馬徵君招集七峯草亭送別

倦遊念敝廬，歸興不可降。異書載兩頭，白板裁輕艭。密雪已封徑，滑澾凍石矼。草亭羅七峯，萬竹青交撞。虚白生一室，霽色明油窗。故人寒置酒，粥面新開缸。齒牙脆嚼冰，妙句袪羣哤。疏梅照幾點，翠鳥飛一雙。

祁門馬母陳太恭人壽序

祿以逮養，乃古人出身而仕之義，若其養不藉祿，則循陔之眷戀與《魚藻》之樂胥迄無異理。稱《詩》者恆兩存之，以何爲徵？《小雅》之材，《鹿鳴》爲首，繼以《四牡》之『將母來諗』，又繼以《皇華》之『每懷靡及』，事相逮也。古之燕禮有四，而君臣相與燕者居其三。工荷瑟挎穴歌《鹿鳴》三詩，笙入以《南陔》、《白華》、《華黍》。子夏序曰：『《南陔》，孝子相戒以養也。《白華》，孝子潔白也。』夫崇酒嚌肺，易洗揖升，其儀至重，凡以叶驩欣而通上下，而必計及於其庭闈者何？蓋忠臣出孝子之門，君之所以爲體與臣之所以爲事，莫不由斯矣。

吾友維揚兩馬君，敦行不怠，均以經術有聞於時。嶰谷官當爲曹郎，棲遲不即就。天子闢特科以待非常之士，大臣以涉江名上，辭不應徵。當是時，或疑兩君賁志丘園，浮湛閭巷，高六聘之名，違三升之用，爲知退而不知進，此皆皮傅之論也。兩君承名父兄後，母氏陳太恭人煦嫗而覆育之，今者年臻大耋，兩君暱就如嬰娩，色養之隆媲于曩哲，其不以萬鍾之祿易一日之養明矣。余交兩君者逾十年，柔從而不流，恭敬謹慎而容。余反覆觀之，而信《周禮》鄉大夫職『以五物詢眾庶，一曰和，二曰容』，後鄭解之云：『和兼六德，容包六行。』然則和容者，固德行之綱維也。賈公彥釋『鄉射』云：『人有孝行，則性行和容，故以孝爲容。』兩君下氣怡色，日夕於太恭人之側，退而讀先聖之書，默以自驗，一舉足而不敢慢於人，一舉口而不敢惡於人，行醇備矣。鄉大夫賓賢能之書于其君，樂工所歌及笙入以間，其詩章與燕禮等，是知士始入仕與大君之相詔語中所更歷，雖累策書之而不可盡，其拳拳者惟此潔白之養，垂諸《大司樂》，行乎朝廷鄉國，而更無別辭。然則能事君者，孰有外於孝歟？

今年孟冬某日，爲太恭人誕辰，福備之說，祝嘏之頌，操觚者類能爲之；出處之大，契乎經術，則未之或道也。東氏廣微云：『堂堂處子，無營無欲。鮮侔晨葩，莫之點辱。』夫無營無欲，迺謂莫之點辱，然則乾沒不已者，其得謂之潔白乎？兩君遠來乞言，故爲標舉《詩》、《禮》之微旨以相勗，遡聞者其亦可以解惑也矣。

春鳧小稿十二卷符曾

（清乾隆刻本）

卷一壬戌

秋雨竟日有懷邗上諸同好爲賦長句

江上青山望眼休，竹西空自憶前遊。懷人只數天邊雁，對雨惟聞樹底秋。縱有書來難會面，昨嶰谷有書至。已無月好復當頭。直須放棹揚州去，水際清吟散百憂。

卷六丁卯

歲晚懷人詩十五首（之七）

馬嶰谷半查

弁峯青割小玲瓏，坐愛寒林響雪風。塵世忽將靈境闢，心源直與化人通。江山半入詩章内，月露全歸掌握中。欲向君家問羣玉，懷鉛甘做老書傭。

卷九庚午

再過小玲瓏山館

重來留我小玲瓏，苔徑依然認舊蹤。座接冷光通密竹，簾分幽翠落孤松。交如月映清淮淡，情比雲歸晚岫濃。更欲看山雲抹處，夕陰猶照兩三峯。

卷十辛未

馬嶰谷以北方果物寄半槎邀同人賦詩余亦繼作

名果佳珍盛五都，料量方物費躊躇。一時羅致能來否，千里封題寄得無。念遠深情懷齒頰，分甘風味見眉鬚。他年日下傳新事，梱載銜寒入畫圖。

送嶰谷還揚州

無端會和總難憑，忽起修門送別心。雪上華顛消不得，月明寒夜思方深。歲殘人事從茲見，夢遠天涯何處尋。悵望河流千里外，邗溝還又隔重林。

莫計重林路百盤，君行隨境恣清歡。茶敲潭柘岩水煮，時遊西山。粥就峒峿野店餐。投宿不妨書壞壁，破程亦可卸征鞍。到家酒熟梅花好，應有何人伴歲闌。

夜深兄弟共深談，此外無多客兩三。曉踏驚沙行薊北，寒衝殘雪返江南。林泉試問家居樂，鈴馱寧甘驛路探。我亦明年尋釣艇，從君湖上釣秋潭。

寶閑堂集六卷 張四科
（清乾隆刻本）

卷一

南莊柬馬曰琯曰璐昆季

望裏清華水木，輕橈小住遊程。薔薇港邊潮落，鸕鷀山下秋生。入門徑造竹所，留客唯當月明。苦憶君家兄弟，不來臥聽江聲。

朱碧山銀槎歌爲馬丈曰琯賦

朱提一流出精冶，敦琢宛若枯樹樁。疑自太古直雷斧，陰火燔後餘空腔。吾家博望踞其上，翹膝坦腹高髻鬟。下鐫大波引潮汐，旁鈒小草紛蘭茳。諦觀枝通復節豁，虛中漫叩音琤摐。用以盛酒信奇器，可屏杯鐺斝爵觥罍缸。誰其作者朱華玉，妙製元季噪海邦。高賢虞揭留口澤，同輩吳謝應心降。巧偷豪奪幸俱免，塵揚劫壞吁堪慺。流傳古色益斑駁，鹽梅麼爲洗黝黵。始自孫退谷，既歸高竹窗。

凡今三易主，胥文字飲殊饞饕。檀匣周遭刻名作，倚席遍讀挑冬釭。主人滿瀉一酌我，瓊花露若流雲淙。更起索題句，詎克龍文扛。吾聞江南鑄器多鑄銀，韋蘇州句。似從唐代誇無雙。所惜一鴟三雅少遺式，豈嘗肖此枓且豇。良工象物意艱險，何異鑿空窮邛駹。停毫凝思等鍊汞，縹緲難遇河源娏。但願尊前解我渴羌渴，盡傾葡萄萬斛爲春江。

全太史祖望自四明至東馬曰琯曰璐攝山

風萍一別十年催，不道驂鸞近始回。海外相傳坡老死，襄陽還訪德公來。浮生共惜雙蓬鬢，多病新停濁酒杯。寄語六朝松下客，青山雖好莫低徊。

卷四

秋日馬徵君曰璐招集小玲瓏山館送陸郎中鍾輝之京師

高館秋初肅，離筵夜復清。舊遊方有感，遠別更含情。半殞井梧瘁，將辭社燕驚。不堪尊酒畔，相對一沾纓。

共宅今何在？謂讓圃。分箋昔每隨。合離誠莫定，出處詎能期。潘令歸曾早，馮公達已遲。長安居不易，努力向明時。

馬四曰璐往南莊刈稻奉簡

收穫乘秋霽，新霜稻隴清。江村須暫往，病體況初輕。豈爲家人計，聊觀歲事成。東屯有佳句，莫惜寄同聲。

將往南莊柬馬曰璐

避俗苦無地，何以寄幽賞。舊遊近可尋，佳境紛在想。故人茅堂前，江山若指掌。平生耦耕心，豈厭數還往。霜木澄朝暉，寒瀨結宵響。寤言與子期，斯焉挹蕭爽。

卷五

雨中馬曰璐招集街南書屋感舊抒懷分韻賦詩

故人吟謙地，僻若臨巖潭。令弟悼孔懷，十年罷幽探。茲辰適相戒，清境夙所諳。羅屋寒雨響，竹徑蒼烟涵。自我不來過，林木彌參覃。春秋幾佳日，賓主擅東南。當歌反必和，式飲樂且耽。勝引歸俛仰，悲來久如惔。高燭此重翦，相顧雪滿簪。作達愧嵇阮，養性慕莊聃。人生非木石，哀樂終何堪。

卷六

古意贈馬徵君曰璐

風雪閟江村，庭樹春華發。美人悅幽意，古處媲高潔。孤賞不自恢，一枝爲余折。臭味隨有在，標格寧相埒。

南村八詠爲馬曰璐作

青畬書屋

結茅滄江曲，前臨稻田隅。無事此静坐，時還讀我書。

春江梅信

堂背梅花林，高下抽蓍簪。江春知早晚，策杖一來探。

鷗灘

潮生圓沙沒，潮落白鷗聚。潮落復潮生，白鷗自來去。

卸帆樓

層軒俯長江，烟席分小大。時帶渡江雲，一篇窗中墮。

庚辛檻

昔聞庚與辛，叩檻魚出聽。化機今亦忘，悠然自游泳。

君子林

琊玕萬餘个，一一皆玉立。比德錫嘉名，清風良可挹。

小桐廬

清露引春晨，疏雨滴秋夕。幽人愛横琴，晏坐欄杆側。

桂坪

苔坪接階除，叢樹相參錯。露下蟲響息，微聞一花落。

響山詞四卷張四科

（清乾隆間刻本）

卷二

雨中花　和半查雨中山館賞桂

漠漠茶烟低覆戶。染秋香、一庭疏雨。濃掩爐熏，涼黏衣葉，錯認盥時薇露。　可是一枝忘折取。爭拋得、家山叢樹。還怕明朝，落花如霰，倚到月來雲去。

放鴨亭小稿一卷環溪詞一卷 陸鍾輝

（清乾隆二十六年自刻本）

月夜同嶰谷半查恬齋遊平山堂

歷亂寒香散夕曛，倚闌如雪繞闌雲。林中清唳不知處，鶴與梅花澹不分。

夏日過嶰谷齋中觀壁間金焦石刻因憶兩山舊遊用東坡自金山放船至焦山韻

金焦樹色濃且耽，中流江北分江南。片帆朝發夕可至，十年中往無二三。閉門萬事不挂眼，蹤跡懶似春眠蠶。今來蕭齋見石刻，對之忽覺心懷慚。兩點烟巒宛在目，水聲澒洞生風潭。海不揚波戈磔勁，飛巖鷩幬龍蛇酣。『海不揚波』，胡纘宗書；『飛巖鷩幬』，王鐸書，皆大字。森森翠墨祛夏熱，遊蹤略供揮麈談。斜陽倒影浮玉塔，烟羅接葉焦公龕。捫蘚深探鶴銘古，汲泉更試中泠甘。搜巖別嶂不知倦，自笑有類貪夫貪。只今戢影息雙屐，耳目偪側情何堪。摩挲墨妙觸幽賞，江天空闊營茆庵。

嶰谷招集南村晚過黄氏宜莊用顧玉山金粟影韻

曾記清和踏沙渚，歸途破月雲中吐。今晨相約踐重遊，轣轆巾車叩幽圃。蒼寒樹石寫雲林，緑淨池亭通水府。主人但愛竹素俱，不泛金尊競歌舞。惟愛秋聲風滿簾，多種修篁少屋宇。胷中丘壑自蕭疏，茅可作堂階可土。小杓分江試共嘗，風味我何輸陸羽。更向鄰園看木犀，繞樹摩挲歎奇古。花前露下不須歸，好共清宵聯舊雨。

讓圃山樓留嶰谷半查漁川聽雨小酌

虚窗明復晦，此地卽山阿。樹色諸天合，風聲一雨多。耦耕知節物，把酒得閑歌。曾有對牀約，何辭著屐過。

聽嶰谷話泰山之盛余亦追憶舊蹤

我昔登泰山，山石何聳矗。籃輿上天門，蟻緣轉空谷。嶙峋更千尋，縈紆非一曲。黄河天際來，滄海杯中渌。長松立道傍，浮雲觸山腹。惜爲塵網牽，未得日觀宿。聞君話勝遊，歷歷宛在目。冷翠與濃嵐，直可洗炎熇。再踐期他時，巾車戒僮僕。招尋稷丘君，採芝騎白鹿。

題沙河逸老遺稿後

追想當年共笑談，聯吟讓圃與行庵。每因風月留連飲，爲愛溪山取次探。曾記歲寒同研席，今遺詩卷結魚函。寄來惆悵挑燈讀，格韻真堪作指南。

半查寄詩扇依韻寄謝

寄來方曲扇，把讀暮春時。鶴伴梅花月，人吟竹屋詩。多君思婉轉，值我病支離。亦有蓴鱸想，秋風待好期。

冬日寫懷兼寄西疇半查

蹉跎消壯志，忽忽老朱顏。多病宦情少，空齋人事閑。凍花呈日放，寒雀戀巢還。動我故鄉思，梅開香滿山。

自與故人别，三年感逝波。未能親几杖，憶共寫烟蘿。借老容踈放，安閑足嘯歌。西疇有『懶於酬應，惟耽吟詠』之語。我歸春水舫，吟興更如何？

憶故人

與馬嶰谷放棹淮陰，相約晚泊清話。嶰谷先行，予爲雨阻，賦此懷之。

短棹恩分，前程約聽篷窗雨。誰知妒我石尤風，甓社湖邊阻。薄暝雪飛輕絮，寂無聊、孤吟冷句。吹寒烟笛，分影漁燈，添人離緒。

點絳唇

移合昏花一株贈玲瓏館主

放鴨池邊，翠陰一片青如沐。帶霜曉劚，分種幽人屋。何處相宜，指點依修竹。生意足花開，三伏滿庭紅麗𣌄。

離垢集五卷　華嵒

（清道光十五年華時中慎餘堂刻本）

卷三

馬半查五十初度擬其逸致優容寫之扇頭並製詩爲祝

方水懷良玉，幽折韞清輝。蓄寶希聲世，猶復世彌知。君子懿文學，精理徹慧思。申言吐芳氣，寫物入遐微。川涌赴諸海，倏鯨翻瀾飛。鬱雲麗舒卷，彰色而賦奇。日華金照耀，月露香流離。山築玲瓏館，蘿薜綠紛披。孝友敦昆弟，斑白款殷依。青松倚茂竹，微雨新晴時。壽觴一以薦，慈顔啓和怡。榮爵靡足好，歡樂誠如斯。鄙子拂枯翰，傾想幽人姿。唯惶厚穢累，且是復疑非。

南皋山人詩集類稿七卷 高鳳翰

（清乾隆二十八年高元質刻本）

卷五

雨中邀馬秋玉看畫

雨徑斷人行，蒼烟滿院横。冷枝花澹泊，細雨燕分明。有客方耽寂，何人許共清。君來知不厭，四壁看雲生。

巢林集七卷 汪士慎

（清乾隆刻本）

卷二

讀馬嶰谷真州看桃花詩因次原韻

放棹新河野岸斜，綠烟紅雨壓千家。妒君三日春風裏，看遍鑾江一縣花。

春愁春病一年年，想到名園路杳然。曾上高樓坐終日，拋殘歌板已生憐。謂鄭氏江邨。

東風不管青春老，細雨經寒作雪飛。畫裏歸船花裏出，酒痕都滯木棉衣。

詠兩明軒盆荷呈嶰谷半查主人

尺許香泥種藕鬚，從今花勝美人姿。階前一樣翻風葉，何用憑欄定有池。

夜來月似水雲鋪，髣髴淩波步影無。清興主人詩境好，露華多處拾明珠。

惜花人有性天香，纔似詩狂又酒狂。選得嬌紅先供佛，肯教蓮葉蓋鴛央。軒西有藤花庵，供大士畫像。

喜無風雨紅粧静，素綆銀瓶汲水添。曲几方牀香國裏，夜涼人去不垂簾。

山館蓼花和嶰谷

也有閒情種水葓，繞廊依檻一叢叢。小葩低處常含雨，碧葉欹時易受風。詩卷近傳山館豔，漁竿曾漾水波紅。來過不覺添秋思，鷗鷺鄉中夢已通。

卷三

嶰谷有烘梅詩余亦繼作

寂寂盆中梅，主人愛其質。霜根正抱冷，烘藉南窗日。要令暄燠親，不近冰霜窟。催花破寒夢，布影横書帙。何待東風吹，香光已滿室。

卷四

試燈前一日集小玲瓏山館聽高西唐誦雨中集字懷人詩

細聽子吟誦，浪浪山館清。所懷多舊識，入耳是新聲。春雨得奇句，東風寄遠情。今宵作良會，花徑已燈明。

正月廿三日嶰谷昆季招遊梅花書院因雨留飲山館分得纔字

未須連屐到城隈，山館層樓一笑開。幽徑吐雲當檻起，東風吹雨過江來。花如軟玉生香淺，詩似明珠出蚌纔。會此春燈作歡飲，夜深人影亂蒼苔。

卷五

嶰谷半查招飲行庵

結茅佳處無喧嘩，千年樹底開窗紗。韓江詩人觴詠地，吟箋五色鮮如花。林光射酒好風日，老桂香幽時一襲。夜涼客散露華浥，滿地秋聲鳴蟋蟀。

冬心先生集四卷金農

（清雍正十一年廣陵般若庵刻本）

卷二

憶康山舊遊寄懷余元甲高翔馬曰楚曰琯曰璐汪士慎

曩哲風流地，朋遊數往還。飲盟無筭爵，花社一家山。談藝揮犀柄，填詞按翠鬟。相思渺天末，腸斷茱萸灣。

卷四

馬曰琯曰璐兄弟招同王岐余元甲汪埴厲鶚閔華汪沆陳章集小玲瓏山館

少游兄弟性相仍，石屋宜招世外朋。萬翠竹深非俗籟，一圭山遠見孤棱。酒闌遽作將歸雁，月好爭如無盡燈。尚與梅花有良約，香黏瑤席嚼春冰。

乾隆癸亥春之初馬氏昆季宴友于小玲瓏山館秋宇主人出前朝馬四娘畫眉螺黛子坊紙宋元古硯將意友人余得秋宇案頭巨硯雖稍粗臨池用之可快意老年得此得一良友矣

修禊玲瓏館七人，主人昆季宴嘉賓。豪吟堇浦須拈手，覓句句山筆點唇。樊榭撫琴神入定，板橋畫竹目生瞋。他年此會仍如許，快殺稽山一老民。

冬心齋研銘一卷金農

（清雍正十一年廣陵般若庵刻本）

馬嶰谷蕉葉研銘

夜含露，朝吐雲，詎遭修竹有彈文。七聘堂，窗洞開。仙客馬明生，作書無點埃。落筆聲，認雨來。

透風透月兩明軒重蓮研銘

液生華合丹，只用清蓮花，七寶池頭是爾家。

鄭板橋集鄭燮

（上海古籍出版社一九六二年版）

爲馬秋玉畫扇

縮寫修篁小扇中，一般落落有清風。牆東便是行庵竹，長向君家學化工。時余客枝上村，隔壁卽馬氏行庵也。

今有堂詩集四卷後集六卷附茗柯詞一卷程夢星

（清康熙十二年刻本）

後集卷一

馬嶰谷半查昆季招集同人卽席漫賦

開徑常教撤絳紗，春陰油壁又停車。阮公南北何分巷，陸氏東西自一家。別有醇醪能醉客，肯因風雨誤看花。相攜不惜言歸晚，月上青楊影未斜。

街南書屋雜題十二首

小玲瓏山館

亭館鬱蔥蘢，逸情自高灑。孤絕笑仇池，百金安得買。

看山樓

江表列諸峯，屋角露一桁。幽意愜吾曹，青青日相向。

透風透月兩明軒

徐徐穿牖風，豔豔當檻月。虛白生層軒，謂是冰雪窟。

石屋

深巖鑿幽洞，石乳滴如水。此中疑天台，春風憶仙子。

覓句廊

曲曲架修廊，署名曰覓句。我來時一吟，佳句覓何處？

藤花庵

紫藤結精舍，濛濛落花雨。雪竇有高風，棲雲是庵主。

紅藥階

沿畦闢數弓，當階翻一片。戀戀春風歸，爲他作呵殿。

清響閣

一徑入檀□，苔蘚觸無礙。小閣今已空，猶聞發天籟。

澆藥井

大鼎不用鼎，至藥亦無藥。何如汲甘泉，掬之盈一勺。

七峯草亭

篠簩森北牖，石筍標莎廳。明月來東隅，恍若羅七星。

梅寮

孤芳何婉娩，亭亭倚寒玉。設令舍此君，誰與伴幽獨。

叢書樓

搜集閱歲年，那更惜高價。異書非荊州，一瓻亦可借。

詠小玲瓏山館蓼花

垂垂江岸夕陽天，弄影閑階也自妍。山館月斜人倦起，卻疑清夢白鷗邊。

和馬嶰谷雪後看山樓小飲

小有玲瓏館，春初已報晴。瓦溝容雪凍，竹杪出山横。飢雀晚仍下，老梅疏轉清。幾人共幽賞，吟興酒邊生。

銀槎並序

元朱碧山銀槎杯爲虞、揭二學士酬酢之物，舊藏國朝北平孫少宰退谷研山齋中，見秀水朱檢討竹垞、嘉興李徵士武曾詩。後歸萊陽宋觀察荔裳，宣城施侍讀愚山、嘉善曹學士顧庵及觀察皆有詩。最後歸平湖高詹事江邨。詹事因取前詩，並己作，聚而刻之，檀匣四旁備篆、隸、行、楷諸體，洵飲器中佳製也。新城王尚書《居易録》云：『銀槎有二，少宰、觀察各藏其一。少宰者，腹有絶句；觀察者，腹銘至正。壬寅年，吴門朱華王甫製。』今此槎絶句宛然與少宰所藏者合。案觀察詩云『背鏤至正乙酉字』，此槎旁鐫『至正乙酉造』，又與觀察所藏者合。而檢討詩云『可憐雙鱓今成鰥』，徵士詩亦云『往時作雙今不偶』，蓋本有二槎，先已失其一，少宰、觀察所藏固是一槎。王尚書所云與觀察詩年代不合，未知何據。馬子嶰谷博雅嗜古，近購得於吴門，此槎可謂得所歸矣。因共作詩以賀其遭云。

君不見華原柳公藏銀杯，海鷗羽化空尊壘。又不見長沙陶公詩妙製，蜿蜒九曲紅蠹偎。古人名飲必有器，鸊鵜鸜鵒珍瓊瑰。杉贅楠瘤亦可剖，青藤皂莢非凡材。蓮心雅作碧筒勸，美人纖手頻相催。又聞滑盞試藥王，錢塘一瀉觥船開。古人已往器旋盡，三萬六千何有哉？碧山朱氏憑意匠，銀槎鑿出浮空來。張騫高視據槎坐，恍如河漢波瀠洄。昔傳造此爲友壽，世間好物惟黃醅。歷今四百有餘歲，桑田滄海同飛埃。翠斝□觴付殘劫，秋風摧倒糟丘臺。此槎獨存乃厚幸，不隨滅沒昆明灰。當筵歡賞復輪飲，飲罷疑自銀灣回。支機片石渺何許，天孫雲錦誰能裁。月斜星暗不歸去，接羅欹側嵇山頽。

乾隆己未嘉平十九日馬嶰谷半查昆季招集山館同賦坡公生日詩限蘇字

維昔庚辰月冬季，十有九日歲云徂。商丘中丞擅風雅，位祀坡老於姑蘇。一時名輩妙詩賦，手追口畫傳三吳。餘韻不作四十載，去來今直如須臾。玲瓏山人劇好事，亦於是日招吾徒。長歌相與爲公壽，几筵敬設羅盤盂。柁捩杯船走藥玉，刀懸豆簠燒花豬。連雲小摘桄榔葉，帶雨旋剪元修蔬。吁嗟溯公之生日，閲今六百歲有餘。眉山名姓在人口，儼如生氣張眉鬚。當時磨蝎守命宿，窮海遠謫東南隅。烟銷電滅骨已爛，瓣香猶炷無賢愚。我輩豈敢上與秦黄並試比，中丞座客夫何如。馬氏伯仲足清興，風流寧與前賢殊。滄浪亭子久荒寂，頓看逸事歸江都。

嶰谷作小引邀同人種竹篠園小師道人繪圖因用劉賓客和令狐相公贈竹二十韻賦謝

維昔築篠園，命名原有以。植彼干霄姿，伴我苦吟士。把卷入幽深，書�任依止。近郭多阮林，此地稱材美。密葉不遮山，疏枝斜映水。奈何逢歲厄，籜龍難振起。物盛必就衰，消長本至理。月廊鮮宵陰，苔逕餘畫滓。榛莽漸興嗟，籬落忍回視。我友蕭散懷，雅與子猷似。太息憶前遊，飄忽如彈指。醫俗匪所云，肉食寧計□。一日無此君，毋乃陋堂戺。況今構湖亭，紗巾雜芒屨。不種千琅玕，日暮誰嘯倚。遂作贈竹引，吐詞叶宮徵。要復上番觀，庶足光眾卉。令狐詩贈竹，高唱古無比。君以竹贈人，逸興自今始。試披與可圖，清風先到耳。

雨後篠園種竹嶰谷半查兩君亦至吟嘯移時漫賦長句

都是關心玉一窩，廉纖細雨恰同過。穿林舊徑君先入，傍節新書客未多。衣上葉聲疑綷縩，秋前暑氣儘消磨。那能相約時來看，日遣平安報若何。

玲瓏山館雨中預定來日集晚清軒冒雨至者八人用杜工部雨過蘇端韻

江城多別墅，集飲無不好。坐雨歸自遲，喜晴來更早。隔日期同遊，到門訂預掃。那知檐溜翻，竟若峽泉倒。雲深迷徑苔，風驟墜鄰棗。但足散幽襟，底用鬱愁抱。蘇君愛子美，供具亦草草。當時雨中過，不惜身已老。寄聲謝客人，晴陰孰能保？不若且乘閑，嘯詠樂吾道。

八月二十九日微雨乍涼秋暑頓釋集小玲瓏山館集字用江逌詠秋韻

驕陽馭迴車，涼風策西駕。寒暄換時序，驅使屬靈化。纔欣爽致秋，底事暑疑夏。細雨洗煩蒸，輕陰蔚林榭。園閑有佳花，吟苦入清夜。高懷俗以遠，短景日轉暇。

九月十七日集五䀛樓嶰谷擕栖霞木瓜作清供同人各賦七言古詩一首

去年九月編秋籬，諸君看菊裁新詩。小樓欲築尚未築，階前黃紫徒紛披。今年九月菊放遲，樓成翻惜無花枝。馬子袖中出雅䀛，䀛以古寺鐵腳梨。云是老僧昨所寄，樹頭初割蒼龍皮。吾聞此果擅百益，山陰西洛嘗有之。金沙玉液豔花繡，宣州上貢尤稱奇。胡爲攝山亦產此，往往折寄過江湄。此山闢自明居士，幽秀疑有雲霞栖。六朝古松已凋謝，獨遺護聖垂今兹。中州道遠那易致，致時色減香復虧。栖霞去此不百里，鮮新入手光離離。老僧餉君君惠我，瓊琚欲報嗟何時。馬子又云匪相贈，將報隻屐聊爾爲。時余以隻屐硯贈嶰谷。竊憶金陵屢遊覽，不到應被山靈嗤。人生能著幾兩屐，安在破硯空提攜。幸入文房列几案，揮毫落紙多清詞。而況因此獲佳品，寒芬奕奕生窗扉。轉笑采菊陶靖節，但知醉臥倒接䍦。愧無綵筆趙昌畫，秋風匏實春胭脂。

登看山樓觀殘雪用東坡聚星堂雪韻

歲餘蓂莢纔六葉，雅集消寒觀剩雪。小玲瓏館最清閑，樓上開眸迴幽絕。蒼松倚石老不凋，翠篠橫窗低欲折。萬鱗堆尾瘦逾明，一桁遮牆淡疑滅。已無亂影作花飛，還有殘光驚電掣。依稀遠岫露眉痕，約略平池舒面纈。蕭齋呵研試烟丸，暖閣圍爐添炭屑。簷前霜重多倒垂，林際風迴尚斜瞥。聚星復舉潁州令，冷然亦效汝南說。許有孚《觀雪泠然臺》詩：『豐年但願太史書，故事須從汝南說。』酒闌更擬賦廣平，莫笑詩人心似鐵。

重集看山樓疊前韻

天上又看飛瑞葉，預兆豐盈兩甘雪。山閣消寒再且三，忙裏耽吟笑癡絕。遲歸好待月華明，早至何須函簡折。聚星逸事足風流，千古聲光豈磨滅。追和無端屢效顰，語出艱難嫌肘掣。猶記行庵孟冬日，鴨腳詩成黄夾纈。迴頭聚散等風花，轉眼枝柯亦蕭屑。坐惜韶華荏苒過，忽逼殘年去如瞥。介夫重到賓客多，海畔流離聽君說。時西疇至自東海，以《流民詩》見示。圍爐那念忍凍人，但有紛紛議鹽鐵。

後集卷三

社日西疇南圻邀遊平山堂雨不果往遂集玲瓏山館

又負清遊一番空，從來妒客是春風。晚林生怕聽鳩婦，勝日翻教怨社公。不對平岡松蓊鬱，即看小館石玲瓏。臨街樓上憑闌坐，也有青山入望中。

夏日過嶰谷齋中觀壁間金焦石刻因憶兩山舊游用東坡自金山放船至焦山韻

暑如酷吏殊眈眈，赤帝鞭日行陸南。詰朝差喜入秋令，伏日過二猶餘三。自笑畏寒復愁熱，何如火鼠兼冰蠶。惟有山齋劇幽靜，方諸夏屋真無慚。更愛高張古石搨，摹勒知出蛟龍潭。顏筋柳骨那易到，古人筆力多雄酣。忽憶溯流縱飛棹，金焦指點資高談。張祜題壁始佳詠，焦先遺洞留虚龕。早夏鰣魚既肥美，中泠泉水尤清甘。坐嘯松寥臥海岳，盡覽奇勝原非貪。他時逃暑渡江去，扁舟來往吾猶堪。會以兩山繪圖本，位置城北之行庵。

七月十六日嶰谷招集南村晚過黄氏園看桂用顧玉山金粟影韻

蕪城十里接江渚，小港通潮日含吐。沙明壤沃林木秀，时有人家構軒圃。南村屋少水居多，曲徑高窗類仙府。修篁漸密自成行，老柳將殘猶解舞。石橋西畔更清幽，檻外波光豁心宇。晚風別院聞木犀，疑是栴檀然淨土。坐深但遣覓杯鎗，吟就誰當刻徵羽。玉山亭館卸帆樓，遊興寧分今與古。陌頭踏月緩緩歸，冷露著衣疑带雨。

後集卷五

閏三月十五日補齋前輩至自白田嶰谷昆季招邀山館送春

洛花開已晚，故與三春違。好客日以遠，翩然來何遲。春老花未謝，客至春將歸。非逢歲置閏，春去安能追。不見桃李花，寂寞惟空枝。惜花知再發，挽春訂來期。舉杯行勸容，佳會毋後時。

後集卷六

嶰谷饋于酒

釀自金沙水，傳聞有祕方。昔從王吏部，曾索一尊嘗。王虛舟吏部曾致此酒于京師。味淡覺微苦，色清餘冷香。多君分餉意，重引次公狂。

茗柯詞 程夢星

采蓮令　爲嶰谷詠盆荷

記江妃，南浦初來處。牽修綆、玉泉頻注。幾叢翠蓋早亭亭，似欲淩波去。湘簾卷、風吹酒醒，歌催夢覺，冷香爭沁詩句。　莫采芳莖，就裏只少蘭橈渡。雕欄畔、儼同汀渚。兩明軒子，試消夏、別有滄洲趣。漫相憶、鷗邊柳外，疏花涼葉，三十六陂烟雨。

著老書堂集八卷詞一卷張世進

（清乾隆二十年刻本）

卷一

六月晦日集小玲瓏山館分賦揚州夏日事得隋帝放螢

荒主耽夜遊，驅使到蟲豸。徵螢水草間，散影巖谷裏。緩如香燼移，疾若星流駛。光疑代庭燎，官欲廢司烜。般樂雖足懲，韻事殊可喜。方之聚蠍君，彼固劣於此。

卷二

馬嶰谷歸自吳門全謝山將旋甬上同人集晚清軒

東吳人乍返，南海客將還。吟卷天池路，鄉心雪竇山。冰霜一年盡，聚散兩情關。酒綠燈紅處，相逢且破顔。

卷三

送嶰谷入都

馬首楓林葉尚酣，此行差覺道途諳。黄河水落敲冰渡，青岳峯高帶雪探。定有新詩傳日下，可因舊雨憶江南。長安勝概都看遍，歸向西窗剪燭談。

賦得堠子再送𡾊谷

閱盡行人離别情，太平烽燧久無驚。長亭短驛分雙隻，古道斜陽管送迎。戍卒有樓頻守望，記程無鼓亦分明。知君細把吟鞭數，倩作郵籤入帝京。

上元前一日集晚清軒時馬𡾊谷樓于湘歸自都門陸南圻歸自黄海五姪自秦中

同來高館擘吟箋，積雪初消買夜前。舊侶多從千里返，新蟾衹欠一分圓。坐依緑酒紅燈畔，話到山程水驛邊。我是江南倦遊客，但將離緒説殘年。

銀槎歌爲𡾊谷昆季賦

湫居華館衹隔街，文字之飲吾輒偕。宵分示我銀鑿落，夜氣白若新磨揩。似蕉似荷似瓜片，匪桴匪船匪枋□。虬枝疑是萬年樹，樵斧落自千丈崖。青銅柯冷柏不葉，屈鐵幹老松無釵。誰歟坦腹臥其上，欲遊天漢窮津涯。元時製者朱華玉，意匠之巧不可階。金精木德融作一，孰云相尅情睽乖。翦燈諦視多窔奥，穿穴盡使通根荄。奚奴試遣酌浮蟻，宛轉而入同盤蝸。允宜珍重貯醽醁，寧容猥褻傾茅柴。本朝孫高遞藏弆，上溯虞揭堪推排。迄今完好未羽化，我友得之羅高齋。鬼神想亦惜所與，肯以美玉投池蛙。緬思博望馳絶域，一人封侯萬衆骸。鑿空好奇非我事，枕糟藉麴真吾儕。諸君總以小戶謝，渴羌弗勞觥使差。酒映朱提色逾豔，觴非崑崙味亦佳。卷簾歷歷星挂戶，舉頭皎皎月貫懷。醉餘走筆賦長句，瓦缶豈必宫商諧。

卷四

馬車爲嶰谷賦

南車服以人，北車服以馬。南車利仄徑，北車利平野。輪輻異隻雙，地用不相假。夫君遊京師，車制愛都雅。御之歸揚州，無事時炙輠。東風二三月，沙路坦且夷。桃花列步障，菜花鋪地衣。駕轅一款段，操轡一小奚。車中帶書卷，車後挂偏提。山椒與水澨，遠近隨所之。春郊多士女，相逢笑而嘻。南人詫爲新，北人見如故。我家古新豐，每用代緩步。朅來大江濱，舍舟卽乘輿。輿無偃息樂，舟有風波懼。惟兹下澤車，頗協幽人趣。儻君不出門，借我尋詩去。

馬半查六十

閑身鎮日擁書城，雙鬢曾無白髮生。永以弟兄爲性命，不將詞賦博科名。檐扉衹隔三條巷，筆硯相依十載情。我未全衰君正健，年年花月待酬賡。

卷五

嶰谷招賞玉蘭席上各賦五六七言送朱稼翁暫歸秀水

花下酒如油，花前人去留。同看木蘭樹，獨上木蘭舟。
山館此時共醉，篷窗明日孤吟。好向江南江北，較量春淺春深。
經旬小別漫欷歔，相待抽帆四月初。聞說鴨餛飩正好，莫貪鄉味誤鰣魚。

飲含雨亭柬嶰谷半查

一片菜花中，夭桃遠近紅。醉吟忘是客，培養愧無功。老去憐春色，遲來怕曉風。穠芳須亟賞，爲報主人翁。

哭嶰谷三首

不信浮生內，玆晨遽哭君。誰教富才調，無計避辛勤。悲喜多年共，存亡一旦分。故人餘幾輩，今又痛離羣。

山館花開日，行庵葉落時。孤燈明竹院，一老撚霜髭。此境恍如昨，伊人不可追。白頭吟侶在，累月嬾裁詩。

自昔叨知契，文章臭味通。敢居三益列，不在五交中。愁對孔平仲，謂半查。期生鄭小同。嶰谷姬人孕已四月。哲人身後報，天道豈夢夢。

哭嶰谷詩成復係一絶句

賦就傷心句，秋蛩語共哀。長箋空寫去，無復報章來。

卷六

上元夜雨中柬半查

悤悤又上元，默默思前度。隔街詩老家，連歲招我去。促席倒深杯，傳箋鬭長句。如此幾春風，倏爾先朝露。素交剩難弟，令節思良晤。祇愁見面時，轉作傷心助。蕭條柴荊掩，索寞槁梧據。縱使明月明，寧忘故人故。濃雲況滿天，細雨紛如霧。獨坐憐卯君，含淒向誰訴？

後五君詠（之三）

馬主政嶰谷

白眉用世才，利器未曾試。扇物如春風，吟詩有秋氣。口中無雌黃，胷次別涇渭。身後一編存，傳之賴難弟。

雪後重過小玲瓏山館

南鄰一老已衰頽，偶過園扉值晝開。重到卻將前度憶，二年不向此中來。淩寒竹瘦清陰在，覓句廊閑落葉堆。寂寞斜陽殘雪裏，幾番欲去又低徊。

卷七

半查招集山館

詩人身乍健，招客坐花前。老輩而今少，春光此地偏。與君同一醉，計日已三年。不厭過從數，須教禮數捐。

將往南莊柬半查

夫君真靜者，清冬適田園。收穫偶乘時，幽偏聊避喧。想當讀書暇，但與農父言。欲偕塵外侶，閑訪江上村。朝同負晴旭，暮共傾瓦盆。相聞知不厭，倘爲候柴門。

詞

解珮令　送嶰谷昆季暨竹町玉井于湘之西湖

春濃似酒，花繁如繡。僦吳船、招攜吟友。水態山容，身到處、肯教辜負。一聲鶯、一篇詩就。修眉雲岫，細腰隄柳。是西施、破瓜時候。如此清游，問百歲、幾番消受。盼君歸、願君休驟。

桃源憶故人　四月一日過山館懷嶰谷昆季

綠陰圍就黃鸝界，拄杖敲門無礙。新竹粉梢初解，已作搖風態。　看山樓上憑欄待，空見隔江青靄。一點峭帆何在，山裹還山外。

樊榭山房集三十九卷 厲鶚

（《四部叢刊》景清振綺堂本）

卷五　詩戊

暮春馬佩兮來游湖上用去年泊垂虹橋謁三高祠韻

多君濟勝情，重疊如襞積。昨來勇渡江，穩汎春水宅。楊廉夫舟名見《東維子集》。誰爲釋幽憂，達生寄浪跡。笑謝夸毗子，汲汲事行役。相逢古城西，花下眉最白。平湖葑初卷，放眼開塞窄。魚檻叩堂堂，鳧浪飛拍拍。此間著君語，彌使氛壒坼。裵回僧樓上，爲遲白蘋客。時袚江在吳興未至。相與尋清音，聒耳屏箏笛。

和佩兮游冷泉亭

春物已芳柔，西山果始游。泉喧石頭雨，亭壓樹身秋。魚板諸天午，香燈古洞幽。吟成誰與賞，猿鶴此淹留。

同祓江佩兮游支硎山

嘆息買山無此君，松聲猶遺世間聞。笱輿穿過石門坼，筇杖撥開泉架分。正始風流餘馬跡，琅邪人物散烏羣。吳娃嬌小何知許，賸把春粧點白雲。

秋夜有懷葭白祓江秋玉佩兮

淮南三載住，追憶忽今宵。舊句開還掩，秋燈短更挑。烟明念佛巷，葉下擣衣橋。多少閑蹤跡，相思逐暗潮。

卷六　詩己

馬秋玉佩兮招飲出觀顧定之墨竹上有張伯雨鄭元祐朱澤民題句

晉代愷之工畫人，元代定之竹寫真。仲文幼輿何足貌？不如此君下筆親。雲根移得波濤窟，晴翠翹翹鸞尾揭。新筍高於舊竹竿，留取抽梢當五月。南齋娱客乃爾清，酒半展軸聞秋聲。世間何者善用短，奇絶題詩尚左生。

題秋玉佩兮街南書屋十二首

小玲瓏山館

鑿翠架簷楹，虛敞宜晏坐。題作小玲瓏，孰能爲之大。

叢書樓

世士昧討源，汎濫窮百氏。君家建斯樓，必自巢經始。樓中藏書甚夥，近更廣搜經義，補所未備。

透風透月兩明軒

前後風直入，東西月横陳。主既如謝譓，客合思許詢。

覓句廊

步檝何逶迤，晝靜無剝啄。好句忽圓時，花陰轉斜桷。

紅藥堦

種從亳州移，不是劉郎譜。春風一尺紅，堦前暈交午。

石屋

窣豁似天造，華陽南便門。尋仙恐迷路，不敢躡雲根。

看山樓

青山復何在，烟雨晦平陸。待得晚秋晴，徙倚闌干曲。

七峯草亭

青峭落窗中，脩脩竹風舉。悠然欲揖之，恍見林下侶。

梅寮

繞舍玉梢發，嫩寒先起探。絕勝塵土客，落月夢江南。

清響閣

横琴小閣閒，希聲寄絃指。蕭寥不可名，松風亂流水。

澆藥井

久視託靈苗，仰流資灌溉。際曉轆轤聲，眾芳欣所在。

藤花庵

依格青條上，垂簷紫萼斜。天然妙香色，合是佛前花。

同秋玉佩兮西顥江皋自京口放船至焦山

焦山萬古色，蒼翠撐洪波。比年困行役，東望浮一贏。探奇藉良朋，不恨時蹉跎。江豚靜匿影，高檣指巖阿。竹樹漸可分，飛簷壓嵯峨。轉取寺後道，恐落千盤渦。滿載京口酒，吾面未敢酡。蓮須有淨界，佛事先羯磨。古殿陰不散，緐雲覆桫欏。化生欲震動，爲少人跡過。門横象山碧，空水相蕩摩。衆謝逌獨往，悄然懷東坡。

卷七　詩庚

佩兮南齋觀倪元鎮贈郗伯盛静寄軒詩真蹟次韻三首

清詩隷畫遠人氛，展向晴窗半穗雲。卻憶當時郗處士，能將寸鐵壽斯文。

夜雨菰蒲何處居，居然范緩配倪迂。憑將一語添書品，絶似寒花瘦鶴無。

心跡渾如過臘僧，小軒幽對竹髯鬙。更分白石茶爲供，甘受人間俗眼憎。

朱碧山銀槎歌爲秋玉賦

詩人往者聚長安，好事曾聞孫退谷。銀槎酌客客作歌，想像無由能寓目。朱華玉名碧山字，至正年居魏塘里。一生良冶此僅傳，流落江南非偶爾。虚心斷節桑落貯，分得秋河好風露。開襟有客踞上頭，或云鑿空博望侯。手持支機石一片，張侯張侯吾所羨。卽時酒與身後名，何如黄姑渚畔長游衍。

槎腹鍑詩句瀟灑，問津可惜無知者。摹形已奪晉丹青，操觚堪補元風雅。主人索我重作歌，愛之過於金叵羅。前宵偷兒胠其篋，免隨羽化神撝訶。翠壺插菊展重陽，半杯竟欲追渴羌。醉倒空齋月爲枕，夢向天孫乞餘錦。

丁未暮春佩兮來游湖上曾作五字詩奉贈壬子秋僕至邗留寓小玲瓏山館歲晚將歸復次前韻志別兼呈令兄秋玉

書至約已頻，別來思易積。夢想蜀岡青，中有春明宅。一舸秋雨餘，又逐閑鷗跡。相見尋古歡，前塵空役役。君家山館幽，短榻對虛白。名談開襟寬，積卷堆坐窄。琴清共低徊，酒釅小浮拍。殘年逼歸心，彌復惜離坼。今夕首扁舟，始覺身爲客。眷眷隔烟江，戍樓聞遠笛。

小玲瓏山館月夜答方右將見懷

寒征背旅雁，飛帆越江潯。寂寥閉山館，遙夜何幽森。微月澹絕壁，淒烟罥疏林。登高眺平楚，霜氣皓盈襟。迴燈理故書，忽見瑤華音。攄情一何厚，鳴謙已而深。報無飛霞佩，祇枉秋水心。夫君抗高步，浮工當可尋。好修永自茲，豈慮年鬢侵。蹇予風塵際，行役懷欽欽。重城隔閭巷，今夕如孤禽。矧復千里遠，離思紛難任。對酒不能飲，直爲君沉吟。

揚州新構梅花書院紀事二十韻爲秋玉賦即梅花嶺舊址

一簣前朝築，層臺久已傾。榛芀誰翦薙，堂廡忽崢嶸。斷手由耆舊，同心快落成。喬林書閣迴，疏影墨池橫。帶草緣文砌，衣魚走旅楹。人來石倉學，地勝月泉名。都講堪重席，高材自短檠。俗將歌吹易，氣以茝蘭更。白雁江南讖，紅羊宋室平。雙忠同抗節，百戰力嬰城。純孝維桑重，天恩綽楔旌。庭闈因愈疾，笄幗獨懷清。血盡棲魂館，肝曰棲魂之館，出《沈亞之集》。風纏託體塋。異時齊俎豆，列屋若宗祊。書院之左祀宋制置使李公庭芝、副都統姜公才，右祀本朝肅孝子日曠婦某氏。始作圖經記，姱修月旦評。功逾文太守，頌徧魯諸生。丹雘期千祺，青鞵訪二釁。無忘等嘉樹，有道補由庚。爲約春初霽，還尋郭外行。仍持無算爵，共聽栗留鳴。

冬日馬秋玉佩兮招同葭白袚江壽門廉風西顥江臯集小玲瓏山館限韻時予與西顥江臯將還武林

誰道天涯樂飲仍，清冬無事集吟朋。留歡短日侵簾額，隔坐疏枝並石棱。鄉思酒邊懷越酒，舊聞燈下話包燈。物華兩地牽人夢，多愧《離騷》語斲冰。明季廣陵包壯行製燈有名，號包燈。

卷八　詩辛

四月十一日客廣陵秋玉佩兮招予同爲京口之游晚雨泊舟入高旻寺

龍宮晚沉沉，天人衛庭戶。清泠七葉林，幾點摩羅雨。門前爲通津，方袍自安處。孤塔倒池深，定禽隱花聚。采真具扁舟，信步皆淨土。晬容睇如空，心叩寂寞取。

曲阿道中偶成寄秋玉佩兮

吟罷江山助發揮，沙鷗相與共忘機。天隨杜野小辛去，帆傍涼風深樹飛。浪跡只今堪寄傲，遠行苦愛不如歸。故人知我宜銷夏，遺製湖邊白葛衣。《太平御覽》引《吳志》：『岑昏鑿丹徒至雲陽，杜野、小辛間皆嶄絕陵壟，施力艱辛。杜野屬丹徒，小辛屬曲阿。』

秋玉游洞庭回以橘茶見餉

若士愛遠游，逸翮不可攀。朝乘一掌風，夕至洞庭山。胷吞三萬六千頃，大圓鏡裏八九羅烟鬟。

奇文祕句滿藤笈，山中清味擕俱還。餉我洞庭橘，赤如莫釐峯頭日。白傅揀貢餘，右軍封題畢。翦從平蔕閑折枝，逆鼻香霏甘齒溢。緘藏歸待獻老親，不數湘湖楊梅頂山栗。餉我洞庭茶，鷹爪顆顆先春芽。虎丘近無種，剔目名可嘉。功能徹視比龍樹，金鎞不怕輕翳遮。瀹以龔春壺子色最白，啜以吳十九琖浮雲花。翩翩風腋乘興到，左神幽墟列仙之所家。告訴我生困識字，素書探得何足誇？許我紫泉白芝鍊毛骨，大勝塵土甓甓於天涯。

題秋玉洞庭詩卷後

自古浮天兩洞庭，千年詞客幾揚舲。愛君淡著有聲畫，收拾秋光補《水經》。

卷十　詞乙

菩薩蠻　馬佩兮梅花卷子寓騎省之戚徵予賦此

微波冷託湘筠色。高枝早信尋難得。玉骨不爲泥。輕於雲一絲。　鏡花留半影。最薄東風命。楚角莫飛聲。人間無此情。

國香慢

壬子冬至後三日，過馬半槎南齋，炙甜香以供客，風味幽絕，前明宣宗時禁中製也。坐上索予譜斯闋成，半槎謂予云：『昔熊訥齋請詹天游賦輭香《慶清朝慢》，云「願埽陳言」，君於此題，當與天游競爽矣。』明日，以綠牋請予書之，裝成小軸，高西唐篆其首，曰甜香新唱。

雨浥芳塵，愛花瓷寶屑，百種芬氳。誰將蜜脾滋味，散作濃春。顫裊微烟猶未，寫蘭韻、如幻如真。輕翻小銀葉，舌本先參，鼻觀徐聞。　漢宮遺事遠，嘆尋方難和，按譜偷分。茗甌初啜，依約攙了餘熏。縹緲華胥一枕，蝶飛來、猶戀梨雲。回思殢人處，寄與當時，浣罷羅巾。

西江月　秋晚同嶰谷登烟雨樓

浮玉塔前風色，銷金鍋畔晴瀾。都來收拾一樓間。只少青山數點。　望眼蒼黃越樹，醉魂清冷吳天。柳邊猶繫五湖船。西子烟中去遠。

賦詩牌和嶰谷

誰將平水韻，刻竹縱橫呈。集韻以爲詩，詩牌所由成。如彼伯玉妻，盤中辨形聲。其難各一字，韓詩：『六字常語一字難。』其數逾百名。《儀禮》：『百名以上書于策。』《注》：『名書，文也，今謂之字。』區分忽陣合，星列俄雲行。束縛窘意匠，淩亂鬭心兵。韓豪不得逞，李捷那可并。諦視經營始，落落疑殘枰。脫簡類《酒誥》，補亡待《由庚》。耐險劇登棧，須滿呀填阬。得雋亦偶爾，取鬧真無情。頃之目光到，手敏緣思精。棄取判碈玉，虛實歸權衡。音通柳亓讀，意協猗那賡。澀體篠驂亞，餘韻瘀絜爭。泥塗弄明月，枯枿擢芝英。君家詩神王，筆掉橫海鯨。勺涔出變化，一一敵皆勍。分曹破往例，遞送同踐更。復製詩牌詩，用以堅齊盟。我愧才力薄，壁上觀崢嶸。身世等格五，科第任投瓊。惟此文字戲，見獵心猶傾。和詩傳故事，奚事鍾嶸評。

嶰谷以曲竹杖見贈

九節仙人杖，鏗然脫贈奇。曲能存直體，瑩可刻新詩。添得閑家具，留爲老護持。塵中不肯用，台宕有前期。

續集卷二　詩乙

新庵

小院竹聲合，僧雛進茗時。壁間鐀子挂，閑覓故人詩。『泉脈通牀下，竹聲清夜分。』子友馬四佩兮《宿新庵》句也。

續集卷三　詩丙

五月二日集小玲瓏山館觀李遵道古木幽篁圖款云：至治癸亥十一月廿有五日，薊丘李士行遵道製。

溽暑集林亭，軒窗喜塏爽。黯慘尺幅中，風枝互偃仰。此君近醉日，晚筍穿幽壤。因依青銅柯，挺溜痕，密葉分泉響。題字正癸亥，事與年簫往。駛雨送微涼，偏宜今日賞。盤根積挺絕無黨。要之氣味同，詎作榮枯想。薊丘名家子，畫法不可兩。筆傳金錯刀，格肖珊翻網。

嶰谷以棲霞僧所送木瓜見贈

昨日纖山山有信，秋黃新摘滿林烟。氣含酸味偏宜客，形借癃名合近禪。一種苞苴足幽事，十分熏習伴無眠。裁詩爲憶明居士，更擬抽帆上寺前。

九日半槎招集行庵以仇英畫淵明像爲供分得歸字

天公惜重九，昨雨今朝暉。出郭有成約，小築傍禪扉。蘭闍一彈指，密林翠四圍。刁調無罷風，將作焜黃飛。撫時共清歡，几榻含幽微。慨然想陶公，妙畫猶依稀。如詩枯而腴，相者空舉肥。采菊薦一卮，願爲公白衣。俯仰千載下，人事多纆徽。此中有真意，非公誰與歸。

續集卷四　詩丁

摄山雜詠十二首

白雲庵

林深老屋斜，日落山風大。一僧拾橡歸，延客聽虛籟。爲憶曾游人，迢迢白雲外。謂嶰谷、半查兩君。

蘇文忠公雪浪石盆銘拓本向見於馬君嶰谷齋中曾和公雪浪石詩韻今年春曲陽孫明府以一通遠寄復用前韻賦一篇

奇章聚石甲乙屯，嗜好未若滎陽尊。蘇公豈與二子類，往往手剔苔花昏。定州雪浪亦何有，官齋岑寂如山村。黑質白脈獻瑰狀，仿佛國士登公門。天風吹公落南海，誰持此石爲招魂。浮休居士張舜民繼公後，力搜故物穨垣根。玉井芙蓉盡牽復，銘字爭看屋漏痕。事見《墨莊漫錄》。我居東南夢西北，喜得墨本堪重論。機泉飄灑今已矣，想見白帝朝翻盆。故人惠我意不淺，一紙奚啻千金存。

題嶰谷半槎南莊七首

青畬書屋

平遠眺林坰，肥仁繞江水。人去讀書聲，時出豆田裏。

卸帆樓

空樓晴亦雨，桐竹風披薄。飛來北固雲，帆影窗中落。

庚辛檻

水氣入虛櫺，幽澹心自領。魚行無所依，旁穿高柳影。

春江梅信

我來過花時，紙閣綠陰碎。驚鳥蹴梅丸，忽墮小山背。

君子林

仿佛西溪路，風吹綠玉香。入林深似許，新粉滿衣裳。

小桐廬

零露響閑砌，涼陰翳微霄。我欲揖桐君，獨唱懷仙謠。

鷗灘

小構傍雲沙，岷流通漾渺。待君秋雨餘，同盟三品鳥。

續集卷六　詩己

題嶰谷所藏郭河陽寒風密雪圖

宋已無李成，寒林尺幅徒强名。今尚有郭熙，官畫風雪重見之。主人云此來京師，珍重出自我友貽。不用明窗拂蛛絲，滿堂寒色動鬚眉。峨峨羣玉峯，下積陰靄濃。皎皎千樹瘦，上絕窮鳥影。但聞虛牝怒號飛湍哀，馬蹏得得翻銀杯。擔囊危棧胡爲哉，誰家寬嶂柴門開。别有凍粟生樓臺，浦漵一色相縈迴，幽人高卧無人猜。熙寧天子多清燕，詔遣從容埽東絹。是時相公成法變，豈悟涼雰將集霰。圖成高張清暑殿，不數十年同席卷。璽壓明昌眼中見，歌聲又唱《青山轉》。《青山轉》，亡金時謠也。寶繪流傳仍自汴，零落宣和幾宫扇。何如坡谷詩才擅，發興春山玉堂院。

續集卷七　詩庚

雨泊故城寄嶰谷半槎

不待迷途覺昨非，扁舟寥落寸心違。孤城風雨秋更斷，千里關河旅夢飛。幸託良朋全遠志，莫教慈母寄當歸。平生浪說交游遍，更有何人重芰衣。

聽嶰谷半查談泰山之勝

天孫迴出名山羣，奇游歷歷今始聞。紅塵遠謝日下客，白石高揖雲中君。古來禽尚幾人共，雨後秦吳一髮分。老我曾吟望岱句，胷中空翠猶氤氳。

續集卷八　詩辛

題文待詔石湖詩畫卷二首同嶰谷半查作

吳中佳處我曾知，十里青山塔一枝。潑眼湖光飛鷺外，無聲寫出范村詩。

桂花香裏此夷猶，細雨平橋負好秋。瞥見停雲小平遠，依然還我舊扁舟。丁卯仲秋過石湖，欲作一詩未果。

嶰谷寄鶴天寧僧舍有作同人和之

剪翎輕別閬風巔，復恐翻飛計未全。也識長身非近玩，且教仙質伴枯禪。三花樹下容聽偈，九杞山中佇買田。孫太初養鶴南屏，許相卿爲買田於九杞山，有鶴田券。此段高情消得否？一聲叫破石堂烟。

疏影　小玲瓏山館賦絮影

飛緜近遠。又綠陰弄日，吹過隋苑。比雪還輕，度水無痕，東風下上低捲。成團作隊冥濛甚，真共幻、總迷心眼。倚繡簾，誤卻吹時，明滅箇人庭院。　　尚憶張郎好句，正朦朧淡月，墜處初暝。漫綴征衣，點鬢休驚，欲捉兒童仍嬾。悠颺夢入離亭路，寫不盡、楚江春晚。笑雨餘、一種霑泥，付與老禪爲伴。

摸魚兒　透風透月兩明軒賦新荷

掃千紅、已隨流去，綠雲南浦偷換。錢錢點點田田樣，浮動鏡心纔滿。青蓋輭。想早畏朱曦、爲覆雙鴛伴。全舒尚卷。似龍女牋緘，鮫人帕束，含憶又含怨。　　西湖好，何處羅帬玉腕。采香休道來晚。粉紅未逐薰風嫁，扇底且藏嬌面。珠倒濺。聽聚雨聲聲、譜入歌喉囀。吟騷意嬾。任細裊冰絲，低搖翠柄，衣小那堪翦。

續集卷十　詞乙

滿庭芳中呂宮　辛未重午嶰谷半查招集行庵分韻

籬閑六枳。階苔更掃，徑竹新孳。觴蒲有客過三四，荊楚佳時。王播去、功名似此。孟嘗生、富貴何之。開筲次，須行樂耳，不用讀《騷》辭。

普天樂中呂宮　題行庵爲馬嶰谷半槎兩君觴詠地在揚州北郭天寧寺西

碧蘿垣，蒼筤徑。簷花月明，庭樹秋聲。棊分謝墅幽，榻下蕭齋靜。大小山名堪移贈。卜行窩，招友經行。行廚醉醒，行衣露冷，行篋詩清。

山坡羊中呂宮　秋雨初霽嶰谷半槎招同人集看山樓填此曲予以病不赴

瓷青天逗，綃紅霞漏。井梧缺處山新瘦。雨初收，酒新篘。鯉風試弄憑闌袖。自笑文園多病後。秋，嬾上樓。愁，還獨謳。

折桂令雙調　懷嶰谷游金陵效疊韻體

溯空行，小艇風輕。萬頃潮平，清興堪乘。山迴雲生，林青雨映，一坐金陵。景陽井、苔崩舊京。石頭城、烟冷新亭。茶鼎禪燈，竹徑江聲。酒聖詩盟，少摒塵纓，緩定歸程。

落梅風雙調　嶰谷送漳蘭

心占《易》，佩擬《騷》。兩三莖，送秋先到。吐幽香，暗將炎晝消。雪窗僧、寫來難肖。

水仙子雙調　謝馬嶰谷半槎惠人蓡

靈苗合在阮生家。香蕊應須溫尉誇。連根便是邊鸞畫。價兼金，難賽他。起沉疴，何必丹砂。秋寄逢江雨，晨煎汲井花，此意無涯。

文集卷五

揚州馬氏墓祠記

揚州馬氏墓祠之立有年矣。吾友曰，楚本生妣洪太君卒，將葬且祔祠焉，於是敍述顛末，謁文於予以爲記。予惟古之宗法廟制，唯世官世祿得行之，匪是，則薦而不祭，禰而無宗。今家自爲祠，傳曰：『有其舉之，莫敢廢也。』故能言者推原其報本反始，義以起禮，予又安敢以固辭？君族爲新安祁門著姓，曾祖考諱大級，明季諸生，甲申後，山居讀書，不復應有司試，鄉里高其節，卒葬皆在祁門。祖考始來居於揚，性故寬厚長者，遇事多抗直，以義輻利，以己急人，合古之獨行。晚游天長縣東之鄉溝橋，樂其川原清曠，有終焉之志，乃經營生壙，手植松柏，左林右泉，秉氣辟非，青烏家僉曰吉冢。復買田若干畝，結屋數椽，田將以供祀事，屋所以藏稾秸也。暇時或往避喧其中，琴言酒歌，若忘其爲遷化之宅者，人以爲知命。其歿也，竟偃歸於是，此馬氏之墓所自起也。君考早卒，立君爲後。本生考能承先志，益恢其緒，念墓田丙舍，吾親所構，體魄既藏，魂氣猶應棲此，因規其屋後之隙地，爲祠三楹，門宇清謐，有翼有容，奉其父若兄之主歲時享祀惟謹，且俾其後人世修之勿替，此馬氏之祠所自起也。今世葬祭多不循古，漸若怠愒。禮言葬有定期，葬之日虞，明日祔于祖父，若是其敬且慎也。馬君於洪太君之喪，同其二弟哀子曰琯、曰璐，盡力爲葬，距卒僅踰百日，又舉祔祭之禮。先是君所爲後之妣與本生考之卒也亦然，不已近之乎？

或曰：『君，祁門人也。不遷之祠，尚在故里，當載主以行，祠不得與墓合。』是又不然。古諸侯之支子爲卿大夫，或自他國始至者，俱謂之别子，族人宗之。故《禮》大傳云：『别子爲祖，繼别爲宗。』今宗法雖不能及遠，而馬君之祖始遷於揚，實符别子之義。君承祖重爲世嫡長子，繩繩不已，後日以蕃，收族睦宗，將兆於是，而亦何疑之與有？夫祖宗之嘉名美譽，子孫之冕服也；生人之孝慈恭儉，日用之菽粟也。君是舉也，歸美於親而不有，用勞於己而不匱，事準乎今而不悖於古，皆可以書。獨愧予文之蕪陋，不能以殫君之意也。

墓去祠東南二百餘步，上爲君之祖考，諱承運，妣胡太君、汪太君附葬焉，同域而異封。元配張太君早卒，葬祁門，故不得從。左之下爲考，諱恆，妣汪太君合附焉。右之下爲本生考，諱謙，今之合附者，洪太君也。祠之栗主位次亦如之，而進張太君於祖之左。

鮚埼亭詩集十卷 全祖望

（《四部叢刊》景清鈔本）

卷一　祥琴集

嶰谷招同復齋孺廬洴江南軒登平山堂

地以歐劉重，情緣僑札殷。風流推夙老，濩落感同羣。謂南軒。楊柳春風杳，芙蓉夕照曛。一堂賓主勝，三沐誦雄文。是日讀孺廬《題嶰谷燕堂小記》。

姿地原無輩，家風好共詩。孺廬三郎霽山。石蓮花接葉，萬光祿思嘿講《易》地。玉茗樹駢葩。孺廬言其家園玉茗之盛。良會思前哲，高才賦落霞。吾衰期掉首，歸理舊魚槎。

明洪熙古剌水歌爲馬嶰谷

古剌爲西南極遠蠻部，西與緬甸鄰，見《明史》八百媳婦傳；南與佛郎機鄰，見《緬甸傳》。明永樂三年，遣給事中周讓與中官楊瑄招之入貢，置宣慰司二：曰大古剌，曰底馬撒；長官司五：曰小古剌，曰茶山，曰孟倫，曰底板，曰八家塔。見《周讓傳》。然置司之次年，大古剌已并孟倫、底板、八家塔三部矣。亦見《周讓傳》。《野獲編》云：『洪熙元年，底馬撒宣慰司攝大古剌司事，嘗入貢。』《明史·干厓傳》又云：『永樂五年設古剌驛，隸干厓。』則又與干厓接境也。終明之世，得見於《土司傳》者，祇茶山長官司無恙，而孟倫見并於南甸，若大、小古剌，則屬緬甸。《緬甸傳》云：『緬酋莽紀歲死，其子瑞體逃匿洞吾。洞吾之南有古剌，濱海，割馬革地與瑞體，瑞體乃舉衆奪古剌之地。』是也。《滇緬錄》云：『晉王李定國嘗乞師於古剌。』則又復國矣。《野獲編》云：『古剌水爲龍涎之亞，在蘇合、薔薇之上，宮中極重之。』予考之左侍郎詩，則其水可飲，蓋取以和酒最香洌，不僅熏沐之用也。若北平別有古辣，乃地名，其泉煎之，足爲折傷刀兵之藥。此與西南夷所貢各殊。左詩引玉泉、蘆溝之水以爲緣起，似誤合二水爲一。不知北平之水不可飲，亦不任熏沐也。

文皇高飛上帝畿，通道八蠻又九夷。歷大古剌小古剌，西南遠赴風教齊。五長官司兩宣慰，周夕郎功著驛鞮。滇王何處北漢大，五千里外增藩籬。梁州地靈最崛奇，《禹貢》二川所分釐。南金沙會岷江出，北金沙引墨水馳。桑《經》酈《注》愧未盡，大荒爲待博物稽。此其大者配九山，更有餘潤成土宜。難河之水清漣漪，大古剌有南難河。諸峒異香怪陸離。龍腦雞舌并麝臍，蘇合兼車如江麋。烟熅百和醇且旨，芳馨一直沁心脾。貢之天子入內府，浴罷一杯便啜醨。見唐氏《天啓宮詞》。縣官元氣正旁魄，神膏醍醐過五齊。洞天三十六宮天漿飫，福地七十二府地澤怡。以通神明疏渣滓，釀出乾端與坤倪，濃于崖蜜甜于飴。犁庭三出威絕域，此水曾偕玉食攜。貯之銅瓶志銖兩，歲月進奉均留題。太素色映黃琉璃，襲以古剌錦纚縰。守成令辟首仁廟，六服歲見無差池。摩挲署書考時代，猶識紀元在洪熙。在昔西南記職貢，昆明有露曰薔薇。妙香尚出此水下，妃子千羣灑裹衣。遐方異物雖不貴，要亦王會所會歸。聖心誠如玄酒淡，萬國爭飲醴泉嬉。土官兼并不可詰，緬甸干厓世羈縻。我撫此水三太息，考證遙遙拾墜遺。接境已亡底馬撒，近界但聞佛郎機。轂洛鬬餘淮汝竭，九廟黃流涸轍悲。萊陽侍郎坐圜扉，誰投一盎慰朝飢。引領長陵不下咽，哀吟清淚紛淋漓。見左侍郎詩。可憐崎嶇爝火投，南徼諸公中泥中露歌《式微》。折足生還鄧都督，曾記包胥九頓儀。鄧詔。棄餘流落歸好事，足補故宮文獻資。三百年來廢興感，擬之渭流漲水脂。

遊故水部鄭君休園用嶰谷舊韻

閣道空中度，山蹊洞外深。樹穿危石裂，水定白雲臨。蕭瑟寒冬狀，清流舊雨吟。杉關埋碧久，何處覓遺簪？謂故侍御天玉先生水部兄也。

爲問符卿墅，荒荒落日昏。名花天上去，喬木道南存。謂尚賓超宗影園。塵夢消江市，林巒近野村。風高雲倍迴，詩思滿籬門。

明洪武欽定五權歌爲嶰谷兄弟作

遐稽古哲王，所先在算命。曰律度量衡，以持威斗柄。審數物不淆，審物施悉稱。三時按其程，八節諧厥令。春半禾初生，忽微未足訂。夏至禾見秒，晷景中天映。秋半秒告成，平準可諦定。積秒得分分得銖，因而重之以次竟。左旋爲規右旋矩，攝盡奇零無滯剩。以上皆用《漢志》、《說文》。羊山黍適均，崑山竹最勝。蒼蒼太古銅，雅肖君子行。關石叶元聲，雄雌互酬應。六燕兼五雀，卽以通物性。後王治術疏，有慚作者聖。秦權與漢權，盈縮多累更。遞傳至唐宋，所懸或逕庭。延祐有圜環，經世典堪證。延祐所頒官權，予曾見之。雖然精意愧古初，要爲列朝資考鏡。猗與明高皇，雄才難縷罄。當年諸羣雄，剪除豈易逞。重輕各有差，浪舉卽爲病。急摧武昌軍，遠通察罕聘。回轡掃淮張，長驅下幽并。揆時度世良已難，成功豈曰由僥倖。所惜三相公，秉均稍傷佞。猶喜去邪決，撲席弗終橫。南天奠鍾鼎，奉常陳笙磬。太宰平詮司，大農訓市正。鴻臚與大行，法守均以靖。古權掌於鴻臚，而職於大行。冬官下百工，四方歌無競。茫茫易代來，宗器傷孤另。何來御府鐘，忽供詞流咏。莫道此瑣瑣，事曾關七政。不見璿與璣，猶委蔣山逕。吾儕多好事，感物成漫興。論《易》誰傳得一斤，窃恐巵言自道聽。本程子。論文空思扛千鈞，竊恐別裁爲世憎。爲君作放歌，吾徵在史乘。

嶰谷齋壁懸范文穆公重復灕山水月洞銘拓本同人共題其後

山館寶刻多，四壁足清供。瞥見石湖文，雅爲灕山重。緩帶思高軒，驂鸞溯逸鞚。刀兵泯憂虞，水月互生動。湍流石關通，圓魄天門豇。赤鯉遊碧霄，古蟾墮深洞。虹梁似捲篷，引我臥遊夢。阿誰來傖父，易名竟妄貢。時有上人易洞名曰朝陽。考證有詞人，次山足伯仲。同來亦文雄，艾軒洵老鳳。肇錫取舊聞，穆清如古頌。想見揮筆時，雲壑紛橫縱。妙搨何蒼蒼，鑒題良友共。桂林渺何處，遙天落霜淞。

卷四　抄詩集

甬上耆舊諸公詩集摭拾畧具獨王丈麟友以流寓江都求之未得因以長句奉託嶰谷諸君

四明瀟灑王公子，野死雷塘亦可憐。宗國神傷苗稷句，門生腸斷《蓼莪》篇。殘山剩水真無賴，破帽青衫孰與傳？安得清江杜清碧，爲予蠚地發遺編。

卷七　漫興集

茶塢約與予同渡江訪嶰谷中途聞其爲蔣山之行且將東下由洞庭七十二峯至西湖于是茶塢停橈吳市以待之而予先發訪半查

五岳初心未易酬，江東巖壑且清游。人生能著幾兩屐，此樂堪輕萬戶侯。莫御孤鴻追後乘，還尋一鳳到西頭。初冬天氣初春似，到處題詩定滿郵。

嶰谷生辰爲其先太恭人下世之日每歲必哭墓下今年六十蕙田約同人以詩慰之

祝歲原非禮，兼之抱恨多。寒泉彫齒髮，老淚寄蒿莪。子卯猶爲忌，庚寅更若何。我辰亦荼苦，於邑不成歌。

聞嶰谷已至吳門

昨報玄裳鶴，隨君下洞庭。新詩知不少，舊屐半曾經。黄爵松陵出，鱸魚木瀆拎。江濱應念我，遥指數峯青。

宣窑蟋蟀筒爲半查

《豳詩》牀下物，一旦陶穴居。器傳明初葉，古色猶斑如。此非堯遺風，我爲思瞿瞿。鬭蛩里巷戲，濫觴自鬭鷄。乃勞好事子，爲之謀幽栖。其嘿足以容，丈人悟息機。

當年老甄官，薄物不枯窳。呵護到微蟲，珍重叨藏弆。鵂鶹見之嘆，予獨憂風雨。

彈指閣小集胡都御史復齋喜予之至而念嶰谷遊洞庭未歸各賦七言

芒鞋猶帶石窗雲，隔歲離悰話倍殷。蛩蹷心原千里合，馬牛風訝隔江分。南州榻在還重止，北海樽開正晚曛。此夕漁洋山下客，題襟誰與共論文？

畬經堂坐夜念嶰谷

黄葉且落盡，主人尚未還。昨傳西歸信，已道發寒山。連宵好月色，泠泠屋梁間。

嶰谷至自吴下同人集於晚青軒時予將歸

一卷東遊草，篇篇總絕塵。尚含楓葉冷，已見豆花春。合并良非易，離愁又轉新。人生如泛梗，得酒且逡巡。君語予，天池山下豆花已放，異事也。

半查子　振伯入塾

類我類我阿翁祝，可兒可兒執友期。叢書樓中萬籤軸，供養崑山玉一枝。

陳仲醇小象李是庵所繡也爲半查賦

是庵圖繪好，繡絲乃更精。恍然三江上，見茲老鰤生。槁項一布衣，不脛馳高名。萬古黃漳海，嚴事與心傾。得此定非易，乃公未可輕。翻多所著書，身後受詈聲。馬郎真好事，高閣懷孤清。風流感妙崙，珍重爲多情。閑將玉露酒，相對酹南榮。一枝早梅花，潔供在膽瓶。

卷九　病目集

嶰谷北行同人分賦行裝予得油衣

客裏難教用瓦精，偏逢雨雪送長征。襟分薜荔牆頭色，袖作芭蕉窗外聲。渴日若升應棄置，漏天未塞足孤行。故人此日齊東道，愁聽簷花落五更。

鮚埼亭集三十八卷全祖望

（《四部叢刊》本）

卷三十二

叢書樓書目序

乾隆戊午，予爲韓江馬氏兄弟作《叢書樓記》，於今蓋六年矣。《書目》告成，屬予更爲之序。馬氏儲書之富，已具見於予記中。吴越好古君子，過此樓者，皆謂自明中葉以來，韓江葛氏聚書最盛，足以撿葛而過之者，其在斯乎？予以爲此猶其淺焉者也。

夫藏書必期於讀書，然所謂讀書者，將僅充漁獵之資耶？抑將以穿穴而自得耶？夫誠研精得所依歸，而後不負讀書，請卽以韓江之先正言之。其在唐時，曹氏、李氏牢籠四部，稱爲博物之雄，《選》學之大宗也。《選》學大衰，士以經史之文相尚，逢原頡頏曾、王間，太虚豫於蘇門六學士之目，八家文統之功臣也。文章尚屬小技，若孫氏之《春秋》出自安定先生之傳；竹西王氏之《周禮》出自龜山先生之傳。力排異説，蔚乎大醇。而明世海陵格物之旨，羽翼新建，遺經之世胄也。韓江先正之箕裘，遠有端緒，固未可竟以聲利之場目之也。

馬氏兄弟服習高、曾之舊德，沉酣深造，屏絶世俗剽賊之陋，而又旁搜遠紹，萃薈儒林、文苑之部居，參之百家九流，如觀王會之圖，以求其斗杓之所向，進進不已，以文則爲雄文，以學則爲正學，是豈特閉閣不觀之藏書者所可比，抑亦非玩物喪志之讀書者所可倫也。韓江先正實式憑之，而勵勵與葛氏爭雄長乎哉？

今世有所謂書目之學者矣，記其撰人之時代，分帙之簿翻，以資口給。即其有得於此者，亦不過以爲撏撦獺祭之用。《叢書樓書目》之出也，必有以之爲鴻寶者矣。豈知主人已啜其醨而哺其糟乎？聞吾言者，其尚思所轉手也夫。